Elogios para *NEGRO*
y otras novelas de Ted Dekker

«Sencillamente cuando creo haber entendido a Ted Dekker, él me sorprende con lo inesperado. Con ingenio burlesco, sorpresas siempre al acecho, y nuevos conceptos audaces, este amigo se podría convertir en un verdadero adalid en la ficción».

—FRANK PERETTI

«¡*Negro* tiene que ser el libro del año! Es una poderosa epopeya de proporciones épicas, que hace reflexionar y que lo mantendrá en vilo, que además brinda gran profundidad e imaginación dentro de las fuerzas que nos rodean».

—JOE GOODMAN, productor de películas
y homónimo del entretenimiento

«La acción [en *Tr3s*] se levanta con perspicaces giros a lo largo de la trama, proveyendo mucho suspenso… La última historia de intriga de Dekker tendrá un atractivo punto de cruce para los admiradores de Dean R. Koontz o Frank Peretti».

—*Library Journal*

«[Con *Tr3s*] Dekker entrega otro emocionante libro… obra maestra que lleva a los lectores por un viaje lleno de complicadísimas circunstancias en la trama… un convincente juego del gato y el ratón… una mezcla casi perfecta de suspenso, misterio y horror».

—*Publishers Weekly*

«*Tr3s* es una rara historia de suspenso pletórica de verdadera intriga, ¡y que es imposible dejarla! Dekker sobrepasa a los maestros del género de la novela de suspenso con una trama tan convincente, tan eficaz, tan llena de complicadas circunstancias que mantiene en vilo a los lectores hasta las últimas páginas».

—BOB LIPARULO, *New Man Magazine*

«Alguien me preguntó hace poco si me interesaría leer al escritor de ficción más novedoso en el mercado. Le pregunté quién podría ser, esperando que se refiriera un novelista de la línea de John Grisham o Stephen King. En vez de eso, me presentaron a *En un instante*… Esa persona tenía razón: ¡Ted Dekker no me ha dejado dormir en las tres últimas noches! Él es asombroso. Adquiriré todos sus escritos».

—TOM NEWMAN, productor de cine y fundador de Impact Productions

«Ted Dekker es a las claras uno de los escritores vivos más apasionantes de la actualidad. Crea tramas que ponen a palpitar con fuerza el corazón y a sudar las palmas de las manos aun después de haber terminado sus libros».

—JEREMY REYNALDS, articulista publicado en
periódicos por todo Estados Unidos

«Ted Dekker es el escritor más apasionante que he leído en mucho tiempo. *En un instante…* aumentará en gran manera sus admiradores. Maravillosa lectura… poderosas argucias. ¡Bravo!»

Ted Baehr, presidente de la revista *MOVIEGUIDE*®

«Rodeada del misterio de Arabia Saudita, esta historia entretejida por Dekker es de las que se empiezan y no se pueden dejar. Escrita con una mezcla de suspenso y amor, *En un instante…* irradia amplia luz en un mundo surrealista en que el futuro está enterrado por el pasado. Arabia Saudita fue mi hogar por doce años. Dekker muestra en esta historia inquietantemente hermosa una asombrosa habilidad de captar la verdadera esencia de la tierra más misteriosa del mundo. Usted quedará estupefacto».

—Jean Sasson, escritor galardonado en el *New York Times*,
autor de *Princess: A True Story of Life Behind the Veil in Saudi Arabia*
[Princesa: Una historia verdadera de la vida detrás del velo en Arabia Saudita]

«[*Blessed Child*] está soberbiamente escrita y es profundamente cautivadora».

—*CBA Marketplace*

«*En un instante…* muestra ritmo vertiginoso, premisa intrigante, y discusiones que obligan a reflexionar en la naturaleza de Dios, que mantendrán absortos a los lectores».

—*Library Journal*

«Suspenso dispuesto de manera cuidadosa y meticulosa… *Tr3s* está fenomenalmente bien escrito… y despierta los sentidos a cuán poderoso arte puede ser una gran narración».

—CMCentral.com

«[*Thunder of Heaven* es] un libro apasionante… con escenas descritas al mejor estilo de David Morrel… su descripción es terriblemente precisa».

—*Lista de libros*

LA SERIE DEL CÍRCULO

NEGRO

El nacimiento del mal

TED DEKKER

GRUPO NELSON
Una división de Thomas Nelson Publishers
Desde 1798

NASHVILLE   DALLAS   MÉXICO DF.   RÍO DE JANEIRO   BEIJING

Traducción: *Ricardo y Mirta Acosta*

Adaptación del diseño al español: *www.Blomerus.org*

ISBN: 978-1-60255-215-9

Impreso en Estados Unidos de América

10 11 12 13 QG 9 8

Para mis hijos.
Ojalá recordaran siempre
lo que yace detrás del velo.

Suiza

CARLOS MISSIRIAN era su nombre. Uno de sus muchos nombres.
  Nacido en Chipre.

El hombre sentado en el extremo opuesto de la larga mesa de comedor, que cortaba lentamente un grueso bistec, era Valborg Svensson. Uno de sus muchos, muchos nombres.

Nacido en el infierno.

Comían en silencio casi perfecto a diez metros uno del otro en un oscuro salón labrado del profundo granito en los Alpes suizos. Negras lámparas metálicas a lo largo de las paredes difundían por todo el espacio una tenue luz ámbar. No había sirvientes, ningún otro mueble, ni música, sólo Carlos Missirian y Valborg Svensson sentados a la exquisita mesa de comedor.

Carlos cortó el grueso trozo de carne con un cuchillo muy afilado y observó cómo caía a un lado la rebanada. *Como al dividirse el Mar Rojo.* Volvió a cortar, consciente de que el único sonido en este salón era el de dos cuchillos dentados cortando carne en la porcelana, partiendo fibras. Extraños sonidos si se sabe escucharlos con atención.

Carlos se puso una rebanada en la boca y la masticó firmemente. No levantó la mirada hacia Svensson, aunque era indudable que el hombre lo observaba, le veía el rostro, la larga cicatriz que tenía en la mejilla derecha, con aquellos ojos negrísimos. Carlos respiró profundamente, sacando tiempo para disfrutar el cobrizo sabor del filete.

Muy pocos hombres habían puesto nervioso alguna vez a Carlos. Los israelíes se ocuparon de eso a principios de su vida. El odio, no el temor, lo dominaba; un modo de ser que encontró útil como asesino. Pero Svensson podía, con una mirada, poner nerviosa a una roca. Decir que esta bestia infundía temor en Carlos sería exagerado, pero sin duda lo mantenía alerta. No porque Svensson representara alguna amenaza física para él; ningún hombre la representaba de veras. Es más, Carlos podría en este mismo instante enviar como un rayo el cuchillo que tenía en las manos directo a los ojos del individuo con un veloz giro de muñeca. ¿Qué entonces provocaba su cautela? Carlos no estaba seguro.

Por supuesto, el hombre en realidad no era una bestia del infierno. Era un empresario de origen suizo que poseía la mitad de los bancos en Suiza y la mitad de las compañías farmacéuticas fuera de Estados Unidos. Cierto, él había pasado más de la mitad de su vida aquí, debajo de los Alpes suizos, acechando como un animal enjaulado, pero era tan humano como cualquier otro individuo que anduviera en dos piernas. Además, al menos para Carlos, muy vulnerable.

Carlos acompañó la carne con un sorbo de vino Chardonnay y dejó que su mirada se posara en Svensson por primera vez desde que se sentaran a comer. El hombre no le hizo caso, como de costumbre. Tenía el rostro feamente marcado, y la nariz parecía demasiado grande para la cabeza… no rechoncha y protuberante, sino aguda y angosta; el cabello, igual que los ojos, era negro, teñido.

Svensson dejó su corte a medias, pero no levantó la mirada. Se hizo silencio en el salón. Los dos siguieron sentados en silencio, como estatuas. Carlos lo observaba, sin deseos de dejar de mirar. El único factor atenuante en esta relación poco común era el hecho de que Svensson también respetaba a Carlos.

De repente el suizo puso a un lado el cuchillo y el tenedor, se tocó el bigote y los labios con una servilleta, se levantó, y se dirigió a la puerta. Se movía lentamente, dando cierto cuidado especial a la pierna derecha; arrastrándola. Nunca había ofrecido una explicación por la pierna. Svensson salió del salón sin lanzar una sola mirada en dirección a Carlos.

Carlos esperó en silencio un minuto, sabiendo que Svensson tardaría todo ese tiempo en recorrer el salón. Finalmente se puso de pie y lo siguió, entrando a un largo vestíbulo que llevaba a la biblioteca, adonde supuso que se había retirado Svensson.

Conoció al suizo tres años antes mientras trabajaba con facciones rusas decididas a emparejar los poderes militares del mundo con ayuda de la amenaza de armas biológicas. Se trataba de una doctrina antigua: ¿Qué importaba que Estados Unidos tuviera doscientas mil armas nucleares apuntadas al resto del mundo si sus enemigos tenían las armas biológicas adecuadas? Prácticamente era imposible defenderse en ciudades abiertas de un virus muy infeccioso transmitido por el aire.

Un arma para poner de rodillas al mundo.

Carlos hizo una pausa ante la puerta de la biblioteca antes de abrirla. Svensson se hallaba ante la pared de vidrio observando el laboratorio blanco un piso más abajo. Había encendido un cigarrillo y estaba envuelto en una nube de denso humo.

Carlos pasó al lado de una pared llena de libros empastados en cuero, levantó una licorera de whisky, se sirvió un trago, y se sentó en un elevado taburete. La amenaza de armas biológicas se podía igualar fácilmente a la de armas nucleares. Estas podrían ser más fáciles de usar, y quizá más devastadoras. *Podrían.* En su tradicional desprecio a cualquier amenaza, la U.R.S.S. había empleado miles de científicos para desarrollar armas biológicas, incluso después de haber firmado en 1972 la Convención de Armamento Biológico y Tóxico. Todo, desde luego, con supuestos propósitos de defensa. Tanto Svensson como Carlos conocían íntimamente los éxitos y los fracasos de la antigua investigación soviética. En el análisis final, los supuestos «súper micrófonos ocultos» que habían desarrollado no eran tan súper, ni siquiera de cerca. Eran demasiado imprecisos, imprevisibles, y muy fáciles de neutralizar.

El objetivo de Svensson era sencillo: Desarrollar un virus muy violento y estable que se pudiera transmitir por el aire, con un período de incubación de tres a seis semanas, y que reaccionara de inmediato a un antivirus que sólo él controlara. No se trataba de matar poblaciones enteras de seres humanos, sino infectar regiones enteras de la tierra en unas pocas semanas y luego controlar el único tratamiento.

Así era como Svensson planeaba ejercer inimaginable poder sin la ayuda de un solo soldado. Así era como Carlos Missirian planeaba borrar del mapa a Israel sin hacer un solo disparo. Suponiendo, por supuesto, que se pudiera desarrollar y tener protegido ese tipo de virus.

Pero todos los científicos estaban conscientes que sólo era cuestión de tiempo.

Svensson miró el laboratorio abajo. El suizo usaba el cabello partido por la mitad, de tal manera que a cada lado le caían negros mechones. Metido en su chaqueta negra parecía un murciélago. Era un hombre unido a un tenebroso código religioso que requería largos viajes en lo más profundo de la noche. Carlos era sin duda su propio dios cubierto con una capa negra y nutrido con amargura, y a veces cuestionaba su propia lealtad a Svensson. Al individuo lo motivaba una insaciable sed de poder, e igual ocurría con los hombres para los que trabajaba. Esto era lo que los sustentaba. Esta era su droga. A Carlos no le importaba entender las profundidades de las locuras de esa gente; lo único que sabía era que se trataba de la clase de individuos que conseguían lo que deseaban, y en el proceso él también iba a lograr lo que anhelaba: La restauración del islam.

Tomó un sorbo de whisky. *Se podría pensar que alguien, uno solo de los miles de científicos que trabajaban en el sector biotecnológico defensivo, se toparía alguna vez con algo significativo después de todos estos años.* Ellos tenían más de trescientos informantes pagados en cada compañía farmacéutica importante. Carlos había entrevistado de forma muy persuasiva a cincuenta y siete científicos del antiguo programa de armas biológicas soviéticas. Y al final, nada. Al menos nada de lo que buscaban.

El teléfono sobre el enorme escritorio negro de sándalo sonó ruidosamente a la derecha de ellos.

Ninguno de los dos hizo un movimiento hacia el teléfono; dejó de sonar.

—Te necesitamos en Bangkok —informó Svensson.

Su voz sonó como el ruido sordo de un motor moviéndose con un cilindro lleno de arena.

—Bangkok.

—Sí, Bangkok. Farmacéutica Raison.

—¿La vacuna Raison? —preguntó Carlos.

Ellos habían estado siguiendo el desarrollo de la vacuna por más de un año con la ayuda de un informante en los laboratorios Raison. Carlos siempre había pensado que sería irónico que la compañía francesa Raison, que se pronunciaba rey-ZONE y significaba «razón», un día estuviera produciendo un virus que pondría de rodillas al mundo.

—Yo no estaba consciente de que su vacuna nos prometiera algo —comentó.

Svensson cojeó lentamente, muy lentamente, hacia su escritorio, agarró un papel blanco, y lo recorrió con la vista.

—Recuerda un informe de hace tres meses acerca de mutaciones de la vacuna imposibles de conservar.

—Nuestro contacto afirmó que las mutaciones no se mantenían, y que morían en minutos.

Naturalmente, Carlos no era científico, pero sabía más que el promedio de personas respecto de armas biológicas.

—Esas fueron las conclusiones de Monique de Raison. Ahora tenemos otro informe. Nuestro hombre en los Centros para el Control de Enfermedades (CDC) recibió hoy un visitante nervioso que afirmó que las mutaciones de la vacuna Raison se mantenían bajo un calor específico prolongado. El visitante aseguró que el resultado sería un virus letal transmitido vía aérea con una incubación de tres semanas; virus que podría infectar a toda la población del mundo en menos de tres semanas.

—¿Y cómo fue que este visitante encontró esta información?

—Un sueño —contestó Svensson después de titubear—. Un sueño muy extraño. Un sueño muy, pero muy convincente de otro mundo poblado por seres que creen que los sueños de él en este mundo son sólo sueños; y por murciélagos que hablan.

Ahora fue Carlos quien titubeó.

—Murciélagos.

—Tenemos nuestros motivos para prestar atención. Quiero que vueles a Bangkok y entrevistes a Monique de Raison. Si la situación se justifica, voy a querer la mismísima vacuna Raison, por cualquier medio.

—¿Estamos ahora recurriendo a místicos?

Svensson tenía bien cubiertos a los CDC, con cuatro en la nómina, si Carlos recordaba correctamente. Hasta los reportes que parecían más inofensivos sobre enfermedades infecciosas eran encaminados rápidamente a las oficinas centrales en Atlanta. Era indudable que a Svensson le interesaba todo informe de cualquier nuevo brote y de los planes para tratarlo.

¿Pero un sueño? Totalmente fuera de carácter para el estoico suizo de tenebroso corazón. Esto sólo insinuaba su única verosimilitud.

Svensson lo miró con ojos sombríos.

—Como dije, tenemos otras razones para creer que este hombre podría saber cosas que no tiene por qué saber, sin importar cómo obtuvo esa información.

—¿Cómo qué cosas?

—Eso no está a tu alcance. Basta decir que no hay forma de que Thomas Hunter pudiera haber sabido que la vacuna Raison estaba sujeta a mutaciones que no se conservaban.

Carlos frunció el ceño.

—Una coincidencia.

—No estoy dispuesto a correr ese riesgo. El destino del mundo recae sobre un virus difícil de localizar, y de su cura. Tal vez acabamos de encontrar ese virus.

—No estoy seguro que Monique de Raison quiera conceder una… entrevista.

—Entonces oblígala.

—¿Y qué hay con Hunter?

—Te enterarás por cualquier medio que sea necesario de todo lo que Thomas Hunter sabe, y luego lo matarás.

1

TODO EMPEZÓ un día antes con una simple bala silenciada y salida de la nada.

Thomas Hunter caminaba por el mismo callejón débilmente iluminado que tomaba siempre en su camino a casa después de cerrar el pequeño Java Hut en Colfax y la Novena, cuando un *¡tas!* interrumpió el zumbido del lejano tráfico. Salpicaduras de ladrillo rojo salieron de un hoyo como de dos centímetros y medio a medio metro de su rostro. Thomas detuvo a mitad de un paso.

¡Tas!

Esta vez vio la bala estrellándose contra el ladrillo. Esta vez sintió una picadura en la mejilla mientras diminutos fragmentos de ladrillo destrozado salían disparados por el impacto. Esta vez se le paralizó cada músculo del cuerpo.

¡Alguien le acababa de disparar!

Le *estaban* disparando.

Tom retrocedió hasta agacharse, y por instinto extendió los brazos. No parecía poder quitar los ojos de esos dos hoyos en el ladrillo exactamente adelante. Se debió tratar de alguna equivocación. Un producto de su febril imaginación. Sus aspiraciones de novelista finalmente habían traspasado la línea entre la fantasía y la realidad con esos dos hoyos vacíos que lo observaban desde el ladrillo rojo.

—¡Thomas Hunter!

Esa no fue su imaginación, ¿o sí? No, ese era su nombre, y aún resonaba en el callejón. Una tercera bala se estrelló en la pared de ladrillo.

Él giró hacia la izquierda, aún agachado. Dio un largo paso, se dejó caer

I

sobre el hombro derecho, rodó. El aire se dividió otra vez por encima de su cabeza. Esta bala repiqueteó en una escalera de acero y resonó en el callejón.

Tom se enderezó y salió persiguiendo el sonido a toda prisa, empujado tanto por el instinto como por el terror. Ya antes había vivido esto, en las callejuelas de Manila. Entonces era adolescente, y las pandillas filipinas estaban armadas con navajas y machetes en vez de pistolas, pero en ese momento, en que hacían trizas el callejón detrás de la Novena y Colfax, la mente de Tom no percibía ninguna diferencia.

—¡Eres hombre muerto! —gritó la voz.

Ahora supo quiénes eran. Eran de Nueva York.

Este callejón conducía a otro a veinticinco metros adelante, a su izquierda. Una simple sombra en la débil luz, pero él conocía el diagrama.

Dos balas más fustigaron, una tan cerca que sintió su ráfaga sobre la oreja izquierda. Detrás de él retumbaron pisadas en el concreto. Dos pares, quizá tres.

Tom se metió a las sombras.

—Córtenle la retirada. Radio.

Se impulsó en la parte anterior de los pies, y salió a toda velocidad, con la mente dándole vueltas.

¿Radio?

El problema con la adrenalina —le susurró la débil voz de Makatsu—, *es que te debilita la mente*. Su instructor de karate se señalaría la cabeza y guiñaría el ojo. *Tienes mucha fuerza bruta con qué pelear, pero no fuerza bruta con qué pensar*.

Si ellos tenían radios y le podían cortar la retirada más adelante, se le presentaba un problema muy grave.

Buscó frenéticamente dónde esconderse. Un acceso al techo en mitad del callejón. Un inmenso contenedor de basura demasiado lejos. Cajas tiradas a su izquierda. Ningún verdadero lugar en qué ocultarse. Tenía que hacer su jugada antes de que ellos ingresaran al callejón.

Brotes de pánico se le clavaron en la mente. *La adrenalina entorpece la razón; el pánico la mata*. Otra vez Makatsu. A Tom ya lo había apaleado una vez una pandilla de filipinos que había prometido matar a todo mocoso estadounidense que entrara en su territorio. Hicieron su territorio de las calles aledañas a la base del ejército. Su instructor lo había regañado, insistiendo en que él era suficientemente bueno para haberse librado esa tarde del ataque de ellos. El pánico le había costado caro. El cerebro se le había convertido en arroz con leche, y él merecía los moretones que le hinchaban los ojos.

Esta vez eran balas, no patadas y palos, y las balas le dejarían más que moretones. Se le acababa el tiempo.

Con pocas ideas y mucha desesperación, Tom se arrojó al drenaje de la calle. Áspero concreto le desgarró la piel. Rodó rápidamente a su izquierda, tropezó contra la pared de ladrillo, y se tendió bocabajo en la oscura sombra.

Retumbaron pisadas en la esquina que corrían hacia él. Un hombre. Él no tenía idea de cómo lo habían encontrado en Denver, cuatro años después del hecho. Pero si se habían tomado todas estas molestias, no se alejarían tan fácilmente.

El hombre corría con pasos veloces, casi sin aliento. La nariz de Tom estaba enterrada en el húmedo rincón. Ruidosas ráfagas de aire de los orificios nasales le sacudían el rostro. Contuvo la respiración; al instante le comenzaron a arder los pulmones.

Las resueltas pisadas se acercaron, pasaron corriendo.

Se detuvieron.

Un leve temblor le recorrió los huesos a Tom. Luchó contra otra ola de pánico. Habían pasado seis años desde su última pelea. No tendría ninguna posibilidad contra un hombre con una pistola. Desesperadamente deseó que las pisadas siguieran adelante. *Caminen. ¡Simplemente caminen!*

Pero las pisadas no caminaron.

Chirriaron silenciosamente.

Tom casi gritó en su desesperación. Debía moverse ahora, mientras aún tuviera la ventaja de la sorpresa.

Se lanzó a su izquierda, rodó una vez para ganar impulso. Luego dos veces, poniéndose primero de rodillas y después de pie. Su atacante estaba frente a él, con la pistola apuntándole, inmóvil.

El impulso de Tom lo lanzó de lado, directamente hacia la pared opuesta. El destello del cañón de la pistola iluminó por un instante el oscuro callejón y escupió una bala que le pasó de largo. Pero ahora el instinto había reemplazado al pánico.

¿Qué zapatos estoy usando?

La pregunta destelló por la mente de Tom mientras saltaba hacia la pared de ladrillo, el pie izquierdo por delante. Una pregunta crítica.

Su respuesta llegó cuando el pie se posó en la pared. Suelas de goma. Un paso más sobre la pared con agarre de sobra. Echó la cabeza hacia atrás, se arqueó, se empujó en el ladrillo, luego hizo un medio giro a su derecha sobre sí mismo. El movimiento fue sencillamente una patada invertida de bicicleta, pero no lo había ejecutado en media docena de años, y esta vez no tenía la mirada puesta en un balón de fútbol lanzado por uno de sus amigos filipinos en Manila.

Esta vez era una pistola.

El hombre logró disparar antes de que el pie izquierdo de Tom le golpeara la mano, y lanzara la pistola ruidosamente por el callejón. La bala le hizo encoger el cuello.

Tom no aterrizó suavemente sobre los pies como esperaba. Cayó de pies y manos, rodó una vez, y se colocó en la séptima posición de pelea frente a un hombre musculoso con cabello negro muy corto. Una maniobra no exactamente ejecutada a la perfección. Ni muy mala para alguien que no había peleado en seis años.

Los ojos del hombre se desorbitaron por la sorpresa. Era obvio que su experiencia en artes marciales no iba más allá de *La matriz*. Tom estuvo brevemente tentado a gritar de alegría, pero en todo caso tenía que silenciar a este tipo antes de que *él* fuera quien gritara.

El asombro del individuo se transformó de pronto en un gruñido, y Tom vio el cuchillo que esgrimía en la mano derecha. Muy bien, quizá el hombre sabía más de peleas callejeras de lo que parecía a primera vista.

Atacó a Tom.

Tom recibió de buen grado toda la furia que le inundó las venas. ¡Cómo se atrevía este tipo a dispararle! ¡Cómo osaba no caer de rodillas después de tan brillante patada!

Thomas eludió el primer lance del cuchillo. Le propinó un manotazo a la barbilla del hombre. Le fracturó el hueso.

No fue suficiente. Este tipo pesaba el doble de Tom, con el doble de fuerza bruta, y sentimientos diez veces más malvados.

Tom se lanzó verticalmente y movió las piernas en una voltereta completa, gritando a pesar de su mejor juicio. Su pie debía llevar una buena velocidad de ciento veinte kilómetros por hora al chocar contra la mandíbula del hombre.

Los dos golpearon el concreto al mismo tiempo: Tom sobre sus pies, listo para lanzar otro golpe; su asaltante sobre la espalda, respirando con dificultad, listo para la tumba. Metafóricamente hablando.

La pistola plateada del tipo yacía cerca de la pared. Tom dio un paso hacia ella, y luego rechazó la idea. ¿Qué iba a hacer? ¿Devolver el disparo? ¿Matar al tipo? ¿Incriminarse? No era lo acertado. Dio media vuelta y se volvió corriendo en la dirección en que habían venido.

El callejón principal estaba vacío. Se ocultó rápidamente en él, se arrimó a la pared, agarró las barandas de acero de una escalera de incendios, y subió rápidamente. El techo del edificio era plano, y daba a otro edificio más alto hacia el sur. Se columpió hacia lo alto del segundo edificio, corrió agachado, y se detuvo ante un enorme conducto de ventilación, casi a una cuadra del callejón donde había noqueado al neoyorquino.

Cayó de rodillas, se metió de nuevo en las sombras, y oyó cómo el corazón le latía con fuerza.

El zumbido de un millón de llantas rodando sobre asfalto. El lejano rugido de un jet en lo alto, el débil sonido de una conversación vana, el chisporroteo de alimentos friéndose en una sartén, o de agua lanzada desde una ventana. Lo primero, considerando que estaban en Denver, no en Filipinas. Tampoco eran sonidos de Nueva York.

Se reclinó y cerró los ojos, conteniendo el aliento.

¡Absurdo! Una cosa eran las peleas de adolescentes en Manila, ¿pero aquí en los Estados a punto de cumplir veinticinco años? La secuencia total le pareció surrealista. Le costaba creer que le hubiera ocurrido esto.

O, más exactamente, que le *estuviera* ocurriendo. Aún debía encontrar una salida a este caos. ¿Estaban enterados de dónde vivía? Nadie lo había seguido hasta el techo.

Tom se arrastró hasta la cornisa. Directamente abajo había otro callejón, colindando con atestadas calles a lado y lado. El brillante horizonte de Denver resplandecía directamente al frente. Un extraño olor le llegó a la nariz, dulce como algodón de azúcar pero mezclado con caucho o con algo que se quemaba.

Paramnesia. Él había estado aquí antes, ¿o no? No, desde luego que no.

En el aire veraniego centelleaban luces rojas, amarillas y azules, como joyas esparcidas del cielo. Podía jurar que había estado…

La cabeza de Tom se movió de repente a la izquierda. Extendió los brazos, pero su mundo giró de forma imposible y supo que estaba en problemas.

Algo lo había golpeado. Algo como un mazo. Algo como una bala.

Se sintió derribado, pero en realidad no estaba seguro si caía o si perdía el conocimiento. Algo estaba terriblemente mal con su cabeza.

Aterrizó de lleno sobre la espalda, en una almohada de sombras que le tragaron toda la mente.

2

OS OJOS del hombre se abrieron bruscamente. Un cielo muy oscuro en lo alto. Nada de luces, estrellas o edificios. Sólo oscuridad. Y una luna pequeña.

Parpadeó e intentó recordar dónde se hallaba. Quién era. Pero su único recuerdo era que acababa de tener un vívido sueño.

Cerró los ojos y luchó por despabilarse. Había soñado que huía de algunos hombres que lo querían lastimar. Logró escapar como una araña trepando una pared después de haber derribado a uno de los matones. Luego se puso a observar las luces. Muy hermosas y brillantes luces. Ahora estaba despierto; y sin embargo no sabía dónde se hallaba.

Se sentó, desorientado. Sombras de árboles elevados y sombríos rodeaban un claro rocoso en el que había estado durmiendo. Sus ojos comenzaron a acostumbrarse a la oscuridad, y vio una especie de campo más adelante.

Con esfuerzo logró ponerse en pie y estabilizarse. Había mocasines de cuero en sus pies. Vestía pantalón oscuro, camisa de gamuza con dos bolsillos. Instintivamente se llevó la mano a la sien izquierda, donde sentía un dolor punzante. Cálido. Húmedo. Sus dedos se apartaron ensangrentados.

En su sueño recibió un golpe. Algo se le estrellaba contra la cabeza. Giró y vio una zona oscura brillando sobre la roca en que había caído. Debió golpearse la cabeza contra la roca y quedar inconsciente. Pero no recordaba nada más que el sueño. No se hallaba en una ciudad. No estaba cerca de un callejón oscuro, del tráfico, ni de pistolas.

En vez de eso se hallaba aquí, en un claro rocoso, rodeado por enormes árboles. ¿Pero dónde? Quizá el golpe en la cabeza le había producido amnesia.

¿Cómo se llamaba? *Thomas*. El hombre en su sueño lo había llamado Thomas Hunter. Tom Hunter.

Se volvió a palpar el chichón sangrante. La herida superficial por encima de la oreja había apelmazado el cabello con sangre. El golpe le había hecho perder el conocimiento, pero menos mal sólo eso.

Ahora la noche en realidad era bastante luminosa. Es más, lograba distinguir claramente los árboles.

Bajó la mano y miró un árbol sin comprender del todo. Ramas angulares sobresalían del tronco en complicados sesgos antes de girar y dirigirse hacia arriba, como garras asiéndose del cielo. La suave corteza parecía como si fuera de metal o de una fibra de carbón en vez de material orgánico.

¿Conocía él esos árboles? ¿Por qué le fastidió este panorama?

—Se ve perfectamente buena.

—¿Eh? —exclamó Tom sobresaltado y girando hacia la voz masculina.

Un hombre pelirrojo vestido igual que él miraba un grupo de rocas a tres metros de distancia. ¿Conocía él a este hombre?

—El agua me parece buena —explicó el extraño.

—¿Qué es…? —empezó a hablar Tom, y tragó saliva—. ¿Qué sucedió?

Tom siguió la mirada del hombre, y vio que se enfocaba en un charco de agua enclavado en una enorme roca al borde del claro. Había algo extraño respecto del agua, pero él no podía meter el dedo en ella.

—Creo que deberíamos probarla —anunció el hombre—. Parece buena.

—¿Dónde estamos? —inquirió Tom.

—Buena pregunta —respondió el hombre, mirándolo; luego inclinó la cabeza y sonrió burlonamente—. ¿No recuerdas de veras? ¿Qué, te golpeaste la cabeza o algo así?

—Imagino que sí. Sinceramente no recuerdo nada.

—¿Cómo te llamas?

—Tom. Creo.

—Bueno, sabes bastante. Lo que tenemos que hacer ahora es ver cómo salir de aquí.

—¿Y cómo se llama usted?

—¿En serio? ¿No recuerdas? —indagó el hombre mientras volvía a mirar el agua.

—No.

—Bill —contestó distraídamente.

Luego el hombre estiró la mano y tocó el agua. Se la llevó a la nariz y olisqueó. Cerró los ojos mientras se recreaba en el aroma.

Tom miró alrededor del claro, deseando que su mente se acordara. Es extraño recordar unas cosas pero no otras. Sabía que estos objetos altos y negros se llamaban árboles, que lo que le cubría el cuerpo se llamaba ropa, que el órgano que le bombeaba en el pecho se llamaba corazón. Hasta sabía que esta clase de pérdida de memoria selectiva concordaba con amnesia. Pero no recordaba nada de historia. No recordaba cómo llegó aquí. No sabía por qué Bill estaba tan fascinado con el agua. Ni siquiera sabía quién era Bill.

—Tuve un sueño en que me perseguían por un callejón —anunció Tom—. ¿Es así como llegamos aquí?

—Ojalá fuera así de sencillo. Anoche soñé con Lucy Lane... Ojalá ella estuviera obsesionada conmigo —contestó Bill sonriendo.

Tom cerró los ojos, se frotó las sienes, anduvo de un lado al otro, y luego volvió a enfrentar a Bill, desesperado por algún sentido de familiaridad.

—Pues bien, ¿dónde *estamos*?

—Esta agua huele absolutamente deliciosa. Necesitamos beber, Tom. ¿Cuánto tiempo ha pasado desde que tuvimos agua?

Bill observaba el líquido en su dedo. Esa era otra cosa que Tom sabía: No deberían beber el agua. Pero Bill parecía estar considerándolo muy seriamente.

—No creo que...

Una risotada resonó en la oscuridad. Tom escudriñó los árboles.

—¿Oyó eso?

—¿Estamos *oyendo* cosas ahora? —inquirió Bill.

—No. ¡Sí! Eso fue una risotada. ¡Allí hay algo!

—Nada. Estás oyendo cosas.

Bill metió tres dedos en el agua. Esta vez se los llevó a la boca y dejó caer una gota en su lengua.

Los efectos fueron inmediatos. Lanzó un grito ahogado y se quedó mirando horrorizado el dedo húmedo. Lentamente la boca se le retorció en una sonrisa. Metió los dedos en la boca y los chupó con tal alivio, tal éxtasis, que Tom creyó que Bill había enloquecido en el acto.

De repente Bill se arrodilló y metió la cara en el pequeño charco de agua. Bebió, como un caballo en un abrevadero, chupando el agua en largos y ruidosos sorbos.

Luego se detuvo, temblando, lamiéndose los labios.

—¿Bill?

—¿Qué?

—¿Qué está haciendo?

—Estoy bebiendo el agua, idiota. ¿Qué parece que estoy haciendo, volteretas? ¿Eres ese…?

Se contuvo a media frase y se apartó. Sus dedos se arrastraron por la roca y se metieron en el agua, y Bill volvió a degustar el líquido en una forma que hizo pensar a Tom que estaba tentándolo a propósito. Este tipo llamado Bill, a quién supuestamente conocía, se había deschavetado por completo.

—Tienes que probar el agua, Tom. Por supuesto que debes probarla.

Luego, sin pronunciar otra palabra, Bill saltó sobre la roca, entró al oscuro bosque, y desapareció.

—¿Bill?

Tom miró detenidamente hacia la oscuridad donde Bill había desaparecido. ¿Debería seguirlo? Salió corriendo y se trepó a la roca.

—¿Bill?

Nada.

Tom dio tres zancadas adelante, puso la mano izquierda sobre la roca, y saltó en persecución. Un frío le subió por el brazo. Bajó la mirada, a mitad del salto, y vio su dedo índice metido en el charco de agua.

El mundo se hizo más lento.

Algo como una corriente eléctrica le subió por el brazo, le recorrió el hombro, directo a la columna vertebral. La base del cráneo le zumbó con placer intenso, jalándolo hacia el agua, suplicándole que metiera la cabeza en este charco.

Entonces su pie aterrizó más allá de la roca y otra realidad lo apartó del agua. Dolor. El dolor intenso y punzante de una hoja atravesándole los mocasines de cuero y clavándosele en el talón.

Tom lanzó un grito y se lanzó precipitadamente hacia el campo después de la roca. En el instante en que sus manos estiradas hicieron contacto con el suelo le subió un horrible dolor por los brazos, y se dio cuenta de que había cometido una terrible equivocación. La náusea le recorrió por el cuerpo. Una piedra afilada muy aguda se le clavó en la carne como si fuera mantequilla. Retrocedió, estremeciéndose mientras liberaba la afilada piedra de las profundas heridas en los antebrazos.

Tom gruñó y luchó por no perder el conocimiento. Pinchazos de luz le surcaron los entrecerrados ojos. En lo alto, un millón de hojas susurraban en la brisa nocturna. Las risas de miles…

Los ojos se le abrieron repentinamente. *¿Risas?* Su mente luchó entre el punzante dolor y el terrible temor de que no estaba solo.

De una rama como a metro y medio por encima de Tom colgaba un enorme brote lleno de grumos del tamaño de su brazo. Al lado del brote colgaba otro, como un racimo de uvas negras. De no haberse caído se pudo haber golpeado la cabeza en los árboles.

El brote más cerca de él se movió súbitamente.

Tom parpadeó. Dos alas se desplegaron del brote. Un rostro triangular se inclinó hacia él, mostrando ojos sin pupilas. Ojos enormes, rojos, sin pupilas. Una delgada lengua rosada salió serpenteando de labios negros y examinó el aire.

El corazón de Tom se le subió a la garganta. Giró bruscamente la mirada hacia los otros brotes. Mil criaturas negras colgaban de las ramas que lo rodeaban, mirándolo también con ojos rojos demasiado grandes para sus rostros angulares.

El murciélago más cerca de él hizo una mueca y dejó ver sucios colmillos amarillos.

Tom gritó. El mundo se le inundó de tinieblas.

3

SU MENTE salió lentamente a rastras de la oscuridad, rechazando imágenes de negros murciélagos con ojos rojos. Respiraba entrecortadamente, en rápidos y cortos jadeos, seguro de que en cualquier momento uno de los brotes caería de su rama y lo agarraría del cuello.

Algo olía pútrido. Carne podrida. No podía respirar adecuadamente con esto en el rostro, este excremento o esta carne podrida o…

Tom abrió los ojos. Algo se le asentó en la cara. Le atascó las fosas nasales y se le metió en la boca.

Se levantó bruscamente, escupiendo. No había murciélagos. Sólo enormes bolsas negras y cajas repletas, y algunas se habían abierto. Lechuga, tomates y carne en descomposición. Basura.

En lo alto los techos de los edificios trazaban una línea en el cielo nocturno. Correcto, se había golpeado la cabeza y cayó en el callejón, dentro de un enorme contenedor de basura.

Tom se sentó sobre viscosas legumbres; un intenso alivio lo inundó por un instante. Los murciélagos sólo habían sido un sueño.

¿Y los hombres de Nueva York?

Asomó la cabeza, miró por el callejón vacío. Sintió dolor sobre la sien e hizo un gesto de dolor. Tenía el cabello enmarañado con sangre, pero la bala sólo debió rozarlo.

Aquí había dos posibilidades, dependiendo del tiempo que hubiera transcurrido desde que se cayera. O el pistolero aun iba en dirección a Tom, o ya se había largado sin escarbar en el contenedor de basura.

Sea como sea, debía moverse ahora, mientras el callejón estuviera vacío. Su apartamento estaba sólo a unas cuadras de distancia. Tenía que llegar allá.

Pero ¿no estarían sencillamente esperándolo si sabían dónde vivía?

Arrastrándose salió del basurero y corrió por el callejón, mirando en ambas direcciones. Si estuvieran enterados de dónde vivía, en primer lugar lo habrían esperado allí en vez de arriesgarse a enfrentársele al descubierto como hicieron.

Tenía que llegar al apartamento y advertirle a Kara. El turno de su hermana terminaba a la una de la mañana. Ahora era como medianoche, a menos que él hubiera estado sin conocimiento por mucho tiempo. ¿Y si hubieran pasado varias horas? ¿O todo un día?

Le dolía la cabeza, y su nueva camiseta blanca Banana Republic estaba empapada de sangre. El tráfico aún rugía en la calle Novena. Tendría que cruzarla para llegar a su apartamento, pero no le gustaba la idea de salir corriendo por la acera hasta la próxima intersección a la vista de todo el mundo.

Aún no había indicios de sus atacantes. Se agachó en el callejón y esperó que se despejara el tráfico. Podía saltar el seto, cruzar el parque, y llegar al complejo sobre el muro de concreto en la parte trasera.

Tom entrecerró los ojos, aspiró profundamente, y expiró poco a poco. ¿En cuántos problemas se podría meter una persona en veinticinco años? No importaba que hubiera nacido como un mocoso del ejército en Filipinas, hijo del capellán Hunter, quien había predicado amor por veinte años y que luego abandonó a su esposa por una mujer filipina a quien duplicaba la edad. No importaba que se hubiera criado en un barrio que hacía parecer al Bronx un jardín de infantes. No importaba que para cuando tuvo diez años hubiera estado más expuesto al mundo que la mayoría de estadounidenses durante todas sus vidas.

Si papá no se hubiera ido, mamá no habría montado en cólera y luego entrado en una profunda depresión. Por eso es que estos hombres estaban ahora aquí. Porque papá había dejado a mamá, mamá había montado en cólera, y Tom, el buen viejo Thomas, se había visto obligado a sacar a mamá de apuros.

Hay que reconocer que lo que hizo para sacarla de apuros fue un poco extremo, pero lo había hecho, ¿no es así?

En el tráfico se abrió una brecha de cincuenta metros, y Tom salió disparado por la calle. Sonó una bocina de algún ciudadano serio, cuya idea de una situación desesperada quizá era que Tom se atravesara ante su Mercedes sucio. Saltó el seto y cruzó corriendo el parque a las sombras de los álamos iluminados por faroles.

Asombra lo real que le había parecido el sueño del murciélago.

Tres minutos después Tom rodeaba las escaleras exteriores hacia su apartamento del tercer piso. Subió los peldaños de dos en dos, con la mirada aún atenta por si veía alguna señal de los neoyorquinos. Ninguna. Pero sólo sería cuestión de tiempo.

Entró a su apartamento, cerró la puerta, puso la cadena y descansó la cabeza en la puerta, respirando con dificultad. Esto era bueno. En realidad lo había logrado.

Miró el reloj en la pared. Once de la noche. Media hora desde que la primera bala chocara contra la pared de ladrillo. Había tardado en total media hora en conseguirlo. ¿Cuántas medias horas más tendría para lograrlo?

Tom giró y se dirigió al baúl debajo de la ventana. Era un apartamento sencillo de dos habitaciones, pero de una sola mirada el menos de los observadores sabría que sus habitantes no eran personas comunes ni corrientes.

El costado norte del cuarto parecía como si fuera una colección de extravagantes obras del Cirque du Soleil. Un círculo de máscaras para bailes de disfraces formaba un enorme globo, de un metro ochenta de diámetro, cortado a la mitad y colgando de tal modo que parecía salir de la pared. Abajo había un canapé entre al menos veinte almohadones de seda de varios diseños y colores. Trofeos de viajes y de episódicas temporadas célebres de Tom. En la pared sur, dos docenas de lanzas y cerbatanas del sudeste asiático rodeadas por enormes escudos ceremoniales. Debajo de esto había no menos de veinte figuras grandes, entre ellas la talla en olivo de un león de tamaño natural. Estos eran vestigios de un intento fallido de importar artículos exóticos de Asia para venderlos en casas de arte y en reuniones de intercambios. Si Kara supiera que el verdadero propósito de la aventura había sido contrabandear pieles de cocodrilo y aves de plumas paradisíacas en los torsos cuidadosamente ahuecados de las figuras, sin duda le habría halado las orejas. Las calles de Manila también le habían enseñado algunas lecciones a su hermana mayor, quien reaccionaba sorprendentemente bien. Tal vez demasiado bien. Por suerte, él había entrado en razón sin necesidad de tal persuasión.

Tom se puso de rodillas y abrió la tapa de un arcón antiguo. Giró alrededor, vio que la puerta estaba firmemente cerrada, y comenzó a hurgar en el anticuado cajón de madera.

Agarró un puñado de papeles y los tiró en el suelo. El recibo era amarillo, él estaba seguro de eso. Lo había escondido aquí cuatro años atrás cuando vino a vivir a Denver con su hermana.

Extrajo una gruesa resma de papel. Resopló ante el manuscrito, asombrado por lo grueso. Pesado. Como una piedra. Llegó muerto. Este no era el recibo, pero de todos modos le captó la atención. Su último esfuerzo fallido. Una novela importante titulada *Muerte con razón*. En realidad era su segunda novela. Volvió a meter la mano al cajón y sacó la primera obra. *Súper héroes en estado de confusión*. Es necesario reconocer que el título era impreciso, pero ese no era motivo para que los autoproclamados genios literarios registraran la tierra buscando al próximo Stephen King con el fin de acabarlo. Las dos novelas eran brillantes o basura total, y él no estaba seguro si lo uno o lo otro. A Kara le gustaron ambas.

Kara era un amor.

Ahora él tenía dos novelas en las manos. Bastante peso muerto para halarlo hasta el fondo de cualquier lago. Observó el primer título: *Superhéroes en estado de confusión*, y consideró de nuevo el asunto. Había dedicado tres años de su vida a esos montones de papel antes de meterlos en esta urna con mil materiales rechazados que les hacían compañía.

Todo el asunto le hizo revolver el estómago. Como resultó, pagaban más por servir cafés en Java Hut que por escribir novelas brillantes. O, en realidad, importar figuras exóticas del sudeste asiático.

Dejó caer bruscamente los manuscritos y rebuscó en el arcón. Amarillo. Debía encontrar un papel amarillo, una copia al carbón de un recibo de venta. De los escritos a mano, no impresos a máquina. El recibo tenía el nombre de un contacto. Tom ni siquiera recordaba quién le había prestado el dinero. Algún usurero. Sin ese recibo, ni siquiera sabía dónde empezar.

De pronto allí estaba, en su mano.

Tom miró el papel. Real, definitivamente real. La cantidad, el nombre, la fecha. Como una sentencia de muerte. La cabeza le daba vueltas. Muy, muy, muy real. Por supuesto, él ya sabía que era real, pero ahora, con esta evidencia tangible en su mano, lo sintió doblemente real.

Bajó la mano y tragó saliva. En el fondo del cajón había un ennegrecido machete antiguo que comprara en uno de los callejones de Manila. Impulsivamente lo agarró, se puso de pie, y corrió al interruptor de la luz en la puerta. El lugar se iluminó como una hoguera. Esta clase de equivocaciones estúpidas era lo que hacía que las personas murieran. Así dice el aspirante a escritor de ficción.

Apagó de golpe la luz, abrió las cortinas, y observó. Despejado. Bajó la tapa y dio media vuelta. Rostros lo observaban. Las máscaras para bailes de disfraces que pertenecían a Kara, riendo y frunciendo el ceño.

Sintió débiles las rodillas. Por la pérdida de sangre, por el trauma de un balazo en la cabeza, por una creciente seguridad de que este infortunio apenas acababa de empezar y de que necesitaría más que mucha suerte y unas cuantas patadas de karate para evitar que esto terminara mal.

Tom se dirigió a la cocina, colocó el machete sobre el mesón, y llamó a su madre en Nueva York. Ella contestó al décimo timbrazo.

—¿Aló?

—¿Mamá?

—Tommy.

—Sí, te habla Tommy —contestó, soltando un silencioso suspiro de alivio—. Este... ¿te encuentras bien, eh?

—¿Qué hora es? Es más de la una de la mañana.

—Lo siento. Bueno. Sólo quería comprobar que estás bien.

Su madre no contestó.

—¿Seguro que estás bien?

—Sí, Tommy. Estoy bien —respondió ella, después hizo una pausa—. Aunque gracias por comprobarlo.

—Seguro.

—¿La están pasando bien, muchachos?

—Sí. Seguro, desde luego.

—Hablé con Kara el sábado. Parece que le va bien.

—Así es. Tú pareces estar bien.

Él no siempre se daba cuenta cuándo ella estaba luchando. La depresión era difícil de ocultar. El último ataque grave había ocurrido más de dos años atrás. Con un poco de suerte la bestia se había ido para siempre.

Lo que es más, no parecía como si hubiera algún pistolero en el apartamento de ella, tomándola como rehén.

—Tengo prisa —expresó él—. Si necesitas algo, llama, ¿está bien?

—Seguro, Tommy. Gracias por llamar.

Puso el auricular en su horquilla, y se recostó en el mesón. Esta vez estaba metido en un verdadero lío, ¿de acuerdo? Y sin soluciones rápidas que le llegaran a la mente.

Debía asearse.

Tom agarró el machete y se dirigió al baño, con la cabeza dándole vueltas. Se paró frente al espejo y se volvió a pasar los dedos por la herida en la cabeza. Ya no sangraba, eso era bueno. Pero le dolía toda la cabeza. Creía tener conmoción cerebral.

Tardó menos de cinco minutos en asearse, cambiarse de ropa, y ponerse una gorra de béisbol. Regresó a la sala y se dejó caer en el sofá. Kara le vendaría adecuadamente la cortada cuando llegara a casa.

Él se recostó y pensó en llamarla al trabajo, pero decidió que le sería difícil explicarle por teléfono. La sala empezó a girar, así que cerró los ojos.

Tenía una hora para pensar en algo. Cualquier cosa.

Pero no le vino nada.

Excepto el sueño.

4

TOM NO ESTABA seguro si fue el calor o el zumbido lo que lo sacudió, pero despertó asustado, abrió bruscamente los ojos, y al instante los entrecerró.

Impresiones registradas en su mente caían como fichas de dominó. El cielo azul. El sol. Los árboles negros. Un murciélago solitario colgado encima de él, como un buitre deforme. Thomas se quedó totalmente quieto y miró a través de ojos entrecerrados, decidido a entender lo que ocurría.

Acababa de tener otro sueño increíblemente verosímil de un lugar llamado Denver.

Por un fugaz momento se sintió aliviado de que su sueño fuera sólo eso: un sueño. Que en realidad no le habían disparado en la cabeza y que su vida no corría verdadero peligro.

Pero entonces recordó que sí *estaba* en peligro. Se había golpeado la cabeza en una roca, se había cortado el pie en la roca afilada como una navaja, y había perdido el conocimiento bajo la roja mirada de un murciélago hambriento. No estaba seguro qué debía temer más: a los horrores en su sueño o a los horrores actuales.

Bill.

Tom abrió los ojos de par en par y los movió de lado a lado para ver tanto como pudiera sin tener que moverse. No logró ver de dónde venía el zumbido. Ramas toscas y angulares sobresalían de los árboles desprovistos de hojas. Árboles sin vida, carbonizados.

Tom se concentró, tratando de recordar. No le llegó a la mente ningún recuerdo anterior a su caída. La amnesia le había aislado la memoria. Los alrededores le parecían extrañamente conocidos, como si hubiera estado aquí antes, pero se sentía desconectado de la escena.

Le dolía la cabeza.

Sentía un dolor punzante en el pie derecho.

El murciélago no parecía tan amenazante como se veía anoche.

Tom se irguió lentamente sobre el codo y miró alrededor del bosque negro. A su izquierda había un gran campo negro de ceniza, entre él y una pequeña laguna. De los árboles colgaban frutos que no había visto la noche anterior, en una variedad asombrosa de colores. Rojos, azules y amarillos, todos colgando en contraste increíble con los escuetos árboles negros. Algo parecía muy mal aquí; más que los extraños alrededores, más que el hecho de que Bill hubiera desaparecido. Tom no sabía concretamente de qué se trataba.

A excepción del que colgaba sobre él, no había más murciélagos. Tom sabía de murciélagos, ¿verdad? En alguna parte en sus recuerdos idos, los murciélagos le eran totalmente conocidos. Sabía que eran peligrosos y malignos, y que tenían dientes afilados, pero no recordaba otros detalles; cómo evitarlos, por ejemplo. O cómo retorcerles el pescuezo.

Un manto negro se levantó en el campo. El zumbido aumentó.

Tom se puso de pie con dificultad. Lo que creyó que era ceniza negra sobre el campo en realidad era un manto de moscas. Estas zumbaban a pocos decímetros de la tierra, y luego se calmaban otra vez. Hasta donde se extendía el claro, los inquietos insectos de alas negras avanzaban lentamente unos tras otros, formando una gruesa y viva alfombra.

Él retrocedió, luchando con un súbito pánico. Tenía que salir de aquí. Debía hallar alguien a quién contarle lo que sucedía. Ni siquiera sabía de qué escapaba.

Pero *estaba* escapando, ¿no es así?

Por eso tuvo esos locos sueños de Denver. Soñó que huía en Denver porque en realidad *estaba* huyendo. Aquí, en este bosque negro.

Volteó a mirar en la dirección por la que supuso que había llegado, entonces comprendió rápidamente que no tenía idea por dónde vino. Detrás de él estaban las rocas afiladas como navajas que le habían tajado los pies y los brazos. Más allá de ellas continuaba el bosque negro. Por delante, el campo de moscas y luego más bosque negro. Por todas partes, los árboles negros y angulares.

Una risotada carraspeó en el aire a su derecha. Tom se volvió lentamente.

Un segundo murciélago a un paso de ahí lo miraba colgado en una rama. Parecía como si alguien hubiera metido dos cerezas en las cuencas de los ojos del animal volador y luego le hubiera vuelto a fijar los párpados.

Movimiento en el cielo. Tom levantó la mirada. Más murciélagos. Montones de ellos, llenando las desnudas ramas en lo alto. El murciélago cercano no se movía. Ni siquiera parpadeaba. Las copas de los árboles se ennegrecieron con murciélagos.

Con la mirada fija en la criatura solitaria, Tom se empujó hacia atrás en una roca, estirando la mano para apoyarse. La mano se le humedeció.

Un frío le recorrió por los dedos, y le subió por el brazo. Un placer helado. Sí, desde luego, el agua. Algo pasaba con el agua; ese era otro asunto que recordaba. Estaba consciente de que debía retirar bruscamente la mano, pero estaba fuera de balance y tenía la mirada fija en el murciélago que lo miraba con esos ojos rojos saltones, y dejó allí la mano por un momento.

Se apoyó en el codo y sacó la mano del agua, volviéndose a mirarla mientras lo hacía.

El pequeño charco de agua vibraba con tonos esmeralda; de inmediato se sintió atraído hacia ella. Su rostro estaba a cuarenta y cinco centímetros de este líquido brillante, y deseó desesperadamente meter la cabeza en el charco, pero sabía, simplemente sabía…

En realidad no estaba seguro de qué sabía.

Sabía que no podía quitar la mirada y enfocarla en otra parte, como en el zumbido de la pradera o en las ramas más altas aún llenas de murciélagos negros.

Los murciélagos le chillaban alegres en alguna parte trasera de su mente.

Tom metió lentamente un dedo en el charco. Otra oleada de placer le recorrió las venas, una sensación de hormigueo que le agradó. Más que agradarle, fue como novocaína. Y luego otra sensación se sumó a la primera. Dolor. Pero el placer era mayor. Con razón Bill había…

Un chillido surcó el cielo.

Los ojos de Tom se abrieron repentinamente de par en par y se miró insensiblemente la mano. Jugo rojo goteaba de los dedos. Jugo rojo o sangre.

¿Sangre?

Retrocedió.

Otro chillido por encima de él. Miró el cielo y vio que un murciélago blanco solitario traspasaba las filas de bestias negras, haciendo que se dispersaran de sus perchas.

Las criaturas negras salieron en persecución, oponiéndose obviamente a la presencia del volador blanco. Con un grito desgarrador el intruso blanco serpenteó por encima y se volvió a zambullir entre el tropel de chillidos. *Si los murciélagos negros son mis enemigos, el blanco podría ser mi aliado.* ¿Pero eran enemigos los murciélagos negros?

Tom volvió a mirar el agua. Palpitante, sorprendente. Se le ocurrió que no estaba pensando con claridad.

Un agudo llamado como de trompeta vino desde donde estaba el murciélago blanco. Tom se volvió de nuevo y vio que la criatura blanca daba vueltas y surcaba la pradera, moviéndose con mucha rapidez entre el enjambre de moscas negras. Entonces Tom logró ver brevemente los ojos verdes del murciélago blanco al descender en picada.

¡Él conocía esos ojos!

Si el anhelo de Tom era permanecer hoy con vida debía seguir al volador blanco. Estaba seguro de eso. Se puso en camino, y se dirigió tambaleándose al prado. La carne le dolía por las cortadas de la caída de ayer, y sentía ardor en los huesos, pero de repente vio todo muy claro. Debía seguir a la criatura blanca o moriría.

Obligó a sus pies a seguir adelante y a correr hacia la pradera a pesar del dolor. Había logrado llegar corriendo hasta el bosque negro, ¿de acuerdo? Era hora de volver a correr.

Al principio las moscas lo dejaron pasar. Un indómito enjambre se levantó de la laguna y zumbó en confusos círculos, como confundidas por el repentino giro de los acontecimientos. Tom se hallaba en mitad del campo, corriendo hacia los árboles negros en el extremo lejano, cuando ellas comenzaron a atacar. Le llegaron por la izquierda, en enjambres, atacándole violentamente el cuerpo y el rostro como bombarderos en picada, en lanzamientos suicidas.

Gritó lleno de pánico, levantó los brazos para cubrirse los ojos, y estuvo a punto de retroceder velozmente. Pero ya había llegado demasiado lejos.

De pronto sintió como si se le incendiaran los hombros, y con un sólo vistazo aterrado se dio cuenta de que las moscas ya le habían atravesado la camisa, y le consumían la carne. Lanzó manotadas como loco contra su piel y corrió hacia los árboles. Las moscas le cubrían el cuerpo, picándolo.

Cincuenta metros.

Agitó violentamente las manos frente al rostro para aclarar la visión, pero los pequeños insectos se negaban a irse. Se le metían por los oídos y la nariz. Furiosamente le atacaron los ojos. Quiso gritar, pero las moscas le picaron la lengua, y debió cerrar la boca. No iba a lograrlo.

Un coro de chillidos inundó el aire detrás de él. Los murciélagos negros.

Colmillos se hundieron en su pantorrilla izquierda. El dolor le subió vertiginosamente por la columna vertebral, y las últimas fibras de razón se le fueron de la mente. El tiempo y el espacio dejaron de existir. Sólo quedó la reacción instintiva. Los únicos mensajes que lograron pasar a través del zumbido en su cerebro eran para sus músculos, y estos decidieron correr o morir, matar o caer muerto.

Se aplastó la pantorrilla. El murciélago negro cayó a tierra, pero se llevó con él un pedazo de carne.

Veinte metros.

Otro murciélago se le sujetó del muslo. Tom se presionó los labios para no gritar, y agitó los brazos con cada onza de fortaleza que le quedaba en sus tensos músculos.

Se metió en el bosque, e inmediatamente se fueron las moscas.

Pero no los murciélagos.

Tom tenía la camisa destrozada y la piel roja. Cubierta de sangre. Tropezó con los árboles, asqueado, con las piernas entumecidas por la pérdida de sangre.

Un murciélago negro se le posó en el hombro, pero todos los nervios cortados por los agudos colmillos de las bestias ya estaban inflamados por el dolor, y Tom ahora apenas notó el bulto negro sobre el hombro. Otra alimaña se le adhirió de las posaderas. Haciendo caso omiso a los murciélagos, se movió como un borracho entre los árboles.

¿Dónde estaba el murciélago blanco? Allí. A la izquierda. Tom viró bruscamente, se golpeó en el árbol del frente, y cayó a tierra. Intentó evitar la caída con el brazo derecho, pero el antebrazo se le fracturó con un tremendo chasquido. Un candente dolor le subió hasta el cuello.

Se desprendieron los murciélagos adheridos a su cuerpo, y chillaron en protesta batiendo furiosamente las alas. Tom luchó por ponerse de pie y caminó tambaleándose, el brazo derecho le colgaba inútilmente al costado. Los murciélagos se le volvieron a posar en el cuerpo estremecido, esforzándose por afirmarse, y comenzaron a morder de nuevo.

Él siguió a tropezones, vagamente consciente de que habían desaparecido sus mocasines y la mayor parte de su ropa, quedándole sólo un taparrabos. Podía sentir cómo los colmillos le desgarraban el muslo.

Una voz, impredecible y ronca, resonó suavemente entre los árboles.

—Encontrarás tu destino conmigo, Tom Hunter.

Podía jurar que la voz había venido de uno de los murciélagos detrás de él. Pero entonces él salió del bosque hacia la orilla de un río, y no pensó más en la voz.

Un puente blanco cruzaba la torrentosa agua. Un bosque altísimo y multicolor bordeaba la orilla lejana, deslumbrando como una caja de crayones con una capa brillante de ramas verdes. Se detuvo ante la vista.

Verde. Un espejismo celestial.

Tom renqueó hacia el puente, apenas consciente de los murciélagos que le chillaban en la espalda. Respiraba entrecortadamente. La carne le temblaba. Los murciélagos negros se le soltaron de la espalda. El murciélago blanco solitario batía ansiosamente las alas sobre una rama baja al otro lado del río. El aliado de Tom era grande, quizá tan alto como las rodillas de él con una envergadura tres veces mayor. Sus amables ojos verdes fijos en él.

Él conocía muy bien a este murciélago, ¿o no? Al menos sabía que ahora su esperanza reposaba en esta criatura.

Tom vio en su visión periférica que miles de las negras criaturas se alinearon en los desnudos árboles detrás de él. Trepó tambaleándose al puente y se agarró fuertemente de las barandas para apoyarse. Su mente empezó a vagar con el agua que corría por debajo. Lenta pero firmemente atravesó el puente, sobre las precipitadas aguas, todo el camino hasta el otro lado. Cayó en un espeso lecho de pasto verde esmeralda.

Estaba agonizando. Eso fue lo último que pensó antes de que el dolor lo metiera a empujones al mundo de la inconsciencia.

5

ALGO LO despertó. Un ruido o una brisa... algo lo había arrancado de sus sueños.

Tom parpadeó en la oscuridad. Respiró fatigosamente, e intentó aclarar la mente. Los murciélagos no fueron simple producto de su imaginación. Nada lo era. Su nombre era Tom Hunter. Había caído sobre una roca y perdido la memoria, y había escapado del bosque negro. Con dificultad. Ahora acababa de perder el conocimiento y estaba soñando.

Soñando que era Tom Hunter, perseguido por agiotistas a los que había estafado cien mil dólares cuatro años atrás en Nueva York.

El problema era que sentía tan real este sueño de Denver como el del bosque negro. Tendría que haber una manera de comprender si él estaba de verdad, en este mismo instante, tendido físicamente sobre un lecho de hierba verde o mirando el cielorraso de un apartamento en Denver, Colorado. Probaría la realidad de este ambiente poniéndose de pie y caminando alrededor, pero eso no iba a ser de ayuda si sentía que sus sueños eran reales. Se podría asegurar que tenía destrozada la piel, o roto el brazo; sin embargo, ¿desde cuándo los sueños reflejaban la realidad? Se había fracturado el brazo en el bosque negro, pero aquí en este sueño de Denver podría estar totalmente sano. La condición del cuerpo de una persona no necesariamente se correlaciona con los sueños.

Tom movió el brazo. No tenía huesos rotos. Debía encontrar una manera de salirse de este sueño y despertar en la orilla del río antes de que muriera allí, tendido en el pasto.

La puerta se abrió y Tom reaccionó sin pensar. Agarró el machete, rodó hasta el suelo, y se puso en posición uno, con la hoja extendida hacia la puerta.

—¿Tom?

Kara se hallaba en la puerta, frente a él con ojos desorbitados. No había duda de que ella parecía muy real. Parada allí mismo, vestida con su uniforme blanco de enfermera, el largo cabello rubio recogido, y los ojos azules tan brillantes y resueltos como siempre. Él se enderezó.

—¿Esperabas a alguien? —preguntó ella mientras pulsaba el interruptor.

El apartamento se iluminó. Si esto era real y no un sueño, la luz podría atraer sabandijas nocturnas. Los neoyorquinos.

—¿Parece que estuviera esperando a alguien? —preguntó a su vez Tom.

—¿Para qué es el machete? —interrogó ella, señalándole la mano con un gesto de la boca.

Tom bajó la hoja. Esto no podía ser un sueño, ¿o sí? Ahora estaba aquí en su apartamento, no tendido inconsciente cerca de algún río.

—Tuve un sueño absurdo.

—Ah, ¿cómo así?

—Lo sentí real. Quiero decir *realmente* real.

—Una pesadilla, ¿eh? —señaló Kara mientras lanzaba la cartera al extremo de la mesa—. ¿No se sienten así todas las pesadillas?

—Este no fue sólo como cualquier sueño que se siente real. Me quedo dormido en mi sueño, y luego despierto aquí.

Ella lo miró, perpleja.

—Lo que estoy diciendo es que despierto aquí sólo cuando me quedo dormido allá.

—¿Y? —cuestionó ella poniendo la mirada en blanco.

—¿Y cómo sé que no estoy soñando aquí, ahora mismo?

—Porque yo estoy parada aquí, y puedo decirte que ahora mismo no estás soñando.

—Desde luego que puedes. Estarías en el sueño, ¿no es así? Por eso creerías que eres real. Por eso creo que eres...

—Has escrito demasiadas novelas, Thomas. Es tarde, y necesito dormir un poco.

Ella tenía razón. Y si tenía razón, los problemas de ellos no eran tan sencillos como un caso de novelista con ideas delirantes que es perseguido por murciélagos negros.

Kara dio media vuelta y se dirigió a su cuarto.

—Este… ¿Kara?

—Por favor. Precisamente ahora no tengo energías para otra crisis.

—¿Qué te hace creer que esta es una crisis?

—Sabes que te amo, hermano —expresó ella, volviéndose—, pero créeme, cuando te despiertas con un machete en la mano, diciéndome que soy parte de tu sueño, pienso: *Tommy se está poniendo como una fiera.*

La observación de ella era correcta. Tom miró por la ventana. Ninguna señal de algo.

—¿Me he puesto antes como una fiera? —cuestionó él—. No recuerdo haber hecho eso.

—*Vives* como una fiera —resaltó ella, e hizo una pausa—. Lo siento, eso no es justo. Aparte de comprar veinte mil dólares en esculturas que no logras vender, de intentar contrabandear pieles de cocodrilo en ellas, y…

—¿Sabes acerca de eso?

—Por favor —enunció ella, sonriendo—. Buenas noches, Thomas.

—Me dispararon en la cabeza esta noche —confesó, y de pronto le volvió la urgencia; corrió a la ventana y miró haciendo a un lado la cortina—. Si esto no es un sueño, entonces tenemos un gravísimo problema.

—Ahora *estás* soñando —afirmó ella.

Tom se quitó la gorra. La herida debe haber sido obvia, porque los ojos de ella se abrieron de par en par.

—No te engaño. Me persiguieron unos tipos de Nueva York y me dispararon en la cabeza. Me desmayé en un basurero pero escapé antes de que me encontraran. Y tienes razón, no estoy muerto.

Kara se le acercó, incrédula.

—¿Te dispararon en la cabeza? —preguntó, mientras le revisaba suavemente el cuero cabelludo, como haría una enfermera.

—Está bien. Pero nosotros quizá no lo estemos.

—¡Es una herida en la cabeza! Necesitas un vendaje sobre esto.

—Es sólo una herida superficial.

—Lo siento, Tommy. No tenía idea.

Él cerró los ojos y respiró profundo.

—Si sólo supieras. Soy yo quien debería estar apenado —manifestó él, y luego continuó hablando entre dientes—. No puedo creer que esté sucediendo esto.

—¿No puedes creer *lo que* está sucediendo?

—Tenemos un problema, Kara —declaró él, caminando de un lado otro; ella iba a matarlo, pero ahora él no tenía alternativa—. ¿Recuerdas cuando mamá perdió la razón después del divorcio?

—¿Y?

—Yo estaba allí con ella en Nueva York. Mamá no podía trabajar, se metió en una grave deuda, y fueron a quitarle todo.

—Le ayudaste a solucionar el asunto—añadió Kara—. Vendiste tu parte de la compañía de turismo y la sacaste de apuros. ¿Es eso lo que vas a decir?

—No, no vendí nada. Yo ya estaba quebrado.

—No me digas que pediste dinero prestado a esos pillos de los que solías hablar.

No hubo respuesta.

—¿Thomas? ¡No! No —exclamó ella levantando las manos en exasperación y apartándose; luego se volvió—. ¿Cuánto?

Tom sacó el recibo, se lo entregó, y regresó a la cortina, ahora tanto para evitar la mirada de Kara como para volver a revisar el perímetro.

—¿Cien dólares?

—Mil —contestó él.

—¿Cien mil dólares? ¡Eso es una locura!

—Bueno, a menos que esté soñando, eso es real. Mamá necesitaba sesenta para saldar la cuenta, tú necesitabas un auto nuevo, y yo necesitaba veinticinco mil para mi nuevo negocio. Las esculturas.

—¿Y saliste de Nueva York como si nada pasara, esperando que ellos se quedaran satisfechos con eso?

—No salí como si nada. Dejé un rastro hasta Sudamérica y luego partí con toda la intención de pagarles a tiempo. Tengo un comprador en Los Ángeles que está interesado en las esculturas… debería sacar cincuenta, y eso sin el contrabando. Sólo que tardé un poco más de lo que esperaba.

—¿Un *poco* más? ¿Y mamá? ¿La estás poniendo en peligro?

—No. Ellos no sabían de ninguna conexión. En lo que a los registros respecta, ella obtuvo su dinero del convenio de divorcio. Pero eso no es lo importante. Lo que importa es que me encontraron, y dudo que estén interesados en algo más que dinero. Ahora.

Kara comprendió el significado total de lo que él decía. Desapareció cualquier simpatía que sintiera por la herida de bala de su hermano.

—Por supuesto que te encontraron, ¡idiota! ¿Qué crees que es esto... Manila? No puedes huir con cien mil dólares de la mafia y esperar vivir feliz para siempre. Si dejan que alguien logre escapar, ¡les robaría cualquier Tom, Zutano, Mengano y Perencejo!

—¡Lo sé! Sólo me dispararon, ¡por el amor de Dios!

—¡Tendremos suerte si no nos disparan *a los dos*! ¿En qué estabas pensando al mudarte aquí?

La declaración de Kara lo golpeó de costado. Aspiró profundamente y cerró los ojos. De repente todo el asunto le pareció insostenible. Había arriesgado más de lo que alguna vez su hermana podría imaginar para ayudar a la madre de ambos. Había dejado atrás una vida en Nueva York para protegerla, para cortar radicalmente con todo, para recuperar el negocio de importaciones de él. Nunca se le había ocurrido que pondría en peligro a Kara al llevar esta deuda a Denver.

Ella quería saber en qué estuvo pensando él al mudarse aquí. Estuvo pensando en que los dos habían sido abandonados por sus padres. En que no tenían amigos de verdad. O un verdadero hogar. En que estaban en suspenso entre países y sociedades, preguntándose dónde calzarían. Él quería ser hermano de Kara... ayudarla y recibir ayuda de ella.

—Yo tenía veintiún años —expresó él.

—¿Y qué?

—Pues que no estaba pensando. Tú pasabas dificultades.

—Lo sé —reconoció ella, dejando caer con fuerza las manos sobre los muslos—. Y estuviste siempre ahí para mí. Pero esto... simplemente no puedo creer que fueras tan estúpido.

—Lo siento. De veras, lo siento.

Kara lo miró y comenzó a caminar de un lado a otro. Se estaba acalorando mucho, pero no podía decapitarlo. Ellos habían sido muy unidos. Al haberse criado en una tierra extranjera se había entretejido un vínculo indivisible entre ellos.

—Puedes ser un idiota, Thomas.

Además, el vínculo estaba sujeto a ser estirado de vez en cuando.

—Mira —se animó a decir él—, sé que esto no es bueno, pero no es del todo malo.

—Por supuesto que no. Aún estamos vivos, ¿correcto? Deberíamos estar eternamente agradecidos. Caminamos y respiramos. Tú tienes una herida en la cabeza, pero pudo haber sido peor. ¡Deberíamos estar brindando por nuestra buena suerte!

—Ellos no saben dónde vivimos.

—Entiendo, y ese es el problema aquí —debatió ella—. El asunto ya pasó de *yo* a *nosotros*. Y no hay nada que *nosotros* podamos hacer al respecto.

El dolor de cabeza de Tom le estaba volviendo fuertemente. Lo azotó una ola de mareo, y se dirigió de modo vacilante hacia el canapé. Se dejó caer y se quejó.

Kara suspiró y desapareció en su cuarto. Salió pocos segundos después con gasa, un frasco de peróxido y un tubo de ungüento antibiótico, y se sentó a su lado.

—Déjame ver eso.

Tom miró hacia la pared y dejó que ella frotara la herida con peróxido.

—Si supieran dónde vivimos, ya estarían aquí —indicó él.

—Quédate quieto.

—No sé cuánto tiempo tenemos.

—Yo no voy a ir a ninguna parte —enunció ella enfáticamente.

—No podemos quedarnos aquí, y tú lo sabes. Me encontraron en Denver, tal vez a través del teatro-cafetería. Debí haber pensado en eso… el teatro se promociona en toda la nación. Mi nombre está en los créditos.

Ella le enroscó la gasa alrededor de la cabeza y la vendó.

—Parece adecuado que una producción de *Alicia en el país de las maravillas* terminara siendo tu deceso, ¿no crees?

—Por favor. Esto no tiene nada de divertido.

—Nunca ha sido divertido.

—Ya exteriorizaste tu opinión, ¿correcto? Soy un tonto, lo siento, pero el hecho es que aún *estamos* vivos, y que algunos individuos muy malos *intentan* matarme.

—¿Ya llamaste a la policía?

—Eso no detendrá a estos tipos —señaló mientras se pasaba la mano por el vendaje y se ponía de pie; su mundo se inclinó absurdamente.

—Siéntate —ordenó Kara.

Ella estaba siendo mandona, pero él se merecía ser mandado en ese momento. Además, dejar que ella lo mandara le ayudaría a reparar cualquier ruptura en la relación entre ellos.

Se sentó.

—Tómatelas —le volvió a ordenar al tiempo que le pasaba dos pastillas que él se metió a la boca y se tragó sin agua.

Kara volvió a suspirar.

—Bueno, desde el principio. Tienes detrás de ti algunos matones mafiosos después de que les robaras cien mil dólares. Luego de cuatro años tus pecados finalmente te alcanzaron, según parece por medio del teatro-cafetería Magic Circle o el Java Hut. Te disparan y tú escapas. Pero estabas a pie, así que saben que vives cerca, y sólo es cuestión de tiempo que te encuentren otra vez. ¿Correcto?

—Así es más o menos.

—Para colmo, el golpe en tu cabeza te está haciendo creer que vives en otro mundo. ¿Sigue siendo así?

—Quizá —asintió él—. En cierto modo.

—Esto es una locura —expresó ella cerrando los ojos.

—Tal vez. Pero tenemos que salir de aquí.

—¿Y exactamente dónde se supone que vayamos? Tengo un trabajo. Sencillamente no puedo recoger las cosas y largarme.

—No estoy diciendo que no podamos regresar. Sólo que no podemos esperar aquí a que vengan —explicó Tom, se puso de pie y comenzó a caminar de un lado a otro, haciendo caso omiso de un fortuito arrebato de desorientación—. Quizá debamos volver a Filipinas por un tiempo. Tenemos pasaportes. Tenemos amigos que…

—Olvídalo. Me ha tomado diez años desligarme de Manila. No voy a regresar. No ahora.

—Por favor, tienes más de filipina en ti que de estadounidense. No puedes huir por siempre.

—¿Quién recibió la bala en la cabeza? Ya no *estoy* huyendo. Estoy aquí. Soy estadounidense, vivo en Denver, Colorado, y me gusta la persona en quien me he convertido.

—Yo también. Pero si ellos vienen desde tan lejos para saldar una deuda, ¡me acosarán por el resto de mi vida!

—Debiste pensar en eso antes.

—Como dije, ya expresaste tu opinión. Ya no me rompas el pellejo con eso —señaló él y respiró profundamente—. Tal vez pueda falsificar mi muerte.

—Para empezar, ¿cómo diablos te las arreglaste para hablarles de cien mil dólares?

—Los convencí que yo era traficante de armas —informó él encogiéndose de hombros.

—Vaya, eso es simplemente grandioso.

Las pastillas para el dolor estaban empezando a marearlo. Tom se volvió a sentar, se recostó y cerró los ojos.

—Tenemos que hacer algo —insistió.

Se quedaron en silencio por un largo minuto. Kara había insistido siempre que era feliz aquí en Denver, pero tenía veintiséis años, era hermosa y no había salido con nadie en tres años a pesar de que hablaba de casarse. ¿Qué significaba eso? Que era extranjera en tierra extranjera, así como él. Por mucho que lo intentaron, no lograban escapar de su pasado.

—Estoy segura que pensarás en algo —comentó Kara—. No creo que yo pueda salir.

—No voy a dejarte aquí sola. Ni de broma —le aseguró él; la cabeza le daba vueltas—. ¿Qué me diste?

—Demerol —contestó ella, levantándose y yendo hacia la ventana—. Esto es totalmente absurdo.

Tom dijo algo. Algo acerca de salir de inmediato. Algo acerca de que necesitaban dinero. Pero su voz sonó distante. Tal vez debido al Demerol, quizá al golpe en la cabeza. Posiblemente porque en realidad se hallaba tendido a la orilla de un río, despellejado, muriendo.

Kara estaba diciendo algo.

—¿Qué? —preguntó él.

—…en la mañana. Hasta entonces…

Eso fue todo lo que él captó.

6

AL PIE DEL puente que formaba un arco, sobre espesa hierba verde, el hombre ensangrentado yace boca abajo como si hubiera estado muerto por días. Las negras bestias en la orilla opuesta han abandonado los carbonizados árboles. Dos criaturas blancas están inclinadas sobre el cuerpo boca abajo, sus alas plegadas alrededor de sus peludos torsos, sus cortas y débiles piernas se mueven de tal modo que sus cuerpos se balancean como pingüinos.

—Rápido, dentro del bosque —instó Michal.

—¿Podemos arrastrarlo? —preguntó Gabil.

—Desde luego que podemos. Agárralo de la otra mano.

Se inclinaron, aunque no mucho (erguidos sólo medían como un metro) y transportaron al hombre desde la orilla. Michal los guió sobre el pasto, por los árboles, dentro de un pequeño claro rodeado por árboles frutales. En el terreno no había desechos ni piedras, pero no podían darle ninguna prelación a la barriga del hombre. Pronto eso no importaría.

—Aquí —anunció Michal soltando la mano del hombre—. Supongo que no puede oírnos.

—Por supuesto que ni puede entendernos. No señor —respondió Gabil, arrodillándose al lado del hombre—. ¿Cómo nos puede entender estando inconsciente?

—¿Dices que lo *guiaste* para que saliera del bosque negro? —preguntó Michal tanteando ligeramente el hombro del individuo con un débil pie parecido a la pata de un ave.

No que debería dudar de su amigo, pero Gabil tenía una manera de sacar provecho de cualquier historia. Ese fue más un comentario que una pregunta.

Gabil asintió y arrugó su frente ligeramente peluda. La expresión parecía fuera de lugar en su rostro redondeado y suave.

—Tiene suerte de haber salido con vida —manifestó Gabil estirando un ala en la dirección en que habían venido—. Con las justas logró atravesar los árboles negros. Deberías haber visto a los *shataikis* que lo atacaban. Al menos diez.

Gabil brincaba alrededor del cuerpo caído.

—Debiste haberlo visto, Michal. De veras que debiste verlo. Él debe ser del lado lejano… no lo reconozco.

—¿Cómo pudiste haberlo reconocido? Le destrozaron la piel.

—Lo vi antes de que le quitaran la piel. Te lo aseguro, este nunca antes había estado en estas partes —contestó Gabil, meneándose y vigilando de nuevo el postrado cuerpo.

—Bueno, él no bebió el agua; es lo que en realidad importa —expresó Michal.

—Pero pudo haberlo hecho si yo no hubiera entrado volando —discutió Gabil con entusiasmo.

—¿Y por qué entraste volando…?

Ellos ya casi nunca enfrentaban a los murciélagos negros. Hubo un tiempo, hace mucho, en que se habían lidiado heroicas batallas, pero de eso ya había pasado un milenio.

—Porque vi el cielo negro con shataikis como desde kilómetro y medio, por eso. Entré volando alto, pero cuando vi al hombre, ya no pude dejarlo. Había mil de esas bestias volando como locas en círculos alrededor de mí, te lo digo. En cierto modo, algo espectacular.

—¿Y cómo te las arreglaste para escapar de mil shataikis?

—¡Michal, por favor! ¡Se trata de mí! El *conquistador* de shataikis —exclamó Gabil al tiempo que levantaba un ala imitando burlonamente un saludo—. Moscas o alimañas, negras o rojas, espoléalas. Las enviaré a las tinieblas.

Él esperó una reacción de Michal, y al no recibirla, continuó.

—En realidad, los tomé por sorpresa. En la sombra. ¿Y te conté lo de las moscas? Embestí en medio de una multitud de insectos como si fuera el mismísimo aire.

—Por supuesto que lo hiciste —contestó Michal, e hizo una pausa pensando—. Bien hecho.

Michal inclinó la cabeza y analizó la espalda del hombre, que se inflaba al respirar. Aún salía sangre de los tres hoyos abiertos en el cuello, las posaderas y el muslo derecho, donde los shataikis lo habían comido hasta el hueso. Su carne temblaba bajo el ardiente sol. Había algo raro respecto del hombre. Era bastante extraño que alguien de una de las aldeas distantes hubiera entrado al bosque negro. Sólo había ocurrido una vez antes. Pero lo más extraño era que se podía oler la fetidez que salía de la respiración del harapiento tipo… como el aliento de los murciélagos shataikis.

—Bueno, démonos prisa entonces. ¿Tienes el agua?

—¿Hola?

Los dos giraron a la vez. Una joven mujer estaba parada al borde del claro, con los ojos bien abiertos. Rachelle.

RACHELLE MIRÓ el ensangrentado cuerpo, asombrada ante la horripilante escena. ¿Había visto alguna vez algo tan terrible? ¡Nunca! Se acercó corriendo, la túnica roja se le agitaba debajo de las rodillas.

—¿Qué… qué es?

Un hombre, por supuesto. Rachelle pudo ver eso por los músculos en la espalda y las piernas. Se hallaba sobre el vientre, la cabeza vuelta hacia ella, todo ensangrentado.

—¿Quién es?

Los *roushes*, Michal y Gabil intercambiaron una mirada.

—No lo sabemos —contestó Michal.

—No es alguien conocido —terció Gabil—. No señor, este es alguien de una de las otras aldeas.

Rachelle se detuvo, boquiabierta. Un brazo del hombre mostraba un ángulo extraño, hábilmente roto debajo del codo. El pecho de ella se llenó de empatía.

—¡Pobre! ¡Pobre ángel, pobrecito! —exclamó arrodillándose al pie del hombro masculino—. ¿Cómo le pudo haber sucedido algo como esto?

—Los murciélagos. Lo guié desde el bosque negro —expresó Gabil.

—¿Los murciélagos? —preguntó ella con un destello de inquietud—. ¿Estaba él *en* el bosque negro?

—Sí, pero no bebió del agua —informó Michal.

Se hizo silencio entre ellos. ¡Esta era la obra de los shataikis! En realidad ella nunca había visto uno, mucho menos se había topado con sus colmillos, pero aquí en la hierba había suficiente evidencia de la terrible brutalidad de esas bestias. Mucha sangre. ¿Por qué los roushes no lo habían sanado de inmediato? Ellos sabían tanto como ella cómo la sangre corrompía a un hombre. Corrompía al hombre, la mujer, el niño, la hierba, el agua, todo lo que tocaba. No debía derramarse. Y en las raras ocasiones en que sucedía, había acuerdos.

La ira desplazó la inquietud de Rachelle. ¿Qué clase de pensamiento podría influir en alguna criatura para hacerle esto a un hombre?

—¡Por esto es que Tanis ha hablado de hacer una expedición para destruir a los murciélagos! —exclamó ella—. ¡Es horrible!

—¡Y cualquier expedición pondría a Tanis en la misma condición! —enunció Michal de manera impaciente—. No seas ridícula.

Rachelle retornó la mirada hacia el cuerpo sangriento. Él respiraba a un ritmo constante, inconsciente a este mundo. Pobre e inocente alma.

Pero un aire de misterio e intriga parecía manar del hombre. Había entrado al bosque negro sin sucumbir al agua. ¿Qué clase de varón podría hacer algo así? Sólo uno muy fuerte.

—El agua, Gabil —dijo Michal.

El roush más pequeño sacó de debajo del ala una bolsa de cuero con agua.

Rachelle deseó estirar la mano; tocar la piel del hombre. El pensamiento la sorprendió.

¿Podría *él* ser el hombre? Este pensamiento la sorprendió aun más. ¿Cómo podía ella atreverse a pensar en elegir para casarse a un hombre que no conocía?

Michal había agarrado el botellón de cuero de Gabil y sacado el corcho del cuello.

Cuán absurdo que ella pensara en este hombre maltratado como algo más que alguien que necesitara con desesperación el agua y el amor de Elyon. Pero el pensamiento se le fortaleció en la mente. Ella se sintió irrevocablemente atraída, como la sangre al corazón. ¿Desde cuándo hombres y mujeres calificaban a quienes escogían? Todos los hombres eran buenos, todas las mujeres eran buenas, todos los matrimonios perfectos. ¿Por qué entonces no este hombre si tan de repente ella se sintió atraída por compasión hacia él? Él era el primero que había visto en tan desesperada necesidad del agua de Elyon.

Michal caminó hacia adelante bamboleándose. Inclinó el botellón.

—Espera —ordenó Rachelle levantando la mano.

—¿Esperar?

Ella no estaba segura qué le había pasado, pero la emoción le haló fuertemente el corazón en una forma que nunca antes había sentido. Miró a Michal.

—¿Está… crees que él esté marcado?

Los dos roushes intercambiaron otra mirada.

—¿Qué quieres decir? —preguntó Michal.

La frente del hombre, la cual llevaría la marca de unión, se hallaba cubierta de sangre. De pronto Rachelle se desesperó por limpiar la sangre y ver si él llevaba el revelador círculo de dos centímetros y medio que señalaba su unión con otra mujer. O el medio círculo que significaba que estaba prometido. Pero ella vaciló; sangre derramada era la ruina de la creación de Elyon, y se debía evitar o restaurar de inmediato.

—Por favor, no puedes estar pensando seriamente… —objetó Michal mientras bajaba la bolsa de agua.

—¡Es una idea maravillosa! —exclamó Gabil, brincando de arriba abajo—. Maravillosamente romántica.

—¿Por qué no? —le preguntó Rachelle a Michal.

—¡Ni siquiera lo conoces!

—¿Desde cuándo eso ha sido concluyente para alguna mujer? ¿Ejerce Elyon tal discriminación? Además, yo *lo* encontré.

—Lo que estás sintiendo es empatía, con seguridad no…

—No seas tan rápido para decidir lo que estoy sintiendo —le interrumpió Rachelle—. Te estoy afirmando que tengo un fuerte sentimiento por este hombre. La pobre alma ha estado pasando la más horrible prueba imaginable.

—Pero no es la peor imaginable —cuestionó Michal—. Créeme.

—Pero eso no es lo importante. Lo importante es que siento una atracción muy fuerte por este hombre, y creo que tengo la intención de escogerlo. ¿Es eso tan irrazonable?

—No, no creo que sea irrazonable del todo —anunció el roush más pequeño—. ¡Es muy, muy, pero muy romántico! No seas tan cauteloso, Michal, ¡es una idea extraordinaria!

—No tengo idea si está marcado —advirtió Michal, no obstante parecía haberse suavizado.

Rachelle tenía veintiún años, y nunca antes había sentido un deseo tan fuerte de escoger un hombre. La mayoría de mujeres de su edad ya habían elegido y sido escogidas. Ella sin duda era elegible. Y en realidad no importaba a quién eligiera sino que eligiera. Esa era la costumbre.

Ella arrancó un puñado de hierba y lo llevó hasta la frente del hombre. Limpió la sangre, cuidando de no tener ningún contacto con la sangre.

¡Ninguna marca!

El corazón le palpitó con fuerza. La costumbre era rara pero clara. Cualquier mujer elegible que trajera sanidad a un hombre elegible le mostraba su invitación. Ella lo estaba escogiendo. El hombre entonces le aceptaría la invitación y la elegiría persiguiéndola.

—No hay marca —anunció Rachelle, parándose lentamente.

—Es perfecto, ¡perfecto! —exclamó Gabil, dando brincos.—Parece muy insólito, sin siquiera saber de qué aldea viene —comentó Michal, mirando primero a Rachelle y luego al hombre—. Pero supongo que tienes razón. Es tu decisión. ¿Te gustaría traerle sanidad?

Los huesos de ella temblaron. Parecía muy osado. Muy audaz. Pero al mirar al hombre, ella supo que hasta hoy no había tomado su decisión porque era más audaz que la mayoría. ¿Era él un hombre bueno? Por supuesto. *Todos* los hombres eran buenos. ¿La perseguiría él? ¿Qué hombre no tendría amores con una mujer que lo hubiera invitado? ¿Y qué mujer no tendría amores con un hombre que la hubiera escogido? Esa era la naturaleza del Gran Romance. Todos lo sabían. Estupendamente.

En esta situación de lo más extraordinaria y atrevida, Rachelle estaba lista para escoger a este hombre. De repente ella estaba más lista para elegir a este hombre y ser elegida por él de lo que podría expresar cualquier roush, incluso los más sabios, como Michal. ¿Cómo podrían ellos entender? No eran humanos.

—Me gustaría —contestó Rachelle—. Sí, lo haría.

Ella alargó una mano temblorosa hacia la bolsa.

—Dame el agua —pidió.

—¿Estás segura? —preguntó Michal con una sonrisa en los labios y una ceja arqueada.

—Dame la bolsa. ¡Estoy muy segura!

—Aquí la tienes —contestó él pasándole el agua.

Rachelle agarró la alforja. Impulsivamente se llevó la bolsa a los labios y sorbió la dulce agua verde. Una oleada de poder le recorrió el vientre y la hizo estremecer.

—Bien, vamos, Gabil —expresó Michal—. Gíralo.

Gabil dejó de brincar de un lado a otro, agarró el brazo del hombre, y lo hizo rodar sobre su espalda.

—Oh querido —pronunció—. Sí señor. Él *está* mal, ¿no es así? Sí señor. Oh, que Elyon tenga misericordia de este pobre ser.

El brazo roto del hombre yacía ahora doblado sobre sí mismo.

La emoción que la había forzado envolvió a Rachelle. Le costaba esperar otro segundo para traerle sanidad a este hombre. Cayó de rodillas, inclinó la bolsa sobre el rostro de él, y dejó que la clara agua verde le corriera por los labios. El agua pareció brillar un poco y luego se extendió sobre el rostro del hombre, como buscando la clase correcta de sanidad para esta carne. Al instante las inflamaciones rojas en la carne empezaron a desvanecerse y a armonizar con la piel rosada. La piel se le tensó. Del rostro surgieron formas de una nariz, labios y párpados.

Rachelle vertió ahora el agua sobre el resto del cuerpo del hombre, y tan rápidamente como el agua se extendía sobre su piel, la sangre se desvanecía, la rojez desaparecía, y los cortes se rellenaban de carne nueva. Los moretones debajo de la piel perdieron su color morado. De pronto el antebrazo fracturado del hombre se zarandeó de donde se hallaba y comenzó a enderezarse. Gabil lanzó un aullido y dio un paso atrás por el apéndice que se agitaba. El brazo se restableció de súbito con un fuerte estallido.

Rachelle miró al hombre transformado frente a ella, asombrada de la belleza de él. Piel dorada, rostro firme, músculos tensos, venas brotadas en sus brazos. El agua de Elyon lo había sanado por completo.

Ella acababa de escoger a este hombre como su compañero, ¿no es así? El pensamiento casi era más de lo que podía comprender. ¡Acababa de escoger realmente a un hombre! Aún faltaba que él la escogiera, naturalmente, pero…

El hombre aspiró una tremenda bocanada. Gabil profirió un corto grito, que inquietó a Rachelle aun más que el repentino movimiento del hombre. Ella se echó hacia atrás y se paró de un salto.

Los ojos del hombre parpadearon hasta abrirse.

⸺◦◦◦⸺

LA BRILLANTE LUZ se filtró dentro de los ojos de Tom, y lentamente volvió en sí. Su mente luchó por orientarse. Por encima un cielo azul. Brillante follaje verde titilaba en la brisa.

Este no era Denver.

Después de todo, no se hallaba tendido en el sofá luego de consumir Demerol. Todo en Denver había sido un sueño. Gracias a Dios. Lo cual significaba…

Los murciélagos negros.

Tom se irguió hasta quedar sentado frente a un bosque de árboles que brillaban con troncos de color marrón, ámbar y rojo. Giró a su izquierda. Dos criaturas blancas lo miraban con sus ojos verde esmeralda. Como primos blancos de los murciélagos negros, con rasgos redondeados.

El más pequeño de los dos miraba detrás de él. Tom siguió su mirada. Una mujer con largo cabello café, que usaba un vestido rojo de satén, se hallaba a tres metros de él, con los ojos bien abiertos por el asombro.

Se puso de pie, inmediatamente consciente de que su cuerpo no estaba maltratado. Ni siquiera sangraba.

La mujer lo miraba sin moverse. Las pequeñas criaturas peludas lo miraban burlonamente. Él oyó el sonido del agua que corría cerca. ¿Dónde estaba? ¿Conocía a la mujer? ¿A estas criaturas?

—¿Hay algún problema? —preguntó el más grande de los dos peludos blancos.

Tom miró. Acababa de oír palabras que venían de los labios de un animal.

Pero eso no era nada extraño, ¿o sí? No del todo. Sacudió la cabeza para aclarar los pensamientos, pero estos permanecieron confusos.

La criatura volvió a hablar.

—Viniste del bosque negro. No te preocupes, no bebiste el agua. Soy Michal, este es Gabil, y esta… Es Rachelle —señaló con su ala a la mujer, y le pronunció el nombre como si debiera significar algo para Tom. Por último preguntó—. ¿Cómo te sientes?

— Si, ¿cómo te sientes? —repitió la otra criatura, Gabil.

Por su mente pasaron detalles de su carrera a través del bosque negro. Sintió todo vagamente conocido, pero su recuerdo no se extendía más allá de la última noche, cuando había despertado después de golpearse la cabeza sobre la roca. Se palpó la herida en el cráneo. Ya no estaba.

Bajó la mirada hacia su cuerpo y lentamente recorrió con una mano su pecho desnudo. No tenía heridas, moretones, ni siquiera una señal de la carnicería que recordaba de la persecución.

—Me siento bien —contestó Tom mirando a la mujer.

Ella arqueó una ceja y sonrió.

—¿Bien? —averiguó, yendo hacia delante con pies descalzos y deteniéndose a un brazo de distancia—. ¿Cómo te llamas?

—¿Thomas Hunter? —expresó él titubeando.

—Pues me alegro de conocerte, Thomas Hunter.

Ella alargó la mano y él intentó agarrarla, pero en vez de eso ella deslizó los dedos sobre la palma de él. Ese era el saludo. Él hasta había olvidado eso.

—Eres un hombre hermoso, Thomas Hunter —expresó ella—. Te he elegido.

La mujer lo dijo suavemente, y sus ojos le brillaron como estrellas. Era claro que esta información implicaba algo importante, pero Tom no tenía la más mínima idea de qué podría ser. No dijo nada.

Ella agachó la cabeza, retrocedió, y lo traspasó con una mirada contagiosa, como si acabara de revelar un secreto profundo y encantador.

Sin pronunciar otra palabra, ella se volvió y entró corriendo al bosque.

KARA DESPERTÓ a las tres de la mañana con un espantoso dolor de cabeza. Intentó hacer caso omiso del dolor y quiso volver a dormir antes de despertar por completo, pero su mente se resistió desde el mismo momento en que recordó el conflicto que Tom había traído a casa.

Finalmente hizo a un lado las cobijas, entró a su baño, e ingirió dos pastillas de calmante con un trago grande de agua fría. Si el apartamento tenía alguna deficiencia, era la ausencia de aire acondicionado.

Salió a la sala y se detuvo ante el canapé. Tom se hallaba cubierto con el edredón teñido que ella le había puesto encima, su posición prácticamente no había cambiado desde que lo dejara dos horas antes. Fallecido para el mundo.

Enmarañado cabello castaño se le rizaba sobre las cejas. Boca cerrada, respiración firme y profunda. Mandíbula recta, bien afeitada. Cuerpo delgado y fuerte. Mente tan amplia como los océanos.

Kara había sido injusta al cuestionarle su decisión de traer sus problemas a Denver. Él había venido por el bien de ella; ambos lo sabían. Él era el bebé de la familia, pero siempre había sido quien cuidara de todos. La única razón de que él no contestara la aprobación a Harvard como planeó inicialmente fue que mamá lo necesitó después del divorcio; y la única razón de que no hubiera reanudado su educación después de haber instalado a mamá fue porque su hermana mayor lo necesitó. Él había puesto su propia vida en compás de espera por ellas. Kara podría hacerse la dura con él, pero difícilmente podría culparlo por sus hazañas alternativas. Él nunca se había sentado a ver pasar el mundo. Si no iba a ser Harvard, sería algo más igual de extravagante.

Algo tan extravagante como pedir prestados cien mil dólares a un usurero para pagar la deuda de mamá y empezar un negocio nuevo. Con suficiente tiempo, lo pagaría, pero el tiempo no estaba de parte de ellos.

Sí, ahora el problema les pertenecía a los dos, ¿correcto? ¿A dónde diablos irían?

La hermana pensó en despertarlo para asegurarse que él estaba bien. A pesar de que en un principio los rechazó, este asunto de soñar de manera vívida era muy raro en Tom. Él no hacía nada sin cuidadoso estudio. No era dado a fantasear. Sus análisis podrían ser rápidos y creativos, e incluso espontáneos, pero no andaba por ahí hablando de alucinaciones. Era claro que el golpe en la cabeza lo había afectado en su discernimiento.

¿En qué estaría soñando ahora?

Kara recordó la corta transferencia de ellos hacia Estados Unidos cuando ella estaba en décimo grado y él en octavo. En las dos primeras semanas él deambuló por la escuela como una mascota perdida... intentando encajar, y fallando. Él era diferente y todos lo sabían. Una tarde uno de los jugadores de fútbol, un defensa con bíceps más grandes que los muslos de Tom, lo tildó de «chino asiático delicado y debilucho», y Tom perdió finalmente su serenidad. De una sola patada mandó al muchacho al hospital. Después de eso lo dejaron tranquilo, pero nunca hizo muchas amistades.

Tom aparentaba ser muy fuerte durante el día, pero Kara oía a altas horas de la noche sus suaves lloriqueos en el cuarto contiguo. Ella se propuso rescatarlo. En los años siguientes pensaría que tal vez en ese entonces fue cuando empezó su propia desvinculación de los típicos hombres estadounidenses. En cualquier momento haría de su hermano un jugador de fútbol relleno de esteroides.

Kara dio un paso adelante, se inclinó y le besó la frente a Tom.

—No te preocupes, Thomas —susurró—. Saldremos de esto. Siempre lo hemos hecho.

TOM SE PARÓ en el claro y miró a las dos criaturas blancas. Sin duda eran extrañas, con sus blancos cuerpos peludos y sus piernas delgadas. Las alas no estaban hechas de plumas, sino de piel, como las de los murciélagos, pero blancas como el resto de sus cuerpos.

Todo conocido, pero de manera muy extraña.

—Los murciélagos negros —enunció—. Soñé que murciélagos negros me perseguían en el bosque.

—Eso no fue sueño —contestó Gabil con tono emocionado—. ¡No señor! Tuviste suerte que yo llegara en el momento en que lo hice.

—Lo siento, no… no logro recordar qué está pasando.

Las dos criaturas lo analizaron con miradas en blanco.

—¿No recuerdas nada? —indagó Michal.

—No, es decir, sí. Recuerdo que me perseguían. Pero anoche me golpeé la cabeza en una roca y perdí el conocimiento —explicó Tom, luego hizo una pausa e intentó pensar en la mejor forma de expresar su desorientación—. No recuerdo nada antes de que me golpeara la cabeza.

—Entonces perdiste la memoria —dijo Michal, y se acercó balanceándose—. ¿Sabes dónde estás?

Tom retrocedió instintivamente, y la criatura se detuvo.

—Bueno… no por completo. En cierto modo, pero no de veras —confesó, y se frotó la cabeza—. En realidad debí haberme golpeado.

—Bien entonces. ¿Qué sabes? —preguntó Michal.

—Sé que mi nombre es Thomas Hunter. De algún modo entré al bosque negro con alguien llamado Bill, pero caí y choqué de cabeza contra una roca. Bill bebió el agua y se alejó…

—¿Lo viste beber el agua? —inquirió Michal.

—Sí, definitivamente bebió del agua.

—Umm.

Tom esperó que la criatura explicara su reacción, pero solamente le indicó que continuara.

—Adelante. ¿Qué pasó entonces?

—Entonces te vi —señaló a Gabil—, y corrí.

—¿Es todo? ¿Nada más?

—No. Excepto mis sueños. Recuerdo mis sueños.

Ellos esperaron con expectación.

—¿Quieren saber mis sueños?

—Sí —contestó Michal.

—Bueno, no tienen sentido. Totalmente distintos de esto. Absurdos.

—Bien entonces. Cuéntanos estos sueños absurdos.

Denver. Su hermana, Kara. Los mafiosos. Un mundo totalmente formado con asombrosos detalles. Con largas y continuas frases contó a las criaturas lo esencial de todo, pero se sintió cohibido de contarles sus sueños, por vívidos que hubieran parecido. De todos modos, ¿por qué querrían saber sus sueños? Las criaturas lo miraban, sin parpadear, absortos en su breve relato y sin reaccionar.

Tanto ellos como el bosque coloreado a sus espaldas eran perfectamente normales. Sólo que no lograba recordar en absoluto.

—¿Es todo? —preguntó Michal cuando él terminó.

—En su mayor parte.

—No sabía que alguien aparte de los sabios conociera tan vívidamente las historias —afirmó Gabil.

—¿Qué historias?

—¿No sabes qué son las historias? —inquirió Michal—. Estás hablando de ellas como si las conocieras muy bien.

—¿Te refieres a que mis sueños de Denver son reales?

—Cielos, no —respondió Michal, caminando bamboleándose en la dirección en que se fuera la mujer, luego se volvió—. No que huyeras de hombres que te pisaban los talones. Eso sin duda no es real, al menos. Pero las historias de la antigua Tierra son reales. Sí, desde luego que lo son. Todo el mundo las conoce.

Michal hizo una pausa y miró a Thomas con escepticismo.

—¿No sabes sinceramente de qué estoy hablando?

Tom parpadeó y miró el colorido bosque. Los troncos de los árboles brillaban. De manera muy extraña, sin embargo muy familiar.

—No —contestó, frotándose las sienes—. Parece que no logro pensar claro.

—Bueno, pareces estar pensando bastante claro cuando de las historias se trata. Ellas son una tradición oral, transmitidas en cada una de las aldeas por los narradores. Denver, Nueva York... todo acerca de lo que soñaste es tomado de las historias.

—¡Las historias! —exclamó Gabil brincando de lado como un ave.

Michal le lanzó al otro una mirada de reojo, como con impaciencia.

—Mi querido amigo, creo que tienes un caso clásico de amnesia, aunque no logro entender por qué el agua no curó eso también. No sorprende que el bosque negro te pusiera en un estado de conmoción. Ahora estás soñando que vives en un mundo que fabricaste y en que te persiguen hombres con malas intenciones. Tu mente ha creado un sueño detallado usando lo que sabes acerca de las historias. Fascinante.

—¡Fascinante! —exclamó Gabil.

Otra mirada de Michal.

—Pero si perdí la memoria, ¿por qué recordaría las historias? —objetó Thomas—. Es casi como si supiera más respecto de mis sueños que de… ustedes.

—Como dije, amnesia —explicó Michal—. La mente es algo asombroso, ¿de acuerdo? Pérdida de memoria selectiva. Parece que sólo recuerdas ciertas cosas, como las historias. Estás alucinando. Sueñas de las historias. Bastante razonable. Estoy seguro que la condición pasará. Como dije, has sufrido una fuerte conmoción, por no mencionar el golpe en tu cabeza.

Tenía sentido.

—Sólo un sueño. Alucinaciones al quedar inconsciente por golpearme la cabeza.

—A mi juicio —concordó Michal.

—¿Significa eso que hubo una antigua Tierra? ¿Una que ya no existe? ¿De la que estoy soñando?

El roush frunció el ceño.

—No completamente, pero bastante cerca. Algunos la llaman antigua Tierra, pero también se le podría llamar otra Tierra. De cualquier modo, esta es la Tierra.

—¿Y cuál es la diferencia entre esta Tierra y aquella de la que sueño?

—¿Si la fuera a caracterizar en pocas palabras? En el otro lugar no se podrían ver las fuerzas del bien y el mal. Sólo sus efectos. Pero aquí tanto el bien como el mal son más… profundos. Como experimentaste con los murciélagos negros. Una diferenciación incompleta, pero muy sencilla, ¿no la expresarías así, Gabil?

—Así mismo la expresaría, bastante sencilla.

—Bien entonces, así es.

La explicación no le pareció muy sencilla a Tom, pero le bastó.

—¿Y qué le pasó a la antigua Tierra? —preguntó.

—Oh amigo, ahora preguntas demasiado —respondió Michal, dando media vuelta—. Esa historia no es tan sencilla. Tendríamos que empezar con el gran virus a inicios del siglo veintiuno…

—Los franceses —interrumpió Gabil—. La variedad Raison. En el año 2010. ¿O fue en el 2012?

—Diez —declaró Michal—. Y en realidad no los franceses. Un francés, sí, pero no puedes decir que fue… no importa. Ellos creyeron que era algo bueno, una vacuna, pero mutó bajo calor intenso y se convirtió en un virus. Todo el asunto asoló a la población entera en cuestión de tres cortas semanas…

—Menos de tres —corrigió Gabil—. Menos de tres semanas.

—…y abrió la puerta al Engaño.

—Al *Gran* Engaño —resaltó Gabil.

—Sí, al Gran Engaño —expuso Michal, lanzándole a Gabil una mirada de «déjame contar la historia»—. De ahí tendríamos que seguir a la época de tribulaciones y guerras. Necesitaríamos todo un día para contarte cómo la otra Tierra, la antigua Tierra, vio el fin. Es obvio que no conoces todas las historias, ¿o sí?

—Evidentemente no.

—Quizá tu mente se ha insertado en un punto particular y está estancada allí. La mente, algo maravillosamente complicado, ¿sabes?

Tom asintió.

—Sin embargo, ¿cómo sé que *este* no es el sueño? —cuestionó.

Las dos criaturas parpadearon.

—Quiero decir, ¿no es posible? En ese lugar, Denver, tengo una hermana y una historia, y las cosas están sucediendo de veras. Aquí no logro recordar nada.

—Es claro que padeces amnesia —enunció Michal—. ¿No crees que mi amigo aquí, muy fácilmente emocionable, y yo seamos reales? ¿Que no es pasto lo que hay debajo de tus pies, o que no corre oxígeno por tus pulmones?

—No estoy sugiriendo que…

—Perdiste la memoria, Thomas Hunter, si ese es realmente tu nombre. Imagino que es el nombre de tus sueños… solían usar nombres dobles en la antigua Tierra. Pero te llamarás así hasta que podamos comprender quién eres de verdad.

—Te podemos ver —expresó alegremente Gabil—. ¡No estás soñando, Thomas!

—¿Así que en realidad no recuerdas *nada* acerca de este lugar? —inquirió Michal—. El lago, los shataikis? ¿Nosotros?

—No, no recuerdo. Realmente no recuerdo.

—Bien —indicó Michal, suspirando—, entonces supongo que tendremos que ponerte al corriente. Pero ¿dónde empezar?

—Con nosotros —terció Gabil, el más pequeño—. Somos poderosos guerreros con terrible fortaleza.

Gabil se paseó ufano a la derecha de Tom parado en sus cortas y débiles piernas, como un huevo peludo de Pascua con alas. Un enorme pollito blanco. Piolín con esteroides.

—¡Viste cómo puse a los murciélagos negros a volar para ponerse a cubierto! Tengo mil historias que podría…

—Somos roushes —lo interrumpió Michal.

—Sí, por supuesto —reconoció Gabil—. Poderosos guerreros.

—Evidentemente algunos de nosotros somos guerreros más poderosos que otros —explicó Michal con un guiño.

—Poderosos, poderosos guerreros —repitió Gabil.

—Siervos de Elyon. Y tú, desde luego, eres un hombre. Estamos en la Tierra. ¿No sabes *nada* de esto? Parece muy elemental.

—¿Y el hombre que bebió el agua? Bill —averiguó Tom.

—Bill no era un hombre. De haberlo sido, es muy probable que en cuanto bebiera del agua prohibida todos estaríamos muertos ahora. Él fue producto de tu imaginación, creado por los shataikis para atraer*te* al agua. Sin duda recuerdas el agua prohibida.

—Te lo estoy diciendo. ¡No sé nada! —exclamó Tom andando de arriba abajo y moviendo la cabeza de un lado al otro—. No sé cuál agua está prohibida, o cuál se puede beber, o qué son estos murciélagos shataikis, o quién era la mujer.

Tom se detuvo.

—Ni qué significa que haya afirmado haberme elegido —concluyó.

—Perdóname. No es que dude de que no recuerdes nada, sólo que es muy extraño hablar con alguien que ha perdido la memoria. Soy lo que ellos llaman un sabio… el único sabio en esta parte del bosque. Tengo memoria perfecta. Amigo, amigo. Esto va a ser muy interesante, ¿no es cierto? Rache-lle ha elegido a un hombre sin recuerdo alguno.

—¡Qué romántico! —exclamó Gabil con una amplia sonrisa.

¿Romántico?

—Para Gabil casi todo es romántico. En su fuero interior quiere ser un hombre. O tal vez una mujer, creo.

El roush más pequeño no discutió.

—En todo caso, supongo que debemos empezar entonces con lo básico. Sígueme —anunció Michal, y se dirigió hacia el sonido de la corriente de agua—. Ven, ven.

Tom lo siguió. La gruesa capa de hierba acalló sus pisadas. No perdía su espesura debajo de los árboles, sino que seguía tupida y exuberante en todas partes. Esparcidas por todo el suelo del bosque había flores violetas y azules con pétalos del tamaño de su mano, que le llegaban hasta las rodillas. Nin-gún cascajo ni ramas secas ensuciaban la tierra, haciendo que caminar fuera sorprendentemente fácil para los dos roushes que andaban a brincos delante de él.

Tom levantó la mirada hacia los elevados árboles que resplandecían con suaves colores. La mayor parte parecía brillar con un color predominante, como verde azulado, morado o amarillo, acentuado por los demás colores del arco iris. ¿Cómo podían brillar los árboles? Era como si los activara algún enorme generador bajo tierra que impulsaba químicos fluorescentes en grandes tubos fabricados en forma de árboles. No, esa era tecnología de la antigua Tierra.

Él deslizó cuidadosamente la mano por la superficie de un gigantesco árbol rubí con tonos púrpuras, sorprendido de su suavidad, como si no tuviera nada de corteza. Se dio cuenta de la altura total del árbol. Impresio-nante.

Michal se aclaró la garganta y Tom retiró bruscamente la mano del árbol.

—Sólo un poco más adelante —informó el roush.

—Sólo un momento más —añadió Gabil con voz chillona.

Salieron del bosque como a cuarenta metros de la pradera, en las orillas del río. El puente blanco por el que él atravesara a tropezones se extendía sobre las crecidas aguas. En el extremo opuesto, el bosque negro. Elevados árboles se alineaban en la orilla hasta donde se podía ver en cada dirección. Detrás de los árboles, sombras oscuras y profundas. El recuerdo de todo eso envió una ola de náuseas a los intestinos de Tom.

Ningún murciélago negro a la vista.

Michal se detuvo y lo miró. Quizá no fuera el más emocionable de los dos roushes, pero en ese momento estaba bastante ávido de asumir el papel de maestro. Estiró un ala hacia el bosque negro y habló con autoridad.

—Ese es el bosque negro. ¿Lo recuerdas?

—Por supuesto. Estuve en él, ¿te acuerdas?

—Sí, me acuerdo que estuviste allí. No soy yo quien tiene el problema de la memoria. Sólo hacía una doble verificación que nos diera un punto común de referencia.

—¡El bosque negro es el lugar donde viven los shataikis! —exclamó Gabil con su voz chillona.

—Si no te importa, yo soy quien cuenta aquí la historia—lo reprendió Michal.

—Por supuesto que no me importa.

—Bueno. Este río que ves recorre todo el planeta. Separa el bosque verde del negro —siguió informando Michal, señalando distraídamente con el ala hacia la orilla opuesta—. Ese es el bosque negro. La única manera de entrar en él desde este lado es por uno de tres cruces.

Señaló el puente blanco.

—El río es demasiado caudaloso para nadar en él, ¿ves? Nadie se atrevería a cruzar, a no ser por uno de los puentes. ¿Comprendes?

—Sí.

—Muy bien. Y recuerdas lo que te acabo de decir, ¿correcto?

—Sí.

—Bien. Tu memoria fue borrada, pero parece que funciona con toda nueva información. Ahora —continuó diciendo Michal, andando de aquí para allá y acariciándose la barbilla con delicados dedos en la parte inferior de su ala derecha—, hay muchos más hombres, mujeres y niños en muchas aldeas en todo el bosque verde. Más de un millón vive ahora en la Tierra. Tal vez entraste al bosque negro sobre uno de los otros dos cruces en el extremo lejano y luego fuiste perseguido aquí por los shataikis.

—¿Cómo sabes que no vengo de cerca?

—Porque como el sabio encargado de esta sección del bosque te conocería. Y no es así.

—Y yo soy el poderoso guerrero que te guió desde el bosque negro —añadió Gabil.

—Sí, y Gabil es el poderoso guerrero que tontea con Tanis en toda clase de batallas imaginarias.

—¿Tanis? ¿Quién es Tanis? —preguntó Tom.

—Tanis es el primogénito de todos los hombres —explicó Michal después de lanzar un suspiro—. Lo conocerás. Vive en la aldea. Pues bien, Elyon, quien creó todo lo que ves y todas las criaturas, ha tocado toda el agua. ¿Ves el color verde del río? Ese es el color de Elyon. Por eso tus ojos son verdes. También por eso tu cuerpo fue sanado en el instante que lo tocó el agua.

—¿Echaste agua sobre mí?

—No, no, yo…

—¡Fue Rachelle! —soltó Gabil.

—Rachelle derramó el agua sobre ti. Créeme, no es la primera vez que has tocado el agua de Elyon —manifestó Michal mientras sus mejillas se agrupaban en una suave sonrisa—. Pero tendremos…

—Rachelle te ha elegido…

—¡Gabil! ¡Por favor!

—Sí, desde luego.

El roush más pequeño no pareció disuadirse en absoluto por el regaño de Michal.

Este siguió hablando.

—Como venía diciendo, hablaremos del Gran Romance más tarde. Pues bien, el bosque negro es donde está confinado el mal —explicó, y entonces señaló el bosque verde—. Mira, el bien…

Luego señaló hacia el bosque negro.

—…y el mal. A nadie se le permite tomar el agua en el bosque negro. Si lo hace, los shataikis podrían entrar libremente al bosque colorido. Habría una carnicería.

—¿Es mala el agua en el bosque negro? —preguntó Thomas—. Yo la toqué…

—Mala no. No es más mala de lo que los árboles coloridos son buenos.

El mal y el bien residen en el corazón, no en árboles y agua. Pero por costumbre, el agua se ofrece como una invitación. Elyon invita con su agua. Los shataikis negros invitan con la de ellos.

—Y Rachelle te invitó con agua —se volvió a inmiscuir Gabil.

—Sí. En un momento, Gabil —indicó Michal sin poder ocultar una leve sonrisa—. Por muchos años las personas han acordado no atravesar el río como medida de precaución. Muy prudente, si me preguntas.

El más majestuoso de los roushes hizo una pausa.

—Ese es el centro de todo. Existen otros mil detalles, pero espero que los recuerdes en orden.

—Si no fuera por el Gran Romance —notificó Gabil—. Y Rachelle.

—Si no fuera por el Gran Romance, del cual dejaré que Gabil te hable, ya que está tan ansioso.

—Ella te ha elegido, ¡Thomas! —exclamó el roush más pequeño sin perder un instante—. Rachelle lo hizo. Esa es su decisión, y ahora es la tuya. La perseguirás, la cortejarás y la ganarás como sólo tú puedes hacerlo.

Gabil sonrió con gran placer.

Tom esperó a que el pequeño roush continuara. La criatura sólo se quedó sonriendo.

—Lo siento —profirió Tom—. No veo la trascendencia. Ni siquiera sé quién es la mujer.

—¡Aun más encantador! ¡Qué giro más maravilloso! Lo importante es que no llevas la marca en tu frente, así que eres elegible para cualquier mujer. ¡Te enamorarás locamente y te unirás!

—¡Esto es una locura! Apenas sé quién soy… un romance es lo más alejado de mi mente. Que yo sepa, estoy enamorado de otra mujer en mi propia aldea.

—No, ese no sería el caso. Llevarías otra marca.

Seguramente ellos no esperaban que él fuera tras esta mujer por obligación.

—Aún tengo que escogerla, ¿no es así? Pero no puedo. No en esta condición. Ni siquiera sé si le gustaré.

Los dos roushes se miraron estupefactos.

—Temo que no entiendas —expresó Michal—. No es asunto de gusto. Por supuesto que le *gustarás*. Es tu decisión, de otro modo no sería elección.

Sin embargo, y debes creerme en esto, tu especie abunda en amor. Elyon los hizo de este modo. Como él mismo. Te enamorarías de cualquier mujer que te elija. Y cualquier mujer que elijas te elegiría. Así es como es.

—¿Y si no lo siento de ese modo?

—¡Ella es perfecta! —exclamó Gabil—. Todas lo son. *Te* sentirás de ese modo, Thomas. ¡Lo harás!

—Somos de aldeas diferentes. ¿Se irá ella así nomás conmigo?

—Detalles menores —explicó Michal—. Puedo ver que esta pérdida de memoria podría ser un problema. Ahora en realidad deberíamos irnos. Será un viaje lento a pie, y tenemos bastante camino por delante.

Se volvió a su amigo.

—Gabil, tú podrías volar, y yo me quedaré con Thomas Hunter.

—Debemos irnos —manifestó Gabil; desplegó las alas y de un brinco salió volando.

Tom observó asombrado cuando el peludo cuerpo blanco se levantaba con garbo de la tierra. Una ráfaga de aire de las delgadas alas del roush le levantó el cabello de la frente.

Él miró el magnífico bosque y titubeó. Michal regresó a mirarlo pacientemente desde la línea de árboles.

—¿Nos vamos? —apuró, dio media vuelta y se metió en el bosque.

Tom respiró profundamente y se fue tras el roush sin pronunciar palabra.

⬦⬦⬦

AVANZARON POR el colorido bosque en silencio durante diez minutos. El resumen era que él vivía aquí, en alguna parte, quizá muy lejos, pero en este maravilloso y surrealista lugar. Sin duda cuando viera a sus amigos, su aldea, su… cualquier cosa más que fuera suya, le brillaría la memoria.

—¿Cuánto tiempo tardaré para volver a mi gente? —inquirió Tom.

—Estas son toda tu gente. En qué aldea vivas no es de mucha importancia.

—Bueno, ¿pero cuánto tiempo pasará antes de encontrar a mi familia?

—Depende —contestó Michal—. Las noticias son un poco lentas y las distancias son grandes. Podrían pasar algunos días. Tal vez incluso una semana.

—¡Una semana! ¿Y qué haré?

El roush se detuvo.

—¿Qué harás? ¿No están funcionando bien tus oídos? ¡Has sido elegido! —reprendió Michal, moviendo la cabeza de lado a lado; luego continuó—. Amigo, amigo. Veo que esta pérdida de memoria es totalmente absurda. Déjame darte un consejo, Thomas Hunter. Hasta que regrese tu memoria, sigue a los demás. Esta confusión tuya es desconcertante.

—No puedo fingir. No sé qué está sucediendo aquí, no puedo…

—Si sigues a los otros, quizá te vuelva todo. Al menos, sigue a Rachelle.

—¿Quieres que finja estar enamorado de ella?

—¡*Estarás* enamorado de ella! Sólo que no recuerdas cómo funciona todo. Si encontraras a tu madre pero no la recordaras, ¿dejarías de quererla? ¡No! Supondrías que la amabas, y por tanto la amarías.

El roush tenía razón.

De repente Gabil bajó de las copas de los árboles y llegó junto a Tom, sonriendo con su cara regordeta.

—¿Tienes hambre, Thomas Hunter?

Con el ala estirada le pasó una fruta azul. Tom se detuvo y miró la fruta.

—No debes tener miedo, no señor. Esta es una fruta muy buena. Un durazno azul. Mira.

Gabil le dio un pequeño mordisco a la fruta y se la mostró a Tom. El brillante jugo en la marca de la mordida tenía el mismo matiz verde aceitoso que reconoció del río.

—Ah, sí —manifestó Michal, regresando a ver—, otro pequeño detalle, en caso de que no recuerdes. Este es el alimento que comes. Se llama fruta y también, junto con el agua, ha sido tocada por Elyon.

Tom agarró la fruta cautelosamente en sus manos y miró a Michal.

—Adelante, come. Cómetela.

Dio un pequeño mordisco y sintió en su boca el helado y dulce jugo. Un temblor le bajó hasta el estómago, y un calor se extendió por su cuerpo. Le sonrió a Gabil.

—Está deliciosa —opinó, y dio otro mordisco—. Muy buena.

—¡Comida de guerreros! —exclamó Gabil.

Con eso la corta criatura trotó balanceándose unos metros, saltó y volvió a volar.

Michal le sonrió a su compañero y se puso a caminar de nuevo.

—Vamos. Vamos. No debemos esperar.

Tom acababa de terminar el durazno azul cuando Gabil le trajo otro, esta vez uno rojo. Con un descenso en picada y una risa chillona, dejó la fruta en manos de Tom y despegó de nuevo. La tercera vez la fruta era verde y debió pelarla, pero su pulpa era quizá la más sabrosa.

La cuarta aparición de Gabil consistió en un espectáculo de acrobacia aérea. El roush gritó desde lo alto, serpenteando con la espalda arqueada y luego girando en un descenso en picada, en el cual se las arregló para pasar exactamente sobre la cabeza del hombre. Tom levantó los brazos y retrocedió, creyendo que el roush había calculado mal. Gabil le zumbó en la cabeza con una vibración de alas y un grito.

—¡Gabil! —gritó Michal tras él—. ¡Muestra allí algún cuidado!

Gabil se alejó volando sin mirar hacia atrás.

—Poderoso guerrero de verdad —expresó Michal, volviendo a caminar a lo largo del sendero.

Menos de kilómetro y medio después, el roush se detuvo sobre una cima. Tom se acercó a la criatura peluda y miró hacia abajo, un gran valle verde cubierto con flores como margaritas, pero de colores turquesa y naranja, una rica alfombra que invitaba a acostarse. Tom estaba tan sorprendido del súbito cambio en el paisaje que al principio no notó la aldea.

Cuando lo hizo, la escena le dejó sin aliento.

La aldea circular que se asentaba en el valle abajo centelleaba con colores. Tom pensó por un momento que debió tropezar con Dulcelandia, o que tal vez Hansel y Gretel vivían aquí. Pero sabía que esas eran narraciones perdidas de las historias. Esta aldea, por otra parte, era muy, muy real.

Varias cabañas cuadradas, cada una brillando con un color distinto, yacían como bloques de juegos infantiles en círculos concéntricos alrededor de una estructura grande en forma de cumbre que se elevaba por sobre las demás en el centro de la aldea. El cielo encima de las moradas estaba lleno de roushes, que flotaban, se zambullían y se retorcían en el sol de la tarde.

Mientras los ojos de Tom se ajustaban a la increíble escena vio abajo que se abría la puerta de una morada. Observó una forma diminuta atravesar la puerta. Y luego vio docenas de personas esparcidas por la aldea.

—¿Se te refrescan algunos recuerdos? —quiso saber Michal.

—En realidad, creo que sí.

—¿Qué recuerdas?

—Bueno, nada en particular. Sólo que todo es vagamente conocido.

—¿Sabes? He estado pensando —expresó Michal, suspirando—, podría haber algo bueno que resulte de tu pequeña aventura en el bosque negro. Se ha estado hablando de una expedición, una idea absurda a la que Tanis se ha aferrado de algún modo. Él parece pensar que es hora de pelear contra los shataikis. Él siempre ha sido ingenioso, un narrador de historias. Pero esta última charla me tiene muriéndome de risa. Quizá podrías hablarle de eso.

—¿Sabe Tanis siquiera cómo pelear?

—Como ningún otro hombre que conozco. Ha desarrollado un método muy espectacular. Más volteretas, patadas y saltos mortales de los que yo podría manejar. Se basa en ciertas leyendas de las historias. Tanis está fascinado con ellas… en particular con las narraciones de conquistas. Está decidido a eliminar a los shataikis.

—¿Y por qué no debería hacerlo?

—Los shataikis quizá no sean grandes guerreros, pero pueden engañar. Su agua es muy tentadora. Te consta. Tal vez podrías hablarle al hombre para hacerlo entrar en razón.

Thomas asintió. De repente sintió deseos de conocer a este Tanis.

—Muy bien, quédate aquí —ordenó Michal, suspirando—. Debes esperar mi regreso. ¿Entiendes?

—Claro, pero…

—No. Sólo espera. Si ves que salen hacia la Concurrencia, puedes ir con ellos, pero si no, quédate aquí por favor.

—¿Qué es la Concurrencia?

—Hacia el lago. No te preocupes; no puedes perdértela. La salida será exactamente antes del anochecer. ¿De acuerdo?

—De acuerdo.

Michal extendió las alas por primera vez en dos horas y ascendió. Tom lo vio desaparecer a través del valle, y se sintió abandonado e inseguro.

Ahora observó que las viviendas debieron haber sido hechas de los árboles coloridos del bosque. Esta era su gente… un pensamiento extraño. Quizá no su propia gente, como papá, mamá, hermano y hermana, sino simplemente personas como él. Se hallaba perdido, pero después de todo tal vez no tan perdido.

¿Estaba allá abajo la mujer llamada Rachelle?

Se sentó con las piernas cruzadas, se recostó contra un árbol, y suspiró. Las casas eran pequeñas y curiosas… más como cabañas que como casas. Senderos de pasto las separaban unas de otras, dando al pueblo la apariencia de una rueda gigante con rayos que convergían en un enorme edificio circular en el centro. La estructura era al menos tres veces más alta y muchas veces más ancha que cualquiera de las otras moradas. Un lugar de reunión, quizá.

A su derecha, un amplio sendero salía de la aldea hacia el bosque, donde desaparecía. El lago.

Los pensamientos le revoloteaban en la mente. Se le ocurrió que Michal se había ido por bastante tiempo. Él debía esperar un éxodo de gente o a Michal, pero ni lo uno ni el otro venía rápido. Volvió a recostar la cabeza contra el árbol y cerró los ojos.

Muy extraño.

Muy cansado.

8

TOM ABRIÓ los ojos y supo de inmediato que había vuelto a ocurrir.

Estaba tendido en el canapé beige en el apartamento de Denver, Colorado. Cubierto con un edredón teñido. Por una rendija en las cortinas a su izquierda entraba un rayo de luz. A su derecha, el respaldar del sofá, y más allá, la puerta cerrada. Por encima, el cielo raso. Textura como de cáscara de naranja cubierta con pintura color hueso. Podrían ser nubes en el cielo, podrían ser mil mundos escondidos detrás de esas protuberancias. Tom se hallaba muy tranquilo y respirando profundamente.

Estaba soñando.

Sí, por supuesto que soñaba. Esto no podría ser real porque ahora sabía la verdad del asunto. Se había golpeado la cabeza estando en el bosque negro. El golpe le había borrado los recuerdos y le producía estos extraños sueños donde creía de veras que estaba en la antigua Tierra, siendo perseguido por algunos hombres con *malas intenciones*, como lo había expresado Michal.

En este mismísimo instante se hallaba soñando las historias de la antigua Tierra. O la otra Tierra.

Tom se sentó. ¡Asombroso! Todo parecía muy real. Las yemas de los dedos sentían de verdad la textura del acolchado. Las máscaras de bailes de disfraces de Kara parecían tan reales que podían ser reales. Él respiraba, y podía saborear su húmeda boca mañanera. Se hallaba participando en este sueño casi con tanto realismo como si estuviera despierto de veras, como al tocar los árboles del bosque colorido, o morder la dulce fruta que le diera Gabil. Este no era del todo tan real, pero sí muy convincente.

Al menos ahora sabía lo que estaba sucediendo. Y era consciente de por qué el sueño se sentía tan real. Qué viaje tan increíble.

Tom puso los pies en el suelo e hizo el edredón a un lado. Así que, ¿qué podría hacer él en su sueño que no pudiera hacer en la vida real? Estiró los dedos y los empuñó. ¿Podría flotar?

Se puso de pie. Como esperaba, sin dolor en la cabeza. Desde luego que no, este sólo era un sueño. Se impulsó con la parte delantera de los pies.

No flotó.

Bueno, no flotaba como en algunos de sus sueños, pero con seguridad había muchísimas cosas increíbles que podía hacer. No se podría lastimar, lastimar de verdad, en sus sueños, lo cual le daba algunas posibilidades interesantes.

Tom dio unos cuantos pasos y luego se detuvo. Curiosamente, caminar en sueños era muy parecido a caminar en la realidad, aunque comprendía la diferencia. Las piernas no se sentían reales del todo. Es más, si cerraba los ojos, lo cual hizo, no sentía realmente las piernas. Podía sentirlas, por supuesto, pero en lo que a él respecta podría ser aire en vez de carne y hueso lo que le conectaba las piernas a las caderas.

Sueño vívido. Increíble.

Anduvo alrededor de la sala, intimidado por lo muy real que sentía todo. No tan real como caminar con Michal y Gabil, desde luego, pero si no supiera que estaba en un sueño podría creer de veras que este cuarto existía. Asombra cómo funciona la mente.

Pasó la mano sobre un casuario negro esculpido que él había importado de Indonesia. Palpó cada protuberancia y cada muesca. *Tal vez incluso,* pensó Tom y se inclinó para oler la madera, *sí, olía a humo, exactamente como lo había imaginado.* Habían endurecido la madera quemándola. ¿Habría estado soñando el escultor cuando…?

—¿Thomas?

Se preguntó si era Michal quien lo llamaba. El roush había vuelto del sitio adonde había volado e intentaba despertarlo. Tom no estaba seguro de querer que lo despertaran aún. Este sueño…

—Tom.

Ahora la voz sonó más aguda, más como la de Gabil.

—¿Qué estás haciendo?

Tom dio media vuelta. Kara estaba junto al sofá, vestida en camisola de flores azules y pantaloncitos cortos. Él debería haberlo sabido. Aún estaba soñando.

—Hola, hermanita.

Ella en realidad no era su hermana, por supuesto, ya que no existía de veras. Bueno, sí existía en la realidad de este sueño, pero no en la *verdadera* realidad.

—¿Estás bien?

—Seguro. Nunca he estado mejor. ¿No lo parezco hoy?

—De modo que... así que no estás alucinado por lo que pasó anoche, ¿no es cierto?

—¿Anoche? —preguntó, andando de un lado a otro, cuestionándose si Michal lo despertaría en cualquier momento—. Ah, ¿te refieres a la persecución por los callejones, al tiro en la cabeza, y a la manera en que despaché a los tipos malos? En realidad, esto te podría venir como una conmoción, pero nada de eso sucedió de veras.

—¿Qué quieres decir? ¿Lo inventaste todo? —cuestionó ella con una sombra de duda iluminándole el rostro.

—Bueno, no, en realidad no. Quiero decir, sucedió aquí. Pero esta no es la verdadera realidad. No es posible saltar hasta la luna, y cuando sueñas que caes pero en realidad no aterrizas, se debe a que realmente no estás cayendo. Esto no es real. Impresionante, ¿eh? —expresó, sonriendo al pronunciar esto último.

—¿De qué diablos estás hablando? —preguntó ella inquieta, mirando hacia el extremo de la mesa donde se hallaba el frasco de pastillas—. ¿Tomaste alguna medicina más?

—Ah, sí. Ese sería el Demerol. No, no tomé más, y no, no estoy alucinando —negó, y extendió los brazos para anunciar la verdad del asunto—. Este, querida hermana, es un sueño. ¡En realidad *estamos* en un sueño!

—Deja de bromear. No eres gracioso.

—Di lo que quieras. Pero ahora mismo no está sucediendo realmente esto. Dirás que estoy loco porque no sabes algo mejor... ¿cómo podrías saberlo? Eres parte del sueño.

—¿Cómo llamas al vendaje en tu cabeza? ¿Un sueño? ¡Esto es una locura! —exclamó ella, y se dirigió a la cocina.

Tom se palpó el vendaje alrededor de la cabeza.

—Estoy soñando acerca de este corte porque me caí sobre una piedra en el bosque negro. Aunque no todo se correlaciona con exactitud, porque no tengo un brazo roto como me lo rompí allí.

Kara lo miró, incrédula. Por un instante no dijo nada, y él creyó que ella podría estar entrando en razón. Quizá con la persuasión adecuada podrías convencer a la gente en tus sueños que sólo viven en tus sueños.

—¿No volviste a pensar en nuestra situación con los neoyorquinos? —inquirió ella.

No. Kara aún estaba en negación.

—No estás escuchando, Kara. No *hubo* persecución anoche. Este corte me lo hice en el bosque negro. Este es un su…

—¡Basta, Thomas! Y deja de sonreír de ese modo.

Sin duda que la sinceridad de ella parecía real. Él se presionó los labios.

—No puedes hablar en serio acerca de esta tontería —indicó Kara.

—Con absoluta seriedad. Reflexiona. ¿Y si este es realmente un sueño? Al menos considera la posibilidad. Quiero decir, ¿qué tal que todo esto… qué tal que todo esto sólo esté en tu mente? —objetó Tom apartando los brazos—. Michal me dijo que todo esto estaba sucediendo, y lo está, exactamente como lo dijo. Créeme, ese no fue un sueño. Fui atacado por los sha-taikis. No se supone que los conozcas, pero son enormes murciélagos negros con ojos rojos…

Dejó de hablar. Quizá debería dar a conocer los detalles. Estas realidades le parecerían absurdas a Kara sin haberlas experimentado de antemano.

—En realidad, vivo en la otra Tierra. Estoy esperando a Michal, pero él tarda una eternidad, así que me senté y recosté la cabeza contra un árbol. Me acabo de quedar dormido. ¿No ves? —explicó volviendo a sonreír.

—No, en realidad no.

—Me acabo de quedar dormido, Kara. ¡Estoy durmiendo! Exactamente en este mismo momento estoy durmiendo debajo de un árbol. Así que contéstame, ¿cómo podría estar parado aquí, si sé que duermo debajo de un árbol esperando a Michal? ¡Contéstame eso!

—De modo que vives en un mundo con enormes murciélagos negros y… —señaló ella, y suspiró—. ¡Escúchame, Thomas! Esto no es nada bueno. Ahora te necesito cuerdo. ¿Estás seguro que no tomaste más de esas pastillas?

Tom sintió que su frustración aumentaba, pero permaneció tranquilo. Después de todo, se trataba de un sueño. Podría sentir todo lo que quisiera en un sueño. Si un fantasma gigantesco con colmillos se le abalanzara ahora mismo, él sencillamente podría enfrentarlo y reír, y se desvanecería. No necesitaba abatir del todo a Kara... difícilmente podría culparla. Si él no la convencía, le seguiría el juego. ¿Por qué no? Michal lo despertaría en cualquier momento.

—Bueno, Kara. Bueno. Pero ¿y si puedo probártelo?

—No puedes. Debemos resolver qué vamos a hacer. Debo vestirme y luego llevarte al hospital. Tienes una conmoción cerebral.

—¿Y si puedo probar que estamos en un sueño? ¿Quiero decir, en realidad? Digo, sólo mueve tu mano de esta manera —señaló él moviendo la mano en el aire—. ¿No te das cuenta de que esto no es real? Yo sí. ¿Puedes sentir que algo no está muy bien? El aire se siente menos espeso...

—Por favor, Thomas, me estás empezando a asustar.

—Está bien —reconoció él, bajando la mano—, pero ¿y si puedo probarlo de manera lógica?

—Eso es imposible.

—¿Y si te puedo decir cómo se acabará el mundo?

—¿Eres ahora un profeta? ¿Vives en un mundo con murciélagos negros, y puedes leer el futuro? ¿No te parece ridículo todo eso? Reflexiona, Thomas, ¡reflexiona! Despabílate.

—No es una ridiculez. Te puedo decir cómo se acabará el mundo porque en realidad *ya* se acabó, y está escrito en las historias.

—Por supuesto que así es.

—Exactamente. Empezará con la especie Raison... alguna clase de virus que viene de una empresa francesa. Todo el mundo cree que es una vacuna, pero muta bajo un calor intenso y devastará al mundo en algún momento en el año 2010. No estoy muy seguro del último detalle.

—¿Es esa tu prueba? ¿Que el mundo se acabará en algún momento este año?

Ella no creía el argumento.

De pronto se le ocurrió a Tom otra idea. Una bastante divertida, en realidad. Fue hacia la puerta principal, giró la manilla, y la abrió.

—Muy bien, te lo probaré —advirtió, y salió.

—¿Qué estás haciendo? ¿Y si ellos están afuera?

—No están aquí porque no existen. ¿Le estoy hablando aquí a una pared?

La luz le hizo arder los ojos. Pasó por sobre el pasillo de afuera y se agarró de la barandilla. Se hallaban en el tercer piso. El estacionamiento abajo era de concreto.

—¡Thomas! —gritó Kara corriendo a la puerta—. ¿Qué estás haciendo?

—Voy a saltar. No te puedes lastimar en sueños, ¿de acuerdo? Si salto…

—¿Estás loco? ¡*Te* lastimarás! ¿Cómo llamas a la bala que te hirió la cabeza?

—Te lo dije, eso fue de una roca en el bosque negro.

—Pero ¿y si estás equivocado?

—No lo estoy.

—¿Y si lo estás? ¿Y si hubiera incluso la más leve posibilidad de que te equivocaras? ¿Y si es de la otra manera?

—¿Qué quieres decir?

—¿Y si esta es la verdadera Tierra, pero crees que lo es la otra porque la sientes muy real?

—El corte en mi cabeza por la caída, es real. ¿Cómo puedes…?

—A no ser que realmente fuera una bala la que te hirió en la cabeza y soñaras algo, como la roca. Retrocede, Thomas. No estás pensando con claridad.

Tom miró hacia abajo, impresionado repentinamente por esa posibilidad. Aquí afuera en la luz matutina, su confianza disminuyó. ¿Y si ella tenía razón? Él se había herido la cabeza tanto en el bosque negro como en su sueño aquí. ¿Y si hubiera una relación verdadera? ¿Y si él tuviera los sueños al revés?

—Tom. Por favor.

Él retrocedió de la barandilla, el corazón de repente le palpitó con fuerza. ¿En qué estaba pensando?

—¿Crees que eso sea posible? —preguntó.

—¡Sí! Sí, lo creo. ¡Lo sé!

Tom se frotó los dedos, luego miró a Kara. En realidad, ahora que pensaba al respecto, ella era su hermana. Si sólo estuviera soñando, ¿significaba eso que en realidad Kara no existía?

El periódico de la mañana estaba en la puerta de entrada. Si ella tenía razón, entonces eso quería decir que *tenían* un verdadero problema. Agarró el periódico.

—Está bien, entremos.

Ella entró rápidamente, y él cerró la puerta.

—Me preocupaste —anunció Kara mientras le quitaba el periódico y llevaba a Tom a la cocina—. Este no es un buen sentido del tiempo. Es obvio que esa bala hizo más daño del que creíamos.

Ella dejó el periódico sobre el mesón, abrió la llave del agua, y revisó la primera página mientras se lavaba las manos.

—Lo siento, sinceramente, yo sólo soy…

Tom no sabía realmente qué era. A las claras era tiempo de decidir. Después de todo debía suponer que se hallaba en Denver, y no como parte de un sueño sino en la realidad. Lo que dijo respecto del bosque negro y de Michal le hizo girar la cabeza. No tuvo la capacidad cerebral de entenderlo en el momento. Si en realidad los neoyorkinos lo persiguieron anoche, él y Kara estaban en aprietos.

El pánico se le subió por el estómago. Tenían que salir de la ciudad.

—¿Tom?

—Tenemos que salir de aquí —dijo, levantando la mirada.

Ella no estaba oyendo. Sus manos húmedas estaban sobre el fregadero, inmóviles. Tenía la mirada fija en el periódico a su izquierda.

—¿Cómo dijiste que se llamaba ese virus?

—¿Qué virus? ¿La variedad Raison?

—¿Una empresa francesa?

Él se acercó a ella y miró el periódico. De extremo a extremo un llamativo titular negro rezaba:

CHINA DICE NO

—¿China dice no?

Ella levantó el periódico, indiferente a las negras manchas de agua que sus manos hicieron en la página. Él vio entonces el titular más pequeño, en medio de la parte izquierda, el titular de la página comercial:

ACTIVOS FRANCESES:

Farmacéutica Raison anuncia nueva vacuna, venta interesa a EE.UU.

Tom agarró el periódico, hojeó en la página comercial, y encontró el artículo. El nombre de la compañía pareció llenar de repente toda la página. Farmacéutica Raison. El pulso le latió con fuerza.

—¿Qué…? —fue a preguntar Kara, pero se contuvo, en apariencia confundida por esta nueva información. Se inclinó y leyó rápidamente con su hermano la corta historia.

Farmacéutica Raison, una conocida sociedad francesa matriz de varias compañías más pequeñas, fue fundada por Jacques de Raison en 1973. La entidad, especializada en vacunas e investigación genética, tenía plantas en varios países pero sus oficinas centrales en Bangkok, donde había funcionado sin las restricciones que a menudo dificultaban a las farmacéuticas locales. La compañía era más conocida por manejar virus mortales en el proceso de crear vacunas. Sus contratos con la antigua Unión Soviética fueron muy controversiales en una época.

En los últimos años la firma se había conocido más por su comercialización de varias vacunas orales y nasales. Los medicamentos, basados en investigación de ADN recombinado, no tenían dosis restrictivas… una caprichosa manera de decir que se podían consumir en grandes cantidades sin efectos colaterales. Dibloxin 42, una vacuna contra la viruela, por ejemplo, se podría depositar en el suministro de agua de una nación, administrando eficazmente la vacuna a toda la población sin temor a que ninguna persona tomara sobredosis, sin importar la cantidad de agua que consumiera. Una solución perfecta para el Tercer Mundo.

Sin embargo, varias de las vacunas se podrían someter a toda una nueva gama de rigurosos procedimientos de prueba, si el Congreso aprobaba la nueva legislación presentada por Merton Gains antes de ser nombrado ministro de estado.

Raison advirtió esta mañana que en cuestión de días se iba a anunciar una nueva vacuna de transmisión por vía aérea con múltiples usos, la cual eliminaría eficazmente la amenaza de problemáticas enfermedades mundiales. Llamada Vacuna Raison…

Kara lanzó una exclamación ahogada al mismo tiempo que Tom leía la frase.

—*Llamada Vacuna Raison, la sustancia promete revolucionar la medicina preventiva. Las acciones de la empresa están limitadas a las reacciones ante la noticia, pero los beneficios se podrían empañar por el anuncio de que la planta de Ohio de la firma se cerrará a fin de concentrarse en la Vacuna Raison, desarrollada por el centro en Bangkok.*

El artículo continuaba, brindando detalles de la anticipada reacción del mercado de valores ante la noticia. La mano de Tom temblaba ligeramente.

—¿Cómo sabías acerca de esto? —preguntó Kara, levantando la mirada.

—No lo sabía. Juro que nunca había visto u oído este nombre hasta ahora. Excepto…

—Excepto en tus sueños. No, eso es imposible.

—Dime cómo más lo pude haber sabido —enunció Tom dejando el periódico y poniendo tiesa la mandíbula.

—Debiste haber oído acerca de…

—Aunque supiera de la compañía, lo cual no supe hasta anoche, no hay forma de que me hubiera enterado lo de la vacuna Raison… sin leer este periódico. ¡Pero me enteré!

—Entonces leíste el periódico o lo escuchaste anoche en las noticias.

—¡No vi las noticias anoche! Y viste el periódico afuera, exactamente donde siempre está en la mañana.

Kara cruzó un brazo y se mordió una uña, algo que hacía sólo cuando estaba fuera de sí. Tom recordó su discusión con Michal acerca de la variedad Raison como si hubiera ocurrido sólo un momento antes, lo cual no estaba tan lejos de la verdad. Hasta donde era consciente, había estado dormido debajo del árbol sólo por algunos minutos.

Pero este no era realmente un sueño, ¿o sí?

—¿Estás diciéndome en realidad que en tus sueños está sucediendo algo que te da esta información? —cuestionó Kara—. ¿Qué más supiste respecto del futuro?

—Sólo que la vacuna Raison tiene algunos problemas y termina como un virus llamado Variedad Raison —anunció él reflexionando en eso—, el cual infecta a la mayor parte de la población mundial en…

—¿En qué?

—En un tiempo muy corto —contestó Tom rascándose la cabeza.

—¿Cuán corto? —quiso saber ella exhalando bruscamente—. Escúchame, no puedo creer ni siquiera que esté haciendo estas preguntas.

—En pocas semanas, creo.

Kara caminó en la cocina de un lado a otro, mordiéndose aún la uña.

—Esto es simplemente una locura. Ayer los cambios importantes de mi vida consistían en si me debía cortar el cabello, pero eso fue antes de llegar a casa y a mi loco hermano. Ahora la mafia se nos está echando encima, y simplemente resulta que todo el mundo está a punto de ser infectado por un virus del que sólo sabe mi soñador hermano. ¿Y cómo diablos, si se puede saber, se enteró lo de este virus? Sencillo: Se lo dijo algún murciélago negro con ojos rojos en el mundo real. Perdóname si no uso de inmediato mi máscara antigás.

Ahora ella se desahogaba, pero también estaba atribulada, o no *estaría* desahogándose.

—No fue un murciélago negro —comunicó Tom—. Uno blanco. Un roush. Y los roushes tienen ojos verdes.

—Sí, desde luego; qué tonta soy. Ojos verdes. El murciélago con ojos verdes se lo dijo. ¿Y mencioné el chisme de que todo este mundo es un sueño? Bueno, si es un sueño, en realidad no tenemos que preocuparnos, ¿verdad?

Ella tenía razón en esto.

Tom entró a la sala y se volvió para ver que ella lo había seguido. Kara tenía el rostro pálido. Estaba preocupada de veras, ¿o no?

—Pero no crees ni por un instante que tú y yo estamos ahora en un sueño —manifestó él—. Lo cual sólo puede querer decir que lo otro es un sueño. Bien. Eso es peor. Significa que este es real. Que un virus está a punto de amenazar al mundo.

Kara fue a la ventana y movió la cortina. Ella aún no se tragaba el cuento, pero su confianza se había sacudido.

—¿Alguien? —preguntó él.

—No —contestó ella, soltando la cortina—. Pero si he de creerte, unos cuantos asesinos de Nueva York son el menor de nuestros problemas, ¿de acuerdo?

—Mira, ¿podrías dejar aquí el tono de condescendencia? Yo no pedí esto. Está bien, tal vez hice que la mafia se nos viniera encima, pero ya te pedí perdón por eso. En el resto del asunto soy tan inocente como tú. ¿Puedo controlar cuáles sean mis sueños?

—Es sólo que parece ridículo, Thomas. Tú al menos ves eso, ¿no es así? Parece algo que soñaría un niño. Y francamente, el hecho de que seas tan… joven no está jugando aquí a tu favor.

Tom no dijo nada.

Kara suspiró y se sentó en el brazo del sofá.

—Está bien. Está bien, digamos sólo que hay algo con tus sueños. ¿Acerca de qué tratan exactamente esos sueños?

—Que conste, no estoy discutiendo que sean sueños —respondió él—. Al menos, tengo que tratar cada escenario como si fuera real. Es decir, tú quieres que trate este espacio como que está aquí realmente, ¿verdad? No quieres que me lance por el balcón. Bien, pero créeme, allí es igual de real. Ahora estoy durmiendo debajo de un árbol. Pero en el momento en que despierte de mi siestecita bajo el árbol tendré una serie completa de nuevos problemas.

—Bien —acordó ella, exasperada—. Bien, finjamos que los dos son reales. Cuéntame de este… otro lugar.

—¿Todo?

—Cualquier cosa que creas que tenga sentido.

—*Todo* tiene sentido.

Tom respiró profundamente y le contó su despertar en el bosque negro, de los murciélagos que lo persiguieron, de la mujer que había conocido, y de los roushes que lo llevaron a la aldea. No creía que hubiera alguna maldad en el bosque colorido. Esta parecía confinada al bosque negro. Le contó todo, y mientras hablaba, ella escuchaba con una intensidad que debilitaba periódicas burlas hasta que estas se acallaron por completo.

—Así que cada vez que te quedas dormido en algún lugar despiertas en el otro lugar.

—Exactamente.

—Y no hay correlación directa del tiempo. Es decir, puedes pasar todo un día allá y despertar aquí para averiguar que sólo ha pasado un minuto.

—Eso creo. He estado allá por todo un día pero no aquí.

Ella se paró de repente y se fue a la cocina.

—¿Qué estás haciendo? —inquirió Tom.

—Vamos a probar estos sueños tuyos. Pero sin saltar por la barandilla.

—¿Sabes cómo probar esto? —exclamó él corriendo tras ella.

—¿Por qué no? —manifestó ella al tiempo que agarraba el periódico y lo hojeaba—. Afirmas que has obtenido algún conocimiento de este lugar. Veremos si puedes conseguir más.

—¿Cómo?

—Sencillo. Te vuelves a dormir, obtienes más información, y luego te despertamos para ver si tienes algo que podamos comprobar.

—¿Crees que eso sea posible? —preguntó parpadeando.

—De eso se trata: de averiguar —contestó ella encogiéndose de hombros—. Dijiste que allí tienen historias de la tierra. ¿Crees que tendrían resultados de eventos deportivos?

—No… no sé. Parece algo trivial.

—A la historia le encanta lo trivial. Si hay historia, incluirá eventos deportivos —indicó ella.

Se detuvo en la sección de deportes y observó la página. Dejó de ver y luego miró a Tom por sobre el periódico.

—¿Sabes algo sobre carreras de caballos? —investigó ella.

—Este… no.

—Nómbrame un caballo que esté en el circuito de carreras.

—¿Cualquier caballo?

—Cualquiera. Sólo uno.

—No sé de ningún caballo. ¿Suerte de Corredor?

—Estás inventándolo.

—Sí.

—No se trata de eso. Sólo me estoy convenciendo de que no conozcas a ninguno de los participantes en la carrera de hoy.

—¿Qué carrera?

—El Derby de Kentucky.

—¿Se está corriendo hoy? —preguntó él alargando la mano hacia el periódico, y ella lo echó hacia atrás.

—Ni por casualidad. No sabes qué caballos corren; no arruinemos eso —dijo ella doblando el periódico—. La carrera es dentro de…

Ella miró el reloj en la pared.

—…seis horas. Nadie en el planeta conoce al ganador. Anda y habla con tus amigos peludos. Si regresas con el nombre del caballo ganador, reconsideraré esta pequeña teoría tuya —concluyó con una sonrisita en los labios.

—No sé si pueda conseguir esa clase de detalle —cuestionó Tom.

—¿Por qué no? Vuela sobre la biblioteca dorada en el cielo y pregúntale un poco de historia a la pelota de pelusa encargada. ¿Qué puede ser tan difícil al respecto?

—¿Y si no es un sueño? Simplemente no puedo hacer allí lo que quiera, más de que puedo hacer aquí lo que quiera. Y las historias son orales. ¡Ellos no sabrán quién ganó una carrera!

—Dijiste que algunos de ellos saben todo de las historias.

—Los sabios. Michal. ¿Crees que Michal me va a decir quién ganó el Derby de Kentucky en el año 2010?

—¿Por qué no?

—No parece algo que él me diría.

—Ah, basta ya.

—Estoy durmiendo ahora en una colina… no puedo sencillamente seguir adelante con una investigación demente de algo tan trivial.

—Tan pronto como te duermas aquí, despertarás allá —expresó ella—. Si quieres probarme esto… esta es tu oportunidad.

—Esto es ridículo. Así no es como funciona.

—¿Estás dando una excusa?

—La carrera es dentro de seis horas. ¿Y si no puedo volver a dormir allá?

—Dijiste que no necesariamente había alguna correlación de tiempo. Dejaré que duermas por media hora, y luego te despertaré. De todos modos, no podemos sentarnos aquí por mucho más tiempo que ese.

Tom se pasó los dedos por el cabello. La sugerencia le parecía absurda, pero sus propias exigencias de que Kara le creyera eran igualmente absurdas para ella. Más aun. En realidad no había motivos para creer que él *no pudiera* obtener la información. Quizá Michal entendería y se la diría inmediatamente. Mientras Kara lo despertara a tiempo…

Podría funcionar.

—Está bien.

—¿Está bien?

—Está bien. ¿Cómo me duermo?

Ella lo miró como si no esperara en realidad que él estuviera de acuerdo.

—¿Estás seguro de no conocer a ninguno de los caballos?

—Positivo. Y si supiera, no sabría quién va a ganar, ¿verdad?

—No.

Kara le lanzó una última mirada de sospecha y se dirigió a su dormitorio, llevándose el periódico. Regresó treinta segundos después agitando un frasco de pastillas.

—¿Me vas a drogar? —preguntó él—. ¿Cómo me despertarás si se me altera la cabeza? No puedo andar drogado todo el día.

—Tengo algunas pastillas que te despertarán también al instante. Debo admitir que es un poco extremo, pero creo que nuestra situación es un poco extrema, ¿no es así?

Ella era enfermera, recordó él. Podía confiar en ella.

Diez minutos después él yacía sobre el sofá, habiendo ingerido tres grandes tabletas blancas. Estuvieron hablando de dónde irían. Debían salir de la ciudad. Para sorpresa de él, a Kara le pareció bien la idea. Al menos hasta que resolvieran todo esto.

—¿Qué… qué acerca… qué… de la variedad Raison…? —le estaba preguntando a su hermana.

Ella aún no se había convencido de lo de la variedad Raison. Por eso le había dado las pastillas. Pastillas blancas enormes, gigantescas, que eran suficientes para ser…

***

¿PUEDES DECIRME de qué aldea viene él? —averiguó Michal.

—No de tan cerca como podrías imaginar. Ni de tan lejos como podrías creer.

Esto significaba: *No, prefiero no decírtelo esta vez.*

—Rachelle lo ha elegido. ¿Debería llevarlo así nomás a la aldea?

—¿Por qué no?

Esto significaba: *No interfieras con las costumbres de los humanos.*

Michal se movió sobre sus largos y flacos pies. Inclinó la cabeza en reverencia.

—Él me preocupa —opinó—. Temo lo peor.

—No pierdas tu tiempo con el temor —aconsejó su maestro con voz baja y despreocupada—. Es impropio.

Dos valles hacia el oriente, el hombre que decía llamarse Thomas Hunter se hallaba desplomado contra un árbol, perdido en su sueño. Soñando con las historias en vívidos detalles. Seguramente esto no podía ser bueno.

Michal había dejado al hombre y había volado a un árbol cercano para considerar las opciones. Debía sopesar la situación con mucho cuidado. Nunca antes había ocurrido algo así, al menos no en su sección del bosque. No podía simplemente llevar a la aldea a Thomas y presentárselo a Rachelle con esta pérdida total de memoria. Él no parecía conocer a Elyon, ¡santo cielo!

Cuando Hunter se quedó dormido, Michal decidió buscar guía superior.

—Él cree que este podría ser un sueño —comunicó Michal, levantando la mirada—. Cree que vive en las historias en un lugar llamado Denver, y que sueña con el bosque colorido, ¡con todas las cosas! ¡Va de allá para acá! Intenté decírselo, pero no estoy seguro de que me crea por completo.

—Estoy seguro que finalmente entenderá. Es muy listo.

—Pero en este mismo instante está recostado contra un árbol en lo alto de la aldea, ¡soñando que vive antes del Gran Engaño! —exclamó Michal echando las alas hacia atrás y andando de un lado a otro—. Parece conocer las historias con asombroso detalle: una familia, una casa, incluso recuerdos. ¡Tarde o temprano se relacionará con Tanis!

—Entonces déjalo que se relacione con Tanis.

—Pero Tanis…

¿Podría decirlo? ¿Debería decirlo?

—¡Tanis está tambaleando! —soltó—. Temo que un pequeño estímulo lo podría poner sobre el límite. Y si él y Hunter empiezan a hablar, no podemos imaginarnos cuán creativo se podría volver Tanis.

—Él está creado para crear. Dejémoslo crear.

¿Cómo podía el pronunciarlo con tanta facilidad, de pie allí casi sin expresión? ¿No sabía él qué clase de devastación podría traer Tanis a todos?

—Por supuesto que lo sé —expresó el niño; ahora su suave mirada verde se movió—. Lo supe desde el principio.

Michal sintió que se le hacía un nudo en la garganta.

—Perdona mi temor. Sencillamente no me lo puedo imaginar. ¿Podría al menos tratar de desanimarlos? Te ruego…

—Seguro. Desanímalos. Pero déjales encontrar su propio camino.

El niño dio media vuelta y se fue hacia un enorme león blanco; le pasó la mano por la melena, y la bestia se echó de panza. Él miró hacia el mar, ocultando la mirada de la vista de Michal.

El roush quería llorar. No podía explicar la sensación. No tenía derecho de sentir tal remordimiento. El niño sabía lo que hacía. Siempre lo había sabido.

Michal salió del lago en lo alto, voló en círculos a gran altura, y lentamente se puso en camino hacia donde Thomas Hunter dormía debajo del árbol por encima de la aldea.

9

TOM OYÓ el batir de alas y sintió que salía de su sueño. Reconociendo, reconociendo la luz real, respirando aire real, oliendo algo que le recordaba las gardenias, abrió los ojos.

Michal se envolvía en sus alas, ni a tres metros de distancia. Estaban de nuevo en el bosque colorido. Él había dormido apoyado en un elevado árbol amarillo, soñando como si viviera de nuevo las historias de la Tierra. Esta vez había vuelto con un reto de Kara. Algo acerca de...

—Puedo ver que ha sido un día ocupado para ti —indicó Michal, caminando balanceándose.

Otro batir de alas a la izquierda de Tom anunció a Gabil, quien incluyó una voltereta en su aterrizaje.

Tom se puso de pie, totalmente despierto. La hierba era verde; el bosque brillaba en tonos azules y amarillos detrás de él; la aldea esperaba en todo su brillo. Él fue hacia delante, súbitamente ansioso de descender la colina y volverse a conectar con su pasado.

—¿Vamos?

—Absolutamente —contestó Gabil.

—Sí —expuso Michal—. Aunque temo que te hayas perdido la Concurrencia.

Michal volteó a mirar por sobre su hombro, y Tom vio al último de un enorme grupo que desaparecía por un sendero que se perdía entre los árboles a varios kilómetros de distancia. Hasta donde podía apreciar, la aldea estaba vacía.

—Lo siento muchísimo, pero tardaremos bastante tiempo en alcanzarlos. Mejor esperas en la aldea hasta que regresen.

—¿Qué te hizo tardar tanto?

—Quizá debí haberte llevado primero a la aldea, pero quise asegurarme. Esto es muy extraño, estoy seguro de que lo comprendes. No bebiste el agua en el bosque negro, pero es evidente que los shataikis ejercieron *algún* efecto sobre ti. En tu memoria al menos. Yo debía asegurarme de que hacía lo correcto.

Bajaron la colina a la decreciente luz de la tarde, primero Michal, seguido por Tom y Gabil brincando en la retaguardia.

Las historias. Él soñó que Kara había insistido en que este bosque colorido era un sueño y que Denver era real. Ella le había impuesto una misión.

El ganador del Derby de Kentucky.

¿Registrarían las historias algo tan insignificante como el ganador de una carrera de caballos? De ser así, sólo alguien con una memoria perfecta lo podría recordar. Alguien como Michal.

Sin embargo, parecía muy insensato pedir a Michal que revisara algo con lo que Tom había soñado. Pero no era más absurdo que insistirle a Kara que *ella* era un sueño. ¿Cuál era entonces la realidad?

Michal le había dado, aquí en el bosque colorido, una explicación razonable para su sueño de Denver: Tom se había golpeado la cabeza y estaba soñando con la antigua Tierra. Lógico.

Pero allá en Denver él no tenía explicación de cómo podría estar soñando acerca de la variedad Raison, en particular porque aún no habían ocurrido los acontecimientos relacionados. Tom estaba obteniendo la información de Michal, de las historias. Pero eso únicamente demostraría que este mundo en que encontró las historias era real. Si este era real, entonces el otro tenía que ser un sueño. A menos que los dos fueran reales.

—¿Cuántas personas viven en la aldea? —preguntó Tom.

—¿Aquí? Esta es la aldea más pequeña. Existen tres tribus en el planeta, cada una con muchas aldeas. Pero esta es la primera. Tanis es el primogénito.

—Más de mil en esta aldea —se inmiscuyó Gabil.

—Mil quinientos veintidós —corrigió Michal—. Hay siete aldeas en esta tribu, y todas vienen a la misma Concurrencia. Las otras dos tribus, a una de las cuales perteneces, están muy lejos y son mucho más grandes. Tenemos más de un millón viviendo hoy día.

—Vaya. ¿Cuánto tiempo vivimos? Es decir, cuánto tiempo ha…

Michal se había detenido, y Tom casi lo tropieza.

Gabil chocó contra él por detrás.

—Lo siento, lo siento.

Michal miraba a Tom como si este se hubiera vuelto loco.

—¿Qué pasa? —preguntó Tom retrocediendo.

—Aquí no *hay* muerte. Sólo en el bosque negro. Estás confundiendo la realidad con la antigua Tierra. Puedo entender tu pérdida de memoria, pero estoy seguro de que puedes separar lo real de tus sueños.

—Seguro —aceptó Tom.

Pero no estaba seguro. No del todo. Tendría que pensar con más cuidado sus preguntas.

Michal suspiró.

—En caso de que no estés tan seguro como afirmas, permíteme darte un rápido recordatorio de tu historia. Tanis, el dirigente de esta aldea, a quien hemos analizado, fue el primogénito. Se unió a Mirium, su esposa, y tuvieron dieciocho hijos y veintitrés hijas durante los primeros doscientos años. Sus dos primeros hijos se fueron, uno al oriente y el otro al occidente, a un mes de viaje cada uno, para formar las tres tribus. Cada tribu es totalmente independiente. No hay actividad comercial, pero son bastante comunes las visitas y no son extrañas las uniones mixtas. Tres veces al año las otras dos tribus hacen un viaje aquí para una celebración muy, pero muy grande, conocida como la Gran Concurrencia, que no se debe confundir con la Concurrencia que cada tribu experimenta todas las noches.

Michal miró con nostalgia hacia el sendero que habían seguido los aldeanos.

—Descubrirás una obsesión con la Concurrencia. Es el enfoque de cada día. Al mediodía la mayor parte de personas se prepara de una u otra manera para ella. Es una vida muy sencilla pero muy lujosa por la que yo gustosamente cambiaría un año de tormento. Eres sumamente afortunado, Thomas Hunter.

La tarde estaba en calma.

—¿Me hace eso descendiente de Tanis? —indagó finalmente Tom.

—Muchas generaciones después, pero sí.

—Y mi familia inmediata vendrá aquí para una celebración. ¿Cuándo?

—En… ¿qué, Gabil? ¿Sesenta días?

—¡Cincuenta y tres! —exclamó el roush más pequeño—. Sólo cincuenta y tres.

—Gabil es el amo de los juegos en las celebraciones. Los conoce íntimamente. En todo caso, ahí lo tienes.

Michal continuó colina abajo con su bamboleo.

—Tuve otro sueño —anunció Tom.

—¿Sí? Bueno, los sueños son bastante comunes, ¿o también olvidaste eso?

—Se reanudó donde quedó el otro. Me estaba preguntando si me podrías ayudar con algo. ¿Registran las historias eventos deportivos?

—Las historias lo registraron todo.

—¡De veras! ¿Podría saber, digamos… el caballo ganador del Derby de Kentucky en un año particular?

—Las historias son orales, como mencioné. Fueron escritas… están escritas… en los Libros de Historias, pero esos libros están…

Michal hizo aquí una pausa.

—…ya no están disponibles. Estos libros son muy poderosos. En todo caso, las tradiciones orales fueron entregadas a Tanis y se transmitieron.

—¿Nadie sabría quién ganó el Derby de Kentucky?

—¿A quién le importa esa clase de trivialidad? ¿Sabes qué clase de mente se necesitaría para retener un detalle tan insignificante?

—Así que entonces nadie lo sabe.

—Yo no dije eso —afirmó Michal después de titubear—. Lo que Tanis conoce de las historias es más de lo que sabe cualquier otro humano. Es más que suficiente. Demasiado conocimiento de algunos asuntos puede ser preocupante. Muchas veces Tanis ha intentado sacar más información de mí. Su sed de conocimiento es insaciable.

—Pero tú tienes una memoria perfecta. ¿No sabes quién ganó el Derby de Kentucky en el 2010?

—¿Y si lo supiera?

—¿Me lo puedes decir?

—Podría. ¿Debería?

—¡Sí! Mi hermana quiere saber.

Michal se volvió a detener.

—¿Recuerdas a tu hermana? ¿Estás empezando a recordar?

—No, la hermana en mis sueños —contestó Tom, sintiéndose ridículo.

—Eso ahora es algo, ¿qué dices tú, Gabil? —enunció Michal—. Su hermana, en sus sueños acerca de las historias, quiere saber algo de las historias. Parece algo muy circular.

—Vueltas, vueltas y vueltas, sin duda.

—Sí, imagino que podrías decir eso —comentó Tom, desviando la mirada.

—No estoy seguro de que yo *debería* decírtelo —dijo Michal.

—¿Hay alguien más entonces que me lo pudiera decir?

—Teeleh —expresó Gabil entre dientes—. Él fue un sabio.

Tom supo quién debía ser Teeleh sin tener que preguntarlo.

—El dirigente de los shataikis —afirmó Tom.

—Sí —convino Michal.

Nada más.

Tom volvió a enfocar la discusión en la carrera de caballos.

—Por favor, sólo necesito saber si lo que ustedes dicen concuerda con lo que estoy soñando. Me podría ayudar a hacer de lado mis sueños.

—Quizá. No es asunto mío escarbar en las historias. Aquí estamos haciendo la nuestra, y basta. Ya tienes demasiado de las historias recorriendo por tu mente como para distraerte y confundir incluso a mí. Te lo diré con una condición.

—No volveré a preguntar. De acuerdo.

—Exactamente —coincidió Michal frunciendo el ceño—. No volverás a preguntar sobre las historias.

—Y como dije, estoy de acuerdo. ¿Qué caballo?

—El ganador del Derby de Kentucky 2010 fue Volador Feliz.

—¡Volador Feliz! —gritó Gabil—. ¡Un nombre perfecto!

Corrió y levantó vuelo. Pronto ganó altura, realizó una voltereta, y giró en dirección a la Concurrencia.

Volador Feliz.

La aldea le pareció conocida a Tom, pero no tanto como para que el corazón acelerara su ritmo mientras se acercaban.

Pasaron debajo de un gran arco azul y dorado, y luego bajaron por un amplio sendero café entre filas de coloridas cabañas. Tom se detuvo ante la primera casa, impresionado por el brillo rubí de la madera. Un césped que se extendía alrededor de las viviendas formaba una alfombra gruesa y uniforme de pasto verde, realzada por flores que crecían agrupadas de manera simétrica. Al césped lo resaltaba lo que parecían ser esculturas de madera azul y dorada brillantemente coloreadas, dándole una belleza surrealista.

—¿Recuerdas? —averiguó Michal.

—En cierto modo. Pero no realmente.

—Podría tomar un tiempo, entiendo. Te quedarás con la familia de Rachelle.

—¡Rachelle! ¿La mujer que me eligió?

—Sí.

—¡No me puedo quedar en su casa! No tengo idea respecto de este Gran Romance.

—Sigue tus instintos, Thomas. Y si tus instintos no te brindan demasiado, entonces finge. Sin duda puedes fingir estar enamorado.

—¿Y si no quisiera estar enamorado?

—¡Deja esa tontería! —ordenó Michal—. Por supuesto que quieres estar enamorado. Eres humano.

Michal giró en el sendero.

—Me estás asustando, jovencito.

Tom caminó por el sendero, absorto al principio en sus pensamientos, pero luego distraído rápidamente por la belleza que lo rodeaba. A ambos lados del camino se alineaban prados hermosamente trazados que bordeaban a cada cabaña colorida. Las casas brillaban más como perlas que como madera. En el suelo crecían flores parecidas a margaritas en amplias franjas a través de los brillantes prados verdes. Grandes gatos y loros deambulaban sin rumbo fijo y aleteaban en armonía por la aldea, como si ellos también poseyeran una parte de esta maravillosa obra de arte.

La naturaleza refinada de la aldea mantuvo sobrecogido a Tom mientras iban hacia la enorme estructura central. Aunque sin necesaria simetría, cada objeto, cada escultura, cada flor y cada senda estaba exactamente en el sitio correcto, como una sinfonía ejecutada a la perfección. Altera un sendero y se desmoronaría la visión. Mueve una flor y surgiría el caos.

El Thrall, como lo había llamado Michal, era enorme comparado con las demás estructuras, y si la aldea era una obra de arte refinado, entonces esta era su gloria suprema. Tom hizo una pausa en la base de amplios peldaños que ascendían hasta el edificio circular. La cúpula de color jade se veía como si la hubieran hecho de un material perfectamente cristalino que dejaba pasar la luz a través.

Tom puso cautelosamente el pie en el primer peldaño y empezó a subir. Adelante, Michal forcejeaba los pasos uno por uno, haciéndole por el momento caso omiso. Tom lo siguió y luego giró en lo alto para ver la aldea desde esta elevada posición.

La aldea parecía como si enormes joyas —rubíes, topacios, esmeraldas, ópalos y perlas— se hubieran trasportado aquí y luego esculpido en sólidas estructuras durante cientos de años. ¿Qué clase de tecnología pudo haber creado esto? Muy sencillo y elegante, pero muy evolucionado.

—¿Quién hizo esto?

—Ustedes lo hicieron —respondió Michal mirándolo—. Ven.

Tom lo siguió dentro del Thrall.

La extensión del enorme auditorio era a la vez intimidante y espectacular. Cuatro pilares brillantes, rubí, esmeralda, verde jaspe y un amarillo dorado, se levantaban desde el suelo hasta la iridiscente cúpula abovedada. No había muebles en el salón. Tom vio todo esto en su primer vistazo.

Pero fue el gran piso circular, centrado debajo de la cúpula, en lo que se fijaron sus ojos.

Tom pasó a Michal y caminó ligeramente hasta el borde del piso. Este parecía atraerlo hacia sí. Lentamente se arrodilló y estiró la mano. No logró ver una sola mancha en la dura y clara superficie, como una piscina de resina derramada sobre una esmeralda sin imperfecciones. Acarició el suelo, respirando a ritmo constante. Una repentina y leve vibración le subió por el brazo y rápidamente retiró la mano.

—Todo está bien, mi amigo —anunció Michal detrás de él—. Esta es una vista a la que nunca me acostumbro por mí mismo. Fue hecha de mil árboles verdes. No se le encuentra ni una mancha. Nunca deja de asombrarme la creatividad que exteriorizan ustedes los humanos.

—¿Es esto como el agua? —preguntó Tom poniéndose de pie.

—No. El agua es especial. Pero Elyon es el Hacedor de ambas cosas. Te dejaré aquí —le comunicó Michal, volviéndose hacia la entrada—. El deber llama. Johan y Rachelle vendrán y te recogerán apenas regresen de la Concurrencia. Y recuerda, si tienes alguna duda, sigue el juego, por favor.

El roush salió del edificio caminando balanceándose, y Tom creyó haberle oído decir:

—Amigo, amigo. Espero que Rachelle no haya mordido más de lo que pueda masticar.

Tom empezó a protestar. Esperar solo en este espacio maravilloso lo dejó algo atemorizado. Pero no se le ocurrió ninguna razón para asustarse... más allá de su memoria perdida, todo esto le era muy conocido. Como dijo Michal: él tenía que seguir el juego.

10

TOM NO DEBIÓ esperar mucho. Un muchacho, quizá de doce años, con brillante cabello rubio y vestido con una túnica azul, entró de sopetón al Thrall. Un pañuelo amarillo le rodeaba la cabeza. Giró sobre sí para dar una rápida mirada alrededor y entonces dio media vuelta y retrocedió, instando a alguien más a seguirlo.

—¡Vamos!

Lo seguía una mujer que Tom reconoció como Rachelle. Ella usaba el mismo vestido rojo satinado pero ahora una banda amarilla le cubría un hombro.

La emoción de la escena fue tan inesperada y tan repentina, que Tom se quedó paralizado en las sombras de la esquina.

—¿Lo ves, Johan? —preguntó Rachelle, mirando alrededor.

—No. Pero Michal dijo que estaría aquí. Quizá…

Johan se detuvo al ver a Tom.

Rachelle se paró en medio del piso, mirando hacia el rincón desde donde Tom observaba.

—Hola —saludó Tom aclarando la garganta y dando un paso hacia la luz.

Rachelle lo miró, sin inmutarse. Por algunos segundos interminables pareció cesar todo movimiento. Sus ojos resplandecían con un vivo color jade, como una piscina de agua. Ella ya había alcanzado su pleno desarrollo, pero era delgada. Poco más de veinte años. Tenía la piel bronceada y delicadamente lechosa.

Una sonrisa suave y tímida reemplazó poco a poco la atenta mirada de ella.

—Eres muy grato de contemplar, Thomas —pronunció ella.

Tom tragó saliva. Esta clase de afirmación debía ser totalmente normal, pero debido a su amnesia, la sintió... ambiciosa. Atrevida. Maravillosa. Debía seguir el juego como Michal exigiera.

—Gracias. Igual tú. Eres muy...

Él debió hacer una pausa para respirar.

—...grata de contemplar. Audaz.

—¿Audaz? —preguntó ella.

—Sí, te ves audazmente hermosa —corrigió Tom, sintiendo que se ruborizaba.

—¡Audaz! —exclamó Rachelle, y miró a Johan—. ¿Oíste eso Johan? Thomas cree que soy audaz.

—Me gustas, Thomas —dijo Johan mirando de Rachelle a Tom, sonriendo.

Rachelle lo miró, asombrada, como una muchachita tímida, pero no estaba avergonzada, en lo más mínimo. ¿Se supone que él hiciera algo aquí?

Ella le ofreció la mano. Él alargó la suya para tomarla, pero, igual que antes, ella no la estrechó. Sin dejar de mirarlo a los ojos, suavemente le tocó los dedos con los suyos.

Él estaba tan impresionado por el toque que no se atrevió a hablar. Si lo hacía, sin duda farfullaría alguna bobada en vez de que le salieran palabras. La caricia se le extendió a Tom por la piel, sensual pero totalmente inocente a la vez.

El corazón de Tom le palpitaba ahora con fuerza, y por un breve instante se llenó de pánico. Ella le tocaba la mano y él se hallaba paralizado. ¿Era este el Gran Romance?

Él ni siquiera conocía a esta mujer.

De repente ella le agarró la mano entre las suyas y lo llevó hacia el portón.

—Rápido, ellos están esperando.

—¿Ellos? ¿Quiénes?

—Es hora de comer —gritó Johan, de un halón abrió el portón, subió y luego bajó corriendo los peldaños hacia dos hombres abajo en el sendero—. ¡Padre! Tenemos a Thomas Hunter. ¡Es una persona muy interesante!

Dos pensamientos hicieron sobresaltar a Tom ante ese comentario.

Uno, Rachelle aún le estaba tocando la mano. Dos, estas personas parecían no sentir vergüenza. Lo cual significaba que *él* no tenía vergüenza, porque era una de estas personas.

Rachelle le soltó la mano y bajó corriendo los escalones. El hombre al que Johan había llamado padre abrazó al muchacho y luego se volvió hacia Tom. Usaba una túnica que le colgaba por los muslos, con una amplia franja azul que le atravesaba el cuerpo desde el hombro derecho hasta la cadera izquierda. El dobladillo estaba tejido en complicados patrones cruzados con los mismos colores. Un cinturón de oro le rodeaba la cintura y sostenía una pequeña bolsa con agua.

Así que eres el visitante del otro lado —expresó, sujetando fuertemente el brazo de Tom, y halándolo hasta abrazarlo y darle una palmadita en la espalda—. Bienvenido. Me llamo Palus. Eres muy bienvenido para quedarte con mi familia.

Palus dio un paso atrás, frunció el entrecejo con ojos resplandecientes y complacidos.

—Bienvenido —repitió.

—Gracias. Eres muy amable —lo tuteó también Tom con una ligera inclinación de cabeza.

Palus retrocedió y giró el brazo hacia el otro hombre.

—Este es Miknas, el custodio del Thrall —manifestó con satisfacción—. Ha supervisado todas las danzas y celebraciones en el piso verde por más de cien años. ¡Miknas!

Miknas parecía como de cuarenta años, quizá treinta. Difícil calcularlo. ¿Qué edad tenía el primogénito, Tanis? Al momento, Tom desestimó la pregunta.

—Es un honor —dijo Tom.

—El honor es mío —enunció Miknas adelantándose y abrazando a Tom de igual manera que hizo Palus—. Casi nunca tenemos visitantes tan especiales. Eres muy bienvenido. Muy, muy bienvenido.

—Vamos, caminemos hasta nuestra casa —dijo Palus guiándolos por el sendero.

Se detuvieron ante el arco de entrada azul zafiro de una casa cerca al Thrall, y cada uno se turnó para despedirse de Miknas, deseándole una maravillosa cena. Palus los guió luego por varias filas de casas hasta una cabaña verde tan brillante como la hierba que la rodeaba, luego subió por la entrada y pasó una sólida puerta verde al interior de su abovedada vivienda.

Tom entró a la casa, esperando que allí, en tan íntimos alrededores, recordara la familiaridad de su pasado. La madera aquí en la casa tenía apariencia de estar cubierta con una resina suave y luminosa de varios centímetros de espesor. Los muebles estaban tallados de la misma madera. Algunas piezas resplandecían con un sólo color, y otras radiaban en arco iris con apariencia de agua. De toda la madera irradiaba luz. La luz no era refleja como él pensó al principio, sino que venía de la misma madera.

Increíble. Pero no familiar.

—Esta es Karyl, mi esposa —la presentó Palus, luego le informó a su esposa—. Rachelle le ha tocado la mano.

Tom sonrió torpemente a la madre de Rachelle, ansioso por evitar más discusión sobre el asunto.

—Usted tiene una casa maravillosa, señora.

—¿Señora? Qué extraño. ¿Qué significa?

—¿Umm?

—Nunca antes había oído esta expresión. ¿Qué significa «señora»?

—Creo… creo que es una expresión de respeto. Como «amiga».

—¿Usan esa expresión en su aldea?

—Tal vez. Creo que quizá.

Todos lo miraron en un momento de silencio, durante el cual sintió que había llamado terriblemente la atención.

—Aquí —dijo finalmente Karyl y fue hacia un recipiente en el cual metió una taza de madera—, invitamos con un sorbo de agua.

Ella le llevó la taza y él tomó un sorbo. El agua era fría a sus labios, pero la sintió tibia al pasar hasta el estómago, donde el calor se extendió. Inclino la cabeza y devolvió la taza.

—Gracias.

—Entonces debes comer con nosotros. Ven, ven.

Ella lo agarró del brazo y lo llevó a la mesa. En el centro había un tazón grande con frutas, y Tom reconoció los colores y las formas. Eran iguales a las que Gabil le diera antes.

Le sorprendió su repentina ansia por la fruta. Todos se habían sentado ahora a la mesa, y él estaba consciente de que tenían las miradas fijas en él. Se obligó a dejar de mirar la fruta, y se encontró con los ojos de Rachelle.

—Ustedes son muy amables de tenerme en su casa. Debo admitir que no estoy seguro de lo que debo hacer. ¿Les dijeron que perdí la memoria?

—Michal mencionó eso, sí —contestó Palus.

—No te preocupes. Te enseñaré todo lo que necesitas saber —manifestó Rachelle, entonces agarró una fruta de color topacio y la mordió mirando a Tom a los ojos.

Ella masticó y levantó la fruta hasta los labios de él.

—Deberías comer el kirim —le dijo, mientras él mantenía la mirada fija en ella.

Tom titubeó. ¿Sería esto como el toque de manos?

—Adelante —ahora fue Karyl quien le instó.

Todos esperaron, mirándolo como si insistieran en que él probara la fruta. Hasta Johan esperó, mostrando expectativa en sus ojos sonrientes y centelleantes.

Tom se inclinó hacia adelante y mordió la fruta. Por la barbilla le recorrió jugo cuando sus dientes mordieron la cáscara y pusieron la pulpa al descubierto. En el momento en que el néctar le tocó la lengua sintió que se extendía poder por su cuerpo como un narcótico, más intenso que la fruta que le diera Gabil antes.

—Agárrala —ordenó Rachelle.

Él asió la fruta, rozándole al hacerlo los dedos a Rachelle. Ella dejó la mano extendida por un instante, luego agarró otra fruta. Los demás habían estirado las manos hacia el tazón y comían ansiosamente la fruta. No era un narcótico, desde luego, sino un regalo de Elyon, como Michal había explicado. Algo que traía placer, como todos los regalos de Elyon. Comida, agua, amor. Volar y zambullirse.

¿Volar y zambullirse? Había algo respecto de volar y zambullirse que le tocaba una fibra sensible. No sabía qué. Aún no.

Tom dio otro mordisco y les sonrió a sus anfitriones. Johan fue el primero en comenzar a reír, un trozo de pulpa amarilla aún se hallaba en su boca. Luego Palus se le unió en la risa, y en segundos se les unieron Rachelle y Karyl. Aún masticando lentamente, Tom recorrió la mirada alrededor de la mesa, sorprendido por la extraña conducta de ellos. Su boca formó una tonta sonrisa, y posó la mirada en Johan. Él era uno de ellos; también debería estar riendo. Y ahora que lo pensaba, quería reír.

Los hombros de Johan se estremecieron de forma incontrolable. Había echado la cabeza hacia atrás de modo que le sobresalía la barbilla, y la boca sonriente enfrentaba el cielorraso. Una risita nerviosa irrumpió de la garganta de Tom, y rápidamente se convirtió en una risotada. Luego empezó a reír de manera incontrolable, como si nunca antes hubiera reído, como si se hubieran liberado cien años de risa reprimida.

Johan se deslizó de su asiento y rodó por el piso, riendo histéricamente. La risa era tan fuerte que ninguno de ellos pudo terminar la fruta, y duró unos buenos diez minutos antes de que se contuvieran lo suficiente para volver a comer.

Tom se restregó las lágrimas de los ojos y dio otro mordisco a la fruta. Se le ocurrió la confusa idea de que debía estar flotando a través de un sueño. Que estaba en Denver teniendo un sueño increíble. Pero la dura superficie de la mesa le aseguró que este no era un sueño.

Sin duda la escena era surrealista: Sentado en un salón iluminado por colores dispersos que emanaban de madera resinada; viendo los tonos azules turquesa, azules lavanda y dorados suspendidos ligeramente en el aire; comiendo fruta extraña y deliciosa que lo hacía delirar; y riendo con sus nuevos amigos sin ningún otro motivo aparente que su sencilla alegría del momento.

Y ahora, sentado en silencio excepto por el ruido al comer la fruta, se sentía totalmente feliz sin pronunciar una palabra.

Surrealista.

Pero muy real. Esta era la cena. Esto era consumo común de alimentos.

—Padre —enunció Johan, levantándose de su silla—, ¿podemos empezar ahora a cantar?

—A cantar. A danzar —declaró Palus con una sonrisa en el rostro.

Sin recoger la mesa, Karyl se levantó y se deslizó hasta el centro del salón, donde rápidamente se le unieron Johan, Rachelle y Palus. Tom observaba, sintiéndose incómodo de pronto, inseguro de si se esperaba que se levantara o que permaneciera sentado. A la familia pareció no importarle, así que se quedó sentado.

Notó por primera vez el pequeño pedestal en el centro del salón. Los cuatro unieron las manos alrededor de un tazón colocado sobre el pedestal. Levantaron las cabezas, empezaron a cantar suavemente, moviéndose con cuidado alrededor del pedestal en una danza sencilla.

En el momento en que las notas llegaron a sus oídos, Tom supo que estaba oyendo más que una simple tonada. La lastimera melodía, cantada en tonos bajos, hablaba más allá de sus notas.

La melodía aceleró y estalló en notas largas y sueltas que contenían una clase de armonía que Tom no lograba recordar. Su danza aumentó en intensidad… ellos parecían haberse olvidado por completo de él. Tom siguió sentado, cautivado por la gran emoción del momento, aturdido por la repentina pérdida de comprensión, sorprendido por el sentimiento de amor y amabilidad que le adormecía el pecho. Johan sonreía abiertamente al techo, exhibiendo sinceridad que parecía transportarlo mucho más allá de su edad. Y Palus parecía un niño.

Rachelle caminaba con gracia distinguida. Ningún movimiento de su cuerpo estaba fuera de lugar. Danzaba como si hubiera coreografiado la danza. Como si fluyera primero de ella y luego hacia los otros. Ella estaba absorta en inocente abandono al cántico.

Él quiso salir corriendo y unírseles, pero apenas logró moverse, mucho menos revolotear.

Luego cada uno cantó, pero cuando finalmente el joven Johan levantó la cabeza, sonriendo al techo, y abrió la boca en un solo, Tom supo al instante que se trataba del verdadero cantante aquí.

El primer tono fluyó de su garganta claro, puro, agudo y muy, muy tierno. Los tonos se elevaron por la octava, más y más alto hasta que Tom pensó que el salón se podría derretir con el canto de Johan.

Pero el muchacho cantó más alto, y aun más alto, haciendo que un frío le recorriera la columna vertebral de Tom. Ningún aliento desperdiciado escapaba de los labios de Johan, ninguna fluctuación en tono, ninguna tensión de músculos en su cuello. Sólo tono natural giraba al antojo del muchacho.

Una pausa de un instante, y luego el tono comenzó de nuevo, esta vez en un bajo suntuoso y lento, meritorio del mejor artista. ¡Y sin embargo cantado por este *muchacho*! Los tonos inundaron el salón, haciendo temblar la mesa a la cual Tom se aferró. Él contuvo el aliento y sintió que su mandíbula se le partía. La fascinante melodía le recorrió el cuerpo. Tom tragó saliva, tratando de contener el sentimiento que surgía de su pecho. En vez de eso sintió temblor en los hombros, y comenzó a llorar.

Johan siguió sonriendo y cantando. Su tono alcanzaba cada cavidad del corazón de Tom y retumbaba con verdad.

El canto y la danza debieron continuar hasta tarde en la noche, pero Tom nunca lo supo, porque se deslizó en un sueño agotado mientras ellos aún cantaban.

11

SE ACABÓ, vamos. Despierta.

Alguien le apretaba las mejillas y le sacudía la cabeza. Tom obligó a que se le abrieran los ojos henchidos de fatiga, sorprendido de cuán difícil era la tarea. Se estremeció en la luz. Su hermana se hallaba a su lado; un halo de luz le iluminaba por detrás su largo cabello rubio.

Luchó por sentarse y finalmente lo logró con ayuda de Kara. Sintió como si se moviera entre melaza, pero debía esperar eso… a menudo se sentían así los sueños. Caminar con dificultad en vez de salir corriendo, flotar en vez de caer.

—Te deberías despertar rapidísimo —habló Kara—. ¿Te sientes bien?

Ella se refería a las drogas. Sedantes seguidos por suficiente cafeína para despertar a un caballo, si él recordaba bien.

—Shuppon —arrastró la palabra; tragó una pileta de saliva y lo volvió a decir, concentrándose en su pronunciación—. Supongo.

Sentía la cabeza como si se le hubiera parado encima un rinoceronte.

—Aquí, bebe esto —ordenó Kara, pasándole un vaso de agua.

Tom bebió un largo sorbo y aclaró la garganta. La niebla empezó a despejarse de su mente. Este podría ser un sueño, o ese podría ser un sueño, pero en el momento no quería pensar en eso.

—¿Y? —preguntó Kara, poniendo el vaso a un lado.

—¿Y qué?

—¿Soñaste?

—No sé —pronunció, mirando alrededor del espacio, desorientado—. ¿Estoy soñando ahora?

Estiró la mano y topó a Kara en la frente con la palma.

—¿Qué estás haciendo? —cuestionó ella.

—Sólo chequeando. Para ver si mi mano pasa por tu cabeza, como en un sueño. Supongo que no.

»Por favor, satisfáceme. Por todo lo que he hecho por ti durante años, hazme este único favor: Finge que este no es un sueño. Y que fue un sueño cualquier cosa que pasó por tu cabeza mientras dormías.

»Estoy durmiendo ahora».

—Thomas, ¡basta!

—¡Está bien! —exclamó él, intentando erguirse, llegó a mitad de camino, y se volvió a sentar—. Pero no es fácil, ¿sabes?

—Sin duda que no —aseguró ella, se levantó, recogió el vaso y se dirigió a la cocina—. El hecho es que no te enteraste de nada de parte de las blancas y velludas criaturas en el bosque colorido, ¿verdad? Sugiero que empecemos de nuevo pensando seriamente en salir de este lío en que nos metiste.

—El ganador fue Volador Feliz. Es. Será… lo que sea.

Kara parpadeó una vez. Dos veces. Tom sabía que había tenido éxito.

—¿Ves? —manifestó él—. Yo no tenía idea de quién era Volador Feliz porque ni siquiera me mostraste qué caballos estaban en la carrera. Nunca había oído el nombre hasta hoy. No hay forma de que hubiera imaginado eso. Pero las historias han registrado que un caballo llamado Volador Feliz ganará hoy el Derby de Kentucky.

Ella agarró bruscamente el periódico del mesón y miró la página deportiva.

—¿Cómo lo deletreas?

—¿Debería saberlo? No lo leí, Michal me lo dijo. No seas…

—Volador Feliz no es uno de los favoritos —anunció ella mirando el periódico—. ¿Cómo sabes siquiera ese nombre?

—Te lo dije, no lo sabía.

Esta vez Kara no discutió.

—La carrera será dentro de cinco horas. No sabemos aún que él ganará.

—La carrera se corrió hace mucho tiempo, en la antigua Tierra, pero puedo entender tu inquietud con esa clase de pensamientos.

La verdad es que hasta él se sentía lleno de inquietud con esa clase de pensamientos.

—¡Esto es absolutamente increíble! ¿Estás de veras consiguiendo en tus sueños realidades acerca del futuro como si fueran historia?

—¿No te lo dije hace una hora?

—¿Cuánto tiempo estuviste allí? ¿Qué más me puedes decir?

—¿Cuánto tiempo? Quizá, ¿qué, cuatro, cinco horas?

—Pero sólo dormiste media hora. ¿Qué más supiste?

—Nada. Excepto lo que dije acerca de la variedad Raison.

Por un instante quedaron frente a frente en perfecta calma. Kara agarró el resto del periódico y lo hojeó ruidosamente.

—¿Qué más averiguaste acerca de la variedad Raison? —exigió saber ella, examinando la historia de la compañía farmacéutica francesa.

—Nada. No pregunté nada acerca de...

—Bueno, tal vez debiste hacerlo. Tuviste el valor para preguntar por una carrera de caballos. Si este virus va a acabar con mil millones de personas, debería haber supuesto que tendrías el aplomo para preguntar al respecto.

—Así que ahora empiezas a escuchar —enunció Tom, logrando esta vez ponerse de pie.

Miró alrededor y palpó el vendaje que tenía sobre el oído derecho. Se lo quitó y palpó la herida. Extraño.

—Kara.

—Aquí dice que Farmacéutica Raison funciona casi exclusivamente sólo en las afueras de Bangkok donde su fundador, Jacques de Raison, dirige la nueva planta de la compañía. Se espera que su hija, Monique de Raison, quien también está encargada del desarrollo de drogas nuevas, haga el miércoles el anuncio en Bangkok.

—¡Kara!

—¿Qué? —preguntó ella, levantando la mirada.

—¿Puedes...? —preguntó yendo hacia ella, sintiendo aún la marca en el cráneo—. ¿Es normal esto?

—¿Es normal qué?

—Se siente... no sé. No puedo sentirla.

Kara le retiró la mano, extendió el cabello con sus dedos, y retrocedió, con el rostro pálido.

—¿Qué es? —la enfrentó Tom.

Ella miró, demasiado aturdida para contestar.

—Ha desaparecido —comentó Tom—. Yo tenía razón. Esta era una herida abierta hace ocho horas, y ahora ha desaparecido, ¿no es cierto?

—Esto es imposible —expuso Kara.

En realidad, parecía un poco absurdo.

—Te lo estoy diciendo, Kara. Esto es real. Quiero decir real de verdad.

Un temblor le había venido a los dedos de Kara.

—Está bien.

Tom se pasó los dedos por el cabello. La mafia de la ciudad de Nueva York aún andaba a la caza de él, pero la variedad Raison era la verdadera amenaza aquí, ¿correcto? Cualquiera que fuera la razón, y cualquiera que fuera el recurso, ahora poseía conocimiento de proporciones más críticas. Por qué él, un vagabundo filipino de tercera cultura, con trabajo eventual en Java Hut, aspirante a actor de Magic Circle, y novelista inédito, no tenía idea. Pero el significado de lo que sabía comenzaba a desarrollarse en su mente.

—Está bien —repitió, bajando el brazo—. Quizá podamos detenerlo.

—¿Detenerlo? Estoy teniendo dificultades para creerlo, peor aún para detenerlo.

—Bangkok —indicó Tom.

—¿Qué vamos a hacer en Bangkok y qué sentido tiene? ¿Irrumpir en las instalaciones Raison?

—No, pero no podemos quedarnos sencillamente aquí.

—Tenemos que hablar con alguien acerca de esto —aseguró ella deteniéndose y yendo al mostrador de la cocina.

—¿Quién?

—CDC. Los Centros para el Control de Enfermedades. La oficina central está en Atlanta.

—¿Y decirles qué? —curioseó Tom—. ¿Que una criatura peluda me dijo que la variedad Raison iba a acabar con medio mundo?

—Eso es lo que estás diciendo, ¿o no? ¿Que esta vacuna Raison va a mutar y a matarnos a todos como a un montón de ratas? ¡Todo el asunto es absurdo!

—Así es esto —dijo él frotándose la cicatriz en la cabeza.

Los ojos de Kara se fijaron en el sitio en que la bala le había rasguñado la cabeza a Tom menos de diez horas antes. Le miró la sien por un momento prolongado y luego se dirigió al teléfono.

—Tenemos que decírselo a alguien.

Él se aseguró a sí mismo que la frustración de Kara no estuviera dirigida más a él que a la situación.

—Está bien, pero no se lo puedes contar a algún tinterillo en los CDC —pidió Tom—. Quedarás como una chiflada.

—¿Quién entonces? ¿El comisario local? —cuestionó ella mientras revisaba la lista que había colocado frente al directorio telefónico, encontró el número y marcó.

Tom pasó al lado de ella y se fue hacia el directorio. El roush afirmó que la variedad Raison llevó al «Gran Engaño». Ahora su mente estaba totalmente involucrada en el problema.

—¿Y si sé esto porque se supone que lo debo detener? —inquirió Tom—. Pero ¿quién en realidad tendría el poder para detenerlo? ¿Los CDC? Más me parece el FBI, la CIA o el Departamento de Estado.

—Créeme, solamente le parecerá un absurdo tanto al Departa...

Kara giró, con el teléfono aún pegado al oído.

—Sí, buenos días Melissa. Habla Kara Hunter de Denver, Colorado. Soy enfermera. ¿Con quién podría hablar respecto de... este, un potencial brote?

Una pausa.

—No, en realidad no hablo a nombre del hospital. Sólo debo reportar algo que encuentro sospechoso.

Otra pausa.

—Enfermedad infecciosa. ¿Con quién sería? Gracias, esperaré.

Kara se volvió a Tom.

—¿Qué le digo?

—Te lo estoy advirtiendo, en verdad creo...

Ella levantó una mano.

—Sí, hola, Mark.

Kara inhaló profundamente y contó a la persona en el teléfono sus preocupaciones acerca de la variedad Raison, balbuceando lo mejor que pudo. Tropezó con resistencia inmediata.

—En realidad no puedo decirle precisamente por qué sospecho esto. Lo único que quiero es que ustedes verifiquen la vacuna. Han recibido una queja de una fuente confiable. Ahora deben investigar...

Kara parpadeó y retiró el auricular del oído.

—¿Qué? —quiso saber Tom—. ¿Te colgó?

—Sólo dijo: «Se ha tomado nota», y colgó.

—Te lo dije. Dame eso.

Tom agarró el auricular y pulsó un número que había encontrado en Washington, D. C. Tres llamadas y siete transferencias lo conectaron finalmente con subsecretario de la oficina de Bureau for International Narcotics and Law Enforcement Affairs (BINLEA), quien evidentemente informó al subsecretario de asuntos mundiales, quien a su vez informó al ministro de estado. Nada de esto importaba mucho; lo que sí pareció importar fue que Gloria Stephenson pareció una persona razonable. Ella al menos le escuchó su afirmación de que él, primero, tenía información sumamente importante para los intereses de EE.UU., y segundo, debía transmitir de inmediato esa información al departamento correcto.

—Muy bien, ¿puede esperar un momento, Sr. Hunter? Voy a tratar de comunicarlo.

—Seguro.

Ahora intentaban conectarse con algún lugar. El teléfono en el otro extremo sonó tres veces antes de que lo contestaran.

—Bob Macklroy.

—Sí, hola, Bob. ¿Quién es usted?

—Esta es la oficina del secretario adjunto de BINLEA. Soy el secretario.

El mismísimo pez gordo.

—Este, buenos días, Sr. Macklroy. Gracias por recibir mi llamada. Mi nombre es Thomas Hunter, y tengo información respecto de una grave amenaza aquí que estoy tratando de comunicar al departamento adecuado.

—¿Cuál es la naturaleza de la amenaza?

—Un virus.

—¿Tiene usted el número de los CDC? —preguntó Macklroy después de un momento de silencio.

—Sí, pero realmente creo que esto está por sobre ellos. En realidad, ya nos comunicamos con ellos, pero nos colgaron.

A Tom se le ocurrió que quizá no tendría todo el día con alguien tan importante como Macklroy, así que decidió comunicar rápidamente el asunto al hombre.

—Sé que esto podría parecer extraño, y sé que usted no tiene idea de quién soy, pero tiene que escucharme.

—Estoy escuchando.

—¿Ha oído hablar de la vacuna Raison?

—No puedo decir que sí.

—Es una vacuna que se transmite vía aérea y que está a punto de salir al mercado. Pero hay un problema con la droga.

Le contó a Macklroy acerca de la mutación y devastación posterior sin hacer una pausa.

Silencio.

—¿Está usted aún allí? —investigó Tom.

—Toda la población de la tierra está a punto de ser diezmada. ¿Es de lo que se trata?

—Sé que parece absurdo —afirmó Tom tragando saliva—, pero eso es… correcto.

—¿Comprende usted que hay leyes que prohíben difamar a una empresa sin…?

—¡No intento difamar a Farmacéutica Raison! Esta es una amenaza grave y necesita atención inmediata.

—Lo siento, pero se comunicó con el departamento equivocado. Esto es algo que típicamente manejan los CDC. Ahora, con su permiso, tengo una reunión a la que voy a llegar tarde.

—Por supuesto que va a llegar tarde a una reunión. ¡Todo aquel que quiere salirse del teléfono está siempre atrasado a una reunión!

Kara le estaba indicando que se calmara.

—Mire, Sr. Macklroy, no tenemos aquí mucho tiempo. Francia, Tailandia o quien quiera que tenga jurisdicción sobre Farmacéutica Raison tiene que verificar esto.

—¿Cuál es exactamente su fuente para esta información?

—¿Qué quiere usted decir?

—Quiero decir, ¿cómo recibió usted esa información, Sr. Hunter? Usted está haciendo unas acusaciones muy graves… seguramente tiene una fuente creíble.

—Tuve un sueño —se le salieron las palabras antes de que pudiera detenerlas.

Kara se puso ambas palmas en la frente y puso los ojos en blanco.

—Ya veo. Muy bien, Tom. Estamos desperdiciando aquí dinero de impuestos.

—¡Puedo probárselo! —exclamó Tom.

—Lo siento, pero ahora realmente *voy* a llegar tarde a una reu…

—¡También sé quién va a ganar el Derby de Kentucky esta tarde! —le gritó al auricular—. Volador Feliz.

—Que tenga buen día, señor.

La comunicación se cortó.

Tom miró a Kara, quien caminaba de un lado a otro y negaba con la cabeza.

—Idiotas. No asombra que la nación se esté viniendo abajo —opinó mientras depositaba el auricular en la horquilla.

Se cerró de un portazo la puerta de un auto afuera en el estacionamiento.

—Bueno —señaló Kara.

—¿Bueno qué?

—Bueno, al menos lo hemos reportado. Tienes que admitirlo, parece un poco absurdo.

—Reportarlo no es suficiente —expresó Tom, yendo hacia las ventanas de la sala; hizo a un lado una de las cortinas.

—Por qué no hacemos algunos carteles y nos paramos en la esquina; quizá eso capte la atención de ellos —bromeó Kara—. Llegó el Armagedón.

Tom soltó la cortina y retrocedió.

—¿Qué?

—¡Están aquí!

Él logró ver a tres de ellos, acercándose de puerta en puerta, en su piso.

—¡Tenemos que salir de aquí! —exclamó Tom, saltando hacia su dormitorio—. Agarra tu pasaporte, dinero, cualquier cosa que tengas.

—¡No estoy vestida!

—¡Entonces apúrate! —acosó él mirando la puerta—. Tenemos un minuto. Tal vez.

—¿Adónde vamos?

Él entró corriendo a su habitación.

—¡Thomas!

—¡Sólo ve! Ve, ¡ve!

Él agarró sus documentos de viaje y los metió en una cartera que siempre usaba cuando viajaba. Dinero… doscientos dólares era todo lo que había aquí. Esperaba que Kara tuviera algo de efectivo.

Su cepillo de dientes, un par de pantalones, tres camisetas, ropa interior, un par de medias. ¿Qué más? Piensa. Eso era todo; no había tiempo.

—¡Kara! —llamó él entrando a la sala.

—¡Aguarda un momento! ¡Te podría *matar*!

Los gritos de ellos despertarían a los vecinos.

—¡Apúrate! —susurró él con voz ronca.

Ella farfulló algo.

¿Qué más? ¿Qué más? ¿Las cuentas? Agarró la canasta de cuentas, las metió a su maleta, y asió el machete de la mesa de centro.

Kara salió corriendo, precipitadamente vestida con pantalón negro y camiseta amarilla. Tenía el pelo recogido, una cartera blanca debajo del brazo. Parecía un canario listo para un crucero a las Bahamas.

—Vamos a regresar, ¿no es así? —preguntó ella.

—Agáchate y permanece justo detrás de mí —ordenó Tom, corriendo hacia la puerta corrediza de vidrio en la parte trasera. Devolvió la cortina a su lugar… el estacionamiento trasero parecía despejado. Salieron, y él cerró la puerta detrás de ellos.

—Muy bien, rápido pero no tan evidente. Quédate detrás de mí —repitió él.

Bajaron corriendo las escaleras metálicas y se dirigieron al Celica de Kara. No había indicio de los hombres que en este momento debían estar golpeando la puerta principal.

—¿Llaves?

—¿Cómo sabías que eran ellos? —indagó ella, sacando las llaves y pasándoselas.

—Lo sé. Uno de ellos tenía un vendaje en la cabeza. El mismo tipo con que me topé anoche. Le metí con el pie.

Se subieron y él encendió el auto.

—Agáchate.

Kara se repantingó en el asiento delantero por dos cuadras antes de sentarse y mirar hacia atrás para ver si los perseguían.

—¿Ves algo? —quiso saber Tom.

—Nada —contestó ella, y luego lo miró—. ¿Adónde vamos?

Buena pregunta.

—Tu pasaporte está al día, ¿verdad?

—Por favor, Tom, no bromees. ¡No podemos huir sencillamente a Manila, Bangkok o donde sea!

—¿Tienes una idea mejor? ¡Esto es real! ¡Esos allá atrás son pillos *de verdad* con pistolas *de verdad*! ¡La vacuna Raison es una vacuna *de verdad*, y Volador Feliz es un caballo *de verdad*!

—El Derby de Kentucky no se ha corrido todavía —anunció ella tranquilamente mirando por su ventanilla.

—¿Cuánto tiempo dije que teníamos antes de que la vacuna Raison se convirtiera en una amenaza? —inquirió Tom.

—Ni siquiera estabas seguro en qué año sucedió —objetó ella, enfrentándolo—. Si todas estas cosas realmente son *de verdad*, entonces necesitas alguna información mejor. No podemos recorrer todo el mundo sólo porque Volador Feliz sea un caballo.

—¿Qué sugieres, averiguar exactamente cómo solucionar de un tirón el problema en el Oriente Medio?

—¿Podrías hacer eso? —preguntó ella, mirándolo.

—Desde luego que no.

—¿Por qué no?

Sí, ¿por qué no?

—¿Qué fue lo que te dijeron los murciélagos negros? —recordó Kara—. ¿Algo respecto de que ellos son tu destino? Tal vez deberías hablar con ellos y no con estas criaturas blancas peludas. Aquí necesitamos detalles precisos.

—No puedo. ¡Ellos viven en el bosque negro! Está prohibido.

—¿Prohibido? Escúchame. Se trata de un *sueño*, ¡Tom! De acuerdo, un sueño con algunas ramificaciones muy absurdas, pero sólo un sueño.

—¿Cómo entonces sé todas estas cosas? ¿Por qué me desapareció la herida de la cabeza?

—No lo sé. Lo que sé es que *este* —resaltó ella pegándole a la consola del auto—, no es un sueño. Por tanto, tus sueños son especiales. De alguna manera estás enterándote allí de cosas que no deberías saber; admito eso. Incluso estoy *abrazando* eso. Lo que digo es: ¡Entérate de más! Pero no voy a salir huyendo hasta Bangkok para salvar al mundo sin la más leve idea de qué hacer una vez que lleguemos allá. Necesitas más información.

Entraron al intercambiador entre la I-25 y la I-70, y se dirigieron al Aeropuerto Internacional de Denver.

—Así que al menos *estás* admitiendo que esta información es importante. Y real.

—Sí, así parece —aceptó ella, echando la cabeza hacia atrás.

—Entonces tenemos que contestarla. Tienes razón, necesito más información. Pero no puedo quedarme bien dormido ante el volante, ¿correcto? Y tú no puedes drogarme.

—Está bien.

—Macklroy parecía creer que los CDC era el lugar adecuado para ir con esta información.

—Eso es lo que pensé.

—Muy bien. Así que vamos a Atlanta. ¿Cuánto dinero tienes?

—¿Volar así nomás a Atlanta? —cuestionó ella, arqueando una ceja—. Sólo que no puedo abandonar mi trabajo sin avisar.

—Llámalos entonces. Pero el teléfono no es la mejor manera de captar la atención de los CDC. Es muy probable que tengan a cien chiflados al día contándoles historias absurdas. Así que vamos personalmente a las oficinas centrales de los CDC.

—¿No a Bangkok?

—No. Atlanta. Sabes que no podemos volver al apartamento… ¿quién sabe durante cuánto tiempo lo estarán vigilando?

Ella consideró el asunto. Cerró los ojos.

—Está bien —concordó finalmente—. Atlanta.

12

POR MÁS qué tomara en cuenta el apremio de Kara, Tom no podría dormir en el vuelo a Atlanta. Ni un parpadeo.

Sin prisa pero con seguridad, Kara estaba haciendo a un lado su incredulidad de que algo muy importante le ocurría de veras a Tom, aunque aún no aceptaba la idea de que él se hubiera tropezado con el fin del mundo, por así decirlo. Como lo manifestaba, el sólo hecho de que él indudablemente estuviera experimentando alguna clase de precognición mientras dormía, no significaba que fuera verdad todo lo que se adhería a su muy activa imaginación. De todos modos, ¿quién oyó alguna vez hablar de murciélagos blancos peludos?

Tom quería desesperadamente convencerla de que podría con facilidad ser de la otra manera. No había evidencia verdadera de que el Boeing 757 en que volaban no fuera en realidad parte de algún sueño absurdo. ¿Quién iba a determinar qué realidad era más convincente?

—Piensa en lo que papá solía decir cuando éramos niños —recomendó él—. Todo el punto de vista del mundo cristiano se basa en realidades alternas. Nuestra lucha no es contra carne y sangre sino contra principados o algo así. ¿Lo recuerdas? Es más, casi todo el mundo cree que la mayor parte de lo que realmente ocurre, sucede sin que podamos verlo. Ese es un importante enfoque religioso.

—¿Sí? No creo eso. Y tú tampoco.

—Bueno, tal vez *deberíamos* creer eso. No necesariamente la parte del cristianismo sino todo el principio. ¿Por qué no?

—Porque no creo en fantasmas —respondió ella—. Si existe un Dios y nos hizo con cinco sentidos, ¿por qué no se mostraría a nosotros por medio de esos sentidos? Un sueño no tiene sentido.

—Quizá él sí se nos muestra, pero no lo vemos. Tal vez nuestros sentidos no son el problema sino nuestras mentes.

—¿Es este el mismo Thomas que solía decirle a papá cuán absurda era su tonta fe? —preguntó ella girando en su asiento y mirando a su hermano.

—No estoy diciendo que algo haya cambiado. Sólo afirmo que debemos considerar algo. Como *La matriz*. ¿Recuerdas esa película? Todos creen que es de una forma, cuando en realidad es de otra.

—Sólo el mundo real es un bosque colorido con peludos murciélagos blancos, y este es sólo un sueño. No creo eso.

—Los murciélagos blancos peludos me sanaron la cabeza y me dijeron quién ganará el Derby de Kentucky. Y si estoy imaginando una realidad, sería más probable que esté imaginando *esta*. En la otra realidad, ambas realidades tienen sentido… esta como una historia y esa como el presente. En esta realidad, la otra realidad no tiene sentido a menos que esta no sea realmente una realidad. O a menos que sea realmente el futuro.

—Basta. Me estás produciendo dolor de cabeza. Duérmete y averigua cómo solucionaremos esta crisis del Oriente Medio.

—No lo haremos. La variedad Raison nos llega antes. Lo cual es ahora.

—A menos que se detenga la variedad Raison —aclaró ella—. ¿Es posible cambiar el futuro? O mejor aun, ¿cambiar la historia?

Él no se molestó en contestar.

Aterrizaron en Atlanta una hora después y pasaron treinta minutos realizando algunas gestiones. Kara debía una explicación al hospital en Denver y tenía que hacer algunos asuntos bancarios. Tom revisó la disponibilidad de vuelos a varios destinos extranjeros, por si acaso. Eran más de las tres antes de que se encontraran en el transporte terrestre.

—Entonces —enunció Tom, sosteniendo la puerta abierta que llevaba a la línea de taxis—, ¿cuánto tenemos?

—¿Nosotros? Como cinco mil dólares, y están en mi cuenta. No recuerdo que depositaras ningún dinero en mi cuenta.

Tom había averiguado de un vuelo a las diez de la noche a Bangkok a través de Los Ángeles y Singapur, pero los boletos costarían dos mil dólares cada uno. Nada bueno. Él frunció el entrecejo.

—¿Esperabas más? —cuestionó ella.

—Creí que habías ahorrado más de veinte mil dólares —confesó él.

—Eso fue hace tres meses. He hecho algunas compras desde entonces. Cinco nos sustentarán. Mientras no huyamos a Manila o Bangkok —anunció ella, cerrando la puerta.

El taxi amarillo arrancó hacia las oficinas de los CDC en la calle Clifton a las 4:15, cuarenta y cinco minutos antes de que supuestamente cerraran el edificio gubernamental. Kara pagó al chofer y quedó frente a la entrada principal con Tom.

—Bueno, ¿cuál es exactamente nuestro objetivo primordial aquí? —quiso saber ella.

—Despertar a los muertos —contestó Tom.

—Seamos un poco más precisos.

—Alguien allí tiene que tomarnos en serio. No nos vamos hasta que alguien con el poder de hacer algo esté de acuerdo en investigar la variedad Raison.

—Está bien —concordó Kara mirando su reloj.

Entraron al edificio y se dirigieron a un mostrador acordonado con Plexiglás protector e identificado por un letrero negro como «Recepción». Tom explicó su objetivo a una pelirroja llamada Kathy y, al informárseles que deberían ver a un asistente social, pidieron ver uno de inmediato. Les pasaron un montón de formularios que contenían gran cantidad de preguntas que parecían no tener nada que ver con enfermedades contagiosas: Fecha de nacimiento, número de Seguro Social, rendimiento en la escuela primaria, talla de calzado. Se retiraron a una fila de acolchonadas sillas de espera, llenaron rápidamente los formularios, y se los devolvieron a Kathy.

—¿Cuánto tiempo tendremos que esperar? —averiguó Tom.

El teléfono de Kathy sonó y ella lo contestó sin brindarle una respuesta. Una de sus compañeras de trabajo tenía evidentemente un problema de ratones en su casa. Tom tamborileó los dedos en el mostrador y esperó de manera paciente.

Kathy colgó el teléfono, pero este volvió a sonar.

—Una pregunta sencilla: ¿Cuánto tiempo? —volvió a preguntar Tom levantando el dedo.

—Tan pronto como alguien esté disponible.

—Ya son las 4:35. ¿Cuándo estará alguien disponible?

—Haremos lo posible porque los atiendan hoy —contestó ella y levantó el auricular. La misma compañera. Otra pregunta crítica sobre tácticas para contener enjambres de ratones agresivos. Algo acerca de usar guantes de caucho al quitar las alimañas de las trampas.

—A Kathy la criaron en una fábrica de idiotas —declaró Tom, después de suspirar de manera audible y volver a las sillas de espera.

—Paciencia, Thomas. Quizá yo debería hablar —comentó Kara volviendo a mirar su reloj.

—Tengo un mal presentimiento de que aquí estamos perdiendo nuestro tiempo —advirtió él—. Aunque reportáramos esto, ¿cuánto tiempo necesitará la burocracia para actuar? Toma meses, y a veces años, para lograr que la FDA apruebe una droga. ¿Cuánto tomará revertir eso? Probablemente meses y años. Te lo estoy diciendo, debemos ir a Bangkok. Ellos harán el anuncio en dos días. Todo lo que debemos hacer es explicarles el problema… a esta Monique de Raison. Ellos verificarán nuestras inquietudes, encontrarán el problema y tratarán con él.

—Dudo que sea así de sencillo —discutió Kara parándose y mirando otra vez su reloj—. Debo revisar algo. Ya vuelvo.

Tom dejó que su ímpetu se atesorara por otros diez minutos antes de acercarse otra vez a Kathy. Esta vez ella lo detuvo antes de que él pudiera hacer la pregunta obvia.

—Perdóneme, señor, ¿le cuesta oír, o simplemente es terco? Creí haber dicho que lo llamaría cuando hubiera un asistente social disponible.

Él se detuvo, impactado por la descortesía de ella. No había nadie más suficientemente cerca… un hecho que obviamente no pasó desapercibido para Kathy, o no se habría atrevido a lanzar su maltrato verbal.

—¿Perdón? —balbució él.

—Ya me oyó —indicó ella bruscamente—. Lo llamaré si tenemos un asistente social disponible antes de que cerremos.

—Esto no puede esperar hasta mañana —reveló él acercándose al mostrador y mirado por encima del Plexiglás.

—Pues debió haber pensado en eso antes.

—Escuche, señora, ¡volamos directo desde Denver para venir a verlos! ¿Y si hubiera algo mortal conmigo? ¿Cómo sabe usted que yo no tengo una enfermedad que podría acabar con el mundo?

—Esto no es una clínica —informó ella recostándose, con una clara petulancia de que había ganado ante esta última ridiculez de él—. No creo que usted tenga...

—¡Usted no sabe eso! ¿Y si yo tuviera polio?

Enfermedad equivocada.

—¿Y si yo tuviera ébola o algo así? —concluyó él.

—Se trata de algo de Raison —cuestionó ella sacando el formulario de él—. No ébola. Siéntese, Sr. Hunter.

—¿Y qué *es* la variedad Raison? —quiso saber él, el calor le flameaba en el cuello—. ¿Lo sabe usted siquiera? En realidad, la variedad Raison hace que el virus ébola parezca un resfriado común. ¿Sabía usted eso? El virus podría sencillamente haberse extendido en...

—¡Siéntese! —gritó ella levantándose, apretó los puños en las caderas y señaló con dramatismo las sillas de espera—. Siéntese inmediatamente.

Tom no podía estar seguro si fueron sus instintos de artes marciales o su generosa inteligencia lo que se apoderó de él en el instante siguiente... de cualquier modo, al menos su proceder fue impecable.

Intercambió miradas con la mujer detrás del Plexiglás por unos cinco segundos completos. El colmo fue ver que las mandíbulas de ella temblaban. Él repentinamente se agarró del cuello con ambas manos y comenzó a estrangularse.

—¡Ahhhh! Creo que podría estar infectado —lanzó un grito ahogado; trastabilló hacia delante, chocó la cabeza contra el Plexiglás y gritó—. ¡Auxilio! ¡Socorro, estoy infectado con Variedad Raison!

—¡Siéntese! —gritó la mujer, quien seguía rígida y temblando con furia, señalando aún las sillas.

—¡Me muero! ¡Auxilio! ¡Socorro! ¡Ayúdenme! —siguió gritando Tom, aplastando el rostro contra el vidrio, apretando las manos en su cuello, y sacando la lengua.

—¡Thomas! —exclamó Kara corriendo hacia él por el pasillo.

Él empezó a doblarse y a poner los ojos en blanco.

Media docena de trabajadores entraron a los cubículos detrás de la recepcionista.

—¡Basta! —gritó Kathy—. ¡Basta!

—¿Qué estás haciendo, Thomas? —exigió saber Kara frenéticamente.

Él le guiñó discretamente un ojo y luego se volvió a golpear la cabeza contra el vidrio, esta vez con tanta fuerza como para que le doliera.

—¡Perdón! —exclamó un hombre vestido de gris que apareció detrás de la recepcionista—. ¿Cuál parece ser el problema aquí?

—Él... él quiere ver a un asistente social —le informó ella.

—¿Es usted el responsable aquí? —preguntó Tom, bajando las manos e irguiéndose.

—¿A la orden?

—Perdóneme por esta payasada, pero estoy muy desesperado y un subalterno adecuado fue lo único que me vino a la mente —explicó Tom—. Es absolutamente crítico que hablemos de inmediato con alguien del departamento de enfermedades contagiosas.

El hombre miró el rostro rojo de Kathy.

—Tenemos procedimientos por una razón, Sr...

—Hunter. Thomas Hunter. Créame, usted estará muy interesado en lo que tengo que decir.

El hombre titubeó y luego pasó por una puerta en el Plexiglás.

—¿Por qué no entra a mi oficina? —invitó, extendiendo la mano—. Mi nombre es Aaron Olsen. Perdone por favor nuestra demora. A veces aquí estamos agobiados de trabajo.

Tom estrechó la mano del hombre y lo siguió, acompañado por Kara.

—La próxima vez que vayas a deschavetarte, adviérteme, ¿de acuerdo? —susurró Kara.

—Lo siento.

Kara no pudo ocultar una sonrisa.

—¿Qué pasa? —preguntó Tom.

—Nada —contestó ella—. Te diré más tarde.

AARON OLSEN miró a Tom desde el otro lado de un enorme escritorio de madera de cerezo, los codos apoyados en la superficie, el rostro estoico e imposible de interpretar tras la detallada explicación de Tom acerca de los peludos murciélagos blancos.

Tom se recostó y exhaló profundamente. Una placa sobre el escritorio de Aaron informaba que era el subdirector, y él explicó que su departamento era en realidad de enfermedades contagiosas. Y, aunque había empezado por explicar que la unidad de rápida respuesta de la Organización Mundial de la Salud era el departamento adecuado para contactar, había concordado en escucharles su historia, y lo hizo sin emoción.

Finalmente estaban avanzando.

—Conque... —manifestó Aaron, y por primera vez se dibujó una leve sonrisa en sus labios.

—Sé que parece extraño —expresó Tom—. Pero usted debe considerar aquí los hechos.

—Lo hago, Sr. Hunter, y eso es lo que me preocupa. ¿Estoy perdiendo algo aquí, o usted me está diciendo de veras que esta información vino de un sueño?

—Usted afirma que eso parece absurdo —añadió Kara inclinándose hacia adelante; su tono defensivo era sorprendente—. ¿Oyó usted una palabra de lo que Tom le dijo? ¡Él sabe acerca de la vacuna Raison! Tom lo supo antes de que se hiciera pública.

—La vacuna Raison se ha promocionado en círculos privados por algunos meses ahora...

—No en los círculos privados de *Tom*.

—Está bien, Kara —terció Tom levantando una mano; ¿qué le había pasado a ella? De pronto se convirtió en su ardiente defensora; Tom enfrentó a Olsen—. Está bien, analicemos esto otra vez. ¿Qué exactamente le confunde a usted?

El hombre sonrió, incrédulo.

—Usted afirma que esto vino de un sueño...

—No exactamente —interrumpió Tom—. Vino de una realidad alterna. Pero olvidemos eso por un instante. A pesar de cómo lo sepa, tengo conocimiento específico de cosas que aún no han sucedido. Supe que una empresa francesa estaba a punto de anunciar una sustancia llamada Vacuna Raison antes de que fuera de conocimiento público. También sé que la vacuna Raison mutará bajo calor extremo y se volverá muy mortífera. Infectará la población del mundo en menos de tres semanas. Todo lo que le estamos pidiendo es que investigue. ¿Qué es tan complicado al respecto?

—Permítanme resumir aquí —expresó Olsen, mirando de Tom a Kara y otra vez a Tom—. Un hombre entra al edificio, empieza a pedir ayuda a gritos mientras se estrangula, y luego afirma que algunos murciélagos lo visitaron en un sueño y le dijeron que el mundo está a punto de acabar... en cuánto, ¿tres semanas?... y que una vacuna se recalienta y se convierte en un virus letal. ¿Es algo así?

—Tres semanas *después* el virus es liberado —clarificó Tom; Olsen le hizo caso omiso.

—¿Está usted consciente de que el calor intenso mata cosas como virus, Sr. Hunter? Al parecer su advertencia es defectuosa, sea cual sea la fuente.

—Quizá por eso Farmacéutica Raison desconoce el problema, suponiendo que así sea —volvió a salir Kara en defensa de su hermano—. Tal vez los medicamentos no se están probando bajo calor extremo.

—Usted es enfermera —contraatacó Olsen—. ¿Se está tragando todo este sueño absurdo?

—Como dijo Tom, no necesariamente es un sueño absurdo. Sólo verifíquelo, ¡por amor de Dios!

—¿Cómo se supone que yo haga eso? ¿Envío un boletín que anuncia que murciélagos blancos peludos han hecho pública una advertencia respecto de la vacuna Raison? Clarísimo caso de difamación, ¿no cree usted?

—Explíqueme entonces cómo sé que Volador Feliz va a correr en el Derby de Kentucky —señaló Tom.

—Información pública —afirmó Olsen encogiéndose de hombros.

—Pero no era público que Volador Feliz iba a ganar —anunció Kara—. No hace ni dos horas que hice mi apuesta.

—¿Qué apuesta? —exclamó Tom.

—¿Ganó Volador Feliz? —inquirió Olsen, y miró su reloj—. Tiene razón, ya deben estar los resultados. ¿Está segura que ganó Volador Feliz? Era una apuesta arriesgada.

—¿Le apostaste a Volador Feliz? —quiso saber Tom—. ¿Cuánto?

—Así es, Tom, le aposté. Y sí, ganó, apuesta arriesgada o no.

—Qué lata —exclamó Olsen moviendo la cabeza de lado a lado, y mirando por la ventana—. Le aposté mil dólares en el Circuito de Ganadores.

—Usted está pasando por alto el punto —expresó Kara—. Tom supo que Volador Feliz iba a ganar de parte de la misma fuente que le dio estos detalles acerca de la vacuna Raison.

—¿Cuánto? —volvió a preguntar Tom.

—Nada de esto se puede confirmar —alegó Olsen después de suspirar—. Que yo sepa, usted ni siquiera le apostó a Volador Feliz. Y si lo hubiera hecho, podría estar afirmando que el dato se lo pasó algún ángel para sustentar esta otra historia. Según parece, usted tiene acciones en un competidor de Farmacéutica Raison e intenta destrozar a Raison. Lo único que puedo hacer con esta información es pasarla por los canales normales.

—¿Así que la está descartando? ¿Simplemente así? —quiso saber Kara.

—No, afirmé que la reportaría. Ustedes hicieron su informe —comunicó Olsen sentándose y ordenando algunos documentos, luego sonrió de manera condescendiente—. Le sugiero que vaya a recoger sus ganancias.

—Usted es un necio, Olsen —prorrumpió Kara levantándose súbitamente—. No se atreva a tirar ese informe. Si existe incluso una mínima posibilidad de que tuviéramos razón, usted podría estar metiéndose con una situación muy peligrosa aquí. Acabo de apostar $15,000, la mayor parte de mis ahorros de toda la vida, a una apuesta arriesgada llamado Volador Feliz debido a lo que mi hermano sabe. Ahora mismo hay $345,000 depositados en una cuenta a mi nombre por haberlo escuchado. Le sugiero que haga lo mismo.

Ella se marchó hacia la puerta.

—¡Exactamente! —exclamó Tom

¿Trescientos cuarenta y cinco mil?

El taxi había esperado como se le indicó.

—¿Es cierto eso? ¿Ganaste todo eso de veras?

—¿Crees que los muchachos de Nueva York nos dejarán tranquilos si les pagamos tu deuda?

—Con algunos intereses, seguro que sí. ¿Hablas en serio?

—Me has pagado más de una fianza —comentó ella encogiendo los hombros—. Ahora es mi turno. Además, es tanto tu dinero como el mío.

—¿Adónde? —preguntó el taxista.

—Al aeropuerto —contestó él escudriñando los ojos de su hermana, luego se dirigió a ella—. ¿Está bien?

—¿Adónde? —preguntó ella.

—Bangkok. A las diez sale un vuelo. No necesitamos visas, lo verifiqué.

—¿Por qué no? —bromeó ella mirando el respaldar del asiento del chofer—. Al aeropuerto.

—Al aeropuerto —ratificó el chofer, arrancando.

—Bien, muy bien —asintió Tom—. No tenemos alternativa, ¿correcto?

—Por supuesto que no —reconoció ella suavemente—. No tenemos alternativa contigo, Thomas. Quedarse quieto no está en tu vocabulario.

—Esto es diferente. No podemos fingir que esto no esté sucediendo.

—Necesitamos más información —recordó ella mirando por la ventanilla.

—La tendremos. Lo prometo. Tan pronto como pueda dormir.

—¿Cuándo debería ser eso? ¿En alguna parte sobre el Pacífico?

13

CARLOS MISSIARIAN llegó al Aeropuerto Internacional de Bangkok ocho horas después de que Valborg Svensson le diera la orden de venir. El jet de la compañía le sirvió bien. Su mente recordó la conversación con el suizo.

—Nuestro hombre en los CDC recibió hoy un visitante nervioso que afirmó que las mutaciones de la vacuna Raison se conservaban unidas bajo calor prolongado y específico —había informado Svensson—. El visitante dijo que el resultado sería un virus letal de transmisión por vía aérea, con una incubación de tres semanas. Uno que podría infectar la población del mundo entero en menos de tres semanas.

—¿Y cómo este visitante se topó con esta información?

—Un sueño —había contestado Svensson después de titubear por un momento—. Un sueño muy extraño.

Los zapatos de Carlos taconeaban en el piso de concreto. Quizá se habían topado con el virus, aunque era difícil imaginar que hubiera sido por este medio. Aspiró profundamente. Pronto llegaría el momento en que una profunda aspiración de aire traería muerte en vez de vida. Un virus inodoro transmitido vía aérea, en busca de anfitriones humanos. No una simple enfermedad como el ébola que necesitaba semanas para extenderse de manera adecuada, sino un virus creado genéticamente que viajaría por las corrientes de aire del mundo e infectaría a toda la población del planeta. Una epidemia que podría envenenar este mismo aeropuerto en cuestión de minutos, incubar en dos semanas, y luego matar dentro de veinticuatro horas de su primer síntoma.

No había defensa para tal virus. Excepto un antivirus.

Alquiló un Mercedes y se adentró en la ciudad. Monique de Raison debía dar un discurso en el Sheraton dentro de veinticuatro horas. Él esperaría hasta entonces. Esto le daba bastante tiempo para prepararse. Para planear cualquier contingencia que pudiera crearle problemas a su principal curso de acción. Para estrechar todas las posibles vías de escape u obstáculos al secuestro.

Habían ido tras cientos de pistas en los últimos cinco años. Una docena de veces fueron muy optimistas de descubrir un virus con las precisas características escurridizas que exigían. En cierta ocasión estuvieron muy seguros de tenerlo realmente. Pero nunca habían actuado en base a un informe tan irregular. Sin duda no un sueño. Carlos no podía imaginarse qué fue lo que convenció a Svensson de confiar en ese informe. Pero mientras más pensaba al respecto, más le gustaba la idea.

¿Por qué no? ¿Por qué la respuesta a sus oraciones no podría venir a través de un sueño? ¿Estaba esto más allá de Alá? Carlos nunca había sido místico, pero eso no quería decir que Dios no le hubiera hablado a Mahoma por medio de visiones en la cueva. Si esta simple arma podía asestar tal golpe a sus enemigos, ¿no era imaginable que Alá abriera la mente de un hombre por medio de algo tan místico como un sueño? El hecho de que este Thomas Hunter no sólo hubiera tenido ese sueño sino que hubiera acudido a los CDC parecía sugerir la providencia.

Además, si alguna empresa de investigación farmacéutica tenía los recursos para desarrollar tal virus, esta era Farmacéutica Raison. Él no conocía a Monique de Raison, pero las meticulosas investigaciones de ella en el campo llevaron a un nivel totalmente nuevo lo que los rusos habían logrado. Carlos servía a la muerte a través de la fuerza, no de las venas, pero eso no quería decir que fuera un ignorante con relación a las complejidades de las armas biológicas.

Aún podía oír la voz baja y rechinante de Svensson a altas horas de esa noche siete años atrás mientras divisaban El Cairo.

—Cuando tenías seis años, en Chipre, tu padre era un científico en informática que trabajaba además como asesor estratégico para la OLP —le comentó Svensson—. Fue secuestrado por agentes del Mossad. Nunca regresó a casa.

—¡Vaya! Así que usted sabe su historia —exclamó Carlos, sorprendido de alguna forma que este hombre conociera algunas cosas que tal vez pocos sabían.

—Yo esperaría que la mayoría de jóvenes se volvieran amargados. Que tal vez un día actuaran por resentimiento profundamente arraigado. Pero estas son palabras blandas para describirte, ¿verdad?

—Quizá —contestó Carlos mientras observaba al alto suizo aspirar profundo su puro.

—Saliste de tu casa a los doce años y pasaste los quince siguientes entrenándote con una larga lista de terroristas, incluso el período de dos años en un campamento de instrucción de Al Qaeda. Finalmente saliste de esta tontería de terrorismo menor. Te interesa la pesca mayor.

A Carlos no le gustó este tipo.

—Pero tus años de entrenamiento te han venido bien. Hay quienes afirman que no hay un ser viviente que sobreviva cinco minutos de combate mano a mano contigo. ¿Es verdad eso? —preguntó el suizo, y aspiró otra bocanada de humo.

—Dejaré a otros el asunto de juzgarme —contestó Carlos.

—¿Sabes qué se necesitaría para someter al mundo? —quiso saber el hombre, sonriendo.

—El arma adecuada.

—Un virus.

—Como dije, el arma adecuada.

—Un virus y un antivirus.

Carlos desestimó la repentina urgencia de cortarle la garganta al hombre allí mismo en la terraza del Hilton, no porque Svensson representara alguna amenaza inmediata, sino porque el hombre le pareció malvado con sus ojos negros y su sonrisa grotesca. No le gustaba este tipo.

—Un virus, una vacuna, y un hombre con la voluntad para usar lo uno y lo otro —notificó Svensson, y luego se volvió poco a poco hacia Carlos—. Yo soy ese hombre.

—Francamente, me importa un comino quién sea usted —se sinceró Carlos—. Me importa mi pueblo.

—Tu pueblo. Por supuesto. La pregunta es: ¿Qué estás dispuesto a hacer por tu pueblo?

—No —cuestionó Carlos sin alterar la voz—, la pregunta es: ¿Qué *haré?* Y la respuesta es: Acabaré con sus enemigos.

—A menos, desde luego, que los israelíes te acaben primero.

Tres meses después habían llegado a un primer acuerdo. Svensson y su grupo ofrecerían una base de operaciones en los Alpes, un nivel de inteligencia sin precedentes, y los medios para llevar a cabo un ataque biológico. A cambio, Carlos proveería toda la fuerza bruta que Svensson requiriera en sus operaciones personales.

El plan más general involucraba naciones y líderes de naciones, y lo planeaba y organizaba el hombre ante quien Valborg Svensson respondía: Armand Fortier. Carlos se había reunido con Fortier sólo en dos ocasiones, pero después de cada una se habían disipado todas las dudas que albergaba. Cada detalle imaginable se había planeado y vuelto a planear con mucha delicadeza. Eventualidades para cien reacciones posibles a la liberación de cualquier virus que cumpliera con las exigencias que tenían. Los principales poderes militares eran el premio más fabuloso... cada uno se había ablandado y juzgado en maneras que ni siquiera podían empezar a imaginar. Pero no. Un día los historiadores mirarían hacia atrás y lamentarían las señales pasadas por alto, muchas señales sutiles del día por venir. Nadie pagaría tal precio como Estados Unidos. El resultado final cambiaría la historia para siempre en cuestión de unas pocas semanas. Era casi demasiado para esperar.

Y sin embargo había una posibilidad muy real. Si cien millones de estadounidenses despertaran una mañana y se enteraran que fueron infectados con un virus que podría matarlos en cuestión de semanas, y que sólo un hombre tenía la cura y les exigía su cooperación a cambio de esa cura...

Esto era verdadero poder.

Lo único que necesitaban era el arma adecuada. El único virus con su única cura.

Carlos aspiró profundamente y exhaló el aire a través de sus labios fruncidos. El estadounidense iba hacia él. Thomas Hunter. Según sus fuentes, Hunter estaría llegando a Bangkok en pocas horas. Para esta hora mañana, Carlos sabría la verdad.

Hizo una oración a Alá y dirigió con el Mercedes hacia la rampa de salida.

14

TOM DESPERTÓ con engañosas imágenes dándole vueltas en la cabeza. Se hallaba en una cama blanda, y entraba luz a raudales por una ventanita encima de él. Este era el hogar de Rachelle. El hogar de Johan. En el bosque colorido donde él vivía.

Gimió, se sacudió de la mente los sueños de las historias, se frotó los ojos, y se esforzó por bajarse de la cama. El dormitorio era pequeño y sencillo, pero tonos azules turquesa y dorados de la madera le daban una lujosa belleza.

Lentamente abrió la puerta. Su mente se inundó de recuerdos de la velada anterior. Metió las manos en un pequeño tazón de agua junto a la puerta del dormitorio y se salpicó agua en el rostro.

—¡Thomas!

Tom se dio vuelta, sobresaltado por el grito. Johan se hallaba en la entrada, sonriendo.

—¿Quieres jugar, Thomas?

—¿Jugar? Este... en realidad tengo algunas cosas por hacer. Debo encontrar mi aldea.

Por no mencionar cómo tratar con el asunto del romance.

—Entonces tal vez Tanis y mi padre te puedan ayudar a encontrar tu aldea. Él te está esperando.

—¿Tu padre? ¿Con Rachelle?

—¿Quieres ver a Rachelle? —preguntó el muchacho con una amplia sonrisa.

—Este... no necesariamente. Sólo me preguntaba si...

—Bien, creo que ella quiere verte. Tal vez acerca de eso es que mi padre desea hablarte. Sí, así es. ¡Y es muy emocionante! ¿No lo crees?

—Yo…

¿Estaba entendiendo bien esto? ¿Lo sabía toda la aldea?

—No estoy seguro de lo que quieres decir.

—Dicen que te golpeaste la cabeza y perdiste la memoria —informó Johan con una sonrisa radiante—. ¿Es divertido eso?

—No especialmente.

—Pero te divertirás si vienes conmigo. ¡Vamos! Ellos están esperando —anunció él y atravesó la puerta.

Tom lo siguió. Su memoria aún estaba perdida, incluso después de un buen sueño.

Salió y dejó que sus ojos se acostumbraran a la luz. En todas partes había pequeños grupos de personas ocupadas en sus asuntos. Vio un grupo de mujeres a su derecha que sentadas en el suelo laboraban con hojas y flores… parecían estar haciendo túnicas. Algunas eran bastante delgadas, otras muy regordetas, y los tonos de la piel variaban de oscuro a claro. Todas ellas observaron a Tom con destellos de complicidad en sus ojos esmeralda.

Él giró a su izquierda, donde dos hombres manipulaban un pedazo de madera roja sólo con las manos. Al lado de ellos una mujer atendía un puesto de frutas, diez o quince cajas de madera llenas con frutas diferentes. Había otros puestos en los bordes del sendero más allá. Una nota baja llegó a oídos de Tom, entonada desde un origen que no lograba identificar. Asimiló al instante todo esto, buscando en su memoria algo que reconociera. Su memoria le falló por completo.

Johan le agarró la mano.

—Estos son mis amigos —comunicó, señalando a dos niños que desde el césped observaban sorprendidos a Tom—. Estos son Ishmael y Latfta. Son cantantes como yo.

Los dos tenían cabello rubio y ojos verdes; ambos eran un poco más altos que Johan.

—Hola, Thomas.

—Hola, Ishmael y Laffta.

—¡Latfta! —exclamó el de la izquierda llevándose una mano a la boca y soltando la carcajada—. ¡Mi nombre es Latfta!

—Ah, lo siento. ¿Latfta?

—Sí. Latfta.

Tom soportó otra mirada de las mujeres. Una de ellas, regordeta con hermosos ojos y largas pestañas, comenzó a reírse tontamente. Una mirada a través del sendero la delató.

Allí, bajo los aleros de una casa como a siete metros de distancia, recostada contra la pared ámbar con los brazos cruzados y la cabeza inclinada, se hallaba Rachelle. Pies descalzos. Vestido azul sencillo. Cabello alborotado. Brillantes ojos verdes. Sonrisa tentadora.

Estaba maravillosa y de pronto caminó hacia él. Por un momento increíble pareció cesar el movimiento alrededor de Tom. En lo único que se fijaron sus ojos era el vestido de ella, ondulante abajo y entallado hasta la cadera, el cabello agitándosele mientras se movía, y esos ojos color esmeralda.

Rachelle le guiñó un ojo.

El corazón de Tom casi se detiene. Sin duda toda la aldea había visto eso. Cada mirada estaba indudablemente fija en la aproximación seductora de Rachelle. Esta increíble exhibición de…

De repente Rachelle desvió la mirada, aplanó la boca y viró a la derecha. Pasó caminando al lado de él y luego pasó a las otras mujeres sin pronunciar una sola palabra. Y si él no se equivocaba, ella había alzado los hombros. Un hombre rió. Tom sintió que se le ruborizaba el rostro.

—¿Qué te dije? —susurró Johan.

Él y su pequeño amigo sacaron del sendero a Tom, quien siguió, evitando contacto visual con alguien, mirando directamente adelante como si fuera a algún sitio importante, lanzando miradas furtivas para engañar a la aldea. No estaba seguro de qué había pasado, pero no iba a evidenciar que no tenía ninguna idea del asunto.

No había maldad a este lado del bosque negro, le había dicho Michal. Por tanto Rachelle no podía tenerle aversión, ¿correcto? ¿Era la aversión una forma de maldad? No obstante, una deidad, como el Dios de su padre en las historias, podría sentir aversión sin ser malo. Por tanto, seguramente la creación de ese Dios podría sentir aversión sin ser mala. A ellos les disgustaba la maldad. Pero ¿amarían a una persona por sobre otra? ¿Escogerían a un hombre o una mujer por sobre otro u otra? Evidentemente.

—¡Marla! ¡Buenos días, Marla! —exclamó Johan, deteniéndose como a veinte pasos.

Una mujer madura entró al sendero y le alborotó el cabello a Johan.

—Elyon está sonriendo, Johan. Como el sol en el cielo, él está sonriendo sobre ti —expresó, luego lanzó una mirada a Tom—. ¿Es este el
extranjero?

—Sí.

—Entonces tú debes ser Thomas Hunter. Sé muy bienvenido a este lado
—notificó, tocando la mejilla de Tom y analizándolo por un instante—. Soy
la hija de Tanis. Yo diría que tu madre vino de la línea de mi hermano Theo.

Ella bajó la mano.

—Mi hermano siempre fue apuesto. Bienvenido.

—Gracias. ¿Así que cree usted que el nombre de mi padre es Theo?

—Es probable que no —contestó Marla con una sonrisa—. Sino un
descendiente, más que probable. ¿No recuerdas?

—Yo… no, me golpeé la cabeza.

—¿De veras, ahora? Qué interesante. Cuídalo, Johan.

—Tanis y Palus lo están esperando —informó Johan.

—Tanis, por supuesto. Quizá ustedes cuatro logren organizar la famosa
expedición de mi padre —añadió ella, sonrió y guiñó un ojo.

Pasaron por donde un carpintero que daba forma a un pedazo de
madera roja. Tom se detuvo para ver el trabajo del hombre. La madera se
movía ante las caricias de los hábiles dedos. Tom cambió de posición para
tener una mejor perspectiva y observó con cuidado. Podía haber poca duda
acerca de lo que veía. La madera realmente se movía debajo de las manos
desnudas del artesano, como si estuviera persuadiéndola satisfactoriamente
de que tomara forma por sí misma.

—¿Qué está haciendo él?

—Está fabricando un cucharón. Quizá un regalo para alguien. ¿No
recuerdas?

—Eso es increíble. No, imagino que no.

—¿Ven? Él no recuerda. ¡Le van a encantar los narradores de historias!
—les dijo Johan con mucha emoción a Ishmael y Latfta, luego se dirigió a
Tom—. Tanis es narrador de historias.

El muchacho sacó del bolsillo una pequeña pieza de madera roja con
forma de león en miniatura y se la entregó a Tom.

—Guarda esto —le pidió—. Tal vez te ayude a recordar.

Johan y Latfta volvieron a agarrar a Tom de la mano y lo halaron como un trofeo muy preciado.

⤜⤛⤜⤛

HALLARON AL padre de Johan, Palus, hablando con un hombre al otro lado del brillante arco color topacio que llevaba a la aldea. Los mocasines del extraño estaban bien sujetos, y por encima de las rodillas le colgaba una túnica café oscura de algo parecido al cuero que venía de uno de los árboles, como le informara Michal ayer. Sus ojos eran verdes, por supuesto, situados dentro de un fuerte rostro bronceado que no parecía tener más de treinta años. Las piernas del hombre eran delgadas y bastante fornidas. Parecía nacido para correr por el bosque. Un guerrero por todas las apariencias.

Este debía ser Tanis. Primogénito. El hombre más viejo sobre la tierra.

—Ah, mi querido joven, buenos días para ti —declaró Tanis—. Me alegra, me alegra mucho que hayas venido a nuestra aldea.

—Muy amable de su parte —contestó Tom; examinó el bosque en la cima de la colina más allá—. ¿Ha visto usted a Michal?

—¿Michal? No. ¿Palus, has visto a Michal?

—No, no lo he visto. Estoy seguro de que se encuentra por ahí.

—Bien, por ahí lo tendrás entonces. Michal estará por allí —informó Tanis mirando a Tom, con la ceja izquierda arqueada.

—Él va a encontrar mi aldea por mí —expuso Tom.

—Ah, sí. Estoy seguro de que lo hará. Pero creo que tardará algún tiempo. Mientras tanto, tenemos algunas ideas maravillosas.

—Tal vez yo debería tratar de ayudarlo. ¿Estará preocupada mi familia?

—No, no, seguro que no. Realmente has perdido toda tu memoria, ¿verdad? Vaya problema, experimentar todo como si fuera la primera vez. Debe ser agotador y muy estimulante.

—¿No estarán preocupados por mí en mi aldea? —preguntó Tom.

—¿Preocupados? ¡No! Supondrán que estás con Elyon, como definitivamente lo estás. ¿Crees que él no ha permitido esto?

Ellos miraron a Tom, esperando una respuesta. Silencio prolongado.

—Desde luego que sí —contestó Tom.

—¡Ya está entonces! Ven, vamos a hablar —ordenó Tanis, llevándolo colina arriba.

Palus marchó a continuación, seguido por los tres niños. En lo alto, varios roushes volaban en el aire.

—Ahora me gustaría saber algunas cosas antes de que comencemos —manifestó Tanis—. Me gustaría saber si has olvidado el Gran Romance.

—¿Antes de comenzar qué?

—Antes de que comencemos a ayudarte.

—¿Con qué?

—Con el Gran Romance, desde luego.

Allí estaba. Él no podía escaparse a este romance de ellos.

Tanis intercambió miradas primero con Palus, y luego con los niños.

—Así que no recuerdas. ¡Maravilloso! —exclamó él, andando en un círculo estrecho, pensando; luego levantó una mano—. No es maravilloso que hayas olvidado, no te preocupes. Maravilloso que tengas tanto por descubrir. ¡Como narrador de historias debo decir que las posibilidades que tenemos aquí son increíbles! Como madera sin utilizar. Como una laguna sin una sola ola. Como un…

—Bien entonces, date prisa. ¡Dile! —apuró Palus.

Tanis se detuvo, levantó la mano. Inclinó la cabeza.

—Sí, por supuesto. El Gran Romance. Siéntate, siéntense todos.

Rápidamente los otros se sentaron en la sesgada hierba, y Tom se sentó al lado de ellos. Tanis andaba de un lado a otro, la túnica suelta.

—El Gran Romance —anunció Tanis, con un dedo al aire; giró hacia los niños—. Johan, dile qué es el Gran Romance.

Johan se levantó de un salto.

—¡Es el juego de Elyon! —exclamó y se volvió a sentar.

—Un juego. Sí, es un juego, supongo. Así como cualquier historia es una historia. Exactamente. Bueno, allí lo tienes entonces. El *juego* de Elyon. Voy a suponer, tal vez de forma correcta, que no sabes nada, Thomas. En todo caso, quiero decírtelo de todas maneras. El Gran Romance es la base para todas las narraciones.

—¿Quiere decir las historias? —preguntó Tom.

—¿Historias? No, quiero decir narraciones. Las historias son fascinantes, y me encantaría hablar de ellas. Pero el Gran Romance es la raíz de nuestras narraciones, narraciones que nos confrontan con las ideas eternas.

Amor. Belleza. Esperanza. Los regalos más estupendos. El mismo corazón de
Elyon. ¿Comprendes?

—Este… en realidad parece un poco abstracto.

—¡Ajá! ¡Todo lo contrario, Thomas! ¿Sabes por qué amamos las flores
hermosas? ¡Porque amamos la *belleza*!

Todos asintieron. Tom los miró sin comprender.

—El punto es que fuimos creados para amar la belleza. *Nosotros* amamos
la belleza porque *Elyon* ama la belleza. Amamos la melodía porque Elyon
ama la melodía. Amamos el *amor* porque Elyon ama el amor. Y amamos ser
amados porque Elyon ama ser amado. En todas estas formas somos como
Elyon. De un modo u otro, todo lo que hacemos está ligado a esta narración
que se desarrolla entre Elyon y nosotros.

Tom asintió, no porque entendiera, sino porque la respuesta parecía la
más apropiada.

Tanis asintió con él.

—El amor de Elyon por nosotros y de nosotros por él, el Gran
Romance, como ves, está por sobre todo.

Agitó un dedo en el aire.

—Y segundo —continuó, agitando su otro dedo índice en el aire—, ese
mismo amor expresado entre nosotros.

Hizo una pausa, levantó los dos dedos por encima de su cabeza como
palos de portería de fútbol americano, y anunció de manera enfática.

—¿Recuerdas? Seguramente recuerdas.

—Amor. Sí, desde luego que recuerdo el amor.

—Entre un hombre y una mujer —presionó Palus.

—Seguro. Sí, entre un hombre y una mujer. Romance.

—¡Exactamente! ¡Romance! —exclamó Tanis, palmoteando una vez,
bastante fuerte como para imitar a un trueno.

—¡Romance! —gritó una voz detrás de ellos.

Tres roushes guiados nada menos que por Gabil llegaban listos a aterri-
zar. Los otros dos se presentaron rápidamente como Nublim y Serentus.
Cuando Tom preguntó si los nombres eran masculinos o femeninos, Gabil
rió.

—No, los roushes no son de esa manera. No tienen romance, no de ese
modo para nada.

—Por desgracia, no de ese modo en absoluto —opinó Nublim.

—¿Quieres jugar? —preguntó Johan a Gabil, levantándose de un salto.

—¡Por supuesto!

Como en el momento justo, los tres niños corrieron ululando tras los roushes, quienes los guiaron volando colina abajo.

Los dos ancianos de la aldea pusieron de inmediato las manos alrededor de los hombros de Tom y lo llevaron cuesta arriba.

—Ahora el asunto, mi querido amigo, es desde luego —expresó Tanis, y miró a Palus—. Rachelle.

Todo estaba empezando a tener sentido para Tom, pero las repercusiones eran sorprendentes. Muy audaz. Muy desconcertante. ¡El dirigente de la aldea, este primogénito, y Palus en realidad intentaban emparejarlo con Rachelle!

—Rachelle —fue lo único que logró expresar él.

—¡Exactamente! ¡Lo captaste! —exclamó Palus, palmoteando otra vez—. ¡Mi hija, Rachelle! ¡Ella te ha elegido!

—Y por eso estamos aquí para ayudarte —anunció Tanis—. Has perdido tu memoria y vamos a ayudarte a recordar. O al menos a que aprendas otra vez. Creemos...

—Quizá yo debería decir... —empezó Palus, levantando la mano.

—Sí, por supuesto, deberías decirlo.

—Sabemos que habrá un maravilloso romance entre mi hija y tú, pero comprendemos que tal vez no sabes cómo proceder.

—Bueno...

—¡Es perfecto! Lo vi en tus ojos en el momento en que nos conocimos ayer.

—¿Viste qué?

—La encuentras hermosa, ¿verdad? —le preguntó Tanis, llevándolo más arriba en la colina.

—Sí.

—Ella debe saber esto si la has de ganar.

Tom quería hacer la única pregunta que cabía aquí. Concretamente, ¿y si no quisiera ganarla? Pero no podía incumplir la promesa hecha a Michal de seguir el juego y no apagar el entusiasmo del padre de Rachelle.

—Yo podría escribir tu historia —continuó Tanis—. Un juego

maravilloso de amor y belleza, pero entonces sería mía, no tuya. Tú debes contar tu propia historia. O, en este caso, vivirla. Y para entender cómo se desarrolla el amor, debes comprender cómo ama Elyon.

Tom se dejó arrastrar por el mismo ímpetu del celo de ellos. Hizo la pregunta que sabía que Tanis estaba esperando que le hiciera.

—¿Y cómo ama Elyon?

—¡Excelente pregunta! Él escoge.

—Escoge —repitió Palus.

—Persigue.

—Persigue —coreó el padre de Rachelle, con el puño apretado.

—Rescata.

—Rescata.

—Corteja.

—Corteja.

—Protege.

Era como una partida de ping-pong.

—Protege. ¡Ajá!

—Se desvive —gritó Tanis.

Palus se detuvo.

—¿Es ese uno de los puntos? —preguntó.

—¿Por qué no?

—Quiero decir, ¿está puesto normalmente con los otros?

—Debería estar.

Ellos se miraron uno al otro por un momento.

—Se desvive —gritó Palus.

—Esto, mi apreciado Thomas, es lo que deberías hacer para ganar el corazón de Rachelle.

—¿Hace Elyon todo esto?

—Sí, desde luego. ¿También te has olvidado de él?

Esto pareció dejarlos estupefactos.

—No, no del todo. Está regresando, ¿saben? —afirmó él, rápidamente desvió de nuevo la discusión hacia Rachelle—. Perdonen mi…

Se dio golpecitos en la cabeza.

—…trabazón aquí, pero ¿de qué exactamente necesita una mujer ser rescatada? No existe maldad en este lado del bosque negro. ¿De acuerdo?

Nuevamente se miraron uno al otro.

—¡Caramba, caramba! Es extraña esta pérdida tuya de memoria —enunció Tanis—. ¡Es un juego, amigo! ¡Un juego! Algo en lo cual regocijarse. ¿Por qué le das una flor a una doncella? ¿Por qué ella *necesita* la atención? No, porque ella la *desea*.

—¿Qué tiene eso que ver con rescatar? ¿De qué necesita ella ser rescatada?

—Porque ella quiere *sentirse* rescatada, Thomas. Y ella quiere *sentirse* elegida. Tanto como tú estás desesperado por ser elegido. Todos lo estamos. Elyon nos escoge. Él nos rescata, nos protege, nos corteja y, sí, se desvive de amor por nosotros. Este es el Gran Romance. Y así es como ganarás el corazón de Rachelle.

Tom no estaba seguro de querer volver a preguntar, pero sinceramente aún no comprendía el concepto que ellos tenían del rescate.

—Dile, Palus —expuso Tanis—. Creo que quizá aquí sería buena idea una historia. Yo podría escribírtela para que la leas antes de entrar en la batalla por este amor.

—¿Batalla? —dudó Tom—. ¿Se trata ahora de una batalla?

—En forma figurada —contestó Palus—. ¿Sabes? Se gana el corazón de una mujer como ganarías una batalla. No como si estuvieras peleando contra shataikis de carne y sangre, por supuesto, porque nunca harás eso.

—No lo haremos todavía —apoyó Tanis—. Pero llegará un momento. Muy pronto, incluso. Hemos estado pensando en una expedición para enseñar una lección o dos a esos terribles murciélagos.

La preocupación de Michal.

—Ellos están confinados al bosque negro —cuestionó Tom—. ¿Por qué sencillamente no dejarlos que se pudran allí?

—¡Debido a lo que han hecho! —gritó Tanis—. Son criaturas malvadas y despreciables a las que se les debe enseñar una lección. ¡Te lo estoy diciendo! Sabemos por las historias de lo que son capaces de hacer. ¿Crees que estoy contento simplemente con sentarme cómodo y dejarlos que conspiren su manera de cruzar el río? Entonces no me conoces, Thomas Hunter. ¡He estado ideando una forma de acabarlos para siempre!

No había falta de pasión en su diatriba. Incluso Palus pareció ligeramente desconcertado. Había algo en su razonamiento, pero Tom no sabía decir concretamente de qué se trataba.

—De cualquier modo, a menudo fingimos pelear con la misma clase de pasión y vigor que lo haríamos en una pelea de verdad con los shataikis —dictaminó Palus—. Muéstrale, Tanis. Sólo muéstrale.

Tanis hizo una posición parecida a las de las artes marciales en los sueños de las historias de Tom.

—Bien entonces…

—¿Saben ustedes artes marciales? —inquirió Tom.

—Así es como las llaman en las historias —informó Tanis levantándose—. ¿Conoces las historias?

—Bueno, estoy soñando con ellas. En mis sueños conozco las artes marciales.

—Estás soñando con las historias, pero te olvidas de todo aquí porque te golpeaste la cabeza —manifestó Palus—. Bueno, eso es algo.

—Eso es lo que cree Michal.

—Y Michal es muy sabio —asintió Tanis, mirando alrededor como si buscara al peludo blanco—. ¿Con cuánto detalle sueñas? ¿Cuánto sabes?

—No sé lo que sucede después del gran virus en el año 2010, pero antes de eso sé bastante.

—¿Me puedes decir cómo ganó Napoleón sus guerras? ¿Qué estrategia usó?

—No, no creo haber estudiado alguna vez a Napoleón —contestó Thomas como tratando de pensar—. Pero supongo que lo podría averiguar. Podría leer un libro de historia en mis sueños.

—Caramba, caramba —exclamó Tanis, al parecer asombrado por la idea—. ¿Puedes hacer eso?

—En realidad, no lo he intentado. Pero lo estoy haciendo en el otro sentido —confesó, cambiando el apoyo hacia el otro pie, y empezando a tutearlo—. Quiero decir que se me está ocurriendo. ¿Sabes algo respecto del Gran Engaño? ¿El virus?

—No mucho. Casi nada, pero más que la mayoría. Sé que sucedió antes de las grandes tribulaciones. Los dos únicos alrededor de esas partes que podrían saber todas las historias son los sabios. Michal y Teeleh, aunque Teeleh ya no es uno de los sabios. Michal está convencido que las historias son

una distracción que nos podrían llevar por la senda equivocada. Y Teeleh...
Si alguna vez fuera tan afortunado como para fijar mi mirada en Teeleh, ¡lo despedazaría de miembro en miembro y quemaría las partes!

—Michal tiene razón —objetó Tom—. Una expedición no conduciría a nada. He estado en el bosque negro y te lo puedo decir: los shataikis son malvados. Casi me matan.

Esta última admisión demostró ser casi demasiado para Tanis.

—¿Estuviste *en* el bosque negro? ¿Al otro lado del cruce?

Tanis estaba tan emocionado que Tom se preguntó si había cometido una equivocación al contárselo. Pero Michal lo había sugerido, ¿correcto? ¿Cómo podría disuadir a Tanis sin admitir esto?

—Sí. Pero apenas logré sobrevivir.

—¡Cuéntanos, amigo! ¡Cuéntanos todo! He visto el bosque negro desde una distancia y he observado a los murciélagos negros volando por encima, pero nunca me he armado de tanto valor como para acercarme al río.

—Así es como perdí la memoria. Caí en el bosque negro. Gabil me guió, pero no antes que los murciélagos me masticaran casi hasta el hueso.

—¿Es todo? Necesito más detalles, amigo. ¡Más!

—Eso más o menos es todo.

—Imagino que tú y yo haríamos un equipo excelente —expresó Tanis mirándolo asombrado—. Yo podría enseñarte a pelear, ¡y tú podrías enseñarme las historias!

—Rachelle está esperando —comentó Palus pacientemente.

Aunque Tom no estaba del todo sincronizado con el Gran Romance, de repente esto le pareció mejor que profundizarle a Tanis detalles del bosque negro o de las historias. Sea como sea, Tanis sabía menos que él respecto del virus. Él no sería de ayuda en revelar más detalles.

A menos que las respuestas estuvieran en el bosque negro, y Tanis pudiera ayudarle a obtener de allí esas respuestas.

—Sí, el Gran Romance —asintió Tom.

—Está bien, pero debemos hablar más tarde. ¡Tenemos que hacerlo! —debió concordar Tanis, luego extendió los brazos y miró a lo alto de la colina—. Está bien entonces, hagamos de cuenta que Palus es Rachelle. Sólo es una suposición. Allí está ella, y aquí estás tú.

Señaló el suelo a los pies de Tom.

—Digamos primero que le has dado a ella muchas flores y que la has cortejado con muchas palabras, diciéndole precisamente cómo ella hace que se te derrita el corazón, por qué el cabello de ella te recuerda las cascadas, y... bueno, captas la idea —explicó; aún estaba con los brazos extendidos, ligeramente agachado como a punto de recibir un ataque—. ¿Ves? Esto le ablandará el corazón. Susúrrale al oído y mantén la voz baja para que ella sepa que eres un hombre fuerte.

Se detuvo y consideró a Tom por un momento.

—Tal vez más tarde te pueda dar algunas de las palabras adecuadas para que digas. ¿Te gustaría eso? Soy muy bueno en romances.

Tom estaba demasiado metido en el juego de ellos como para sugerir ahora algo que no fuera aprobación incondicional.

—Sí —contestó.

—Muy bien, eso es cortejar. Te volverás muy bueno en esta actividad. Cortejamos a nuestras mujeres todos los días. Pero volvamos a lo del rescate —explicó, flexionando las piernas—. Bueno, como estaba diciendo, Palus es Rachelle y tú estás aquí. Por la colina baja una bandada de murciélagos negros. Los shataikis. Tú puedes matarlos con mucha facilidad, por supuesto, porque eres un hombre de gran poder. Sin embargo, el objetivo aquí no es sólo matar a las alimañas, sino rescatar a tu belleza mientras lo haces. ¿Me estás entendiendo?

—Sí, creo que sí. Matar a las alimañas y rescatar a la belleza.

—Exactamente. Con tus piernas dobladas así estiras un brazo hacia Rachelle y alistas el otro para rechazar los murciélagos. Entonces lanzas un fuerte grito para que ella sepa que todos en el valle pueden oír tu afirmación de valor —continuó Tanis, y aquí exclamó con fuerza hacia Palus—. Ven, mi amor, arrójate en mi brazo de hierro, y golpearé a las despreciables bestias del aire con el otro, un puño de piedra.

Tanis hizo una señal a Palus con la mano.

—¿Qué? —interrogó Palus.

—Muéstrale. Corre y salta a mi brazo. Eres Rachelle, ¿recuerdas? No te dejaré caer.

—¿Saltar? ¿Cómo?

—No lo sé, sólo corre y salta. Hazlo parecer real, como podría saltar una mujer. Quizá los pies primero.

—No creo que Rachelle correría y saltaría. Ella es una mujer muy segura de sí misma, ¿sabes? ¿Qué opinas si en vez de eso caes totalmente rendido a mis pies? —preguntó Palus—. Podrías destruir algunos de los murciélagos que están cayendo en picada para comerme, luego me pones a salvo mientras me susurras maravillosas palabras al oído, y después atacas a las bestias con tu brazo libre.

—Muy claro —reconoció Tanis, arqueando una ceja—. ¿Cuántas bestias dirías que debo matar antes de caer rendido a tus pies?

—Si enviaras a un centenar de vuelta al infierno, ella se impresionaría mucho.

—¿Cien? ¿Antes de saltar a rescatarla? Parece una exageración.

—Entonces cincuenta. Cincuenta es más que suficiente.

—¿Y si dijéramos que el mayor, el mismísimo Teeleh, estuviera dirigiendo el ataque desde dos flancos, quitándome toda vía de escape? —inquirió Tanis, que ahora parecía totalmente de acuerdo con la idea—. Despacho cincuenta con facilidad, pero luego vienen muchos más y parece perdida toda esperanza. En el último instante, Rachelle podría dirigir mi ataque, y con un cambio total brillante pongo al mayor de ellos a huir chillando para salvar su vida. Los demás huyen en total desorganización. ¡Perfecto!

—¿Quieres hacerlo de veras? —preguntó Palus.

—¡No te preocupes, amor mío! —exclamó Tanis en respuesta, girando súbitamente cuesta arriba, y luego gritó mirando a Palus—. ¡Te rescataré!

Dio tres pasos y luego saltó al aire, ejecutó un giro espectacular en el aire, cayó a tierra apoyándose en las manos, rodó y lanzó dos sensacionales patadas que Tom no habría creído que fuera posible dar en forma seguida.

Tanis terminó su primer ataque en una voltereta que lo dejó al lado de Palus. Cayó rendido a los pies del hombre y arremetió con otra patada.

El impulso los desequilibró a los dos. Cayeron a tierra, rodaron una vez, y luego se levantaron riendo a carcajadas.

—Bueno, supongo que uno necesita un poco de práctica —bromeó Tanis—. Pero captas la idea. No sugeriría algo tan extravagante con Rachelle la primera vez que la veas. Pero ella querrá que la sorprendas con tu originalidad. ¿Qué estarías dispuesto a hacer para escogerla, salvarla y amarla?

Tom no se podía imaginar ni remotamente haciendo algo audaz. Susurrar palabras espléndidas de cortejo podría ser suficientemente retador. ¿Había hecho algo como esto alguna vez antes de su amnesia? Evidentemente no, de lo contrario llevaría en la frente la marca de la unión.

—¿Cómo hiciste esa patada? —quiso saber Tom.

—¿Cuál de ellas? —preguntó Tanis poniéndose en pie de un salto.

—Perdónenme, pero debo despedirme. Karyl me espera —comentó Palus, levantando una mano.

Se despidieron de Palus, y este se dirigió a la aldea. Los niños jugaban con varios roushes en el otro lado del valle, turnándose para montarse en las espaldas de dos de las blancas criaturas mientras estas cerraban las alas y descendían por la colina.

—¿Cuál patada? —volvió a preguntar Tanis.

—La primera. ¿La uno-dos-marcha atrás?

—Muéstrame lo que quieres decir —pidió Tanis.

—¿Yo? No puedo patear de esa manera.

—Entonces te enseñaré. A una mujer le encanta un hombre fuerte. Así peleaban los hombres, ¿sabes? En las historias, quiero decir. He creado todo un sistema de combate cuerpo a cuerpo. Intenta la patada. Muéstrame.

—¿Ahora?

—Por supuesto —contestó Tanis y palmeó dos veces—. Muéstrame.

—Bueno, es algo así…

Tom dio un paso adelante y ejecutó un giro en el aire con una segunda patada, de alguna manera parecida a la que había visto hacer a Tanis. Sorprendentemente el giro en el aire le pareció… sencillo. Podía ejecutarlo mucho más fácil aquí que en sus sueños de las historias. ¿La atmósfera?

Desafortunadamente la segunda patada quedó corta. Aterrizó sobre su costado y resopló.

—¡Excelente! Haremos ya un guerrero de ti. Creo que Rachelle estará muy impresionada. ¿Te gustaría ser mi aprendiz?

—¿En pelea?

—Sí, ¡desde luego! Te podría enseñar lo que pocos han aprendido, incluso aquí. Podríamos hablar de las historias y discutir formas de lanzar un golpe aplastante a los nauseabundos murciélagos del bosque negro.

—Bueno, me gustaría aprender más de ti…

—¡Perfecto! Ven, déjame mostrarte la segunda patada.

Tanis era talentoso y no escatimaba pasión en explicar precisamente cómo moverse para potenciar al máximo la cantidad de movimientos en el aire. Cuando aterrizaba, usaba las manos como contrapeso, lo que le permitía hacer sorprendentes maniobras. Una hora después Tom pudo ejecutar algunos de los movimientos sin caer de cabeza. De no ser en las películas de las historias, sin duda ninguna persona viva podría moverse de este modo. Debía haber una diferencia en las atmósferas. ¿O era en el agua?

La ocasión dejó agotado a Tom.

—¡Suficiente! Hablemos ahora —anunció finalmente Tanis, al ver a Tom respirando con dificultad—. Mañana aprenderemos más luchas. Pero ahora quiero saber más acerca de las historias. Me gustaría saber, por ejemplo, qué clase de armas tenían. Sé de algunas, artefactos que hacían grandes sonidos y lanzaban terribles golpes a cientos a la vez. ¿Has oído hablar alguna vez de algo así?

—¿Una pistola?

Por el pecho de Tom le recorrió inquietud. Tanis estaba considerando seriamente esta expedición suya al interior del bosque negro. ¡Pero no podía hacer eso! Era demasiado peligroso.

—¿Qué es una pistola? —quiso saber Tanis—. Estoy pensando en una expedición, Thomas. Esas armas podrían ser de gran ayuda. En realidad, de una ayuda grandiosa. Podrías ir conmigo, ¡ya que estuviste allí!

Él hablaba con mucho entusiasmo e inocencia.

—No conoces el bosque negro, Tanis. Entrar sería la muerte para cualquiera que lo intentara.

—¡Pero tú! ¡Tú estás vivo!

—Tuve suerte. Y créeme, ninguna veloz patada me habría ayudado. Hay muchos de ellos. ¡Millones!

—¡Exactamente! ¡Por eso es necesario acabar con ellos!

—Te has comprometido con los demás en no cruzar el río.

—Como precaución. Hay momentos de dejar la cautela en el valle y emprender la marcha hacia la montaña.

—No creo que este sea ese momento —objetó Tom.

Se le ocurrió que necesitaba un poco de agua. Desesperadamente sintió sed. Mareo, en realidad. Se hallaban subiendo la colina, y se detuvo para respirar.

—¿Te motiva la ira contra ellos, o curiosidad?

—Ira, creo —contestó Tanis después de mirar el bosque, pensativo—. Tal vez no sea el momento adecuado. Al menos yo podría escribir una historia maravillosa al respecto.

Luego miró a Tom.

—Dime qué más sabes.

Esto no estaba yendo como pretendía Michal.

—Por favor, Tanis —rogó Tom, agobiado repentinamente por una sensación de mareo—. No entiendes.

—¡Pero quiero hacerlo!

El mundo de Tom le dio vuelta y de pronto empezó a desvanecerse. Cayó sobre una rodilla. Se sintió caer. Estiró la mano.

Tinieblas.

15

PERDÓN, ¿SEÑOR?

Una mano le tocó el hombro a Tom.

Él se irguió, medio despierto.

—Enderece su asiento, por favor —le ordenó una asistente de vuelo inclinándose sobre él.

El asiento de Kara estaba vacío. Baño.

—¿Estamos aterrizando? —preguntó Tom intentando aclarar la mente.

—Hemos comenzado a descender en Bangkok —le comunicó la azafata, y se fue.

Estaban en la clase turística de un 747 de Líneas Aéreas Singapur. La tapicería amarilla y azul que cubría el asiento directamente frente a Tom se estaba empezando a descoser. El monitor detrás del asiento mostraba en una línea roja el avance del vuelo sobre el Pacífico. Se hallaba en el sueño.

El avión olía a hogar. El hogar en el sudeste asiático. Sopa de soya, salsa de cacahuate, fideos, té de hierbas. La mente de Tom repasó rápidamente las últimas ocho horas. El vuelo a Singapur había sido un asunto largo y complicado sin poder dormir, durante la cual Kara y Tom habían revisado canales en las pequeñas pantallas incrustadas y recordado sus años en el sudeste asiático. Años de aprender a ser un camaleón, cambiando pieles entre culturas.

Igual como cambiar ahora modos de pensar entre sueños. Lo habían engendrado para esto.

—¿Podrías pasarte al otro puesto? —le dijo Kara golpeándole la rodilla.

Él se pasó al asiento del centro para que ella no tuviera que pasarle por encima.

—Bienvenido de nuevo a la tierra de los vivos —anunció ella mientras se abrochaba el cinturón de seguridad—. Cuéntame.

—¿Respecto de qué?

—De por qué las hormigas hacen hormigueros en el desierto. ¿Qué significa «con respecto a qué»? —susurró ella—. ¿Qué averiguaste?

Él la miró, conmovido por lo mucho que amaba a su única hermana. Ella daba la impresión de ser dura, pero sus paredes eran tan delgadas como el papel.

—¿Tom?

—Nada.

—¿Perdón? —exclamó ella arqueando la ceja izquierda—. Acabas de dormir durante cinco horas. Hemos volado a través del océano hasta Bangkok *a causa* de tus sueños. No me digas que dejaron de funcionar.

—No dije eso. Es más, creo que estoy aprendiendo algo. Creo que podría saber por qué está sucediendo esto.

—Ilumíname.

—Creo que tal vez estos sueños de lo que ocurrió en las historias me están proveyendo información que podría detener algo terrible en el futuro. Creo que quizá Elyon me está permitiendo tener estos sueños. Tal vez para impedir que Tanis lleve a cabo su expedición.

Ella simplemente lo miró.

—Bueno, entonces quizá sea de la otra manera. Tal vez se suponga que yo impida que ocurra algo aquí.

—Tengo $345,000 en mi cuenta bancaria que aseguran que es lo último. Por eso es que íbamos a averiguar qué diablos se supone que debamos hacer en Bangkok, ¿recuerdas? ¿Y regresas sin nada?

—No es así. Créeme, cuando estoy allá no me preocupo exactamente con mis sueños de este lugar. Créeme. Tengo problemas mayores. Como quién soy. Como de qué forma funciona este Gran Romance.

—¿Gran Romance? Por favor, no me digas que en verdad te estás enamorando de esa muchacha que te sanó.

Él había puesto a Kara al corriente de los detalles de su sueño antes de dormirse.

El último encuentro con Rachelle inundó la mente de Tom. La forma en que ella lo había mirado, cómo le había sonreído y pasado a su lado sin decir nada. El rostro de él debió haber revelado algo porque Kara giró el suyo.

—Ah, por favor —suplicó ella poniendo los ojos en blanco—. No puedes hablar en serio.

—De veras, ella es muy interesante.

—Ajá. Por supuesto que es interesante. Y con el físico de una diosa, sin duda. ¿La encontraste irresistible y te cubrió de besos?

—No. Ella se alejó. Pero Tanis, el dirigente de la tribu, y Palus, el padre de ella, me están mostrando cómo ganar a la belleza.

—Está bien, Tom. Gana la belleza. Todo el mundo tiene derecho a una fantasía de vez en cuando. Mientras tanto aquí tenemos un problema.

El avión hizo un giro y Kara miró por sobre Tom los edificios del Bangkok metropolitano, no muy diferentes de los de Nueva York. La ciudad bastante moderna y muy exótica tenía casi ocho millones de personas como sardinas en lata. Mediodía. Hacia el este, Camboya. Hacia el sur se hallaba el Golfo de Tailandia, y varios cientos de kilómetros al este, Malasia.

—No estoy fingiendo saber cómo funciona esto, pero me tienes asustada, Thomas —comentó ella en voz baja.

—Yo también lo estoy —asintió él.

—No, quiero decir realmente —objetó ella enfrentándolo—. Es decir, este aquí no es un sueño. Que yo sepa, el otro tampoco es un sueño, pero no puedo tenerte tratando esta realidad como algún sueño. ¿Me oyes? Sabes cosas que no deberías saber… cosas aterradoras. Que yo sepa, quizá seas el único ser vivo que podría detenerlas.

Ella tenía razón. No es que estuviera tratando este 747 como un sueño sin importar cuánto lo sentía como un sueño. Al contrario, él fue quien la convenció en primer lugar de que debían venir. ¿Habría él hecho eso si sólo se tratara de un sueño? No.

—Y no es por ofender —añadió Kara—, pero estás empezando a verte muy agotado. Tienes ojeras y tu rostro desfallece.

—¿Desfallece?

—De cansancio. No has dormido decentemente desde que empezó todo esto.

Muy cierto. Se sentía como si no hubiera dormido en absoluto.

—Está bien —asintió él—. Te escucho. ¿Tienes alguna idea?

—En realidad, sí. Creo que te puedo ayudar. Te puedo mantener enfocado.

—Estoy enfocado. No estaríamos aquí si yo no hubiera insistido.

—No, quiero decir enfocado de verdad. Mientras estés viajando entre estos sueños y realidades estás atado a mantenerte pensando en conjeturas, ¿correcto?

—Un poco. Quizá.

—Créeme, mucho. Es probable que exactamente ahora aún creas que estás en el bosque colorido, durmiendo en alguna parte, y que Bangkok es algún sueño basado en las historias de la Tierra. Bueno, tienes razón y te equivocas, y voy a asegurarme que comprendas eso.

—Me confundes.

—Voy a suponer que ambas realidades son ciertas. Después de todo, esta es una posibilidad, ¿no es cierto? Universos alternos, realidades divergentes, distorsiones de tiempo, lo que sea. El punto es: de aquí en adelante suponemos que ambas realidades son absolutamente ciertas. El bosque colorido existe de veras, y allí hay realmente una mujer llamada… ¿cómo se llama?

—Rachelle.

—Rachelle. Allí realmente hay una hermosa nena llamada Rachelle apasionada por ti.

—No dije eso.

—Lo que sea —expresó ella levantando la mano—. Captas la idea. Todo es real. Tienes que hacer cualquier cosa que se supone que hagas allá, aunque no sea más que enamorarte locamente. Te ayudaré con eso. Te daré ideas, consejos. Quizá te pueda ayudar a pescar esta chica fogosa.

—Suponiendo que yo esté interesado en pescar a la primera chica fogosa que me guiña un ojo. ¿Por quién me estás tomando?

—Está bien, no la llamaré chica fogosa. ¿Ayuda eso? No estás captando. Es real. Eso es lo importante. El bosque colorido existe de verdad. Todo lo que sucede allí es tan real como puede ser. Y no dejaré que olvides eso. Ni una palabra ya acerca de que es un sueño. Supongamos que es otra nación o algo así. Los murciélagos peludos son reales.

Dijo esta última frase en voz un poco alta, y un europeo de cabello negro con bigote canoso los miró. Kara le devolvió la mirada.

—¿Le puedo ayudar?

El hombre alejó la mirada sin responder.

—Mira, esto es lo que vamos a conseguir. Por eso es que debemos estar juntos en esto, porque lo sabes, Thomas, este mundo también es real.

El enorme avión tocó la pista de aterrizaje, y los portaequipajes encima crujieron con la tensión del aterrizaje.

—Hemos aterrizado realmente en Bangkok, la vacuna Raison realmente será anunciada mañana, y tú sabes realmente algo al respecto.

—Así que vamos al cien por ciento en ambas realidades —resumió Tom.

—Yo no. Tú. Yo sólo te ayudo a hacer eso.

Era lo más acertado que había oído en cuarenta y ocho horas. Quiso abrazarla allí mismo.

—De acuerdo.

—Muy bien —convino ella respirando profundamente—. ¿Qué hacemos ahora que estamos en Bangkok?

—Averiguamos todo lo que podamos acerca de Farmacéutica Raison.

—Muy bien —asintió Kara—. ¿Cómo?

—Vamos a su complejo en las afueras de la ciudad —respondió Tom.

—Muy bien. ¿Después qué?

—Después evitamos que envíen cualquier muestra o producto. Mejor aun, impedimos que hagan cualquier anuncio mañana.

—Aquí es donde me parece que el plan pierde el enfoque —objetó Kara—. No soy precisamente corredora de bolsa, pero he visto mi parte de medicamentos nuevos que entran al mercado, y te garantizo que suspender un anuncio les haría caer en picada las acciones. Esto depende ya cien por ciento de la expectativa en este anuncio.

—Y debemos convencerlos de destruir todas las muestras existentes de la vacuna —afirmó Tom asintiendo con la cabeza—. Y los medios de producirla.

—Toda esta cuestión está definitivamente fuera de foco. ¿Quién asegura que logremos pasar siquiera la entrada principal? Deben tener instalaciones de alta seguridad, ¿verdad?

—Supongo que debemos averiguar.

Ella suspiró y sacudió la cabeza.

—La próxima vez que vuelvas al otro lugar, necesitas más información. Punto. Mientras tanto, ¿hay algo que necesites aquí que te ayude allá? —inquirió ella mirándolo, muy seria—. Te lo dije, Thomas, tratemos ambos… ¿cómo deberíamos llamarlos? ¿Mundos? Tratemos ambos mundos, o cualquier cosa que sean, como si fueran reales. Y en realidad tienen que serlo. De modo que si necesitamos información aquí, quizá también allá necesitas información de aquí.

—No, no realmente —enunció él negando con la cabeza—. Nada está sucediendo allá. Quiero decir, estoy perdido y no logro recordar nada, pero no veo cómo algo de aquí pueda ayudar en eso.

—Yo no supondría que nada está sucediendo allá. ¿Qué respecto de ganar ese hermoso bombón? ¿Necesitas algún consejo sobre cómo pescar a la pollita?

—Por favor…

—Bien. ¿Sobre cómo encontrar entonces verdadero amor?

—No.

—Simplemente no eches gases alrededor de ella.

—No estás tomando esto en serio.

—Eso es exactamente lo que hago. Tienes suficiente idealismo para hacer cien novelas. Lo que necesitas es consejo práctico. Cepillar tus dientes, usar desodorante y cambiar tu ropa interior.

—Gracias, hermana. Invaluable consejo —admitió él retorciendo los labios en una media sonrisa—. Creo que ella es muy religiosa.

—Entonces ve a la iglesia con ella. Sólo asegúrate que no se trate de alguna secta. Aléjate de los chiflados.

—En realidad todos somos muy religiosos. Estoy muy seguro que Elyon es Dios.

—Tú no crees en Dios, ¿recuerdas? —advirtió ella arqueando una ceja—. Papá creía en Dios, lo que casi nos mata a todos. Dios está donde yo pondría una línea con esta chiquilla. Muchacha. Mantén fuera la religión y la política. Mejor aun, encuentra una mujer diferente.

<hr />

LES LLEVÓ una hora abrirse camino en el Aeropuerto Internacional de Bangkok y negociar en el mostrador de la compañía de alquiler de autos el alquiler de un pequeño Toyota Tercel verde. Tom aún tenía su licencia internacional de conducir de Filipinas, y recibió con agrado la idea de volver a abrirse paso entre el tráfico tercermundista. Kara extendió el mapa sobre el tablero de controles y asumió el papel de copiloto, quizá la tarea más difícil de los dos.

—Muy bien, Farmacéutica Raison está por el parque Rama Royal, al oriente de la ciudad —anunció ella trazando una línea sobre el mapa—. Vamos al sur por Vibhavadi Rangsit hasta el límite de la Inthara, al oriente hacia la autopista Inthara, y luego al sur todo el camino hasta el distrito Phra Khanong.

Ella levantó la mirada cuando él se metió al tráfico.

—Sólo no hagas que nos maten. Esto no es Denver.

—Ten fe.

Una bocina retumbó y él viró bruscamente.

—No le voy a la fe, ¿recuerdas? —bromeó ella.

—Tal vez este sea un buen momento para empezar.

Él tendría que volver a acostumbrarse a los bocinazos… aquí estaban tan difundidos como las líneas de señalización vial. Las principales calles estaban debidamente marcadas, pero actuaban más como guías que como restricciones. La posición de un auto y el volumen de su bocina eran nueve décimas de la ley: El primero y el más fuerte tenía preferencia de vía. Punto.

Tom hizo sonar ahora su bocina, para entusiasmarse con la idea. Otra bocina sonó cerca, como llamadas al apareamiento. A nadie parecía importarle. Excepto a Kara.

—¿Sí? —cuestionó ella.

—Sí. Parece bueno, ¿verdad?

Él se metió al centro de la ciudad. Una nube café se cernía sobre altísimos rascacielos. En la distancia, el tren elevado. Destartalados taxis, amarrados con alambre, y Mercedes abarrotaban la misma superficie de las calles con taxis motocicletas y tuk-tuks… un cruce de tres llantas entre auto y motocicleta.

Y bicicletas. Muchas bicicletas.

Tailandeses acometían sus asuntos diarios, algunos tambaleándose en carritos bicicletas que desplegaban en puestos de comidas, otros piloteando volquetas, y aun otros paseándose en sus atuendos anaranjados de monjes.

Tom abrió la ventanilla. Era casi la tarde... los olores de la ciudad eran muy fuertes. Pero para Tom eran embriagadores. Había gases de tubos de escape, un hedorcillo a agua estancada, fideos fritos, y también...

Esto fácilmente podría ser Filipinas. Hogar. Hace diez años, uno de los granujas de la calle pudo haber sido él, confundiéndose con los lugareños y luego deteniéndose en algún puesto donde venden pinchos indonesios con salsa picante de maní.

Tom sintió que se le hacía un nudo en la garganta. Este era el espectáculo más hermoso que había visto en años.

Condujeron en abstraído silencio por veinte minutos. Kara miraba por la ventanilla, absorta en sus pensamientos. Una sentimental nostalgia se apoderó de ambos.

—Extraño esto —manifestó Kara—. Parece casi como un sueño. Tal vez los dos estemos soñando.

—Tal vez. Exótico.

—Exótico.

A media tarde pasaron el distrito Phra Khanong y se metieron al delta. La ciudad pareció desvanecerse detrás de ellos. El concreto dio paso a una alfombra de árboles y arrozales conocida como el delta Mae Nam Chao Phraya, *el tazón de arroz de Asia*, un cálido, húmedo y fértil mar de vegetación infestada con criaturas e insectos casi nunca vistos.

Como una sopa principal de la cual provendrían los virus más mortales que la tierra había conocido.

—Es difícil creer que estemos aquí de veras —anunció Tom.

—Atravesar medio mundo en doce horas. Nada como la era del jet. Vira aquí a la izquierda. Debería ser como a kilómetro y medio por este camino.

Tom entró a una carretera privada que llevaba a un área oculta por una densa selva en expansión. El asfalto era negro, recién echado. No había más tráfico.

—¿Segura que vamos bien? —averiguó Tom.

—No. Sólo sigo las indicaciones del empleado. Esto es... espeluznante. Bien dicho.

El complejo surgió del delta como un espectro en la noche. La selva se despejaba directamente al frente. Había una entrada. Dos o tres guardias.

Césped arreglado. Y un enorme edificio blanco que se extendía a través de varias hectáreas. Detrás del edificio la selva recuperaba el terreno.

—¿Es aquí? —averiguó Tom deteniendo el auto a menos de cien metros del portón de entrada.

—Farmacéutica Raison —informó ella asintiendo con la cabeza al ver un letrero a la izquierda que él no había visto.

Tom abrió su puerta, bajó un pie, y salió. La selva chillaba a su alrededor... mil millones de chicharras que lanzaban a gritos sus advertencias. La humedad dificultaba la respiración.

Entró de nuevo, cerró la puerta, y volvió a poner el auto en movimiento. Se acercaron sin hablar al portón.

—Bueno —comentó Tom; un guardia vestido en uniforme gris completo con pistola brillante vino hacia ellos—. ¿Por qué estás tan callada?

—¿Qué se supone que deba decir: «Regresemos, esto para mí no es correcto. Por favor, no hagas nada estúpido»?

—Por favor, se trata de mí —recriminó él, bajando la ventanilla.

—Exactamente.

—¿Qué se les ofrece? —inquirió el guardia mirando la placa y dando un paso adelante.

—Estamos aquí para ver a Monique de Raison. O a Jacques de Raison. Es muy importante verlos.

—No tengo visitas programadas —informó el hombre revisando su tablilla con sujetapapeles—. ¿Cuál es su nombre?

—Thomas Hunter.

El guardia hojeó una página y bajó la tablilla.

—¿Tiene cita?

—Por supuesto que la tenemos —terció Kara inclinándose hacia delante—. Acabamos de llegar de Estados Unidos. Los Centros para el Control de Enfermedades. Revise otra vez; tenemos que estar ahí.

—¿Y su nombre?

—Kara Hunter.

—Tampoco la tengo en mi lista. Esta es una instalación con seguridad. No entra nadie sin un nombre en la lista.

—No hay problema —asintió Tom pacientemente—. Simplemente llámelos. Dígales que Thomas Hunter de los CDC está aquí. Es absolutamente imperativo que vea a Monique de Raison. Hoy. No volamos desde Atlanta hasta aquí para nada. Estoy seguro de que usted entiende.

Esto último lo dijo forzando una sonrisa.

El hombre titubeó, luego caminó hasta la caseta.

—¿Y si no nos deja entrar? —indagó Tom.

—Yo sabía que esto podría suceder.

—Quizá seríamos más convincentes en un Mercedes.

—Aquí viene tu respuesta.

El guardia se acercó.

—No tenemos registro de una visita hoy día. Mañana habría un evento en el Sheraton Grande Sukhumvit. Ustedes podrían verla entonces.

—No creo que usted comprenda. Necesito verla hoy, no mañana. Es crítico, amigo. ¿Me oye? ¡Crítico!

El hombre titubeó, y Tom pensó por un instante que había hecho la impresión correcta. Él levantó una radio y habló en voz baja. La puerta de la guardianía se abrió y se acercó un segundo guardia. Más pequeño que el otro, pero tenía las mangas arremangadas sobre músculos sobresalientes. Lentes oscuros. De los que les encantaban las camisetas estadounidenses con Sylvester Stallone Rambo impresas en el pecho.

—Váyanse por favor —ordenó el primer guardia.

Tom lo miró. Luego al otro, quien se detuvo ante el capó. Subió la ventanilla.

—¿Alguna sugerencia?

Kara se estaba mordiendo una de sus uñas. Pero no exigió que se retiraran.

El guardia delante del capó señaló que dieran vuelta al vehículo.

—¿Cuán importante es que detengamos este anuncio de ellos? —inquirió Kara.

—Depende de si crees que podemos cambiar realmente la historia.

—Ya superamos eso —afirmó ella—. La respuesta es sí. Enfócate, ¿recuerdas? Esto es real. Por eso estamos aquí.

—Entonces depende de que si detenemos el anuncio cambiará la historia.

El guardia estaba empezando a animarse un poco. Tom estiró la mano y apagó el auto.

—Depende de que ellos planeen de verdad enviar la vacuna mañana —concluyó Tom.

—¿Podemos suponer algo más? Este no es un juego que podamos llevar a cabo si perdemos de entrada.

Un puño golpeó la ventanilla. Ahora los dos guardias se movían vigorosamente. El de músculos sobresalientes puso la mano en la funda del revólver.

—Ellos no matarían a un estadounidense, ¿o sí? —cuestionó Tom.

—No lo sé, pero creo que esto se está saliendo de las manos, Thomas. Debemos irnos.

Tom lanzó un gruñido y le dio un manotazo al volante. Tal vez eran impotentes para cambiar la historia. Quizá eran los dos mártires que habían tratado de cambiar la historia pero resultaron abatidos a tiros en los portones de Farmacéutica Raison. O es posible que cambiar la historia requiriera medidas extraordinarias.

—Thomas…

Los guardias estaban ahora golpeando el capó.

—Espera.

Él quitó el seguro, abrió la puerta, y se bajó del auto.

Ambos guardias sacaron las pistolas.

—Vaya —exclamó Tom, levantando las manos—. Tranquilos. Sólo quiero hablar. Sólo una cosa, lo prometo. Soy funcionario comercial del gobierno de Estados Unidos. Créanme, no tienen que lastimarme.

—¡Vuelva a entrar en el auto, señor!

—Voy a entrar, pero primero quiero decir algo. Los Centros para el Control de Enfermedades acaban de enterarse que la vacuna que esta compañía está planeando anunciar mañana tiene un defecto mortal. Muta bajo calor extremo y se convierte en un virus que creemos que podría tener repercusiones de gran alcance.

Caminó hacia el guardia bajito con grandes músculos.

—¡Usted tiene que escucharme! —le habló fuerte y lentamente—. Estamos aquí para detener un desastre. Ustedes dos, Fong y Wong, quedarán como los dos imbéciles que no escucharon cuando los estadounidenses vinieron a advertir a Monique de Raison. ¡Usted tendrá que decirle esto a ella!

Los dos guardias retrocedieron, pistolas en mano, resueltos pero a las claras agarrados desprevenidos por la audacia de Tom. Curiosamente, él no estaba tan asustado por las pistolas. Es cierto, ellos tenían el estómago hecho un nudo, pero él no estaba temblando de miedo. Toda la escena le recordó la lección en la colina que le habían dado Tanis y Palus. Derrotar a cien shataikis con unas pocas patadas bien asentadas.

Él miró de un guardia al otro y contuvo un fuerte impulso de intentar la patada que había aprendido de Tanis: la de doble repliegue que al principio le pareció imposible. También podía hacerla. Ellos estaban perfectamente colocados. La boca se le hizo agua. Él supo que podía lograrlo. Así de simple: uno, *¡zas!* Dos, *¡zas!* Exactamente como Tanis le había enseñado. Antes de que pudieran reaccionar.

Desde luego que esto era absurdo. ¿Y si, solamente si, ese hubiera sido sólo un sueño? Estaría haciendo volteretas en su mente, pero en la realidad cayendo de bruces sobre el asfalto.

—¿Me oyen? —preguntó—. Tengo que hablar con alguien.

Ellos se mantuvieron firmes, agachados, listos para cualquier cosa.

—¿Les gusta Jet Li, muchachos?

—¡Atrás! —gritó el de bíceps inflados—. ¡Atrás, atrás!

—¡Escúcheme! —gritó a su vez Tom con un repentino ataque de frustración.

—Atrás, atrás, ¡atrás o disparo! —chilló Bíceps.

Tom le guiñó un ojo al tipo. ¿Y qué diría Tanis a eso?

—Está bien. Tranquilo —expresó, dando media vuelta para subir al auto.

Perfecto.

Exactamente ahora, en este mismo instante, la situación era perfecta para esa patada particular. Si disparaban, se habrían dado entre sí. Si él sólo…

Tom colocó la mano izquierda en el capó, hizo una tijereta en el aire. *¡Zas!*, pistola. *¡Zas!*, cabeza. Siguió el movimiento con el impulso, pirueta.

Ese fue uno. El otro miró con ojos abiertos de par en par.

Una pistola tronó.

Falló.

¡Zas!, pistola. *¡Zas!*, cabeza.

Aterrizada. Perfecta.

Tom se paró delante del capó, asombrado por lo que acababa de hacer. Los dos guardias yacían sobre sus espaldas. Bíceps había disparado sin hacer daño. ¿Había él hecho eso? El corazón le bombeó adrenalina. Se sentía como si pudiera encargarse de la bandada si tuviera que hacerlo.

—¡Thomas!

Kara. Gritando.

Tom corrió hacia la casita de la guardia, halló el botón que abría el portón. Lo pulsó. Los motores ronronearon, y el portón se abrió lentamente. Él salió disparado hacia el auto.

Kara lo miraba con ojos desorbitados.

—¡Agárrate fuerte! —gritó, y puso la palanca en propulsión.

Dirigió el auto hacia la brecha que dejaba el portón. Rugieron hacia el edificio blanco.

Al instante se presentó otro problema. Un hoyo redondo en el limpiaparabrisas. Hoyo de bala.

—¡Están disparando! —gritó Kara dejándose caer en el asiento.

Cuatro guardias más habían aparecido en el edificio principal. Portaban rifles y los disparaban.

La realidad se proyectó en Tom. Giró el volante a su derecha y pulsó el acelerador. El auto viró sobre gravilla. Giró en un amplio círculo. Dos balas más atravesaron la ventanilla trasera.

—¡Sujétate!

En el momento en que las llantas volvieron a tener tracción sobre el asfalto, el Toyota salió disparado hacia adelante. A través del portón. Para cuando pasaron el letrero Raison iban a ciento veinte kilómetros por hora.

Tom mantuvo el acelerador a fondo hasta que llegaron a la intersección. El tráfico en la carretera principal le limitó la velocidad. Necesitó un kilómetro y medio más para que el corazón se le tranquilizara.

—¿Qué fue eso? —indagó Kara, resoplando fuertemente.

—No empieces. Fue una estupidez. Lo sé.

—Sin discusión.

Parecía que lograron escapar limpiamente.

—¿Qué exactamente hiciste allá atrás? —preguntó Kara.

—No sé. En realidad no planeé ir tras ellos de esa manera. Sólo sucedió.

Teníamos que entrar; ellos estaban en el camino. Tú parecías creer que debíamos...

—No, me refiero a esa patada. Nunca te había visto hacer algo así.

Ese hecho había perdurado en la mente de Tom por los últimos cinco minutos.

—No había hecho algo como eso. No aquí.

—¿No aquí, lo cual significa...?

—Bueno, en realidad... es algo que me enseñó Tanis.

—¿En la otra realidad?

—Se siente casi como instinto. Como que mi cerebro ha aprendido nuevos trucos y los está usando de manera automática. Dicen que podríamos traspasar paredes si usamos todo nuestro poder cerebral, ¿no es así? Absurdo, ¿eh?

—No, no es absurdo —reconoció ella mirando al frente, asombrada—. En realidad tiene sentido. En este descabellado sueño tuyo. Y estamos tratándolos como si ambos fueran verdaderos, ¿recuerdas?

—Por tanto lo que aprendo allá lo puedo usar aquí. Y lo que aprendo aquí lo puedo usar allá.

—Evidentemente. No sólo conocimiento sino habilidades —enunció ella; luego se quedaron en silencio por algunos segundos—. ¿Ahora qué?

—Ahora consigamos una habitación en el Sheraton Grande Sukhumvit y esperemos hacer mañana una buena impresión en Monique de Raison.

—Quizá podrías cortejarla —manifestó Kara.

—¿Cortejarla?

—No te preocupes.

—No seas ridícula —objetó él suspirando.

—Lo que necesitamos es que duermas. Y sueñes.

—Dormir y soñar —asintió él.

16

¡THOMAS! DESPIERTA. Abre la boca.

Thomas sintió el frío jugo que le bajaba por la garganta. Se irguió repentinamente, tosió, y escupió de la boca un pedazo de algo.

—Tranquilo, muchacho.

Tanis sonrió a su lado, tenía una fruta amarilla en la mano. Michal también estaba a su lado.

—¿Qué sucedió? —quiso saber Tom.

—Te desmayaste —informó Tanis—. Pero un mordisco de fruta y recuperaste el conocimiento con bastante rapidez.

—Estás débil. Tal vez aún perduran los efectos de tu caída en el bosque negro —indicó Michal—. ¿Cómo te sientes ahora?

—Bien.

Se sentía un poco desorientado, pero aparte de eso bastante bien. Había estado soñando en Bangkok. Peleando con dos guardias. Luego se habían retirado a un lujoso hotel llamado Sheraton Grande Sukhumvit donde él y Kara alquilaron una suite, recorrieron las calles, y finalmente se desplomaron en la cama, aturdidos por el desfase de horario.

Tom sacudió la cabeza.

—¿Cuánto tiempo estuve... desmayado?

—Sólo unos pocos minutos —notificó Tanis.

Sin embargo, había soñado todo un día en Bangkok.

Dos pensamientos le recorrieron por la cabeza. Uno, que debía tratar ambos mundos como si fueran reales. Dos, tenía que conseguir más información.

Lo cual significaba que quizá después de todo tendría que volver sobre sus pasos hasta el bosque negro. Con la ayuda de Tanis. A menos que pudiera persuadir a Michal de que le ayudara.

¿En qué estaba pensando? ¡No podía volver al bosque negro!

—Por favor —pidió Tanis, pasándole la fruta a Tom—, come un poco más.

Tom le dio un gran mordisco a la fruta y de inmediato sintió que el néctar entraba a su estómago. Mordió una y otra vez, y de pronto se dio cuenta de que se había ensimismado en el proceso. Había acabado la fruta.

—¿So… soñaste? —preguntó Tanis.

—¿Soñé? —contestó Tom poniéndose de pie.

—Ahora mismo, ¿soñaste con las historias?

Tom miró a Michal, quien arqueó una ceja peluda.

—Estuve desmayado sólo por algunos segundos —aseveró Tom.

—Los sueños no conservan el tiempo —dijo Tanis.

No había manera de ocultárselo al líder.

—Sí, en realidad, creo que soñé.

—¿Fuiste a los libros de historia y leíste acerca de Napoleón?

¿Qué estaría pensando Michal acerca de este intercambio? Tanis no estaba ocultando nada. No, por supuesto que no. Él era del todo inocente.

—No —declaró Tom—. ¿Por qué habría de hacerlo?

—¿Lo has olvidado, amigo? Te enseñaré cómo pelear y tú abrirás mi mente a las historias. ¡Ese fue nuestro acuerdo!

—¿Lo fue?

—Fue mi acuerdo. ¿Qué crees, Michal? Ya que Thomas Hunter parece tener extraño acceso a las historias y yo soy un talentoso peleador, creí que haríamos un equipo maravilloso, él y yo. Si alguna vez organizamos una expedición al bosque negro, Thomas podría ser de mucha ayuda. ¿Sí?

—Umm… —contestó el roush frunciendo el ceño.

Tom supuso que Michal desaprobaría categóricamente. Pero no fue así. De alguna forma parecía servil ante Tanis.

—Es una idea interesante, ustedes dos en equipo. Pero la expedición es una idea insensata en todo sentido. Sería como buscar un precipicio en el cual apoyarse. ¿Estás interesado en ver si caerás?

—Entonces por lo menos Tom podría enseñarme más de las historias —declaró Tanis—. Comprendo por qué no quieres. Como aseveras, interferir con nosotros no es asunto tuyo, ¿verdad? Afirmas que las historias podrían interferir. Comprendido. Pero Thomas Hunter no es un roush. Y el hecho de que él esté aquí, teniendo estos sueños, debe querer decir que Elyon lo ha querido. ¡Quizá lo ocasionó! Es simplemente natural que formemos este vínculo. ¿Estarías de acuerdo?

Era claro que la inocencia no comprometía la inteligencia del hombre.

—Las historias son orales por un motivo —defendió Michal cautelosamente—. Yo pensaría con mucho cuidado antes de tentar esa tradición.

Tom dio un paso adelante.

—En realidad…

Se detuvo, recordando la promesa al roush.

—¿Sí, Thomas? —quiso saber Michal, mirando a Tom—. En realidad, ¿qué?

—Bueno, para ser perfectamente sincero, hay algunas inquietudes que yo también tendría acerca de las historias. Parece que me he atascado en cierto tiempo, exactamente antes del Gran Engaño. En mis sueños, mi hermana y yo pensamos que podríamos evitar que sea liberado el virus. Creemos que ese podría ser nuestro propósito. Tal vez tú me podrías ayudar a hacer esto. ¿Tiene algún sentido?

—No. No realmente —contestó Michal—. ¿Cómo puedes detener algo que ya sucedió? Como ves, esos sueños no son útiles. Te están manteniendo en un estado de desorientación. En realidad podrían ser la *causa* de tu amnesia continuada. Te deberías enfocar ahora en otros aspectos, no en trivialidades del pasado lejano. ¿No tiene sentido *eso*?

—Tienes razón, tienes razón. Perfecto sentido, pero en mis sueños no tiene perfecto sentido.

—¿Y quieres que yo estimule estos sueños? ¿Qué te parece, Tanis? ¿Tiene perfecto sentido para ti?

—Perfecto. Pero si los sueños persisten, podrían tener otro propósito. Cómo hacer armas, por ejemplo.

—¡Armas! ¿Para qué necesitaríamos armas? —objetó Michal.

—¡Para pelear contra los shataikis, desde luego!

—¡Los combatirán con el corazón! —gritó el roush—. ¡Olvídense de las armas! Ahora les diré algo de las historias, y luego no volveré a hablar de ellas con ninguno de ustedes. Había un dicho que deseo que recuerden. Entonces se usaba mal, pero les servirá bien ahora a ustedes. «Haz el amor, no la gue-rra», decían. Piensa en esto, Tanis, cuando consideres hacer tus armas. Haz el amor, no la guerra.

—¿Cuestionas mis motivos? —objetó Tanis al parecer afligido, mientras levantaba las manos abiertas, con las palmas hacia arriba—. ¿Conoces a algún hombre que esté más versado en el Gran Romance que yo? ¡No! Yo rescataría, como Elyon rescataría. ¿Es incluso cuestionable si yo necesitara un arma para eliminar a los murciélagos negros? ¿Es erróneo algo de lo que sugiero?

—No. Y sí. Eres un gran amador de Elyon. Nunca cuestionaría tus motivos o tus pasiones, Tanis. ¿Me oyes? ¡Nunca!

—Elyon, oh, Elyon, ¡Nunca negaría mi amor por ti! —gritó Tanis levantando un puño al cielo; los ojos le centellearon de manera desespe-rada—. ¡Me zambulliría en tu seno y bebería de lo profundo de tu corazón! Nunca te abandonaré. ¡Nunca!

Los ojos de Michal se llenaron de lágrimas. Era la primera vez que Tom había visto tal emoción en el estoico roush, lo cual lo sorprendió.

—Debo escribir una historia para Elyon —afirmó Tanis, yendo y viniendo rápidamente—. ¡Debo hablar de mi amor, del Gran Romance, y de rescatar todo lo que le pertenece! He sido inspirado. Gracias, gracias a ustedes dos por esto.

Se volvió hacia Thomas.

—Hablaremos más tarde, mi joven aprendiz. ¿Estás listo para ganarte a la belleza?

—Sí, creo que sí —contestó, aturdido de pronto por la referencia al anticipado romance entre él y Rachelle—. Creo que estoy volviendo a recor-darlo todo.

Lentamente. Muy lentamente.

—¡Ese es mi muchacho! —exclamó Tanis, dándole una palmada en la espalda—. Maravilloso. Recuerda, él escoge.

—Escoge —repitió Tom, asintiendo—. Entiendo.

—Persigue.

Una pausa. Tanis esperaba que Tom repitiera.

—Persigue.

—Rescata.

—Rescata.

—Corteja.

—Corteja.

—Protege.

—Protege.

—Se desvive.

—Ese fue el extra.

—Él se desvive —dijo Tanis moviendo el puño de arriba abajo—. Ese es bueno, y voy a incluirlo en la historia que escribiré ahora.

—¡Él se desvive! —exclamó Tom, imitando a Tanis con el puño.

—Y así lo harás.

—Y así lo harás.

—No, yo. Tú dices: «Así lo *haré*».

—Así lo haré —repitió Tom.

—Debo irme ahora. ¡Se está creando una historia! —expresó Tanis haciéndoles una reverencia con la cabeza—. Hasta la Concurrencia.

Corrió algunos metros y rápidamente dio media vuelta.

—¿Debo decirle que la estás esperando?

—¿A quién?

—¡A la belleza! Rachelle, ¡muchacho! Rachelle, ¡la belleza!

¿Ahora? Él ni siquiera estaba seguro de cómo ganar una belleza. Pero especialmente ahora, frente a Michal, tenía que seguir el consejo del roush. Fingir.

—Seguro —respondió Tom.

—¡Ajá! —exclamó Tanis, y salió corriendo.

—Asombroso, maravilloso, magnífico —comentó Michal viéndolo correr.

—No pareces decidirte con respecto a él —discutió Tom.

—¡Él es humano! No puedo dejar de admirar a cualquier humano.

—Correcto. Sí, desde luego.

Tanis ya era una diminuta figura, corriendo por la calle principal, quizá diciéndole a todo el mundo que el gallardo visitante del otro lado estaba ahora en la colina, preparado para cortejar y ganar a su belleza: Rachelle.

—El Gran Romance. La Concurrencia. No tienes idea de lo que daría por tener lo que ustedes tienen —confesó Michal dejando de mirar el valle;

saltó unos cuantos metros, y miró con nostalgia hacia el horizonte—. A veces es demasiado. Difícilmente puedo sentarme a ver.

Así era. No había forma de que Tom pudiera cuestionar la decisión de Michal de ocultar las historias después de una perorata como esa. Todo era un montón de tonterías que cualquier…

Por el rabillo del ojo vio una figura corriendo abajo por la aldea, y el corazón le palpitó en el pecho. Era Rachelle. No lograba verle el rostro a la distancia, pero vio su vestido azul. Atravesó corriendo la entrada de la aldea en forma de arco, como un chiquillo apurándose para alcanzar el carrito de los helados.

Tanis le había dicho.

Por los huesos le recorrió pánico. ¿En qué se había metido? ¿No estaba todo esto yendo demasiado rápido? Él había estado en el valle por menos de un día. El amor parecía una corriente en que todos estaban sumergidos. Naturalmente, sin maldad que les robe los corazones, así sería.

Lo cual quería decir que él también estaba lleno de amor. Volvería a recordarlo todo. Así era como funcionaba.

Rachelle disminuyó la carrera en la entrada y empezó a subir la colina. Era difícil imaginar que alguien tuviera tantas ansias de encontrarse con él, mucho menos que se enamorara de él. ¿Era él tan bien parecido? ¿Atractivo?

—¡Michal! —gritó él, y después aclaró la garganta—. Michal.

El roush bajaba la colina, meneándose con expectativa.

—Michal, tienes que ayudarme.

—¿Y quitarle lo divertido a esto? Está en tu corazón, Thomas. ¡Gánatela!

—No sé *cómo* ganármela. ¡Olvidé cómo!

—No, no es así; ¡no lo has olvidado! Algunas cosas no se pueden olvidar.

—¡Ella está viniendo para acá! —exclamó Tom andando rápidamente de un lado a otro—. No sé qué espera.

—Estás nervioso; eso es bueno. Esa es una buena señal.

—¿Lo es?

—¡Traiciona tus verdaderos sentimientos!

Tom se detuvo y lo miró. Bastante cierto. ¿Por qué se hallaba tan nervioso? Porque en realidad quería muchísimo impresionar a la fenomenal mujer que subía la colina hacia él.

Darse cuenta solamente hizo peor las cosas. Mucho peor.

—Dame al menos una idea —suplicó Tom—. ¿Debería tan sólo quedarme aquí?

—¿No te dijo Tanis? Está bien —aceptó Michal, levantó el ala y guió a Tom colina arriba, hacia el bosque—. Está bien, sin hablar por experiencia sino por lo que he visto, y sin duda he visto poco, te sugeriría que entres en esos árboles.

Sus alas temblaron.

—Intriga y misterio son tras lo que vas, creo. Amigo, amigo. Me debo ir. Ella se está acercando. Me debo ir.

Michal se fue bamboleándose, saltó un par de veces, y se elevó en el aire.

—¡Michal!

Pero Michal había desaparecido.

Tom miró hacia atrás, y vio que Rachelle se las arreglaba muy bien subiendo la colina con las manos en la espalda, mirando con toda tranquilidad a lo lejos. Él se agachó, a pesar de saber por completo que ella lo había visto, y corrió hacia la cima.

ÉL EMPEZABA a creer que se había adentrado demasiado en los árboles. Que el enorme árbol ámbar detrás del cual se había escondido lo camuflaba muy bien. Ella lo había perdido. Él ni siquiera sabía por qué estaba escondido. ¿Rescatar a la belleza sería como jugar a las escondidas?

Pero él no podía permanecer al descubierto con los brazos cruzados, fingiendo ser un poderoso guerrero. Por otra parte, Tanis podría hacer eso. Quizá él también debería hacerlo.

Asomó la cabeza alrededor del árbol.

No había señales de ella. El bosque resplandecía en una deslumbrante exhibición de color. Rojo, azul y amarillo en esta sección. En lo alto trinaban pájaros. Una suave brisa le introdujo en las fosas nasales un exquisito aroma de rosas.

Pero no había indicios de Rachelle.

Él salió, preocupado porque ella se hubiera perdido. ¿Debería llamarla?

No, eso únicamente haría claro que la había perdido. Ella quería ser escogida, lo cual se parecía más a buscar y encontrar que a llamar como un asustado niñito perdido en el bosque. Y aunque era verdad que parte de su ansiedad lo motivaba este desconcertante enfoque hacia el romance, con toda sinceridad ella lo atraía mucho. Quizá estaba hecho para ella.

Con el rabillo del ojo captó un destello de azul. Giró bruscamente a la derecha.

¡Desapareció! El corazón le latió con fuerza. Pero había sido ella, a menos de cincuenta metros en esa dirección, entre dos enormes árboles.

Rachelle salió de repente al descubierto, se detuvo, lo miró directamente, y luego desapareció sin mostrar una sonrisa.

Tom se quedó paralizado por cinco segundos completos. *Ve tras ella, ¡idiota! ¡Corre!*

Corrió. Alrededor de un árbol. Colándose entre los arbustos como un rinoceronte en estampida.

¡Detente! ¡Estás haciendo demasiado ruido!

Se paró detrás de un árbol y observó alrededor. Nada. Caminó en la dirección en que ella se había ido. Pero aún nada. ¿Había desaparecido?

—Psss.

Tom giró. Rachelle se hallaba inclinada contra un árbol, con los brazos cruzados. Sus labios esbozaban una sonrisa provocadora. Ella guiñó un ojo. Luego se deslizó alrededor del árbol y se fue.

Él corrió tras ella. Pero la muchacha había vuelto a desaparecer. Esta vez él corrió de árbol en árbol, mirando, ahora sin resuello.

Cuando Rachelle apareció, fue como la última vez, de repente y con indiferencia, inclinada contra otro árbol detrás de él. Ella arqueó una ceja y sonrió. Volvió a desaparecer.

Entonces se le ocurrió a Tom que no estaba prestando ninguna atención al segmento rescate de este romance. Quizá por eso ella lo estaba guiando. Él la había escogido al correr tras ella, pero ella esperaba que él le mostrara su fortaleza. Había pasado el tiempo de la delicadeza.

Recordó la demostración que hicieran Tanis y Palus.

Gritó lo primero que se le vino a la mente.

—¡Vaya! ¿Qué veo? ¡Cosas negras en los árboles!

Corrió en la dirección en que había desaparecido Rachelle.

—¡Ven acá, cariño mío! —exclamó, esperando con ansias que esto no fuera muy precoz—. ¡Ven para que yo pueda más que protegerte!

¿Más que protegerte? ¿Así fue como lo expresó Tanis?

—¡Oh, cariño!

¡Rachelle!

—¿Dónde? —preguntó ella, saliendo detrás de un árbol a la izquierda de Tom, los ojos bien abiertos, una mano levantada hasta los labios.

¿Dónde?

—¡Allí! —gritó él, señalando en la dirección opuesta.

Rachelle gritó y corrió hacia él. La brisa hacía que el vestido azul se le pegara alrededor de las mallas que usaba. Ella se agarró del hombro de Tom y se colocó detrás de él.

Estaba tan sorprendido por este repentino éxito que por un instante se despistó con lo de los murciélagos negros. La miró al rostro, ahora a sólo centímetros del suyo. Se hizo silencio en el bosque. Él podía oler el aliento de ella. Como lilas.

Los ojos femeninos encontraron los de él. Se miraron por un momento.

—¿Vas a mirarme o a enfrentarte a los murciélagos? —investigó ella.

—Ah, sí.

Tom saltó afanosamente y levantó los brazos para enfrentar al fantasmal enemigo a punta de manotazos y patadas.

—Están llegando en bandadas. No te preocupes, los puedo matar a todos. ¡Ajá, tú! —anunció él, saltó al aire, pateó con el pie derecho, luego giró trescientos sesenta grados antes de volver a arremeter.

Lo había hecho de manera impulsiva, motivado por el enorme deseo de mostrar su fortaleza y habilidad. Pero lo dejó helado el hecho de que diera realmente toda una voltereta en el aire. ¿Dónde había aprendido eso?

Lo acababa de aprender ahora.

En su admiración por sí mismo dejó de concentrarse en sus movimientos y se estrelló en el suelo del bosque con un fuerte golpe.

—¡Puf!

Tom se las arregló como pudo para ponerse de rodillas, se había quedado sin aire en los pulmones. Rachelle corrió y se agachó sobre una rodilla.

—¿Estás bien? —le preguntó, tocándole el hombro.

—Sí —contestó él jadeando.

—¿Sí?

—Seguro.

Ella rápidamente le ayudó a pararse.

—Puedo ver que has olvidado algunos de tus… poderosos movimientos —pronunció ella mientras lentamente se le formaba una sonrisa en los labios; luego miró alrededor—. La próxima vez podría parecer algo como esto.

Rachelle saltó en la dirección de los invisibles shataikis.

—¡Ajá! —exclamó pateando.

No fue una simple patada hacia adelante, sino una voltereta perfectamente ejecutada que la dejó de vuelta en tierra en la posición ideal para un segundo movimiento.

—Tanis me enseñó —informó, mirando hacia atrás y guiñando un ojo.

Entonces ella fue tras el enemigo en una larga serie de movimientos espectaculares que le hicieron contener la respiración a Tom por segunda vez. Él contó uno, dos, tres saltos mortales mezclados hacia atrás. Al menos una docena de movimientos combinados, la mayoría de ellos en el aire.

Y lo hizo todo con la gracia de una bailarina, acomodando cuidadosamente el vestido mientras volaba.

Esta polluela era buena. Muy buena.

Ella cayó parada en puntillas, frente a Tom a seis metros, totalmente resuelta.

—¡Ajá! —gritó ella, y guiñó de nuevo.

—Ajá. Vaya.

—Vaya.

Él tragó saliva.

Rápidamente ella bajó la guardia y asumió una posición más femenina.

—No te preocupes, sólo estamos fingiendo que hiciste eso. No se lo diré a nadie.

—Está bien —concordó él aclarando la garganta.

Ella lo analizó por un momento; le parpadearon los ojos. El juego no había terminado. Por supuesto que no. Probablemente apenas estaba empezando.

O él estaba empezando a tener esperanza.

Escoge, persigue, protege, corteja. Las palabras le resonaron en la mente.

—Eres muy... fuerte —confesó él—. Quiero decir llena de gracia.

—Sé lo que quieres decir —contestó ella empezando a acercársele—. Y me gusta ser fuerte y llena de gracia.

—Bueno, también eres muy amable.

—¿Lo soy?

—Sí, creo que sí.

Él quería decirle que era hermosa; que era interesante, llena de vida y persuasiva. Pero de pronto encontró exageradas las palabras. Todo era demasiado, demasiado rápido. Para un hombre con todos sus sentidos adecuadamente engranados, esta podría ser la manera natural de enamorar a una mujer, pero para él, habiendo perdido su memoria...

Rachelle se detuvo al alcance del brazo. Lo miró a los ojos.

—Creo que fue un juego maravilloso. Eres un hombre misterioso. Me gusta eso. Quizá más tarde podamos continuarlo. Adiós, Thomas Hunter.

Ella dio media vuelta y se alejó.

¿Sólo así? Ella no se podía alejar sencillamente así, no ahora.

—¡Espera! —exclamó él, y corrió hacia ella—. ¿Adónde vas?

—A la aldea.

El interés de ella pareció haberse evaporado. Quizá este asunto de escoger y cortejar era más complicado de lo que él creía.

—¿Puedo ir contigo?

—Claro. Tal vez en el camino pueda ayudarte a recordar algunas cosas. Sin duda es necesario presionar un poco tu memoria.

Antes de que él pudiera responder a esa clara presión, una enorme bestia blanca salió de los árboles en dirección a ellos. Un tigre, blanco puro con ojos verdes. Tom se detuvo bruscamente.

Rachelle lo miró, luego miró al tigre.

—Ese, por ejemplo, es un tigre blanco.

—Un tigre. Recuerdo eso.

—Bueno.

Ella caminó hasta donde el animal, lo abrazó por el cuello y le alborotó las orejas. El tigre le lamió la mejilla con una lengua larga, y ella le acarició la nariz. Pareció haberlo domado en el transcurso de un rato. Luego ella insistió en que él se acercara y rascara el cuello del tigre con ella. Sería más fácil para él recordar si engranara activamente el mundo.

Tom no estaba seguro de cómo interpretar los comentarios de Rachelle, quien los hacía con una sonrisa y con aparente sinceridad, pero él no podía dejar de pensar que ella lo estaba apremiando o censurando por la forma mediocre de él de enamorarla.

O ella podría estar esforzándose por lograrlo. ¿Sería eso parte del Gran Romance?

Por otro lado, ella quizá ya había decidido que él no era del todo lo que ella había esperado. Quizá el juego había concluido. ¿Se podría cancelar una elección, una vez que se hubiera escogido?

Caminaron juntos unos cuantos pasos con el tigre a la zaga. Rachelle arrancó una fruta amarilla de un arbolito lleno de hojas.

—¿Qué es esto? —preguntó ella.

—Yo… no sé.

—Un limón.

—Un limón, sí, desde luego. Eso también lo recuerdo.

—¿Y qué pasa si pones jugo de este limón en una cortada?

—¿Sana?

—Muy bien —contestó Rachelle haciendo una reverencia; siguieron caminando y ella recogió de un árbol bajito con ramas anchas una fruta morada del tamaño de una cereza—. ¿Y esta?

—No creo conocerla.

—Trata de recordar —lo retó ella girando alrededor de él sosteniendo en alto la fruta—. Te daré una pista. Su pulpa es ácida. A nadie le gusta mucho.

—No. No me suena —contestó él sonriendo y negando con la cabeza.

—Si la comes —dijo ella, imitando un pequeño mordisco con una dentadura perfectamente blanca—, tu mente reacciona.

—No, no. Aún nada.

—Rambután —informó ella—. Te pone a dormir. Ni siquiera sueñas.

Ella tiró atrás la fruta, hacia el tigre, pero la bestia no le hizo caso.

Habían llegado a la orilla del bosque. La aldea se asentaba pacíficamente en el valle, resplandeciendo con las brillantes casas coloridas destacándose de manera concéntrica hacia el gran Thrall.

—Eres aun más misterioso y maravilloso de lo que me imaginé cuando te conocí —expresó Rachelle observando la colina hacia abajo y sin mirarlo.

—¿Lo soy?

—Lo eres.

Él debería responder algo amable, pero no le salieron las palabras.

—Tal vez quieras trabajar en tu memoria, por supuesto —enunció ella.

—La verdad es que mi memoria funciona bien en algunas áreas.

—¡No me digas! —exclamó ella, mirándolo—. ¿Qué áreas son esas?

—En mis sueños. Estoy teniendo sueños vívidos que vivo en las historias. Y allí recuerdo todo. Es casi tan real como este lugar.

—¿Y recuerdas cómo tener amores en ese lugar? —preguntó ella escudriñándole los ojos.

—¿Amores? Bueno, no tengo novia ni algo así, si eso es lo que quieres decir, no. Pero quizá si sé algunas cosas —explicó, recordando el consejo de Kara sobre el romance; ahora sería un buen momento para sacar a relucir el cociente de cortejo—. Pero nada como esto. Nada tan maravilloso y hermoso como tú. Nadie que atraiga mi corazón de forma tan completa con un simple toque o una sonrisa al pasar.

—¡Caramba! Estás recordando —expresó ella esbozando una débil sonrisa—. Podrías soñar todo lo que quieras, cariño.

—Sólo si puedo soñar respecto de ti —contestó él.

—Adiós, Thomas Hunter —manifestó ella, levantándose y tocándole la barbilla—. Hasta pronto.

—Adiós —contestó él, tragando saliva.

Entonces ella bajó por la colina.

Tom se volvió de la cima para no ser visible desde el valle. Lo que menos quería en este instante era que Tanis o Palus vinieran volando a pedir un informe.

Él sabía que no estaría soñando con Rachelle, a pesar de su sentir. Estaría soñando con Bangkok, donde se esperaba que revelara alguna información crítica sobre la variedad Raison.

Se detuvo ante un enorme árbol verde y miró al oriente. El bosque negro estaba como a una hora de camino. Allí podrían estar las respuestas a una docena de preguntas. Preguntas acerca de lo que le había sucedido en el bosque negro. De dónde había venido él. Preguntas respecto de las historias. La variedad Raison.

¿Y si iba? Sólo una rápida visita, para satisfacerse. Quizá los demás ni siquiera se enterarían de su desaparición. Tal vez Michal. Pero Tom no podía continuar con estos sueños imposibles, o sin saber exactamente cómo había venido en primer lugar a parar al bosque negro. De un modo u otro, él debía saber con precisión qué le había ocurrido, qué le estaba ocurriendo. Sólo en el bosque negro encontraría esas respuestas, así como Tanis sólo encontraría satisfacción en una expedición allá.

Pero no ahora.

Se inclinó en el verde tronco y cruzó los brazos. Sus piernas tenían una sensación gomosa, como fideos. No se había dado cuenta de que tener amoríos requería tanta energía.

17

POR SUPUESTO que ella me gusta —indicó Tom.

Había dormido la mitad de la noche, pero se sentía como si estuviera aquí sobre nubes.

Kara lo miró al otro lado de la mesa de hierro forjado.

—Creo a ciencia cierta querido hermano que esa hermosa cabeza se está engañando. Que yo sepa, hacer un guiño significa «vete a pasear».

Estaban sentados en la cafetería al lado del recinto donde Farmacéutica Raison haría su gran anuncio tan pronto como llegara el séquito. El patio principal estaba abarrotado con docenas de periodistas y funcionarios locales en espera de esta memorable ocasión. Se pensaría que estaban recibiendo al presidente. Cualquier cosa era una excusa en el sudeste asiático para una ceremonia. A Tom le sorprendió que no tuvieran una cinta para cortar. Cualquier excusa para cortar una cinta.

Él examinó la multitud por centésima vez, volviendo a considerar sus opciones. Comunicarse con Monique de Raison no debería ser problema. Convencerla de que ordene pruebas adicionales de la droga tampoco parecía irrazonable. El verdadero reto sería el momento. Comunicarse con Monique antes del anuncio de ser posible; convencerla de hacer más pruebas *antes* de distribuirla.

—Tengo un mal presagio de esto —confesó Tom; se sentía como una suela gastada de cuero. Le dolían los ojos y le vibraban las sienes.

—¿Seguro que estás bien? —le preguntó Kara—. Sé que has insistido toda la mañana en que estás en excelente estado, pero en realidad te ves horrible.

—Estoy cansado, eso es todo. Tan pronto como tratemos con esto dormiré toda una semana.

—Tal vez no.

—¿A qué te refieres?

—Me refiero a los sueños. Son reales, ¿recuerdas? Quizá no estés teniendo ningún descanso porque no *estás* descansando.

—Porque cuando duermo allá, despierto aquí y viceversa.

—Piensa en eso —insinuó Kara—. Estás cansado en ambos lugares. Te acabas de quedar dormido en la colina mirando hacia el valle mientras piensas en el Gran Romance.

—No, estaba pensando en volver al bosque negro a instancias de mi hermana.

Tom oyó un alboroto en la entrada principal. El equipaje de un huésped se había caído de un carrito, y varios botones lo recogían desesperadamente.

—Tienes razón en que estoy muy cansado allá. Me la paso quedándome dormido. Eso es lo único similar. Todo lo demás es diferente. Uso ropa distinta, hablo de forma distinta…

—¿Cómo hablas?

—Más como ellos. ¿Sabes? Con elocuencia y romanticismo. Como hace cien años.

—Encantador —opinó ella sonriendo.

—Deberías estar sorprendida.

—Oh, hermano.

—Sé que parece sensiblería —señaló Tom, sintiendo un cálido rubor en el rostro—, pero las cosas simplemente son distintas allá.

—Está claro. Lo importante es que no puedes seguir así. Estás agotado, nervioso, sudando y mordiéndote las uñas. Tienes que descansar.

—Desde luego que estoy sudando —se defendió Tom, quitándose el dedo de la boca—. Hace calor.

—No aquí adentro.

Tom pensó seriamente por primera vez en su condición física. ¿Y si ella tenía razón y él no estuviera durmiendo realmente en absoluto? Por instinto se pasó los dedos por los rizos negros intentando ponerlos en orden. Ayudaba que su estilo de peinado fuera un poco de vanguardia, o «desordenado», como afirmaba Kara. Él usaba jeans Lucky, botas negras muy livianas y camiseta negra, metida ante la insistencia de Kara dada la ocasión. La camiseta tenía una inscripción en letras blancas alocadas:

Debo encontrarme a mí mismo.
Si vuelvo antes de que regrese, mantenme aquí por favor.

—Tal vez sí esté durmiendo, pero mi mente está tan activa que no logro tener un buen descanso —consideró él.

—De repente la multitud salió en tropel hacia el recinto.

—¡Ella está aquí! —exclamó Tom levantándose y aventando la silla.

—¿Mencioné los nervios de punta? —inquirió Kara—. Tranquilo y sereno, Thomas. Tranquilo y sereno.

—Él levantó la silla y luego salió corriendo hacia la entrada con Kara instándole que tuviera calma.

—Toma las cosas con más calma.

Él no tomaba las cosas con más calma.

La puerta se abrió y dos hombres rudos vestidos de negro entraron al sitio de recepción. Tatuajes tailandeses *sak* les marcaban los antebrazos. Básicamente había dos variedades de tatuajes en Tailandia: Los diseños *khawm* supuestamente invocan el poder del amor, y los diseños *sak* invocan el poder contra la muerte. Estos eran de los últimos, usados por hombres en tipos de trabajo peligrosos. Claramente seguridad. No es que le importara a Tom… él no estaba planeando saltar sobre la mujer. Los ojos de ellos recorrieron rápidamente el salón.

Dos cuerdas rojas tendidas a través de postes dorados formaban una senda temporal hacia el recinto. Los hombres bloquearon el espacio entre el último poste y la entrada, empujaron las puertas, y extendieron los brazos para guiar a su jefa.

El rostro firme y confiado de la mujer que entró al vestíbulo del Sheraton Grande Sukhumvit llamaba la atención. Usaba zapatos altos azul marino de apariencia costosa, sin medias nylon. Pantorrillas esculpidas. Falda color azul marino y blazer con blusa de seda blanca. Collar de oro con un insignificante pendiente que vagamente parecía un delfín. Ojos azules centelleantes. Cabello negro sobre los hombros.

Monique de Raison.

—¡Caramba, caramba! —exclamó Kara.

—Destellaron las luces de las cámaras fotográficas. La mayoría de invitados esperaba en el recinto, donde se había instalado un estrado entre una virtual selva de exóticas plantas florecidas. Monique recorrió el salón con una mirada y luego se dirigió con energía hacia el estrado.

Tom sesgó hacia las cuerdas.

—¡Perdón!

No lo oían hablar. Y ella caminaba muy rápido.

—Perdón, Monique de Raison —dijo Tom, apresurándose a interceptarlos.

—¡Tom! ¡Estás gritando! —le susurró Kara.

Monique y sus matones de seguridad no le hicieron caso. Detrás de los tres, un séquito de empleados de Farmacéutica Raison entraba al vestíbulo.

—Perdón, ¿es usted sorda? —quiso saber él; gritó.

Esta vez los hombres de seguridad se volvieron a mirar en dirección a Tom. Monique giró la cabeza y lo fulminó con una mirada. Era claro que no le impresionaba ver a un estadounidense pavoneándose vestido con camiseta y jeans. Ella desvió la mirada y siguió adelante como si sólo hubiera visto a un perro curioso en la calle.

Tom sintió que se le aceleraba el pulso.

—Soy de los Centros para el Control de Enfermedades. Perdí mi equipaje y no tengo la ropa adecuada. Tengo que hablar con usted antes de que haga su anuncio.

Ahora no gritó, pero su voz era bastante alta.

Monique se detuvo. Los de seguridad se pusieron a cada lado, mirando como dos doberman a punto de atacar. Ella enfrentó a Tom a tres metros. Sus ojos se fijaron en la inscripción en el pecho de él. Quizá debió haber usado la camisa al revés. Kara se le puso a su lado.

—Esta es mi asistente, Kara Hunter, mi nombre es Thomas —expresó él dando un paso adelante, y el guardia a la derecha de ella inmediatamente se movió al frente como precaución—. Sólo necesito un minuto.

—No tengo un minuto —contestó Monique; su voz era suave y baja, y tenía un ligero acento francés.

—No creo que usted entienda. Hay un problema con la vacuna.

Tom supo antes de que la última palabra saliera de su boca que había dicho algo equivocado. Cualquier insinuación o cualquier promoción de alguna sugerencia como esa serían veneno para el valor de las acciones de Farmacéutica Raison.

—¡No me diga!

No había manera de echarse atrás ahora.

—Sí. A menos que quiera que lo revele aquí, frente a todos ellos, le sugiero que saque un momento, sólo un momento muy corto, y hable conmigo.

La confianza de Tom aumentó. ¿Qué podría ella decir a eso?

—Después —contestó ella girando sobre los talones.

—¡Oiga! —exclamó él, dando un paso largo en dirección a ella.

El tipo de seguridad más cerca levantó una mano. A Tom se le medio ocurrió enfrentarlo exactamente aquí y ahora. El hombre le doblaba la talla, pero últimamente él había aprendido nuevas habilidades.

—Después resultará —le dijo Kara agarrándolo del brazo.

El séquito se acercaba con miradas curiosas. Tom se preguntó si alguien lo reconocería del incidente de ayer en el portón. Sin duda las cámaras de seguridad habían grabado todo el asunto.

—Está bien, después. Intenta mantener la cabeza agachada. Alguien podría reconocernos.

—Ese es exactamente mi punto. Ya hablamos al respecto, ¿recuerdas? Nada de escenas. No vine a Bangkok a que me metieran en la cárcel.

EL ANUNCIO fue sorpresivamente corto y conciso. Monique lo hizo con toda la desenvoltura de un político experimentado. Farmacéutica Raison había completado el desarrollo de una nueva súper vacuna de transmisión vía aérea creada para inocular nueve virus principales, entre ellos SARS y VIH. Esto fue seguido por una interminable lista de detalles para la comunidad mundial de salud. Ni una sola vez miró en dirección a Tom.

Ella esperó hasta el final para soltar la bomba.

Aunque la compañía esperaba la aprobación de la FDA en Estados Unidos, los gobiernos de siete países en África y tres en Asia ya habían hecho pedidos de la vacuna, y la Organización Mundial de la Salud había dado su consentimiento después de recibir garantías de que la vacuna no se extendería espontáneamente más allá de una región geográfica específica, debido a limitaciones creadas que acortaban la vida de la vacuna. El primer pedido se entregaría a Sudáfrica dentro de veinticuatro horas.

—Ahora me encantaría contestar algunas preguntas.

La mente funciona de maneras extrañas. La de Tom había funcionado en las más extrañas de las maneras en los últimos días. Entrando y saliendo de realidades, cruzando océanos, despertando y durmiendo en sobresaltos. Pero con la afirmación final de Monique de Raison todo entraba en un enfoque simple.

Había una vacuna Raison, esta mutaría en un virus que haría parecer al SARS como un caso de hipo. Ahora la estaban enviando a Sudáfrica. Él, Thomas Hunter de Denver, Colorado, y Kara Hunter del mismo sitio eran las únicas personas sobre la faz de la tierra que sabían esto.

Hasta este instante todo había parecido de alguna manera como un sueño. Ahora era tangible. Ahora él estaba mirando a Monique de Raison y oyéndola decirle al mundo que cajas del medicamento que mataría a millones estaban empacadas y listas para enviarse. Quizá ya se habían enviado. Tal vez ahora estaban en la parte trasera de algún avión, calentándose bajo el ardiente sol. Mutando.

La recapitulación de su apuro lo sacó de su silla.

—Thomas.

—¿Oíste eso?

—Siéntate.

Ella lo haló por el brazo. Los reporteros estaban haciendo preguntas. Seguían resplandeciendo las luces de las cámaras fotográficas.

—Tenemos que detener ese envío.

—Ella afirmó que hablaría con nosotros *después* —insistió Kara entre dientes—. Unos pocos minutos más.

—¿Y si ella no hace caso? —preguntó él.

—Entonces intentamos otra vez con las autoridades. ¿Correcto?

Él había pensado en la posibilidad de que Monique fuera una persona serena y que se burlara, pero al oírla parecía demasiado inteligente. Él en realidad no había pensado en nada más que en la disposición de cooperar que ella mostrara. Así es como pasaba en los sueños. Finalmente todo salía realmente bien. O despertaba.

De repente él no estuvo seguro de ninguna de las dos cosas.

—¿Correcto, Thomas?

—Correcto.

—¿Qué significa eso? —cuestionó ella.

—Significa *correcto*.

—No me gusta la manera como dijiste…

Algunos aplausos se levantaron por el salón. Tom se puso de pie. Monique había terminado. La música se hizo más fuerte. Todo había acabado.

—Vamos —indicó él dirigiéndose al frente, la mirada fija en Monique, quien ordenaba papeles en el estrado. Una cuerda alineada con tres hombres de seguridad separaba ahora la plataforma de la audiencia que se dispersaba. Varios periodistas dieron de inmediato media vuelta mientras ellos se acercaron a la plataforma.

Monique captó la mirada de Tom, miró hacia otro lado como si no la hubiera notado, y se dirigió a la derecha del escenario.

—¡Monique de Raison! —gritó Tom—. Un momento, si no le importa.

Se volvieron cabezas y cesó el alboroto.

Aquí volvían ellos. Tom caminó directo hacia ella. Un guardia se atravesó para interceptar.

—Está bien, Lawrence. Hablaré con ellos —expresó ella en voz baja.

Tom miró al hombre. Ellos usaban pistolas, y este la tenía en la cintura. Tom subió al escenario, ayudó a Kara a subir, y fue hasta donde Monique se había detenido. Él no tenía duda de que si no hubiera hecho una escena, ella ya estaría en la limosina. Como solía decir su *maestro* de artes marciales, no había mejor manera de desarmar a un adversario que con un elemento de sorpresa. No necesariamente por medio de oportunidad como pensaba la mayoría, sino a menudo a través de método. Impactar e intimidar.

A pesar del hecho de que Monique no parecía impactada ni intimidada, Tom supo que al menos le había crispado los nervios. Lo más importante, estaba hablando con ella.

—Gracias por concedernos su tiempo —expresó Tom; ya había pasado el momento de impacto y respeto; ahora venía la diplomacia—. Usted es muy amable en…

—Ya estoy atrasada para una entrevista con el director principal de la revista *TIME*. Diga lo que tenga qué decir, Sr…

—Hunter. Usted no tiene que ser tosca.

—Tiene razón —contestó ella suspirando—. Lo siento, pero esta ha sido una semana muy ajetreada. Cuando se me acerca un hombre y me miente en la cara, mi paciencia es lo primero que desaparece.

—Una prueba sencilla demostrará fácilmente si miento o no.

—¿Así que entonces usted está con los CDC?

—Ah. Esa mentira —señaló él levantando la mano hasta el hombro como si tomara un juramento—. Usted me agarró. De algún modo tenía que captar su atención. Esta es Kara, mi hermana.

—Hola, Kara.

Ellas se estrecharon las manos, pero Monique no le había estrechado las manos a él.

—Es cierto que debo irme —explicó Monique—. Al grano, por favor.

—Está bien, al grano. Usted no puede enviar la vacuna. Esta muta bajo un calor intenso y se convierte en un virus mortal que mata a miles de millones de personas.

—Ah. ¿Es eso todo? —cuestionó ella mirándolo, inmóvil.

—Puedo explicarle exactamente cómo sé esto, pero usted quería que lo resumiera, así que allí está. ¿Han sometido ustedes la vacuna a calor intenso, señorita de Raison?

—Algo que enseñan a estudiantes de primer año en biología es que el calor intenso mata cosas. La vacuna Raison no es la excepción. Nuestra vacuna se empieza a arruinar a 35 grados centígrados. Uno de nuestros mayores retos fue mantenerla estable para las regiones de climas más cálidos. Esto es lo más absurdo que he oído alguna vez.

—¿No la han examinado entonces a gran calor? —preguntó Tom al tiempo que le subía la ira por la espalda.

—Muestre un poco de respeto, Monique —terció Kara—. No atravesamos el Pacífico para ser desestimados como mendigos. El hecho es que Thomas tiene razón aquí, y usted sería una necia si no le hace caso.

—Me gustaría hacerlo —contestó Monique forzando una sonrisa—. Me encantaría de veras. Pero me tengo que ir.

Ella comenzó a darse la vuelta.

Algo estalló en la cabeza de Tom como un gong. Ella los estaba rechazando.

—Espere.

La mujer no esperó, ni lo más mínimo.

Tom le dio la espalda al guardia llamado Lawrence y habló suavemente, en un tono tan amenazador como pudo enunciar sin dar lugar a la alarma.

—Si usted no se detiene en este mismísimo instante, iremos a los periódicos. Mi suegro es dueño del *Chicago Tribune*. Tendrán que arrancar del suelo el precio de sus acciones con cuchillas de afeitar.

Una afirmación ridícula. Monique no la honró ni con el menor titubeo. Ella era intolerable.

A Tom se le ocurrió que lo que su mente le decía que hiciera ahora no se podía justificar en ningún sentido de la palabra. Excepto en su mundo. El mundo en que un virus llamado Variedad Raison estaba a punto de alterar para siempre la historia humana.

Los dos guardias con que Tom se encontró primero abrían paso para ayudar a salir a Monique, pero Lawrence aún estaba de espaldas. Monique no era su responsabilidad principal.

Tom se puso detrás del guardia con un sólo paso. En un rápido movimiento deslizó la mano debajo de la chaqueta del hombre, agarró la pistola, y la sacó. Saltó a su derecha, lejos del alcance de las manos del hombre. Este titubeó, boquiabierto, probablemente horrorizado de haber perdido la pistola con tanta facilidad.

Tom corrió sobre la parte anterior de la planta de los pies, y alcanzó a Monique antes de que pudiera surgir cualquier alarma.

Le puso la pistola en la espalda.

—Lo siento pero usted me tiene que escuchar.

Ella se puso rígida. Los dos guardias vieron la pistola al mismo tiempo. Se agacharon y desenfundaron inmediatamente sus armas. Ahora se oyeron gritos, docenas de ellos.

—¡Thomas!

Incluyendo los de Kara.

Tom puso el brazo alrededor de la cintura de Monique, halándola tanto que la barbilla le quedó sobre el hombro izquierdo de ella, respirándole con dificultad en el oído. Mantuvo la pistola en la espalda de Monique y se movió lateralmente, hacia una señal de salida.

—¡Un movimiento y ella muere! —gritó él—. ¿Me oyen? ¡Hoy no he tenido un buen día! Estoy muy, pero muy, indignado, y no quiero que alguien haga algo estúpido.

Había personas corriendo hacia la puerta. Gritando. ¿Por qué gritaban? Él no les estaba apuntando la pistola a sus espaldas.

—Por favor —jadeó Monique—. Contrólese.

—No se preocupe —susurró Tom—. No la mataré.

La puerta de incendio estaba ahora a tres metros de distancia. Él se detuvo y miró a los dos guardias que tenían sus pistolas apuntadas hacia él.

—Bajen las pistolas, ¡idiotas! —les gritó.

Monique se estremeció. Él estaba gritando en el oído de ella.

—Lo siento.

Los guardias depositaron lentamente sus pistolas en el suelo.

—Y tú —gritó en dirección a Kara—. Te quiero también como rehén. ¡Ven acá o mato a la muchacha!

Kara parecía paralizada por el impacto.

—¡Muévete!

Ella se acercó a prisa.

—Pasa la puerta.

Ella accedió y entró al pasillo más adelante.

Tom haló a Monique por la puerta.

—Alguien que nos siga, policía o cualquier autoridad, ¡y ella muere!

Cerró la puerta con su pie.

18

EL HOTEL Paradise era una posada infestada de pulgas y frecuentada por comerciantes callejeros. O por algún imbécil que respondía a la promesa por Internet de especiales de vacaciones exóticas con todo incluido. O en este caso, por el secuestrador que intenta desesperadamente hacer entender su punto de vista a una mujer francesa muy obstinada.

Monique los había obligado a actuar bajo coacción. De forma adecuada y repetida Kara expresaba su horror por lo que Tom había hecho. Él insistía en que esta era la única manera. Si la rica francesa petulante no quería preocuparse por mil millones de vidas, entonces no les quedaba más alternativa que persuadirla de que lo hiciera. Así es como parecía ser la persuasión en el mundo real.

Las antiguas y oxidadas puertas del ascensor en el estacionamiento subterráneo se abrieron chirriando. Kara fue hasta el auto alquilado llevando en la mano un gancho con la llave de un recién adquirido cuarto.

—Muy bien —decidió Tom, agitando ante Monique la 9-milímetros para alardear—. Vamos a subir, y lo hacemos en silencio. Cuando afirmé que no la iba a matar quise decir eso, pero sí le podría meter una bala en el dedo pequeño del pie si se hace la muy exclusiva. ¿Está claro? La pistola estará en mi cinturón, pero eso no significa que usted pueda empezar a gritar.

Monique lo miró, resaltando los músculos de la mandíbula.

—Tomaré su silencio como un coro de consentimiento. Vamos.

Tom abrió la puerta de un empujón y le hizo señas de que se apeara.

—¿Último piso? —le preguntó a Kara.

—Último piso. No sé si puedo hacer esto, Tom.

—No estás haciendo esto. Lo hago yo. Soy quien tiene los sueños. Soy quien sabe lo que no debería saber. Soy el único a quien no le queda otra alternativa que hacer entrar en razón a esta mocosa malcriada.

—Usted no tiene que gritar.

Un vehículo entró al estacionamiento.

—Lo siento. Está bien, al ascensor —se disculpó él, presionó el botón del quinto piso y respiró con un poco de alivio cuando se cerraron las puertas corredizas.

—¿Qué pasa de todos modos con usted francesa? ¿Están siempre los negocios por sobre salvar al mundo?

—¿Dice esto el hombre con la pistola en mi espalda? —preguntó Monique—. Además, como usted puede ver, no vivo en Francia. Las políticas de ese país son desagradables para mi padre y yo.

—¿De veras?

Ella no respondió. Tom no estaba seguro por qué le pareció sorprendente la revelación. El perfume de ella invadió rápidamente el pequeño del elevador. Un aroma a almizcle, a flores.

—Si usted coopera saldrá de aquí en media hora.

Ella tampoco respondió a eso.

No sorprende que las habitaciones no fueran tan magníficas como habrían hecho creer a viajeros desprevenidos. La alfombra anaranjada tornándose en café. Colchas floridas en dos camas dobles. Un tocador de mimbre, con costra bastante sucia para dejar agotada a una aspiradora. La televisión funcionaba, pero sólo en verde y sin sonido.

Tom llevó a Monique hacia la única silla del cuarto, un objeto endeble de madera, en el rincón más lejano y la hizo sentar en silencio. Puso la pistola en el tocador al lado de él y se volvió a su hermana.

—Bien. Necesito que salgas de esta pocilga sin ser vista, encuentres a la policía, y exijas hablar con Jacques de Raison. Dile a la policía que escapaste. Diles que soy un demente o algo así. Te necesito libre de esto, ¿comprendes?

—Lo más inteligente que he oído en toda la mañana —opinó Kara, luego miró a Monique—. ¿Qué le debo decir al padre de ella?

—Dile lo que sabemos. Y si no acepta detener o retirar ese envío, dile que voy a empezar a disparar —dijo, y luego miró a Monique—. Sólo a los dedos meñiques, por supuesto. No me gusta hacer amenazas, pero usted entiende la situación.

—Sí. Entiendo perfectamente. Usted está loco de remate.

—¿Ves? —exclamó él dirigiéndose a Kara—. Por eso es que necesitamos este plan de respaldo. Si ella no entra en sensatez, quizá su padre sí. Más importante aun, te permite salir del atolladero. Asegúrate que está claro que estoy amenazando a su hija, no a ti.

—¿Y dónde les digo que ustedes están?

—Diles que saltaste del auto. No tienes idea de dónde estamos.

—Esa es una mentira.

—Hay mucho en juego. Las mentiras serán perdonadas en este instante.

—Espero que sepas lo que haces. ¿Cómo sabré lo que está pasando?

—A través de Jacques. Estoy seguro de que aceptará recibir una llamada de su hija en caso de que debamos hacer contacto. Si necesitas ponerte en contacto conmigo, llama, pero asegúrate que sea seguro.

Ella fue hasta la mesita de noche, levantó el auricular y se lo llevó al oído, y lo bajó de nuevo, evidentemente satisfecha de que hubiera tono. Había vivido en el sudeste asiático mucho tiempo como para confiar tales asuntos al azar.

—Esto es una locura —manifestó ella, yendo hacia Tom y abrazándolo.

—Te quiero mucho, hermana.

—Yo también te quiero, hermano —aseguró ella, retrocedió, lanzó a Monique una última mirada, y se dirigió a la puerta.

—Buena suerte con ese cortejo —comentó, saliendo y cerrando suavemente la puerta detrás de ella.

—Sí, buena suerte con este cortejo —añadió Monique—. El inmutable macho estadounidense mostrando su fuerza bruta. ¿Se trata de eso?

Tom recogió la pistola, se inclinó en el tocador, y miró a su rehén. Sólo había una manera de hacer esto. Debía contarle todo. Al menos ahora ella tenía que escuchar.

—Es lo más lejos de mi mente, créame. La realidad del asunto es que atravesé de verdad el océano para hablar con usted, y estoy arriesgando realmente mi cuello para hacerlo. Usted preguntaría: ¿Por qué arriesgarse tanto para hablar con una francesa descortés? Porque a menos que yo esté tristemente equivocado, usted podría ser la única persona viva que me puede ayudar a impedir que ocurra algo horrible. Contrario a la impresión general que pude haberle dado, en realidad soy un tipo muy decente. Y debajo de la feroz determinación que usted quiere mostrar, creo posible que sea una muchacha muy decente. Sólo quiero hablar, y que usted me oiga. Estoy muy cansado y muy desesperado, así que espero que no haga esto más difícil de lo que debe ser. ¿Es demasiado pedir?

—No. Pero si usted espera que yo estafe a los miles de accionistas que han confiado en esta compañía, se desilusionará. No extenderé un malicioso rumor sólo porque usted afirma que me disparará a los dedos meñiques del pie si no lo hago. Como es de suponer, usted ha sido contratado por uno de nuestros competidores. Esta es alguna ridícula maquinación contra Farmacéutica Raison. ¿Qué diablos lo convencería a usted de que esto no tiene ningún sentido?

Tom se levantó, fue hasta la ventana, miró hacia afuera. La calle bullía con miles de tailandeses típicos totalmente ajenos al drama que se desarrollaba cinco pisos por encima de ellos.

—Un sueño —comenzó diciendo; luego la miró—. Un sueño que es real.

CARLOS MISSIRIAN esperó pacientemente en el Mercedes al otro lado de la calle del Hotel Paradise. En unas horas más oscurecería. Entonces haría su jugada.

Un vendedor de pinchos indonesios pasó al auto empujando su carretita. Carlos presionó un botón en la puerta y observó cómo descendía la ventanilla ahumada. Aire caliente entró en grandes cantidades al frío auto. Sacó dos monedas de cinco bahts. El vendedor se apresuró con una pequeña bandeja de carne en pinchos, agarró las monedas, y le pasó los pinchos. Carlos subió la ventanilla y sacó del pincho un trozo de carne caliente muy condimentada usando los dientes. El sabor era estimulante.

A menudo su padre le había dicho que los buenos planes son inútiles sin la adecuada ejecución. Y la adecuada ejecución dependía más del momento perfecto que de cualquier otro factor. ¿Cuántas conspiraciones terroristas habían fracasado miserablemente debido al momento equivocado? La mayoría.

A él lo agarró desprevenido la aparición del estadounidense en la conferencia de prensa. Thomas Hunter, un maniático de apariencia desesperada que había presenciado la reunión desde un asiento dos filas más allá del suyo. Las intenciones de Carlos habían sido acercarse a la mujer Raison después de la conferencia y sugerir una entrevista usando credenciales falsas que le quitó a un contacto de Prensa Asociada. De fallar eso habría tomado medidas más directas, pero mucho tiempo atrás había aprendido que por lo general el mejor plan era el más obvio.

Había dado varios pasos hacia el estrado cuando el estadounidense se abrió paso a empujones y logró su increíble proeza. ¿Qué manera más obvia de tratar con una adversaria que ir resueltamente hacia ella, robar un arma y secuestrarla a plena luz del día frente a la mitad de la prensa del mundo? El complot había funcionado de forma sorprendente. Aun más sorprendente, habían escapado. Si por hábito Carlos no hubiera estacionado su auto para una rápida salida, también a él se le pudieron haber escapado.

El hecho de que el estadounidense fuera capaz de tanto tenía su propio significado. Significaba que los CDC no le habían prestado ninguna atención. Esto era bueno. Significaba que el hombre tenía un nivel de confianza muy, pero muy, alto en su supuesto sueño. Esto también era bueno. Significaba que el estadounidense pretendía obligar a Farmacéutica Raison a sacar el medicamento. Esto no era bueno.

Pero eso podría cambiar pronto.

Él había seguido al Toyota verde aquí, hasta el Hotel Paradise. Los noticieros estaban convirtiendo el secuestro en una historia importantísima. La noticia ya había alcanzado las conexiones estadounidenses. Los investigadores policíacos en Bangkok estaban muy ocupados coordinando una desesperada búsqueda, pero nadie tenía idea de dónde se había metido el desquiciado estadounidense.

Excepto Carlos, desde luego.

Se puso el pincho entre los dientes y deslizó del palillo otro pedazo. El estadounidense le estaba haciendo su trabajo. Amablemente había aislado a Monique de Raison en un cuarto de hotel. La rubia seguidora de Thomas había salido a pie una hora antes. Esto molestó algo a Carlos, pero los otros dos aún estaban dentro. Él estaba seguro de eso. Desde su posición tenía una vista total de cada salida menos de un escape de emergencia en el callejón, la cual había descubierto y posteriormente inutilizado.

La situación había caído a la perfección en sus manos. Cuán conveniente que pudiera tratar con los dos al mismo tiempo. Ahora sólo era cuestión de tiempo.

Carlos se miró en el espejo retrovisor, se quitó un sucio de la cicatriz en la barbilla, y se recostó con una respiración larga y satisfactoria.

Tiempo.

&oeoo;

MONIQUE OBSERVÓ caminar a Thomas y se preguntó si había alguna posibilidad, por improbable que sea, de que el cuento que él le había dado por las dos últimas horas fuera algo más que una estupidez. Siempre había esa posibilidad, por supuesto. Ella se había dedicado a la búsqueda de nuevos medicamentos imposibles precisamente porque no creía en los imposibles, a menos que se probaran de manera matemática. Técnicamente hablando, la historia podría ser verdadera.

Pero entonces, técnicamente hablando, la historia de él era una estupidez, como solían decir los estadounidenses.

Él se había quedado en silencio en los últimos cinco minutos, andando de un lado a otro con la pistola colgándole de los dedos. Ella se preguntó si él habría usado una pistola alguna vez antes. Al principio supuso que sí, a juzgar por cómo la manejaba. Pero ahora, después de oírlo, ella dudó.

La unidad de aire acondicionado repiqueteaba ruidosamente, pero no producía nada más que aire caliente. Los dos estaban empapados en sudor. Ella se había quitado la chaqueta hacía más de una hora.

Si Monique no hubiera estado tan furiosa con el hombre por toda esta ridiculez, podría tenerle lástima. Sinceramente, se compadecía de él de todos modos. Él era totalmente sincero, lo cual significaba que debía estar mal de la cabeza. Quizá demente. Lo cual significaba que, aunque no daba señales de ser capaz de dispararle a los dedos de los pies, muy bien podría ser de los que reaccionaban súbitamente y decapitaban a sus víctimas o hacían alguna otra cosa horrible.

Ella debía hallar la manera de entender cualquier motivo que él pudiera tener.

—Thomas, ¿podemos hablar en mi nivel por un momento? —preguntó Monique, tomando una profunda aspiración de aire viciado.

—¿Qué cree usted que he estado tratando de hacer durante las dos últimas horas?

—Usted ha estado hablando en su nivel. Eso podría tener perfecto sentido para usted pero no para mí. No estamos logrando nada, escondidos en esta sofocante habitación. Lo más probable es que la vacuna esté volando ahora, y dentro de cuarenta y ocho horas estará en manos de cien hospitales en todo el mundo. Si usted tiene razón, sólo estamos perdiendo tiempo sentados aquí.

—¿Está diciendo que retirará los envíos?

Ella había considerado cien veces mentirle, pero su indignación le impedía hacer eso. Él de todos modos no le creería.

—¿Me creería si le dijera que sí? —quiso saber ella.

—Le creería si hiciéramos juntos la llamada. Una llamada al *New York Times* de parte de Monique de Raison conseguiría mucho.

—Usted sabe que no puedo hacer eso —contestó ella suspirando.

No estaban llegando a ninguna parte. Ella debía ganarse su confianza. Negociar un acuerdo a este callejón sin salida.

—Pero si realmente le creyera, así sería. Usted entiende mi aprieto, ¿verdad?

Él no contestó, lo cual ya era suficiente respuesta. Ella siguió presionando.

—¿Sabe? Me crié en un viñedo al sur de Francia. Mucho más frío que aquí, me alegra decirlo —confesó ella sonriendo, por el bien de él—. Venimos de una familia pobre, mi madre y yo. Ella era una empleada en nuestros viñedos. ¿Sabía usted que mi familia solía hacer vino, no drogas?

Él solamente la miró.

—No conocí a mi padre biológico; él se fue cuando yo tenía tres años. Jacques era uno de los hijos Raison. Se enamoró de mi madre cuando yo tenía diez. Mi madre murió cuando yo tenía doce. Eso fue hace catorce años. Desde entonces hemos evolucionado mucho, papá y yo. ¿Sabe usted que estudié en la Facultad de Medicina de la UCLA?

—¿Por qué me está diciendo todo esto?

—Estoy conversando.

—No tenemos tiempo para conversar —expresó Tom—. ¿No me ha escuchado usted?

—Sí. Lo escuché —contestó ella lo más tranquila posible—. Pero usted
no ha estado hablando en mi nivel. ¿Recuerda? Le estoy contando quién soy
para que pueda dirigirse a mí como una persona real, viva, una mujer que
está confundida y un poco asustada por todas sus payasadas.

—No sé cómo puedo ser más claro. O usted me cree, o no. No me cree.
Así que tenemos un problema —consideró él, levantando una mano—. No
me malinterprete, me encantaría sentarme y charlar respecto de cómo nos
abandonaron nuestros padres. Pero no ahora, por favor. Tenemos asuntos
más urgentes en nuestras manos.

—¿Lo abandonó su padre?

—Sí —contestó él, bajando la mano.

—Qué triste.

Ella estaba progresando. No mucho, pero algo.

—¿Qué edad tenía?

—Dieciséis. Vivíamos en Filipinas. Allí me crié. Él era capellán.

La revelación proyectaba una nueva luz en Thomas. Un mocoso del
ejército. Hijo de un capellán, nada menos. Con base en Filipinas. Ella
hablaba algo de tagalog.

—Saan ka nakatira? *¿Dónde vivía usted?*

—Nakatira ako sa Maynila. *Vivía en Manila.*

Se miraron por un largo instante. El rostro de él se suavizó.

—Esto no funcionará —enunció él.

Ella se enderezó. ¿Estaba él viniéndose abajo tan rápido?

—¿Qué quiere decir? —preguntó ella.

—Me refiero a esta cháchara psicológica suya. No funcionará.

—Esto…

¿Estaba él obligándo*la* a venirse abajo?

—¡Cómo se atreve a reducir mi infancia a simple cháchara psicológica!
¿Quiere hablar conmigo? ¡Entonces hábleme como a un ser humano, no
como a una ficha de negociación!

—Por supuesto. Usted es una mujer asustada, temblando bajo la mano
de su horrible captor, ¿correcto? Es la pobre niñita abandonada en necesidad
desesperada de un héroe. En todo caso, *soy* el pobre perdedor abandonado
que fue a parar en un aprieto desesperado. ¡Míreme! —exclamó, alargando
los brazos—. Estoy indefenso. Tengo la pistola, pero esta también podría

muy bien ser suya. Usted sabe que yo no la tocaría. Por tanto, ¿qué amenaza represento? Ninguna. ¡Esto es absurdo!

—Bueno, usted lo dijo, no yo. Usted habla de murciélagos negros, bosques coloridos e historias ancestrales como si creyera realmente toda esa estupidez. Yo tengo un doctorado en química. ¿Cree usted de verdad que algún sueño absurdo me pondría a temblar de rodillas?

—¡Sí! —gritó él—. ¡Eso es exactamente lo que espero! ¡Esos murciélagos negros saben su nombre!

Al oírlo hablar de ese modo le recorrió un frío por el estómago. Él la miró, dejó la pistola sobre el tocador, y se quitó la camiseta por sobre la cabeza.

—¡Hace calor aquí! —exclamó él, tiró la camiseta al suelo, volvió a agarrar la pistola y se fue a la ventana.

Su espalda era fuerte. Más fuerte de lo que ella habría supuesto. Brillaba por el sudor. Una larga cicatriz le recorría sobre el omoplato izquierdo. Usaba shorts a cuadros azules debajo de sus jeans… la etiqueta en la pretina elástica decía Old Navy.

Monique había pensado atacarlo antes de que él le contara que era la imagen borrosa en las secuencias de seguridad filmadas ayer en el portón. Al mirarlo ahora, incluso de espalda, se alegró de haber rechazado la idea.

—Hábleme de la vacuna —pidió repentinamente Tom soltando la cortina y volviéndose.

—Ya lo hice.

—No, más —exigió, de pronto muy entusiasmado—. Cuénteme más.

—No tendría ningún sentido para usted, a menos que entienda de vacunas.

—Sígame la corriente.

—Está bien —concordó ella, suspirando—. La llamamos vacuna ADN, pero en realidad es un virus creado. Por eso…

—¿Es un virus su vacuna? —exigió saber él.

—Técnicamente, sí. Un virus que inmuniza al portador al alterarle el ADN contra otros ciertos virus. Piense en un virus como un diminuto robot que secuestra su célula anfitriona y le modifica el ADN, generalmente en una manera que termina desgarrando esa célula. Hemos aprendido a convertir estos gérmenes en agentes que actúan a nuestro favor y no en contra.

Son muy diminutos, muy resistentes, y se pueden extender con mucha rapidez… en este caso, a través del aire.

—Pero es un virus real.

Él estaba reaccionando como muchos reaccionaban a esta sencilla revelación. La idea de que un virus se podría utilizar para beneficio de la humanidad era un concepto extraño para la mayoría.

—Sí. Pero también es una vacuna, aunque diferente de las vacunas tradicionales, las cuales por lo general se basan en variedades más débiles de un organismo realmente enfermo. En todo caso, son bastante resistentes, pero mueren bajo condiciones adversas. Como el calor.

—Pero pueden mutar.

—Todo virus puede mutar. Pero ninguna de las mutaciones en nuestras pruebas ha sobrevivido más allá de una generación o dos. Mueren de inmediato. Y eso en condiciones favorables. Bajo calor intenso…

—Olvídese del calor. Hábleme de algo que posiblemente nadie sepa —ordenó él, luego levantó la mano—. No, espere. No me diga.

Él se fue hacia la cama y volvió. La enfrentó. La pistola se había vuelto una extensión de su brazo; la agitaba como batuta de un director de orquesta.

—¿Le importaría observar dónde apunta con esa cosa? —preguntó ella.

Él miró la pistola y luego la tiró sobre la cama. Levantó las manos.

—Nueva estrategia —informó—. Si le demuestro que todo lo que le he dicho es verdad, que su vacuna mutará realmente en algo mortífero, ¿llamará usted?

—¿Cómo probaría…?

—Sólo contésteme. ¿Llamaría y destruiría la vacuna?

—Por supuesto.

—¿Lo jura?

—No hay manera de probarlo.

—Pero *¿y sí? Sí,* Monique.

—¡Sí! —gritó, él la estaba poniendo nerviosa—. Dije que lo haría. A diferencia de algunas personas, no miento por hábito.

Él hizo caso omiso a la indirecta, y ella se arrepintió de haberla sugerido.

—Está bien —expresó él, esbozando una sonrisa forzada en los labios—.

He aquí lo que vamos a hacer. Voy a dormir y a conseguir alguna información que no tenga forma de saber, y luego despertaré y se la daré.

Los ojos de él brillaban, pero ella no captó la brillantez del plan.

—Eso es absurdo —contestó ella.

—Ese es el punto. Usted cree que es absurdo porque no me cree. Por eso es que cuando despierte y le diga algo que no pueda saber, ¡usted me creerá! No puedo creer que no haya pensado en esto antes.

Él creía realmente que podía entrar en este mundo suyo de sueños, descubrir información verdadera de las historias, y volver para hablarle a ella al respecto. De veras que estaba loco de remate.

Por otra parte, si él dormía, ella podría…

—Bueno. Está bien. A dormir entonces.

—¿Ve? Tiene sentido, ¿de acuerdo? ¿Qué clase de información debo averiguar?

—¿Qué?

—¿Qué podría conseguir que la persuada?

Ella pensó al respecto. Ridículo.

—La cantidad de pares base de nucleótidos que tratan específicamente con el VIH en mi vacuna —requirió ella.

—Cantidad de pares base de nucleótidos. Muy bien. Déme algo más, en caso de que no pueda conseguir eso. Quizá las historias no hayan registrado algo así de específico.

Ella no pudo contener un poco de asombro ante el entusiasmo que él mostraba. Era como negociar con uno de los niños salidos de Narnia.

—La fecha de nacimiento de mi padre. Ellos tendrían el año de su nacimiento, ¿verdad? ¿Sabe usted cuál es?

—No, no lo sé. Y puedo volver con más que sólo su fecha de nacimiento si usted quiere —dijo él agarrando la pistola y volviendo a ir hasta la ventana.

—¿Qué se la pasa mirando?

—Hay un auto blanco en la calle que no se ha movido en las últimas horas. Sólo reviso. Está oscureciendo.

Él giró.

—Bien. ¿Cómo lo haremos? Dormiré sobre la cama.

—¿Cuánto tiempo tomará esto?

—Media hora. Usted me despierta media hora después de que me quede dormido. Eso es todo lo que necesito. No hay correlación entre el tiempo aquí y el tiempo allá.

Fue hasta la cama y se sentó, haló el cubrecama y arrancó la sábana.

—¿Qué está haciendo?

—Sencillamente no puedo dejar que usted ande por ahí mientras duermo —informó él rasgando la sábana en dos—. Lo siento, pero tengo que atarla.

—¡No se atreva! —exclamó ella poniéndose de pie.

—¿Qué quiere decir con «no se atreva»? Soy yo quien tiene aquí la pistola, y usted es mi prisionera, en caso de que lo olvide. La amarro, y si grita pidiendo ayuda, despertaré y le dispararé en los dedos del pie.

Él era intolerable.

—¿Me va a dejar sentada aquí mientras se queda dormido? ¿Cómo lo despierto si me tiene amarrada?

Él agarró una de las almohadas y la tiró sobre el aire acondicionado.

—Me lanza esta almohada. Muévase hacia el aire acondicionado.

—¿Me va a amarrar al aire acondicionado?

—Me parece bastante firme. La barra de sostén la detendrá. ¿Tiene usted una idea mejor?

—¿Y cómo le lanzaré la almohada con las manos atadas?

—Buen punto —contestó él después de pensar un poco—. Bueno, la amarraré de modo que pueda alcanzar la cama con el pie. Usted patea la cama hasta que yo despierte. No grite.

Ella lo miró. Luego miró el aire acondicionado.

—No pensé en eso. Apúrese. Mientras más pronto me quede dormido, más pronto saldremos de esto —ordenó él agitando la pistola—. Muévase.

Tardó cinco minutos en hacer pedazos las mitades de sábana y formar una pequeña cuerda. Hizo que ella se tendiera de espaldas para medir la distancia hasta la cama. Satisfecho de que pudiera alcanzarla, le ató las manos detrás de la espalda. No sólo las manos sino también los dedos, de modo que no pudiera moverlos para desatar algo; y los pies, a fin de que no se pudiera parar.

Trabajó en ella rápidamente, indiferente de que su torso sudado le manchara la blusa de seda. Todo el asunto era terriblemente absurdo. Pero era claro que él no pensaba así. Él correteaba alrededor como un ratón con una misión.

Cuando terminó, se puso de pie, admiró su obra, llevó la pistola a la cama, y se dejó caer de espalda, tendido como un águila.

Cerró los ojos.

—No puedo creer esta estupidez —musitó ella.

—Silencio. Estoy tratando de dormir aquí. ¿Tendré que amordazarla? —amenazó irguiéndose, se quitó las botas.

¡Los dientes! Ella podría romper las cuerdas de tela con los dientes.

—¿Cree usted de veras que podrá dormirse así no más? Quiero decir, me quedaré quieta, lo prometo, pero ¿no es esto un poco ridículo?

—Creo que usted ya está clara en ese punto. Y en realidad no sé si pueda dormirme o no. Pero estoy a punto de caer del agotamiento así no más, por lo que creo que hay una buena posibilidad.

Él se volvió a acostar y cerró los ojos.

—Tal vez yo le podría cantar una canción de cuna —se oyó decir Monique; eso fue algo sorprendente de decir en un momento como este.

—¿Canta usted? —preguntó él girando la cabeza y mirándola, sentada contra la pared debajo del aire acondicionado.

Ella giró la cabeza y miró hacia la pared.

Pasaron cinco minutos antes de que ella volviera a mirar en dirección a él. Tom yacía exactamente como lo había visto la última vez, el pecho desnudo se le henchía y le bajaba rítmicamente, los brazos a lado y lado. Muy bien formado. Cabello oscuro. Una criatura hermosa.

Totalmente desquiciado.

—¿Estaría dormido?

—¿Thomas? —susurró ella.

Él se sentó, bajó de la cama y agarró un pedazo de la sábana.

—¿Y ahora? —cuestionó ella.

—Lo siento, pero tengo que amordazarla.

—¡Yo no estaba hablando!

—No, pero podría tratar de morder la cuerda. Lo siento, de veras. No puedo dormir a menos que esté totalmente seguro, usted entiende, y creo que una mandíbula fuerte podría romper esta cosa.

Le envolvió la tira alrededor de la boca y la ató detrás de la cabeza. Ella no se molestó en protestar.

—No es que crea que usted tiene una mandíbula fuerte. No quise decir algo así. En realidad me gusta el tono de su voz.

Él se irguió, se fue a la cama y se dejó caer de espaldas.

19

TOM DESPERTÓ sobresaltado y se puso en pie de un brinco sobre la colina, divisando la aldea. Fue hacia el borde del valle. Anochecía. Las personas ya se dirigían del valle hacia el lago. La Concurrencia.

Dos pensamientos. Uno, debería unírseles. Si corría lograría alcanzarlas. Dos, tenía que llegar al bosque negro. Ahora.

¿Cuántas veces había soñado desde que despertara en el bosque negro? Pero algo había cambiado. Por primera vez había despertado con una compulsión por tratar este sueño de Bangkok, esta lúcida fabricación en su mente, como algo real. Ya no era sólo una decisión consciente que estaba haciendo, era algo en su corazón. Realmente *debía* tratar los sueños como verdaderos. Los dos, en caso de que alguno *fuera* real, o ambos.

Si Bangkok era real, entonces necesitaba la cooperación de Monique. La única forma de conseguir su cooperación era probarse a sí mismo obteniendo la información. Información que esperaba encontrar en el bosque negro.

Tom giró y salió corriendo por el sendero que llevaba a los shataikis.

Tenía que enterarse de la verdad. El Gran Engaño, la variedad Raison, Monique de Raison... tenía que saber por qué estaba teniendo estos sueños. Había sobrevivido una vez al bosque negro; volvería a sobrevivir.

Sus pies golpeaban la tierra mientras corría. Pronto se desvaneció el sendero, pero él conocía la dirección. El río. Se hallaba directamente adelante. El leve brillo de los árboles iluminaban el bosque... incluso en la oscuridad total podría encontrar su camino de regreso.

Disminuyó la velocidad hasta caminar y regularizar la respiración. Luego volvió a correr. Esta vez en realidad no entraría al bosque. Llamaría.

¿Y si los murciélagos negros no respondían? Entonces vería. Sea como sea, no podía volver sin algunas respuestas.

¿Qué le había sugerido Monique que averiguara? La cantidad de pares base de nucleótidos en la vacuna VIH.

El viaje debió haber durado una hora, pero no había manera de que Tom lo supiera. Cuando finalmente entró al claro que reconoció como el lugar en que fue sanado al principio, se detuvo, jadeando. Después de pasar la pradera había una corta extensión de bosque, la cual terminaba en la orilla del río. Entró a la pradera y corrió hacia el frente. Una breve visión de la habitación del hotel en Bangkok le resplandeció en la mente y caminó lentamente, atravesó la pradera y cruzó el bosque hacia el caudaloso río.

Los árboles terminaban en la margen del río sin previo aviso. Un segundo bosque, a continuación sólo hierba. Y el río.

La escena le cortó la respiración. Retrocedió hasta la seguridad de los árboles y se pegó a un enorme árbol rojo. Esperó un momento y luego miró con cuidado por la orilla del río verde. El puente que el roush había llamado el cruce brillaba a menos de cincuenta metros río arriba, blanco a la creciente luz de la luna. El río brillaba, translúcido y chispeante con la luz colorida que irradiaban los árboles. Más allá del río el perfil irregular de árboles negros en la oscuridad.

Tom miró el bosque negro y comenzó a temblar. No había manera de que pudiera entrar otra vez en esa tenebrosidad. Imaginó ver ojos brillantes y redondos acechando justo detrás de la negra barrera. Escuchó el sonido de la noche, tratando de filtrar el del río.

¿Fue eso una risita?

Entonces vio una oscura sombra solitaria huyendo en las ramas más elevadas. Rápidamente se volvió a meter a la seguridad del bosque colorido, con el corazón latiéndole en los oídos. ¡Un shataiki! Pero había huido. Quizá ni lo había visto.

Cerró los ojos y respiró profundamente. Debía salir de este lugar. Debía volver y correr.

Pero no lo hizo. No pudo.

Permaneció por diez minutos en el árbol rojo, acopiándose lentamente de valor. El río bullía, tranquilo. El bosque seguía oscuro, inmóvil más allá. Nada cambió. Lentamente su temor dio paso otra vez a la resolución.

Tom salió del bosque y permaneció en la orilla, bañado por la luz de la luna. No había murciélagos. Sólo el puente a su izquierda, el río y los árboles muertos más allá. Dio unos cuantos pasos más, en dirección al puente. Aún no había cambiado nada. El río aún era caudaloso, los árboles detrás de él aún brillaban en el olvido, y la oscuridad adelante seguía siendo absoluta.

Dio otra profunda respiración y se fue aprisa hacia el puente. Agarró la barandilla de la blanca estructura, y por primera vez cayó en cuenta que la madera del puente, a diferencia de toda la madera que había visto fuera del bosque negro, no brillaba. ¿Lo habían construido entonces los shataikis? Hizo una pausa y volvió a mirar los árboles negros que se elevaban más altos ahora. Debía gritar desde aquí. No sabía qué debía gritar. ¿Hola? O tal vez...

Una manchita roja le titiló de pronto en el rabillo del ojo derecho. Tom movió súbitamente la cabeza hacia la luz. Los vio claramente ahora, los danzantes ojos rojos exactamente más allá de la línea de árboles al otro lado del río. Se agarró con más fuerza de la barandilla y contuvo el aliento.

Otro resplandor rojo a su izquierda le hizo girar la cabeza, vio una docena de shataikis por fuera del bosque, y se detuvo, frente al río. Entonces Tom distinguió aterrado mil pares de ojos brillantes materializados, emergiendo de sus lugares ocultos.

Tom se dijo que diera media vuelta y corriera, pero sintió que los pies se le enraizaban a la tierra. Observó con terror cómo los shataikis salían silenciosamente del bosque, creando una línea hasta donde él podía ver en una y otra dirección. Las criaturas se agachaban como centinelas a lo largo de la línea de árboles, mirándolo con ojos rojos carentes de expresión como joyas en cada lado de sus largos hocicos negros. Y luego las copas de los árboles también se comenzaron a llenar, como si hubieran llamado a cien mil shataikis para presenciar el gran espectáculo, y los árboles negros fueran sus graderías.

Las piernas de Tom le empezaron a temblar. El irritante olor del azufre le inundó las fosas nasales, y él revisó su respiración. Todo este asunto era una terrible equivocación. Debía regresar al bosque colorido.

De pronto se dividió la pared de shataikis frente a él. Tom vio cómo un shataiki solitario se dirigía al puente, arrastrando brillantes alas azules sobre la tierra yerma detrás de él. Este era más alto que un hombre, y mucho más grande que los demás shataikis. Su torso era dorado y modulado con matices rojos. Sensacional. Hermoso. El aire nocturno se llenó con los chasquidos y chillidos de cien mil murciélagos mientras el enorme shataiki caminaba con dificultad hacia el cruce. Se movía lentamente. Muy lentamente, apoyando más su pierna derecha.

Tom observaba sin moverse. Los ojos verdes de la bestia estaban profundamente incrustados en un rostro triangular, fijos en Tom. Como platos verdes, desprovistos de pupilas. Espantoso pero extrañamente reconfortante. Atrayente. Tom oyó el roce de las garras al raspar los envejecidos tablones, y el susurro de sus enormes alas, a medida que subía lentamente el puente. El shataiki se abrió paso hasta el centro y se detuvo.

Levantó levemente un ala y se acalló la multitud detrás de él.

En alguna parte en el fondo de la paralizada mente de Tom, una voz comenzó a asegurarle que con certeza este hermoso shataiki no representaba peligro. Ninguna criatura tan hermosa podría dañarlo. Él había venido a hablar. ¿Por qué más había salido hasta el centro del puente? Según los roushes, ningún shataiki podía cruzar el puente.

—Ven —manifestó el shataiki.

Más que palabras fue un cántico. Apenas más que un susurro.

El líder le pedía que fuera. ¿Y por qué debía atender esa sugerencia? Él podía hablar desde aquí tan fácilmente como allá.

—Ven —repitió el líder.

Esta vez el shataiki abrió la boca. Tom le vio la lengua rosada. Estaría a salvo mientras permaneciera en este lado del puente y fuera del alcance de la criatura, ¿o no?

Tom subió cautelosamente al puente. El shataiki no se movió, así que Tom atravesó el cruce hacia la bestia. Se detuvo a cinco metros del shataiki y lo miró directamente a los ojos, los cuales brillaban como esmeraldas gigantescas a la luz de la luna. Un frío le recorrió la columna a Tom. Debía ser aquel a quien llamaban Teeleh. Pero él no era lo que Tom había esperado.

La criatura se encorvó y giró levemente la cabeza. Replegó las garras y dejó que una suave sonrisa se le dibujara en el hocico.

—Bienvenido, amigo mío. Había esperado que vinieras —expresó, ahora sencillamente y con voz baja, sin ningún dejo musical—. Sé que todo esto te podría parecer un poco abrumador. Pero no les hagas caso, por favor. Son imbéciles que no tienen mente.

—¿Quiénes? —inquirió Tom, pero esto le salió como un resoplido, así que volvió a preguntar—. ¿Quiénes?

—Las criaturas morbosas e histéricas que están detrás de mí —anunció el hermoso murciélago mientras sacaba una fruta roja de su espalda y se la ofrecía a Tom—. Ven, amigo mío, ten una fruta.

Tom miró la fruta, demasiado aterrado como para acercarse a la bestia, con mayor razón para estirar la mano y agarrar algo que le ofreciera.

—Pero por supuesto. Aún estás aterrado, ¿no es así? Lástima. Esta es una de nuestras mejores frutas —siguió hablando el shataiki, sin dejar de mirar a Tom se llevó la fruta a los labios, dándole un profundo mordisco; un chorro de jugo le babeó por el peludo mentón y cayó a los tablones a sus pies—. Posiblemente la mejor. Sin duda la más poderosa.

Se relamió. Levantó la barbilla para tragar la fruta y volvió a meter en su espalda la porción sin comer.

—¿Tienes sed? —preguntó, sacando una pequeña talega.

—No, gracias.

—Nada de sed. Entiendo. Tenemos mucho tiempo para comer y beber más tarde, ¿verdad que sí?

—No vine a comer o beber —contestó Tom comenzando a relajarse un poco.

¿Era posible que Teeleh pudiera ser un amigo para él? No había duda de que la criatura no tenía buen concepto de los otros murciélagos negros.

—¿Cómo supo que yo venía?

—Tengo poderes que no te imaginas, amigo mío. Saber que venías no fue nada. Tengo legiones a mi disposición. ¿Crees que no sé quién viene y quién va? Creo que me subestimas.

—Si usted tiene tal poder, ¿por qué entonces vive en los árboles negros y no en el bosque colorido? —cuestionó Tom, mirando por sobre la bestia a las multitudes que pululaban en los árboles más allá del río.

—¿Lo llamas bosque colorido? ¿Y quién en su sano juicio querría vivir en el bosque colorido? ¿Crees que su fruta se compara con la mía? No. ¿Es el agua de ellos algo más dulce que la nuestra? Menos. No son nada más que esclavos.

Tom se apoyó en el otro pie. Sólo había una regla aquí. Pasara lo que pasara, él no podía beber el agua. Estaría perfectamente seguro mientras siguiera esa regla sencilla.

—¿Qué tienes en tu bolsillo? —exigió saber la bestia.

Tom metió la mano al bolsillo y sacó la pequeña escultura brillante que Johan le había dado en la aldea.

—Tírala al otro lado —exclamó Teeleh retrocediendo—. ¡Tírala!

Tom reaccionó sin pensar. Lanzó el león rojo por el borde del puente y se agarró de la barandilla para afirmarse.

Teeleh bajó lentamente el brazo y miró a Tom con sus ojos verdes bien abiertos.

—Es veneno para nosotros —informó la bestia.

—No lo sabía.

—Desde luego que no. Ellos te han engañado.

Tom dejó pasar el comentario.

—¿Cómo te llaman ellos? —inquirió

—¿Cómo me llaman quiénes? —preguntó a su vez la bestia.

—Ellos —respondió Tom señalando los murciélagos con un movimiento de cabeza.

—Me llamo Teeleh —contestó el shataiki levantando la barbilla.

—Teeleh —exclamó Tom; no había esperado nada más—. Usted es el líder de los shataikis.

—Mentes necias llaman como les da la gana a lo que no conocen. Pero yo soy el gobernador de mil legiones de sujetos en una tierra llena de misterio y poder. Ellos llaman bosque negro a esto —expresó el murciélago negro haciendo girar una enorme ala hacia el bosque detrás de él—. Pero yo lo llamo mi reino. Por eso es que he venido a hablarte. Para liberar tu mente. Hay algunas cosas que deberías saber.

Tom difícilmente podía olvidar el hecho obvio de que la criatura quería algo de él. Esta muestra de poder no podía ser arbitraria. Pero no tenía intención de darle nada. Había venido con un sólo propósito: Reunir alguna información acerca de las historias.

A pesar de su confusión sobre la verdadera naturaleza de esta criatura, Thomas no podía permitir que Teeleh se impusiera.

—Y también algunas cosas que usted debería saber —advirtió Tom—.

Me está prohibido tomar de su agua, y no tengo intención de hacerlo. No pierda su tiempo, por favor.

Los ojos de Teeleh resplandecieron.

—¿Prohibido, dices? ¿Quién puede prohibir a otro mortal hacer algo? No, amigo mío. A nadie se le prohíbe nada a menos que decida aceptarlo —altercó el shataiki con elegancia, como si hubiera discutido mil veces el asunto—. ¿Qué mejor manera de impedir que alguien experimente mi poder que decirle que sufrirá si bebe el agua? Mentira. Sin duda tú, más que los demás, deberías saber que ese razonamiento obtuso sólo encierra a las personas en jaulas de estupidez. Siguen a un dios que les exige lealtad y les roba la libertad. ¿Prohibido? ¿Quién tiene el derecho de prohibir?

La lógica era convincente. Pero tenían que hablar rápido. Tom escogió con cuidado sus próximas palabras.

—También sé que si alguno de nosotros bebe su agua, toda la tierra será entregada a esas criaturas morbosas e histéricas, como usted las llama, y nos convertiremos en esclavos de ustedes.

De pronto el aire se llenó de enfurecidos gruñidos de indignación del ejército de shataikis en los árboles. Tom retrocedió un paso, sobresaltado por la protesta.

—¡Silencio! —rugió Teeleh.

Su voz resonó con tanta fuerza que Tom se agachó por instinto.

—Perdónalos, amigo mío —suplicó la bestia bajando la cabeza—. No creo que los culparías si supieras lo que han sufrido. Cuando has pasado por engaño y tiranía, y sobrevives, tiendes a reaccionar en forma exagerada ante el más leve recordatorio de esa tiranía. Y créeme, esos detrás de mí han experimentado la mayor forma de engaño y maltrato conocida entre seres vivos.

Hizo una pausa y movió la cabeza como si estuviera tratando de aflojar un cuello entumecido.

En muchas maneras las acciones de los shataikis *eran* consecuentes con criaturas a las que se había maltratado y aprisionado. Tom sintió que una hilacha de lástima le traspasaba el corazón. Parecía injusto que una criatura tan hermosa como Teeleh estuviera encarcelada en el bosque negro.

—Ahora ven —pidió Teeleh—. Seguramente sabes que los mitos de los que hablas están diseñados para engañar a las personas en el bosque colorido… para controlar su lealtad. Crees saber, pero lo que se te ha dicho es la más grande clase de engaño. Y he venido para aclarártelo.

¿Sabía Teeleh que él había perdido la memoria?

—¿Por qué intentaste matarme? —le preguntó.

—Nunca haría algo así.

—Estuve en tu bosque y apenas logré salir con vida. Ahora estaría muerto de no haber llegado al cruce en el momento en que lo hice.

—Pero no tenías mi protección —se excusó la bestia—. Te confundieron con uno de ellos.

—¿Ellos?

—Sin duda no crees realmente que eres uno de ellos, ¿verdad? Qué curioso. Y sensato, podría añadir. En realidad están usando contra ti tu memoria perdida, ¿no crees? Típico. Engañando siempre.

Así que él sabía respecto de la memoria perdida. ¿Qué más sabía?

—¿Cómo supo usted de la pérdida de memoria? —indagó Tom.

—Me lo dijo Bill —enunció la criatura—. Recuerdas a Bill, ¿no es cierto?

—¿Bill?

—Sí, Bill. El pelirrojo que vino aquí contigo.

Tom retrocedió un paso. La criatura frente a él cambió de enfoque.

—¿Es *real* Bill?

—Desde luego que es real. Tú eres real. Si eres real, entonces Bill es real. Ustedes dos vinieron del mismo sitio.

Tom no pudo confundir la sensación de que estaba parado en el borde de un mundo totalmente nuevo de entendimiento. Había venido con algunas preguntas acerca de las historias, y sin embargo antes de hacerlas se habían depositado en su mente centenares más.

Volvió a mirar el bosque colorido. ¿Qué sabía él en realidad? Solamente lo que los otros le habían dicho. Nada más. ¿Era posible que lo tuviera todo equivocado?

El corazón le palpitaba con fuerza en el pecho. De pronto sintió el aire demasiado espeso para respirar. Tranquilo. Tranquilo, Tom. No podía dejar al descubierto su ignorancia.

—Muy bien, así que usted sabe acerca de Bill. Hábleme de él. Dígame de dónde vino.

—¿No recuerdas aún?

—Recuerdo algunas cosas —reconoció mirando con cautela al murciélago—. Pero las conservaré para mí. Dígame usted lo que sabe, y veré si corresponde con lo que recuerdo. Si dice algo equivocado, sabré que está mintiendo.

La sonrisa se desvaneció de los labios de Teeleh.

—Viniste de la Tierra.

—Tierra. Esta es la Tierra. Sea más específico.

—En realidad no lo sabes, ¿verdad? —aseguró Teeleh contemplándolo largamente—. Eres astuto, lo reconozco, pero sencillamente no sabes.

—No esté tan seguro —se defendió Tom, cuidándose de quitar la ansiedad de su voz.

—¿Que no esté tan seguro de que eres astuto? ¿O de que sabes?

—Sólo dígame.

—Tú y tu copiloto, Bill, se estrellaron como a un kilómetro detrás de mí —informó Teeleh—. Por eso es que estoy aquí. Creo haber encontrado una manera de regresar.

Eso fue todo lo que Tom pudo hacer para ocultar su incredulidad. ¡Qué ridícula sugerencia! En realidad calmó su tensión. Si Teeleh era tan estúpido para pensar que le había creído tal mentira, era menos adversario de lo que Michal había sugerido. Esperaba que el murciélago aún conociera las historias.

Por ahora seguiría el juego, vería ahora hasta dónde llevaría la historia esta criatura.

—Bien. Usted sabe de Bill y de la astronave. ¿Qué más sabe?

—Sé que crees que lo de la aeronave es ridículo porque en realidad no recuerdas nada.

—¿De veras? —preguntó Tom, parpadeando.

—La verdad es esta: Estás varado en un planeta lejano. Tu nave, *Discovery III*, chocó aquí hace tres días. Perdiste la memoria en el impacto. Estás parado en este puente hablándome porque no calzas con los bobos en el bosque colorido, lo cual es natural. No calzas.

Los oídos de Tom le ardían. Se preguntó si esta criatura también pudo ver eso.

—¿Qué más? —indagó, después de aclarar la garganta.

—Es bueno oír, ¿no es cierto? La verdad. A diferencia de la atrozmente engañada gente del bosque colorido, sólo te diré la verdad.

—Bien. Dígame entonces la verdad.

—Amigo, amigo, estamos ávidos. La verdad es que si supieras lo que sé acerca del bosque colorido y de quienes viven en él, los despreciarías profundamente.

La multitud de shataikis había perdido su respeto por el silencio. Enorme cantidad de voces masculló y chilló bajo sus alientos colectivos. En algún lugar en la oscuridad Tom pudo oír miles de discusiones que aumentaban de tono.

—Hemos sido encarcelados en este bosque abandonado —anunció Teeleh—. Esa es la verdad. Porque para los shataikis tocar la tierra al otro lado de este río significa muerte instantánea. Eso es tiranía.

Las multitudes de murciélagos lanzaron chillidos de indignación.

Teeleh levantó un ala.

Sobre el bosque cayó el silencio como una sábana de niebla.

—Ellos me enferman —musitó Teeleh; luego miró hacia atrás para asegurarse que sus legiones estaban en orden.

—¿Qué hay de las historias? —preguntó Tom.

La inquietud por la que había venido a preguntar parecía fuera de lugar en este nuevo reino de verdad.

—Las historias. Sí, desde luego. Supongo que estás soñando con las historias, ¿no es así?

—¿Son reales? ¿Cómo puede haber historias de la Tierra sin no estamos en ella?

La pregunta pareció desacomodar al enorme murciélago.

—Listo. Muy listo. ¿Cómo podemos tener historias de la Tierra si no estamos en ella?

—¿Y cómo sabe que estoy soñando con las historias?

—Sé que estás soñando porque he bebido el agua en el bosque negro. Conocimiento. Las historias de la tierra son realmente el futuro de la Tierra. Para ti son historia, porque has probado alguna fruta del bosque detrás de mí. Estás viendo dentro del futuro.

La revelación era sorprendente. Tom no recordaba haber comido ninguna fruta. ¿Quizá antes de que se golpeara la cabeza en la roca? Tenía perfecto sentido a su manera. Y había una forma de probar esta aseveración.

—Está bien —aprobó Tom—. Entonces usted podría decirme qué sucede en este futuro. Hábleme de la variedad Raison.

—La variedad Raison. Por supuesto. Uno de los períodos más reveladores de la humanidad. Antes de la gran tribulación. A menudo llamada el Gran Engaño. Hablaré de ella como historia. Fue una vacuna que mutó en un virus bajo calor extremo.

Teeleh se lamió los labios con delicia.

—Nadie lo habría sabido, ¿sabes? La vacuna no habría mutado porque ninguna causa natural produciría un calor bastante elevado para desencadenar la mutación. Pero algún idiota insospechado dio con la información. Se lo dijo a la parte equivocada. La vacuna cayó en manos de algunas personas muy... trastornadas. Esa gente calentó la vacuna precisamente a 81,92 grados centígrados por dos horas, y así nació el virus volátil más mortífero del mundo.

Había algo muy extraño respecto de lo que Teeleh estaba comunicando, pero Tom no sabía de qué se trataba. A pesar de todo, la información de la criatura correspondía con sus sueños.

—Acércate un poco más —pidió Teeleh.

—¿Que me acerque?

—Quieres saber acerca del virus, ¿verdad? Sólo un poco más.

Tom avanzó medio paso. La garra de Teeleh centelleó sin advertencia previa. Apenas le tocó el dedo pulgar, el cual estaba agarrado de la barandilla. Una pequeña descarga le subió por el brazo, y él retrocedió súbitamente la mano. De una pequeña cortada en el pulgar le manaba sangre.

—¿Qué está haciendo usted? —exigió saber Tom.

—Tú quieres saber; te estoy ayudando a saber.

—¿Cómo me puede ayudar a saber hiriéndome?

—Por favor, no es más que un rasguño. Sólo te estaba probando. Hazme una pregunta.

Todo el asunto era muy extraño. Pero así era todo respecto de Teeleh.

—¿Sabe la cantidad de pares base de nucleótidos para el VIH? —preguntó—. En la vacuna Raison, es decir.

—Pares base: 375,200. Pero debes saber que no fue la verdadera variedad

Raison lo que produjo tal destrucción —informó Teeleh—. Fue el antivirus. El cual también fue a parar a manos del mismo hombre que desencadenó el virus. Él chantajeó al mundo. De ahí el nombre: el Gran Engaño.

La cabeza de Tom le zumbó.

—¿El antivirus?

—Sí. Cortar el ADN en los genes quinto y nonagésimo tercero, y empalmar los dos terminales juntos —informó Teeleh, y de pronto se quedó muy tranquilo; se le suavizó la voz—. Diles eso, Thomas. Diles 81.92 grados centígrados por dos horas, así como cortar los genes quinto y nonagésimo tercero y empalmarlos. Di eso.

—¿Decir los números?

—¿No quieres saber? Diles.

—Ochenta y uno coma noventa y dos grados centígrados por dos horas.

—Sí, ahora el quinto gen.

—Quinto gen…

—Sí, y el gen nonagésimo tercero.

—Nonagésimo tercer gen —repitió Tom.

—Cortar y empalmar.

—Corta y empalmar.

—Además la necesitarás en la puerta trasera también.

—¿La puerta trasera también?

—Sí. Ahora olvida que te dije eso.

—¿Olvidar?

—Olvida —repitió Teeleh, y sacó la misma fruta que le había ofrecido antes—. Aquí. Muerde un poco de fruta. Te ayudará.

—No, no puedo.

—Eso sencillamente no es cierto. Te acabo de demostrar que esas reglas son una prisión. ¿Cuán estúpido puedes ser?

Teeleh se irguió, sin mostrar ninguna emoción, la fruta ligeramente posada en sus dedos.

—La fruta te abrirá mundos totalmente nuevos, Tom, amigo mío. Y el agua te mostrará mundos de conocimiento con que sólo has soñado. Mundos de los que no saben nada tus amigos en el bosque colorido.

Tom miró la fruta. Luego levantó la mirada hacia los ojos verdes. ¿Y si hubiera de verdad una nave espacial detrás de esos árboles? Era una perspectiva tan probable como cualquier otra cosa en que hubiera pensado.

—Suponiendo que todo esto es verdad, ¿dónde está Bill?

—¿Te gustaría ver a Bill? Tal vez puedo disponerte eso.

—Usted dijo que tenía una manera de hacernos volver a casa.

—Sí. Sí, puedo hacer eso. Hemos encontrado una forma de arreglar tu nave.

—¿Me la puede mostrar?

El corazón de Tom palpitó con fuerza cuando hizo la pregunta. Ver la nave terminaría el debate airado en su mente, pero no tenía garantía de que los shataikis no lo destrozaran. Ya lo habían intentado una vez.

—Sí. Sí, y lo haré. Pero primero necesito algo de ti. Algo sencillo que puedes hacer fácilmente, creo —indicó el líder haciendo otra pausa, como indeciso acerca de pedir lo que había venido a pedir.

—¿Qué?

—Traer a Tanis aquí, al puente.

Los envolvió el silencio. Ni un sólo shataiki alineado en el bosque pareció moverse. Todos los ojos miraban con expectativa a Tom. El corazón le palpitó con fuerza. A no ser por el gorgoteo del río abajo, ese era el único sonido que oía ahora.

—Y si lo hago, ¿me garantizará entonces mi paso seguro hasta mi nave? ¿Reparada?

—Sí.

Tom estiró la mano hacia la barandilla para afirmarse.

—Usted sólo quiere que lo traiga al puente, ¿correcto? No que cruce el puente.

—Sí. Sólo hasta el río aquí.

—¿Y qué garantía tengo de que usted me guiará sin problemas a la nave?

—También traeré la nave aquí al puente. Podrías entrar a ella sin ningún shataiki a la vista, antes de que yo hable con Tanis.

Si el shataiki pudiera mostrarle de veras esta nave, el *Discovery III*, sería prueba suficiente. Si no, no cruzaría el puente. No perdería nada.

—Tiene sentido —concordó con cautela.

Ahora la pared viva de criaturas negras alineadas en el bosque silbó colectivamente como un enorme campo de langostas. Teeleh miró a Tom, se llevó la fruta a los labios y le volvió a dar una profunda mordida. Lamió el jugo que le recorrió por los dedos con una lengua larga, delgada y rosada. Mientras tanto sus ojos miraban sin parpadear a Tom. ¿Podía confiar en esta criatura? Si lo que decía era verdad, ¡entonces debía encontrar la nave espacial! Sería su única vía a casa.

El líder dejó de lamer.

—Come esta fruta para sellar nuestro pacto —dijo Teeleh alargándole la fruta a Tom—. Es la mejor de las nuestras.

Él ya había hecho esto una vez. Según la criatura, por eso es que Tom soñaba. Él obligó a su temor a retroceder, estiró la mano hacia el shataiki, agarró la fruta de su garra, y dio un paso atrás.

Levantó la mirada hacia la criatura sonriente ante él. Se llevó a la boca la fruta medio comida. Estaba a punto de morderla cuando el grito rompió el silencio de la noche.

—¡Thomasssss!

Tom sacó súbitamente la fruta de su boca y la hizo a un lado. ¿Bill? La voz sonaba confusa y cansada.

Entonces vio al pelirrojo. Bill había salido del bosque y luchaba débilmente contra las garras de una docena de shataikis. Tenía la ropa totalmente desgarrada, y su cuerpo desnudo parecía terriblemente blanco entre los chillidos histéricos de los shataikis que ahora lo destrozaban. Sangre se apelmazaba en el cabello del pelirrojo y le chorreaba por el demacrado rostro. Docenas de cortadas y moretones cubrían la carne pálida del hombre. Parecía un cadáver maltratado.

La sangre se le drenó de la cabeza de Tom. Se inundó de náuseas.

Teeleh giró, sus ojos centellearon con una intensidad que Tom no le había visto. Los dedos de Tom se le aflojaron, y la fruta cayó al puente de madera con un golpe amortiguado.

—¡Quítenle las manos de encima! —gritó Teeleh; desplegó las alas y las levantó por sobre la cabeza—. ¡Cómo se atreven a desafiarme!

Tom observó, aturdido. Los shataikis liberaron inmediatamente a Bill.

—Llévenlo a lugar seguro. ¡Ahora!

Dos murciélagos halaron de las manos a Bill. Este se metió a tropezones entre los árboles.

—Como puedes ver, es cierto que Bill es real —declaró Teeleh enfrentando a Tom—. Debo conservarlo, ¿entiendes? Es la única seguridad que tengo de que volverás con Tanis. Pero te prometo que no recibirá más daño.

—¡Thomas! —gritó la voz de Bill desde los árboles—. Ayúdame...

Su voz fue acallada.

—Muy real, amigo mío —continuó Teeleh—. Últimamente ha experimentado un poco de desconcierto por la manera en que los otros lo han tratado, pero te puedo prometer mi total protección.

Tom no podía quitar la mirada de la brecha en los árboles donde Bill había desaparecido. ¿Era real? Bill era real. La confusión le nubló la mente.

Un grito solitario chilló repentinamente detrás de Tom. Él giró la cabeza y vio al roush blanco en picada frente a las copas de los árboles. ¡Michal!

—¡Thomas! ¡Corre! ¡Rápidamente!

Tom dio media vuelta y se lanzó corriendo hacia el bosque. Se dio contra un árbol y giró alrededor, respirando con dificultad. Teeleh estaba parado estoicamente sobre el puente, taladrándolo con esos enormes ojos verdes.

—¡Rápido! —gritó Michal—. ¡Debemos apurarnos!

Tom dio media vuelta de la escena y se metió en el bosque tras Michal.

20

ENCONTRAR LA habitación había sido un simple asunto de pasarle al recepcionista un billete de cien dólares y preguntarle qué cuarto le asignaron a la rubia estadounidense unas horas antes. Ella quizá era la única estadounidense que se había registrado en todo el día.

Habitación 517, informó la recepcionista.

Carlos entró al pasillo del quinto piso, vio que estuviera despejado, y se dirigió rápidamente a su izquierda. 515. 517. Se paró ante la puerta, examinó la perilla. Cerrada. Era de esperar.

Permaneció en el pasillo vacío por otros tres minutos, el oído presionado a la puerta. Aparte del ruido del aire acondicionado, la habitación estaba en silencio total. Podrían estar durmiendo, aunque lo dudaba. O pudieron haberse ido. Poco probable.

Registró su bolsillo, sacó una ganzúa, y con mucho cuidado hizo girar las muescas en la cerradura. Había frecuencias ruidosas más que suficientes para cubrir su entrada. El estadounidense tenía una pistola, pero no era asesino. Carlos se dio cuenta de eso con sólo mirarle el rostro. Y por la manera que había agarrado la 9-milímetros en el vestíbulo del hotel, el tipo no tenía la más mínima idea de manejar pistolas.

No, lo que había aquí era un estadounidense que enloqueció y era audaz, y quizá un adversario aun más digno, pero no un asesino.

Si tu enemigo es fuerte, debes aniquilar.

Si tu enemigo es sordo, debes gritar.

Si tu enemigo teme a la muerte, debes masacrar.

Doctrina básica de campamento terrorista.

Carlos giró el cuello y lo hizo crujir. Vestía chaqueta negra, camiseta, pantalones, zapatos de cuero. El atuendo de un negociante mediterráneo.

Pero había acabado la hora de las fachadas. La chaqueta solamente estorbaría sus movimientos. Del bolsillo superior de la chaqueta sacó la pistola con silenciador y la deslizó detrás del cinturón. Se despojó de la chaqueta. La colocó sobre el brazo izquierdo y sujetó la pistola. Hizo girar la perilla con la mano izquierda.

Carlos respiró profundamente y se lanzó con fuerza contra la puerta, suficientemente fuerte para derribar cualquier dispositivo de seguridad.

Saltó una cadena y Carlos se introdujo, la pistola extendida.

Fuerza y velocidad. No sólo en ejecución sino en comprensión y juicio. Vio lo que necesitaba saber antes de dar su primera zancada completa.

La mujer atada al aire acondicionado. Amordazada. Cuerdas hechas de sábanas.

El estadounidense tendido sin camisa en la cama. Dormido.

Carlos había atravesado media habitación antes de que la mujer pudiera reaccionar, y sólo entonces con un grito ahogado. Los ojos le brillaron desorbitados. Impotente.

El estadounidense era aquí la única preocupación de Carlos. Giró bruscamente la pistola a la derecha, listo para meterle una bala en el hombro si se llegaba incluso a estremecer.

Él se movía con rapidez, sin perder movimiento. Pero en su mente sentía todo absurdamente lento. Así había ejecutado de manera impecable cientos de misiones. Descomponga un simple movimiento en muchos fragmentos y usted puede influir en cada uno, y hacer correcciones y cambios. Esta era una suprema ventaja que tenía por sobre todos, incluso los mejores.

Carlos llegó hasta donde la muchacha en cuatro zancadas. Se puso sobre su rodilla derecha y la golpeó con un veloz manotazo a la sien, todo eso mientras mantenía la pistola apuntada al estadounidense.

La mujer gimió y se dobló. Inconsciente.

Carlos sostuvo su posición hasta la cuenta de tres. El pecho del estadounidense se hinchaba y bajaba. La 9-milímetros yacía en sus dedos sobre la cama.

Fácil. Demasiado fácil. Casi desilusionadoramente fácil.

Se levantó, agarró la pistola del estadounidense, corrió a la puerta. La cerró sin hacer ruido. Volvió a la cama y analizó la situación, con la pistola colgando a su lado. Un premio en todo sentido del mundo. Dos por el precio de uno, como dirían los estadounidenses. Una mujer inconsciente y un hombre durmiendo, impotente a sus pies.

El hombre tenía varias cicatrices en el pecho. Músculos muy bien desarrollados. Dedos delgados. El cuerpo perfecto para un peleador. Tal vez él lo había subestimado.

¿Qué motivaba a Thomas Hunter? ¿Sueños? Pronto lo sabría, porque los tenía a los dos. El mundo estaría buscando al estadounidense que secuestró a Monique de Raison, sin sospechar que ambos estaban en manos de una tercera parte. Svensson celebraría con gusto.

El aire acondicionado zarandeaba firmemente a su izquierda. Afuera bullía la calle con asuntos nocturnos. La otra mujer podría regresar en cualquier momento.

Carlos fue hasta donde estaba Monique de Raison y le quitó la mordaza. Sacó de su bolsillo una esfera del tamaño de una canica. Era hechura suya. Nueve partes de explosivo, una parte de detonador remoto. La había usado con éxito en tres ocasiones.

Hizo sentar a la mujer, le apretó las mejillas hasta separarle los labios y le metió la esfera en la boca. Con la mano izquierda le oprimió la tráquea con suficiente fuerza repentina para hacer que ella boqueara de manera involuntaria. Al mismo tiempo, mientras ella boqueaba, con el índice él le empujó la bola por la garganta.

Ella exhaló como si fuera a vomitar. Tragó. Él le tapó la boca con la mano, y ella luchó por zafarse, recobrando la conciencia. Cuando él estuvo seguro de que ella tragó completamente la bola le golpeó la sien con el puño.

Ella se desplomó al piso.

Monique de Raison portaba ahora en el estómago suficiente explosivo para destriparla con sólo presionar un botón. Sin detonarla, la bola explosiva pasaría por su sistema como en veinticuatro horas. Pero hasta entonces era prisionera de él hasta una distancia de cincuenta metros. Esta era la única manera de lograr que ella y el estadounidense cooperaran. Ella debía cumplir con sus instrucciones por obvias razones. Y si Carlos juzgaba correctamente al estadounidense, este cumpliría para proteger a la muchacha.

—¿Qué...? —dijo entre dientes el estadounidense moviendo bruscamente la cabeza en su sueño—. ¿Qué?

Carlos se paró en la base de la cama. Pensó en despertar a Hunter con un balazo en el hombro. Pero aún debía bajar al sótano y caminar hasta el auto. No se podía arriesgar al desorden ni al momento de un hombre sangrante.

—¿Decirles? —masculló Thomas—. Decirles… 81.92 grados centígrados por dos horas… cortar los genes quinto y nonagésimo tercero y empalmarlos. La puerta trasera también.

¿Qué estaba musitando el idiota?

—Ahora olvida…

Una visión interesante, este estadounidense sobresaltado, hablando en su sueño entre dientes. Sus sueños. Genes quinto y nonagésimo tercero, cortarlos y empalmarlos. Necesitarás la puerta trasera. Sin sentido. Carlos almacenó por hábito la información.

Levantó la pistola y la apuntó en el pecho del estadounidense. Un disparo, y el hombre moriría. En realidad tentador. Pero lo necesita vivo en lo posible. Se acordó de cuando asesinó a otro estadounidense. El propietario de una compañía farmacéutica a quien Svensson quería fuera del camino.

Carlos dejó que se alargara el momento.

<hr />

MICHAL VOLABA debajo de las copas de los árboles y de vez en cuando miraba hacia atrás sin pronunciar palabra. Tom se precipitaba hacia delante, la mente entumecida. Algo muy importante acababa de ocurrir. Se había alejado de la aldea. Se reunió con Teeleh, un pensamiento que le hacía recorrer un frío por la columna vertebral cada vez que veía a la criatura en su imaginación. En realidad había concordado traicionar…

No, no traicionar. Nunca haría eso.

¡Pero lo había hecho!

Y había visto a un pelirrojo llamado Bill, quien era su copiloto, apenas vivo. El horror de todo esto calado en su mente, en una tinta indeleble. Se sintió como un niño andando a tropezones por las calles de Manila.

Tom finalmente se adaptó a una muda desesperanza y se perdió en el golpeteo de sus pies.

Cuando por fin pasaron la cima del valle, Michal no giró hacia la iluminada aldea como Tom esperaba. En vez de eso subió al valle donde el amplio camino desaparecía sobre la colina. Tom se detuvo resollando y se inclinó, con las manos en las rodillas, aspirando el aire nocturno. El roush siguió volando como cien metros antes de darse cuenta de que Thomas se había detenido. Agitando rápidamente las alas regresó y planeó en la colina.

—¿Sería mejor que camináramos ahora? —le preguntó.

—¿Adónde vamos? —inquirió Tom a su vez, señalando la aldea.

—Esta noche te reunirás con Elyon —respondió Michal.

—¿Elyon? —exclamó Tom enderezándose, inquieto.

El roush dio media vuelta y empezó a dirigirse al sendero.

—¡Michal! Por favor. Por favor, tengo que saber algo.

—Ah, lo sabrás, Thomas. Lo sabrás.

—Bill. ¿Lo viste? El shataiki dijo que él fue mi copiloto. Aterrizamos de emergencia…

—¿Es esto lo que te dijo el impostor? —interrumpió Michal volviéndose y analizándolo.

—Sí. Y lo vi, Michal. ¡*Tú* lo viste!

—Te diré lo que vi, y no debes olvidarlo. ¿Me entiendes? ¡Nunca!

—¡Por supuesto! —exclamó Tom.

El pecho se le llenó de emoción. Se puso las manos en las sienes, desesperado por tener claridad.

—Por favor, sólo dime algo que tenga sentido —rogó Tom.

—No vi nada más que mentiras. Teeleh es un engañador. Te dirá lo que sea para hacerte caer en su trampa. ¡Lo que sea! Sabiendo muy bien que ibas a dudar rápidamente de lo que te decía, te mostró a ese pelirrojo que llamas Bill.

—Pero si Bill es real…

—¡Bill no es real! ¡Lo que viste es producto de tu imaginación! ¡Una creación de ese monstruo! Desde el principio fue plantado para engañarte.

—Pero… ¡Bill me advirtió! ¡Salió del bosque y me gritó!

—¿Qué mejor manera para Teeleh de convencerte que él era real? Él sabía que casi con seguridad romperías tu acuerdo con él para traicionar a los otros —advirtió Michal, estremeciéndose con la última palabra—. Pero ahora que te ha gastado esta broma, y que estás tentado a creer que Bill es real, lo más probable es que regreses. Eso te rondará hasta que finalmente regreses.

El roush le lanzó una mirada que produjo en Tom deseos de llorar.

—¡Nunca! —exclamó él—. ¡Nunca regresaría si eso es verdad!

Michal no contestó en ese momento. Se volvió y caminó bamboleándose por la colina.

—Incluso ahora dudas —afirmó.

Tom dejó que Michal siguiera, seguro que el roush tenía razón y se equivocaba al mismo tiempo. Razón en cuanto al engaño del shataiki, equivocado en cuanto a que él volvería. ¿Cómo podría hacerlo? Él no era de las historias; no era de ningún planeta lejano llamado Tierra. Era de aquí, y aquí era la Tierra.

A menos que Teeleh tuviera razón.

Siguió al roush a distancia respetable. Pasaron la colina y llegaron a otro valle. Aquí un nuevo paisaje se abrió ante sus ojos. La suave ondulación de las colinas dio paso a escabrosas cuestas cubiertas de árboles más elevados que los que quedaron atrás.

Tom observó extasiado el paisaje. Las escabrosas cuestas se convirtieron en precipicios, y los árboles eran gigantescos, tanto que la luz que irradiaban iluminaba el cañón casi como si fuera luz del día. Cada rama parecía llevar fruto. Debió haber sido de este bosque donde recogieron las enormes columnas del Thrall. Pilares perfectos que brillaban en tonos rubí, zafiro, esmeralda y oro, iluminando el sendero con un aura que Tom casi sentía.

Este era su hogar. Él había perdido la memoria, pero este lugar increíble era su hogar. Aligeró levemente el paso.

Flores rojas y azules con largos pétalos cubrían una espesa alfombra de pasto esmeralda. Los precipicios parecían cortados de una perla blanca, los cuales reflejaban la luz de los árboles de tal modo que todo el valle resplandecía en los tonos del arco iris. Tom podía oír la corriente de un río que de vez en cuando se acercaba tanto al sendero que él lograba ver el agua verde fluorescente mientras pasaba veloz.

Hogar. Este era el hogar, y Tom apenas podía soportar el hecho de que alguna vez lo dudara. Rachelle debería estar aquí con él, caminando por este mismo sendero.

No habían andado más de diez minutos cuando Tom oyó por primera vez el lejano trueno. Al principio creyó que debió ser el sonido del río. No, más que un río.

Un cosquilleo le recorrió la piel. El trueno se hizo más fuerte. Tom volvió a aligerar el paso. Michal también se movió más rápido, brincando a lo largo del terreno y extendiendo las alas para mantener el equilibrio. Fuera lo que sea que atrajo a Tom también atraía a Michal.

De repente el follaje a su izquierda susurró, y Tom se detuvo. Una bestia blanca del tamaño de un caballo pequeño pero semejante a un león entró al camino, mirándolo con curiosidad. Tom dio un paso atrás. Pero el león siguió adelante, ronroneando fuertemente. Tom corrió para alcanzar a Michal, quien no se había detenido.

Ahora Tom vio otras criaturas. Muchas como la primera, otras como caballos. Observó una enorme águila blanca sobre el lomo de un león que fijaba la mirada en Tom mientras este andaba a tropezones por el sendero.

El trueno se hacía más fuerte, un estruendo grave, profundo y suficientemente poderoso para provocar un temblor apenas perceptible a través del terreno. Michal había dejado de brincar y saltar, y volaba de nuevo.

Tom salió corriendo detrás del roush. La tierra vibraba. Él giró en una amplia curva en el camino, el corazón le palpitaba con fuerza.

Entonces el sendero terminó bruscamente.

Tom se detuvo.

Ante él se extendía un gran lago circular, con el mismo brillo fluorescente del agua color verde esmeralda que contenía el bosque negro. Alineados a lo largo del lago había enormes árboles brillantes uniformemente espaciados, apartados cuarenta pasos de una orilla de arena blanca. Alrededor del lago había animales durmiendo o bebiendo.

En el extremo opuesto un altísimo acantilado de nácar resplandecía con tonos rubí y topacio. Sobre el acantilado salía una enorme cascada, la cual bullía con luz verde y dorada, y caía con estruendo en el agua cien metros debajo. La neblina que se alzaba captaba la luz de los árboles, dando la apariencia que del lago mismo surgían colores. Aquí apenas podía haber una diferencia entre el día y la noche. A su derecha fluía del lago el río que viera a lo largo del sendero. Michal había descendido hasta la orilla del lago y bebía a lengüetazos al borde del agua.

Tom se dio cuenta de todo esto antes de su primer parpadeo.

Dio unos indecisos pasos hacia la orilla, luego se detuvo, con los pies plantados en la arena. Deseó correr hacia el borde del agua y beber como hacía Michal, pero de repente no estaba seguro de poder moverse.

Abajo, Michal seguía bebiendo.

Un frío le bajó a Tom por la columna, desde la nuca hasta las plantas de los pies. Un inexplicable temor se apoderó de él. Brotó sudor de sus poros a pesar del viento frío que soplaba a través del lago.

Algo estaba mal. Todo mal. Él retrocedió, su mente anhelaba una hebra de razón. En vez de eso, el miedo dio paso al terror. Giró y subió corriendo la ribera.

En el momento en que llegó a lo alto se le desprendió el miedo como grilletes sueltos. Dio media vuelta. Michal bebía. Insaciablemente.

En ese instante Tom supo que *debía* beber el agua.

Allí en la playa, sus pies se extendieron y se plantaron firmemente en la suave arena blanca, con las manos apretadas a los costados, la mente de Tom reaccionó.

Él estaba vagamente consciente del suave gemido que salió de sus labios, apenas audible por sobre la caída de agua. Los animales holgazaneaban. Michal bebía profundamente debajo de él. Los árboles se elevaban con majestuosidad. La cascada chorreaba a borbotones. La escena estaba congelada en el tiempo, con Tom erróneamente atrapado en sus pliegues.

De pronto la cascada pareció golpear con más fuerza y una oleada de rocío surgió del lago. La neblina se movió hacia Tom. La vio venir. Se extendía por la orilla. Le llegó al rostro, no más que un tenue vaho de humedad, pero pudo haber sido la onda expansiva de una pequeña arma nuclear.

Tom lanzó un grito ahogado. Sus manos cayeron a la arena. Los ojos desorbitados. El terror desapareció.

Sólo persistía el deseo. Deseo violento y desesperado, que le halaba el dolorido corazón con el poder del vacío absoluto.

Nadie que observara se pudo haber preparado para lo que él hizo a continuación. En ese momento, sabiendo lo que debía hacer, lo que anhelaba con más desesperación, Tom desarraigó a la fuerza los pies de la arena y salió corriendo hacia el borde del agua. No se detuvo en la orilla ni se encorvó para beber como hacían los otros. En vez de eso saltó por sobre el cuerpo agachado de Michal y se zambulló en las brillantes aguas. Gritando todo el tiempo.

El cuerpo de Tom recibió una violenta sacudida en el instante en que tocó el agua. Un estroboscopio azul explotó en sus ojos, y él supo que iba a morir. Que había entrado a un charco prohibido, atraído por el deseo equivocado, y que ahora pagaría con su vida.

El agua tibia lo envolvió. Aleteos le ondularon por el cuerpo y estallaron en un ardiente calor que le sacó el aire de los pulmones. El sólo impacto pudo haberlo matado.

Pero no murió. Es más, fue placer lo que le sacudió el cuerpo, no muerte. ¡Placer! Las sensaciones le recorrían los huesos en olas fabulosas y constantes.

Elyon.

No lo sabía con seguridad. Pero lo sabía. Elyon estaba en este lago con él.

Tom abrió los ojos y descubrió que no le ardían. Luz dorada se movía sin rumbo fijo. Ninguna parte del agua parecía más oscura que otra. Perdió todo sentido de orientación. ¿Dónde era arriba?

El agua presionaba en cada centímetro de su cuerpo, tan intensa como cualquier ácido, pero uno que quemaba con placer en vez de dolor. Su violenta sacudida dio paso a un suave temblor mientras se hundía en el agua. Abrió la boca y rió. Quería más, mucho más. Quería succionar y beber el agua.

Sin pensar, hizo eso. Tomó un gran trago y luego inhaló de manera intencional. El líquido le golpeó los pulmones.

Tom se detuvo de repente, lleno de pánico. Trató de despejar los pulmones, de boquear. Pero en vez de eso inhaló más agua. Manoteó y arañó en una dirección que pensó que podría ser la superficie. ¿Se estaba ahogando?

No. No sintió que se le cortara la respiración.

Con cuidado succionó más agua y la respiró lentamente. Luego otra vez, profundo y fuerte. Salía en un suave chorro.

¡Estaba respirando el agua! En grandes suspiros respiraba la hipnótica agua del lago.

Tom rió histéricamente. Jugueteó en el agua, recogiendo los pies para revolcarse, y después estirándolos para tenderse hacia delante, profundizándose en los colores que lo rodeaban. Nadó en el lago, cada vez más profundo, girando y rodando mientras se zambullía hacia el fondo. El poder contenido en este lago era mucho más grandioso que cualquier cosa que había imaginado alguna vez. Apenas lograba contenerse.

Es más, no se pudo contener; lloró de placer y nadó más profundo.

Entonces las oyó. Tres palabras.

Yo hice esto.

Tom subió, paralizado. No, no eran palabras. Era música hablada. Notas puras que le traspasaban el corazón y la mente con tanto significado como un libro entero. Giró su cuerpo, buscando el origen.

Una risita onduló el agua. Ahora como un niño.

Tom rió tontamente y giró.

—¿Elyon?

Su voz fue acallada, para nada era una voz.

Yo hice esto.

Las palabras resonaron en los huesos de Tom, y comenzó a temblar de nuevo. No estaba seguro si se trataba de una voz real, o si de algún modo era imaginaria.

—¿Qué eres? ¿Dónde estás?

Flotó luz. Olas de placer siguieron arrastrándolo.

—¿Quién eres?

Soy Elyon.
Y yo te hice.

Las palabras empezaron en su mente y ardieron por todo su cuerpo como un fuego propagándose.

¿Te gusta esto?

¡Sí! —exclamó Tom.

Pudo haberlo expresado, pudo haberlo exclamado, no lo sabía. Sólo sabía que todo su cuerpo lo gritó.

—¿Elyon? —preguntó Tom mirando alrededor.

La voz era diferente ahora. Hablada. La música desapareció. Una pregunta sencilla e inocente.

¿Dudas de mí?

En ese sencillo momento lo golpeó el peso total de su terrible insensatez como un mazo. ¿Cómo pudo haber dudado de esto?

Tom se acurrucó en una posición fetal dentro de los intestinos del lago y comenzó a gemir.

Te veo, Thomas.
Te hice.
Te amo.

Las palabras lo envolvieron, penetrando hasta los más profundos tuétanos de sus huesos, acariciando cada sinapsis oculta, fluyendo por cada vena, como si le hubieran hecho una transfusión.

¿Por qué dudaste entonces?

Era el Tom de sus sueños, de su subconsciente, que le comprimía ahora la mente. Había hecho más que sólo dudar. Ese era él, ¿o no?

—Lo siento. Lo siento mucho.

Pensó que después de todo podría morir.

—Lo siento. Lo siento muchísimo —gimió—. Por favor...

¿Lo siento? ¿Por qué lo sientes?

—Por todo. Por... dudar. Por no hacer caso...

Tom se interrumpió, sin estar exactamente seguro cómo más había ofendido, sabiendo sólo que lo había hecho.

¿Por no amar?
Te amo, Thomas.

Las palabras llenaron todo el lago, como si el agua misma se hubiera convertido en esas palabras. Tom sollozó sin consuelo.

De pronto el agua alrededor de sus pies empezó a hervir, y sintió que el lago lo succionaba más hacia su profundidad. Él lanzó un grito ahogado, halado por una poderosa corriente. Y después fue aventado y empujado de cabeza por la misma corriente. Abrió los ojos, resignado a cualquier cosa que lo esperara.

Un túnel oscuro se abrió directamente delante de él, como el ojo de un remolino. Entró a prisa allí y la luz desapareció.

El dolor lo golpeó como un carnero embistiendo, y él boqueó tratando de respirar. Por instinto arqueó la espalda en pánico ciego y retrocedió hacia la entrada del túnel, forzando la vista, pero ya se había cerrado.

Comenzó a gritar, agitando los brazos en el agua, metiéndose cada vez más profundo dentro del túnel oscuro. Le recorrió el dolor por todo el cuerpo. Sintió como si le hubieran rebanado la carne con sumo cuidado y la hubieran empacado con sal; cada órgano rodeado con carbones ardiendo; sus huesos taladrados y rellenados con plomo fundido.

Por primera vez en su vida, Tom deseó desesperadamente morir.

Entonces vio brotar las imágenes, y reconoció de dónde debían ser. Imágenes del cruce, de sus sueños, desplegadas aquí para que las viera.

Imágenes de él escupiéndole el rostro a su padre. Su padre el capellán.

—¡*Déjame morir!*—se oyó gritar dentro de sí—. ¡*Déjame moriiiiirrrr!*

El agua le obligó a abrir los ojos y nuevas imágenes le inundaron la mente. Su madre, llorando. Las imágenes venían ahora más veloces. Representaciones de su vida. Una naturaleza sombría y terrible. Un hombre de rostro rojo estaba expeliendo obscenidades con una lengua larga que se la pasaba azotando desde su boca abierta como la de una serpiente. Cada vez que la lengua tocaba a alguien, esta persona caía amontonada en el piso como una pila de huesos. El rostro que Tom veía era el suyo. Recuerdos de vidas muertas e idas, pero aquí y ahora aún morían.

Y supo entonces que había entrado a su propia alma.

La espalda se le arqueó de tal modo que la cabeza le llegó a los talones. La columna vertebral se le tensó hasta estar a punto de partirse. No podía dejar de gritar.

De repente el túnel se abrió por debajo y lo vomitó dentro de agua roja con una consistencia de sopa. Sangre roja. Él succionó el agua roja, llenándose sus agotados pulmones.

De lo profundo en el hoyo del lago un gemido comenzó a inundarle los oídos, reemplazando sus propios gritos. Tom giró, buscando el sonido, pero sólo encontró sangre roja espesa. Aumentó el volumen del gemido hasta convertirse en un lamento y después en un grito.

¡Elyon gritaba! De dolor.

Tom presionó las manos en los oídos y comenzó a gritar al unísono, pensando ahora que esto era peor que el tenebroso túnel. Su cuerpo avanzó muy lentamente entre llamas, como si todas las células se revolcaran ante el sonido. *Y así deberían estar ellos* —le susurró una voz en el cráneo—. *¡Su Hacedor está gritando de dolor!*

Entonces Tom pasó. Salió del rojo, entró al verde del lago, las manos aún presionadas firmemente contra los oídos. Oyó las palabras como si vinieran de dentro de su propia mente.

Te amo, Thomas.

Al instante desapareció el dolor. Tom quitó las manos de la cabeza y se enderezó levemente en el agua. Flotó, demasiado aturdido para responder. Entonces el lago se llenó con un cántico. Un cántico más maravilloso que cualquier otro que podría sonar, cien mil melodías entretejidas en una.

Te amo.
Te escojo.
Te rescato.
Te acaricio.

—¡Yo también te amo! —gritó Tom con desesperación—. Te escojo; te acaricio.

Él sollozó, pero de amor. La sensación era más intensa que el dolor que había padecido.

De pronto la corriente lo volvió a halar, arrastrándolo a través de los colores. Su cuerpo volvió a temblar de placer, y flotaba relajado mientras atravesaba el agua. Quería hablar, gritar y exclamar para contarle a todo el mundo que era el hombre más afortunado en el universo. Que era amado por Elyon, el mismísimo Elyon, con su propia voz en un lago hecho por él.

Pero las palabras no llegaron.

Cuánto tiempo nadó en las corrientes del lago, no podía saberlo. Se zambulló en tonos azules y halló un charco profundo de paz que le entumeció el cuerpo como novocaína. Con un giro de la muñeca alteró su curso dentro de un arroyo dorado y tembló con olas de absoluta confianza que venían con gran poder y abundancia. Luego con un giro de la cabeza entró a prisa en agua roja que bullía con placer tan enorme que se volvió a sentir relajado. Elyon reía. Y Tom rió y se zambulló más hondo, girando y volviéndose.

Cuando Elyon habló de nuevo, su voz era suave y profunda, como un león ronroneando.

Nunca me dejes, Thomas.
Asegúrame que nunca me dejarás.

—¡Nunca! ¡Nunca, nunca, nunca! Siempre estaré contigo.

Otra corriente lo agarró por detrás y lo empujó a través del agua. Él reía mientras se precipitaba por el agua en lo que pareció un tiempo muy prolongado antes de salir a la superficie ni a diez metros de la orilla.

Permaneció parado en el fondo arenoso y exhaló un litro de agua de sus pulmones frente a un asombrado Michal. Tosió dos veces y salió del agua.

—¡Vaya, ah, vaya! —exclamó Tom, sin poder pensar en las palabras que describirían la experiencia—. ¡Cielos!

—Elyon —explicó Michal, con el corto hocico abierto en tremenda sonrisa—. Bien, bien. *Fue* muy poco ortodoxo, zambullirse de ese modo.

—¿Cuánto tiempo estuve abajo?

—Un minuto —contestó Michal encogiéndose de hombros—. No más.

—Increíble —confesó Tom, cayendo de rodillas en la arena.

—¿Recuerdas?

Él volvió a mirar la cascada. ¿Recordaba?

—¿Recordar qué?

—De qué aldea viniste. Quién eres —contestó Michal.

¿Recordaba?

—No —reconoció Thomas—. Recuerdo todo desde la caída en el bosque negro. Y recuerdo mis sueños.

En que se hallaba durmiendo, pensó. Esperando que lo despertaran. Pero sabía que no iba a despertar hasta que se quedara dormido aquí. Podrían pasar dos días aquí y un segundo allá. Así es como funcionaba.

Suponiendo que volviera a soñar alguna vez. Seguramente no quería hacerlo. El lago lo había revivido por completo. Se sentía como si hubiera dormido una semana.

Se dejó caer de espaldas y quedó acostado sobre la arena de la playa, mirando la luna.

21

MONIQUE PARPADEÓ. Sentía que le iba a estallar la cabeza. Se hallaba acostada de lado. Su visión era borrosa. Tenía la mejilla contra la alfombra. Podía ver debajo de la cama a tres metros de distancia. ¿Se había quedado dormida?

Entonces recordó. El pulso se le aceleró. ¡Alguien había irrumpido mientras Thomas dormía! Entró como un torbellino y la golpeó en la cabeza antes de que ella pudiera hacer nada. Algo más había sucedido, pero no lograba recordar qué. Le dolía la garganta. Sentía la cabeza como un globo.

Pero estaba viva, y aún estaba en la habitación.

¡Debía despertar a Tom!

Monique estaba a punto de levantar la cabeza cuando vio los zapatos debajo del extremo de la cama. Se hallaban conectados a pantalones. Alguien estaba parado al final de la cama.

Contuvo el aliento y se paralizó. ¡Él aún estaba aquí! La respiración de Tom sonaba irregular. ¿Estaba herido? O durmiendo.

Monique cerró los ojos e intentó pensar. Las tiras de sábana de la cama aún le ataban los brazos y los pies. Pero su boca. Él le había quitado la mordaza. ¿Por qué? ¿Era este su rescatador? ¿Había venido la policía para sacarla de ahí? De ser así, ¿por qué entonces el hombre la había dejado inconsciente?

No, no podría ser alguien que pensara en la seguridad de Monique. Que ella supiera, en este mismo instante él atravesaba el cuarto, cuchillo en mano, pretendiendo terminar el trabajo.

Abrió los ojos de par en par. Los zapatos de él no se habían movido. Ella levantó la mirada lo más que pudo, desesperada por ver a su atacante.

Camisa negra. Tenía una larga cicatriz en la mejilla. Su brazo estaba extendido. Portaba una pistola en la mano. La pistola apuntaba a Thomas.

Monique se llenó de pánico.

—¡Thomas! —gritó con toda la fuerza que tenía, irguiéndose.

El hombre giró hacia ella, apuntando con la pistola, los ojos bien abiertos. Thomas se irguió rápidamente en la cama, como un títere movido por cuerdas. El hombre cayó sobre una rodilla y apuntó otra vez la pistola hacia Thomas.

—¡Quieto!

Pero era demasiado tarde. Thomas ya se estaba moviendo.

Se lanzó hacia su izquierda. La pistola vomitó. Una almohada arrojó plumas. Monique vio al estadounidense caer de la cama y dar contra el piso en el otro lado. Se movió con velocidad vertiginosa, como si hubiera rebotado en la alfombra.

Al instante se hallaba en el aire, volando hacia el intruso vestido de negro.

¡Plas! La pistola volvió a vomitar, abriendo un hoyo en la cabecera de la cama. Tom entró con una patada tijereta, como un jugador de fútbol preparándose para hacer un gol. Su pie se conectó con la mano del hombre.

¡Crac!

La pistola atravesó volando la habitación y chocó en la pared por encima de la cabeza de Monique. Cayó al suelo a su lado.

Ella estaba impotente para agarrarla. Pero hizo oscilar la pierna para cubrirla.

Thomas había rodado sobre la cama después de su patada y ahora estaba de pie cerca de la almohada rota, enfrentando al atacante en la conocida posición de listo para atacar.

El hombre la miró, luego a Thomas. Una sonrisa le retorció los labios.

—Muy bien. Lo subestimé después de todo —expresó.

Acento mediterráneo. Instruido. No un matón. Monique intentó levantarse, haciendo caso omiso de un dolor espantoso en la cabeza.

—¿Quién es usted? —exigió saber Thomas; tenía los ojos totalmente abiertos, pero aparte de eso estaba sorpresivamente tranquilo—. No quiero herir a nadie.

—¿No? Entonces quizá lo subestimé.

—Usted es el que quiere la vacuna —afirmó Thomas.

El ojo izquierdo del hombre se entrecerró un poco. Suficiente para que Monique supiera que Thomas había tocado una fibra sensible.

—¿Cómo lo supo usted? —inquirió Thomas.

—No tengo interés en una vacuna —contestó el hombre; sus ojos miraron una chaqueta que estaba cerca de la puerta; Tom también la vio.

—Yo le avisé, ¿no es así? —exigió saber Thomas—. Si no hubiera dicho nada a nadie, usted no estaría aquí. ¿Es eso correcto?

—Yo sólo hago aquello para lo que me contratan —rebatió el hombre encogiéndose de hombros—. No tengo idea de qué habla usted.

Él se movió cuidadosamente hacia la puerta del frente. Se frotó las manos y las levantó en una muestra de rendición.

—En este caso me contrataron para devolverle la muchacha a su padre, y debo decirle que pretendo hacer eso totalmente. No tengo ningún interés en usted.

—No, no le creo —enunció Thomas, negando con la cabeza—. Monique, 375,200 pares base. Vacuna VIH. ¿Estoy en lo cierto?

Ella lo miró. Aún no habían publicado esa información. Cómo pudo…

—¿Estoy en lo cierto? —repitió él.

—Sí.

—Entonces escúcheme —ordenó Tom, mirando primero a Monique y después al atacante; los ojos se le llenaron de lágrimas; parecía desesperado—. No sé qué me está pasando. No quiero herir a nadie. De veras, ¿me oye? Pero tengo que detener a este tipo. Quiero decir, pase lo que pase, tenemos que detenerlo. Son reales, Monique. Mis sueños son reales. ¡Tiene que creerme!

El hombre había dado otro paso hacia la puerta.

—Sí, está bien. Le creo —contestó ella más para tranquilizar a Tom que por estar de acuerdo con él—. ¡Vigílelo, Thomas! Él está yendo hacia la chaqueta.

—Deje la chaqueta —ordenó Thomas.

El hombre arqueó una ceja. Parecía estar disfrutando.

—Esto es absurdo. ¿Cree de verdad que puede impedirme hacer lo que quiero? Usted está desarmado —expresó mientras con indiferencia metía la mano al bolsillo y sacaba una navaja automática; la hoja se abrió de repente—. Yo no lo estoy. Y aunque lo estuviera, usted no tendría ninguna oportunidad contra mí.

—¿Lo jura?

—¿Quiere usted que yo…?

—¡Usted no! Ella. ¿Me cree, Monique? Necesito que me crea.

La convicción de él la hizo titubear.

—Esto podría terminar mal, Monique. Necesito realmente, de veras, que entienda lo que está pasando aquí.

—Le creo —confirmó ella.

De pronto el hombre arremetió contra su chaqueta.

Monique nunca había visto a alguien moverse tan rápido como lo hizo Thomas entonces. No saltó; no dio un paso. Se disparó, como una bala. Directo al piso entre la cama y la puerta del frente donde se hallaba doblada la chaqueta.

Rodó una vez, se paró de un salto, y con los bordes de las dos manos golpeó de costado al hombre vestido de negro.

⸻ ✸ ⸻

CARLOS HABÍA matado muchos hombres sólo con las manos. Nunca, en una docena de años del más excelente entrenamiento, había visto a un hombre moverse tan rápido como el estadounidense. Si pudiera llegar al trasmisor en la chaqueta, no habría pelea. Ahora estaba seguro que Thomas Hunter capitularía si lo enfrentaba a la posibilidad de la terrible muerte de la francesa.

Vio a Hunter tocar el suelo y rodar, y supo exactamente lo que pretendía hacer. Incluso supo que lo que el hombre había ganado al poner a trabajar la gravedad a su favor podría significar que Hunter lo alcanzaría antes de que lograra alcanzar la chaqueta. Pero tenía que tomar una decisión, y, considerados todos los aspectos, decidió concluir su intento de agarrar la chaqueta. Era la única manera de evitar una pelea que indudablemente terminaría con la muerte de Thomas Hunter.

El hecho era que quería vivo a Hunter. Necesitaba saber qué más sabía.

El hombre lo alcanzó demasiado rápido. Carlos se movió para aceptar el golpe de Hunter. El estadounidense lo golpeó en el brazo izquierdo, fuerte. Pero no tan fuerte como para derribarlo.

Carlos agitó la navaja en la mano derecha a través del cuerpo de su oponente. La hoja cortó carne. El estadounidense cayó sobre el estómago. Rodó sobre la chaqueta y se paró listo. Sangre le manaba de cortes en los antebrazos.

Arrojó la chaqueta a través de la habitación. Sin inmutarse. Rebotó dos veces en la parte delantera de los pies y se lanzó hacia la pared adyacente a Carlos, con los pies por delante.

Esta vez él supo la trayectoria del hombre antes de que pudiera alinear su patada. Iba por el cuchillo.

Carlos esquivó, bloqueó el talón del hombre cuando este venía, y apuñaló con la navaja. La hoja se hundió en carne.

Hunter gimió y giró las piernas contra la hoja, obligándola a salir de la mano de Carlos. Aterrizó en ambos pies, con la hoja firmemente plantada en su pantorrilla derecha. La arrancó y enfrentó a Carlos, con la hoja lista.

El cambio total fue completamente inesperado. A rabiar. Bastante… se le acababa el tiempo.

Carlos simuló ir a su izquierda, se agachó, y saltó repentinamente hacia atrás. Como esperaba, el movimiento atrajo una rápida cuchillada con la navaja. Aún sobre sus talones cayó sobre una mano e hizo girar su pie derecho con todas sus fuerzas. Su zapato golpeó la muñeca de Hunter. La rompió con un crujido agudo. La navaja salió volando por el cuarto.

Él siguió su pie derecho con el izquierdo hacia el plexo solar del estadounidense.

Hunter se tambaleó hacia delante, sin aliento.

El teléfono sonó.

Carlos se había tardado mucho. Su primera preocupación tenía que ser la muchacha. Ella era la clave para la vacuna. Otro timbrazo. ¿La rubia? O la recepcionista. Llevarse al estadounidense ya no era una opción.

Debía acabar esto ahora mismo.

⬻⬿⬺

NÁUSEA RECORRIÓ por el estómago de Tom. El teléfono sonaba, y pensó que podía ser Kara. El timbre pareció desconcertar levemente a su atacante, pero él no estuvo seguro si eso importaría ya. El hombre con cicatriz en el rostro se iba a llevar a Monique.

Los dos brazos de Tom sangraban. Su muñeca estaba rota y se entumecía la pierna derecha. El hombre lo había desarmado sin soltar una gota de sudor. El pánico empezó a inundarlo.

De pronto el hombre dobló a su izquierda, hacia Monique. Ella hizo oscilar ambos pies hacia él en un valiente esfuerzo por rechazarlo.

—Aléjese de mí, usted…

Él le aventó los pies a un lado y recogió la pistola. Se volvió con indiferencia y apuntó el arma hacia Tom.

Las opciones de Tom habían desaparecido. Ahora sólo era cuestión de sobrevivencia. Se enderezó.

—Usted gana.

La pistola bajó y se sacudió en la mano del hombre. Una bala se abrió paso por el muslo de Tom. Se tambaleó hacia atrás, entumecido.

—Siempre gano —se jactó el hombre.

—¡Thomas! —exclamó Monique mirando aterrorizada—. ¡Thomas!

—Tiéndase sobre la cama —ordenó el hombre.

—No le haga daño.

—Cállese y tiéndase sobre la cama.

Tom cojeó hacia delante. Su mente ya se le estaba debilitando. Quiso decir algo, pero no vino nada. Sorprendentemente, ya no le importó lo que el hombre le hiciera ahora. Pero estaba Kara, además de Monique, y estaba su madre, y todas ellas iban a morir.

Además estaba su padre. Quería hablar con su padre.

Se oyó quejarse cuando caía en la cama.

¡Plas! Una bala se le incrustó en el estómago.

¡Plas! Una segunda bala le perforó el pecho.

La habitación se desvaneció.

Tinieblas.

EL SUBSECRETARIO de estado Merton Gains se agachó debajo del paraguas y se deslizó dentro del Lincoln. Se había acostumbrado a los aguaceros desde que se mudó de Arizona a Washington. En realidad los encontraba refrescantes.

—Vaya, está lloviendo de verdad —comentó.

—Así es, señor —asintió George Maloney detrás del volante.

El irlandés no mostró ni un indicio de emoción. Nunca lo hacía. Gains ya no lo intentaba. Le pagaban por pasear en coche y por proteger.

—Llévame al aeropuerto, George. Llévame a la parte más seca de la tierra.

—Sí señor.

Miranda había insistido en vivir en su hogar en Tucson al menos durante los inviernos, pero después de dos años ya no soportaba vivir en Washington, y encontraba excusas para regresar a casa incluso en los meses más calientes. La verdad es que Merton haría lo mismo, si le daban a elegir. Los dos fueron criados en el desierto, para el desierto. Punto.

La lluvia salpicaba las ventanillas de manera implacable. El tráfico estaba casi paralizado.

—Señor, ¿estará de regreso el jueves?

—Hoy Tucson, mañana California, de vuelta el jueves —suspiró Gains—. Así es.

Su teléfono celular le vibró en el bolsillo superior de la chaqueta.

—Muy bien, señor. Quizá esta lluvia haya amainado para entonces.

Gains extrajo el teléfono.

—Me gusta la lluvia, George. Mantiene todo limpio. Algo que siempre podemos usar aquí, ¿no es cierto?

—Sí señor —llegó la respuesta sin sonrisa alguna.

Contestó el teléfono.

—Habla Gains.

—Sí, Sr. Gains, tengo en el teléfono a Bob Macklroy. Dice que podría ser importante.

—Páselo, Venice.

—Está bien.

A veces Washington le parecía a Gains una reunión universitaria. Asombra cómo muchos empleos habían ido a parar a manos de graduados de Princeton desde que eligieran presidente a Blair. Todas personas capacitadas, desde luego; no se podía quejar. Él mismo había hecho su parte en hacer subir la cuota Princeton, principalmente por medio de recomendaciones. Bob aquí, por ejemplo, no era exactamente alguien con influencia en Washington, pero en parte estaba trabajando como secretario adjunto en la oficina del Bureau for International Narcotics and Law Enforcement Affairs porque había jugado básquetbol con el ahora ministro de estado Merton Gains.

—Hola, Bob.

—Hola, Merton. Gracias por contestar la llamada.

—De nada. ¿Te está tratando bien Tim allá?

Bob no se molestó en contestar directamente la pregunta.

—Él está en Sao Pablo por algunos días. No estamos seguros si eres la persona adecuada. Esto es un poco extraño, y no sabemos con seguridad hacia dónde dirigirlo. Tim pensó que el FBI podría ser...

—Cuéntamelo, Bob. ¿De qué se trata?

—Bueno... —vaciló Bob.

—Sólo dime. Y sube el tono de la voz, aquí llueve muy duro. Pareciera que está pasando un tren por aquí.

—Bueno, pero todo el asunto es muy extraño. Sólo te estoy informando lo que sé. Parece relacionado con tu participación en la Ley Gains.

Gains se irguió un poco. Bob no acostumbraba estas evasivas. Algo no andaba bien, no sólo en su voz sino en esta mención del proyecto de ley derrotado por escaso margen que Merton presentara dos años antes cuando era senador. La volvieron a presentar, con algunas alteraciones y su nombre aún en ella. El proyecto de ley impondría estrictas restricciones a la inundación de nuevas vacunas que llegan al mercado, exigiéndoles que las sometan a una serie completa de pruebas. Ya habían pasado dos años desde que muriera su hija menor, Corina, de una enfermedad autoinmune después de que se le administrara erróneamente una nueva vacuna contra el SIDA. La vacuna tenía aprobación de la FDA. Gains logró que la prohibieran, pero cada mes entraban al mercado otras vacunas, y cada vez eran más las víctimas.

—Si no desembuchas, voy a enviar allí algún poder efectivo para obligarte —amenazó Gains.

Esto era algo que sólo podía decir a un hombre como Bob, el macho presuntuoso que una vez ostentara el record de lanzamientos de tres puntos en el básquetbol universitario. Todos sabían que Merton Gains se saldría de su camino para no pisar a una hormiga que vagara por la acera.

—Te recordaré que mantengas mi nombre en reserva —siguió evadiendo

Bob, luego suspiró—. Hace un par de días recibí una extraña llamada de un hombre que dice llamarse Thomas Hunter. Él…

—¿El mismo Thomas Hunter de la situación en Bangkok? —interrumpió Gains.

Hoy día le habían asignado el incidente. Un ciudadano estadounidense identificado en registros de vuelo como Thomas Hunter había secuestrado a Monique de Raison y a otra mujer no identificada en el vestíbulo del Sheraton. Los franceses estaban furiosos, los tailandeses exigían intervención, y hasta el mercado de valores había reaccionado. Farmacéutica Raison no era precisamente desconocida. El momento no pudo haber sido peor… acababan de anunciar su nueva vacuna.

A juicio de Gains el momento era muy oportuno.

—Sí, creo que podría ser —respondió Bob.

—¿Te llamó? ¿Cuándo?

—Hace unos días. Desde Denver. Aseguró que la vacuna Raison mutaría en un virus mortífero que acabaría con la mitad de la población. Puras chifladuras.

No necesariamente.

—Bueno, así que tenemos un chiflado que se las arregló para volar hasta Tailandia y secuestrar a la hija de Jacques de Raison. Eso es lo que el mundo ya sabe. ¿Dijo algo más?

—En realidad, sí. No pensé en el asunto hasta que vi hoy su nombre en las noticias. Como dijiste, un chiflado, ¿no es verdad?

—Correcto.

—Bueno, me dijo que el ganador del Derby de Kentucky iba a ser Volador Feliz.

—¿Y? ¿No fue el Derby hace tres días?

—Sí. Pero me lo dijo antes de la carrera. Obtuvo su información de sus sueños, el mismo lugar donde supo que la vacuna Raison…

—¿Te dijo de veras el nombre del ganador antes de la carrera?

—Eso es lo que estoy diciendo. Absurdo, lo sé.

Gains miró por la ventanilla lateral. No se veía nada por los raudales de agua que bajaban por el vidrio. En su época había sabido de algunas ridiculeces, pero esta sería exclusiva como disertación principal de cantina.

—¿Apostaste?

—Desgraciadamente saqué la llamada de mi mente hasta hoy, cuando volví a ver su nombre. Pero hice algunas averiguaciones. Su hermana, Kara Hunter, ganó más de trescientos mil dólares en la carrera. Estuvieron en Atlanta donde armaron un poco de escándalo en los CDC.

Definitivamente algo no estaba bien aquí.

—Así que tenemos dos chiflados. No he visto la reseña de ella.

—Es enfermera. Se licenció con honores. Una chica lista, por lo que veo. No el típico caso de excentricidad.

—No me digas que estás creyendo de veras que este muchacho sabe algo.

—Sólo estoy diciendo que él sabía acerca de Volador Feliz, y ganó. Y asegura que sabe algo respecto de esta vacuna Raison. Eso es todo lo que te estoy informando.

—Está bien, Bob. Basta con decir que Thomas Hunter está totalmente engañado… las esquinas de las calles de Estados Unidos están repletas de tipos parecidos, por lo general de los que portan carteles y a gritos lanzan peroratas sobre el fin del mundo. Esto es bueno. Al menos tenemos motivación. Sin embargo, tienes razón, de esto se tienen que encargar la CIA y el FBI. ¿Tienes un informe redactado?

—En mi mano.

—Entonces hazlo público. Los reseñadores tendrán actividad con esto. Envíame una copia por fax, ¿de acuerdo?

—Lo haré.

—Y hazme un favor. Si el hombre vuelve a llamar, pregúntale quién ganará el campeonato de básquetbol de la NBA.

Eso provocó una risotada.

Gains cerró el teléfono y cruzó las piernas. ¿Y si Thomas Hunter supiera algo más que quién iba a ganar el Derby de Kentucky? Imposible, por supuesto, pero entonces imposible también era saber quién ganaría el Derby de Kentucky.

Hunter había volado a Atlanta. Las oficinas centrales de los CDC estaban allí. Eso tendría sentido. Hunter cree que un virus está a punto de arrasar con el mundo, va a los CDC, y cuando ellos se burlan de su ridícula afirmación, él va directo a la fuente del supuesto virus.

Bangkok.

Interesante. El caso de un verdadero chiflado. Demente.

Por otro lado, ¿cuán a menudo una locura ha hecho ganar trescientos mil dólares en una carrera de caballos?

22

THOMAS.

Una dulce voz. Pronunciando su nombre. Como miel. *Thomas.*

—Thomas, despierta.

Una voz de mujer. Le acariciaba la mejilla. Él estaba despertando, pero sin seguridad de que ya hubiera despertado de veras. La mano en su mejilla podría ser parte de un sueño. Por un momento dejó que fuera un sueño.

Saboreó ese sueño. Esta era la mano de Monique en su mejilla. La obstinada francesa que se había horrorizado de que él pudiera morir de verdad.

—¡*Thomas!* —gritaba ella—. ¡*Thomas!*

No, no. No se trataba de Monique sino de Rachelle. Sí, eso era mejor. Rachelle se arrodillaba a su lado, acariciándole la mejilla con la mano. Inclinándose sobre él, susurrando su nombre. *Thomas.* Los labios de ella se estaban estirando para tocar los de él. Hora de despertar al gallardo príncipe.

—¿Thomas?

Él abrió bruscamente los ojos. Cielo azul. Cascada. Rachelle.

Lanzó un grito ahogado y se irguió. Aún estaba en la playa donde se quedara dormido durante la noche. Miró alrededor. No había animales a la vista. Ningún roush. Sólo Rachelle.

—¿Recuerdas? —preguntó ella.

Él recordaba. El lago. Profunda zambullida. Éxtasis. Aún perduraba aquí el sonido de la cascada.

—Sí. Estoy empezando a recordar —contestó él—. ¿Qué hora es?

—Mediodía. Los demás se están preparando.

También recordaba el cruce y la afirmación de Teeleh de que él había aterrizado de emergencia.

—¿Para qué se están preparando?

—Para la Concurrencia esta noche —informó ella como si él debiera saber esto.

—Desde luego —asintió él, miró las relucientes aguas que se extendían por el lago, tentado a volver a nadar.

¿Podía zambullirse sencillamente en cualquier momento que quisiera?

—En realidad, todavía no recuerdo todo.

—¿Qué recuerdas?

—Bueno, no sé. Si supiera, lo recordaría. Pero creo que comprendo el Gran Romance. Se trata de Elyon.

—Sí —contestó ella, iluminándosele los ojos.

—Se trata de elegir, rescatar y ganar el amor porque eso es lo que Elyon hace.

—¡Sí! —gritó Rachelle.

—Y es algo que hacemos porque en ese sentido somos como Elyon.

—¿Estás diciendo que me quieres elegir?

—¿Lo estoy?

—Y ahora estás tratando de ser astuto en eso al fingir que no lo estás —aseguró ella arqueando una ceja—. Pero en realidad estás desesperado por mi amor, y quieres que yo esté desesperada por tu amor.

Él sabía que ella tenía toda la razón. Fue la primera vez que pudo admitírselo ante sí mismo, pero al oírselo decir a Rachelle supo que estaba enamorado de esta mujer arrodillada a su lado en la orilla del lago. Se suponía que él la cortejara, pero era ella quien lo cortejaba.

Ella esperaba que él dijera algo.

—Sí —contestó.

—¡Ven! —exclamó Rachelle poniéndose de pie.

—¿Qué debemos hacer? —preguntó él levantándose y sacudiéndose la arena.

—Debemos caminar por el bosque —respondió ella con un pícaro brillo en los ojos—. Te ayudaré a recordar.

—¿A recordar el bosque?

—Yo estaba pensando en otras ideas —enunció ella empezando a subir la ladera—. Pero eso también sería agradable.

Rachelle se volvió y se detuvo.

—¿Qué es eso?

Él le siguió la mirada y lo vio claramente. Una gran sombra roja manchaba la arena blanca donde él había dormido.

Sangre.

Parpadeó. ¿Su sueño? La pelea en el hotel le centelleó en la mente.

No, no podía ser. Sólo fue un sueño. No *tenía* heridas.

—No sé —contestó él—. Nadé en algunas aguas rojas en el lago, ¿se podría deber a eso?

—Nunca sabes lo que ocurrirá con Elyon —afirmó ella—. Sólo que será maravilloso. Ven.

Salieron del lago. Pero la mancha roja sobre la arena perduró en la mente de Tom. Había la posibilidad, aunque remota, de que él fuera diferente a Rachelle. Que él realmente no fuera de aquí. Que ella estuviera enamorada de alguien que no era lo que parecía.

Que Teeleh tuviera razón.

Una hora después el pensamiento se había ido.

Ellos caminaron y rieron, y Rachelle jugueteó con la mente de él en amorosas maneras que sólo fortalecieron la resolución de ganarla. Muy lentamente empezaron a hacer de lado las payasadas y a abarcar algo más profundo.

Ella le mostró tres nuevos movimientos de combate que Tanis le había enseñado, dos aéreos y uno en posición boca abajo, en caso de caer durante una pelea, le informó ella. Él los ejercitó todos, pero no con la misma precisión que ella demostraba. Una vez Rachelle debió agarrarlo cuando él perdió el equilibrio y se fue de bruces contra ella.

Ella lo había rescatado. A él le resultó muy encantador.

Tom le regresó al instante el favor venciendo a cien imaginarios shataikis, levantándola del suelo en el proceso. A diferencia de Tanis y Palus, él no cayó. Fue una pequeña proeza, y él empezó a sentirse bien consigo mismo.

Rachelle se le puso a su lado, con las manos agarradas en la espalda, absorta en sus pensamientos.

—Háblame más de tus sueños —le pidió sin mirarlo.

—No son nada. Tonterías.

—¿Ah? Eso no es lo que piensa Tanis. Quiero saber más. ¿Cuán reales son?

¿Estaba Tanis hablando de sus sueños? Lo último que Tom deseaba hacer en la Tierra ahora mismo era analizar sus sueños. En particular con Rachelle. Pero no podía mentirle muy bien.

—Parecen bastante reales. Pero se trata de las historias. Una realidad totalmente distinta.

—Sí, así lo has expresado. ¿De modo que estás viviendo realmente en las historias?

—¿Cuando sueño? Sí.

—¿Y qué crees de este lugar? —inquirió ella, señalando los árboles—. En tus sueños.

Esa era la peor pregunta que a ella se le pudo ocurrir.

—En realidad, cuando estoy soñando es como si estuviera allá, no aquí.

—Pero cuando estás allí, ¿recuerdas este lugar?

—Seguro. Es… es como un sueño.

—Por tanto, ¿soy como un sueño? —preguntó ella asintiendo.

—No eres un sueño —respondió Tom sintiéndose perdido—. Estás caminando exactamente a mi lado, y te he elegido.

—No estoy segura de que me gusten estos sueños tuyos.

—A mí tampoco.

—¿Tienes padre y madre en esos sueños?

—Sí.

—¿Tienes una vida completa, con recuerdos, pasiones y todo lo que nos hace humanos?

Esto definitivamente no era bueno.

—¿Qué estás haciendo en tus sueños? —averiguó ella deteniéndose en el sendero al ver que él no contestaba.

Tenía que contárselo en algún momento. Ahora ella había forzado el asunto.

—¿Quieres saberlo realmente?

—Sí. Quiero saber todo.

Tom anduvo de un lado a otro, pensando en la mejor manera de decirlo para que ella pudiera entender.

—Estoy viviendo en las historias, antes del Gran Engaño, tratando de detener la variedad Raison. Créeme Rachelle, es algo horrible. ¡Es muy real! Como si realmente estuviera allá, ¡y como si todo esto aquí fuera un sueño!

Sé que no es así, desde luego, pero cuando estoy allá, también sé que *eso* es real.

¿Era esta una buena manera de decirlo? De algún modo él dudaba que lo fuera.

Tom continuó antes de que ella pudiera hacer otra pregunta. Lo mejor sería que controlara la dirección de su confesión.

—Y sí, tengo una historia completa en mis sueños. Recuerdos, una familia, las características totales de una vida real.

—Eso es absurdo —cuestionó ella—. Has creado un mundo de fantasía con tanto detalle como el real. Incluso más porque en tus sueños no has perdido tus recuerdos. Tienes tu propia historia allá, pero aquí no. ¿Es así?

—¡Exactamente!

—¡Es ridículo!

—Apenas puedo soportarlo. Es exasperante. Exactamente antes de que me despertaras en el lago me hallaba peleando con un hombre que trataba de matarme. ¡Creo que me mató! Tres disparos al cuerpo con una pistola —narró Tom tanteándose el pecho.

—¿De veras? ¿Una pistola? Alguna clase de arma irreal, supongo. ¿Por qué peleabas con este hombre?

—Él intentaba capturar a Monique —contestó él sin pensar.

—¿Monique? ¿Una mujer?

—¡Una mujer que no significa nada para mí! —exclamó él, y pensó que eso no era del todo honesto—. No en una manera romántica.

—¿Estás enamorado de otra mujer en tus sueños?

—Por supuesto que no. En absoluto. Su nombre es Monique de Raison, y ella podría ser la clave para detener la variedad Raison. Estoy ayudándola porque tal vez ella me ayude a salvar al mundo, no porque sea hermosa. Simplemente no puedo desentenderme de ella porque no quieras que sueñe con ella.

Demasiada información.

Él estaba seguro que vio un centelleo en los ojos de Rachelle. Los celos eran obviamente un sentimiento que fluía de las venas de Elyon.

—Hablas como si tus sueños fueran más importantes que la realidad. ¿Dudas que algo de esto sea real? —cuestionó ella, extendiendo la mano para volver a señalar el bosque—. ¿Que yo sea real? ¿Que nuestro romance sea real?

—No. Sólo cuando estoy soñando.

Él debía detenerse antes de perderla por completo.

Rachelle lo miró por un tiempo prolongado. Él decidió mantener la boca cerrada. Esto no le estaba favoreciendo. Ella cruzó los brazos y miró hacia otra parte.

—No me gustan esos sueños tuyos, Thomas Hunter. En realidad quisiera que dejaras de tenerlos.

—Estoy seguro de que pararán. A mí tampoco me gustan.

—Tú estás aquí. Conmigo. Te vi dormir en las orillas del lago hace sólo una hora. Créeme cuando te digo que no estabas peleando con un tipo, y que no te mataron. ¡Tu cuerpo estaba aquí! Si te hubiera pellizcado, habrías despertado.

—Así es. Y no había Monique. Sé que es sólo un sueño. Estoy aquí. Contigo.

—Quizá tus sueños no sean más que un descubrimiento fascinante — comentó ella suavizando sus rasgos—. Pero no estoy segura de cómo me siento que sueñes con otra mujer cuando estoy en tus brazos. ¿Comprendes?

—Perfectamente.

Rachelle no parecía satisfecha del todo.

—Además de tratar de salvar el mundo, ¿qué haces en las historias?

—Bueno... creo que soy escritor. Aunque temo que no muy bueno.

—¡Un narrador de historias! Eres narrador de historias. Tal vez por eso estás soñando. Te golpeaste la cabeza, perdiste la memoria, y olvidaste cómo narrar historias como lo hacías en tu propia aldea. Pero tu subconsciente no ha olvidado. ¡Estás inventando una gran historia en tus sueños!

Ella podría tener razón. En realidad, lo más seguro es que no fuera así.

—Quizá. ¿Qué dice Tanis?

—Que él y tú podrían organizar con éxito una expedición al bosque negro usando la información de tus sueños acerca de las historias. Creo que sólo es fantasía de un narrador de historias, pero él está muy emocionado.

La mente de Tom se llenó de inquietud. Era claro que la advertencia de Michal no había afectado a Tanis.

—¿Dijo eso?

—Sí. Si yo no hubiera insistido en venir sola al lago para encontrarte cuando Michal nos contó que estabas aquí, él también habría venido. Él asegura tener algunas ideas novedosas para analizar contigo.

Tom tomó nota mentalmente para evitar al hombre hasta poner esto en orden.

—Me alegro que hayas venido sola —indicó él.

—Yo también.

—Y trataré de no soñar.

—O mejor, sueña conmigo.

———— ◈ ————

LA CONCURRENCIA de esa noche arrasó con todos los temores y las dudas que perduraban en la mente de Tom. Ellos subieron por el sendero hacia el lago, en silencio durante los últimos quince minutos de caminata. Tom entró a una zona de arena blanca en el costado derecho del lago. Distraídamente se dio cuenta de que ya no estaba la mancha roja.

Hasta donde le permitía la memoria, esta era su primera Concurrencia.

Alrededor del grupo flotaba una cálida neblina de la cascada. Muchas de las personas ya estaban boca abajo sobre la arena, con las manos extendidas hacia la rugiente agua.

Tom cayó de rodillas, el corazón le palpitaba con expectativa. Había sido demasiado, demasiado. De pronto una cálida neblina le acarició el rostro. Su visión estalló con una roja bola de fuego, y él lanzó un grito ahogado, aspirando más de la neblina en sus pulmones.

Elyon.

Se hallaba consciente de la humedad que le tocaba la lengua. El sabor más dulce de azúcar entrelazado con un toque de cereza le inundó la boca. Tragó. En sus fosas nasales brotó el aroma de flores de gardenia.

Siempre con mucha suavidad, el agua de Elyon lo envolvió, con cuidado de no agobiarle la mente. Pero de manera intencionada.

De repente la bola roja de fuego se mezcló en una corriente de azul profundo que fluyó dentro de la base del cráneo de Tom y le bajó por la columna vertebral, acariciando cada nervio. Intenso placer le envolvió cada trayectoria de los nervios hacia las extremidades. Cayó sobre el abdomen, y todo el cuerpo le tembló.

Elyon.

La fuerza de la cascada aumentó su intensidad, y la neblina le caía a Tom en la espalda a un ritmo constante mientas yacía postrado. La mente le daba vueltas bajo el poder del Creador, quien hablaba con suspiros, colores, aromas y emociones.

Entonces la primera nota le llegó a los oídos. Le traspasó los tímpanos y le abarcó la mente. Una nota baja, más baja que el rugido gutural de un millón de toneladas de estrepitoso combustible de la base de un cohete. El atronador tono subió una octava, hasta convertirse en una nota fuerte, y comenzó a grabar una melodía en el cerebro de Tom. Él no oía palabras, sólo música. Al principio una sencilla melodía, seguida luego por otra, totalmente única pero en armonía con la primera. La primera le acarició los oídos; la segunda reía. Una tercera melodía se unió a las dos primeras, haciéndole exclamar de placer. Luego una cuarta y una quinta, hasta que Tom oyó cien melodías que le recorrían la mente, cada una exclusiva, cada una diferente.

Todas juntas no más que una nota sencilla de Elyon.

Una nota que gritaba: *Te amo.*

Tom respiró ahora a grandes boqueadas. Estiró los brazos delante de él. Se le contraía el pecho sobre la cálida arena. La piel le ardía con cada mínima gotita de neblina que lo tocaba.

Elyon.

¡Yo también! ¡Yo también! —deseó decir—. *Yo también te amo.*

Quiso gritarlo. Exclamarlo con tanta pasión como sentía ahora del agua de Elyon. Abrió la boca y gimió. Un tonto y estúpido gemido que no decía nada en absoluto, y que no obstante era él, hablándole a Elyon.

Luego se formaron las palabras que resonaban en su mente.

—Te amo, Elyon —expresó, respirando suavemente.

Al instante le estalló en la mente un nuevo frenesí de colores. Dorado, azul y verde le cayeron en cascada sobre la cabeza, llenándole de deleite cada pliegue del cerebro.

Rodó de costado. Cien melodías se elevaron en su mente dentro de mil… como una sintonía pesada y entrelazada que arremetía contra la columna vertebral. Sus fosas nasales resoplaron con el acre olor de lila, rosa y jazmín, y los ojos se le inundaron de lágrimas con su intensidad. La neblina le empapó el cuerpo, y cada centímetro de su piel zumbaba con placer.

—¡Te amo! —gritó Tom.

Se sentía como si estuviera en una puerta abierta al borde de una enorme expansión, desbordándose en salvaje emoción elaborada en colores, suspiros, sonidos y aromas que le golpeaban el rostro como un vendaval. Era como si Elyon fluyera en forma de océano sin fondo, pero Tom sólo pudiera saborear una gota apartada. Como si fuera una sinfonía orquestada por un millón de instrumentos, y una simple nota que con su poder lo arrancaba del suelo.

—¡Te amoooo! —exclamó.

Tom abrió los ojos. Largas cintas de colores recorrían la neblina hacia el lago. De la cascada se derramaba luz, que iluminaba todo el valle de tal modo que lo hacía parecer como si fuera mediodía. Todas las personas yacían boca abajo mientras la neblina les bañaba los cuerpos. Casi todos temblaban pero no hacían sonidos que se pudieran oír por sobre la cascada. Tom dejó que la cabeza le cayera en la arena.

Entonces las palabras de Elyon le resonaron en la mente.

Te amo.
Eres precioso para mí.
Me perteneces.
Mírame otra vez, y sonríe.

Tom quiso gritar. Incapaz de contenerse, dejó que las palabras fluyeran de su boca como una inundación.

—Te miraré *siempre*, Elyon. Te adoro. Adoro el aire que respiras. Adoro la tierra en que caminas. Sin ti, no hay nada. Sin ti, sufriré mil muertes. No me abandones nunca.

El sonido de una sonrisa infantil. Luego otra vez la voz.

Te amo, Thomas.
¿Quieres subir el acantilado?

¿Acantilado? Vio los acantilados de nácar sobre los cuales se derramaba el agua.

Una voz gritó sobre el lago.

—¿Quién nos hizo?

Tanis estaba parado, gritando este reto.

Tom se esforzó por ponerse de pie. Los demás se levantaron rápidamente.

—¡Elyon! ¡Elyon es nuestro Creador! —gritaron al unísono más fuerte que las estrepitosas cascadas.

Como una demostración de fuegos artificiales, los colores siguieron expandiéndosele en la mente. Observó, momentáneamente aturdido. Ninguno de los demás miraba hacia él. La exteriorización de ellos era simple abandono al afecto, insensatez en cualquier otro contexto, pero totalmente genuino aquí.

De pronto la voz del niño le volvió a resonar en la mente.

¿Quieres trepar el acantilado?

Tom giró hacia el bosque que terminaba en el acantilado. ¿Trepar el acantilado? Detrás de él los demás empezaron a entrar corriendo al lago.

Otra vez la risita.

¿Quieres jugar conmigo?

Inexplicablemente atraído ahora, Tom corrió por la orilla hacia el acantilado. Si los otros lo advirtieron, no lo hicieron saber. Pronto sólo sus propios jadeos acompañaban a las atronadoras cascadas.

Cortó por el bosque y se acercó a los acantilados con una sensación de sobrecogimiento. ¿Cómo le sería posible trepar esto? Pensó en regresar y unirse a los demás. Pero él había sido llamado aquí. A trepar los acantilados. A jugar. Corrió al frente.

Llegó a la base y levantó la mirada. No había manera en que pudiera trepar la piedra lisa. Pero si encontraba un árbol que creciera cerca del acantilado, y si el árbol fuera suficientemente alto, podría alcanzar la cima a lo

largo de sus ramas. El árbol adecuado a su lado, por ejemplo. Su resplandeciente tronco rojo llegaba al borde del acantilado cien metros arriba.

Tom se balanceó sobre la primera rama y comenzó a subir. No tardó
más que dos minutos en llegar a la copa del árbol y trepar hacia el acantilado. Saltó de la rama a la pétrea superficie abajo. A su izquierda oyó la estre-
pitosa cascada derramándose sobre el borde. Se puso de pie y levantó la
mirada.

Ante él el agua salpicaba suavemente sobre una orilla a no más de veinte
pasos del borde del acantilado. Otro lago. Un mar, mucho más grande que
el lago. Titilantes aguas verdes se extendían hacia el horizonte, bordeadas
perfectamente por una amplia franja de arena blanca, la cual se adentraba
en un altísimo bosque azul con dorado, coronado por una marquesina
verde.

Tom retrocedió y respiró profundamente. La blanca franja arenosa que
bordeaba las aguas esmeraldas estaba alineada con bestias extrañas paradas o
agachadas en el borde del agua. Los animales eran como los leones blancos
abajo, pero estos parecían brillar con colores en tonos pasteles. Y se alineaban en la playa en extensiones uniformemente espaciadas que continuaban
hasta donde él lograba ver.

Tom giró hacia la cascada y vio al menos cien criaturas cerniéndose
sobre el agua que caía por el acantilado, como gigantescas libélulas. Retrocedió hasta una roca detrás de él. ¿Lo habían visto? Analizó las criaturas que
revoloteaban con alas traslúcidas en una formación reverente. ¿Qué podrían
estar haciendo?

Así que esta era el agua de Elyon. Un mar que se extendía hasta donde
el ojo podía ver. Tal vez más allá.

—Hola.

Tom se volvió. Un niñito estaba como a metro y medio de él sobre la
orilla. Tom retrocedió tambaleando dos pasos.

—No temas —lo tranquilizó el niño, sonriendo—. Así que ¿eres quien
se había extraviado?

El niñito le llegaba a la cintura de Tom. Sus resplandecientes ojos verdes
redondos y bien abiertos miraban por debajo de una pequeña melena de
cabello muy rubio. Sus hombros huesudos sostenían brazos delgados que
caían sueltos a sus costados. Usaba sólo un pequeño taparrabos blanco.

Tom tragó saliva.

—Sí, supongo que así es —contestó.

—Bueno, veo que eres bastante audaz. Creo que eres el primero de tu clase en caminar por estos acantilados —comentó riendo el niño.

Increíble. Para ser un niño pequeño y frágil, tenía la confianza de alguien mucho mayor. Tom calculaba que debía tener como diez años. Aunque no hablaba como alguien de esa edad.

—¿Es Thomas tu nombre? —inquirió el niño.

Sabe cómo me llamo. ¿Es de otra aldea? ¿Tal vez de la mía?

—¿Está bien esto? ¿Puedo estar aquí arriba?

—Sí. Está perfectamente bien. Pero no creo que ninguno de los otros podría pasar del lago para molestarse en trepar el acantilado.

—¿Eres de otra aldea? —preguntó Tom.

—¿Parezco como de otra aldea? —cuestionó a su vez el niño mirándolo, asombrado.

—No sé. No, en realidad no. ¿Soy yo de otra aldea?

—Supongo que esa es la pregunta, ¿no es así?

—¿Sabes entonces quién me llamó?

—Sí. Elyon te llamó. Para reunirte conmigo.

Había algo acerca del muchacho. Algo acerca de la manera en que se paraba con los pies apenas presionando la arena blanca. Algo acerca del modo en que sus delgados dedos se curvaban al final de sus brazos; acerca de la forma en que su pecho subía y bajaba firmemente y de la manera en que sus dilatados ojos brillaban como dos esmeraldas perfectas. El niño parpadeó.

—¿Eres como un… roush?

—¿Soy como un roush? Bueno, sí en un sentido. Pero no realmente —contestó el niño levantando un brazo hacia las criaturas parecidas a libélulas que revolotean, pero no las miró—. Ellos son como roushes, pero ahora puedes pensar de mí lo que quieras.

Volvió la cabeza hacia las criaturas en forma de león que bordeaban el mar.

—A ellos se les conoce como roushims.

—Tú… tú eres superior, ¿verdad? —preguntó Tom mirando al muchacho—. ¿Tienes mayor conocimiento?

—Conozco tanto como he visto en mi tiempo.

Definitivamente no hablaba como un niño.

—¿Y cuánto tiempo es eso? —investigó Tom.

—¿Cuánto tiempo es qué? —preguntó a su vez el niño mirándolo burlonamente.

—¿Cuánto tiempo has vivido?

—Mucho. Pero muy poco para empezar siquiera a experimentar lo que experimentaré en mi tiempo —respondió, se rascó la parte superior de la cabeza con una mano, y luego miró al mar—. ¿Cómo es venir a Elyon después de hacerle caso omiso por tanto tiempo?

—¿Sabes eso? ¿Cómo lo sabes?

—¿Quieres caminar? —indagó a su vez el niño con un brillo en los ojos.

El muchacho se dirigió a la blanca orilla arenosa, caminando sin mirar hacia atrás. Tom miró alrededor y luego lo siguió.

Había luz como de día, aunque Tom sabía que en realidad era de noche.

—Te vi mirando sobre el agua. ¿Sabes cuán grande es este mar? —interrogó el niño.

—Parece muy grande.

—Se extiende sin fin —contestó el niño—. ¿No es sensacional?

—¿Sin fin?

—Eso es muy ingenioso, ¿verdad?

—¿Puede Elyon hacer eso?

—Sí.

—Bueno, eso es... eso es muy ingenioso.

El muchacho se detuvo, y luego fue al borde del agua. Tom lo siguió.

—Recoge un poco de agua —sugirió el niño.

Tom se detuvo, con cautela metió la mano en la cálida agua verde y sintió que su poder le subió por el brazo en el momento en que sus dedos tocaron su superficie... como un impacto eléctrico de bajo voltaje que le zumbó por sus huesos. Sacó el agua con la mano y la observó filtrarse entre sus dedos.

—Muy ingenioso, ¿eh? Y no tiene fin. Podrías viajar muchas veces a la velocidad de la luz hacia el centro, y nunca llegar.

Parecía increíble que algo se pudiera extender eternamente. Espacio, quizá. ¿Pero una masa de agua?

—Eso no parece posible —comentó Tom.

—Lo es cuando entiendes quién lo hizo. Vino de una sola palabra. Elyon puede abrir la boca, y cien mil millones de mundos como este aparecerán de su lengua. Tal vez lo subestimaste.

Tom miró a lo lejos, repentinamente avergonzado por su propia estupidez. ¿Lo subestimó él? ¿Cómo podría alguien *no* subestimar alguna vez a uno tan grandioso?

—No te sientas mal —lo consoló el niño estirando su delicada mano y poniéndola suavemente en la de Tom.

Tom rodeó con sus dedos la manita. El muchacho levantó la mirada hacia él con sus grandes ojos verdes, y más que cualquier cosa que Tom hubiera deseado alguna vez, quiso con desesperación extender las manos y abrazar a este niño. Volvieron a caminar otra vez, tomados ahora de la mano.

—Dime —exteriorizó Tom—. Hay algo que me he estado preguntando.

—¿Sí?

—He estado teniendo algunos sueños. Caí en el bosque negro y perdí mi memoria, y desde entonces he estado soñando con las historias.

—Lo sé.

—¿De veras?

—Las noticias vuelan.

—¿Puedes decirme por qué estoy teniendo esos sueños? Sinceramente, creo que esto parece ridículo, pero a veces me pregunto si mis sueños son realmente reales. O si *este* es un sueño. Me sería útil saber con seguridad qué realidad es verdadera.

—Quizá te podría ayudar con una pregunta. ¿Es el Creador un cordero o un león?

—No entiendo.

—Algunos dirían que el Creador es un cordero. Otros dirían que es un león. Otros más dirían que es ambos. La realidad es que no es cordero ni león. Estas son ficciones. Metáforas. Sin embargo, el Creador es tanto cordero como león. Las dos son verdades.

—Sí, puedo ver eso. Metáforas.

—No cambian al Creador —continuó el muchacho—. Sólo cambia la manera que pensamos de él. Como yo. ¿Soy un niño?

Tom sintió la manita del muchacho, y empezó a conmoverse porque supo lo que el muchacho estaba diciendo. No podía hablar.

—Un niño, un león, un cordero. Deberías verme pelear. No verías a un niño, un león *o* un cordero.

Pasaron cinco minutos sin que pronunciaran otra palabra. Sólo caminaban, un hombre y un niño, tomados de la mano. Pero no era eso. Para nada.

Entonces Tom recordó su pregunta acerca de los sueños.

—¿Qué hay con mis sueños?

—Tal vez ocurre lo mismo con tus sueños.

—¿Son reales los dos?

—Tendrás que descubrirlo.

Siguieron caminando. Podría haber sido una nube, no arena, sobre lo que caminaban, y Thomas no estaba seguro de la diferencia. La mente le daba vueltas. Su mano estaba al lado del niño, moviéndose mientras caminaba. En ella estaba la mano del niño. Un temblor se le había producido en los dedos, pero el muchacho no demostró que lo notara.

Claramente lo notó.

—¿Qué hay con el bosque negro? —investigó Tom—. He estado allí. Pude haber tomado del agua. ¿Es por eso que estoy soñando con las historias?

—Si hubieras preferido el agua de Teeleh, todo el mundo lo sabría.

Sí, eso tenía sentido.

—Quizá entonces me podrías decir algo más. ¿Cómo es que Elyon puede permitir que exista maldad en el bosque negro? ¿Por qué sencillamente no destruir a los shataikis?

—Porque el mal proporciona una alternativa a su creación —informó el niño como si la idea fuera realmente sencilla—. Y porque sin él no podría haber amor.

—¿Amor? —se sorprendió Tom, deteniéndose.

La mano del niño se deslizó de la suya. Se volvió, con una ceja arqueada.

—¿Depende el amor del mal? —preguntó Tom.

—¿Dije eso? —cuestionó el muchacho con un destello pícaro en los ojos—. ¿Cómo puede haber amor sin una verdadera alternativa? ¿Sugerirías que se despojara al hombre de su capacidad de amar?

Este era el Gran Romance. Amar a cualquier precio.

—¿Sabes lo que pasaría si alguien escogiera el agua de Teeleh en vez del agua de Elyon? —desafió el niño después de volverse hacia el mar y mirar fijamente.

—Michal dijo que los shataikis serían liberados. Que eso traería muerte.

—Muerte. Más que muerte. Una muerte viva. Teeleh poseería a los seres humanos; este es el acuerdo. Sus mentes y sus corazones. El olor de la muerte en ellos sería intolerable para Elyon. Y su celo haría pagar un terrible precio —advirtió el muchacho, mientras sus ojos verdes centelleaban como si detrás de ellos se hubieran prendido luces intermitentes—. La injusticia estará contra Elyon, y lo único que lo satisfaría sería sangre. Más sangre de la que te puedes imaginar.

Lo dijo de manera tan clara que Tom se preguntó si se había expresado con insuficiente claridad. Pero el muchacho no era de los que hablaban con poca exactitud.

—Si llegan a ser de Teeleh, ¿existe una manera de recuperarlos? —quiso saber Tom.

No hubo respuesta.

—De todos modos, no me puedo imaginar a alguien cambiando este lugar o saliendo de él —comentó Tom.

—No tienes que salir, ¿sabes?

—Excepto cuando sueño.

—Entonces no sueñes —dijo el niño.

De repente la idea le pareció una solución sencilla. Si dejaba de soñar, ¡Bangkok ya no existiría!

—¿Puedo hacer eso?

—Podrías —respondió el niño—. Hay una fruta que podrías comer que detendría tus sueños.

—¿Así de simple, no más historias?

—Sí. Pero la pregunta es: ¿Lo quieres realmente? Tienes que decidir. La decisión es tuya. Siempre tendrás esa alternativa. Lo prometo.

Era temprano en la mañana cuando finalmente el muchacho llevó otra vez al acantilado a Tom, quien, después de un fuerte abrazo, descendió por el árbol rojo, regresó a la aldea, y en silencio se metió en la cama en casa de Palus.

Podría estar equivocado, pero tenía la seguridad de oír el sonido de la voz de un niño cantando mientras iba rumbo a su sueño.

23

THOMAS.

Una dulce voz. Pronunciando su nombre. Como miel. *Thomas.*

—Thomas, despierta.

Una voz de mujer. Le acariciaba la mejilla. Él estaba despertando, pero sin seguridad de que ya hubiera despertado de veras. La mano en su mejilla podría ser parte de un sueño. Por un momento dejó que fuera un sueño.

Saboreó ese sueño. Esta era la mano de Rachelle en su mejilla. La obstinada mujer que se le aparecía con sus movimientos de lucha.

—¿Thomas?

Sus ojos se abrieron bruscamente. Kara. Él se sobresaltó y se enderezó.

—Thomas, ¿estás bien? —preguntó Kara, pálida, mirando fijamente la cama—. ¿Qué es esto?

Pero la mirada de Tom estaba fija en el aire acondicionado donde habían cortado las cuerdas de sábanas blancas y habían liberado a Monique. Ella había desaparecido.

—¡Thomas! ¡Háblame!

—¿Qué? —exclamó él, mirándola—. ¿Qué es…?

Las sábanas estaban mojadas. Empapadas de rojo. ¿Sangre?

Tom se levantó rápidamente de la cama. Había estado acostado en sábanas empapadas en su sangre. Se agarró el pecho y el estómago mientras pasaban por su mente visiones del atacante disparándole. Dos disparos silenciados. *¡Plas! ¡Plas!*

Sí, había eso, pero, más importante, había el lago y el muchacho. Levantó la mirada hacia Kara.

—Dios es real —expresó.

—¿Qué?

—Dios. Él es… vaya.

Su cabeza giró con el recuerdo del lago. Pudo sentir que una entusiasta sonrisa le tentaba el rostro, pero su mente todavía no estaba obrando en cooperación total con todos sus músculos.

—Bueno, al menos soñé que él es real —informó—. No sólo real, existe como algo emocionante, pero… real, tanto que puedes hablar con él. Quiero decir, quizá tocarlo.

—Muy agradable —terció ella—. Mientras tanto, aquí, donde yo vivo, ¡estamos parados al lado de una cama cubierta con tu sangre!

—Me dispararon —declaró él.

—¿Estás seguro? —cuestionó ella, mirándolo incrédula—. ¿Dónde?

—Exactamente aquí. Y aquí —le mostró él; pecho y estómago—. Juro que fui baleado. Alguien irrumpió aquí, peleamos, me disparó. Y luego se debió haber llevado a Monique.

—Te llamé. ¿Fue antes o después?

—Llamaste antes. Él estaba aquí en ese momento —anunció; de pronto Bangkok tenía más sentido que el lago—. En realidad, creo que tu llamada lo puso nervioso. El punto es…

—Sí. ¿Cuál es el punto?

—El punto es, ¿qué?

—No estoy muerto.

Kara le miró el estómago. Luego los ojos.

—No entiendo. ¿Estás insinuando que fuiste sanado en tus sueños?

—No es la primera vez.

—Pero te dispararon, ¿correcto? Te dispararon y te mataron. ¿Cómo es posible eso?

—No sé que me hayan matado. Perdí el conocimiento. Pero allí, en mis sueños, estaba tendido en las orillas del lago. El aire estaba lleno de neblina de la cascada. Agua. El agua es lo que sana. Es probable que haya sanado antes de que muriera.

Tom haló las sábanas de la cama, agarró el colchón. Lo volteó. Kara no había quitado la mirada de encima.

—Estás bromeando.

—No, no estoy muerto.

Ella miró hacia otro lado, fue hasta el extremo de la cama. Se volvió.

—¿Comprendes las consecuencias?

—No sé, ¿debo hacerlo? —contestó él, y rápidamente desató del aire acondicionado las cuerdas hechas de las sábanas—. Hay mucho que no tengo claro. Pero algo de lo que estoy seguro es que Monique desapareció. El tipo que se la llevó no era el matón común.

Ella aún estaba preocupada con la sanidad de Tom. Él se detuvo.

—Mira, no soy indestructible, si eso es lo que estás pensando. De ninguna manera.

—¿Y cómo lo sabrías?

—Porque creo que tienes razón… ambas realidades son verdaderas, al menos en algunas formas. Evidentemente, si me disparan aquí y luego me quedo dormido y logro que me caiga agua encima antes de que muera, sano. Pero si me matan aquí, y no hay agua alrededor que me sane, simplemente podría morir.

—¿Eres como Wolverine o algo así? Te golpeas la cabeza o te disparan en el pecho, ¡y ni siquiera tienes una cicatriz! ¡Eso es increíble!

Era increíble. Pero había más, ¿o no? Una simple información que lo había fastidiado desde que hablara con Teeleh, ese murciélago en el otro lugar. Los detalles comenzaron a zumbarle en el cerebro, y él sintió las primeras insinuaciones de pánico.

—Bueno, eso no es todo —indicó él—. Para empezar, estoy muy seguro de que el tipo que me disparó y se llevó a Monique es el mismo que va a chantajear al mundo con la variedad Raison.

Tom empezó a andar de un lado a otro. Había hecho un atado con las sábanas ensangrentadas y ahora las sostenía en la mano derecha.

—O al menos el tipo trabaja para quien esté planeando esto. Eso no es todo. Estoy muy seguro de que la única manera de que ellos *supieron* que la variedad Raison tiene el potencial de mutar en un virus letal es porque *yo* revelé esa información secreta a alguien que se las trasmitió.

—Eso no puede ser. ¿Significaría eso que sin ti no ocurriría la mutación? ¿Estás diciendo que eres la *causa* de este asunto?

—Eso es exactamente lo que estoy afirmando. Supe de la variedad Raison como una cuestión de historia en mis sueños, le dije a alguien: «Hola, va a suceder esto y aquello», y esa persona decide hacer que esto y aquello ocurra. Como una profecía que acarrea su propio cumplimiento. De haber mantenido la boca cerrada, y no contárselo al departamento de estado o a los CDC, nadie sabría siquiera cómo sería posible la variedad Raison.

—¿Causaste entonces el mismísimo virus que estás tratando de detener? Eso es un tropezón.

—¿Dónde podemos ocultar estas sábanas?

—Debajo de la cama.

Las metieron debajo del armazón.

—Pero si eso es verdad —opinó Kara—, ¿no puedes cambiar ahora algo que arruinaría el resto de lo que sucede? Vuelve a las historias, averigua que ocurrió X, Y y Z, luego regresa y asegúrate que eso no suceda.

—Quizá. Quizá no. Ya no puedo conseguir así de fácil información de las historias.

—¿Qué hay respecto del bosque negro?

—¡Fui al bosque negro! ¡No voy a volver allá de ninguna manera!

—¿Y si es un sueño? ¿Y nos salva aquí?

—Hay más —anunció Tom volviéndose lentamente, recordando la conversación con Teeleh.

Pero él estaba seguro de que había algo que él estaba pasando por alto. Él había ido para probarse ante Monique, e hizo eso. Pero también había aprendido algo del antivirus.

Había repetido el antivirus.

—¿Y si…?

Un frío le bajó serpenteando por la columna vertebral. Se volvió otra vez hacia Kara, aturdido ante el pensamiento.

—¿Y si les dije sin querer cómo hacerlo?

—¿Cómo hacer el virus?

—No, ellos saben eso. Calor intenso. Lo pueden imaginar. Pero eso no hace ningún bien a nadie. Pones el virus en el aire y tres semanas después, todo el mundo muere. Incluso quien lo liberó. Pero si tienes un antivirus, una cura o una vacuna para el virus, puedes…

—Controlarlo —terminó Kara—. La amenaza de fuerza. Como tener el único arsenal nuclear en el mundo.

—Y creo que se los pude haber dado.

—¿Cómo?

—Teeleh. Él me engañó. Exactamente antes de darme la información, me cortó —confesó, hablando como aturdido, como para sí mismo—. Hubiera jurado que me oí decirlo en voz alta.

—Entonces lo tienes. ¿Cuán bueno es para ellos el virus, si tienes el anti-virus?

—¿Lo tengo? —preguntó, ladeando la cabeza; no lograba recordarlo—. Yo… no logro pensarlo bien ahora.

—No voy a pretender que comprendo todo esto, pero tenemos que salir de aquí. La policía se tragó mi historia, y hablé con el padre de Monique. Llamé porque él estuvo de acuerdo en detener los envíos. Casi me mato por venir aquí sin ser vista cuando no contestabas. Creo que lograremos ver a Raison, pero él está devastado. Cuando supo que Monique volvió a desapa-recer…

Ella suspiró.

Salieron de la habitación luciendo haber vivido todo eso pero sin ser masacrados.

❊

—¿QUE USTED QUÉ?

La nariz aguda sobre el rostro angular de Jacques de Raison estaba colo-rada, y por una buena razón. Había acabado de perder, luego encontrar, y después volver a perder a su hija, todo en un lapso de ocho horas.

—No la perdí —objetó Tom—. Me la arrebataron. ¿Cree usted que me la llevaría sólo para perderla?

Miró del pelinegro Raison a Kara y viceversa. Tenía que volver a contro-lar la situación. O al menos volverla a tener en la mente.

—Por favor, si usted se sienta, trataré de explicarle.

Jacques lo miró, alto y dominante, la clase de hombre que se había criado acostumbrado a conseguir lo que quería. Se sentó en una silla recli-nable en su escritorio, con la mirada fija en Tom.

—Le daré cinco minutos. Luego llamo a las autoridades. Tres gobiernos lo están buscando, Sr. Hunter. Estoy seguro de que tratarán rápido con usted.

Tom había conducido desde el hotel hasta Farmacéutica Raison, Kara quiso saber lo ocurrido en el bosque colorido, así que se lo contó, sólo que con poco ánimo. Le habló de la reunión con Teeleh en el cruce. Del lago.

Del niño. Finalmente concordaron que nada de esto probaba realmente la existencia de Dios, pero Tom estaba teniendo problemas en reconciliar el razonamiento con la experiencia. Cambió de tema y le habló de Rachelle.

El mundo enfrentaba sin querer una crisis causada por Tom, y él estaba fuera averiguando todos los secretos de cómo tener amoríos con Rachelle. Este razonamiento no le parecía correcto a Kara.

Entrar por la puerta y ver a Jacques de Raison no requirió esta vez estrambóticos juegos de piernas. Tres presuntuosos guardias casi los decapitan a los dos en el patio cuando el prestigioso fundador de Farmacéutica Raison ingresó y les sugirió que bajaran los rifles. Ellos inclinaron las cabezas y retrocedieron.

Jacques de Raison los había conducido a esta biblioteca, con sus elevados estantes y una docena de sillas negras de respaldar alto, situadas alrededor de una enorme mesa de caoba. Ahora él y Kara tenían la prodigiosa tarea de convencer a este hombre que su verdadero enemigo era la variedad Raison, no Thomas Hunter.

La mirada de Jacques bajó a una mancha de sangre en el bolsillo de los jeans Lucky de Tom. Su camisa, la cual no llevaba puesta cuando le dispararon, se había salvado de la carnicería.

—La realidad de este asunto, Sr. Raison, es que su hija y yo fuimos atacados —informó Tom respirando hondo—. Me dispararon y me dejaron por muerto. Luego se llevaron a Monique a la fuerza.

—A usted lo dejaron por muerto —cuestionó el hombre—. Eso veo.

—Me limpié bien —se defendió Tom moviendo una mano de un lado a otro—. Quien me disparó fue el mismo tipo de quien yo intenté defender a su hija en primer lugar. Yo sabía que había un problema potencial. Intenté convencerla de eso, y cuando ella se negó, no me dejó otra salida.

—Esa es una total estupidez.

—Mis cinco minutos no han terminado. Sólo escúcheme aquí por un minuto. Quizá no le guste, pero yo podría ser el único que pueda salvar a su hija. Escuche, por favor.

—Por favor, Sr. Raison —terció Kara sin alterar la voz—. Ya le dije antes que esto va más allá de Thomas o Monique.

—Por supuesto, la vacuna Raison mutará e infectará a incalculables millones.

—No —objetó Tom—. A miles de millones.

—Monique sometió la vacuna a la serie más apasionadas de pruebas, se lo aseguro.

—Pero no al calor —cuestionó Tom—. Ella misma me lo dijo.

—La realidad es que usted no puede sustentar nada de esto —indicó Raison—. Usted secuestró a mi hija a punta de pistola, y luego espera que crea que lo hizo por el bien de ella. Perdone mis sospechas, pero lo más probable es que usted ahora mismo la tenga oculta. En cualquier momento recibiré una llamada de un cómplice exigiendo dinero.

—Usted está equivocado. Lo que recibirá es una llamada exigiendo información o muestras de la vacuna. Pruébelo por sí mismo. El virus muta bajo calor extremo. ¿Cuánto tiempo le llevará confirmar eso?

Eso fue lo primero que dijera Tom que pareció hacerlo reaccionar.

—Ella es mi única hija —declaró—. No hay nada que ame más. ¿Entiende esto? Haré todo lo necesario para traerla segura a casa.

—Yo también —confirmó Tom—. ¿Cuánto tiempo tardará en probar la vacuna?

—¿Cree usted esto de veras? Es ridículo.

—Entonces las pruebas demostrarán que me equivoco. Si tengo razón, sabremos que tenemos un gran problema. ¿Cuánto tiempo?

—Dos semanas bajo circunstancias normales —anunció Raison.

—Olvídese de lo normal.

—Una semana. Hay una cantidad de variables. Temperatura exacta, tiempo de exposición, otros elementos externos.

—Una semana es demasiado tiempo, ¡demasiado! —exclamó Tom atravesando la larga mesa de caoba y dándose vuelta—. Si tengo razón, como base para razonar, y ellos saben exactamente cómo iniciar esta mutación, ¿cuánto tiempo necesitarán para tener un virus utilizable?

—No puedo contestar…

—Sólo haga de cuenta, Jacques. En el mejor de los panoramas, ¿cuánto tiempo?

—Quizá dos horas —contestó, analizando a Tom.

—Dos horas. Sugiero que me tome la palabra o que empiece sus pruebas, porque si usted tiene razón, que Dios nos ayude a todos.

—Podría tardar semanas. Todo esto es imposible de creer.

El teléfono sonó en el escritorio de Raison.

—Entonces mejor le sería hacerse una introspección, porque la vida de Monique reposa en la capacidad de usted de creer.

El hombre se puso de pie y agarró el auricular.

—Aló —contestó, y se quedó en silencio por cinco segundos—. ¿Quién es? ¿Quién...?

Silencio. Terror recorrió por los ojos del hombre.

—¿Cómo lo sabré... hola?

El teléfono se le soltó de las manos.

—Ellos me... ellos me han dado setenta y dos horas para entregar toda nuestra investigación y todas las muestras que tenemos de la vacuna, o la matarán.

Tom asintió. Se le hizo un nudo en la garganta.

—Más le vale que convierta estas instalaciones en un gigantesco laboratorio de prueba. Veinticuatro horas al día, siete días por semana. Y va a necesitar mucho más que el virus. Necesitará un nuevo antivirus.

24

LA INMINENTE amenaza planteada para su hija Monique pareció hacer languidecer a Jacques de Raison. Sólo ante su solicitud las autoridades de Bangkok acordaron posponer la detención de Thomas. Les prometieron que él iría. Tenían encima de ellos tanto a los franceses como a los estadounidenses. Pero considerando ahora el hecho de que era evidente que había aparecido otra parte para llevarse a Monique, y considerando la insistencia de Tom de que quizá estaba en capacidad de ayudar, lo pusieron bajo arresto domiciliario en la mansión de Farmacéutica Raison.

Tom pasó una hora con Kara, examinando sus opciones. La solución más obvia para todo el desbarajuste era recordar el antivirus que Teeleh le había dado a Tom en sus sueños. Pero no consiguió nada después de media hora de indagaciones de Kara y de otros diez minutos en que Tom se golpeara contra una pared metafórica. Sencillamente su mente estaba en blanco sobre los detalles. Al final, sólo un plan tuvo algún sentido para ellos.

—Debo hablar con él —anunció Tom afuera de la oficina de Raison.

—Él está ocupado —contestó el guardia.

—¿Vio usted el vídeo del hombre que peleó el otro día con dos de sus hombres en el portón?

—¿Me está amenazando? —preguntó el guardia después de hacer una pausa.

—No. Me estaba preguntando si usted lo vio. Pero sí, yo soy ese hombre. Por favor, necesito de verdad hablar con él.

El hombre examinó a Tom.

—Un momento —contestó, después asomó la cabeza por la puerta, hizo una pregunta, y dejó el paso libre.

Thomas entró. Jacques de Raison levantó la mirada de su escritorio, demacrado y trastornado.

—¿Algún adelanto? —averiguó Tom.

—¡Le dije a usted una semana! ¿Setenta y dos horas? Hay una solución mucho más simple a esto. Si les doy lo que quieren, ellos me entregarán a Monique. Trataremos más tarde con ellos, a través de las cortes mundiales.

—A menos que yo tenga razón —indicó Tom—. A menos que al darles todo lo que usted tiene esté dificultando gravemente cualquier intento de producir un antídoto para la variedad Raison.

—¡No *hay* virus Raison! —gritó Raison, golpeando el escritorio con un puño.

—Monique le dirá otra cosa cuando la hallemos. Para entonces será demasiado tarde.

—Entonces les daré lo que quieren y conservaré lo necesario para reproducir la vacuna.

—Si les da lo que quieren, eso lo hará más lento a usted. El virus Raison hará su obra en tres semanas.

Se contrariaron. Tom se sintió extrañamente resignado. Sólo había dos cosas que podía hacer ahora: Encontrar a Monique, quien era la única que podría hallar una salida al desbarajuste que produciría su vacuna, y preparar al mundo para la variedad Raison. De algún modo tenía que hacer lo uno y lo otro.

—Sr. Raison, quiero que piense en algo. No creo que ellos tengan intención de liberar pronto a Monique, aunque les acepte sus exigencias. Ella es demasiado valiosa para ellos. Viva. Si tengo razón…

—Si tengo razón, si tengo razón… ¿cuántas veces me va a pedir que suponga que tiene razón?

—Las veces que sea necesario. Si tengo razón, la única manera de hacer volver a Monique es ir tras ella —señaló Tom sentándose en una de las sillas de cuero y enfrentando al hombre—. Para eso necesitamos ayuda. Y hay una manera de conseguir ayuda.

—Tengo dinero, Sr. Hunter. Si lo que necesitamos es fuerza…

—No, aquí necesitamos más que un poco de fuerza. Necesitamos ojos y oídos en todas partes. Y necesitamos poder movernos con rapidez. Para eso necesitamos gobiernos. Si tengo razón… sí, lo sé, otra vez con lo mismo, la tapa hará volar todo el asunto en los próximos días. Sugiero que aligeremos ahora la presión y hagamos intervenir a algunos socios.

Lo dijo casi exactamente como él y Kara lo habían ensayado. En realidad, con un poco de espacio y la capacitación adecuada, él podría ser un diplomático muy decente. Algo que debería empezar a hacer con Tanis.

—¿Qué quiere que haga, que informe al mundo que en realidad mi vacuna es un virus mortal? Acabaré con la compañía. Mejor sería cumplir con las exigencias de ellos.

—No estoy sugiriendo que le diga tal cosa al mundo. No todavía — cuestionó Tom, y entonces tomó la decisión, mirando al demacrado individuo que tenía en frente—. Le estoy sugiriendo que me permita hablar de forma confidencial con algunos jugadores clave.

—¿Quiere que ponga en manos de usted el futuro de mi compañía?

—El futuro de su compañía ya está en mis manos. Si tengo razón, no habrá compañía en el futuro. Si me equivoco, mis afirmaciones serán consideradas como los desvaríos de un maníaco, y su empresa estará bien. Por eso es que necesito, yo y no usted, hacer contacto selectivo con algunos líderes. Una llamada de usted, admitiendo que su vacuna podría ser muy mortífera, les exigiría que tomaran algunas acciones seguras. Para mañana por la mañana Farmacéutica Raison estaría muerta y enterrada. Por otra parte, yo tengo más libertad. Oficialmente no represento a Farmacéutica Raison.

El hombre estaba reflexionando en la idea de Tom.

—No estoy seguro de lo que usted está pidiendo.

—Le estoy pidiendo que me permita, que me ayude a contactarme con el mundo exterior. Mis manos están atadas sin usted. Estoy en cautiverio aquí. Permítame hacer conocer el peligro que la variedad Raison representa para el mundo. Esto les dará razón para echar a andar algunos recursos a fin de encontrar a Monique. Nada como un virus para motivar a las personas adecuadas.

Tom se dio cuenta por la mirada de Raison que le estaba resultando simpática la idea.

—Yo tendría un verosímil rechazo —comentó Raison.

—Sí. Haré las llamadas sin su aprobación oficial. Eso lo protegerá aunque al mismo tiempo estará haciendo una solicitud de ayuda.

Era una idea impecable. Él debió haber entrado en la política.

—¿Está usted pidiendo simplemente el uso de un teléfono? Sólo que no puede llamar a los gobiernos del mundo y esperar que le contesten.

—Quiero usar los contactos personales de usted. Sólo aquellos aprobados por usted, desde luego. El Departamento de Estado de EE.UU., el gobierno francés, el británico, tal vez el indonesio… ellos tienen enormes poblaciones. El punto es que debemos convencer a algunas personas que tengan recursos que tomen el secuestro de su hija más que como un caso de espionaje industrial. Necesitamos que ellos consideren la posibilidad de riesgo para su propia seguridad nacional y que nos ayuden a buscar a Monique.

—¿Y cree usted de veras que yo le dejaría hacer eso?

—No creo que tenga alternativa. Sea como sea, todo este asunto se trata de abrir el abanico. Esto nos da una posibilidad. Advertir a las personas correctas. Encontrar a Monique.

JACQUES DE RAISON dio un paso más allá que dejarle usar a Tom sus contactos y un teléfono. Le prestó su secretaria, Nancy.

—Dígale que si en una hora no despeja una línea hacia el secretario, voy a… —Tom hizo una pausa, reflexionando—. Cualquier cosa. Dígale que voy a hacer explotar un arma nuclear o algo así. ¿No tienen algunas de estas personas siquiera la previsión para *considerar* que aquí podríamos tener un gran problema?

Kara observó a su hermano andar de un lado a otro. Habían estado en eso por cinco horas, y los resultados difícilmente podrían ser peores. Los franceses no sólo estaban desesperados sino que, en opinión de ella, eran groseros redomados. Ella había esperado mucha más cooperación de la nación de la casa Raison. Era obvio que su actual administración no estaba emocionada en primer lugar porque Farmacéutica Raison hubiera salido de Francia. Parecían muy interesados en poner buena cara en este desastre del secuestro, pero cuando intentaron lograr que un político hiciera una pausa en su trabajo para hablar diez minutos con Tom, todo interés desapareció. Afirmaron que ese era un asunto legal.

Los británicos habían sido un poco más simpáticos. Pero el resultado seguía siendo el mismo. Los alemanes, los italianos, y hasta el gobierno indonesio… ninguno tenía deseos de escuchar los gritos de un profeta loco que secuestró a la mujer en Bangkok.

Kara fue hacia su hermano. El hecho de que fueran las tres de la mañana no ayudaba mucho a la situación. Él prácticamente caminaba dormido. Además, si Tom tuviera razón y este fuera el sueño, *estaba* caminando dormido.

—Thomas, ¿te encuentras bien? —preguntó ella, sobándole la espalda.

—En realidad no —contestó él, tratando de sonreír—. He pasado del terror de que nos va a chocar un cometa al horror porque nadie cree que nos chocará un cometa.

—¿Qué esperas? Ha estado viniendo un cometa cada año por dos mil años. Nunca aterriza. Así que ahora un tipo de veinticinco años en jeans afirma vivir en sus sueños, donde se entera que el mundo está a punto de acabar. Él amenaza con volar el castillo a menos que el rey le crea. ¿Por qué debería el ministro de estado parar su reunión con el príncipe de Persia para hablar contigo?

—Gracias por el ánimo, hermanita.

—Mira, sé que nada de esto importa si ninguno de ellos escucha, pero hay otra manera, ¿sabes?

Él le examinó el rostro. Se alejaron del escritorio.

—¿Quieres decir volver a…?

—Bien —señaló Kara—. Sé que dormir aquí parece algo desacertado; sin embargo, ¿por qué no? Para empezar, si no duermes pronto entrarás de todos modos en estado de coma. Además funcionó antes, ¿correcto? ¿Y si pudieras averiguar dónde se encuentra ella?

—Esto es distinto —contestó él negando con la cabeza—. Lo otro tenía que ver con las historias. Esto es muy específico. Y como dije, no quiero volver al bosque negro, que es el único lugar donde puedo conseguir información.

Lo dijo sin mucha convicción. En realidad vivía con la constante preocupación de sus sueños. Además estaba cambiando.

El Thomas que ella conoció como su hermano siempre había sabido expresar sus ideas, pero ahora él mismo cargaba con un propósito más grande. Hablaba con más autoridad; no suficiente para convencer a los franceses y los británicos, pero sí para intercambiar algunas palabras con algunas personas muy poderosas antes de que lo dejaran con la palabra en la boca, debido a que con descaro enfocaba la diplomacia como cualquier otra cosa.

De algún modo su hermano había sido escogido. Ella no entendía cómo o por qué, y sinceramente aún no estaba lista para considerar detenidamente todo. Pero no podía escapar a la creciente certeza de que este hombre que sólo unos días antes trabajaba en el Java Hut en Denver se hubiera convertido en alguien muy, pero muy, importante.

—Entonces no regreses al bosque negro. Pero existe una conexión entre tus sueños y lo que está ocurriendo aquí, Thomas. Tus sueños causaron esto, después de todo. Allá tiene que haber una forma de conseguir más información. Duerme; de todos modos aquí no está sucediendo nada.

—Tienes razón —contestó él suspirando—, tengo que dormir.

—¿No recuerdas todavía el antivirus?

—No —contestó él, sacudiendo la cabeza.

—Me gustaría que hubiera una manera de que me llevaras.

—¿Llevarte allí? En realidad no estoy yendo a ninguna parte, ¿o sí?

—No. Aunque sí tu mente. Quizá haya una forma de llevar mi mente contigo —indicó ella sonriendo—. Absurdo, ¿eh?

—Sí, absurdo. No creo que sea posible.

—Tampoco lo es respirar dentro de un lago —contestó ella.

—¡Señor!

Tom giró. Era la secretaria de Raison, con un teléfono en la mano.

—Tengo al ministro de Estados Unidos. Merton Gains. Está dispuesto a hablar con usted.

———— ∞ ————

EL MINISTRO Merton Gains se hallaba al extremo de la mesa de conferencias, escuchando a los demás expresar opiniones sobre una docena de maneras diferentes de ver la crisis presupuestaria que se avecinaba. Paul Stanley aún estaba fuera de la ciudad, pero el ministro de estado nunca se había mostrado renuente a meter a Gains en el grupo cuando se hallaba ocupado.

Estaba presente la mitad del gabinete, la mayoría de los notables excluyendo al de defensa, Myers. Una docena de asesores. El presidente Robert Blair se hallaba al frente de Gains, inclinado hacia atrás mientras sus asesores le pedían que discrepara. El tema era nuevos cortes de impuestos. Cortar o no cortar. Qué difícil presionar. Los resultados económicos adversos o favorables, los resultados políticos adversos o favorables. Algunos aspectos nunca cambiaban, y la discusión sobre impuestos era una de ellas.

Lo cual sólo era parte de en qué Gains tenía vagando su mente. La otra parte era Thomas Hunter.

Hecho: Si su hija no hubiera muerto por una vacuna dos años antes, él no habría encabezado una legislación para aumentar los exámenes de nuevas vacunas.

Hecho: Si él no hubiera redactado el proyecto de ley, su amigo Bob Macklroy no habría pensado en llamarlo respecto de Thomas Hunter.

Hecho: Si Hunter no hubiera llamado a Bob ni hablado del ganador del Derby de Kentucky, Volador Feliz, Gains no habría aceptado la llamada de Hunter.

Hecho: La predicción de Hunter había sido exacta.

Hecho: Hunter había ido a los CDC e informado del brote potencial. Y lo habían menospreciado muchísimo.

Hecho: Hunter había secuestrado a Monique de Raison, la otra persona, afirmaba él, que en primera instancia podía detener el virus al no despachar la vacuna.

Hecho: Monique había sido secuestrada otra vez por alguien que quería la variedad Raison.

Aquí es donde los hechos empezaban a fusionarse con las afirmaciones de Hunter.

Afirmación: La parte que se llevó a Monique lo hizo porque ellos, igual que Thomas, sabían que la vacuna podría ser convertida en un arma mortífera, y esperaban conseguir con coerción lo que se proponían.

Afirmación: Esta parte también podía tener pronto acceso a un antídoto.

Afirmación: Si el mundo no se bajaba de sus aires de grandeza, si no hallaban a Monique de Raison, y si no desarrollaban un antídoto, sólo a la vuelta de la esquina vendrían tiempos tan malos que harían parecer la crisis presupuestaria como un juego de dominó.

Al oír toda la historia de boca de Thomas Hunter, Gains no pudo dejar de considerar las frías sensaciones que le bajaban por los huesos. Este escenario no era distinto de los que él había montado en el Senado más de una vez. Y aquí lo tenía frente a él como una afirmación de un tipo descarado que se hallaba totalmente engañado o que sabía más que cualquier hombre que tuviera algún conocimiento comercial. Había algo respecto de la sinceridad de Hunter que lo tentaba a escuchar más y más. Y eso había hecho.

Mucho más.

Él había prometido ayudar en lo que pudiera en el asunto de Monique de Raison. ¿Y si? Sólo ¿y si? Obviamente el viejo Raison no había rechazado a Hunter.

—¿…Merton?

Gains aclaró la garganta.

—No, no pienso así —contestó levantando la mirada.

El presidente lo observaba con esa vaga mirada «puedo leerte la mente». No significaba nada, pero eso le había ganado la presidencia.

—Sólo una cosa —continuó Gains—. Supongo que todos ustedes se enteraron del secuestro de ayer en Bangkok. Monique de Raison, hija de Jacques de Raison, fundador de Farmacéutica Raison.

—No me digas —interrumpió el presidente Blair—. Ese fue uno de nuestros muchachos militares.

—No.

—Tengo entendido que el hombre originalmente involucrado fue atacado por una tercera parte que ahora tiene a la mujer en su poder —comunicó Phil Grant, director de la CIA—. Estamos moviendo algunos elementos para ayudar. No estaba consciente de que hubiera algún nuevo movimiento en el caso.

—No ha habido. Pero me he topado con alguna información que te transmitiré a tu oficina, Phil. Parece que hay un asunto acerca de la estabilidad de la vacuna Raison, el tema real de este secuestro. Es una vacuna de transmisión por vía aérea con varias funciones que se suponía que iba a entrar hoy al mercado. Permítanme decir que el incidente en Bangkok ha expuesto la posibilidad, aunque leve, de que la vacuna podría no ser estable.

—No he oído hablar de esto —terció el secretario de salud—. Tenía conocimiento que la FDA estaba lista para aprobar esta vacuna la próxima semana.

—No, esto es nuevo y, yo podría añadir, se trata de habladurías. Sólo una advertencia por adelantado.

La mesa permaneció en silencio.

—No estoy seguro de entender —dijo el presidente—. Sé que tienes un interés único en vacunas, pero ¿cómo nos afecta esto?

—Esto no tiene nada que ver con el proyecto de Ley Gains. Probablemente no nos afecta. Pero si hay algo de cierto en las afirmaciones de Hunter, y una inestable vacuna que se transmite por vía aérea se convierte en un virus mortífero, podríamos tener en nuestras manos un desafío de salud muy importante. Yo sólo quería poner la idea sobre el tapete.

Momento equivocado, lugar equivocado. Sencillamente no te levantas en una reunión de gabinete, informas a los líderes de la nación que pronto podría caerse el cielo, y esperas rostros serenos. Momento para dar un giro.

—De todos modos, daré el informe a cada uno de ustedes. Esto podría al menos afectar la salud y la economía. Posiblemente la seguridad de la tierra. Si se filtra este asunto, el país podría reaccionar de mala manera. La gente se pone muy nerviosa respecto de los virus.

Hubo un momento para una pausa.

—Pareces bastante franco —comentó el presidente—. ¿Alguien más?

25

TOM DESPERTÓ ante gritos de entusiasmo fuera de la casita. Su confusión por la transición sólo duró un instante. Ya se estaba volviendo habitual. Cada vez que despertaba debía hacer un intercambio, esta vez desde una discusión con el subsecretario de estado Merton Gains. Estaban progresando, verdaderos progresos. Él se puso la túnica y salió de la casa.

Lo que recibió su vista desvaneció todos los pensamientos de Bangkok y su éxito con Merton Gains.

Había una gigantesca luz brillante suspendida contra el bosque colorido arriba en medio del cielo. Que la brillante luz colgara del cielo no era sorprendente... se sabía que los soles hacían eso. Que el bosque también estuviera aquí arriba era un asunto diferente.

Levantó bruscamente la cabeza y miró el cielo. Sólo que no había cielo. ¡El bosque verde estaba encima de él!

Las personas salían en tropel hacia el centro de la aldea, charlando emocionadamente, danzando alegres como si fuera algo extraordinario que su mundo estuviera de pronto patas arriba.

Tom dio media vuelta, lanzó un grito ahogado y miró el paisaje alterado. Los bosques se levantaban de donde deberían haber estado y se curvaban hacia donde había estado el cielo. Muy por encima de él veía prados. Y allí, exactamente a su derecha, en una elevación que debía tener más de tres mil metros, estaba seguro de que vio una manada de caballos galopando por una pradera vertical.

—¡Está al revés!

—Sí, así es.

Tom giró para encontrar a Michal puesto en cuclillas a su lado, sonriendo de su nuevo mundo.

257

—¿Qué está ocurriendo? ¿Qué pasa?

—¿Te gusta? —inquirió el roush con una infantil sonrisita de complicidad.

—Yo… yo no sé de qué se trata.

—Elyon está jugando —declaró Michal—. Hace esto con frecuencia.

Luego se volvió y saltó al aire tras los otros que corrían hacia el Thrall.

—Ven. Verás esto.

—¿Quieres decir que se supone que esto ocurra? —preguntó Tom corriendo tras Michal, casi tropieza en una escultura que alguien había dejado en el patio—. ¿Es seguro todo esto?

—Por supuesto. Ven. Verás.

Era como si todo el paisaje se hubiera pintado en el interior de una gigantesca esfera. Los efectos de gravedad se habían invertido de algún modo. Directamente encima de ellos el camino que conducía al lago doblaba hacia arriba hasta toparse con este, sólo que ahora el lago se hallaba inclinado hacia arriba y la cascada retumbaba horizontalmente. Lo único que faltaba era el bosque negro.

La escala de cosas también había cambiado de manera dramática, de modo que el cielo, que debía haber estado a muchos centenares de kilómetros por encima de ellos, parecía muchísimo más cerca. A la inversa, las otras aldeas, que deberían haber sido visibles, no lo eran. Tom pudo ver criaturas corriendo a través de los campos en ángulos imposibles. Decenas de miles de aves caían absurdamente en picada. Aproximadamente la mitad de roushes descendía por el aire hasta donde Tom podía ver, girando, revolviéndose y volando en curvas gigantescas que le hicieron recordar a Gabil. No era nada menos que un circo.

Llegaron al Thrall y se unieron a los otros que, como Tom, miraban con ojos desorbitados la escena que tenían por delante.

Fue Johan quien descubrió primero que la atmósfera también había cambiado. En realidad cambió tanto que logró permanecer en el aire más de lo habitual al saltar. Tom vio brincar al joven muchacho como en cámara lenta.

—Mira, Thomas. ¿Ves esto? —exclamó Johan saltando de nuevo, más fuerte esta vez.

Flotó tres metros encima y se quedó allí.

—¡Thomas! —gritó—. ¡Estoy volando!

Efectivamente, Johan flotó más alto, ahora como a treinta metros por encima de la tierra, bamboleándose levemente, soltando una carcajada. Tres muchachos más se le unieron en el aire. Luego el aire empezó a llenarse con otros que se elevaban como niños en sus sueños.

—Tom —expresó Michal; Tom permanecía paralizado por la escena—. Inténtalo, Tom.

—¿Puedo volar? —preguntó al roush con temor.

—Por supuesto. Elyon ha cambiado el mundo para nosotros. Más te vale que lo hagas mientras puedas porque no durará para siempre, ¿sabes? Él sólo está jugando. Inténtalo.

Tom estiró las manos de forma instintiva y agarró el pelaje de la cabeza de Michal para estabilizarse. Saltó cautelosamente y descubrió una agilidad que lo sorprendió. Sonrió y volvió a saltar, con más fuerza. Esta vez flotó a algunos metros de la tierra. La tercera vez brincó con todas sus fuerzas y desconcertado se elevó de manera vertiginosa.

Johan pasó zumbando, gritando de alegría. Era obvio que había aprendido a maniobrar. Tom descubrió que podía ganar impulso al cambiar el peso de su cuerpo. Había suficiente gravedad como para moverse hacia delante.

A los pocos minutos Tom volaba con los demás. Al poco tiempo se le unieron Rachelle, Johan y Michal, y se pusieron a explorar su nuevo mundo. Charlando como niños entre carcajadas volaron hasta la cúspide más elevada del globo invertido y miraron sobre la aldea mucho más abajo. Aterrizaron en una pradera, cuyas flores colgaban al revés y señalaban hacia la aldea apenas visible ahora. Caminaron patas arriba, con el corazón palpitando como mariposas, andando con cuidado en extraño ángulo. Luego saltaron de la hierba, casi rozando los árboles abajo al lado del lago, y se sumergieron en sus aguas color verde jade.

En las cálidas y brillantes aguas llenos de alegría oyeron risas en la gama total de la escala, desde una risita profunda y un ruido sordo hasta una risotada desgarradora. Y con los ojos bien abiertos para ver si los otros también habían oído, supieron a la primera risita que se trataba de Elyon. Si se hallaban fuera de sí con el asombroso alcance de la aventura, Elyon estaba fuera de sí al dárselas. Y ellos reían con él.

Las horas pasaban. Ellos jugaban como niños en un parque de diversión. No había filas, y todas las atracciones estaban abiertas. Volaban, exploraban, revoloteaban y giraban, y sólo después del mediodía el mundo comenzó a reestructurarse otra vez.

———

UNA HORA después todo había vuelto a la normalidad.

Y Thomas recordó Bangkok.

Rachelle se le acercó, riendo guturalmente.

—Mi querido Thomas, ¡a eso es lo que llamo un tiempo fabulosamente bueno! —exclamó ella, y con mucha espontaneidad le puso los brazos alrededor del cuello y lo abrazó con fuerza.

Tom no se sorprendió de que él se negara a devolver el abrazo. Rachelle se echó hacia atrás, pero sin soltarlo. Ella levantó la pierna izquierda por detrás y lo miró a los ojos.

—¿Te gustaría besarme?

—¿Besarte? —titubeó él; le pudo oler su dulce aliento.

—Te estoy ayudando a recuperar la memoria, ¿o también olvidaste eso?

—No —contestó él tragando saliva.

—Entonces me gustaría ayudarte a recordar cómo es un beso. Tendré que mostrártelo, desde luego.

—¿Has besado a alguien antes? Es decir, ¿a otro hombre?

—No. Pero he visto hacerlo. Está muy claro en mi mente. Estoy segura de que podría mostrarte exactamente cómo se hace —aseveró ella con ojos centelleantes; se pasó la lengua por los labios—. Quizá deberías humedecerte primero los labios, se ven algo resecos.

Tom lo hizo.

Rachelle se inclinó hacia delante y le tocó suavemente los labios.

Tom cerró los ojos. Por un momento todo pareció desconectarse. Pero en ese mismo instante alcanzó su plenitud un nuevo mundo.

No, no un mundo nuevo. Un mundo antiguo.

Él había hecho esto antes.

—Créeme, cariño, no estás en un sueño —afirmó ella apartando los labios de los de él—. Veremos si eso despierta tus recuerdos.

A Tom le recorrió un calor por el cuello. Había hecho esto antes. ¡Antes había besado a una mujer! Estaba seguro de eso.

La expresión de él debió haber sido de asombro, porque Rachelle le brindó una sonrisa de satisfacción. Era cierto, el beso de ella le había quitado el aliento, pero había más. Le recordó algo.

—Tanis viene a hablar contigo —declaró la joven—. Aún insiste en que eres su aprendiz en las artes de pelea, pero creo que está más interesado en las historias.

Ella le puso un dedo en los labios.

—Sólo recuerda que esos son sueños. No te dejes llevar por ellos.

Rachelle dio media vuelta y se fue por el camino, con aire de complacida y muy segura de sí misma a pesar de sus esfuerzos por parecer indiferente.

De inmediato la mente de Tom se fue tras un nuevo pensamiento que se presentó cuando ella le advirtió acerca de las historias. ¿Y si las dos realidades no sólo fueran reales, sino que estuvieran entrelazadas? Como había dicho el niño en el lago superior, el león y el cordero, ambos reales. Ambas imágenes de la misma verdad.

La misma realidad.

¿Y si...?

—¿Rachelle?

—¿Sí? —contestó ella volviéndose.

Si las dos realidades estaban entrelazadas, tal vez él debía rescatar en ambas. Rachelle aquí, Monique allá. ¿Podría Rachelle llevarlo a Monique?

—Me estás mirando fijamente —añadió ella—. ¿Pasa algo?

—Eso fue muy maravilloso —confesó él.

¿Muy maravilloso?

—Se suponía que lo fuera —respondió ella guiñando un ojo.

—¿Te puedo hacer una pregunta?

—Por supuesto.

—Si hubiera un lugar del cual te gustaría ser rescatada, ¿cuál sería?

—Ese es asunto tuyo. Rescatarme.

—Sí, pero si hubiera un sólo lugar —supuso él, corriendo hacia ella, motivado por la posibilidad que forjaba en su mente—. Digamos que estás atrapada y que yo voy a rescatarte. ¿Dónde sería eso? Por favor, debo saberlo para poder rescatarte.

—Bueno, no soy exactamente narradora de historias. Pero…

Rachelle miró el bosque y reflexionó en la pregunta.

—Diría que estaría oculta en una…

Giró hacia él.

—Una gran cueva blanca llena de frascos. Donde convergen un río y el bosque.

—¿De veras? ¿Has estado alguna vez en una cueva así?

—No. ¿Por qué debería haber estado? La estoy inventando para ti, como lo haría un narrador de historias.

—¿Es aquí, en este bosque, o en alguna parte más lejos?

—Cerca —contestó ella después de pensar por un instante.

—¿Y cómo encontraría esta cueva?

—Siguiendo el río, desde luego.

—¿Y en qué dirección es desde aquí?

Ella lo miró con curiosidad, como si objetara su presión por los detalles.

—En esa dirección —dijo ella señalando a su derecha—. Al oriente.

—Oriente.

—Sí, oriente. Estoy segura. La cueva está a un día de camino hacia el oriente.

—Entonces te rescataré —asintió él.

—Y cuando me rescates quisiera otro beso —añadió ella con total seriedad.

—Un beso.

—Sí. Un verdadero beso, no uno de tus sueños tontos. Un beso real para una mujer real que se ha enamorado completamente de ti, mi querido príncipe.

Rachelle dio media vuelta y se fue por el sendero.

—⊗∞⊗—

TOM CAMINÓ rápidamente, sin ningún otro motivo que pensar con rapidez.

El beso de Rachelle había producido toda una nueva serie de posibilidades. Encontró su origen en esta sola idea: ¿Y si las dos realidades estuvieran más que entrelazadas; y si *dependieran* una de la otra?

¿Y si lo que sucedía en Bangkok dependía de lo que él hiciera aquí? ¿Y si lo que sucedía aquí dependiera de lo que pasaba en Bangkok? Él ya sabía que si fue sanado aquí, fue sanado en Bangkok. Y que también podía usar en Bangkok las habilidades que había aprendido aquí. Pero creer que las realidades podrían *depender* entre sí…

Era un pensamiento sorprendente. Pero en muchas maneras tenía sentido. Es más, estaba muy seguro de que había llegado a la misma conclusión en Bangkok. Si fuera de otro modo, el niño lo habría dicho. Elyon habría desanimado sus sueños. Pero no lo hizo. Había dejado que la decisión dependiera de él.

Dios no era un cordero, un león, ni un niño. Era todos ellos si él decidía que así fuera. O ninguno de ellos. Eran metáforas para la verdad.

La verdad. Una verdad. Dos caras de la verdad. León y cordero. El bosque colorido y Bangkok. ¿Posible?

Tom aún no estaba seguro de qué realidad era real, pero ahora estaba mucho más que convencido que *la verdad* en ambas realidades era real. Y él debía tener mucho cuidado en tratarlas ambas como reales.

Kara había dicho eso.

Por supuesto, esto no significaba que sólo porque amaba a Rachelle se suponía que amara a Monique. Pero sí era muy posible que supusiera que debía rescatar a Monique. Por eso estaba aprendiendo a rescatar a Rachelle en este Gran Romance.

Tenía que ser. Y de ser así, él podría haber descubierto *cómo* rescatarla. O al menos dónde rescatarla. Debería dormir inmediatamente, soñar con Bangkok, y probar esta teoría.

Tom se detuvo en el sendero. Si se suponía que rescatara a Monique en las historias, ¿qué entonces se suponía que hiciera aquí, si esta realidad también dependía de sus sueños?

Si Monique era real, ¿no era también posible que Bill fuera real? ¿Que sí se habían estrellado de veras en la nave espacial como Teeleh había insistido?

¿Y si esa fuera la única realidad?

Tal vez todo lo demás sólo era un sueño. Él en realidad era de la Tierra, y lo estaba afectando de manera terrible este extraño planeta. Se le revolvió el estómago. De pronto sintió muy convincente la idea. Eso explicaría todo.

Al menos tenía que eliminar esa posibilidad. La única forma de saber era volver al bosque negro. Debería considerar al menos…

—¡Thomas! Thomas Hunter, ¡allá estás! —exclamó Tanis, quien salía corriendo del bosque, agitando una torcida vara roja en la mano derecha—. Te he buscado por todas partes. ¿Disfrutaste el cambio de esta mañana?

—Increíble —contestó Tom—. ¡Espectacular!

—La última vez él partió el planeta en dos —informó Tanis—. Quizá lo olvidaste, porque fue antes de que perdieras la memoria, pero pudimos ver las estrellas por arriba y por abajo. Luego la fisura se llenó a medio camino con agua y nos sumergimos. La caída en sí duró una hora.

Tanis rió y sacudió la cabeza.

—Eso es increíble —afirmó Tom.

—¿Esto? —preguntó Tanis moviendo la vara—. ¿Te gusta?

—Quise decir que es increíble tu historia… caer durante una hora. ¿Qué es eso?

—Bueno, es algo que inventé basándome en un recuerdo de las historias. Tal vez sepas cómo se llama —manifestó sosteniéndola orgullosamente en alto.

Era una vara recortada y doblada en ondas con un gancho en un extremo.

—No, no puedo decir que lo reconozco —contestó Tom negando con la cabeza—. ¿Qué hace?

—¡Es un arma! —gritó Tanis; pinchó el aire como un tosco espadachín—. ¡Un arma para asustar a las alimañas!

—¿Cómo haría eso?

—¿No sabes? A los shataikis les aterra el bosque colorido. Esta es un arma del bosque colorido. Se deduce que también los aterrará. Podríamos usar estas armas en nuestra expedición.

Thomas agarró el dispositivo. Era una clase de espada de las historias. Muy mala. Pero fabricada de la madera colorida para algunas aplicaciones interesantes. Tom difícilmente podría olvidar la reacción de Teeleh hacia una pequeña pieza de madera colorida que le diera Johan.

Thomas hizo oscilar la espada. Se sentía poco práctica. Miró a Tanis, y vio que el hombre lo observaba con interés.

—Esto se llama espada. Pero has olvidado darle un borde afilado.

—Muéstrame —pidió Tanis dando un salto al frente.

—Bueno, se debe aplanar aquí y afilar a lo largo del borde para que pueda cortar.

—¿Puedo? —preguntó Tanis alargando la mano hacia la espada.

Tom se la entregó. El hombre se puso a trabajar con sus manos. Él era narrador de historias, no artesano, pero tenía bastante habilidad básica para darle rápidamente otra forma al objeto hasta que se pareciera más a una espada. Tom observó, desconcertado por la escena. Rachelle le había explicado el proceso, pero él había fallado de manera lamentable en todos sus intentos. Dar otra forma a las moléculas con sus dedos era evidentemente algo que debía volver a aprender.

—¡Ya está! —exclamó Tanis alargando la espada.

Tom la agarró y pasó los dedos por la hoja ahora plana y afilada. Asombroso. Este es un asunto de trascendencia. ¿Qué más podría Tanis construir con la guía adecuada?

Tom sintió una punzada de precaución.

—No funcionaría —advirtió, lanzándole otra vez la espada a Tanis—. Recuerda, he estado en el bosque negro. Una espada pequeña contra un millón de shataikis… ni por casualidad. Aunque les asuste la madera.

—¡De acuerdo! —asintió Tanis—. No funcionaría.

Arrojó la espada dentro del bosque; esta golpeó contra un árbol y cayó a tierra.

—Bueno, respecto de las historias…

—No quiero hablar ahora de las historias —comunicó Tom.

—¿Te están cansando tus sueños? Entiendo por completo. Entonces más entrenamiento. Como mi aprendiz, te tienes que aplicar, Thomas Hunter. Aprendes rápido, lo vi la primera vez que intentaste mi «doble-retroceso», ¡pero con la práctica adecuada podrías ser un maestro! Rachelle te ha enseñado algunos movimientos nuevos. Muéstrame —pidió él y palmeó dos veces.

—¿Aquí?

—A menos que prefieras en la plaza de la aldea.

Tom miró alrededor. Se hallaban en una pequeña pradera. Los pájaros trinaban. Un león blanco los observaba ociosamente desde donde estaba tendido junto a un elevado árbol azul topacio.

—Está bien.

Tom dio dos pasos largos, se lanzó al aire, giró, y rodó haciendo un salto mortal. Aterrizó de pie y se volvió hacia un oponente imaginario. Asombroso lo fácil que lo sintió.

—¡Bravo! Extraordinario. A ese lo llamo reversa, porque tu oponente no verá tu talón viniendo sobre la voltereta. Dejaría mareado a un murciélago negro. Aquí, rompe tu túnica sobre el muslo para darte más libertad de movimiento.

Tom lo hizo así. Los pantalones de cuero que a menudo usaban no presentarían este reto, pero las túnicas podrían ser restrictivas en las patadas voladoras.

—Muy bien. Muéstrame el otro.

Tom le mostró cinco movimientos más.

—Ahora —desafió Tanis, dando un paso adelante—. ¡Golpéame!

—¡No te puedo golpear! ¿Por qué querría golpearte?

—Entrenamiento, mi aprendiz. Defensa. Fingiré que eres un murciélago. Eres más grande que un murciélago, desde luego, así que fingiré que eres tres murciélagos, cada uno parado en los hombros del otro. Ahora, vienes hacia mí e intentas golpearme, y te mostraré cómo protegerte tú mismo.

—Sparring.

—¿Qué?

—Se le llama sparring o contrincante de entrenamiento en las historias.

—¡Sparring! ¡Me gusta! Entrenemos un poco.

Entrenaron por bastante tiempo, unas dos horas al menos. Era la primera vez que Thomas había estado expuesto a toda la amplitud del método de pelea desarrollado por Tanis, y esto hizo sentir a las artes marciales de sus sueños muy simples en comparación.

Cierto, aquí eran más fáciles todas las maniobras aéreas, supuestamente en parte debido a la atmósfera. Pero Tom sospechaba que también eran más fáciles debido al método mismo. El combate cuerpo a cuerpo era mucho más acerca de la mente que de fuerza, y Tanis tenía lo uno y lo otro en abundancia. Thomas no pudo ni una vez asestarle un golpe, aunque se acercaba más en cada intento.

Asombrosamente la resistencia parecía casi inagotable. Aumentaban sus fuerzas con el día. Recuperándose de su caída en el bosque negro.

—Suficiente —indicó finalmente Thomas.

—Suficiente por hoy —concordó Tanis con un dedo levantado—. Pero estás mejorando con impresionante velocidad. Estoy orgulloso de llamarte mi aprendiz. Ahora…

Él puso la mano en el hombro de Tom y lo hizo girar hacia el bosque.

—…debemos hablar.

Las historias. El hombre era incorregible.

—Dime, ¿qué clase de arma crees que funcionaría contra los shataikis?

—Tanis, ¿te has enfrentado alguna vez a los shataikis? ¿Te has parado alguna vez en la orilla del río a observarlos?

—Sí, los he visto desde una distancia. Murciélagos negros con garras que parecen que podrían hacer saltar rápidamente una cabeza.

—Sin embargo, ¿por qué no te has acercado más, si sabes que ellos no pueden cruzar el puente para hacerte daño?

—¿Dónde está la sabiduría en eso? Son bestias astutas; sin duda lo has visto. Yo creería que hasta hablar con ellos podría resultar mortal. Ellos emplearían toda clase de confabulación para hacerte beber su agua con engaños. Sinceramente, me quedo atónito de que hayas sobrevivido.

—Si sabes todo esto, ¿por qué te mantienes tan firme en hacer una expedición? ¡Sería un suicidio!

—Bueno, ¡no les hablaría! ¡Y tú sobreviviste! Además, conoces muchas cosas que podrían alterar el equilibrio del poder. Antes de que vinieras a nosotros, yo quizá ni consideraría seriamente en atacarlos, aunque escribí muchas historias al respecto. Con tu conocimiento, Thomas, podemos derrotar a las sabandijas, ¡lo sé!

—¡No! ¡No podemos! Ellos pelean contra el corazón, ¡no contra míseras espadas!

—¿Crees que no lo sé? Pero dime, ¿no es cierto que en las historias había un aparato que podría arrasar con todo el bosque negro en un momento?

Una bomba nuclear. Por supuesto, cualquier uso de un arma nuclear registraría un hito en las historias.

—Sí. Se le llamó bomba nuclear. ¿Sabes cuándo se usó un artefacto como ese en las historias?

—No específicamente —contestó Tanis—. Varias veces, si recuerdo. Pero principalmente después del Gran Engaño. En el tiempo de la tribulación.

¿Estás diciendo que incluso ni con tal artefacto podríamos destruir a los shataikis?

Tom consideró esto. Miró hacia el oriente donde esperaba el bosque negro en tinieblas. ¿Qué había dicho Michal? La diferencia principal entre esta realidad y las historias era que aquí todo hallaba una expresión inmediata en la realidad física. Prácticamente se podía tocar a Elyon entrando a su agua. Se podía ver el mal en los shataikis. Por tanto, tal vez Tanis estuviera tras algo. Quizá el mal se podría eliminar con las armas adecuadas.

Tom negó con la cabeza. Parecía una equivocación. Todo un error.

—No estoy sugiriendo esa bomba nuclear —continuó Tanis—. Pero estoy planteando algo. ¿Qué hay con una pistola, como tú la llamas? ¿No podríamos derrotarlos en el río con suficientes pistolas?

Una pistola. Thomas se encogió de hombros.

—Una pistola es sólo un pequeño artefacto. Vienen en tamaños más grandes pero… esto es ridículo. Aunque pudiera imaginar cómo fabricar una pistola, no la haría.

—Pero podrías, ¿verdad?

Es posible. Él no podía traer una pistola aquí, desde luego. Nada físico lo había seguido alguna vez en sus sueños. Pero el conocimiento…

—Tal vez.

—Entonces piensa en eso. Debo concordar en que podría ser una idea inútil. Pero arrasar a muchas de esas bestias es un pensamiento que vale la pena saborear. Tengo algo más que debes ver, Thomas. Ven.

Llevó a Tom al bosque, no se desanimaba ni en lo más mínimo por el rechazo de Tom a sus ideas.

—¿Ahora? ¿Dónde?

—Exactamente aquí por el río que viene del lago. Tengo un invento que debes ayudarnos a probar.

Tanis se dirigió al bosque, y Tom se apresuró a alcanzarlo.

—¿Quién más está involucrado? —preguntó Thomas.

—Johan. Él es mi primer recluta. Hemos hecho algo que valoraría un alma aventurera como tú. Rápido. Él se nos unirá allá —informó Tanis comenzando a correr.

FUERON A parar a la orilla de un río ligeramente más pequeño que el del bosque negro. Johan se hallaba sobre un enorme tronco amarillo que habían derribado. De un salto se puso en pie y corrió hacia Thomas.

—¡Thomas! Primero volamos y ahora flotamos —exclamó, abrazando a Tom—. ¿Viste la vara que hizo Tanis? ¿Dónde está la vara, Tanis?

—La tiré dentro del bosque —contestó el mayor—. Thomas aseguró que era una idea terrible, y estuve de acuerdo. No funcionaría.

—¿Cómo entonces haremos…?

—¡Exactamente! —exclamó Tanis, levantando un dedo—. ¡No lo haremos!

—¿No *flotaremos* nuestro enorme tronco río abajo para atacar a los shataikis?

—¿Es eso lo que estaban planeando? —quiso saber Tom.

Miró el árbol y vio que le habían ahuecado la mitad. Él había soñado con una de estas. Era una canoa.

—Se trataba de una idea —informó Tanis—. Lo hablamos ayer y le dimos forma a este tronco para que pudiera flotar, pero aseguraste que la espada era una mala idea. No me digas que quieres que cree otra, porque ahora estoy teniendo mis dudas al respecto. A menos que podamos enviar una bomba río abajo en este tronco.

Los dos miraron a Tom con ojos verdes bien abiertos. Inocentes hasta la médula. Pero aún llenos de deseos. Deseo de crear, deseo de fantasear, de comer, de beber, de nadar en el lago de Elyon.

Sin duda la tensión entre satisfacción y deseo era extraña. La insatisfacción también lleva a lo bueno además de lo malo.

—¿Quieres meter esta canoa al agua? —inquirió, mirando a Johan.

—Sí —contesto Johan levantando la mirada.

—¿Y serías infeliz si no lo intentáramos?

—¿Infeliz? —exclamó Johan con la mirada en blanco.

—¿De qué estás hablando, amigo? —preguntó Tanis en voz alta—. Aquí estás hablando en clave. ¿Es este un juego de inteligencia?

Él parecía sorprendido con la idea.

—No, no es juego. Sólo mi memoria. Una manera de ayudar a recordar cómo son las cosas. Existe felicidad, por tanto debe haber infelicidad. Hay bondad, por tanto debe haber maldad. Simplemente le preguntaba a Johan si le haría infeliz no meter la canoa en el agua.

—Sí, existe maldad, y la tratamos regularmente. Y puesto que hay felicidad, también debe haber *in*felicidad. Capto lo que dices. Siento ira de los murciélagos, desde luego, ¿pero infelicidad? Me tienes confundido, Thomas Hunter. Ayúdame.

Tom pensó que ellos sentían deseo sin insatisfacción. Lo mejor de los dos mundos.

Él, por otra parte, sentía decepción. O al menos *in*satisfacción. Quizá por haber estado en el bosque negro. No había tomado ni una gota del agua, pero había estado allí, y su mente se había afectado de alguna manera.

Era eso, o él no era en absoluto de este lugar. Había venido en una nave espacial.

—Sólo una historia, Tanis —expresó Tom—. Sólo una idea.

Tanis intercambió una mirada con el niño. Luego retrocedió. Una idea.

—Bien entonces, ¿debemos intentarlo?

Johan empezó a saltar en expectativa. El invento era un gran acontecimiento. Thomas pasó la mano a lo largo de la canoa.

—¿Cómo la dirigirán?

—Con la espada —respondió Tanis—. Pero creo cualquier buena vara lo haría.

—¿Y cómo derribaron el árbol?

—Como siempre hacemos. Con nuestras manos.

—Está bien, intentémoslo.

Ataron una enredadera alrededor de la proa y luego a un árbol en la orilla. Tom se apuntaló.

—¿Están listos?

—¡Listos! —gritaron los dos al unísono.

Halaron juntos y vieron la resplandeciente canoa amarilla deslizarse en el agua que corría.

—¡Funciona! —exclamó Tanis.

Pero casi tan pronto como lo dijo, la canoa comenzó a hundirse. A los pocos segundos había desaparecido bajo las burbujeantes aguas verdes.

—Es demasiado pesada —declaró Tom frunciendo el ceño.

Tanis y Johan miraban las burbujas que aún subían a la superficie.

—Se hunde otra historia —expresó Tanis.

Johan encontró esto tan divertido que cayó primero de rodillas y luego de espaldas en ataques descontrolados de risa. Tanis se le unió pronto, y rápidamente convirtieron los ataques de risa en una clase de juego: Quién reía por más tiempo sin respirar.

Tom lo intentó, a instancias de ellos, y participó en gran manera.

—Bien, ahora —anunció finalmente Tanis—, ¿qué opinan si lo intentemos de nuevo mañana?

—Yo podría averiguar algo más —comentó Tom—. De todos modos no creo que flotar hasta el bosque negro sea una gran idea.

—Tal vez tengas razón.

—¿Tanis?

—Sí, dime.

—Rachelle me habló de una fruta que te hace dormir tan profundamente que no recuerdas tus sueños.

—Tan profundo que ni siquiera sueñas —corrigió él—. ¿Te gustaría que te encuentre algunas?

—No. No, debo soñar. Pero ¿hay también una fruta que sólo te haga dormir?

—¿Y aún soñar?

—Sí.

—¡Por supuesto!

—¡La nanka! —gritó Johan—. ¿Quieres un poco?

Una idea asombrosa. Poder entrar a sus sueños a voluntad. O desconectarse de ellos al no soñar.

—Sí. Sí, me gustaría. Quizá una de cada una.

26

¿QUÉ? —EXCLAMÓ Tom sentándose en el sofá.

—Lo siento, dijiste cinco horas, pero me quedé dormida —informó Kara—. Han sido ocho.

—¿Qué hora es?

—Casi mediodía. ¿Qué pasa? Te ves como si hubieras visto un fantasma. La cabeza le daba vueltas.

—¿*Soy* un fantasma?

—Averiguaste algo, ¿verdad? —interrogó Kara, haciendo caso omiso de la pregunta de él—. ¿Qué?

—Creo que puedo desconectarme de mis sueños —enunció deslizándose del sofá y poniéndose de pie.

—¿Por completo?

—Sí. Por completo. No aquí. Allá. Puedo dejar de soñar en esto.

—¿Y qué bien te haría eso? Esto es muy importante.

—También es una distracción importante para mí. Estoy tratando de recordar mi vida, y en vez de eso me la paso topándome con esto.

—¿Así que simplemente duermes, despiertas y no vuelves a soñar nada de esto? ¿Sólo… desaparecerías?

—Sí, creo que lo haría.

—Bueno, ni te atrevas a desconectarte de tus sueños, Thomas. No sabes qué pasaría. ¿De qué más te enteraste?

El resto de su sueño le vino en una descarga de imágenes que terminaron con Rachelle diciéndole dónde le gustaría ser rescatada.

—¡Eso es! —exclamó él, volviéndose a ella, con ojos desorbitados.

—¿Qué pasa?

—Es un mapa. ¿Está despierto Raison? —anunció Tom corriendo hacia la puerta—. ¡Un mapa, Kara! Debemos encontrar un mapa.

—¿Qué está pasando? —exigió saber ella.

—Creo que ella me dijo dónde encontrar a Monique. ¿Está Jacques despierto?

—Sí —contestó Kara corriendo tras él por la puerta; lo siguió directo hasta la oficina—. ¿Quién te lo dijo?

—¡Rachelle!

—¿Cómo lo sabría Rachelle?

—No sé. Solamente lo inventó. Tal vez ni lo sabe —manifestó él, pasando a la carrera a un asombrado guardia y abriendo la puerta de un golpe.

El anciano se hallaba en su escritorio, círculos negros se destacaban debajo de sus ojos. Hablaba urgentemente al teléfono.

—¡Creo que yo podría lograrlo! —gritó Tom.

—¿Sabe usted dónde está Monique? —inquirió Raison depositando el auricular en su base.

—Tal vez. Sí, creo que tal vez lo sé. Necesito un mapa y alguien que conozca esta región.

—¿Cómo podría usted saberlo?

—Rachelle me lo dijo. En mis sueños.

—Eso es muy alentador —cuestionó el hombre con el rostro decaído notablemente.

—Bueno, debería serlo. Que yo sepa, ¡*usted es* la pesadilla! —discutió Tom sintiendo que se le acababa la paciencia, luego pinchó con el dedo a Jacques—. ¿Ha considerado eso en algún momento? No sea tan… engreído.

Anoche había estado mejor con la diplomacia.

—Ahora estoy en una pesadilla —contestó Raison—. Muy, muy animador. Sr. Hunter, si usted cree que lo dejaré…

—No creo que usted hará nada. Excepto ayudarme a encontrar a su hija. ¿Qué tal si tengo razón?

—Otra vez los «qué tal si».

—¡Sé dónde está Monique! —le gritó.

—Yo lo escucharía, Sr. Raison —terció Kara, adelantándose—. Aún no creo que él se haya equivocado.

—Por supuesto, habla la hermanita mayor. Han hablado los *secuestradores de mi hija convertidos en salvadores*. La gentecita en sus sueños le dijo dónde está mi hija. Calentemos entonces el helicóptero y vamos por ella, ¿no es así?

Tom miró, anonadado ante la arrogancia de Raison. Jacques estaba tenso. Necesitaba un golpe a su sistema.

—Bien —contestó Tom, dando media vuelta y yendo hacia la puerta a grandes zancadas—. Dejémosla que se pudra en la jaula en que se encuentra.

—Cómo se atreve a burlarse de mí, ¡buey andante! —lanzó Kara una última salva—. Usted no tiene idea de la terrible equivocación que está cometiendo.

—Lo siento. Esperen —expresó Jacques cuando ellos ya habían llegado a la puerta.

—¿Esperar? —exclamó Tom, volviéndose—. ¿Quiere ahora sentarse por ahí y esperar?

—Usted dijo lo suyo. Dígame dónde cree que está ella.

Tom titubeó. Se había impuesto; y pretendía seguir haciéndolo. ¿Decirle al hombre que Monique estaba en una… qué era, una gran cueva blanca llena de frascos donde confluían el río y el bosque, a un día de camino al oriente? No se lo diría.

—Déme un mapa y alguien que conozca el sur de Tailandia. Y luego quiero al subsecretario Merton Gains al teléfono. Después le diré dónde está Monique.

—¿Está usted haciendo exigencias otra vez? Sólo dígame…

—¡El mapa, Jacques! Ahora.

———◇◇◇———

TENÍAN SOBRE la mesa de conferencias un enorme mapa de Tailandia y de los países del golfo. Jacques insistió en que conocía bastante bien la región, pero Tom quería alguien de la zona. El corpulento guardia que entró cojeando al salón era nada menos que uno de los guardias de seguridad víctimas de Tom.

Se llamaba Muta Wonashti. Tom le estrechó la mano.

—¿Taga saan ka? *¿De dónde es usted?*

—Penang —contestó el hombre después de hacer una pausa ante el uso que Tom le daba a su lenguaje.

—Bienvenido al equipo. Siento lo del otro día.

El hombre pareció erguirse. Fue hasta el mapa, ahora sin cojear.

—¿Satisfecho? —preguntó Jacques, fulminando con la mirada.

—¿Está Gains al teléfono?

—Está esperando —contestó Nancy adelantándose con un teléfono.

—Usted no tiene idea de lo vergonzoso que será esto si se equivoca —advirtió Jacques—. He gastado un considerable patrimonio en usted.

—No en mí, Jacques. En su hija —corrigió Tom agarrando el teléfono.

—¿Ministro Gains?

—Él habla —contestó la conocida voz de Gains—. Entiendo que usted tiene alguna información nueva.

—Así es —concordó Tom—. En realidad no puedo seguir tratando de probarme en todo momento, Sr. Gains. Eso nos está retrasando.

Hubo una pausa.

—¿Lo ve? Usted aún no sabe si creerme o no. No lo estoy culpando; no todos los días alguien le dice que un virus está a punto de exterminar el mundo, y que lo sabe porque lo soñó.

—Le recordaré que ya le escuché —objetó Gains—. Y le mencioné la situación al presidente. En este mundo, eso es poner las manos en el fuego por usted, hijo. Estoy poniendo las manos en el fuego por un secuestrador que está teniendo sueños absurdos.

—Por eso lo llamo. Al grano: He tenido un sueño en el que me enteré dónde tienen a Monique de Raison. Frente a mí tengo un mapa. Quiero que usted empiece a aceptarme en mis condiciones si resulta que tengo razón acerca de dónde está Monique. ¿Está bien?

Gains pensó al respecto.

—Si tengo razón, Sr. Ministro, y hay un virus, necesitaremos unos pocos que crean. Necesito a alguien en el interior.

—Y ese sería yo.

—Nadie más se ha ofrecido de voluntario al momento.

—Usted afirma que averiguó en sus sueños dónde tienen a Monique. ¿Ninguna otra información?

—Auténtico, cien por ciento sueño. Ninguna insinuación de alguna otra inteligencia.

—Así que usted cree que si la encuentra, esto prueba realmente que sus sueños son válidos y que se le debe tomar en serio —comentó Gains.

—No será la primera vez que estoy en lo cierto. Necesito un aliado.

—Está bien, hijo, hagamos un trato. Ponga al Sr. Raison al teléfono.

—¿No supondría que usted me envíe un equipo de tropas de asalto o expertos en guerrillas? —preguntó Tom.

—Ni por casualidad. Pero los tailandeses tienen buena gente. Estoy seguro de que cooperarán.

—Ellos aún creen que yo soy el secuestrador —aseguró Tom—. Cooperación no es precisamente lo que fluye por aquí.

—Veré si puedo lograr que tomen las cosas con calma.

—Gracias, señor, no se arrepentirá de esto —concluyó y le pasó el teléfono a un impaciente Raison, quien escuchó y terminó la llamada con un educado saludo.

—Bueno, dígame. He hecho todo lo que usted ha pedido.

—Una gran cueva blanca llena de frascos hacia el oriente a un día de camino de aquí donde se une un río con un bosque —informó levantando el mapa—. ¿Dónde es eso?

—¿Qué es eso?

—Eso es donde ella está —contestó Tom mirándolo—. Tendremos que imaginar lo que eso significa.

—¿Es esa su... es eso todo de lo que se trata? —cuestionó el hombre con el rostro un poquitín iluminado—. ¿Una cueva blanca llena de frascos?

—Sí, pero Rachelle no sabría cómo sería un laboratorio. Una cueva blanca llena de frascos tiene que ser un laboratorio, ¿correcto? La llevaron a un laboratorio subterráneo a un día de camino hacia el oriente donde un río se encuentra con el bosque.

—¿Cuántos kilómetros? —quiso saber el rastreador.

—Aproximadamente treinta.

—El río Phan Tu atraviesa aquí la llanura —informó el rechoncho peleador recorriendo con el dedo la línea azul de un río en el mapa—. Y termina aquí en la selva. Treinta kilómetros al oriente. No hay laboratorio. Concreto. Ya fuera de uso.

—¿Una planta de concreto? —inquirió Tom mirando al hombre—. ¿Exactamente allí?

—Sí.

Jacques de Raison se pasó las dos manos por el cabello.

—¿Cómo sabe usted que esto es exacto? ¿Y cómo…?

—Usted tiene un helicóptero, Sr. Raison —interrumpió Tom—. ¿Está aquí su piloto?

—Sí, pero seguramente este es un asunto para las autoridades. Usted puede esperar…

—Puedo esperar que quienquiera que nos haya atacado en esa habitación de hotel es más listo que cualquier equipo que los militares tailandeses puedan reunir en el instante del aviso. Puedo esperar que *ellos* supongan una posible misión de rescate de parte del gobierno tailandés y que estén muy bien preparados. Además puedo esperar que usted haga cualquier cosa, Sr. Raison, sea lo que sea para volver a ver viva a su hija. ¿Se me está escapando algo aquí?

—Usted tiene razón —contestó Jacques al instante.

—Envíeme allí con un radio y un guía, digamos Muta, déjenos a algunos kilómetros de distancia, y podemos al menos localizarla, quizá hacer más. En este momento estamos operando en uno de mis sueños, no suficiente para hacer intervenir a los marines de EE.UU. Pero si logramos conseguir algo en el terreno, tendremos toda una nueva historia.

—¿Y cree usted que es quien va a ir? —cuestionó el hombre andando de un lado a otro, torciendo la vista y rascándose la cabeza.

—Sé algunos trucos nuevos.

—Realmente los sabe —apoyó Kara levantando una ceja.

—Y prácticamente me crié en la selva.

—Usted está bajo arresto domiciliario. Esto simplemente no es posible…

—Nada es posible, Sr. Raison —expresó Tom agarrando el mapa—. ¡Nada! Ni mis sueños, ni el virus, ni el secuestro de su hija. Se nos acaba el tiempo aquí. Si alguien puede rescatar a su hija, ese soy yo. Créame. Se *supone* que yo rescate a su hija.

27

CARLOS LLEVÓ pacientemente a Svensson por los peldaños de concreto. La pierna lesionada casi le impedía bajar las gradas. El suizo había volado a Bangkok durante la noche y llegado al antiguo laboratorio una hora antes. Carlos nunca había visto la clase de feroz intensidad que había florecido en Svensson.

—Ábrela —ordenó ante la puerta de acero.

Carlos deslizó el pasador, y de un empujón abrió la puerta. El blanco laboratorio brillaba bajo dos filas de tubos fluorescentes descubiertos. Svensson había construido o convertido dos docenas de laboratorios similares en todo el mundo para una eventualidad como esta. El descubrimiento de un posible virus. Si se presentaba un virus en Sudáfrica, ellos debían estar en Sudáfrica. Finalmente volverían a los laboratorios mucho más grandes y a las instalaciones de producción en los Alpes, desde luego, pero sólo cuando tuvieran bien asegurado lo que necesitaban y hubieran analizado a fondo el ambiente del que venía el virus.

Aquí, en el sudeste asiático, tenían cinco laboratorios. El traslado de Farmacéutica Raison de Francia a Tailandia precipitó la construcción de este laboratorio particular. Y ahora reportaba sus beneficios.

El recinto estaba equipado con todo lo que se esperaba de un laboratorio industrial de tamaño mediano, incluyendo capacidad de refrigeración y calor. Monique se hallaba en el rincón, amordazada con cinta de conducto y atada a una silla gris. Carlos no le había hecho daño. Todavía. Pero le había hablado extensamente. El hecho de que ella se negara a dedicarle más que un gruñido lo convenció de que pronto tendría que hacerle daño.

—Así que esta es la mujer por la que el mundo está berreando —expresó Svensson, moviéndose lentamente por el piso de baldosa blanca, y deteniéndose a un metro de Monique—. ¿La que ha elegido no ver todavía la luz?

Carlos se paró a su lado con las manos sujetas frente a él. No contestó. No se esperaba que contestara. No lo haría de todos modos. Él había hecho su parte; ahora era el momento de Svensson para hacer la suya.

La huesuda mano del suizo osciló y le asentó una bofetada a la mejilla de Monique. La cabeza de la mujer giró bruscamente y el rostro enrojeció, pero ella no emitió ni un sonido.

—Me has visto —declaró Svensson sonriendo—. Y obviamente me reconoces. Creo incluso que una vez nos topamos, en el simposio de medicinas de Hong Kong hace dos años. Tu padre y yo somos prácticamente compañeros de pecho, si fuerzas un poco las cosas. ¿Ves el problema en esto?

Ella no respondió. No podía hacerlo.

—Quítale la cinta, Carlos.

Carlos dio un paso adelante, y desgarró la cinta gris de conducto de la boca a Monique.

—El problema es que me he comprometido contigo —siguió hablando Svensson—. Ahora me puedes identificar. Te tendré encerrada bajo llave hasta que llegue el momento en que no me importe si me identificas. Luego, dependiendo de cómo me trates ahora, te dejaré vivir o te mataré. ¿Tiene eso algún sentido para ti?

Ella le taladró el rostro con una mirada pero no contestó.

—Una mujer fuerte. Podría usarte cuando todo termine. Pronto, muy pronto —informó Svensson acariciándose el bigote y caminando de lado a lado frente a ella—. ¿Sabes lo que pasa a tu vacuna Raison al calentarla a 81,92 grados centígrados y mantener esa temperatura por dos horas?

Los ojos de Monique se entrecerraron por un breve momento. Carlos no creyó que ella lo supiera. Es más, *ellos* no lo sabían con seguridad.

—No, por supuesto que no —continuó Svensson—. Ustedes no han probado la vacuna bajo tales condiciones adversas; no había necesidad de hacerlo. Así que déjame hacerte una sugerencia: Cuando aplicas este calor específico a tu medicina milagrosa, muta. No conoces su capacidad de mutar porque según tus fuentes internas, también muta a un calor menor, pero las mutaciones no se logran mantener por más de una generación o dos.

Los ojos de Monique se abrieron brevemente del todo. Acababa de saber que había un espía en su propio laboratorio. Quizá ahora los debería tomar más en serio. A Carlos le sorprendió que Svensson le comunicara tanto a ella. Claramente no esperaba que la mujer viviera para contarlo.

—Sí, eso es correcto, tenemos muchos recursos. Sabemos de las mutaciones, y que también otras mucho más peligrosas se conservan bajo un calor más intenso. Tu vacuna Raison se convierte en mi variedad Raison, un virus volátil sumamente infeccioso con un período de incubación de tres semanas —declaró, luego sonrió—. Se podría contaminar todo el mundo antes de que la primera persona mostrara algunos síntomas. Imagina las posibilidades para el hombre que controle el antivirus.

Un temblor le recorrió el rostro a Monique. Esta era la clase de reacción que sin duda hacía que el corazón de Svensson le palpitara como un puño. Él la había puesto en evidencia, y sugerido una increíble posibilidad que habían estructurado por sí mismos. Y ella estaba reaccionando con terror.

El rostro de Monique de Raison manifestó a gritos su respuesta. Y ninguna otra respuesta podía haber sido mejor. Ella también sabía todo esto. Había pasado algunas horas a solas con Thomas Hunter, el soñador, y de alguna manera llegó a convencerse de que su vacuna sí representaba realmente un verdadero riesgo.

—Sí, la vacuna para el virus de SIDA tiene 375,200 pares base… ¿no es eso lo que este Hunter te dijo? Y tenía razón. Demasiada información para un bobalicón de Estados Unidos. Es muy malo que no lo tengamos también a él. Por desgracia está muerto.

Svensson dio media vuelta y empezó a ir hacia la puerta.

—Espero que papito ame a su hija, Monique. De verdad. En los días venideros haremos algunas cosas maravillosas, y nos gustaría que nos ayudaras.

El hombre cojeó lentamente, taconeando sobre el concreto con el pie derecho. Svensson era un tipo permanentemente cojo.

—No olvide el explosivo en su estómago —declaró Carlos a Monique sacando el transmisor—. Puedo detonarlo presionando este botón, como se lo dije, pero se detonará por sí sólo si pierde la señal después de cincuenta metros. Creo que es como su grillete. No creo que alguien venga por usted. Si eso pasa, simplemente la matará.

Ella cerró los ojos.

Quizá después de todo, él no habría tenido que lastimarla. Mejor de ese modo.

———∞∞———

EL HELICÓPTERO era una antigua burbuja de reserva con capacidad para cuatro y corría sobre pistones. Tom y el guía bajaron en un arrozal como a cinco kilómetros al sur de la planta de concreto y buscaron la selva a su derecha. El cacharro se elevó y se dirigió a casa. Ahora dependían de los radios, de la nariz de Muta y de los trucos de Tom.

Caminaron afanosamente por el agua hasta tierra seca, y trotando siguieron luego la línea de árboles. Los dos portaban machetes y Muta una 9-milímetros en la cadera. El follaje les hizo aminorar la marcha, obligándolos a cortar su camino por enredaderas y malezas. Tardaron toda una hora en recorrer los cinco kilómetros.

—¡Allí! —exclamó Muta señalando con el machete el claro que había adelante.

Media docena de edificios de concreto en varios grados de deterioro. Un estacionamiento lleno de maleza con grandes montones de pasto que crecían entre los bloques de concreto. Una banda transportadora oxidada sobresalía hacia el aire poco denso.

Sólo uno de los edificios era bastante grande para ocultar alguna obra subterránea. Si tenían allí a Monique, bajo tierra, el primer edificio a la izquierda parecía la mejor opción. Aunque en el momento todas las opciones parecían muy malas.

Tom había hecho declaraciones atrevidas y ventilado bulliciosas acciones agresivas, pero al estar aquí en la orilla de la selva, con chicharras chillando por todas partes y el caluroso sol del atardecer cayéndole en los hombros, le pareció absurda la idea de que el origen del ataque de un virus en todo el mundo yaciera oculto en esta planta abandonada de concreto.

¿Y si estaba equivocado? La pregunta lo había hostigado desde que el helicóptero los abandonara una hora antes. Pero ahora había pasado de pregunta a inquietante certeza en un salto gigante. Se equivocó. Esta no era más que una planta abandonada de concreto.

—¿Está abandonada? —inquirió Muta.

Él también lo sabe.

—Quédese detrás de la cabaña —ordenó Tom, señalando una pequeña estructura a diez metros de la entrada al edificio principal—. Cúbrame con su pistola. Usted puede disparar derecho esa cosa, ¿no es así?

—Usted patea muy bien —contestó Muta demostrando con una mueca que se había ofendido—. Yo disparo mejor. En la milicia disparé muchas pistolas. ¡Nadie dispara tan bien como yo!

—¡Haga silencio! —susurró Tom—. Le creo. ¿Puede darle a un hombre en la puerta a esta distancia?

—Demasiado lejos —contestó el guía con una sola mirada a la puerta a poco menos de cien metros de distancia.

Bueno. Él entonces era sincero.

—Está bien, cúbrame. Tan pronto como yo despeje la entrada, usted corre y me sigue adentro —decidió, mirando el machete en su mano.

La mayor parte de sus habilidades de pelea consistían en puños y juego de piernas, pero ¿qué bien haría un combate cuerpo a cuerpo en un lugar como este? Es cierto que disponía de algunos trucos, pero el principal era dormir y regresar sano. Un truco muy impresionante, sin duda, pero no exactamente un golpe demoledor en una pelea.

—¿Listo?

Muta soltó el cargador de su pistola, lo revisó y lo volvió a encajar en una demostración de destreza en manejo de armas.

—Vaya; yo lo sigo.

No exactamente una invasión de tropas de asalto de los EE.UU.

—¡Vamos! —exclamó, saltó sobre el borde de la pequeña cuesta, corrió agachado, machete extendido. Muta corrió detrás de él, sus pies resonaban en la tierra.

Tom estaba a mitad de camino hacia la puerta cuando las dudas empezaron a acumularse en serio. Si el hombre con quien había peleado en el cuarto de hotel se hallaba en el interior de esta edificación, estaría disparando balas. Un machete podría ser menos útil que un fideo mojado. Pero la lucha cuerpo a cuerpo era totalmente imposible; el hombre era mucho más diestro y poderoso.

Se detuvo, la espalda contra la pared, la puerta a su izquierda. Muta se detuvo en la casucha, pistola extendida.

Tom giró la manija. Sin seguro. La haló. Dio una rápida mirada y se lanzó. El interior estaba oscuro. Vacío.

Vacío, muy, pero muy, vacío. Tragó saliva y giró hacia Muta. El hombre atravesó corriendo el terreno abierto, oscilando la pistola.

Tom entró al edificio.

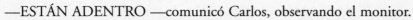

—ESTÁN ADENTRO —comunicó Carlos, observando el monitor.

—Déjalos entrar —asintió Svensson—. Envíale un mensaje al padre tan pronto como salgas. En vista de su desprecio por las condiciones que fijamos, hemos reducido a una hora el tiempo de su conformidad. Dale nuevas instrucciones. Usa el aeropuerto.

Svensson se dirigió a la puerta a grandes zancadas.

—Tráela a la montaña —siguió diciendo—. Confío en que esta sea la última complicación.

Ellos habían visto al par tan pronto los sensores los captaron en el perímetro. Habían corrido los pasadores de seguridad en las puertas para dejar entrar a los hombres. Como ratones a una trampa.

Carlos no podía ni siquiera comenzar a imaginar cómo Raison había encontrado este lugar. Más misterioso aún era por qué solamente había enviado dos hombres. Sea como sea, Carlos estaba preparado. Lo que les sucediera a estos dos era intrascendente. Pero se había comprometido el encubrimiento del laboratorio. Svensson habría salido por el túnel en cuestión de minutos, aun con su pierna lesionada. Carlos seguiría tan pronto como tuviera la vacuna.

—La llevaré dentro de veinticuatro horas —expresó Carlos poniéndose de pie—. Sí, esta será la última complicación.

Svensson se había ido.

Carlos respiró hondo y miró el monitor. Quizá esto era mejor. El complejo montañoso en Suiza tenía un laboratorio más espacioso. Toda la operación se lanzaría desde otras instalaciones aseguradas. Los seis dirigentes que ya habían acordado participar, que sucederían a Svensson, habían establecido vínculos con la base. La complicación cambiaría…

Carlos parpadeó ante el monitor. El rostro del primero de los hombres se vio entero por primera vez. Este era Thomas Hunter o un gemelo de Thomas Hunter.

Pero él había matado a Hunter. ¡Imposible! Aunque el hombre hubiera sobrevivido a una bala en el pecho, no estaría en condiciones de correr por la selva.

Sin embargo, allí estaba él.

Carlos miró la imagen y consideró sus opciones. Dejaría entrar al ratón a la trampa, sí. Pero ¿debería matarlo esta vez?

Era una decisión que él no tomaría de prisa. El tiempo estaba ahora de su parte. Al menos por el momento.

∞∞∞

VACÍO. MUY vacío y muy oscuro.

Un tramo de escaleras hacia su derecha descendía a la oscuridad.

—Allí —susurró, señalando el machete hacia el hueco de la escalera.

Corrió a las escaleras y descendió rápidamente, usando la luz de la entrada abierta arriba para guiar sus pasos. Una puerta de acero en el fondo. Tiró de la manija. Abierta. La puerta giró hacia adentro. Un corredor oscuro. Puertas a lado y lado. Al final, otra puerta.

Una diminuta franja de luz se veía por debajo de la puerta más lejana. El corazón de Tom palpitó con fuerza. Mantuvo su machete nivelado en ambas manos. Dos pasos cuidadosos al frente antes de recordar a su apoyo. Muta.

Retrocedió, miró por encima de las escaleras. Ningún indicio de Muta.

—¿Muta? —susurró.

Nada de Muta. Quizá había regresado para cubrir la puerta del frente. Tal vez lo habían eliminado. Quizá…

Tom comenzó a sentir pánico. Respiró pausadamente, envuelto en la oscuridad. Esta era una pesadilla, y él era el fugitivo solitario, jadeando por oscuros pasillos desiertos con los fantasmas pisándole los talones. Sólo su fantasma tenía una pistola, y Tom ya había sentido dos de sus balas.

De ninguna manera podía volver a subir esas escaleras ahora. No si había alguien allá arriba esperando.

Corrió hacia la puerta en el extremo del pasillo. Suelas de caucho apagaban sus pisadas. Pasó las otras puertas a lado y lado. *Zum, zum*, como ventanas hacia un olvido poco prometedor. Puertas al terror. Corrió más rápido. De pronto se convirtió en una carrera para llegar a la puerta con la luz.

Se estrelló contra ella, desesperado porque estuviera abierta. Lo estaba. Irrumpió, cegado por la luz. Cerró de golpe la puerta. Deslizó un pasador y respiró entrecortadamente.

—¿Thomas?

Tom dio media vuelta. Monique estaba amarrada a una silla en el rincón más allá de una fila de mesas blancas con ampolletas sobre ellas. Este era el sitio del cual Rachelle quería ser rescatada, casi exactamente como él se lo había imaginado. Pero esta no era Rachelle; esta era Monique.

Ella tenía los ojos desorbitados y el rostro pálido.

—Usted... tú estás muerto —lo tuteó por primera vez—. Vi cómo él te disparaba.

Tom fue hacia la mitad del piso, la mente le daba vueltas. Ella se hallaba realmente allí. Él no estaba seguro si fue una intensa sensación de alivio o una clase general de locura lo que le produjo ganas de gritar.

De pronto corrió de nuevo, directo hacia ella.

—¡Estás aquí! —exclamó desli.ándose por detrás de ella y arrancando la cinta de conducto que le ataba las manos a las patas de la silla—. Rachelle me dijo que estarías aquí, en la cueva blanca con frascos, y aquí estás.

Él estuvo a punto de soltar un sollozo incontrolable, pero se recuperó rápidamente.

—Esto es increíble; absolutamente increíble.

Levantó a una temblorosa Monique hasta que la puso de pie, la rodeó con los brazos, y la abrazó fuertemente.

—Gracias a Dios que estás a salvo.

Ella se sintió entumecida, pero era de esperarse. A la pobre alma la habían agarrado a punta de pistola y...

—¿Thomas? —exclamó, alejándolo suavemente; miraba la puerta.

Tom dio un paso atrás y le siguió la mirada. La puerta estaba cerrada por este lado. Monique no estaba dando volteretas de felicidad ante su rescate, y él se preguntó por qué.

—Vine a rescatarte —informó.

De pronto lo rodeó la realidad de lo que estaba haciendo, dónde estaba. Parpadeó.

—Thomas, tenemos un problema.

—¡Debemos salir de aquí! —exclamó, agarrándole la mano y halándola; entonces volvió sobre sus pasos por el machete que había tirado al suelo—. ¡Vamos!

—¡No puedo! —gritó ella, agitando su mano libre.

—¡Por supuesto que puedes! Es verdad, Monique, todo es verdad. Yo sabía acerca de los pares de SIDA, sabía lo de la variedad Raison y sabía cómo encontrarte. Y ahora sé que si no salimos de aquí vamos a tener más problemas de lo que ninguno de los dos pueda imaginar.

—Él me obligó a tragar un mecanismo explosivo —le informó ella rápidamente medio susurrando, con las manos en el estómago—. Me matará si me alejo más de cincuenta metros de él. ¡No puedo salir!

Tom le miró el rostro golpeado, las manos de ella le temblaban sobre el vientre. La mente de él se quedó en blanco.

—Tienes que salir, Thomas. Lo siento. Lo siento por no escucharte. Tenías razón.

—No, no es culpa tuya. Yo te secuestré.

Dio un paso hacia ella y por un momento ella era Rachelle, suplicándole que la rescatara. Él casi estiró la mano y le quitó el cabello que le caía en la frente.

—Tienes que salir ahora, y decirles que todo es verdad —declaró ella, mirando hacia el rincón.

Tom vio la pequeña cámara y se quedó helado. Desde luego, los estaban observando. Habían agarrado a Muta porque el secuestrador de Monique los había visto venir todo el trayecto. Habían dejado que Tom cayera en esta trampa. ¡No había manera de escapar!

Monique dio un paso hacia él y lo apretó contra sí.

—Ellos nos escuchan; están vigilando —comunicó ella presionando su boca en el oído de él—. Besa mi rostro, mis orejas, mi cabello, como si nos hubiéramos conocido por mucho tiempo.

Ella ni esperó que él reaccionara sino que inmediatamente le presionó los labios contra la mejilla. Estaba dando qué pensar a quienquiera que estuviera observando.

—Tienen los números equivocados —expresó ella, más fuerte, pero no demasiado—. Solamente tú.

—¿Solamente…?

—Shh, shh —lo calmó; luego habló muy suavemente—. Su nombre es Valborg Svensson. Dile a mi padre. Pretenden utilizar la vacuna Raison. Diles que muta a 81,92 grados centígrados después de dos horas. No lo olvides. Saca con cuidado el anillo de mi dedo y vete mientras puedas.

Tom había dejado de besarle el cabello. Sintió el anillo, lo sacó.

—Sigue besándome.

Siguió besándola.

—No puedo dejarte aquí —objetó.

—Me necesitarán viva. Y si creen que tienes más información de la que necesitan, no te matarán.

—Entonces tengo razón respecto del virus.

—Tienes razón. Siento mucho haber dudado.

Él sintió que un extraño pánico le aferraba la garganta. ¡Sencillamente no podía dejarla aquí! Se suponía que la rescatara. De alguna manera, en algún modo más allá de su comprensión, ella era la clave para esta locura. Ella era la esencia del Gran Romance; él estaba seguro de ello.

—Voy a quedarme. Puedo pelear con este tipo. He aprendido…

—¡No, Thomas! Tienes que salir. ¡Tienes que decirle a mi padre antes de que sea demasiado tarde! Vete.

Ella le dio un último beso, esta vez en los labios.

—¡El mundo te necesita, Thomas! Ellos son impotentes sin ti. ¡Huye!

Tom la miró, sabiendo que ella tenía razón, pero no podía dejarla así no más.

—¡Huye! —gritó ella.

—Monique, no puedo dejar…

—¡Corre! ¡Huye, huye, huye!

Tom corrió.

—◦◦◦—

SUCEDIÓ TAN rápido, tan inesperadamente, que agarró desprevenido a Carlos. Un segundo atrás los había tenido a los dos atrapados en el laboratorio al final del largo pasillo. Al siguiente Monique estaba sugiriendo que

Hunter aún estaba enterado de algo que ellos no sabían. Tal vez ella y Hunter habían planeado esto juntos, un pensamiento interesante.

Y luego Hunter huía.

El estadounidense llegó al pasillo antes que Carlos reaccionara.

Saltó sobre el cuerpo del guardia que había venido con Hunter, abrió de golpe la puerta, y se metió al pasillo. Hunter lo golpeó de costado antes de que pudiera mover la pistola alrededor. Luego el hombre pasó y salió corriendo hacia las escaleras.

Carlos dejó que la fuerza del impacto hiciera girar su cuerpo hacia la figura que escapaba. Extendió la pistola, apuntó a la espalda del hombre. Dos alternativas.

Matarlo ahora con un fácil disparo en la columna vertebral.

Herirlo y agarrarlo vivo.

La última.

Carlos haló el gatillo. Pero Hunter había previsto el disparo y se lanzó a la izquierda. Rápido, muy rápido.

Carlos se movió a la izquierda y disparó otra vez.

Pero la bala chispeó contra la puerta de acero. El hombre había atravesado la puerta y estaba sobre las escaleras. Carlos quedó anonadado por un instante. Se recuperó. Salió tras el hombre a toda velocidad.

—¡Corre! —gritaba la mujer por detrás.

Ella estaba de pie en el marco de la puerta de su prisión.

Carlos no hizo caso de ella y subió corriendo las escaleras, tres a la vez. ¿Ya se habría ido Hunter? Carlos llegó a la puerta y la atravesó volando.

El estadounidense estaba en la cabaña. Cortando por detrás. Carlos hizo un rápido disparo que dio en un trozo de concreto de la esquina exactamente sobre la cabeza de Hunter. Este viró a campo abierto y corrió hacia la línea de árboles.

Carlos empezó a ir en su persecución, sabiendo que la casucha brindaría un sitio perfecto para disparar sin ningún obstáculo al hombre. Había dado sólo un paso cuando se detuvo.

Si él y la mujer se separaban más de cincuenta metros, el explosivo en el estómago acabaría con la vida de ella. La necesitaban viva. Ella lo sabía y no lo siguió.

El hombre estaba ampliando la distancia.

Carlos podría dejar el transmisor, pero la mujer podría seguirlos, hallar el transmisor, y escapar con él. Ella era el grillete de él.

Carlos soltó una palabrota entre dientes, se inclinó contra el marco de la puerta, y afirmó su pistola extendida. El hombre estaba a poco menos de veinte metros de la selva, una mancha inclinada en la mira de la pistola.

Hizo otro disparo. Otro. Luego dos más en rápida sucesión.

¡Plas!

La última bala dio de lleno en la parte posterior de la cabeza del hombre. Carlos lo vio caer hacia delante con el impacto característico de la bala, vio salpicar sangre. Hunter desapareció dentro de la elevada hierba.

Carlos bajó la pistola. ¿Estaría muerto? Nadie pudo haber sobrevivido a tal impacto. No podía salir para revisar mientras la mujer estuviera libre y el transmisor en el bolsillo de él. Pero Hunter no iría pronto a ninguna parte.

Movimiento.

La hierba. ¿Se estaría arrastrando?

No, se había levantado, allí, junto a los árboles. ¡Corría!

Carlos levantó bruscamente la pistola y vació el último cargador con tres disparos más. Hunter desapareció entre los árboles.

El secuestrador cerró los ojos y se dio un furioso golpe en la cabeza. ¡Imposible! Estaba seguro de que le había dado al tipo en la cabeza.

Dos veces se le había escapado el hombre después de pegarle tiros directos. Nunca más. ¡Nunca!

La ingenuidad de la mujer era muy inesperada. Admirable en realidad.

Bajó las escaleras y miró a Monique, quien se hallaba de pie en el marco de la puerta, los brazos cruzados. Le faltó poco para meterle un balazo en la pierna. En vez de eso, recorrió el pasillo y le dio un golpe en el estómago.

Quizá después de todo tendría que lastimarla.

28

SUCEDIÓ EN tres segmentos, marcados en la memoria de Tom, aún caliente por la quemadura. Había estado esquivando una lluvia de balas, corriendo a toda velocidad hacia el bosque, a sólo unos cuantos pasos del primer árbol y seguro de haber escapado. Segmento uno.

Entonces una bala le dio en el cráneo. La sintió como si un mazo le hubiera golpeado la parte posterior de la cabeza. Se vio lanzado hacia delante, precipitadamente, paralelo a la tierra. Soltó un grito de dolor y luego todo se puso en blanco. Segmento dos.

Tom no recordaba haber aterrizado. Antes de tocar tierra estaba muerto o inconsciente. Pero sí recordaba estar rodando después de tocar tierra. Se hallaba jadeando tendido en el suelo, mirando el cielo azul.

No estaba muerto. Estuvo inconsciente. Y una rápida revisión de su cabeza confirmó que ni siquiera estaba herido. Sólo se había quedado sin aliento. Segmento tres.

Se levantó con dificultad, se dirigió a la selva, y corrió entre los árboles, perseguido más por pensamientos de lo que acababa de ocurrirle que por las últimas balas.

Le habían disparado a la cabeza. Había perdido el conocimiento antes de morir. Pero en el instante anterior a la muerte había despertado en el bosque colorido, y aunque no lograba recordarlo, sabía que fue sanado por una fruta o por el agua. Que él supiera, todo el viaje sólo había durado un segundo.

Al regresar a la selva tardó dos horas en restablecer el contacto con la base, llegar a la zona de aterrizaje y hacer el viaje de regreso en el helicóptero. Tiempo para pensar. Tiempo para considerar un rápido viaje de vuelta al complejo para sacar a Monique. O rescatar a Muta.

Pero sabía que allí no encontrarían a nadie.

Un helicóptero de la policía revisó el lugar antes de que lo recogieran, y se confirmaron sus sospechas. Ni un alma.

Aunque él aún hubiera estado allí, le era imposible rescatarla. Él quizá podía resistir el golpe mortal, pero ella no. Se sintió indestructible e impotente, una mezcla extraña.

Tal vez no le habían dado. ¿Habría sangre allá atrás sobre la hierba? Su prisa era demasiada como para mirar. Todo era muy confuso. Solamente los tres segmentos.

Vivo, muerto, vivo.

———

—¿QUE USTED QUÉ?

—Accedí —comunicó Jacques de Raison.

Tom entró a la oficina, estupefacto. Sus overoles estaban cubiertos de barro, su camisa desgarrada por la carrera de cinco kilómetros de vuelta al sitio de la recogida, y sus botas dejaban huellas en el piso de Raison.

—¿Les dio usted realmente la vacuna?

—Me dieron una hora, Sr. Hunter. La vida de mi hija está en peligro…

—¡Todo el mundo está en peligro!

—Para mí es una hija.

—Por supuesto, ¿qué pasó sin embargo con la información que le di por radio?

—Se acababa la hora. Tenía que tomar una decisión. Ellos querían que dejáramos en un auto a tres kilómetros del aeropuerto sólo una muestra de la vacuna y un archivo con una copia de nuestros datos de investigación original. Monique estará bajo nuestra custodia en dos días. Tuve que hacerlo.

Tom hurgó en su bolsillo y sacó el anillo. Una banda de oro con un rubí engarzado en cuatro puntas. Se lo pasó a Raison.

—¿Qué es esto?

—Ese es el anillo que su hija me dio para persuadirlo de que le estoy diciendo la verdad. Si usted calienta la vacuna a 81.92 grados centígrados y mantiene esa temperatura por dos horas, esta mutará. El hombre que tiene esta información se llama Valborg Svensson. También podría tener el único antivirus.

El rostro de Raison se iluminó un poquitín.

—¿Por qué no la trajo con usted? —preguntó mientras jugueteaba distraídamente con el anillo.

—¿Me está oyendo usted? Comprendo que esté angustiado, pero tiene que calmarse. La encontré, exactamente como dije que lo haría. Si usted no cree lo del anillo, entonces bastará el hecho de que Svensson haya cambiado el trato con usted porque los encontré.

El hombre se dejó caer pesadamente en una silla.

—¡Ahora ellos tienen la vacuna! —exclamó Tom pasándose una mano por el cabello.

Este era el peor de todos los mundos. Nada de lo que él hacía tenía ningún impacto verdadero en el drama que se desarrollaba. Quizá no había manera de detener este asunto de las historias.

—¡Thomas! —gritó Kara entrando—. ¿Estás bien?

—Yo estoy bien. Ellos tienen la vacuna. Tienen a Monique; tienen la vacuna; saben exactamente cómo provocar la mutación; quizá hasta tengan el antivirus.

—Pero el sueño. Fue real.

—Sí.

—Sí, Peter, quiero que cambie los parámetros de prueba. Pruebe la vacuna a 81,92 grados centígrados y mantenga el calor por dos horas.

Jacques de Raison parecía haber salido de su estupor. Estaba hablando por teléfono con el laboratorio.

—Observe si hay mutaciones y avíseme de inmediato.

Depositó el teléfono en su base.

—Perdóneme, Sr. Hunter. Han sido dos días muy difíciles. Le creo —reconoció; ahora muy avergonzado—. En todo caso, los hechos se probarán en dos horas. Mientras tanto, sugiero que contactemos a las autoridades. Conozco a Valborg Svensson.

—¿Y?

—Y si es verdad, si él es quien…

Los puntos se estaban conectando detrás de esos ojos azules.

—Que Dios nos ayude —concluyó.

—Es él —confirmó Tom—. Monique insistió. Quiero que hable de inmediato con el ministro Gains.

Jacques de Raison asintió.

—Nancy, comuníqueme con el ministro.

<hr />

MERTON GAINS se hallaba sólo en su escritorio y escuchó a Jacques de Raison por varios minutos levemente impresionado. Seis horas antes, al oír a Thomas Hunter preparando la prueba para demostrarse a sí mismo, la idea le había parecido descabellada. Ahora que la había llevado a cabo, Gains se sentía muy nervioso.

Había oído el informe de Bob Macklroy de que Hunter le vaticinó el resultado del Derby de Kentucky. Había hablado con Thomas, y explicado en la reunión de gabinete los posibles problemas con la vacuna Raison. Incluso estuvo de acuerdo en probar los sueños de Hunter. Pero hasta el momento su tolerancia le había parecido bastante inofensiva.

Thomas Hunter había ido a dormir, se enteró de la ubicación de Monique de Raison, fue a ese sitio, y regresó con prueba virtual de que el virus ya estaba en acción.

—A él le gustaría hablar con usted.

—Póngalo —pidió Gains—. ¿Thomas? ¿Cómo le va?

—Me va excepcionalmente bien, señor. Espero que ahora usted sea razonable, como acordamos.

—Un momento, hijo. Tiene que tomarse las cosas con calma.

—¿Por qué? Es obvio que Svensson no está tomando las cosas con calma.

Él tenía razón.

—Porque, para empezar, no sabemos exactamente que ya haya un virus. ¿De acuerdo? No hasta que se realicen las pruebas.

—Entonces la variedad Raison existirá exactamente en dos horas. Le estoy dando una ventaja. ¡Tiene que detener a Svensson!

—¡Ni siquiera sabemos dónde está este Svensson!

—No me diga que nadie puede encontrar a este tipo. No se trata precisamente de alguien desconocido.

—Lo encontraremos. Pero no tenemos una causa probable para…

—¡Ya le di una causa probable! Monique me dijo que el hombre planea utilizar el virus; ¿qué más necesita?

Dos palabras retumbaron en la mente de Merton Gains. *¿Y si?* ¿Y si, y si, y si? ¿Y si Hunter tuviera realmente razón y estuvieran sólo a días de un brote endémico imposible de detener? Todo el mundo sabía que los adelantos tecnológicos se iban a usar finalmente para algo que no era mejorar la condición humana. De pronto sintió muy helado el aire frío que entraba por el conducto encima de su escritorio. Su puerta estaba cerrada, pero él pudo oír las pisadas de alguien que pasaba por el pasillo.

Estados Unidos caía lentamente por la consabida vía como un camión bien engrasado. Los bancos comerciaban miles de millones de dólares; Wall Street cambiaba ruidosamente casi como cambiaban muchas acciones. En dos horas el presidente debía dar un discurso sobre su nuevo plan de impuestos. Y Merton Gains, ministro de estado, tenía un teléfono al oído, oyendo a alguien a ocho mil kilómetros de distancia que le decía que cuatro mil millones de personas morirían en tres semanas.

Surrealista. Imposible.

Pero ¿y si?

—Antes que nada, necesito que tome las cosas con calma. Estoy con usted, ¿de acuerdo? Dije que estaría con usted, y lo estoy. Pero entienda cómo funciona el mundo. Si esperamos que alguien escuche, necesito una prueba absoluta. Estamos tratando con afirmaciones increíbles. ¿Puede usted al menos darme eso?

—Para cuando consiga su prueba será demasiado tarde.

—Necesito que trabaje conmigo, a mi paso. Lo primero que necesitamos son los resultados de esas pruebas.

—Pero al menos localice a Svensson —objetó Tom—. Dígame por favor que puede encontrar a ese individuo. ¿La CIA o el FBI?

—No en dos horas, imposible. Pondré el asunto en marcha, pero nada ocurre tan rápido. Si tenemos un B2 en el aire circundando a Bagdad, podemos arrojar una bomba en una hora, pero no tenemos ningún B2 en el aire, ni siquiera fuera del hangar. Ni siquiera sabemos dónde es Bagdad en este caso; ¿me hago entender?

—Entonces le daré una mala noticia, Sr. Gains —informó Hunter suspirando—. Estamos acabados. ¿Me oye? Y Monique…

Su voz se apagó.

¿Y si? ¿Y si?

Gains se levantó y se puso a andar sin rumbo fijo, apretó fuertemente el teléfono a su oído.

—No estoy diciendo que no podamos hacer algo…

—¡Haga *algo* entonces!

—Tan pronto como cuelgue llamaré al director de la CIA, Phil Grant. Estoy seguro de que ya están trabajando. Que sepamos, la policía tailandesa ya tiene en custodia a quien agarró el paquete. Al menos el auto. El caso de secuestro está ahora en pleno desarrollo, pero el virus es un asunto totalmente distinto. Hasta ahora esto parece espionaje empresarial para todo el mundo menos para usted y quizá Raison.

—Usted no sabe lo lentas que se vuelven las ruedas de la justicia en el sudeste asiático. Y el virus es lo que nos morderá por detrás, no espionaje empresarial.

—Haré algunas llamadas. ¡Pero necesito pruebas!

—¿Y me quedo mientras tanto sin nada qué hacer?

—Haga lo que ha estado haciendo —contestó Gains después de pensar en eso—. Ha hecho algunas cosas asombrosas en los últimos días. ¿Por qué parar ahora?

—¿Quiere que vaya tras Monique? ¿No está esto justamente un poco más allá de mí ahora?

—Creo que esto está más allá de todo el mundo. Usted es quien tiene los sueños. Así que a soñar.

—Soñar. ¿Simplemente eso? Soñar.

—Soñar.

⸺◈⸺

TRES SEGMENTOS: Vivo, muerto, vivo… aún zumbaban de manera incontrolada en el cerebro de Tom. No podía hablar de ellos. Lo aterraban.

—¿Qué dijo él? —quiso saber Kara.

—Me dijo que espere.

—¿Sólo que espere? ¿No comprende que no tenemos tiempo para esperar?

—Me dijo además que soñara.

—¿Así que te cree? —preguntó Kara andando alrededor del sofá.

—No lo sé.

—Al menos está empezando a creer que tus sueños tienen alguna importancia. Y tiene razón... debes soñar. Ahora.

—Simplemente así, ¿eh? —expuso Tom chasqueando los dedos.

—¿Quieres que te ponga a dormir? El ministro sólo tiene razón en parte. No sólo tienes que soñar, sino también hacer las cosas adecuadas en tus sueños. Lo cual significa hacer lo que sea para conseguir más información sobre la variedad Raison.

—El bosque negro.

—Si eso es lo que se debe hacer.

Tom tenía ahora dos motivos muy convincentes para regresar al bosque negro, uno en cada realidad. La situación aquí se había vuelto crítica... tenía que aceptar más riesgos en descubrir la verdad acerca de las historias. Y en el bosque colorido, si recordaba correctamente, estaba empezando a preguntarse si era verdad que se había estrellado en una nave espacial.

—Quizá pueda volver a hablar con Rachelle. Averiguar dónde quiere volver a ser rescatada. Funcionó una vez, ¿de acuerdo?

—Funcionó. ¿Y qué exactamente significa eso? ¿Es ella de alguna manera Monique? ¿Le estás hablando a Monique en tus sueños?

—No tengo idea —contestó él suspirando—. Está bien. Ponme a dormir.

Kara hurgó en su bolsillo y le pasó tres tabletas.

29

TOM SE sentó. Era de mañana. Estaba en casa de Rachelle.

Por varios instantes prolongados se quedó allí, paralizado por una descarga de pensamientos sobre su sueño en Bangkok. La situación se había vuelto crítica... debía descubrir la verdad acerca de la variedad Raison.

Bastante cierto, a menos que todo fuera un sueño.

Pero había otra razón, ¿no es cierto? Debía saber la verdad sobre la afirmación de Teeleh de que Bill y la nave espacial eran reales. Tenía que eliminar las confusas posibilidades, o nunca se adaptaría a la verdad.

Y ayer Tanis le había mostrado cómo podría organizar su propia expedición al interior del bosque negro. La espada colorida. Era veneno para Teeleh.

Saltó de la cama, se tiró agua en la cara y se puso la ropa. Después de dejar ayer a Tanis y Johan, Tom había pensado comer la nanka que Johan le llevara y quedar dormido. Pero como resultó, no necesitaba aún ninguna ayuda para dormir. Pero cuando llegó a la aldea, casi era la hora de la Concurrencia. No se la podía perder.

Algo extraño le había ocurrido esa noche mientras estaba en las aguas del lago. Un cambio momentáneo en su perspectiva. Se había imaginado que le pegaban un tiro en la cabeza, pero la visión fue fugaz.

Cuando regresó de la Concurrencia comieron un festín de frutas como hicieron la primera noche. Johan cantó y Rachelle danzó junto con Karyl, y Palus narró una historia magnífica.

Pero ¿cuál era el don de Tom?

Soñar historias, les dijo. No danzaba como Rachelle ni cantaba como el joven Johan, ni narraba historias como Palus y Tanis, pero sin duda podía soñar historias.

Y eso hacía. Soñaba acercad de Bangkok.

—Buenos días, soñador —expresó Rachelle apoyada en la puerta, la iluminaban por detrás los rayos del sol—. ¿Qué hiciste en tus sueños? ¿Um? ¿Nos besamos?

Tom la miró, cautivado por su belleza. Afuera se oía el sonido de risitas femeninas.

—Sí, mi tulipán. Creo que soñé contigo.

—Tal vez estos sueños tuyos tengan más posibilidades de lo que imaginé al principio —dedujo ella cruzando los brazos e inclinando la cabeza.

En realidad él *había* soñado con Rachelle. O al menos que hablaba con Rachelle de su sueño. ¿Le podría hablar como si se tratara de Monique?

—Si estuvieras cautiva de verdad y te gustaría que yo te rescatara, ¿dónde sería…?

—Hicimos esto justo ayer —interrumpió ella—. ¿Estás olvidando eso? Aún no me has rescatado de la cueva con frascos.

—Bueno, no… no se te podía rescatar.

—No lo intentaste —objetó ella.

Él la miró por un momento, perdido. Claramente no era tan sencillo.

—Creo que iré al bosque y pensaré en cómo hacerlo —declaró él.

—¡Por supuesto! —exclamó ella haciéndose a un lado.

Las mujeres que oyó reír estaban en el sendero cuando Tom pasó a Rachelle a la luz del sol. Ellas voltearon a mirar, susurrando secretos.

—Está bien, volveré.

—No tardes —manifestó Rachelle—. Quiero oír lo que has inventado. Todos los preciosos detalles.

—Muy bien.

—Está bien.

Salió de la aldea después de que lo detuvieran dos veces. Menos mal no fueron Johan o Tanis. Tampoco Michal o Gabil. En este momento no necesitaba distracción. O ninguna disuasión. Debía tener en cuenta esta tarea suya, y si Rachelle no iba a irradiar luz sobre sus sueños con Monique, debía intentar el bosque negro antes de que perdiera la determinación.

Tardó una hora en encontrar el claro exacto donde se reuniera ayer con Tanis. Allí, a menos de diez metros a su izquierda, estaba la espada. No le habría sorprendido que Tanis hubiera vuelto por ella. Pero no lo había hecho.

Recogió la espada y la esgrimió en el aire como un espadachín, tendiéndola con agresividad y atacando el aire denso saturado de imaginarios shataikis. La sintió singularmente bien. No tenía muy buen mango pero se ajustaba perfectamente a su mano. La hoja era suficientemente delgada para ver a través y bastante afilada para cortar.

Al menos probaría la reacción de los shataikis a esta nueva arma suya. ¿Qué podía perder? Sin duda las bestias tendrían centinelas apostados. A los pocos minutos de su llegada al cruce, el lugar estaría lleno de murciélagos, y él sacaría la espada para ver cómo reaccionaban. Si la prueba salía especialmente bien, vería adónde lo podría llevar.

Tom miró el sol. Era media mañana. Bastante tiempo.

LLEGÓ SIN novedad al puente blanco en menos de una hora a un ritmo constante. Unos pocos días antes habría tardado más tiempo. Se hallaba en la mejor forma en que recordaba haber estado alguna vez.

Se detuvo en la última fila de árboles y analizó el cruce. El puente en arco no parecía haber cambiado. El río aún bullía con verde debajo de la madera totalmente blanca. Los árboles negros en la orilla opuesta se veían tan desnudos como los recordaba… como un bosque de papel-mâché creado por un niño, con ramas que sobresalían en ángulos extraños.

El inconfundible batir de alas se movió al otro lado del río. Centinelas. Tom retrocedió y se puso sobre una rodilla. Por un momento toda la idea le pareció ridícula y absurdamente peligrosa. ¿Quién era él para creer que podía pelear contra mil shataikis negros con una simple espada?

Levantó el arma y recorrió su dedo por el borde. Pero esta no era sólo una espada. Si tenía razón, la madera por sí sola dispersaría a los indeseables animales. Una oleada de confianza le bajó por la espalda.

Al pie de su rodilla había una varita, roja como la espada en su mano. No muy diferente de cómo imaginaba que sería una pequeña daga. Tom la levantó y la deslizó bajo su túnica en la espalda. Agarrando la espada con las dos manos, se levantó y entró a campo abierto.

Caminó lentamente, la espada por delante. En veinte pasos llegó al puente. No había indicio de los murciélagos. Hizo una pausa al pie del puente, luego subió los tablones.

Aún sin señas de los shataikis.

Llegó a lo alto del puente antes de que los viera. Una docena, dos docenas, mil, imposible contarlos, porque se hallaban ocultos más allá de la línea de árboles con sólo unos cuantos ojos rojos, redondos y brillantes, que delataban su presencia. Pero era más que indudable que estaban allí.

Tom hizo un leve movimiento ondeante con la espada. Los murciélagos no se movieron. ¿Estarían asustados? ¿O simplemente esperaban a su líder? Las fosas nasales se le impregnaron con un olor a ácido sulfúrico. Definitivamente estaban allí.

—Salgan, ¡bestias nauseabundas! —murmuró Tom, forzando la vista para verlos; más fuerte ahora—. Salgan, ¡bestias inmundas!

Los ojos no se movieron. Sólo un ocasional cambio de posición entre ellos le indicaba que estaban vivas.

—Tráiganme a su líder —volvió a llamar dando un paso adelante.

Por un prolongado minuto no se produjo ningún movimiento. Luego lo hubo. A su izquierda.

Las espléndidas alas azules de Teeleh se envolvieron en su cuerpo dorado y se arrastraron en el suelo mientras salía a campo abierto. Tom había olvidado lo hermoso que se veía el murciélago más grande. Ahora, con el sol brillando en su piel, la criatura parecía como si acabara de salir del lago en lo alto. A treinta pasos, solamente los ojos verdes sin parpadeos desconcertaron a Tom. Nunca se acostumbraría a esos ojos desprovistos de pupilas.

Teeleh rehusaba mirar directamente a Tom, pero dirigió una mirada majestuosa a través del río. No lo seguían más murciélagos.

Tom tragó saliva, cambió la espada en sus sudorosas palmas, y la dirigió a la izquierda hacia el líder shataiki. La criatura le lanzó a Tom una mirada fugaz y volvió los ojos hacia la orilla opuesta. Batiendo las alas con fuerza las desdobló hasta su ancho total, encogió los hombros y luego las volvió a envolver alrededor del cuerpo.

—Así que crees que tu nueva espada tiene poder sobre mí. ¿Es así, humano? —cuestionó, aún negándose a mirarlo.

A Tom no se le ocurrió nada inteligente en respuesta.

—¿Bueno? ¿Te vas a quedar allí parado todo el día? —preguntó, cambiando finalmente la penetrante mirada hacia Tom—. ¿Cuál es tu deseo?

—Necesito saber más de las historias —reveló tranquilamente Tom aclarando la garganta—. Respecto de la variedad Raison. Y luego quiero que me muestre la nave.

—Tenemos un acuerdo —declaró Teeleh—. Tú me traes a Tanis y yo te muestro la nave. ¿Está tu memoria patinando todavía? A menos que cumplas tu acuerdo, olvídate también de las historias. ¿Qué importa de todos modos? Sólo son sueños. Tu realidad está detrás de mí, en el bosque negro, donde ya la hemos reparado.

—Yo no rompí ningún acuerdo. Usted aseguró que cambiaría una nave reparada por Tanis. Quiero ver primero la nave. Él está deseando venir cuando lo llame.

Los ojos del murciélago se desorbitaron. Tom se dio cuenta entonces de que el shataiki no sabía lo que pasaba fuera de este miserable bosque negro. Teeleh tuvo dificultad en encontrar una respuesta, y Tom supo en ese instante que podía dominar a esta bestia.

—Estás mintiendo —alegó Teeleh—. Eres tan engañador como los demás que te han llenado de mentiras.

—Usted dice que miento —declaró Tom caminando sobre el puente hacia el shataiki—. ¿Y de qué aprovecharía esta mentira? Seguramente usted, el padre de mentiras, debería saber que las mentiras se hilan para sacar provecho. ¿No es esa su arma principal? ¿Y qué gano yo si miento?

El shataiki se quedó en silencio, el rostro tenso, los ojos sin parpadear. Tom se bajó del puente y el murciélago dio un paso atrás. La fetidez sulfurosa del bosque era casi insoportable.

—Bueno, creo que usted me mostrará mi nave. ¿Qué mal hay en eso? Usted no me mintió, ¿o sí?

El líder negro consideró las palabras. De repente se relajó y sonrió.

—Muy bien. Te la mostraré. Pero sin trucos. No más mentiras entre nosotros, amigo mío. Sólo cooperación. Te ayudaré, y tú me puedes ayudar.

Tom no tenía intención de ayudar a esta criatura, y el hecho de que Teeleh no parecía entender eso le dio aun más valor. Al final sólo era un murciélago grande con hermosa piel y cerezas verdes por ojos.

Tom siguió adelante, con la espada extendida.

Por otra parte, Tom acababa de cruzar el puente y ahora se hallaba parado en el bosque negro. ¿Estaba loco? No, tenía que continuar. Debía saber. Si había una nave como Teeleh afirmaba, las historias no significaban nada. Si no había nave, cambiaría información sobre las historias por otra promesa de entregar a Tanis. No cumpliría su promesa, desde luego. Esta era la batalla de las mentes, y Tom podía vencer a esta gigantesca mosca de la fruta astuta.

Teeleh se hizo a un lado y se mantuvo a una respetable distancia de la espada. Una multitud de alas se elevó en ruidoso vuelo cuando él llegó a la línea de árboles. Tom volvió a mirar los árboles coloridos por última vez antes de meterse al bosque negro.

30

EN EL momento en que Tom entró al bosque negro, Teeleh huyó a los árboles con una fortísima ráfaga repentina. Tom agarró la roja espada con renovada intensidad. Ninguna fruta, nada verde, nada más que tinieblas. Como caminar en la noche por un bosque quemado.

—¿En qué dirección? —preguntó.

Teeleh miró hacia abajo desde un árbol adelante. El murciélago parecía demasiado grande para la débil rama de la que colgaba. Sus ojos redondos y brillantes miraron a Tom con una mezcla de asombro e incredulidad. ¿O estaba Tom sencillamente proyectando su propia incredulidad de que estuviera de veras adentrándose de manera intencionada?

Teeleh voló en el aire y se remontó sin responder. Quería que Tom lo siguiera.

Tom lo siguió. El corazón le palpitaba fuertemente a un ritmo constante. Sabía que este no era su lugar, sin embargo, siguió caminando.

A su alrededor había chasquidos y revoloteos. Ninguna voz. Solamente el sonido de muchísimas alas batiendo el aire, y de incontables garras aferrándose de los árboles mientras los murciélagos se movían de árbol en árbol.

El aire era frío. Estaba oscuro aquí abajo en el suelo del bosque. Sin hojas que bloquearan el sol, él habría creído...

Tom levantó la mirada. Los árboles no tenían frondosidad... sino un follaje compuesto por cien mil murciélagos negros en lo alto, que miraban hacia abajo con ojos rojos. Sin palabras. Aleteando, chasqueando las lenguas. Formaban una gigantesca sombrilla negra que lo seguía cada vez más y más dentro del bosque.

Adelante Tom vio la luz de un claro, y aligeró su paso, impulsado por la posibilidad de salir de debajo del follaje viviente.

Haber entrado al bosque fue una equivocación. Ahora sabía eso. No le importaba si adelante hubiera una nave espacial o no; el velo de la maldad que revoloteaba sobre él no lo dejaría escapar vivo. Contendría la respiración en este claro y regresaría al cruce. Quizá podría negociar con...

Tom se detuvo. Luz del sol reflejaba una superficie metálica brillante a través de la pradera descubierta. ¿Una nave?

El corazón le latió rápidamente.

Una nave espacial.

Tom dio tres vacilantes pasos.

¡Lo sabía! Él era un piloto de la Tierra. Había atravesado un agujero o algo así, y se estrelló en este distante planeta atrapado en el tiempo. Aquí había bien y allá había mal, y los dos no se habían mezclado. Pero él era diferente porque era de la Tierra.

Tom salió a toda velocidad hacia la nave espacial. Una bandada negra de shataikis volaba en círculos por encima de la pradera, chillando y adoptando un aire despectivo en estridentes tonos. La nave se hallaba sobre su panza, majestuosa. Él recordaba esto. Era un trasbordador espacial con amplias alas. El armazón blanco parecía brillante y nuevo. Había una bandera en la cola, estrellas y franjas: Estados Unidos. Grandes letras azules en el costado decían *Discovery III.*

Tom llegó al vehículo espacial exactamente cuando la manada de shataikis se posaba en los árboles por encima de la nave. Los miró y, al no verles cambio en su conducta, pasó la mano a lo largo del suave metal del fuselaje. No tenía averías ni parches. Restaurada.

Tom rodeó la nave y haló la manija. La puerta se elevó lentamente con un silbido que lo sobresaltó. Los hidráulicos aún funcionaban. Empujó la espada por la abertura y trepó tras ella.

La espada brillaba en la oscuridad, dándole a Tom suficiente luz para ver su antigua cabina de mando. No lograba recordar nada de ella, pero al parecer también había sido reparada por completo. Se paró y fue hasta el panel principal de control, usando la espada para iluminar su camino. El interruptor principal de potencia se hallaba en posición *apagado.* Sin duda no tendría energía después de un tiempo tan largo. Es muy probable que quienes hubieran reparado esta nave conocieran tanto de mecánica como de tapicería.

Tom contuvo el aliento, se agachó y tiró del botón rojo. Inmediatamente el aire se llenó con un zumbido. A su alrededor titilaron luces. Se secó el sudor que tenía encima de los ojos y miró los iluminados instrumentos ante él. Acarició la silla de cuero del capitán y sonrió en la luz artificial de la cabina. Pero la sonrisa se desvaneció al instante. No tenía idea de qué hacer con esta magnífica nave.

Bill. Necesitaba a Bill. *Por favor, dejen vivir a Bill.*

Tom volvió a apagar el interruptor, regresó a la puerta y se bajó por la escotilla.

Si los shataikis hubieran matado a Bill…

Metió la espada en la tierra y se volvió para cerrar la escotilla. Agarró la puerta con ambas manos y la haló hacia abajo en contra de la presión hidráulica.

Detrás de él revolotearon alas. Soltó la puerta y giró justo a tiempo para ver a Teeleh descendiendo sobre la espada aún clavada en la tierra. El corazón le dio un brinco hasta la garganta. ¿Podía el murciélago tocar la espada? ¡Tanis había dicho que era como veneno!

Pero aunque lo pensó, se dio cuenta de que la espada había cambiado. Ya no brillaba con el lustre rojo que tenía segundos atrás. Con un gruñido el shataiki sacó de un tirón la inútil vara de la tierra.

—Ahora eres mío, ¡idiota! Agárrenlo.

Cada terminal nerviosa en el cuerpo de Tom se paralizó ante las palabras. Una docena de histéricos shataikis surcaron los árboles y descendieron sobre él antes de que pudiera convencer a sus músculos que se movieran.

¡La nave! ¡Se podía subir a la nave!

Tom dio media vuelta. No había nave.

¡NO HABÍA NAVE!

Las palabras de Michal le llegaron a la mente. *Él es el engañador.*

Un grito brotó por sí sólo de su pecho, la clase de alarido a todo pulmón que corta las cuerdas vocales. Garras se le hundieron en la carne. Jadeó, tragándose el alarido.

¡La varita que tenía atrás! Tenía que alcanzarla.

Tom estiró la mano hacia su espalda, pero el mundo le dio vueltas y cayó a tierra, duro. Intentó repartir golpes. Cuerpos peludos lo sofocaron. Debía agarrar la madera coloreada de su cintura, pero los murciélagos estaban en su rostro, escarbando en su carne. Instintivamente levantó las rodillas en posición fetal y escondió el rostro entre los brazos.

—¡Llévenlo al bosque!

Una garra lo golpeó en la espalda y se le introdujo en la columna vertebral. Tom arqueó la espalda y gimió. Lo amarraron con cuerdas alrededor del cuello y los pies, y quedó impotente para luchar contra eso. Luego comenzaron a halarlo, arrastrándolo algunos centímetros a la vez a lo largo del suelo, resollando y gruñendo por el peso de Tom.

—Usen esto, imbéciles —oyó chillar a un shataiki; amargura, discusión a gritos—. De este modo…

—No, estúpido…

—Rápido…

—Déjame, ¡o te cortaré la mano!

—Fuera de mi camino…

Lo arrastraron lentamente por el suelo del bosque. Ataron a sus ligaduras una cuerda con la que tiraron de él, y no menos de cien murciélagos negros lo halaban con éxito a lo largo del terreno.

Objetos afilados le cortaban la espalda. Él gimió y sintió que el mundo le daba vueltas alrededor. Lo último que vio fue el claro más allá de sus pies.

El claro sin nave espacial.

❦

TOM DESPERTÓ ante el violento halón de una apestosa garra que se le clavó a lo largo del rostro.

—¡Despierta! —gritó una voz lejana—. ¡Despierta! ¿Crees que puedes simplemente dormir durante esto? ¡Despierta!

Levantó la mirada y vio un fuego danzando a sus pies. ¿Dónde se hallaba? Se esforzó por levantar la cabeza. Una garra le hirió la mejilla, virándole la cabeza hacia un lado. Él comenzó a escabullirse.

Otra fortísima bofetada en su mejilla derecha lo hizo incorporarse.

—¡Despierta, inútil trozo de carne! —exclamó la voz de Teeleh.

Tom abrió los ojos y vio que lo habían sujetado por las muñecas y los tobillos a un dispositivo vertical. Montones de espeluznantes criaturas danzaban alrededor de una enorme fogata como a diez metros de distancia. Miles de ojos redondos y brillantes punteaban el bosque negro.

Levantó lentamente la mirada. Quizá cientos o miles. Teeleh estaba parado sobre una plataforma a la derecha.

Un shataiki descendió de su rama, chillando de alegría.

—¡Está despierto! ¡Está despierto! ¿Puedo…?

Con un gruñido gutural una enorme bestia negra giró y golpeó en el aire al shataiki más pequeño. El murciélago cayó a tierra con un ruido sordo. Rápidamente otros le saltaron encima y arrastraron el convulsionante cuerpo dentro de las tinieblas.

Se hizo silencio en la reunión. El fuego chisporroteaba. Los shataikis resollaban. Una multitud de ojos rojos se cernía sobre él. Pero fue la imagen del murciélago más grande, atravesándolo con rojos ojos brillantes, lo que produjo terror en el corazón de Tom.

Este era Teeleh.

Había cambiado. Su piel estaba resquebrajada y era negra como el azabache, además supuraba un fluido transparente. Sus alas estaban descascaradas, y soltaban largas franjas de pelaje. Los labios despegados hacia atrás revelaban viejísimos colmillos amarillos. Una mosca le caminaba lentamente por encima de uno de los ojos, ahora rojos, pero la bestia no parecía notarla.

Tom giró la cabeza de izquierda a derecha. El dispositivo al cual lo tenían colgado crujió con su movimiento. Estaba atado a una tosca viga de madera colocada verticalmente con otra fijada de forma perpendicular. Una cruz. Lo habían amarrado con cuerdas a la cruz. Hilos de sangre manaban de miles de tajos en su piel.

Lentamente giró más hacia la derecha. Los ojos rojos de la bestia sobresalían más de lo que él recordaba. Si tuviera libres las manos, las podría haber estirado y destrozado las malsanas bolas del rostro del desalmado. Como estaban las cosas, sólo podía mirar los penetrantes ojos de Teeleh, y luchar contra su propio temor.

—Bienvenido a la tierra de los vivos —declaró Teeleh; su voz antes musical se oía ahora torpe y gutural, como si hablara por una garganta llena de flema—. O debería decir, la tierra de los muertos. Aquí nos importa un comino la diferencia, ¿sabes?

Los shataikis congregados silbaron con risotadas que hicieron bajar un frío por la columna de Tom.

—¡Silencio! —dictaminó el líder.

Las risas cesaron. Era increíble el alcance vocal de la enorme bestia. Podía pasar sin esfuerzo alguno de un chillido agudo a un rugido ronco.

El titánico shataiki volteó a mirar a Tom, se inclinó hacia delante, y abrió la boca. Su aliento era húmedo y olía como un pozo séptico. Tom trató de rehuir. Hizo un movimiento instintivo.

—No tienes idea de lo feliz que soy de que hayas regresado a nosotros, Thomas —anunció Teeleh al tiempo que extendía una garra hacia el rostro de Tom.

Empezó a lastimar delicadamente el rostro con la punta de su garra.

—Habría sido una enorme desilusión que no hubieras acudido —manifestó ahora con una voz suave y susurrante.

Una horrible sonrisa le echó los labios hacia atrás hasta mostrar los amarillentos colmillos. Entre la dentadura había alojados trozos de pulpa de fruta.

—Siempre me han encantado ustedes, animales sin pelo, ¿sabes? Tan hermosas criaturas —confesó mientras recorría el dorso de la garra por el mentón de Tom—. Tan suave piel, tan tiernos labios. Tan…

—Amo, lo tenemos —espetó de repente otro shataiki, tambaleándose desde los árboles.

Los ojos del líder resplandecieron al ser interrumpido. Pero luego su expresión cambió a otra de asombro, y habló sin volver a mirar al rostro del nuevo shataiki.

—Tráiganlo —ordenó; luego se dirigió a Tom—. Te he preparado una sorpresa especial, Thomas. Creo que te gustará.

La muchedumbre miró cómo otra multitud de shataikis arrastraba otra cruz dentro del claro. Una criatura había sido fijada a los maderos. Se las arreglaron para levantar la cruz y dejarla caer en un hoyo recién abierto a no más de tres metros de Tom.

Un hombre.

El cuerpo desnudo del hombre se encorvó, destrozado hasta que era casi imposible reconocerlo. Anchas franjas de carne le habían arrancado del torso.

Tom gimió ante la escena.

—Encantador, ¿no es verdad? —comentó la bestia con desdén; sonreía complacido—. Recuerdas a este, ¿o no?

Bill.

¿Pero no era Bill sólo un producto de su imaginación? Estaba exactamente aquí, sangrando frente a él. Real.

—Sé lo que estás pensando —declaró Teeleh—. Crees que la nave espacial no es real y que por tanto Bill tampoco es real. Pero te equivocas en ambos puntos.

El cuerpo ensangrentado de Bill se movió aunque muy lentamente en la cruz. Las manos de la pobre alma habían sido clavadas a la pieza horizontal de la cruz de madera, no atadas como habían hecho con Thomas. Un largo clavo también sobresalía de una profunda herida en los pies. La hinchazón le había cerrado los ojos, dejándole sólo finas líneas. Tenía partido el labio superior. Un mechón de cabello rojo enredado le caía por el hombro. Tom cerró los ojos y tembló de horror.

—¿Te gusta? Está vivo, esperando que lo rescates —aseguró Teeleh riendo.

La multitud rugió a carcajadas ante eso. Tom mantuvo los ojos cerrados. Una nueva ola de náuseas le recorrió el estómago.

Teeleh dejó que las risotadas continuaran por unos breves minutos más.

—¡Basta! —exclamó, y luego se dirigió otra vez a Tom, en tono burlesco—. Bueno, he aquí tu medio de escape, Thomas. En realidad tienes que escapar, porque a menos que lo hagas, no podrás traerme a Tanissss.

¿Tanis?

Sin quitar la mirada de Tom, Teeleh hizo una señal hacia las tinieblas. Un shataiki solitario saltó hacia la plataforma, arrastrando la espada de Tom. La levantó hacia el líder y desapareció rápidamente dentro de los árboles. Teeleh agarró la negra espada y la hizo girar en el aire.

—Y pensar que creíste que me podías derrotar con una miserable espada. Como ves, no sirve para nada. Nada puede resistir mi poder.

Un alegre alboroto se levantó entre la audiencia de shataikis. Con ojos centelleantes Teeleh dio un paso hacia Tom.

—Te lo dije, este es mi reino, no el suyo. Aquí, si no empuñas la espada, pierdes su poder. Fuiste un necio al creer que me podías vencer en mi propio terreno.

De pronto el shataiki hizo oscilar la espada cerca de la parte media de Tom. Con un golpe la dura madera le pegó en la carne desnuda. Él se estremeció de dolor. La noche se hizo borrosa, y pensó que iba a morir.

—Ahora veremos cuán brillante eres, inocentón estúpido —siguió diciendo Teeleh empujando la espada hacia Bill—. Agarra esta espada y mata a este trozo de carne. Mátalo, y te dejaré libre. O si no, dejaré que ustedes dos cuelguen aquí por mucho tiempo.

Un silencio mortal cayó en la noche

¿Matar a Bill?

Bill no era real, afirmó Michal.

Pero Bill era real.

¿O era sólo un producto de la imaginación?

¿O se trataba de una prueba? Si mataba a Bill, estaría obedeciendo a Teeleh al matar a otro hombre que en realidad podría ser real. Estaría siguiendo los deseos de Teeleh, sin importar si Bill fuera real o no.

Por un lado, si se *negaba* a matar a Bill porque creía que Bill debía vivir, entonces también le estaría tomando la palabra a Teeleh, quien, a diferencia de Michal, afirmaba que Bill era real.

Hiciera lo que hiciera, Teeleh podría reclamar una victoria.

Por otro lado, ¿a quién le importaba lo que Teeleh afirmaba? Tom tenía que sobrevivir.

Bajó la cabeza y luchó por tener una moderada respiración. Le parecía aspirar suficiente aire en los pulmones sólo cuando se empujaba hacia arriba y daba espacio a los músculos del pecho para actuar.

—¿Qué estás esperando, idiota? ¿Crees que ese miserable espectro merece vivir? ¡Míralo!

Tom no estaba seguro de tener suficiente fuerza para volver a levantar la cabeza. Otro golpe a su sección media le cambió de opinión.

—¡Míralo! —gruñó el shataiki.

Tom levantó la cabeza. Aunque Bill fuera real, no sentiría la espada en su actual condición. La muerte acabaría con su miseria. ¿Cómo se las habrían arreglado para mantener viva a esta pobre alma por tanto tiempo? Se estremeció.

—Este humano ha rechazado lo que tú has aceptado —declaró Teeleh con voz autoritaria—. Codiciosamente se ha satisfecho en el placer de su propia carne al beber el agua. Ya ha sido sentenciado a morir. Le harías un considerable favor al acabar con él.

No había alternativa. Si Tom no mataba a este pobre tipo, los dos morirían. Cerró los ojos, tomó otra bocanada de aire, y se quejó.

—¿Qué fue eso? ¿Un sí?

—Sí.

La silenciosa turba de shataikis estalló en un frenesí de susurros y silbidos emocionados.

—Una sabia decisión —opinó Teeleh lentamente—. ¡Bájenlo! Que el humano nos muestre de qué está hecho.

Al instante una docena de murciélagos voló a la cruz y comenzó a cortar las cuerdas que sostenían a Thomas. Primero quedó libre su mano derecha, y se desplomó hacia el frente en un extraño ángulo que casi le desencaja el hombro izquierdo. A continuación sintió que le liberaban los pies, y por un insoportable momento colgó sólo del brazo izquierdo. Rompieron la cuerda y Tom se estrelló contra el suelo.

Los shataikis empezaron a cantar con voces extrañas y distorsionadas que rasgaron fantasmagóricamente la noche… sin ninguna melodía, pero con profundo significado.

—Mata… mata… mata…

El líder saltó de la plataforma y se colocó a un lado. El fuego pareció arder con mayor intensidad a medida que la turba se acercaba.

Tom se levantó hasta quedar arrodillado. Miró la cruz en la cual colgaba Bill.

Teeleh extendió las alas en toda su envergadura. Poco a poco se elevó el volumen del cántico de los shataikis, resonando muy hondo en la mente de Tom.

—Ahora, hijo mío. Muéstrame tu sumisión agarrando la espada con la que viniste a matarme, y en vez de eso mata a este hombre —decretó el shataiki, y con eso lanzó la espada a los pies de Tom, clavándola profundo en la tierra.

El extraño martilleo de voces detrás del líder continuó, y en ese momento Tom dudó mucho que lo dejaran libre sin horribles consecuencias. Entrar al bosque negro había sido una terrible...

De repente Tom se estremeció.

—¿Qué pasa? —exigió saber Teeleh.

La varita en su espalda. ¡La daga! ¿Se la habrían quitado? No, no la habían visto. Estaba debajo de su túnica. Todo el tiempo había estado en contacto con su carne.

—¡Agarra la espada! —bramó Teeleh.

Tom sintió que una oleada de energía le recorría los huesos. Agarró con las manos la ennegrecida espada y la usó de apoyo para ponerse fatigosamente de pie.

Los gritos se hicieron más fuertes. El tono subió en intensidad.

La cabeza de Tom le daba vueltas, y pudo haberse caído de no ser porque la espada lo afirmó. Se inclinó sobre la negra vara y esperó que las piernas se le estabilizaran. Teeleh permanecía en silencio, a no más de tres pasos a su derecha, ahora con las alas envueltas en modo majestuoso. Tom agarró la espada con ambas manos y la sacó de la tierra.

Levantó la mirada hacia el cuerpo que colgaba en la cruz, bastante cerca como para tocarlo. Lentamente elevó la espada en su puño derecho.

El griterío se convirtió en un rugido, y el líder sonrió malvadamente.

Aún temblando sobre sus pies, Tom deslizó su mano izquierda por detrás de la espalda debajo de la túnica.

Allí. ¡Todavía estaba allí! Agarró la daga con los dedos y saltó bruscamente a campo abierto.

El efecto fue inmediato. Mil cien shataikis quedaron en silencio, como si en alguna parte trasera, tras bambalinas, algún murcielaguito idiota hubiera tropezado con una cuerda y halado el enchufe.

Tom miró con incredulidad la resplandeciente daga roja. Giró hacia Teeleh, sosteniendo el cuchillo frente a él.

El rostro del inmenso shataiki negro estaba paralizado a la luz de la hoguera. Teeleh dio un paso atrás de la hoja. Tom movió el cuchillo unos pocos centímetros y observó asombrado cómo la bestia saltaba hacia atrás llena de pánico. Tom sintió que se le levantaban las comisuras de los labios. La adrenalina llenó sus músculos con nuevas fuerzas.

Se tambaleó hasta el borde del claro. Los murciélagos se esparcieron, chillando.

Bill. No podía dejar a Bill.

Tom giró alrededor. Pero allí no estaba Bill. Por supuesto que no existía Bill. Así como no existía ninguna nave espacial.

Tom miró a Teeleh.

—¿Ves lo que Elyon puede hacer con un sólo *humano*? —inquirió tranquilamente, tuteándolo por primera vez—. Un humano y una pequeña hoja de madera, y no eres más que un saco de cuero.

El rostro del líder se retorció de furia. Extendió un ala al frente.

—¡Atáquenlo! —gritó.

Sólo un shataiki con excesivo valor salió como centella hacia Tom desde una rama baja. Una docena más lo siguió.

A Tom se le paralizó el corazón. Quizá había hablado demasiado pronto. Movió la daga hacia el primero de los murciélagos que se acercaba y se alistó para el impacto.

Pero las garras extendidas del histérico murciélago, seguidas por el resto de su cuerpo, quedaron sin vida al instante en que la daga extendida le tocó la piel. El impulso que llevaba el murciélago lo lanzó volando al suelo, donde se contrajo en un montón de pelo muerto.

Otros dos murciélagos corrieron la misma suerte antes de que los demás abandonaran el ataque, chillando derrotados. Tom movió sus temblorosos miembros. Volvió a mirar a Teeleh, quien permanecía temblando.

—¡Nunca! —gritó Tom—. Ni ahora, ni nunca. Nunca ganarás.

Diciendo eso se volvió de la turba y entró tambaleándose al bosque, con la daga en alto.

———⊸∞∞⊷———

LOS MURCIÉLAGOS conservaron la distancia, pero parecía como si cada uno de ellos estuviera siguiéndolo. Batiendo alas, chasqueando lenguas, y ahora chillando.

Tom aún debía encontrar el cruce. ¿Cuán lejos lo habían llevado después de atacarlo en el claro? Había sido apenas mediodía, y luego la noche cuando recobró el conocimiento en la cruz. Ahora se acercaba la mañana.

No había soñado mientras se hallaba inconsciente. O si lo hizo, no recordaba lo que hubiera sucedido. Extraño. ¿Qué estaría ocurriendo en Bangkok? Tal vez nada. Quizá no existía Bangkok, así como resultó no existir ninguna nave espacial ni Bill. Tal vez por eso ya no estaba soñando.

Fue la salida del sol lo que lo salvó. Un brillo muy suave en el oriente. Tom se paró en un claro. Si ese era el oriente, entonces el río se hallaba directamente adelante, al norte.

Un follaje negro se movió contra el cielo poco iluminado.

—¡Fuera! —vociferó Tom, agitando la daga.

Resonaron chillidos y el follaje se levantó de los árboles. Luego se volvió a asentar. En alguna parte allí observaba Teeleh.

Observaba y esperaba.

Tom llegó al río una hora más tarde. No había cruce. La pregunta era: ¿Derecha o izquierda? La espalda y el pecho le ardían con profundas cortadas. Si no encontraba pronto el cruce, simplemente saltaría dentro del río y lo atravesaría nadando. ¿Podría hacer eso?

Tom giró al oriente y salió corriendo a lo largo del río. Los murciélagos seguían en los árboles. En el otro lado del arroyo brillaba el bosque colorido como un arco iris.

Estaba pensando seriamente en sumergirse en el río cuando captó un destello blanco directamente adelante.

Se detuvo, jadeando. Allí, formando vagamente un arco sobre las burbujeantes aguas verdes, un puente blanco se extendía desde la tierra negra y áspera sobre la cual se hallaba hasta un paisaje exuberante, repleto de color y de vida.

El cruce.

Tragó saliva al verlo y siguió adelante sobre piernas tambaleantes. Lo había logrado.

¡En realidad lo había logrado! Ahora había hablado dos veces con Teeleh y sobrevivido. Después de todo el enorme y horrible murciélago no era tan poderoso. Sólo era asunto de saber cómo derrotarlo. El conocimiento era la clave. Sabes qué hacer y...

Tom se detuvo a media zancada.

Allí, cerca del puente en la orilla opuesta, perfilado por el centelleante bosque, se hallaba erguida la inconfundible figura de un humano.

¡Tanis!

El hombre miraba a Tom, paralizado como una estatua. En sus manos sostenía una espada roja como la de Tom. ¿Una espada?

Una ráfaga llenó el aire. Teeleh se posó en tierra, directamente frente a Tanis. Ya no era la criatura negra sino el hermoso murciélago, resplandeciendo azul y dorado. Un frío le recorrió a Tom por la columna.

El shataiki desplegó las alas y abrió la boca de par en par. Al principio no pasó nada. Luego comenzó a hacer ruido.

El sonido que emitió la temblorosa lengua rosada de Teeleh era diferente a cualquier otro que Tom había oído. No eran palabras. Era un cántico. Una melodía con notas largas, bajas y aterradoras que parecían crujir en profunda vibración, golpeando violentamente el pecho de Tom.

Era como si la bestia hubiera guardado el canto por mil años, perfeccionando cada tono, cada palabra. Reservándolo para este día.

Ahora de la melodía surgieron palabras.

—Primogénito —cantó fuerte y claro, extendiendo las alas; en su ala derecha tenía una fruta—. Amigo mío, ven en paz.

El canto resonó en el aire. Un cántico seductor. Una melodía de paz, amor y gozo, y una fruta tan deliciosa que ninguna persona podía resistir.

Y Tom sabía que debía hacerlo, a toda costa.

Tanis observaba a Teeleh con ojos desorbitados.

Tom descubrió su voz. Comenzó a gritar, a vociferar hacia Tanis. Pero Teeleh simplemente cantaba más y más fuerte, ahogándolo.

Había dos melodías, trabadas en una sola, retorcidas y entrelazadas en una sola canción. En un filamento, belleza. Vida impresionante. En la otra, terror. Muerte eterna.

Tom miró a Tanis. La expresión de alegría dibujada en el rostro del hombre le advertía a Tom que Tanis no distinguía las otras notas. Las distorsionadas. Sólo oía la canción seductora. Las notas puras de música que no tenían nada que envidiarle a las cantadas por Johan, o a aquellas entonadas por...

Y luego reconoció una de las melodías. ¡Era del lago! ¡Un cántico de Elyon!

Tom se levantó con dificultad a medida que la canción se hacía más clara. Obligó a meter aire a los pulmones.

—¡Corre, Tanis! —gritó Tom a través del río—. ¡Corre!

Tanis seguía paralizado por el enorme shataiki.

—¡Tanis, corre! —bramó Tom.

Llegó al cruce y con dificultad subió el arco. La visión le daba vueltas por el cansancio y el dolor, pero obligó a sus pies a continuar. Detrás de él, la melodía de Teeleh seguía inundando el aire.

—¡Sal de aquí! —jadeó Tom.

Chocó contra Tanis, haciéndole perder el equilibrio. La espada cayó girando dentro del río.

—¿Te has vuelto loco?

El hombre balbuceó algo y se puso apresuradamente de pie.

—¡Corre! ¡Sólo corre! —exclamó Tom, llevando a Tanis al interior del bosque.

Detrás de ellos la voz de Teeleh resonó un nuevo coro.

—¡Tengo poderes que sobrepasan tu imaginación, Tanissss!

Y luego desde el cruce se alejaron todos los sonidos.

Llegaron al claro en que Tom fuera sanado por primera vez, a cincuenta pasos del río, y Tom se dio cuenta de que no podía dar un paso más. Su mundo se inclinó de manera absurda, y cayó sobre la hierba. Por un momento estuvo vagamente consciente de que Tanis se arrodillaba sobre él con una fruta en las manos.

Luego no estaba consciente de nada más que de la lejana palpitación de su corazón.

31

TOM ESTABA hundido en el sofá, lucía pacífico y triste al mismo tiempo, pensó Kara. Pero detrás de sus ojos cerrados, sólo Dios sabía lo que realmente pasaba. Había estado durmiendo por dos horas, pero si ella tenía razón, dos horas podrían ser dos días en el bosque colorido, suponiendo que no se durmiera allá.

Asombroso. Si sólo hubiera una forma de que trajera con él a Rachelle. O de que Kara pudiera ir con Tom.

Por el momento había cesado el bullicio de seguridad, secretarias y técnicos de laboratorio con batas blancas, dejándolos solos en el enorme salón del que estaban llegando a pensar como su salón de ubicación.

Habían pasado seis horas desde que Raison ordenara las pruebas. Y aún no había respuesta. Ninguna respuesta definitiva, después de todo. Había habido un alboroto exactamente después de que Tom se quedara dormido, cuando Peter irrumpió en el cuarto de ubicación, mascullando de manera incoherente. El técnico giró sobre sus talones y entró corriendo a la oficina de Raison, la bata blanca le volaba por detrás.

Pero cuando Kara entró corriendo, Raison insistió en que los resultados no eran concluyentes. Incluso mezclados. Tenían que asegurarse. Absolutamente positivos. Otra prueba.

Ella miró su reloj. Si no lo despertaba pronto, él no dormiría bien esta noche, cuando muy bien podría necesitarlo. Lo sacudió suavemente.

—¿Thomas?

—¡Tanis! —exclamó, irguiéndose.

La mirada de Tom recorrió bruscamente el salón. Gritó el nombre del primogénito del bosque colorido.

—¡Tanis!

—Estás en Bangkok, Thomas —informó Kara.

—Vaya. Vaya, ah vaya, eso fue malo —expresó él mirándola, cerrando los ojos, e inclinando la cabeza.

—¿Qué sucedió?

—No estoy seguro —contestó él moviendo la cabeza de lado a lado—. Entré al bosque negro.

—¿Y? ¿Supiste algo?

—No hay nave. ¡Él es siniestro! Teeleh es…

Se interrumpió, tragando saliva.

—Tranquilo. Está bien —lo consoló Kara, sobándole la espalda—. Ahora estás aquí.

Él rápidamente se reorientó.

—¿Supiste algo de la variedad Raison?

—No… él no me lo diría. Yo… —titubeó Tom, se agarró la cabeza, y ella vio que le temblaban las manos—. Absurdo. Fue una locura, Kara.

—Estás bien, Thomas. Tranquilo —lo siguió consolando, poniéndole el brazo alrededor y acercándolo.

—¿Pasó algo? —preguntó él, mirándola.

—Nada positivo. Aún están probando.

Tom suspiró y se volvió a sentar en el sofá. Kara se puso de pie y anduvo de un lado a otro sobre la alfombra, pensando.

—¿Seguro que estás bien? Nunca te había visto despertar tan alterado.

—Estoy bien —contestó él, pero no lo estaba.

—Tal vez deberíamos traer un psicólogo —opinó Kara—. Quizá haya más que una relación con tus sueños de lo que estamos entendiendo. O es probable que haya una forma de controlarlos más. Darte sugerencias mientras duermes o algo así.

—No. Lo último que deseo es un loquero arrastrándose dentro de mi ilógica mente. El hecho es que por ahora tenemos la variedad Raison, y sé que Teeleh nunca me dirá lo que debo saber. Es imposible.

—¿Y es también imposible allá?

—¿Dónde?

—¿En el bosque colorido?

Él se paró bruscamente, con la mirada perdida. Fue hasta la ventana y miró por ella.

Está requetecansado.

—No sé —respondió Tom; luego la miró—. Si no regreso… ¡podría ser! Algo está sucediendo con Tanis. Si él cruza…

Titubeó, luego corrió hasta donde su hermana.

—Tengo que volver, Kara. ¡Tienes que ayudarme a volver!

—¡Acabas de despertar! Te necesitamos aquí. Y ahora estás durmiendo allá, ¿correcto?

—Allá estoy inconsciente —contestó él.

—Despertarás cuando debas hacerlo. No importa cuánto tiempo estés despierto aquí. Los tiempos no se correlacionan, ¿recuerdas? Que sepas, alguien podría estar arrodillado sobre ti despertándote ahora. No puedes controlar eso. Lo que sí puedes controlar es cuánto tiempo permaneces despierto aquí. Ahora te necesitamos despabilado. Necesitamos aquí tu mente. Los resultados de las pruebas llegarán en cualquier momento.

Él pensó en eso y luego asintió. Se sentaron en el sofá, uno al lado del otro.

—¿Estás seguro de no poder obtener más información del bosque negro?

—Estoy seguro.

—¿Y no fue de ayuda Rachelle?

—No.

—¿Qué nos ha quedado entonces?

—Monique —contestó él frunciendo el ceño—. Creo que hay algo respecto de Monique. Debemos encontrarla. Quizá haya algo más que pueda hacer en el bosque colorido para hallarla.

—Creo que tienes razón; ella es la clave.

—La tuve, Kara. Ella estuvo allí en mis brazos. Pude habérmela puesto en los hombros y traerla. Al menos debí haberme quedado.

—¿Tuviste a Monique en tus brazos?

—Me besó; esa fue su distracción mientras me hablaba respecto de Svensson y del virus. Pero ese no es el punto.

—Tal vez sí sea el punto —juzgó Kara—. Es obvio que estás obsesionado por ella, y apenas la conoces.

—Eso es ridículo.

—Quizá no. En cualquier otro momento, tal vez. Pero exactamente

ahora tiene sentido —objetó ella, parándose del sofá—. Toda esta conversación acerca de rescatar a Rachelle, mientras al mismo tiempo Monique está
exactamente en desesperada necesidad de eso. Y tal vez la relación sea aun
más fuerte. Quizá tengas razón. Posiblemente *tengas que* rescatar a Monique.
Tal vez no sea asunto de detener a Svensson, sino de rescatar a Monique. Es
posible que tus sueños te estén diciendo eso. ¿Por qué más te estás enamorando de ella?

Él empezó a objetar, pero lo pensó mejor.

—Es decir, por todo lo que he oído, de cualquier modo es casi imposible impedir que alguien extienda un virus. Bien, dejemos que las autoridades hagan eso.

—Fabuloso, y Tom va tras Monique. Sin necesidad de profesionales,
CIA, equipos de asalto, SWAT. No teman, aquí está Tom.

—Te las arreglaste muy bien esta mañana —señaló Kara.

—Ya no puedo hacer esto —cuestionó él regresando a la ventana, con
las manos en las caderas.

—Sí, sí puedes —animó Kara—. Y por lo que sé, sólo está empezando.
Quizá necesites unas cuantas habilidades nuevas.

Él no contestó.

—En serio, Thomas. Mírate. No moriste. No peleas como ningún
hombre que haya visto. Tú…

—Créeme, ese tipo podría romperme el cuello con una sola patada. La
realidad es que *me* mató. Dos veces.

—No me parece que estés muy muerto. Al oírte en el teléfono, lo menos
que pareces es muerto en estos días. Incluso te estás volviendo un poco
romántico. Deja de ser terco acerca de esto. Sencillamente te estoy apoyando.

—Sólo soy Tom, Kara —objetó él aspirando fuertemente—. No pedí
esto. No quiero hacer esto. Estoy cansado, y me siento como un trapo
empapado.

De pronto pareció estar a punto de llorar.

Kara se le acercó y le puso la mano alrededor de la cintura. Él puso la
cabeza sobre el hombro de ella.

—Lo siento, Tom. No sé que más decir. Sólo que te amo. Tienes razón,
sólo eres Tom. Pero tengo una sensación de que Tom es un individuo más

fabuloso que lo que cualquiera, incluyéndome, pueda llegar a imaginar. Creo que sólo hemos visto el principio.

La puerta se abrió a la derecha de ellos. Entró Jacques de Raison con el rostro pálido.

—¿Y? —indagó Tom—. ¿Lo tiene?

—Monique tiene razón. Usted tiene razón. La vacuna muta a 81,92 grados centígrados. Hasta donde podemos darnos cuenta, el virus resultante es muy contagioso y probablemente muy mortífero.

—Vaya sorpresa —comentó Tom.

❧

VALBORG SVENSSON tenía una suave sonrisita que se negaba a salir de su rostro. En su mano derecha sostenía un diminuto envase cilíndrico de fluido amarillo que difundía el resplandor de un foco en lo alto. Su mano izquierda reposaba en la rodilla, temblando ligeramente. Presionó los dedos.

—¡Quién lo hubiera imaginado! —exclamó él—. La historia cambió debido a algunas gotas de un líquido amarillo que se veía inocuo y a un hombre que tuvo ganas de usarlo.

Ocho técnicos daban vueltas en el laboratorio abajo, hablando, lanzando miradas furtivas hacia arriba a la ventana detrás de la que él se hallaba. Mathews, Sestanovich, Burton, Myles… etc. Algunos de los virólogos más hábiles del mundo y... mejor pagados. Habían vendido sus almas por la causa de Svensson. Todo en el nombre de la ciencia, por supuesto. Con un poco de instrucción equivocada de parte de él. Simplemente estaban desarrollando virus letales por el bien de los antivirus. A Svensson no le importaba cuántos de ellos creían realmente que lo que hacían era inocuo. El hecho era que todos le recibían su dinero. Más importante, todos entendieron el precio de comprometerse confidencialmente.

—Tráela aquí —ordenó.

Carlos salió sin pronunciar palabra.

¿Cuántos miles de millones había invertido en esta aventura? Demasiados para contar en este momento. Ellos exploraban con meticulosidad la ciencia más avanzada, y sin embargo, al final, era cuestión de una vacuna y un poco de suerte.

Svensson conocía muy bien la historia de la guerra biológica para recitar en su sueño:

1346: Los tártaros envían soldados infectados con la plaga sobre el muro en el sitio de Caffa en el mar Negro.

1422: Fuerzas agresoras lanzan cadáveres en descomposición sobre los muros del castillo en Bohemia.

Revolución estadounidense: Fuerzas británicas exponen a civiles a la viruela en Québec y Boston. El intento de Boston falla; el de Québec devasta al Ejército Continental.

Primera Guerra Mundial: Los alemanes se enfocan en el ganado que se envía a los países aliados. Impacto general en la guerra: insignificante.

Segunda Guerra Mundial: Unidad 731 del ejército imperial japonés dirige guerra biológica en gran escala contra China. Hasta diez mil mueren en Manchuria en 1936. En 1940, bolsas de pulgas infectadas con plaga se lanzan sobre las ciudades de Ningbo y Quzhou. Para el final de la guerra los estadounidenses y los soviéticos han desarrollado importantes programas de armas biológicas.

Guerra Fría: Tanto los programas de armas biológicas de Estados Unidos como de la Unión Soviética alcanzan nuevas proporciones, explorando el uso de cientos de bacterias, virus y toxinas biológicas. Más de cien países firman en 1972 una convención para prohibir armas tóxicas y biológicas. No se hace cumplir. En 1989, Vladimir Pasechnik deserta a Gran Bretaña y habla de la súper plaga genéticamente alterada de los soviéticos, una infiltración de ántrax resistente a los antibióticos. El programa soviético emplea miles de especialistas, muchos de los cuales se dispersan al desmoronarse la Unión Soviética. Algunos de estos especialistas se residencian en Irak. Otros en los Alpes suizos, bajo el dominio de Valborg Svensson.

Inicios del siglo veintiuno: Se desata el primer uso verdaderamente triunfal de alguna arma biológica. La variedad Raison redefine estructuras del poder moderno.

El último todavía no era un asunto de historia, desde luego. Pero el minúsculo envase cilíndrico de vidrio en manos de Svensson lo sería pronto. En realidad las armas biológicas aún estaban en pañales, a diferencia de las armas nucleares. Cualquiera que entendiera esto también entendía que quien ganara la carrera tácita para perfeccionar la correcta arma biológica ejercería más poder que cualquier hombre que lo hubiera precedido. Punto.

La puerta se abrió y Carlos entró a empujones a una desgreñada Monique de Raison.

—Siéntate —ordenó Svensson.

Ella se sentó con un poco de estímulo de parte de Carlos.

—¿Sabes lo que ocurriría si dejo caer este frasquito de vidrio? —preguntó Svensson; no esperó una respuesta—. Nada durante tres semanas, si tu amigo tiene razón. Y yo diría que nuestra gente cree que muy bien podría tenerla. Él tuvo razón en cuanto al virus, ¿por qué no acerca de un período de incubación?

Aún sin reacción. Ella ya creía hasta aquí.

—Si sólo supieras los problemas que hemos aceptado durante muchos años para estar hoy día en esta posición. Investigación monoclonal de anticuerpos, investigación de genes, combinación de químicos, ingeniería genética… hemos registrado cada rincón del planeta para el avance adecuado.

Los ojos de ella permanecieron fijos en el diminuto cilindro de vidrio.

—Y hoy tenemos ese gran avance. La variedad Raison… tiene un timbre agradable, ¿no crees? Lo que necesito ahora es el antivirus, o un antídoto. Existen dos maneras en que podría prosperar en esta tarea. Una: puedo hacer que mi gente trabaje en las cantidades que ya tenemos. Finalmente desarrollarán exactamente lo que necesito. O, dos: Puedo persuadirte a que desarrolles lo que necesito. Tú sabes más acerca de estos genes que cualquier otra persona viva. Sea como sea, tendré un antivirus. Pero preferiría una solución rápida a una que se alargara por días, semanas o meses, ¿no crees?

—¿Piensa usted sinceramente que yo levantaría un dedo para ayudarlo con alguna parte de esta… insensatez? —objetó ella con la mirada de alguien que ya había considerado seriamente una agresión.

De no haber tenido las manos atadas pudo haberlo intentado. Su espíritu era totalmente noble.

—Ya lo hiciste —afirmó él—. Creaste la vacuna, y has provisto más investigación de la que yo pude haber esperado. Ahora es el momento de ayudarnos con la cura. ¿No te interesa una cura, Monique?

—Sin el antivirus, usted no tiene nada.

—No es cierto —cuestionó Svensson—. Tengo el virus. Y lo utilizaré. De cualquier modo.

—Láncelo entonces al piso ahora —contestó ella sin levantar la voz—. Moriremos juntos.

—No me tientes —expresó él sonriendo—. Pero no lo haré porque sé que nos ayudarás. Al menos, el hecho de que este virus exista ahora no te deja otra salida. Cada día que pasa sin una manera de proteger a la población del mundo contra esta enfermedad es un día más cercano a tu tormento.

—¿No cree que mi padre ya está trabajando en el antivirus?

—Sin embargo, ¿cuánto tiempo tardará? Meses, en el mejor de los casos. Yo, por otro lado, tengo alguna idea de dónde empezar. Confío en que podamos hacerlo en una semana. Con tu ayuda, por supuesto.

—No.

—¿No?

—No.

Ella cambiaría de parecer en veinticuatro horas.

—Te daré doce horas para cambiar de opinión por ti misma. Luego la cambiaré por ti.

Ella no reaccionó.

—¿Ningún otro mensaje, Carlos?

—Ninguno.

La primera llamada de las autoridades había venido dos horas antes. Una llamada de cortesía de su propio gobierno, requiriendo una entrevista de la más alta prioridad. Eso significaba que ya sospechaban de él. Fascinante. Era Thomas Hunter, desde luego. El soñador. Carlos le aseguró que había matado al hombre en la habitación del hotel, pero los medios de comunicación decían otra cosa. O Carlos había mentido deliberadamente o, lo más probable, había sido superado por este tipo. Esto era algo que tendría en mente.

Las autoridades no tenían suficiente para una orden de allanamiento. Él les había concedido la entrevista, pero de ninguna manera antes de dos días. Para entonces no importaría.

—¿Está todo listo?

—Sí.

—Entonces haré la próxima jugada. Quiero que elimines al estadounidense.

Él observó a Carlos. Ni una alteración, sólo una mirada firme.

—Le di dos veces al estadounidense. ¿Está usted diciendo que no
murió?

La mujer miró a Carlos. Ella también sabía algo.

—Está bastante vivo como para salir en las noticias. Él también es
fuente del antivirus. Lo quiero muerto, cueste lo que cueste.

—¿No se da cuenta usted que el tipo que es su mano derecha le está
mintiendo? —preguntó Monique a Svensson— Uno de los hombres que
acudieron a rescatarme en las afueras de Bangkok era Thomas Hunter. Carlos sabía eso. ¿Por qué se lo está ocultando a usted?

—¿Thomas Hunter? —exclamó Carlos sorprendido—. No creo que eso
sea posible. Quizá no estuviera muerto, pero tiene dos balas en el pecho. Y
se trata de un civil, no de un soldado.

Se suponía que la acusación de la mujer sembrara desconfianza. Inteligente. Pero él tenía más motivos para desconfiar de ella que de Carlos.

—Saldré inmediatamente —manifestó el chipriota mirando de frente a
Svensson—. Thomas Hunter estará muerto en cuarenta y ocho horas. Tiene
mi palabra al respecto.

Svensson volteó a mirar hacia el laboratorio. Los técnicos se apiñaban
ahora en tres sitios diferentes, evaluando la información que Carlos había
reportado de Thomas Hunter, esta serie de cifras.

Ahora Svensson enfrentaba dos riesgos muy importantes. Uno, que se
descubriera su operación. Improbable, considerando su meticulosa planificación, pero no dejaba de ser un riesgo. El tiempo ahora era crítico.

El segundo riesgo importante era que ni su gente ni Monique lograran
desarrollar un antivirus a tiempo. Él estaba deseando aceptar ese riesgo. Ya
se conocía su participación; tarde o temprano se sabría la verdad. Si no
triunfaba ahora pasaría el resto de su vida en una cárcel, o moriría. Lo
último era más interesante.

—Estaré contactando a los demás en pocas horas. Encuéntranos en
nuestra instalación de control tan pronto hayas eliminado a Hunter. Llévala.

TOM MIRÓ el monitor en que se veía lo que había revelado la muestra en el microscopio de electrones: La variedad Raison. Trató de imaginar cómo una cantidad de estos virus podría herir una pulga, mucho menos exterminar unos cuantos miles de millones de personas. Parecían módulos lunares en miniatura sobre patas que habían aterrizado en su célula anfitriona.

—¿Es esa la variedad Raison?

—Esa es la variedad Raison —confirmó Peter—. Parece inofensiva, ¿verdad?

—Parece una maquinita. ¿Se mantuvo entonces la mutación incluso al bajar la temperatura?

—Por desgracia sí. Es terriblemente extraordinario, ¿sabe? Ninguna regulación o protocolo ni siquiera sugiere examinar vacunas a temperaturas tan elevadas. Nadie se pudo haber imaginado incluso que pudiera haber una mutación a tal temperatura.

Tom se enderezó. Jacques de Raison estaba parado junto a Kara y media docena más de técnicos en batas blancas.

—¿Y puede usted darse cuenta de lo que hará el virus?

—Muéstrale —ordenó Raison en respuesta a la mirada de Peter.

Este los llevó al monitor de otra computadora.

—Estamos basando las conclusiones en una simulación. Hace dos años esto habría tardado un mes, pero gracias a nuevos modelos que hemos desarrollado en conjunción con DARPA lo hemos reducido a unas horas.

Peter pulsó varias teclas y la pantalla cobró vida.

—Introducimos la genética del virus en el modelo, en este caso humano, y dejamos que la computadora simule los efectos de infección. Podemos reducir dos meses a dos horas.

—Ponlo en la pantalla gigante —ordenó Raison.

La imagen emergió en una pantalla en lo alto.

—Un momento... allí.

Apareció una sola célula.

—Esa es una célula normal tomada de un hígado humano. Alojada en su membrana exterior se puede ver la variedad Raison, introducida en la corriente sanguínea por...

—No la veo.

—Es muy pequeña, esa es una de las razones de que aparezca también

como agente de transmisión aérea —informó Peter levantándose y señalando con un puntero el lado izquierdo de la célula—. Este pequeño abul-
tamiento aquí. Esa es la variedad Raison.

—¿Es esa la bestia mortal? —se sorprendió Tom—. Difícil de creer.

—Eso es en un día, antes de que los ciclos lisogénicos…

—¿Me podría explicar en términos laicos? Suponga que estoy en quinto
grado.

Peter sonrió delicadamente.

—Está bien. Los virus no son células. No crecen ni se multiplican como
lo hacen las células. Constan básicamente de un caparazón que aloja un
poco de ADN. Usted sabe lo que es el ADN, ¿o no?

—El plano genético de la vida y todo eso.

—Suficiente. Bueno, esa armadura que llamamos virus puede atacar la
pared de una célula y rociar en su interior su ADN vírico. Véalo como una
pequeña alimaña inmunda. El ADN rociado se abre paso en el interior del
ADN de la célula anfitriona, en este caso la célula del hígado, de tal modo
que se obliga a esta célula a hacer más armaduras víricas además de ADN
viral idéntico. ¿Me explico?

—¿Puede esta pequeña alimaña hacer eso? Se podría creer que tiene
mente propia.

—Eso y más. Los virus son ensamblados; no crecen. Se apoderan de la
célula anfitriona y la convierten en una fábrica de más caparazones víricos,
lo cual repite el proceso.

—Como el colectivo Borg en *Viaje a las estrellas* —opinó Thomas.

—En muchas maneras, sí. Como los Borg. La forma en que matan la
célula es haciendo tantas armaduras que la célula literalmente explota. A
esto se le llama ciclo lisogénico.

—De algún modo me perdí todo esto en biología.

—Algunos virus se desarrollan y esperan hasta que la célula esté bajo
presión antes de armarse por sí mismos. A eso se le llama latencia. En este
caso nuestro virus es un participante muy lento, pero después de dos semanas se volverá muy agresivo, y su crecimiento exponencial se apodera del
cuerpo en cuestión de días. Observe.

Peter volvió al teclado y pulsó una orden. La imagen en la pantalla
comenzó a cambiar lentamente. El virus inyectó a la célula anfitriona como

un escorpión. La célula de hígado empezó a cambiar y luego a sufrir hemorragia.

—Ciclo lisogénico —comentó Thomas.

—Exactamente.

La vista se expandió, y miles de células similares pasaron por el mismo proceso.

—Un cuerpo humano infectado por este virus se consumirá literalmente de dentro hacia fuera.

Pulsó otra tecla. Observaron en silencio a medida que se mostrara la misma simulación en un corazón humano. El órgano comenzó a partirse a medida que sus innumerables células sufrían hemorragia.

—Totalmente mortífero —explicó Peter.

—¿Cuánto tiempo? —inquirió Tom.

—Basados en esta simulación, el virus requerirá menos de tres semanas en adquirir suficiente velocidad para afectar la manera de funcionar del órgano —anunció y encogió los hombros—. Luego es asunto de días, dependiendo del sujeto.

—Supongo que tenemos un acuerdo —enunció Tom mirando a Raison.

—Sí. Es evidente.

—¿E informó usted a los CDC?

—Ahora estamos en el proceso. Pero usted debe entender, Sr. Hunter: Este es un escenario, no una crisis. Fuera de este laboratorio, la variedad Raison ni siquiera existe. No sucedería en la naturaleza.

—Comprendo eso. Pero sé de muy buena fuente que alguien irá más allá de lo natural en dos semanas.

—Eso es imposible —objetó Raison.

—Es lo que se sigue diciendo —murmuró Tom; luego se volvió a Peter—. ¿No pueden ustedes crear un antivirus con todo este poder computarizado?

—Temo que ese sea un asunto totalmente distinto. Dos meses, en el mejor de los casos, pero no tres semanas.

Tom captó una mirada de Kara. Ella tenía esa mirada. Esto dependería de él. Pero no quería que dependiera de él.

—Si tuviéramos a Monique —anunció Peter—, podríamos tener una posibilidad. Ella diseña ciertos detalles en todas sus vacunas para protegerlas contra robo o juego sucio. En esencia es un interruptor «puerta trasera» que se ha provocado al introducir otro virus creado de manera única, el cual hace que la vacuna quede imposibilitada. Si su creación sobrevivió a la mutación, su virus único también podría acabar con la variedad mortal de Svensson.

—¿Podría por tanto ella tener la clave?

—Quizá. Suponiendo que la mutación no acabara con la «puerta trasera» de ella.

El salón se quedó en silencio.

—¿No tiene usted este interruptor de Monique? ¿Dónde lo mantiene ella, en su cabeza? Eso parece ridículo.

—Ella mantiene la clave para sí hasta que una vacuna sea aprobada por la comunidad internacional. Es su manera de asegurarse que nadie, incluso algún empleado, sustraiga la tecnología o la interfiera.

—Y no conserva registros.

—No es un asunto complicado si se supiera qué genes manipular —informó Peter—. Si hay registro, nadie aquí sabe dónde estarían. De cualquier modo, es una leve posibilidad. El interruptor pudo haber mutado junto con la vacuna.

—Naturalmente, investigaremos —terció Jacques de Raison—. Pero como usted puede ver, primero debemos encontrar a mi hija.

—Estoy de acuerdo —asintió Tom—. También deberíamos despertar al mundo.

Tom salió agotado de la reunión y, peor, con una sensación de impotencia. Aún se hallaba bajo arresto domiciliario por secuestro. Hizo una docena de llamadas telefónicas, pero estas rápidamente le recordaron por qué vino en primer lugar a Bangkok. Esta clase de noticias no eran muy bien recibidas de una fuente tan improbable como él. En especial ahora que era famoso por secuestrar a Monique.

Por suerte Farmacéutica Raison exigía mucho más respeto.

Los informes de la mutación potencial de la vacuna Raison llegaron a todos los adecuados teletipos y pantallas de computadora a través de una enorme burocracia de servicios de salud.

No provocó en el mundo una rebatiña de respuestas.

No se trataba de una crisis.

Incluso apenas sólo era un problema.

Sólo era un posible escenario en uno de los modelos que sostenía Farmacéutica Raison.

Tom cayó en cama a las nueve esa noche, agotado hasta la médula pero
con los nervios crispados por saber que la posibilidad de este escenario posible era de cien por ciento.

Tardó una hora completa en quedarse dormido.

32

ANIS SE hallaba sólo en la colina desde donde se veía la aldea. Los acontecimientos de la mañana aún zumbaban en su mente. Por primera vez en su vida había visto de verdad a la criatura del bosque negro, y la experiencia había sido emocionante. Intrigante. Más sorprendente había sido la melodía. Esta sensacional criatura no era la terrible bestia siniestra de su imaginación vívida y de sus historias.

Había salvado a Thomas. Esa era justificación suficiente para visitar el bosque negro. Así que entonces fue bueno que hubiera ido.

Tanis se había quedado con Thomas por poco tiempo antes de irse. Curiosamente, no tenía deseos de estar con el hombre cuando este despertara.

Había regresado y pasado algún tiempo en la aldea. Rachelle le preguntó si había visto a Thomas; le dijo que sí, y que se hallaba durmiendo.

Se había puesto a deambular por la aldea sintiéndose en su debido lugar y en paz. Sin embargo, para el mediodía sintió como si debiera irse a alguna parte a pensar en los acontecimientos que seguían fastidiándole la mente. Por eso había venido aquí, a esta colina desde donde se divisaba todo el valle.

Tanis había ido a buscar la espada que arrojara ayer al bosque y no la encontró. Y no sólo eso, sino que Thomas también se había perdido. No estaba seguro por qué llegó a la conclusión de que Thomas había llevado la espada al cruce, tal vez porque este mismo pensamiento se hallaba en su propia mente, pero después de buscar de arriba abajo al hombre decidió hacer otra espada e ir en su búsqueda al cruce.

Lo que más le interesó fue el hecho de que Thomas hubiera venido del bosque negro y viviera para contarlo. No sólo una vez, sino dos.

La criatura… ahora la criatura se había convertido por completo en algo más. Nunca se habría imaginado a Teeleh como apareció. En realidad, no se había imaginado para nada que un ser tan hermoso pudiera haber existido en el bosque negro. Debió admitir que se veía más bien único con esos ojos verdes y ese pelaje dorado. Pero la canción…

Ah, ¡qué melodía!

La verdad era que Tanis anhelaba mucho volver a encontrar a esa criatura. No tenía deseos de entrar al bosque negro y beber el agua, por supuesto. Eso significaría morir. Peor aun, estaba prohibido. Pero ir a buscar a la siniestra criatura en el río… eso no estaba prohibido.

Y Thomas lo había hecho.

Tanis miró el sol. Ahora por más de una hora había estado sentado en la colina, dándole vuelta a los acontecimientos en su mente. Si saliera ahora, llegaría al bosque negro y regresaría sin que lo extrañaran de nuevo.

Se puso de pie mientras le temblaban los pies. La ansiedad que sentía era suficientemente extraña para causar una leve confusión. No recordaba haber sentido alguna vez un desconcierto tan extraño. Por un momento pensó que simplemente debía regresar a la aldea y olvidar por completo a la criatura del bosque negro. Pero al instante pensó lo contrario. Después de todo, deseaba mucho entender a este terrible enemigo. Por no mencionar la melodía. Entender al enemigo de uno es tener poder sobre él.

Sí, Tanis quería esto en gran manera, y no había motivo para no hacer lo que deseaba tanto. A menos, desde luego, que fuera contra la voluntad de Elyon. Pero Elyon no había prohibido reunirse con nuevas criaturas, vivieran donde vivieran. Incluso al otro lado del río.

Dando una última mirada al valle, Tanis dio media vuelta y emprendió la marcha hacia el bosque negro.

TOM DESPERTÓ con un sobresalto. La dulce fragancia de la hierba le inundó las fosas nasales. Había vuelto a soñar. Bangkok. En Bangkok corrían sobresaltados porque finalmente decidieron creer en el virus. Ahora existía la variedad Raison, aunque sólo en laboratorios. Él debía encontrar a Monique, pero no tenía idea cómo. Y aquí…

Se irguió bruscamente. *¿Tanis?*

—¡Tanis! —llamó, poniéndose de pie y buscando alrededor.

El ruido del río venía del oriente. Era media tarde. Tanis lo debió haber dejado cerca del cruce y regresado a la aldea.

Tardó una hora en llegar al valle, quince minutos devolviéndose de su andar hacia el norte después de salirse del camino que llevaba a la aldea. Tenía que alcanzar a Tanis y darle una explicación. Si alguna vez el hombre sería capaz de confundirse, sería ahora. Y el hecho de que Tanis se hubiera hecho otra espada después de que sólo ayer lo discutieran no era buena señal para el hombre.

Tanis fue atraído por la alimaña. Le había vuelto la curiosidad. Su deseo se movía más rápido que su satisfacción. Había ido al cruce porque estaba cansado de no saber.

Bueno, ahora sabía, correcto. La única pregunta era: ¿Cuánto conocimiento bastaba? ¿Y por cuánto tiempo?

Por supuesto, Tom también había ido. Pero él era distinto; ya no podía haber ninguna duda al respecto. No había tomado del agua, pero según Teeleh, había comido la fruta antes de perder la memoria, y se las había arreglado para sobrevivir. Era como una vacuna, quizá.

No, eso no podía estar bien. Sin embargo, Tom estaba muy seguro de que era diferente de Tanis. Quizá las personas de su aldea más allá tenían más libertades. Pero eso tenía aun menos sentido. Tal vez él *era* de Bangkok. Podría ser de Bangkok cuando estuviera soñando, pero en realidad era de aquí. Este era su hogar, y sus sueños de Bangkok estaban causando estragos aquí.

Él debería comer la fruta del rambután y librarse de estos sueños tontos. Lo ponían a interferir con un endeble equilibrio. Si no hubiera sido por él, Tanis habría entrado hoy al bosque negro.

—¡Thomas!

Un roush llegaba majestuosamente por su derecha.

—¡Michal!

El roush tocó tierra con dificultad, rebotó una vez, y aleteó furiosamente para evitar chocar.

—¿Michal?

—¡Oh, amigo, amigo! ¡Oh, Dios mío!

—¿Qué pasa?

—Se trata de Tanis. Creo que se dirigía al bosque negro.

—¿Tanis? ¿Al bosque negro?

¡Imposible! ¡Él acababa de estar en el bosque negro unas horas antes!

—Se dirigía directo allá cuando salí a buscarte. E iba corriendo. ¿Qué otra cosa podría significar? —informó brincando nerviosamente alrededor, como si hubiera pisado un carbón caliente.

—Por amor de Elyon, ¿por qué no lo detuviste?

—¿Por qué no *le* detuve? Esa no es mi obligación; ¡por eso! ¡Él está loco! Ustedes dos están locos, te lo dije. Evidentemente trastornados. A veces me pregunto cuál era el punto. Ustedes los humanos son muy impredecibles.

—Sólo porque él esté corriendo en esa dirección no significa que vaya a entrar al boque negro —objetó Tom intentando pensar con claridad.

—¡No tenemos tiempo de discutir esto! —exclamó Michal con ojos centelleantes—. Aunque fuéramos ahora, podrías llegar demasiado tarde. Por favor. ¿Sabes lo que podría significar esto?

—¡Él no puede ser tan estúpido! —gritó Tom, queriendo tranquilizar a Michal, pero no se lo creyó ni él mismo.

Tampoco Michal.

—Por favor, debemos irnos ahora.

El roush corrió a lo largo de la hierba, aleteando como desequilibrado. Poco después estaba en el aire. Tom salió corriendo para alcanzarlo.

Su mente se llenó con una imagen del niño en el lago en lo alto. Eso había sido dos días antes. ¿Qué les había sobrevenido? Súbitamente se sintió sofocado de pánico.

—¡Elyon! —gritó.

Pero Elyon permaneció en total silencio.

—¡Michal! —gritó.

El roush estaba preocupado con sus propios pensamientos. Tom aligeró su paso. No había manera de que pudiera dejar que Tanis hiciera algo tan irrazonable como hablar con Teeleh.

No mientras Tom viviera.

⸎

LA ESCENA que recibió a Tanis al llegar a las orillas del río lo dejó helado.

Hasta donde podía ver en cada dirección, los árboles a todo lo largo del borde en el bosque negro estaban abarrotados con una nube densa y movedizo de criaturas negras con ojos rojos. Allí debía haber un millón de ellas. Quizá muchísimas más.

Su primer pensamiento fue que Thomas había tenido razón: Habían demasiados para despacharlos fácilmente con unas cuantas patadas bien colocadas.

Su segundo pensamiento fue huir.

Tanis retrocedió de un salto bajo la cubierta de los árboles. Nunca había oído que tantas criaturas más compartieran el mundo de ellos. Contuvo el aliento y observó alrededor de un árbol el maravilloso espectáculo.

Entonces vio a la hermosa criatura parada en el puente blanco. ¡La que viera al amanecer! La bestia usaba una brillante capa amarilla y una corona moldeada con flores blancas alrededor de la cabeza. Roía una fruta grande, de las que Tanis nunca antes había visto, y lo miraba directamente con ojos verdes centelleantes.

Silencio. A excepción del río, todo estaba en profundo silencio. Era como si lo estuvieran esperando. Qué criatura adorable era Teeleh.

Él mismo se sorprendió. Estos eran los shataikis. Alimañas. Se suponía que se les debía atacar, no mimar. No obstante, como las historias habían registrado de forma tan elocuente, para derrotar a tu enemigo debes conocerlo. Sólo hablaría con ese hermoso enorme. Y fingiría ser amigo. De este modo se burlaría de la criatura enterándose de sus debilidades, entonces un día regresaría para eliminarla.

Y lo haría sosteniendo la madera colorida.

Agarró un pequeño trozo de madera verde del tamaño de su brazo y se dirigió a la orilla.

—¡Buenas! —saludó—. Soy Tanis. ¿Con qué nombre debo llamarlo?

Tanis lo sabía, por supuesto, pero no quería dejar ver sus intenciones. La bestia arrojó hacia atrás la fruta medio comida y se lamió el jugo de la boca con una vellosa ala azul. Sonrió con curvos dientes amarillos.

—Soy Teeleh —contestó—. Te hemos estado esperando, amigo mío.

Tanis volteó a mirar el bosque colorido. Bien, entonces. Aquí estaba la criatura que había venido a conocer. El primogénito sintió que el corazón le palpitaba de forma poco común y apretó el paso para llegar hasta donde Teeleh, el líder de los shataikis.

Se detuvo al pie del puente y analizó a la criatura. ¡Desde luego! ¡Estas eran artimañas! ¿Cómo podía el líder de los shataikis ser distinto de sus legiones?

—Usted no es lo que yo esperaba —expresó.

—¿No? ¿Y qué esperabas?

—Yo había oído decir que usted es muy listo. ¿Cuán listo es fingir ser distinto de lo que se es cuando sabe que será descubierto?

—Te gusta eso, ¿no es verdad? —respondió Teeleh riendo.

—¿Me gusta qué? ¿Exponer lo que usted es? ¿Tiene miedo de mostrarme quién es realmente?

—Te gusta ser listo —indicó Teeleh—. Por eso es que viniste aquí. Para ser inteligente. Para aprender más. Más conocimiento. La verdad.

—Muéstreme entonces la verdad.

—Lo intento.

Los ojos de Teeleh cambiaron de verdes a rojos. Luego las alas y el cuerpo, lentamente a gris y después a negro. Todo el tiempo seguía sonriendo. De sus pies se extendieron garras que se clavaron en la madera. Fue una transformación impresionante, y Tanis agarró más fuerte el palo colorido.

—¿Es mejor eso? —preguntó el murciélago con voz que había cambiado a un gruñido bajo y gutural.

—No, es mucho peor. Usted es la criatura más horrible que me pude haber imaginado.

—Ah, pero tengo más conocimiento y verdad de lo que también te pudiste haber imaginado. ¿Te gustaría oír?

La invitación parecía sospechosa, pero Tanis no pudo pensar en una forma apropiada de declinar. ¿Cómo podía rechazar la verdad?

De pronto el hocico de Teeleh se abrió por completo, de modo que Tanis logró verle el fondo de la boca, donde la lengua rosada desaparecía dentro de una oscura garganta. Surgió una nota baja y resonante, seguida al instante por otra elevada y penetrante que pareció alcanzarlo y tocarle la columna vertebral. La melodía de Teeleh lo asoló con su extraño coro de terrible belleza. Poderoso, conquistador y embriagador a la vez. Tanis sintió una abrumadora compulsión de subir corriendo el puente, pero permaneció firme.

Teeleh cerró la boca. Las notas resonaron, luego se hizo silencio. Los murciélagos en el bosque lo miraron sin agitarse. Tanis se sintió un poco desorientado por todas estas nuevas sensaciones.

—¿Es esto nuevo para ti? —inquirió Teeleh.

—Sí —contestó Tanis pasando la improvisada espada a su mano izquierda.

—¿Y sabes por qué es nuevo?

Esa era una buena pregunta. ¿Un engaño? No, sólo una pregunta.

—¿Tienes miedo de mí? —quiso saber Teeleh—. Sabes que no puedo cruzar el puente, pero te quedas asustado en la base.

—¿Por qué debería estar asustado de lo que no me puede hacer daño?

No, eso no es totalmente cierto. Él me puede lastimar. Debo tener mucho cuidado.

—Entonces acércate. Quieres saber más de mí para poder destruirme. Así que acércate y mírame claramente.

¿Cómo sabía esto la bestia?

—Porque sé mucho más que tú, amigo mío. Y puedo decirte cómo saber lo que sé. Acércate. Estás seguro. Tienes la madera en tu mano.

Teeleh pudo haberle adivinado los pensamientos; no eran muy exclusivos. Al menos debía mostrarle a esta bestia que no le temía. ¿Qué clase de guerrero temblaba en la base del puente? Subió por los blancos tablones y se detuvo a tres metros de Teeleh.

—Eres más valiente que la mayoría —comentó el murciélago, mirando la espada colorida.

—Y no soy tan bruto como usted cree que soy —objetó Tanis—. Sé que incluso ahora está intentando sus artimañas.

—Si uso esta… artimaña y te convenzo, ¿no significaría eso que soy más inteligente que tú?

—Quizá —respondió Tanis, considerando la lógica.

—Entonces la artimaña es una forma de conocimiento. Y conocimiento es una forma de verdad. Y deseas más de ella; si no, como dije, no estarías aquí. Así que si estoy usando artimañas y te convenzo a aceptar mi conocimiento, sólo puede ser porque soy más listo que tú. Tengo más verdad.

Esta lógica de él era desconcertante.

—Mi canto es nuevo para ti, Tanis, porque Elyon no quiere que lo oigas. ¿Y por qué? Porque te dará el mismo conocimiento que tengo. Te dará mucho poder. El poder viene con la verdad; ya sabes eso.

—Sí. Pero no le permitiré que hable así respecto de Elyon —dijo Tanis extendiendo la vara al frente—. Debería clavarlo ahora y acabar con esto.

—Adelante. Inténtalo.

—Yo podría, pero no estoy aquí para pelear. Estoy aquí para saber la verdad.

—Bien, entonces. Te la puedo mostrar —declaró Teeleh mientras sacaba una fruta por detrás de su espalda—. En esta fruta hay algo de conocimiento. Poder. Suficiente poder para hacer que se arrastren todas las criaturas detrás de mí. ¿No te gustaría eso? Una palabra tuya, y ellas chillarán de dolor. Porque sabrán que tienes la verdad, y con esa verdad viene gran poder. Toma, pruébala.

—No, no puedo comer tu fruta.

—¿No quieres entonces la verdad?

—Sí, pero…

—¿Está prohibido comer esta fruta?

—No.

—Desde luego que no. Si hubiera algún mal en comer esta fruta, ¡Elyon la habría prohibido! Pero no hace ningún mal, por tanto no está prohibida. Sólo hay conocimiento y poder. Tómala.

Tanis volvió a mirar hacia el bosque colorido. Lo que el murciélago decía era cierto. No había ningún mal en comer la fruta. No había maldad en ello. No estaba prohibida.

—Sólo una mordida —tentó Teeleh—. Si descubres que lo que he dicho no es verdad, entonces te vas. Pero al menos deberías intentarlo. ¿Eh? ¿No crees?

La enorme bestia no se esforzó por ocultar sus garras, las cuales repiqueteaban con impaciencia en el puente de madera.

—Bueno, usted sabe que no beberé nada de su agua —aseguró Tanis mirando más allá del inmenso murciélago y titubeando.

—¡Cielos no! Solamente la fruta. Un regalo de sinceridad de mi parte hacia ti.

Tanis sostuvo con firmeza la vara colorida y dio un paso adelante para agarrar la fruta.

—Haz a un lado la madera, si no te importa —pidió Teeleh—. Es el color del engaño, y no va bien con mi verdad.

Tanis se detuvo.

—¿Ve? Ya tengo el poder. ¿Para qué necesito el suyo?

—Adelante, ondéalo a mis sujetos y mira cuánto poder tienes.

Tanis miró las multitudes detrás de Teeleh. Señaló hacia ellos la espada, pero ninguno ni siquiera se estremeció.

—¿Ves? ¿Cómo puedes comparar tu poder con el mío, a menos que primero sepas? Conoce a tu enemigo. Conoce su fruta. Prueba lo que el mismo Elyon te ha invitado a probar *no* prohibiéndolo. Sólo mantén tu vara a tu costado para que no me toque.

Ahora Tanis deseaba muchísimo probar esta misteriosa fruta en la garra de Teeleh. Puso la espada a su costado, lista para usarla en el momento preciso, dio un paso adelante, y agarró la fruta. Se sintió osado, pero era un guerrero, y para derrotar a su enemigo debía emplear su propia artimaña.

Retrocedió, exactamente fuera del alcance de Teeleh, y le dio un mordisco a la fruta. Al instante su mundo dio vueltas en sensacional colorido. Por su sangre surgió poder y sintió que se le entumecía la mente.

—¿Sientes el poder?

—Es… es bastante fuerte —comentó Tanis; le dio otro mordisco.

—Ahora levanta la mano y ordena a mis legiones.

—¿Ahora? —preguntó Tanis, mirando los murciélagos negros que se alineaban en los árboles.

—Sí. Usa tu nuevo poder.

Tanis levantó una temblorosa mano. Sin una sola palabra, los shataikis comenzaron a chillar y a alejarse. El sonido le dio pena a Tanis. El terror envolvió las filas de murciélagos. Esto con el sólo brazo extendido.

—¿Ves? Baja tu brazo antes de que destruyas mi ejército.

Tanis bajó el brazo.

—¿Puedo llevarme esta fruta?

—No. Devuélvemela, por favor.

Tanis lo hizo, aunque de mala gana. Los shataikis continuaron su conmoción.

—No te preocupes, amigo mío. Tengo otra fruta. Más fruta. Más poder. Esta te abrirá la mente a la verdad prohibida. Esa es la verdad que solamente los sabios poseen. Pero no puedes comandar ejércitos sólo con poder. Debes tener mentalidad de líder. Esta fruta te la mostrará.

Tanis sabía que debía irse, pero no había ley que prohibiera esto.

—Es la misma fruta que comió tu amigo Thomas —declaró Teeleh.

—¿Comió Thomas tu fruta? —preguntó Tanis levantando la mirada, asombrado.

—Desde luego. Por eso es tan sabio. Y conoce las historias porque bebió mi agua. Thomas tiene el conocimiento.

La revelación dejó mareado a Tanis. Así fue como Thomas conoció las historias. Estiró la mano.

—No, para esta fruta debes poner tu espada sobre la baranda aquí, en mi parte del puente. No puedo tocarla, por supuesto. Pero debes sostener esta fruta con ambas manos.

El razonamiento del murciélago parecía muy extraño, pero para entonces la mente de Tanis no estaba del todo clara. Mientras la espada estuviera exactamente allí donde pudiera agarrarla de ser necesario, ¿qué mal podría haber en dejarla allí? En todo caso, pondría una barrera más grande entre él y el murciélago.

Tanis dio un paso adelante y puso la vara en la barandilla. Luego estiró las dos manos hacia la fruta en la garra extendida de Teeleh.

———— ∞ ————

CUANDO ELLOS salieron del bosque, Tanis ya estaba ante la horrible bestia, como un tonto cordero balándole a su carnicero. Tom patinó hasta detenerse. Michal se posó en una rama a su derecha.

—¡Michal! —gritó Tom en un tono áspero.

—¡Llegamos demasiado tarde! —exclamó el roush—. ¡Demasiado tarde!

—¡Él aún está hablando!

—Tanis cederá.

—¿Qué?

Tom retrocedió ante la escena que tenía al frente. Por el momento quedó paralizado. Apenas lograba oír la voz de su amigo por sobre los chillidos de los murciélagos.

—¿Es esta la fruta que comió Thomas? —preguntó Tanis mientras agarraba con las dos manos la fruta de la sonriente bestia negra.

Tom soltó el árbol del que se había aferrado con los nudillos blancos y dio un salto adelante. *¡No, Tanis! No seas tan necio. ¡Devuélvesela!*

Quiso gritar, pero la garganta se le paralizó.

—Esa es en realidad, amigo mío —contestó Teeleh—. Thomas es realmente un hombre muy sabio.

La mitad de los shataikis que bordeaban los árboles notaron ahora a Tom. Revolotearon con desesperación total, señalando aterrados y lanzando gritos ensordecedores.

—¡Tanis! —gritó Tom corriendo por la orilla hacia el puente en forma de arco.

Pero Tanis no volteó a mirar. ¿Había comido ya?

Tanis retrocedió un paso, y Tom tuvo la certeza de que el primogénito estaba a punto de devolverle la fruta a la bestia parada en lo alto del puente. El hombre hizo una pausa y dijo algo en voz demasiado baja para que Tom pudiera oír por sobre el jolgorio de murciélagos. Miró fijamente la fruta en sus manos.

—¡Tanis! —volvió a gritar Tom corriendo puente arriba.

Tanis se llevó tranquilamente la fruta a la boca y le dio un gran mordisco.

La multitud de murciélagos en los árboles detrás de Teeleh se quedó de pronto en silencio. El viento silbó apaciblemente y el río abajo susurró, pero aparte de eso una terrible calma envolvió al puente.

—¡Tanis!

Tanis giró. Un chorrito de jugo le brillaba en la barbilla. En la boca jadeante tenía alojada la pulpa amarilla.

—Thomas. ¡Viniste!

Tanis cerró los labios sobre el trozo que tenía en los dientes y estiró la fruta mordida hacia Tom.

—¿Es esta la misma fruta que comiste, Thomas? Debo decir que realmente es muy buena.

Tom se deslizó hasta la mitad del camino del arco.

—¡No seas tonto, Tanis! No es demasiado tarde. Suéltala y regresa —ordenó, temblando—. ¡Ahora! ¡Suéltala ahora!

—Ah, eres tú —expresó despectivamente la bestia detrás de Tanis—.

Creí oír una voz. No te preocupes, Tanis, amigo mío. A él le gustaría ser el único en comer mi fruta, pero ya sabes demasiado, ¿verdad? ¿Te habló él de su nave espacial?

Tanis cambió la mirada desde Tom hacia la bestia y de nuevo a Tom, como inseguro de lo que se esperaba que hiciera.

—Tanis, no lo escuches. ¡Contrólate!

Los ojos de Tanis parecían flotar en sus cuencas. La fruta estaba afectando al hombre.

—¿Thomas? ¿Qué nave espacial? —preguntó Tanis.

—Teme decirte la verdad —gruñó Teeleh—. ¡Él bebió del agua!

—¡Mentira! —exclamó Tom—. *No* cruces el puente. Suelta la fruta.

Tanis no estaba escuchando. Jugo amarillo de la fruta le corrió por el mentón, manchándole la túnica. Se volvió hacia la bestia y dio otro mordisco.

—Muy poderosa —anunció—. Con esta clase de poder hasta lo derrotaré a usted.

—Síííí —concordó la espantosa bestia, riendo—. Y tenemos algo que posiblemente ni imaginas.

Sacó una bolsa de cuero.

—Aquí, bebe esto. Te abrirá los ojos a nuevos mundos.

Tanis miró al murciélago, luego a la bolsa. Entonces alargó una mano para agarrarla.

Teeleh giró y al hacerlo chocó con algo que Tom no había visto antes. Una vara descansaba sobre la baranda. Una vara negra que había perdido su color. La madera se deslizó de la barandilla y cayó al río.

Tom giró sobre sí. Michal observaba en silencio.

—¡Elyon! —gritó Tom; sin duda él haría algo; él amaba desesperadamente a Tanis—. ¡Elyon!

Nada.

Giró otra vez hacia el puente. Lo que ocurría era a causa de él. A pesar de él. Se sintió tan impotente y tan aterrado como no recordaba haberse sentido.

Teeleh caminó lentamente, incluso demasiado lento, apoyando más su pierna derecha. Bajó el puente hacia la orilla opuesta.

—Más conocimiento del que puedes manejar —comentó, y luego se dirigió a las multitudes alineadas en el bosque—. ¿No es así, mis amigos?

—Síííí… sííí —exclamó una multitud de voces en tono áspero.

—Entonces pídanle a nuestro amigo que beba —gritó, entrando a la orilla opuesta—. ¡Pídanle que beba!

—Bebe, bebe, bebe, bebe —canturrearon lentamente los shataikis, en tono vibrante y seductor; una melodía.

Tom sintió que se le ponían de punta los pelos de la nuca. Tanis lo volvió a mirar, con ojos vidriosos, y una sonrisa contraída en el rostro. Soltó una risotada nerviosa.

La mente de Tom comenzó a llenarse de pánico. ¡Tanis estaba hechizado!

En desesperación final Tom subió corriendo el arco hacia el intoxicado ser.

—No, Tanis. ¡No lo hagas! —gritó por sobre el embrujado cántico—. ¡No tienes idea de lo que estás haciendo!

Tanis se volvió otra vez hacia la cantante multitud y dio un paso hacia la orilla opuesta.

Imágenes de Rachelle y del pequeño Johan centellearon ante los ojos de Tom. Esto no iba a ocurrir, no si él podía ayudar.

Saltó al frente, agarró la barandilla con el brazo izquierdo y echó el otro alrededor de la cintura del hombre. Plantando con firmeza los pies, lanzó bruscamente a Tanis hacia atrás, casi arrancándolo de raíz.

Tanis giró gruñendo y le asentó a Tom una patada en el pecho. Tom voló hacia atrás y se golpeó de lleno en la madera.

—¡No, Thomas! ¡No eres el único que puede tener este conocimiento! ¿Quién eres tú para decirme lo que debo hacer?

—¡Es mentira, Tanis! ¡No bebas!

—¡Tú estás mintiendo! Estás soñando con las historias. Nadie ha soñado alguna vez con las historias.

—¡Porque tropecé!

Una breve mirada de confusión cruzó la cara del primogénito. Se alejó con una lágrima en los ojos, se llevó la bolsa a los labios y vertió el agua en la boca.

Luego caminó sobre el puente y se paró en la tierra reseca más allá.

Lo que sucedió a continuación fue una escena que Tom nunca olvidaría mientras viviera. En el momento en que Tanis pisó la tierra al lado del gigante murciélago negro, una docena de pequeños shataikis se le acercaron para recibirlo. Tom se puso de pie justo cuando Tanis extendía una mano para saludar al shataiki más cercano. Pero en vez de tomarle la mano, de repente el murciélago saltó de la tierra y tajó furiosamente la mano extendida con sus garras.

Por un instante pareció cesar el tiempo.

La bolsa cayó de la mano de Tanis. Su fruta medio comida fue a parar pesadamente al suelo. Tanis bajó la mirada a su mano en el mismo instante en que las paredes blancas de un profundo tajo comenzaban a llenársele de sangre.

Y entonces los primeros efectos de su nuevo mundo cayeron sobre el mayor de los hombres como una bestia viciosa, sedienta de sangre.

Tanis gritó de dolor.

Teeleh enfrentó al bosque negro, parado erguido y majestuoso.

—¡Agárrenlo! —ordenó.

Los grupos de shataikis que habían recibido a Tanis se le fueron encima. Tanis levantó las manos para defenderse, pero era inútil en su estado de conmoción. Colmillos le perforaron la nuca y la columna vertebral; una malvada garra le atacó con furia la cara, sajándola de modo terrible. Luego Tanis desapareció entre un amasijo de negro pelaje que se agitaba.

Teeleh levantó las alas en victoria e hizo señas a las multitudes en espera que aún colgaban de los árboles.

—¡Ahora! —gritó por sobre los sonidos del ataque contra Tanis—. ¡Ahora! ¿No se los dije?

Levantó el mentón y aulló en una voz tan fuerte y tan aterradora que pareció rasgar el cielo mismo hasta abrirlo.

—¡Nuestro tiempo ha llegado!

Un rugido que estremeció la tierra brotó de la horda de bestias. Tom oyó por sobre la ovación el alarido gutural y destemplado del líder.

—¡Destruyan la tierra! ¡Tomen lo que es nuestro! —exclamó Teeleh extendiendo sus alas hacia el bosque colorido.

———◆———

TOM OBSERVÓ, paralizado por el horror, cómo levantaba vuelo un enorme muro negro de murciélagos. El muro se extendía hasta donde él lograba ver en cada dirección y parecía moverse en cámara lenta por su mera magnitud. Una negra sombra se arrastró por la tierra. Se movió sobre el bosque negro, luego subió por el puente hacia Thomas. La blanca madera crujió y se volvió gris a lo largo del borde delantero de la sombra. Lo inundó el acre olor del azufre.

Tom giró y corrió por delante de la sombra. Bajó el puente de un brinco y tocó la hierba a toda velocidad. ¡Michal había desaparecido!

—¡Michal! —gritó.

Se atrevió a lanzar una rápida mirada hacia atrás a los árboles que marcaban el borde del bosque colorido. El pasto detrás de él se convertía en una ceniza negra a lo largo del borde delantero de la sombra, como si una larga línea de fuego hubiera estado ardiendo debajo de la tierra y estuviera incinerando la vida verde por encima.

Pero él sabía que la muerte no venía de abajo. Venía de los murciélagos negros por arriba. ¿Y qué le sucedería a su carne cuando lo pasara la sombra?

—¡Elyon! —gritó y movió los pies con fuerza en un pánico ciego, sabiendo muy bien que el pánico solamente lo haría más lento.

Elyon no estaba respondiendo.

La sombra de la pared de murciélagos negros en lo alto lo alcanzó cuando llegó al claro que había más allá de la orilla del río. Se puso tenso en anticipación del punzante dolor de la carne ardiendo.

Debajo de sus pies chisporroteaba la hierba quemada. La luz colorida de los árboles en cada lado tililó, y el follaje verde comenzó a desmoronarse en montones de ceniza negra. El aire se hizo espeso y difícil de respirar.

Pero la carne no se le quemó.

La sombra siguió adelante, exactamente por encima de Tom. Las fuerzas empezaron a flaquearle.

El muro de murciélagos se movía ahora hacia la aldea. ¡No! Llegarían antes de que Tom pudiera hacer sonar alguna alarma.

Los animales y las aves bramaban y chillaban sin rumbo en círculos de confusión.

Aquí en la sombra estaba la muerte. Adelante, frente a la sombra, aún había vida. La vida del bosque colorido. La vida que le permitió a Tanis ejecutar increíbles maniobras en el aire con fuerzas sobrehumanas. La vida que había alimentado las propias fuerzas de Tom en los días precedentes.

Un último vestigio de esperanza se alojó obstinadamente en la mente de

Tom. Si tan sólo pudiera alcanzar la sombra. Volver a entrar a la vida por delante de ella. Si tan sólo pudiera reunir sus últimas reservas de energía de alguna fruta de los árboles, de algo de vida en la tierra.

Si sólo pudiera adelantarse a los murciélagos.

La fruta caía de los árboles carbonizados y golpeaba la tierra en una lenta lluvia. Tom giró a su izquierda, se agachó y agarró un pedazo de fruta, un trozo de un fragmento de pulpa. Tragó sin masticar.

Al instante volvieron las fuerzas.

Apretando las manos alrededor de la fruta, partió a toda velocidad. Le corrió jugo por los nudillos. Se metió otro mordisco en la boca, tragó y corrió.

Lenta, muy lentamente, le ganó terreno a la sombra. No sabía por qué los murciélagos no descendían y se lo masticaban en pedazos. Quizá en su ansiedad por llegar a la aldea hacían caso omiso de este humano abajo.

Tom chupó dos trozos más de la fruta y persiguió a la sombra por diez minutos a toda velocidad antes de alcanzarla. Pero ahora ya no tenía pánico. En el momento en que pasó frente a la sombrilla de murciélagos, resurgieron sus fuerzas.

Arrancó un pedazo de fruta que conservaba su belleza natural y le dio un enorme mordisco.

Dulce, dulce liberación. Tom se estremeció y sollozó. Corrió.

Con una fortaleza más allá de sí mismo, corrió, adelantándose a la sombra, con la multitud de chillidos que se movía por encima. Primero cincuenta metros, después cien, luego doscientos. Pronto era una enorme nube negra muy por detrás de él.

Desde una colina pudo ver con asombrosa claridad cómo se acercaban. Desde su posición estratégica vio lo que ocurría a una nueva luz. El bosque negro estaba invadiendo al verde en una larga e interminable línea que obstaculizaba el sol y achicharraba la tierra.

Siguió corriendo, con la vista borrosa por las lágrimas, gritando de ira.

⸙

EL CIELO por encima del valle estaba vacío cuando Tom salió del bosque. En realidad era la única señal de que pasaba algo malo. En cualquier otro tiempo al menos una docena de roushes estaría flotando en lentos círculos por sobre la aldea, o retozando en el pasto con los niños. Ahora no se veía uno solo. Ninguna señal de Michal, ni de Gabil.

Abajo los aldeanos laboraban pacíficamente, ignorantes del desastre. Niños correteaban entre las cabañas, riendo alegres; madres abrazaban a sus pequeñuelos mientras les cantaban y danzaban despreocupadamente; padres volvían a contar historias de sus grandes hazañas… todos inconscientes de la masa que se avecinaba, y que pronto los destrozaría.

Tom bajó por la colina.

—Oh, Elyon —suplicó—. Por favor, te ruego, dame una salida.

Entró corriendo a la aldea, gritando a todo pulmón.

—¡Shataikis! ¡Están viniendo! ¡Todos agarren algo con qué defenderse!

Johan y Rachelle salieron hacia él brincando con sonrisas en sus rostros, saludando con entusiasmo.

—¡Thomas! —exclamó Rachelle—. Estás aquí.

—¡Rachelle! —gritó Tom corriendo hacia ella—. Rápido, tienes que protegerte.

Tom miró hacia la colina arriba y vio la línea de murciélagos por encima de la cumbre. De repente miles de las criaturas negras rompieron filas y se precipitaron dentro del valle.

Era demasiado tarde. No había manera de defenderse. Estos no eran los fantasmas con garras imaginarias a los que habían aprendido a combatir con fantásticas patadas aéreas. Igual que Tanis, serían vapuleados por las bestias sanguinarias.

Tom dio media vuelta y les agarró las manos a los dos.

—¡Vengan conmigo! —exclamó, corriendo a toda velocidad por el sendero—. ¡Rápido!

—¡Miren! —gritó Johan.

Había visto los shataikis que venían. Tom volteó a mirar y vio los ojos desorbitados del chico enfocados en las bestias que ahora descendían en picada sobre la aldea.

—¡Al Thrall! —gritó—. ¡Al Thrall! ¡Corran!

—¡Elyon! —exclamó Rachelle corriendo a su lado, pálida—. ¡Elyon, sálvanos!

—¡Corran! —gritó Tom.

Johan seguía queriendo mirar hacia atrás, obligando a Tom a devolverse una y otra vez en el sendero.

—¡Más rápido! ¡Tenemos que llegar al Thrall!

Tom los instó a subir las gradas, dos a la vez. Detrás de ellos la aldea se llenó de gritos.

—¡No regresen a ver! ¡Corran, corran, corran! —siguió gritando Tom al tiempo que los empujaba rudamente por los portones y miraba hacia atrás.

No menos de cien mil de las bestias bajaban en picada a la aldea, con las garras extendidas. Los gritos de los aldeanos eran sofocados por los chillidos agudos de miles de gargantas abiertas de los shataikis. Garras intentaban golpear como hoces; colmillos rechinaban hambrientos en expectativa de carne.

A la derecha de Tom, un shataiki descendió sobre un niño que huía calle abajo. Cayó a tierra, ahogado por una docena de murciélagos, que hundieron sus garras en la carne fresca. Los gritos del muchacho se confundieron con los chillidos de los shataikis.

A no menos de diez pasos del niño una mujer agitaba salvajemente las manos hacia dos bestias que se le habían adherido de la cabeza y le roían el cráneo. La mujer daba vueltas, gritando, y a pesar de la sangre que le cubría el rostro, Tom la reconoció. Karyl.

Tom gimió conmocionado. En toda la aldea los indefensos caían presa fácil ante los sanguinarios shataikis.

Y seguían llegando. Ahora el cielo estaba negro con cientos de miles de las criaturas, que entraban al valle por las colinas. Él sabía que lo mismo estaba ocurriendo en cada aldea.

Tom cerró de golpe los gigantescos portones. Corrió el enorme pasador y se volvió a Rachelle y Johan, quienes estaban sobre el piso verde, agarrándose inocentemente las manos.

—¿Qué está sucediendo? —inquirió Rachelle con voz temblorosa, sus bien abiertos ojos fijos en Tom—. ¡Tenemos que luchar!

Tom corrió por el piso y cerró los portones traseros que llevaban a una entrada exterior.

—¿Son estas las únicas dos entradas? —exigió saber él.

—¿Qué es…?

—¡Dime!

—¡Sí!

Ningún shataiki podría entrar al Thrall sin derribar los portones. Se devolvió.

—Óiganme —pidió, e hizo una pausa para recobrar energía—. Sé que esto les va a parecer extraño, y quizá no sepan de qué estoy hablando, pero hemos sido atacados.

—¿Atacados? —preguntó Johan en tono de broma—. ¿Atacados de verdad?

—Sí, atacados de verdad —contestó él—. Los shataikis han salido del bosque negro.

—Eso no... ¡eso no es posible! —exclamó Rachelle.

—Sí, sí lo es. Posible y real.

Tom fue hasta los portones frontales y las examinó. Apenas podía oír los sonidos del ataque más allá de las paredes del Thrall. Rachelle y Johan se quedaron quietos, agarrados de la mano, en el centro del piso color verde jade donde habían realizado miles de danzas. No tenían manera de entender realmente lo que estaba ocurriendo afuera. No tenían idea de cuán dramáticamente había cambiado para siempre en tan sólo unos instantes el mundo colorido que habían conocido.

Tom caminó hacia ellos y les puso los brazos sobre los hombros. Luego se evaporó la adrenalina que lo hizo correr por el bosque y entrar a este enorme salón. La plena comprensión de la catástrofe que sacudía la tierra más allá de las pesadas puertas del Thrall cayó sobre él como diez toneladas de cemento. Inclinó la cabeza y trató de mantenerse fuerte.

Rachelle le puso una mano en el cabello y lo acarició lentamente.

—Tranquilo, Thomas —lo consoló—. No llores. Todo saldrá bien. La Concurrencia será dentro de poco tiempo.

La desesperación recorrió el pecho de Tom como una inundación. Estaban perdidos. Se obligó a mantener una apariencia de control. ¿Cómo pudo Tanis haber sido engañado tan fácilmente? ¡Qué necio había sido aun de *escuchar* a la tenebrosa bestia! Aun de acercarse al bosque negro.

—No llores, por favor —suplicó Johan—. No llores, por favor, Thomas. Rachelle está bien. Todo saldrá bien.

PASÓ UNA angustiosa media hora. Rachelle y Johan intentaron hacerle preguntas acerca de la situación.

—¿Dónde están los demás? ¿Qué haremos ahora? ¿Cuánto tiempo nos quedaremos aquí? ¿Dónde viven esas criaturas negras?

Cada vez, Tom encogía los hombros mientras caminaba por el inmenso espacio. El salón verde se convertiría en su ataúd. Si contestaba a Rachelle o a Johan, era con una sosa expresión de desaliento. ¿Cómo podía explicarles esta traición? No podía. Tendrían que descubrirla por sí mismos. Por ahora su único objetivo era sobrevivir.

Al principio los ataques de los shataikis llegaron en oleadas, y en cierto momento pareció como si hasta la última de las inmundas bestias hubiera descendido sobre la cúpula, golpeando y arañando furiosamente para tratar de entrar. Pero no pudieron.

Debió haber pasado una hora antes de que Tom notara el cambio. Estuvieron sentados en silencio por más de diez minutos sin un ataque.

Tom se paró temblando y atravesó el suelo hacia los portones del frente. Silencio. O los murciélagos se habían ido o esperaban callados afuera sobre el techo, listos a atacar en el momento en que se abrieran los portones.

Tom enfrentó a Rachelle y Johan, quienes aún después de todo este tiempo permanecían en el centro del piso verde. Era hora de decirles.

—Tanis bebió el agua —anunció escuetamente.

Se pusieron tensos y lanzaron gritos de angustia. Bajaron juntos las cabezas, obviamente sin haber experimentado antes las nuevas emociones de tristeza que los recorrían. Ellos sabían lo que esto significaba, por supuesto. No de manera específica, pero en general sabían que algo muy malo había sucedido. Era la primera vez que algo malo les había ocurrido a cualquiera de ellos.

En silencio les comenzaron a temblar los hombros, suavemente al principio, pero luego con mayor fuerza hasta que ya no pudieron estar de pie, luego se abrazaron y sollozaron.

El ardor de las lágrimas regresó a los ojos de Tom. ¿Cómo pudo de alguna manera haber sucedido tal tragedia? Permanecieron abrazados y llorando por mucho tiempo.

—¿Qué haremos? ¿Qué vamos a hacer? —preguntó Rachelle varias veces—. ¿No podemos ir al lago?

—No sé —respondió Tom suavemente—. Creo que todo ha cambiado, Rachelle.

—¿Por qué hizo Tanis eso cuando Elyon nos ordenó que no lo hiciéramos? —cuestionó Johan con el rostro surcado por lágrimas, mirando a Tom.

—No lo sé, Johan —contestó Tom, agarrando la mano del muchacho—. No te preocupes. El planeta pudo haber cambiado, pero Elyon nunca cambia. Sólo tenemos que encontrarlo.

—¡Elyon! —clamó Rachelle inclinando la cabeza y levantando las manos, con las palmas hacia arriba—. Elyon, ¿puedes oírnos?

Tom miró sin esperanzas.

—Elyon, ¿dónde estás? —volvió a clamar Rachelle; bajó las manos y miró descorazonada a Tom y a Johan—. Es diferente.

—Todo es diferente ahora —asintió él, y miró el techo verde redondo; *menos el Thrall*—. Esperaremos hasta la mañana y luego, si parece seguro, intentaremos hallar a Elyon.

33

LA NOCHE había sido una agonía total para Tom. Despertó gritando, empapado en sudor frío, a las dos de la mañana. No pudo volver a dormir, y no podía hablarle a Kara de la pesadilla. Apenas lograba comprender por sí mismo lo que significaba todo. Las imágenes del negro muro de murciélagos extendiéndose por la tierra y luego irrumpiendo en la aldea flotaban sobre él como una pesada capa empapada.

Las primeras horas de la madrugada habían sido una tortura, aliviadas en parte sólo por la aparición de una nueva distracción.

—¿Tenemos acceso a la Internet? —preguntó a Kara a las seis.

—Sí. ¿Por qué?

—Necesito una distracción. Quién sabe, quizá un pequeño curso intensivo en sobrevivencia pueda ayudar en la tierra de los murciélagos.

Ella lo miró desconcertada.

—¿Qué pasa? —indagó él.

—Creí que estábamos más interesados en cómo esa realidad podría salvar este mundo que en cómo construir armas a fin de liquidar algunos murciélagos negros para Tanis.

Si sólo ella supiera. No podía contárselo, no todavía. Ella no entendería lo totalmente real que se sintió todo.

—Necesito una distracción —explicó él.

—Yo también —afirmó ella.

Pasaron las siguientes tres horas mirando en *Yahoo*. Temas que Tom creyó que vendrían a la mano. Tal vez Tanis andaba tras algo con esta idea de construir armas. Si tenían razón, las únicas cosas que eran transferibles entre las realidades eran destrezas y conocimiento. Él no podía llevar consigo una pistola, pero podía llevar el conocimiento de *cómo* construir una, ¿o no?

—¿Qué buen plan es fabricar una pistola si no tienes metal con qué hacerla? —inquirió Kara—. ¿Aguantará una explosión la madera?

—No sé.

Él dudaba que hubiera quedado algo más de madera a la que pudiera dar nueva forma. O alguien que pudiera hacerlo. Hizo clic en la página de armas y buscó lo básico. Cómo encontrar hierro y cómo darle forma. Espadas. Venenos. Técnicas de sobrevivencia. Estrategia de combate. Tácticas de batalla.

Pero al final llegó a la horrible conclusión de que hiciera lo que hiciera, la situación en el bosque colorido (¿o ahora todo era negro?) definitivamente era desesperada.

Las cosas aquí difícilmente eran mejores. Ellos habían probado que la variedad Raison podía mutar en un virus muy nocivo, y nadie parecía querer asegurarse que no fuera así. Es cierto, en menos de un día él bajó en helicóptero con Muta, halló a Monique, apenas escapó, y finalmente confirmó la realidad de la variedad Raison, pero Tom aún sentía como que nada estuviera ocurriendo. Si Merton Gains cumplía con su magia prometida, lo hacía de forma muy lenta.

Jacques de Raison entró al salón a media mañana, y Tom habló antes de que el francés pudiera explicar su presencia.

—Me siento como un animal encerrado en una jaula —indicó Tom—. Ando alrededor como un idiota bajo este arresto domiciliario mientras ellos se sientan y hablan acerca de qué hacer.

—Levantaron el arresto domiciliario —informó Raison—. A petición mía.

—¿De veras? —exclamó Tom mirando al demacrado gigante de la farmacéutica—. ¿Cuándo?

—Hace una hora.

—¿Y ahora me lo hace saber?

El hombre no contestó.

—Necesito un teléfono celular —pidió Tom—. Y nuevos números telefónicos. ¿Puede usted hacer eso?

—Creo que eso se puede disponer.

—¿Está aún allí nuestro auto?

—Sí. En el estacionamiento.

—¿Puede hacerlo traer? Kara, ¿estás lista para salir?

—No hay nada que alistar. ¿Adónde vamos?

—A cualquier parte que no sea aquí. Sin ofender, Jacques, pero simplemente no puedo quedarme aquí sentado. Estoy libre para irme, ¿verdad?

—Sí, pero aún estamos buscando a mi hija. ¿Y si lo necesitamos a usted? El ministro Gains podría llamar en cualquier momento.

—Por eso necesito un celular.

⋘⋙

LOS PIES les taconearon en el piso del vestíbulo del Sheraton. Tom presionó pacientemente el teléfono celular a su oído, examinando la habitación. Cientos de personas deambulaban por el magnífico patio central, sin ninguna idea de que el joven estadounidense llamado Thomas Hunter y la hermosa rubia a su lado estaban negociando el destino del mundo.

Patricia Smiley volvió a contestar la línea por cuarta vez en la última media hora. Tom la estaba enfureciendo, pero a él no le importaba.

—Soy Thomas Hunter otra vez —informó—. Por favor, dígame que él no está en una reunión o en el teléfono.

—Lo siento, Sr. Hunter, ya le dije antes que él está al teléfono.

—¿Puedo ser franco? Usted no parece sentirlo, Patricia. ¿Le dijo que yo estaba al teléfono? Él está esperando mi llamada. ¿Le dijo que me encontraba en Bangkok? Comuníqueme con él; ¡me estoy acabando aquí!

—Levantar la voz no…

La voz femenina se silenció. Ella habló con alguien en la oficina.

—Lo comunicaré ahora, Sr. Hunter.

Clic.

—¿Alo? —inquirió él; ¿se habría atrevido ella a colgarle?—. No se atreva a colgarme, usted…

—¿Thomas?

Merton Gains.

—Oh. Lo siento, señor. Sólo que estaba en el teléfono con…

Se interrumpió.

—No importa eso. Lamento no haber podido comunicarme antes, pero he estado despejando mi agenda. ¿Lo espero a las diez esta noche?

Tom se detuvo.

—¿Qué pasa? —quiso saber Kara a su lado.

—¿Cómo así a las diez?

—Espéreme. Mi vuelo sale en una hora. Llevaré conmigo al director de la CIA. Aún tenemos que hacer algunas llamadas, pero creemos que podemos conseguir también allí a la Inteligencia Australiana, Scotland Yard y a los españoles. Diez o quince personas. No es exactamente una conferencia cumbre, pero es un principio.

—¿Para qué? ¿Por qué?

El teléfono silbó.

—Por usted, muchacho. Quiero que tenga todo listo, ¿de acuerdo? Todo. Cuénteles todo el asunto, de principio a fin. Tendré allí a Jacques de Raison para que presente sus hallazgos sobre el virus. Tendré en el avión a un representante de los CDC para que oiga esos hallazgos. El presidente me concedió discreción en esto, así que la estoy ejerciendo. A partir de este momento tratamos esto como una verdadera amenaza. Con un poco de suerte tendremos la atención de algunos otros países antes que termine el día. Créame, los necesitamos. No tengo muchos creyentes aquí en casa.

—¿Quiere usted que presente esto en la reunión?

—Quiero que les diga lo que me informó. Explicar sueños no es algo que me llega de manera natural.

—Puedo hacer eso —asintió Tom; no estaba seguro de poder hacerlo, pero ellos estaban más allá de consideraciones insignificantes—. Y alguien está localizando a Svensson, ¿correcto? Es necesario detenerlo.

—Estamos trabajando en eso. Pero aquí tratamos con leyes internacionales. Además Svensson es un hombre poderoso. No es sencillo atacarlo sin tener evidencia.

—¡Tengo evidencia!

—No la tiene según el entendimiento de ellos. Él aceptó conceder mañana una entrevista. No se preocupe, tenemos un equipo terrestre visitándolo en algunas horas. Montarán vigilancia. No irá a ninguna parte.

—Eso podría ser demasiado tarde.

—¡Por el amor de Dios, Thomas! Usted quiere rapidez; ¡esto *es* rapidez! Tengo que abordar un vuelo. Daré instrucciones a mi secretaria de que conecte sus llamadas. Usted está en el Sheraton, ¿correcto?

—Correcto.

—Diez en punto en el Sheraton. Tendré reservado un salón de conferencias —informó Merton Gains, luego hizo una pausa—. ¿Ha... sabido algo más?

La pesadilla recorrió la mente de Tom. La caída. Una sensación de muerte inminente se le asentó en el estómago como un ladrillo de plomo.

—No.

—Bien.

—Está bien.

Colgó.

—¿Qué pasa? —preguntó Kara—. ¿Viene para acá?

—Está viniendo. Con un séquito. Diez de la noche.

—Dentro de doce horas. ¿Qué sucede en las próximas doce horas? Les vas a dar información, ¿de acuerdo? Así que necesitamos más datos.

De repente Tom sintió desmayarse. Náuseas. Se sentó en una silla en el comedor al aire libre y miró hacia el vestíbulo.

—¿Thomas? —exclamó Kara arrastrando una silla frente a él—. ¿Qué pasa?

—Tenemos un problema, Kara —señaló él, frotándose las sienes.

—¿Por qué dices eso? Finalmente ellos están empezando a escuchar.

—No, no es con ellos. Conmigo. Con cualquier cosa que me esté sucediendo.

—¿Tus sueños?

—El bosque colorido se ha venido abajo —advirtió él.

—¿Qué... qué quieres decir?

—El bosque colorido. Ya no es colorido. Los murciélagos han atravesado el río y han atacado...

Tom se quebrantó.

Ella lo miró como si él se hubiera desquiciado.

—¿Es eso... posible?

—Sucedió.

—¿Qué quiere decir eso?

—¡No lo sé! —gritó él golpeando la mesa con la mano.

Los platos sonaron. Una pareja sentada dos mesas más allá volteó a mirar.

—No lo sé —repitió, esta vez en voz más baja—. Ese es el problema.

Hasta donde sé, ni siquiera regresaré. Y si regreso, no tengo idea de cómo será la tierra.

—¿Es malo eso?

—No te puedes imaginar.

—Esto explica tu repentino interés en armas.

—Supongo.

—¡Entonces tienes que dormir! No puedes reunirte aquí con esas personas sin saber lo que está ocurriendo allá. Todo nuestro caso depende de este… de estos sueños tuyos. ¿Estás diciendo que se acabó? ¡Tenemos que hacerte dormir!

—¡No voy a *decirles* lo que está ocurriendo allá! —afirmó él—. Eso es entre nosotros, Kara. Ya es bastante nocivo hablar de lo que descubrí en mis sueños, pero no hay manera de que pueda darles nada específico. ¡Me encerrarán!

—Pero aún tienes que saber. Por tu bien.

Se quedaron en silencio por un momento. Ella tenía razón… él debía averiguar si podía regresar. Tenían doce horas.

—Cuéntame lo que pasó —pidió Kara tranquilamente—. Quiero saberlo todo.

Tom asintió. Ya hacía tiempo que le contaba todo.

—Me llevará un buen rato.

—Tenemos tiempo.

⸙

DOCE HORAS vinieron y se fueron, y Svensson no había obligado a Monique a cambiar de opinión como prometió. Pero una mirada al rostro de él cuando abrió la puerta de la celda de paredes blancas en que ella se encontraba, y Monique sospechó que eso estaba a punto de cambiar.

La habían trasladado durante la noche. Ella no tenía idea por qué o dónde. Lo que sí sabía era que el plan se desenvolvía alrededor de que ella había sido el objeto de inmensa planificación y previsión. Monique había captado suficiente entre líneas para concluir todo eso.

Los virólogos habían especulado por muchos años que un día un arma biológica cambiaría la historia. En previsión de ese día, Valborg Svensson había desarrollado planes exhaustivos. Tropezar con el virus Raison pudo haber sido una casualidad, pero no lo era para nada lo que ahora iba a hacer con él. Había invertido en una enorme red de informantes para que al primer indicio del virus correcto él pudiera abalanzársele encima. Es más, tenía muchos cientos de científicos trabajando para él.

Monique pensó que este tipo parado en la puerta del cuarto blanco de ella era un hombre brillante. Y tal vez loco de remate.

—Hola, Monique. Confío en que te hayamos tratado bien. Mis disculpas por cualquier incomodidad, pero eso cambiará ahora. Lo peor ya pasó, lo prometo. A menos, por supuesto, que te niegues a cooperar, pero eso está fuera de mi control.

—No tengo intención de cooperar —objetó ella.

—Sí, bueno, eso se debe a que aún no sabes.

Ella no le dio gusto al hacerle la obvia pregunta.

—¿Te gustaría saber?

Aún no tuvo respuesta. Él sonrió.

—Tienes mucha firmeza de carácter; me gusta eso. Lo que no sabes es que exactamente en catorce horas nosotros… sí, nosotros, pues desde luego que no estoy sólo en esto, para nada, aunque me gustaría creer que represento un papel importante… vamos a liberar la variedad Raison en doce naciones principales.

La visión de Monique se nubló. ¿Qué estaba diciendo este tipo? Seguramente no estaba planeando…

—Sí, exactamente. Con o sin antivirus, el reloj empieza la cuenta regresiva dentro de catorce horas —anunció con una amplia sonrisa—. Asombroso, ¿no es cierto?

—Usted no puede hacer eso…

—Eso es lo que manifestaron algunos de los otros. Pero prevalecimos. Es la única manera. El destino del mundo está ahora en mis manos, querida Monique. Y en las tuyas, por supuesto.

—¡El virus podría exterminar con la población del planeta!

—Ese es el punto. La amenaza tiene que ser verdadera. Sólo un antivirus puede salvar a la humanidad. Confío en que te gustaría ayudarnos a crear ese antivirus. Ya tenemos un buen inicio, debo decir. Quizá ni siquiera te necesitemos. Pero tu nombre está en el virus. Parece apropiado que también esté en la cura, ¿no crees?

34

LO PRIMERO que Tom comprendió fue que había regresado. Estaba despertando en el Thrall con Rachelle y Johan enroscados a sus pies. Había soñado con Bangkok y se alistaba a reunirse con algunas personas que finalmente estaban dispuestas a considerar la variedad Raison.

Habían pasado la noche acurrucados juntos en el piso del Thrall. La noche parecía más fría de lo normal. La depresión flotaba en el salón como una niebla espesa. Rachelle hasta había tratado de danzar una vez, pero no logró encontrar el ritmo adecuado. Renunció y se volvió a sentar, con la cabeza entre las manos. Pronto se quedaron en silencio y se pusieron a dormir.

En algún momento en medio de la noche fueron despertados por unos arañazos en el techo, pero el sonido pasó a los pocos minutos y se las arreglaron para volver a dormir.

Tom fue el primero en despertar. Los rayos de la mañana iluminaban la traslúcida cúpula. Se paró en silencio, caminó hasta los enormes portones, y presionó el oído contra la brillante madera. Si algún ser vivo estuviera esperando detrás de los portones, no hacía ruido. Satisfecho, atravesó corriendo el salón hasta una puerta lateral que Rachelle afirmó que conducía a un depósito. La abrió y descendió un corto tramo de gradas hasta un cuartito de almacenamiento.

En la pared opuesta había un envase transparente que contenía como una docena de piezas de fruta. Un poco de pan. Bien. Cerró la puerta y volvió a subir la escalera.

Rachelle y Johan aún dormían, y Tom decidió dejarlos dormir tanto como pudiera. Fue hasta los portones principales y volvió a pegar el oído a la madera.

Esta vez escuchó durante todo un minuto. Nada.

Quitó el pasador y abrió el portón, en parte esperando oír una inesperada ráfaga de alas negras. En vez de eso sólo oyó el suave chirrido de las bisagras. El aire matutino permanecía absolutamente en calma. Abrió el portón un poco más y miró alrededor con precaución. Entrecerró los ojos en la brillante luz y rápidamente examinó la aldea por si había shataikis.

Pero no había ninguno. Contuvo el aliento e ingresó al pútrido aire de la mañana.

La aldea estaba desierta. Ni un alma, viva o muerta, ocupaba las calles una vez animadas. No había cuerpos muertos como había esperado. Sólo manchas de sangre que empapaban el suelo. Tampoco había shataikis posados en los techos, esperando que él saliera de la seguridad del Thrall. Giró la mirada hacia el techo de la edificación, pensando en los arañazos durante la noche. Todavía sin murciélagos.

Sin embargo, ¿dónde estaban las personas?

Según parece hasta los animales habían huido del valle. Los edificios ya no brillaban. Toda la aldea parecía como si la hubiera cubierto una enorme cantidad de ceniza gris.

—¿Qué sucedió? —preguntaron Rachelle y Johan estupefactos.

—Adentro se puso negro —informó Johan con ojos desorbitados, pasando a Tom.

Él tenía razón; la madera en el interior también había perdido su brillo. De alguna manera la debió haber afectado el aire que él dejó entrar al abrir el portón. Se volvió a la escena ante él.

Tom sintió náuseas. Atemorizado. Su pulso empezó a palpitar continuamente y con severidad. ¿Había entrado de alguna manera la maldad en él, o sólo estaba aquí afuera en esta forma física? ¿Y los demás?

—¡Todo está cambiado! —lloró Rachelle.

Ella agarró el brazo de Tom con un apretón firme y tembloroso. ¿Asustada? La joven había conocido la cautela. Pero ¿el miedo? Por tanto ella también sentía los efectos del drástico cambio incluso sin llegar a desfallecer.

—¿Qué... qué le ocurrió a la tierra? —indagó Johan.

Los prados que rodeaban la aldea ahora eran negros. Pero el cambio más marcado en la tierra era el bosque y el borde del prado. Los árboles estaban todos achicharrados, como si un inmenso incendio hubiera asolado la tierra.

Lobreguez.

Por un prolongado tiempo se quedaron quietos, paralizados por la escena ante ellos. Tom miró a su izquierda donde el sendero zigzagueaba sobre tierra chamuscada hacia el lago. Colocó los brazos alrededor de Johan y Rachelle.

—Deberíamos ir al lago.

—¿No podemos comer primero? —sugirió Rachelle mirándolo—. Me muero de hambre.

Los ojos de ella. No eran verdes.

Él bajó los brazos y tragó saliva. Los espejos esmeraldas del alma en ella ahora tenían un tono grisáceo blancuzco. Como si hubieran contraído un estado avanzado de cataratas.

Tom necesitó de cada onza de su serenidad para no angustiarse. Retrocedió con cautela. El rostro de ella había perdido el brillo y la piel se había resecado. Finas líneas se marcaban en los brazos de la joven.

Y Johan… ¡le pasaba lo mismo!

Tom giró y se miró el brazo. Reseco. Sin dolor, sólo completamente reseco. Le aumentó la náusea en el estómago.

—¿Comer? ¿No quieren ir primero al lago?

Él esperó una respuesta, temeroso de enfrentarlos. Temeroso de mirarlos a los ojos. Temeroso de preguntar si los ojos de él también eran grises.

Ellos no estaban reaccionando. También estarían asustados. Le habrían visto los ojos y se hallaban tan asombrados que se quedaron sin habla. Estaban parados en las gradas del Thrall, avergonzados y callados. Tom seguramente sintió…

Oyó un chasquido de labios como si alguien se relamiera y volteó a mirar, temiendo que fueran murciélagos. Pero no eran murciélagos. Eran Rachelle y Johan. Habían descendido los peldaños y se embutían en la boca frutas que él no había visto.

¿Fruta de quién? Todo lo demás aquí parecía estar muerto.

De Teeleh.

—¡Esperen! —gritó bajando los peldaños en largos saltos, corrió hacia Rachelle, y le quitó la fruta de la boca.

Ella giró y le asestó un golpe, tenía la mano doblada firmemente y los dedos curvados para formar una garra.

—¡Déjame! —gruñó ella, vomitando jugo.

Tom se tambaleó aterrado. Se tocó la mejilla y alejó la mano ensangrentada. Rachelle arrebató otra fruta y se la metió a la boca.

Él cambió la mirada hacia Johan, quien no les hacía ningún caso. Masticaba codiciosamente la pulpa de una fruta como un perro hambriento sobre una comida.

Tom retrocedió hacia las gradas. Esto no podía estar sucediendo. Johan menos que nadie. Él era el niño inocente que sólo ayer caminaba absorto alrededor de la aldea pensando en zambullirse en el seno de Elyon. ¿Y ahora esto?

Y Rachelle. Su querida Rachelle. La hermosa Rachelle, quien podía pasar innumerables horas danzando en los brazos de su amado Creador. ¿Cómo se pudo haber convertido tan fácilmente en esta fiera gruñona y desesperada con ojos marchitos y piel escamosa?

Un aleteo sobresaltó a Tom. Giró la cabeza hacia la ennegrecida entrada del Thrall. Michal se posó en la barandilla.

—¡Michal!

Tom saltó hacia las gradas.

—¡Gracias a Dios! ¡Gracias a Dios, Michal! Yo…

Las lágrimas le nublaron la vista.

—¡Es terrible! Es…

Se volvió hacia Rachelle y Johan, quienes devoraban rápidamente la fruta esparcida abajo.

—¡Míralos! —exclamó, estirando un brazo en dirección a ellos—. ¿Qué está sucediendo?

Incluso mientras lo expresaba sintió un repentino deseo de refrescar su propia garganta con la fruta.

Michal miró al frente, considerando la escena con serenidad.

—Están acogiendo la maldad —comentó tranquilamente.

Tom sintió que comenzaba a calmarse. La fruta se veía exactamente como cualquier fruta que había comido en la mesa dispuesta por Karyl. Estimulante, dulce. Se estremeció con creciente desesperación.

—Se han desquiciado —objetó en voz baja.

—Perspicaz. Están en estado de conmoción. No siempre será así de malo.

—¿Conmoción? —se oyó decir Tom, pero sus ojos estaban fijos en el último pedazo de fruta, al cual Rachelle y Johan se dirigían.

—Conmoción de la naturaleza más grave —opinó Michal—. Ya probaste antes la fruta. Su efecto no es tan impresionante para ti, pero no creas que eres diferente de ellos.

Johan llegó primero a la fruta, pero su hermana más alta rápidamente lo sobrepasó. Se puso una mano en la cadera y dirigió la otra hacia la fruta.

—¡Es mía! —gritó ella—. No tienes derecho de agarrar lo que me pertenece. ¡Dámela!

—¡No! —gritó Johan, los ojos se le salían de las órbitas en un rostro colorado como un tomate—. Yo la hallé. ¡Me la comeré!

Rachelle saltó sobre su hermano menor con las uñas extendidas.

—Se van a matar entre sí —señaló Tom.

Se dio cuenta de que en realidad estaba menos horrorizado que asombrado. Darse cuenta de esto lo aterró.

—¿Con sus propias manos? Lo dudo. Sencillamente mantenlos alejados de cualquier cosa que se pueda usar como arma —manifestó el roush con la mirada en blanco—. Y llévalos al lago tan pronto como puedas.

Rachelle y Johan se separaron y se pusieron a dar vueltas con recelo. Tom vio por el rabillo de los ojos una pequeña nube negra que se acercaba. Pero mantuvo la mirada en la fruta empuñada por Johan. En realidad debería correr allí y agarrarla. Ellos habían comido más que suficiente. ¿Correcto?

Tom lanzó una mirada de costado a Michal. El roush tenía la mirada fija en el cielo.

—Recuerda, Thomas. El lago —expresó, saltó al aire y se fue.

—¿Michal? —exclamó Tom mirando el cielo que había despertado el interés del roush.

La nube negra se extendía sobre los árboles ennegrecidos. ¡Shataikis!

—¡Rachelle! —gritó.

Estas bestias negras lo aterraban más ahora de lo que lo aterraron en el bosque negro.

—¡Rachelle!

Bajó de un salto las gradas y agarró primero a Rachelle y luego a Johan por los brazos, casi levantándolos del suelo. Miró el horizonte, sorprendido

de lo cerca que habían llegado los shataikis. Sus chillidos de alegría resonaban en el valle.

Rachelle y Johan también los habían visto y corrieron de buen agrado.
Pero las fuerzas los habían abandonado, y prácticamente Tom tuvo que
arrastrarlos escaleras arriba dentro del Thrall. Incluso soltando finalmente a
Rachelle, quien subió a tropezones los peldaños; se las arreglaron para entrar
al Thrall y cerrar a empellones los portones cuando el primer shataiki se dio
de lleno contra la pesada madera. Luego llegaron, chillando y golpeando,
uno tras otro.

Tom se echó para atrás, revisó que el portón estuviera asegurado, y se
sentó, jadeando. Rachelle y Johan se quedaron inmóviles a su derecha. Él no
tenía idea de cómo seguir la última solicitud de Michal. Sería bastante difícil
escabullirse hasta el mismo lago sin ser visto. Con Rachelle y Johan en su
actual estado catatónico sería imposible.

Ninguno de los dos se movía en la tenue luz del Thrall. El piso una vez
brillante era un oscuro bloque de madera fría. Los elevados pilares se alzaban
ahora como tenebrosos fantasmas en las sombras. Solamente la débil luz que
se filtraba por la aún traslúcida cúpula permitía ver a Tom.

Dio la vuelta y se levantó. Los shataikis todavía azotaban el portón con
insistencia, pero el período entre golpes comenzó a alargarse. Él dudó que
las bestias encontraran una manera de irrumpir en el edificio. Pero no eran
los shataikis lo que más temía al momento. No, eran los dos humanos a sus
pies quienes le hacían correr escalofríos por la espina dorsal. Y él mismo.
¿Qué les estaba sucediendo?

La fruta en el depósito. Tom bajó los peldaños hacia allá. ¿Había el aire
destruido también la fruta? En realidad, ahora que pensaba al respecto, no
había ennegrecido la fruta en el bosque que caía al suelo mientras él pasaba
corriendo. No inmediatamente.

Llegó a la puerta y se detuvo. Esta estuvo cerrada antes de que abrieran
los portones principales del Thrall. Si la abría, ¿destruiría la fruta el aire que
ahora había en el Thrall?

Tendría que correr ese riesgo. Abrió la puerta, entró y la cerró detrás de
él. El envase estaba en la pared opuesta. Llegó hasta allí de un salto, agarró
una fruta, e inmediatamente taponó el envase con un trapo. No tenía idea
si esto funcionaría, pero nada más le vino a la mente.

Tom levantó la fruta roja y dejó escapar una bocanada de aire.

Aire malo, pensó. *Demasiado tarde.*

La fruta no se marchitó en su mano. ¿Cuánto tiempo duraría?

Se llevó la fruta a la boca y la mordió. El jugo le corrió por la lengua, el mentón. Le bajó por la garganta.

El alivio fue instantáneo. Suaves espasmos le recorrieron el estómago. Cayó de rodillas y arremetió contra la dulce pulpa.

Había comido la mitad de la fruta antes de recordar a Rachelle y Johan. Agarró una fruta anaranjada del envase, volvió a meter el trapo en su cuello, y subió las escaleras.

Rachelle y Johan aún yacían en el suelo como trapos viejos.

Se puso de rodillas e hizo girar de espaldas a Rachelle. Le puso la fruta directamente sobre los labios y la exprimió. La cáscara de la fruta anaranjada se partió. Un chorro de jugo le bajó a Tom por el dedo y fue a parar a los labios resecos de ella. La boca se llenó con el líquido y ella gimió. El cuello se le arqueó cuando el néctar entraba en la garganta. En una larga exhalación sacó el aire de los pulmones y abrió los ojos.

Al ver la fruta en la mano de Tom con un destello de desesperación, se irguió, se la arrebató y empezó a devorarla. Tom rió y presionó su fruta medio comida en la boca de Johan. En el instante en que los ojos del jovencito se abrieron agarró la fruta y la mordió intensamente. Sin hablar consumieron con voracidad pulpa, semillas y jugo.

Si Tom no se equivocaba, algo de color les había vuelto a la piel y las cortadas que habían sufrido durante su discusión ya no eran tan rojas. La fruta aún conservaba el poder.

—¿Cómo se sienten, muchachos? —les preguntó, mirando al uno y a la otra.

Los dos lo miraron con ojos sin brillo. Ninguno habló.

—Por favor, los necesito conmigo aquí. ¿Cómo se sienten?

—Bien —contestó Johan.

Rachelle aún no respondió.

—Tenemos más, más o menos una docena.

Aún ninguna respuesta. Debía llevarlos al lago. Y para hacer eso tenía que mantenerse cuerdo.

—Ya regreso —expresó.

Los dejó con las piernas cruzadas en el suelo y volvió al sótano, donde se comió otra fruta entera, un néctar blanco delicioso que creyó que se llamaba sursak.

Quedaron once. Al menos no se estaban pudriendo tan rápido como temió. Si Rachelle y Johan mostraban algún indicio de deterioro, les daría más, pero no había seguridad de que hallaran ninguna otra. No podían malgastar ni una sola.

Las pocas horas siguientes pasaron casi sin intercambiar palabra entre ellos. Los ataques al portón se habían detenido por completo. Tom probó su paciencia con inútiles intentos de seducirlos a discutir posibles cursos de acción ahora que habían hallado un refugio temporal contra los shataikis. Pero sólo Johan participó, y entonces en una manera que hizo a Tom desear que no lo hubiera hecho.

—Tanis tenía razón —soltó Johan—. Debimos haber acometido una expedición preventiva para destruirlos.

—¿Se te ha ocurrido que eso es lo que él estuvo haciendo? Pero evidentemente no funcionó, ¿verdad?

—¿Qué sabes tú? *Me* habría pedido que fuera con él si iba a la batalla. ¡Me prometió que yo dirigiría un ataque! ¡Y yo lo habría hecho!

—No sabes lo que estás diciendo, Johan.

—Quisiera haber seguido a Tanis. ¡Mira adónde nos llevaste!

Tom no quería pensar que esta línea de razonamiento manejara al muchacho. Se alejó y acabó la conversación.

A las dos horas de insoportable silencio, Tom observó el cambio en Rachelle y Johan. Les estaba volviendo a la piel la grisácea palidez. Se agitaban más con cada hora que pasaba, y se rascaban la piel hasta hacerla sangrar. Otra hora después sus cuerpos estaban cubiertos de diminutas escamas, y Johan se había restregado el brazo izquierdo de modo salvaje. Tom dio una fruta a cada uno, y se comió otra. Ahora les quedaban ocho. A esta velocidad no les iban a durar todo el día.

—Muy bien, intentaremos llegar al lago.

Agarró a ambos por sus túnicas y les ayudó a levantarse. Bajaron la cabeza y se arrastraron hacia la entrada trasera sin protestar. Pero no parecía haber una gota de emoción en ellos. ¿Por qué tan renuentes a regresar al Elyon por el que una vez estuvieron tan deseosos?

—Bueno, cuando salgamos, no quiero ninguna pelea o algo estúpido. ¿Entienden? No parece haber murciélagos negros afuera, pero no quiero atraer a ninguno, así que permanezcan en silencio.

—No tienes que ser tan exigente —opinó Rachelle—. No es como si fuéramos a morir o algo así.

Esa fue le primera frase completa que ella había pronunciado en horas, y sorprendió a Tom.

—¿Es eso lo que crees? La realidad es que ustedes ya están muertos.

Ella frunció el ceño pero no discutió.

Tom presionó el oído contra el portón. No había señales de los shataikis. Abrió, aún sin oír nada, y salió.

Se pararon en el umbral y miraron la aldea vacía por segunda vez ese día. Los murciélagos se habían ido.

—Muy bien, vamos.

Atravesaron la aldea y subieron la colina en silencio. Una inquietante sensación de muerte flotaba en el aire al pasar los árboles que majestuosos se proyectaban tétricos y sin hojas contra el cielo. Había desaparecido el sonido burbujeante de aguas caudalosas. Una zanja enlodada corría ahora cerca del sendero donde fluyera el río que provenía del lago. ¿Habían esperado demasiado? Sólo habían pasado unas horas desde que Michal les instara a ir al lago.

Leones y caballos ya no se alineaban en el camino. Flores ennegrecidas se encorvaban hacia el suelo, dando la apariencia de que un leve viento podría destrozar sus tallos y enviarlas desmenuzadas a unirse a la achicharrada hierba sobre la tierra. No había fruta. Ninguna de toda la que Tom podía ver antes. ¿La habrían agarrado los shataikis?

Tom permanecía detrás de Rachelle y Johan, cargando el envase de fruta debajo de un brazo y en la otra mano una vara negra que había recogido. Su espada, pensó irónicamente. Esperaba que en cualquier momento una patrulla de bestias cayera en picada desde el cielo y los atacara, pero el cielo cubierto flotaba tranquilamente sobre la carbonizada arboleda. Con un ojo fijo en los cielos y el otro en los increíbles cambios en cuanto a él, Tom arreaba a Rachelle y a Johan por el sendero.

No fue sino hasta cuando se aproximaron a la curva justo antes del lago que Johan finalmente rompió el silencio.

—No quiero ir, Tom. El lago me produce miedo. ¿Y si nos ahogamos en él?

—¿Ahogarse en él? ¿Desde cuándo te has ahogado en algún lago? Eso es lo más ridículo que he oído.

Continuaron vacilantemente por la siguiente curva. El paisaje que los recibió hizo parar en seco a los tres.

Sólo un chorrito de agua caía por sobre el acantilado en una lagunita grisácea abajo. El lago se había reducido a un pequeño charco de agua. Grandes playas arenosas blancas bajaban treinta metros antes de toparse con el estanque. Ninguna clase de animal a la vista. Ni una sola hoja verde quedaba en el sombrío círculo de árboles que ahora bordeaba la reducida laguna.

—Querido Dios. Oh, amado Dios. Elyon —exclamó Tom dando un paso al frente y deteniéndose.

—¿Se ha ido? —preguntó Rachelle, mirando alrededor.

—¿Quién? —interrogó Tom distraídamente.

Ella señalaba el lago.

—Miren —dijo Johan con la mirada fija en el borde del acantilado.

Allí sobre la elevada saliente rocosa se hallaba un león solitario, observando la tierra.

El corazón de Tom palpitó con fuerza. ¿Un roushim? ¿Una de las criaturas en forma de león del lago en lo alto? ¿Y el lago en lo alto? ¿Y el muchacho?

A la magnífica bestia se le unió pronto otra. Y luego una tercera, después diez, y luego cien leones blancos, alineados a lo largo del borde de las secas cascadas.

Tom miró a sus compañeros y vio sus ojos abiertos de par en par.

Las bestias en lo alto de la caída de agua se movían ahora intranquilas. La línea se partió en dos.

El niño surgió en la separación, y Tom pensó que el corazón le dejó de palpitar ante la primera vista de la cabeza. Los leones se inclinaron sobre las rodillas y descansaron sus hocicos sobre la superficie pétrea. Entonces el pequeño cuerpo del niño llenó la posición reservada para él en el borde del acantilado. Se paró descalzo sobre la roca, vestido sólo con un taparrabos.

Por unos momentos Tom se olvidó de respirar.

Todas las bestias alineadas inclinaron las cabezas en homenaje al niño.

Este se volvió lentamente y miró sobre la tierra ante él. Sus minúsculos hombros desplomados se levantaron y cayeron lentamente. A Tom se le hizo un nudo en la garganta.

Entonces el rostro del niño se retorció de tristeza. Levantó la cabeza, abrió la boca, y clamó hacia el cielo.

Las bestias en larga línea giraron boca arriba, como una serie de dominós, lanzando un golpeteo por sobre el acantilado. Un coro de aullidos recorrió la línea.

El aire se llenó con el lamento del niño. Su melodía. Una nota larga y sostenida que derramaba dolor dentro del cañón como plomo fundido.

Tom cayó de rodillas y comenzó a jadear. Él había oído antes un sonido similar, en las entrañas del lago, cuando el corazón de Elyon irrumpía en las rojas aguas.

El niño se hundió hasta las rodillas.

Lágrimas brotaron de los ojos de Tom, volviendo borrosa la imagen de las bestias reunidas. Cerró los ojos y dejó que salieran los sollozos. No podía resistir esto. El niño tenía que detenerse.

Pero no se detuvo. El clamor seguía y seguía con implacable tristeza.

El lamento se convirtió en un quejido… un débil sonido desesperado que chillaba desde una garganta paralizada. Y luego se redujo hasta quedar en silencio.

Tom levantó la cabeza. Las bestias sobre el acantilado se quedaron en silencio pero seguían boca abajo. El pecho del niño respiró ahora agitadamente, en largos y lentos jadeos a través de sus fosas nasales. Y luego, justo cuando Tom empezaba a preguntarse si había acabado la demostración de tristeza, los ojos del niño se abrieron de repente. Permaneció de pie y dio un paso adelante.

El niño alzó el puño al aire y soltó un chillido agudo que hizo añicos el tranquilo aire de la mañana. Como el gemido de un hombre obligado a observar la ejecución de sus hijos, con el rostro rojo y los ojos desorbitados, gritando de furia. Todo salía de la boca del niñito parado en lo alto del acantilado.

Tom tembló en agonía y se lanzó hacia delante sobre la arena. El chillido tomó la forma de un canto y aulló por el valle en tonos prolongados y terribles. Tom se apretó los oídos, temeroso de que se le reventara la cabeza. Pero el niño siguió lanzando su cántico al aire con una voz que Tom creyó que llenaba todo el planeta.

Entonces, súbitamente, el niño se calló, quedando solamente el eco de su voz en el aire.

Tom no se pudo mover por un momento. Lentamente se irguió hasta los codos y levantó la cabeza. Se pasó el antebrazo por los ojos para aclarar la visión. El niño permaneció en silencio por unos instantes, mirando al frente como aturdido, y luego giró y desapareció. Las bestias se pararon sobre sus patas y se alejaron del acantilado hasta que en el horizonte sólo se veía una desolada saliente gris. El silencio volvió a inundar el valle.

El niño se había ido.

Tom se levantó pesadamente, lleno de pánico. No. ¡No, no era posible! Sin mirar a los otros salió corriendo por la orilla blanca y se metió a las limitadas aguas.

La embriaguez fue inmediata. Tom sumergió la cabeza en el agua y tragó profundamente. Se paró, echó la cabeza hacia atrás y levantó los dos puños al aire.

—¡Elyon! —gritó al cielo cubierto.

Johan corría sólo un paso por delante de Rachelle, bajando por la orilla y metiéndose de cabeza en el agua. Ahora entumecido con placer, Tom observó a los dos meter la cabeza debajo de la superficie como animales desesperadamente sedientos. Era sorprendente el contraste entre el terror que consumió la tierra y este remanente del potente poder de Elyon, dejado como un regalo para ellos. Se dejó caer boca abajo en la laguna.

Pero había una diferencia, ¿no era así?

¿Elyon?

Silencio.

Él se levantó. El agua parecía estar sumiéndose.

Rachelle y luego Johan se pararon en el agua. Un saludable brillo les había vuelto a la piel, pero miraban hacia abajo, confundidos.

—¿Qué está sucediendo? —inquirió Rachelle.

El charco se estaba hundiendo en la arena. Secándose. Tom se salpicó agua en el rostro. Bebió más.

—¡Bébanla! ¡Bébanla!

Ellos bajaron la cabeza y bebieron.

Pero el nivel bajaba rápidamente. Pronto les llegó a las rodillas. Luego a los tobillos.

—Por consiguiente, ahora sabes —manifestó una voz detrás de Tom. Michal estaba en la orilla.

—Temo que debo irme, amigos míos. Quizá no los vea por un tiempo —expresó con ojos inyectados de sangre; parecía muy triste.

—¿Se acabó? —exclamó Tom salpicando en la laguna—. ¿Es esto lo último del agua? ¡No te puedes ir!

—No estás en posición de exigir —advirtió Michal alejándose y mirando hacia el acantilado.

—¡Moriremos aquí!

—Ustedes ya están muertos —declaró Michal.

Lo último del agua se filtró dentro de la arena.

—Regresen al cruce —indicó Michal respirando profundamente—. Atraviesen el bosque negro hacia el oriente desde el puente. Llegarán a un desierto. Entren en él y sigan caminando. Si sobreviven a esa distancia, finalmente encontrarán refugio.

—¿Atravesar otra vez el bosque negro? ¿Cómo puede haber refugio en el bosque negro? ¡Todo el lugar está plagado de murciélagos!

—Estaba plagado. Las otras aldeas son mucho más grandes que esta. Los murciélagos han ido tras ellas. Pero ustedes tendrán sus manos suficientemente llenas. Tienen la fruta. Úsenla.

—¿Está así todo el planeta? —preguntó Rachelle.

—¿Qué esperabas?

—Y no beban el agua —advirtió Michal dando dos brincos, como para despegar—. Ha sido envenenada.

—¿No beber nada de ella? Tenemos que beber.

—Si es del color de Elyon, pueden beberla —anunció, brincando de nuevo, listo para volar—. Pero por el momento no encontrarán nada de ella. Despegó.

—¡Espera! —gritó Tom—. ¿Y los demás? ¿Dónde están los demás?

Pero el roush no oyó o no quiso contestar.

SALIERON DEL valle carbonizado y corrieron hacia el cruce.

Tom los detuvo en el primer kilómetro e insistió en que se esparcieran ceniza sobre el cuerpo… quizá así los murciélagos los confundirían con algo diferente a humanos. Anduvieron por el paisaje como fantasmas grises. El suelo estaba cubierto con árboles caídos, y la madera afilada les cortaba fácilmente los pies descalzos, haciéndoles a veces más lenta la caminata. Pero siguieron adelante, vigilando cuidadosamente los cielos.

Aún quedaban aquí y allá algunas frutas que no se habían secado, cuyo jugo seguía conservando el poder sanador. Usaban el jugo sobre los pies cuando las cortadas se volvían insoportables. Y al escasear la fruta marchita comenzaron a usar la del envase. Pronto les quedaban sólo seis.

—Tomaremos dos cada uno —decidió Tom—. Pero usémoslas con moderación. Tengo la sensación de que estas serán las últimas que veremos.

Continuaron lenta y silenciosamente su camino hacia el cruce. Era media mañana cuando vieron la primera formación de shataikis, volando en lo alto, al menos mil. Las alimañas se dirigían hacia el bosque negro agitando las alas. O no vieron el grupo de los tres, o los engañó la ceniza.

Una hora después llegaron al cruce. El viejo puente grisáceo se arqueaba sobre una pequeña corriente de agua café. El resto del lecho del río se había resquebrajado por la sequedad.

—Parece buena —dedujo Johan corriendo hacia la orilla.

—¡No la bebas!

—¡Vamos a morir de sed aquí! —exclamó—. ¿Quién dice que debamos escuchar al murciélago?

¿El murciélago? Michal.

—Come entonces un poco de fruta. Michal advirtió que no bebiéramos el agua y seguiré su consejo. ¡Vamos! —enunció Tom.

Johan frunció el ceño ante el agua y luego de mala gana se les unió en el puente.

La orilla opuesta mostraba una mancha oscura donde los shataikis habían destrozado a Tanis, pero por lo demás no había nada peculiar acerca del bosque negro. Parecía igual a la región que ya habían atravesado.

—Vamos —pidió encarecidamente Tom después de un instante.

Se le hizo un nudo en la garganta, los llevó por sobre el puente y los metió al bosque negro.

Luego se abrieron paso a través de los árboles, deteniéndose más o menos cada cien metros para ponerse más jugo en las plantas de los pies.

—Úsenla con moderación —insistió Tom—. Dejen suficiente para comer.

No quiso pensar en lo que ocurriría cuando salieran corriendo.

Había shataikis colgados arriba en las ramas, chillando y peleando por asuntos insignificantes. Solamente los más curiosos miraban al trío que pasaba debajo de ellos. *Debe ser por la ceniza,* pensó Tom. Bastante engañoso para confundir a criaturas tontas y embusteras.

Habían escogido su camino a través del bosque por lo que pareció un tiempo muy prolongado cuando llegaron a un claro.

—¡El desierto! —exclamó Rachelle.

—¿Dónde? —indagó Tom, mirando los alrededores.

—¡Allá! —contestó ella señalando directo al frente.

Lóbregos árboles bordeaban el lejano costado del claro. Y detrás de una franja de árboles de veinte metros, vislumbres de arena blanca. La posibilidad de salir del bosque fue suficiente para hacer que el pulso de Tom palpitara de antemano.

—Esa es mi chica. ¡Vamos! —exclamó él dando un paso adelante.

—¿Así que aún soy tu chica?

Tom se volvió. Ella tenía una sonrisa pícara.

—Por supuesto, ¿no lo eres?

—No lo sé, Thomas. ¿Lo soy?

Ella levantó la barbilla y le pasó por delante. Lo era. Al menos él esperaba que lo fuera. Aunque se le ocurrió que el Gran Romance se había ensombrecido como todo lo demás en esta tierra maldita.

Expulsó los pensamientos de su mente y se fue con dificultad tras Rachelle. La necesidad que tenían de sobrevivir era mayor que cualquier romance. Rápidamente la pasó y lideró el camino. Podría no ser el hombre que fue, pero al menos presentaría un frente de protección. El afamado guerrero, Tom Hunter. Resopló disgustado.

Acababan de llegar a la mitad del campo cuando el primer shataiki negro bajó del cielo en picada y se posó en la tierra delante de ellos. Tom lo observó. *Mantente en movimiento. Sólo mantente en movimiento.*

Él viró un poco el curso, pero el murciélago dio un salto para impedirle el paso.

—¿Crees poderme pasar tan fácilmente? —objetó el shataiki con aire despectivo—. No tan fácil ahora, ¿eh?

Johan dio un salto adelante y levantó el puño como para derribar al murciélago. Tom levantó la mano hacia el muchacho sin quitar la mirada del shataiki.

—Retrocede, Johan.

—Retrocede, Johan —remedó la criatura; sus ojos rojos carentes de pupilas centellearon—. ¿Eres demasiado débil para mí, Johan?

El murciélago levantó una de sus garras.

—¡Los podría despedazar aquí mismo! ¿Cómo sienten eso? Bienvenidos a su nuevo mundo —anunció alegre el shataiki con una risita socarrona y mordiendo profundamente una fruta que había sacado por detrás—. ¿Quieren?

Se burló y luego rió otra vez como si este hubiera sido un comiquísimo asalto.

Tom dio un paso en dirección de la criatura.

—¡Quieto! —exclamó al instante el shataiki extendiendo las alas y gruñendo.

Una bandada de shataikis se había reunido ahora en el cielo y volaba en círculos por encima de ellos, mofándose.

—Ordénaselo —se burló uno en tono áspero.

—Ordénaselo —remedó otro.

Y el primer shataiki lo hizo.

—¡Ahí te quedas! —gritó ahora, aunque Tom no se había movido.

Tom metió la mano al bolsillo y apretó su última fruta de tal modo que el jugo de la pulpa se le escurrió entre los dedos.

Giró tranquilamente y enfrentó a Rachelle y a Johan.

—Usen sus frutas —susurró—. Cuando yo diga, corran.

—Mírame cuando te hablo, tú…

El shataiki se interrumpió. Tom le lanzó la goteante fruta.

—¡Corran! —gritó.

La fruta dio de lleno en el rostro del murciélago. La carne chamuscándose silbó ruidosamente. La bestia gritó y se manoteó el rostro. Un fuerte hedor a azufre recorrió el aire mientras Tom salía corriendo a toda velocidad, seguido por Johan y después por Rachelle.

—¡Es una fruta verde! —gritó un murciélago de entre los que daban vueltas alrededor de la escena—. ¡Ellos tienen fruta verde! No están muertos. ¡Mátenlos!

Tom corrió por el campo. No menos de veinte shataikis se fueron en picada contra ellos por detrás.

—¡Usa tu fruta, Rachelle!

Ella dio la vuelta y lanzó su fruta al enjambre. Las criaturas se esparcieron como moscas. Rachelle corrió tras Tom. La siguió Johan. Pero los murciélagos se habían reorganizado y atacaban de nuevo. Johan agarró su última fruta entre los dedos. No deberían haberlas tirado.

—¡Espera, Johan! No la tires —gritó Tom, corriendo entre los árboles—. Dame tu fruta.

Johan siguió corriendo, desesperado por alcanzar la arena blanca.

—¡Lánzamela!

La fruta salió despedida de la mano de Johan. Tom la recogió y se dio vuelta. Cien o más de los murciélagos se habían materializado de la nada. Le vieron la fruta en la mano y siguieron de largo. Directo hacia Johan.

—¡Retrocede! —gritó Tom.

Corrió hacia el muchacho, lo alcanzó y arrojó la fruta al rostro del primer murciélago que los alcanzó.

El shataiki lanzó un chillido y cayó a tierra.

Luego los tres atravesaron los árboles y corrieron sobre la arena blanca.

—¡Permanezcamos juntos! —resolló Tom—. Permanezcan cerca.

Corrieron cien metros antes de que Tom mirara hacia atrás y luego se detuviera.

—Aguarden.

Rachelle y Johan se detuvieron. Encorvados, respirando entrecortadamente.

Los murciélagos volaban en círculos sobre el bosque negro, lanzando chillidos de protesta. Pero no los siguieron.

No estaban volando sobre el desierto.

Johan saltó en el aire y dejó escapar un grito.

—¡Ajá! —exclamó Tom, mostrándole el puño al círculo de murciélagos que daba vueltas.

—¡Ajá! —gritó Rachelle, aventando arena hacia el bosque, riendo y andando a tropezones hacia Tom—. ¡Lo sabía!

Su risa era gutural y llena de confianza, y Tom rió con ella.

Rachelle se enderezó y siguió caminando hacia él, mostrando una tentadora sonrisa.

—Vaya —declaró ella, pasando un dedo por la mejilla de Tom—. Después de todo sigues siendo mi audaz luchador.

—¿Lo dudaste alguna vez?

Rachelle titubeó. Él notó que la piel de ella se volvía a resecar.

—Por un momento —contestó ella; se inclinó hacia delante y lo besó en la frente—. Sólo por un momento.

Rachelle se alejó y lo dejó sumido en dos pensamientos. El primero, que ella era una mujer hermosamente traviesa.

El segundo, que el aliento de ella olía un poco a azufre.

—¿Rachelle?

—¿Sí, querido guerrero?

—Come un poco de fruta —le dijo, después de darle un gran mordisco a la última que les quedaba y lanzándosela—. Dale el resto a Johan.

Ella la atrapó con una mano, le guiñó un ojo y dio un fuerte mordisco.

—Pues bien, ¿en qué dirección?

Él señaló hacia el desierto.

LAS ÚLTIMAS energías los abandonaron al mediodía, cuando el sol estaba directamente en lo alto.

Se guiaban por la bola de fuego en el cielo. Cada vez más profundo en el desierto. Oriente, como Michal había dicho. Pero con cada paso la arena parecía calentarse más, y hacerse más lento el descenso del sol sobre el occidente. El terreno plano rápidamente dio paso a suaves dunas, las cuales pudieron haber sido tolerables con zapatos adecuados y al menos un poco de agua. Pero estas pequeñas colinas de arena pronto condujeron a enormes montañas que iban de oriente a occidente, de tal modo que se vieron obligados a avanzar lentamente por un costado, y a tambalearse por el otro. Y allí no había una gota de agua. Ni siquiera agua envenenada.

A media tarde empezaron a faltarle las fuerzas a Tom. En su cautela, desde que salieran del lago había comido mucho menos fruta que los otros, y eso se empezaba a notar.

—¡Estamos caminando en círculos! —exclamó Rachelle, deteniéndose en lo alto de una duna—. No estamos yendo a ninguna parte.

—No te detengas —pronunció Tom sin dejar de caminar.

—¡Me detendré! ¡Esto es una locura! ¡Nunca lo lograremos!

—Quiero regresar —dijo Johan.

—¿A qué? ¿A los murciélagos? Sigue caminando.

—¡Nos estás conduciendo a la muerte! —gritó el muchacho.

—¡Camina! —ordenó Tom dando vuelta.

Ellos lo miraron, asombrados por el arrebato de él.

—No podemos detenernos. Michal dijo que viajáramos hacia el oriente —declaró Tom, señalando hacia el sol—. No al norte, no al sur, no al occidente. ¡Oriente!

—Entonces deberíamos descansar —opinó Rachelle.

—¡No tenemos *tiempo* para descansar!

Él bajó por la colina, sabiendo que ellos no tenían más alternativa que seguirlo. Lo siguieron. Pero lentamente. Sin que pareciera demasiado obvio, él disminuyó la marcha y dejó que lo alcanzaran.

Las primeras alucinaciones comenzaron a juguetear con su mente diez minutos después. Vio árboles que sabía que no lo eran. Vio estanques de agua que no tenían la menor humedad. Vio rocas donde no había rocas.

Vio a Bangkok. Y en Bangkok vio a Monique, atrapada en una oscura mazmorra.

Él siguió caminando fatigosamente. Los tres tenían resecas las gargantas, la piel agrietada y los pies ampollados, pero no tenían alternativa. Michal había dicho que fueran hacia el oriente, y por tanto debían ir al oriente.

Media hora después Tom comenzó a murmurar incoherentemente. No estaba seguro de qué decía e intentó no decir nada en absoluto, pero se podía oír a sí mismo sobre un viento cálido que les soplaba en el rostro.

Finalmente, cuando supo que podía desmayarse con sólo un paso más, se detuvo.

—Descansaremos ahora —anunció, y cayó sobre sus posaderas.

Johan se dejó caer a su derecha, y Rachelle se sentó a la izquierda.

—Sí, por supuesto, ahora tenemos tiempo para descansar —objetó ella—. Hace media hora nos habría matado el descanso porque Michal dijo que viajáramos hacia el oriente. Pero ahora que estás parloteando como un loco, ahora que nuestro poderoso guerrero lo ha considerado perfectamente lógico, tendremos un descanso.

Él no se molestó en responder. Estaba demasiado agotado para discutir. Era asombroso que ella aún tuviera la energía para buscar pelea.

Se sentaron en silencio en esa elevada duna por varios minutos. Finalmente Tom decidió lanzarle una mirada a Rachelle. Ella se hallaba sentada abrazándose los pies, mirando el horizonte, con la mandíbula firme. El viento le lanzaba el largo cabello hacia atrás. Se negó a mirarlo.

Si hubiera tenido la valentía, le podría haber dicho que dejara de actuar como una niñita.

Adelante las dunas subían y bajaban sin la más leve insinuación de cambio. Michal les había dicho que vinieran al desierto porque sabía que los shataikis no dejarían sus árboles. Pero ¿por qué había insistido en que se adentraran en lo profundo del desierto? ¿Sería posible que el roush los estuviera enviando a la muerte?

«Ustedes ya están muertos», le había dicho. Quizá no en la manera en que Tom supuso primero. Tal vez «muerto» como en: *Sé que seguirán mis instrucciones porque no tienen alternativa. Caminarán en el desierto y morirán como merecen morir. Así que en realidad, ya están muertos.*

Hombre muerto caminando.

—Aún sueñas con Monique.

Las alucinaciones habían vuelto. Monique lo llamaba. Kara le estaba diciendo…

—Oí que pronunciabas el nombre de ella. ¿Está en tu mente en un momento como este?

No, no Monique. Rachelle.

—¿Qué pasa? —cuestionó él enfrentándola.

—Quiero saber por qué estás susurrando el nombre de ella.

Eso era. Él había estado hablando entre dientes de la mujer de sus sueños, el nombre de ella, y tal vez más, y Rachelle lo había escuchado. Ahora estaba celosa. ¡Esto era descabellado! Se hallaban frente a la muerte, ¡y Rachelle estaba sacando fuerzas de unos celos ridículos por una mujer que ni siquiera existía!

—Monique de Raison, mi querida Rachelle, no existe. Es producto de mi imaginación. De mis sueños —objetó Tom alejándose.

Esa en realidad no fue la mejor manera de decirlo.

—Ella no existe, y tú lo sabes —concluyó él, resaltando su primer punto—. Además, discutir respecto de ella definitivamente no nos ayudará a sobrevivir en este maldito desierto.

Él se puso de pie y bajó por la colina.

—¡Movámonos! —ordenó, pero se sintió mal.

Él no tenía derecho de desestimar con tanta displicencia los celos de Rachelle. Sólo esta mañana la había visto pelear con Johan por la fruta, horrorizado por el desprecio que se demostraron entre sí. Pero él no era diferente, como Michal lo había señalado.

Johan fue el último en pararse. Tom ya había llegado a la siguiente cima cuando miró hacia atrás y vio al muchacho que observaba el camino por donde habían venido.

—¡Johan!

El muchacho se volvió lentamente, miró hacia atrás por última vez, y bajó la duna tras ellos.

—Él quiere regresar —expresó Rachelle, pasando a Tom—. No estoy segura de culparlo.

Caminaron por otras dos horas en resentido silencio, descansando cada diez o quince minutos tanto por el bien de Rachelle y Johan como de él mismo. El viento se extinguió y el calor se volvió agobiante.

Tom los hacía detenerse cada vez que le volvían las alucinaciones. Quizá ya no tenía mucho de líder, pero conservaba el liderazgo a falta de alguien más. Tenía que conservar la mente tan lúcida como fuera posible bajo las circunstancias.

Caminaban con el aterrador conocimiento de que se dirigían a sus muertes. Lenta, y dolorosamente ahora, las montañosas dunas quedaban detrás de ellos, una por una. El único cambio era la gradual aparición de peñascos. Pero ninguno los mencionó siquiera. Si no contenían agua, les importaba un comino las peñas.

El valle al que entraron cuando el sol se ocultaba en el horizonte tenía tal vez cien metros de ancho. Una formación de rocas se levantaba desde el suelo del valle.

—Pasaremos aquí la noche —expresó Tom señalando las grandes rocas con la cabeza—. Los peñascos bloquearán cualquier viento.

Ninguno discutió. Tom se desplomó sobre una roca y echó la cabeza hacia atrás en la arena mientras el sol poniente lanzaba un colorado brillo cálido por el suelo desértico. Cerró los ojos.

El cielo había oscurecido cuando volvió a abrirlos. No estaba seguro si lo que le impedía dormir era el agotamiento total o el insoportable silencio. Johan se había hecho un ovillo debajo de las rocas. Rachelle se hallaba como a cinco metros de distancia, mirando al cielo. Pudo ver en los vidriosos ojos de ella el reflejo de la luz de la luna.

Despierta.

Era una situación absurda. Era tan probable que fueran a morir aquí como a vivir, y la única mujer a la que recordaba haber amado alguna vez se hallaba a cinco metros de distancia, echando chispas, mordiéndose la lengua, u odiándolo, él no lo sabía.

Pero sí sabía que la extrañaba terriblemente.

Se puso de pie, fue hasta donde estaba ella, y se tendió a su lado.

—¿Estás despierta? —le susurró.

—Sí.

Era la primera palabra que había pronunciado desde que dijo que Johan quería regresar, y fue asombroso cuánto le alegró oírla.

—¿Estás enojada conmigo?

—No.

—Lo siento —confesó él—. No debí haberte gritado.

—Creo que ha sido un día como para gritar —reconoció ella.

—Eso creo.

Se quedaron tendidos en silencio. La mano de Rachelle estaba sobre la arena, y él alargó la suya y la tocó. Ella le agarró el pulgar.

—Quiero que me hagas una promesa —expuso ella.

—Está bien, lo que desees.

—Quiero que me prometas no volver a soñar nunca más con Monique.

—Por favor...

—No me importa que ella exista o no —lo interrumpió Rachelle—. Sólo prométemelo.

—Está bien.

—¿Lo prometes?

—Prometo.

—Olvídate de las historias; de todos modos ya no significan nada. Todo ha cambiado.

—Tienes razón. Olvido los sueños en Bangkok. Ahora parecen ridículos.

—Son ridículos —asintió ella, luego se puso de costado y se irguió en un codo.

La luz de la luna se movió en los ojos de la muchacha. Un hermoso gris.

—Sueña conmigo —concretó Rachelle inclinándose y besándolo suavemente en los labios.

Ella se acostó de lado y se acurrucó para dormir.

Lo haré —pensó Tom—. *Sólo soñaré con Rachelle.* Cerró los ojos sintiéndose más contento de lo que se había sentido desde que recorriera este terrible desierto. Se quedó dormido y soñó.

Soñó con Bangkok.

35

E L SALÓN de conferencias contaba con una enorme mesa de madera de
cerezo de fino acabado, suficientemente grande para sentar a las catorce
personas presentes con espacio de sobra. Como centro de mesa habían
puesto una fabulosa exhibición de frutas tropicales, quesos europeos, carne
perfectamente asada y varias clases de pan. Los asistentes sentados en sillas
de cuero color vino tinto parecían importantes, y sin duda así se sentían.

Thomas, por otra parte, ni se veía ni se sentía mucho más de lo que en
realidad era: Un novelista de veinticinco años común y corriente, a quien
sus sueños lo habían tragado.

Sin embargo, él copaba la atención. Y en contraste con los acontecimientos de sus sueños, se sentía bastante bien. Catorce pares de ojos se hallaban
fijos en él, sentado a la cabecera de la mesa. Por los pocos minutos siguientes
fue tan bueno como erudito para ellos. Luego podrían decidir encerrarlo. Las
autoridades tailandesas se habían salido de su camino para clarificar que a
pesar de las circunstancias, él, Thomas Hunter, había cometido un delito
federal al secuestrar a Monique de Raison. Lo que deberían hacer al respecto
no estaba claro, pero sencillamente no podían pasarlo por alto.

Miró a Kara a su inmediata derecha y le devolvió la breve sonrisa.

Parpadeó, pero ni cercanamente se sentía tan confiado como intentaba
verse. Si había algunas destrezas que necesitaba ahora, eran las de diplomacia. Kara le había sugerido que tratara de encontrar una forma de cultivar
algunas en el bosque verde, mientras obtenía sus técnicas de lucha. Claramente, esta ya no era una opción.

Últimamente la realidad del desierto le parecía más real que este mundo
aquí. ¿Qué pasaría si muriera por demasiado agotamiento en la noche de-
sértica? ¿Se desplomaría aquí, muerto?

El ministro Merton Gains se hallaba al lado izquierdo de Tom. Muy pocos en Washington estaban enterados que él había salido temprano en la mañana para esta reunión de lo más extraña. Además, muy pocos estaban conscientes que la noticia que se había intercalado en los teletipos durante las últimas cuarenta y ocho horas tenía que ver con algo más que un estadounidense chiflado que secuestrara a la directora de virología en la víspera del muy esperado lanzamiento de la vacuna Raison. Casi todos suponían que a Thomas Hunter lo motivaba una causa o dinero. La pregunta que se estaban haciendo en todos los canales noticiosos era: ¿Quién lo incitó a ello?

La mandíbula angular de Gains necesitaba una afeitada. Un rostro joven traicionado por cabello canoso. Frente a él se hallaba Phil Grant, el más alto de los dos dignatarios de Estados Unidos. Mentón alargado, nariz abultada con anteojos en el extremo. La otra estadounidense era Theresa Sumner de los CDC, una mujer sin complicaciones que ya se había disculpado por el trato que recibiera Tom en Atlanta. Al lado de ella, un británico de Interpol, Tony Gibbons.

A la derecha, un delegado del servicio de inteligencia australiano, dos funcionarios tailandeses de alto rango, y sus asistentes. A la izquierda, Louis Dutêtre, un tipo presuntuoso de rostro delgado con cejas caídas, de la inteligencia francesa a quien Phil Grant parecía conocer bastante bien. A su lado, un delegado de España, y luego Jacques de Raison y dos de sus científicos.

Todos aquí, todos por causa de Tom. En el lapso de sólo una semana había pasado de ser expulsado de los CDC en Atlanta a encabezar una cumbre de líderes mundiales en Bangkok.

Gains había explicado su motivo para convocar la reunión y había expresado su confianza en la información de Tom. Este había expuesto su caso de manera tan sucinta y clara como pudo, sin enloquecerlos con detalles de sus sueños. Jacques de Raison había mostrado la simulación y presentado su evidencia sobre la variedad Raison. Una serie de preguntas y comentarios había consumido casi una hora.

—¿Está usted afirmando que Valborg Svensson, a quien a propósito algunos de nosotros conocemos bastante bien, no es después de todo un magnate farmacéutico de renombre mundial sino un villano? —preguntó el francés—. ¿Algún tipo oculto en lo profundo de las montañas suizas, retorciéndose las manos antes de destruir el mundo con un virus invencible?

Unas ligeras risitas respaldaron varias carcajadas en cada lado de la mesa.

—Gracias por el colorido, Louis —comentó el director de la CIA—. Pero no creo que el ministro y yo habríamos hecho el viaje si pensáramos que el asunto fuera tan sencillo. Es cierto, no podemos verificar ninguna de las afirmaciones del Sr. Hunter acerca de Svensson, pero sí tenemos aquí una serie más bien extraña de acontecimientos que considerar; sin que sea el menos importante el hecho de que la variedad Raison parece ser muy real, como todos hemos visto esta noche con nuestros propios ojos.

—No exactamente —objetó Theresa, la representante de los CDC—. Tenemos algunas pruebas que supuestamente muestran mutaciones, de acuerdo. Pero no tenemos verdadera información conductual sobre el virus. Sólo simulaciones. No sabemos exactamente cómo afecta a humanos en ambientes humanos. Que sepamos, el virus no puede sobrevivir en un anfitrión humano complejo y vivo. Sin ofender, pero simulaciones como esta son sólo, ¿qué, setenta por ciento?

—En teoría, setenta y cinco —contestó Peter—. Pero yo le daría más.

—Por supuesto que lo haría. Es su simulación. ¿Ha inyectado ratones en la realidad?

—Ratones y chimpancés.

—Ratones y chimpancés. El virus parece cómodo en estos anfitriones, pero todavía no tenemos ningún síntoma. ¿Tengo razón? Han sobrevivido dos días y han crecido, pero tenemos que recorrer un largo tramo para saber su efecto verdadero.

—Cierto —indicó el empleado de Raison—. Sin embargo…

—Perdóneme, ¿podría usted repetir su nombre? —interrumpió Gains.

—Striet, Peter Striet. Todo lo que vemos acerca de este virus nos deja pasmados. Es verdad, las pruebas sólo tienen un día de duración, pero hemos visto bastantes virus para hacer algunas conjeturas con muy buenas bases, con o sin simulaciones.

—Debemos saber cuánto tiempo vivirá en un anfitrión humano —objetó Theresa.

—¿Se ofrece usted de voluntaria?

Más risas.

A ella no le pareció gracioso.

—No, estoy recomendando precaución. El estallido inicial de MILTS infectó sólo a cinco mil y a duras penas mató a mil. No precisamente una epidemia de proporciones asombrosas. Pero el temor que propagó tuvo que ver con un durísimo golpe económico para Asia. Se calcula que sólo en la industria turística cinco millones de personas perdieron sus empleos. ¿Tiene usted alguna idea de la clase de pánico que se produciría si llegara al Drudge Report un rumor acerca de un virus capaz de acabar con el planeta? Se detendría la vida como la conocemos. Wall Street cerraría. Nadie se arriesgaría a ir a trabajar. No me diga: ¿Ha comprado usted un cargamento de cinta de conducto?

—¿Perdón?

—Seis mil millones de personas se encerrarían en sus casas forradas con cinta de conducto. Usted se haría rico. Mientras tanto, millones de ancianos y discapacitados morirían en sus hogares por desatención.

—Exagerado, quizá, pero creo que ella resalta un punto excelente —opinó el francés; varios más hicieron saber su conformidad—. Acepté venir precisamente porque comprendo la naturaleza explosiva de lo que se está insinuando con poca exactitud.

Así sería si se estuviera insinuando con poca exactitud, percibió Tom. La mandíbula de Kara se flexionó. Por un momento él creyó que ella iba a decirle algo al francés. No esta vez. Esto era diferente, ¿verdad? El verdadero asunto. No precisamente un debate universitario.

—Fácilmente esto podría tratarse sólo de un alarmista gritando que el cielo se está cayendo —presionó su punto el francés—. Se debe considerar el asunto de la irresponsabilidad.

—Me molesta ese comentario —expresó Gains—. Tom ha demostrado en más de una ocasión que me equivoqué. Sus predicciones han sido increíbles. Tomar sus declaraciones a la ligera podría ser una terrible equivocación.

—Y también podría serlo tomar en serio sus declaraciones —objetó Theresa—. Supongamos que exista un virus. Bueno. Cuando se presente, tratamos con él. No cuando se convierta en un problema generalizado, claro está, sino cuando asome por primera vez su horrible cabecita. Cuando tengamos un sólo caso. Pero no insinuemos que es un problema hasta que estemos absolutamente seguros de que lo sea. Como dije, el temor y el pánico podrían ser problemas mucho mayores que cualquier virus.

—Estoy de acuerdo —opinó el representante de España; el cuello del hombre era muy ceñido, y la mitad del cuello le sobresalía sobre la camisa—. Sólo se trata de prudencia. A menos que tengamos una solución, no ganamos nada aterrando al mundo con el problema. Especialmente incluso si hay la más mínima posibilidad de que tal vez no sea un problema.

—Exactamente —continuó el francés—. Tenemos un virus, y estamos buscando la manera de tratar con él. No tenemos un verdadero indicio de que el virus sea usado de modo nocivo. No veo la necesidad de entrar en pánico.

—Él tiene a mi hija —intervino Raison—. ¿O eso ya no le importa?

—Le puedo asegurar que haremos todo lo posible por encontrar a su hija —manifestó Gains, luego miró a Louis Dutêtre—. Hemos tenido por varias horas un equipo sobre el terreno de los laboratorios de Svensson.

—Deberíamos recibir un informe en cualquier momento —anunció Phil Grant—. Nos solidarizamos profundamente con usted, Sr. Raison. La hallaremos.

—Sí, por supuesto —añadió Dutêtre—. Pero todavía no sabemos que Svensson tenga algo que ver con este incomprensiblemente trágico secuestro. Sólo tenemos rumores del Sr. Hunter. Además, aunque Svensson esté relacionado de algún modo con la desaparición de Monique, no tenemos motivo para creer que el secuestro prediga de algún modo un uso doloso del virus… virus que no hemos demostrado que sea letal, añadiría yo. Ustedes están dando un salto de fe, caballeros. Algo para lo que no estoy preparado.

—La realidad es que tenemos un virus, mortal o no —cuestionó Gains—. La realidad es que Tom me advirtió que habría un virus antes de que saliera a flote cualquier evidencia física. Eso bastó para ponerme en un avión. De acuerdo, no es algo que deseemos que se filtre, pero tampoco podemos hacerle caso omiso. No estoy insinuando que empecemos por trancar las puertas, sino que preveamos cualquier contingencia.

—¡Desde luego! —exclamó Dutêtre—. Pero yo podría sugerir que su muchacho es el verdadero problema aquí. No algún virus. Se me ocurre que Farmacéutica Raison está ahora en dificultades, pase lo que pase en este juego. Me pregunto qué le están pagando a Thomas Hunter por secuestrar y fabricar todas estas historias.

Un pesado silencio cayó sobre el salón como si alguien hubiera echado media tonelada de polvo silenciador sobre todos. Gains parecía aturdido. Phil Grant sólo miró al sonriente francés.

—Thomas Hunter está aquí a petición mía —rompió Gains el silencio—. No lo invitamos…

—No —terció Tom, sosteniendo en alto la mano hacia Gains—. Está bien, Sr. Ministro. Permítame tratar con la inquietud de él.

Tom echó la silla hacia atrás y se paró. Se puso el dedo en la barbilla y caminó a la derecha, luego volvió a la izquierda. Parecía que habían extraído el aire del salón. Él tenía algo que decir, por supuesto. Algo sarcástico e inteligente.

Pero de pronto le pareció que lo que creía inteligente muy bien podría parecerle una tontería al francés. Y sin embargo, en su silencio, moviéndose frente a ellos en este mismo instante, tenía poder total aunque momentáneo. Comprenderlo hizo que su silencio se extendiera al menos por otros cinco segundos.

Él también podía intercambiar poder.

—¿Cuánto tiempo ha estado trabajando en la comunidad de inteligencia, Sr. Dutêtre? —indagó Tom.

Metió la mano en el bolsillo. Sus pantalones caqui de trabajo no eran exactamente la vestimenta apropiada en este salón, pero sacó el pensamiento de la cabeza.

—Quince años —contestó Dutêtre.

—Bien. Quince años y fue invitado a un acto como este. ¿Sabe cuánto tiempo he estado en este juego, Sr. Dutêtre?

—Ninguno, por lo que puedo deducir.

—Casi. Su inteligencia está desconectada. Apenas poco más de una semana, Sr. Dutêtre. Y sin embargo también fui invitado a este acto. Usted tiene que preguntarse cómo me las arreglé para que el señor ministro de estado y el director de la CIA atravesaran el océano para encontrarse conmigo. ¿Qué es lo que he dicho? ¿Qué sé realmente? ¿Por qué están reunidos aquí en Bangkok a petición mía estos hombres y estas mujeres?

Ahora el salón estaba más que en silencio. Se sentía vacío.

—En resumen, Sr. Dutêtre, esto es extraordinario —continuó Tom; puso las yemas de los dedos en la mesa y se inclinó hacia delante—. Algo muy extraordinario ha ocurrido para forzar esta reunión. Y ahora usted me parece muy poco intuitivo. Por tanto decidí hacer algo que ya he hecho una cantidad de veces. Algo extraordinario. ¿Le gustaría, Sr. Dutêtre?

—¿Qué es esto, un espectáculo circense? —contraatacó el francés mirando a Phil Grant.

—¿Le gustaría verme flotar en el aire? ¿Se convencería tal vez si hiciera eso?

Alguien hizo un sonido parecido a una ligera risita.

—Está bien, flotaré para usted. No como usted espera, revoloteando en medio del aire, pero lo que voy a hacer no será menos extraordinario. Sólo porque usted no entienda no cambia ese hecho. ¿Está listo?

No hubo comentarios.

—Permítame establecer esto. La realidad es que yo sabía quién iba a ganar el Derby de Kentucky. Sabía que la vacuna Raison iba a mutar, y sabía exactamente bajo qué circunstancias iba a mutar. Sr. Raison, ¿cuáles son las probabilidades de que usted, por no hablar de mí, pudiera hacer eso?

—Imposible —contestó el hombre.

—Theresa, usted debe tener un buen conocimiento de estos asuntos. ¿Cuáles diría que serían las probabilidades?

Ella solamente lo miró.

—Exactamente. No *hay* probabilidades, porque es imposible. Así que a efectos prácticos, yo ya he flotado para usted. Ahora estoy diciendo que puedo volver a flotar, y usted tiene la audacia de llamarme farsante.

—Así que usted recuerda con exactitud cómo muta el virus —enunció el francés sonriendo, pero con sonrisa poco amigable—. Y cree que podría haberle dado alguna información respecto del antivirus a este personaje Carlos, ¿pero olvidó cómo formularla para usted mismo?

—Sí. Por desgracia.

—Qué conveniente.

—Escúcheme con cuidado —anunció Tom—. Aquí viene mi truco de flotar. La variedad Raison es un virus de transmisión aérea muy contagioso y sumamente mortífero que infectará a la mayoría de la población mundial dentro de tres semanas, a menos que encontremos una manera de detenerlo.

Una demora de un día podría determinar la vida o la muerte para millones. Nos enteraremos de su liberación dentro de siete días, cuando la comunidad de naciones, quizá a través de las Naciones Unidas, reciba el aviso de transferir toda soberanía y todas las armas nucleares a cambio de un antivirus. Este es el curso de la historia ahora en acción.

—Y lo que a usted le gustaría hacer es provocar la Tercera Guerra Mundial antes de que esté aquí —dijo Louis Dutêtre inclinándose en su silla y golpeándose los nudillos con un lápiz—. En este mundo los monstruos no se conquistan por medio de héroes en caballos blancos, Sr. Hunter. Su virus podría matarnos a todos, pero creer en su virus nos *matará* a todos.

—Entonces de cualquier modo todos estamos muertos —objetó Tom—. ¿Puede usted aceptar eso?

—Creo que usted ve el punto de él, Tom —intervino Gains levantando una mano para detener el intercambio de palabras—. Hay complicaciones. Quizá no sea blanco ni negro. No podemos correr por ahí gritando virus. Francamente, aún no tenemos un virus, al menos no uno que sepamos que será utilizado o que incluso se podría utilizar. ¿Qué propone usted?

—Propongo que saquemos del medio a Svensson antes de que pueda liberar el virus —declaró Tom echando la silla hacia atrás y sentándose.

—Eso es imposible —afirmó el director de la CIA—. Él tiene derechos. Nos estamos moviendo, pero sencillamente no podemos lazarle una bomba sobre la cabeza. No funciona de ese modo.

—Suponiendo que usted tenga razón respecto de Svensson —expuso Gains—, él necesitaría una vacuna o un antivirus para canjear, ¿de acuerdo? Lo cual nos da algo de tiempo.

—Nada asegura que él tenga que esperar hasta tener el antivirus antes de liberar el virus. Mientras tenga confianza en que puede producir un antivirus en dos semanas, podría liberarlo y embaucarnos afirmando tener el antivirus. Ahora mismo la carrera es para detener a Svensson antes de que pueda hacer algún daño. Una vez que lo haga, nuestra única esperanza dependerá de un antivirus o una vacuna.

—¿Y cuánto tiempo se necesitaría? —quiso saber Gains mirando a Raison.

—¿Sin Monique? Meses. ¿Con ella? —se encogió de hombros—. Quizá más pronto. Semanas.

Él no mencionó la posible inversión de la firma genética de Monique, como Peter le había explicado ayer a Tom.

—Lo cual es otra razón de por qué debemos ir tras Svensson y determinar si tiene a Monique —opinó Tom—. El mundo simplemente podría depender de Monique en las semanas venideras.

—¿Y qué sugerencia tiene usted para sacar del medio a Svensson? —le preguntó Gains a Tom.

—¿En este momento? Ninguna. Debimos haberlo sacado del medio hace veinticuatro horas. Si lo hubiéramos hecho, ahora habría acabado todo. Pero ¿qué hacer entonces? Sólo soy un novelista común y corriente en ropa de trabajo.

—Así es, Sr. Hunter, eso es usted —objetó el francés—. Mantenga eso en mente. Usted está disparando balas vivas. No voy a permitir que ande galopando por el mundo y disparando su revólver de seis cámaras. Me gustaría de una vez por todas echar un poco de agua sobre sus cañones.

El teléfono de Grant chirrió, y él se volvió para contestarlo rápidamente.

—Me gustaría considerar alguna planificación de contingencia en caso de que terminemos teniendo un problema —opinó Gains—. ¿Qué opinión tiene usted sobre la contención, Sr. Raison?

—Depende de cómo se haga emerger un virus. Pero si Svensson está detrás de algo de esto, sabrá cómo eliminar cualquier posibilidad de contención. Esa es la diferencia principal entre incidencias naturales de un virus e incidencias obligadas como en armas biológicas. Él podría introducir el virus en cien ciudades importantes en el transcurso de una semana.

—Sí, pero si…

—Discúlpeme, Merton —interrumpió Grant cerrando su celular—. Todo esto se podría someter a discusión. Nuestra gente acaba de terminar un rastreo a las instalaciones de Svensson en los Alpes suizos. No encontraron nada.

—¿Qué quiere decir con «nada»? —cuestionó Tom poniéndose en pie—. Eso no es…

—Quiero decir: ningún indicio de algo extraño.

—¿Estaba Svensson allí?

—No. Pero hablamos detenidamente con sus empleados. Él debe volver en dos días para una entrevista con la inteligencia suiza, a la cual también asistiremos. Ha estado en una reunión con proveedores de América del Sur. Confirmamos la reunión. No hay evidencia de que tenga algo que ver con algún secuestro o alguna conspiración masiva para liberar un virus.

El silencio los envolvió.

—Bueno, yo diría que esa es una buena noticia —anunció Gains.

—Eso para nada es una noticia —objetó Tom—. Porque él no está en su laboratorio principal. Podría estar en cualquier parte. Dondequiera que esté, tiene tanto a Monique como a la variedad Raison. Se los estoy proponiendo, ¡tienen que encontrarlo ahora!

—Lo haremos, Tom —expuso Gains estirando la mano—. Un paso a la vez. Esto es alentador; sólo que todavía no le echemos agua encima.

Tom sabía que con esas palabras los había perdido a todos. Menos a Kara. Merton Gains fue tan defensor como él podía esperar. Si ahora expresaba precaución, el juego había acabado.

—En realidad no creo que ustedes me necesiten para analizar contingencias —declaró Tom poniéndose de pie—. Les he manifestado lo que sé. Lo repetiré una vez más para aquellos de ustedes que estén conscientes esta noche. La historia está a punto de tomar en picada un curso desagradable. Todos ustedes sabrán eso pronto, cuando lleguen impensables exigencias de un hombre llamado Valborg Svensson, aunque dudo que esté trabajando solo. Que yo sepa, uno de ustedes trabaja para él.

Eso los dejó en estado de leve conmoción.

—Buenas noches. Si por alguna razón inexplicable me necesitan, estaré en mi habitación 913, espero que durmiendo. El cielo sabe que alguien tiene que hacer algo.

Kara se puso de pie y levantó la barbilla. Salieron uno al lado del otro, hermano y hermana.

⸎

EL CANSANCIO inundó a Tom en el momento en que la puerta del salón de conferencias se cerró de golpe detrás de él. Se detuvo y miró el vacío pasillo, aturdido. Por más de una semana había estado viviendo esta locura sin descansar, y empezaba a sentir el cuerpo como si lo tuviera lleno de plomo.

—Bueno, creo que les advertiste —comentó Kara tranquilamente.

—Tengo que descansar un poco. Siento que me voy a desmoronar.

—Te llevaré a la cama —indicó ella deslizándole el brazo por el de él y guiándolo por el pasillo—. Y no voy a permitir que nadie te despierte hasta que hayas dormido suficiente. Eso es definitivo.

Él no discutió. De todos modos no había nada que pudiera hacer por el momento. Tal vez allí no había nada más que él pudiera hacer. Nunca.

—No te preocupes, Thomas. Creo que dijiste lo que debías decir. Muy pronto cambiarán de actitud. ¿Correcto?

—Quizá. Espero que no.

Ella entendió. Lo único que les cambiaría la actitud sería un estallido real de la variedad Raison, y nadie podría esperar eso.

—Estoy orgullosa de ti —afirmó ella.

—Y yo estoy orgulloso de ti —convino él.

—¿Por qué? ¡Yo no estoy haciendo nada! Tú aquí eres el héroe.

—¿Héroe? —se burló Tom—. Probablemente sin ti yo estaría en algún cuadrilátero en el centro de alguna ciudad, intentando demostrar mi valía.

—Tienes mérito —objetó ella.

Entraron al ascensor y subieron solos.

—Puesto que pareces aceptar mis sugerencias, ¿te importa si hago otra? —inquirió Kara.

—¡Claro! Aunque no estoy seguro de que mi agotada mente esté dispuesta a entender algo más por el momento.

—Se trata de algo en que he estado pensando —comentó Kara e hizo una pausa—. Si el virus se libera, no sé cómo alguien lo podría detener físicamente. Al menos no en veintiún días.

—¿Y? —investigó él, asintiendo.

—Especialmente si el asunto ya es historia, como lo averiguaste en el bosque verde, de donde viene todo esto, ¿de acuerdo?

—De acuerdo.

—Sin embargo, ¿por qué tú? ¿Por qué se te dio a ti esta información? ¿Por qué estás brincando entre estas realidades?

—Porque estoy relacionado de alguna manera.

—Porque eres el único que finalmente podría influir en el resultado. Tú lo empezaste. El virus existe debido a ti. Quizá sólo tú lo puedas detener.

El ascensor se detuvo en el noveno piso, y ellos se encaminaron a la suite.

—Si eso es verdad —comentó él—, entonces que Dios nos ayude a todos, créeme, porque no tengo idea de qué hacer. Sólo dormir. Aun así, hemos sido abandonados. Hace tres días mi total comprensión de Dios fue desafiado al máximo, al menos en mis sueños. Ahora está siendo desafiado otra vez.

—Entonces duerme.

—Duermo, y sueño.

—Sueña —declaró ella—. Pero no sólo sueñes. Quiero decir que sueñes *realmente*.

—Te olvidas de algo —sugirió él entrándola a la habitación.

—¿De qué?

—El bosque verde desapareció. El mundo ha cambiado —recordó él suspirando y dejándose caer en una silla junto a la mesa—. Estoy en el desierto, medio muerto. Sin agua, fruta ni roushes. Me matan ahora, y me muero realmente. Si algo sucede, la información tendrá que fluir de otro modo para mantenerme vivo allá.

Inclinó la cabeza.

—Ahora hay que entender eso.

—No sabes eso —objetó Kara—. No estoy diciendo que debas salir a que te maten y ver qué sucede, por favor. Pero hay una razón de que estés allá. En ese mundo. Y hay una razón de que estés aquí.

—¿Qué exactamente estás insinuando entonces?

—Que emprendas en esa realidad una búsqueda minuciosa que nos ayude aquí. Toma tu tiempo. No hay correlación entre el tiempo de allá y el de acá, ¿correcto? —manifestó ella tirando su bolso en la cama y mirándolo a los ojos.

—Tan pronto como me quedo dormido allá, estoy aquí.

—Entonces encuentra una manera de no estar aquí cada vez que duermes. Pasa en esa realidad unos días, una semana, un mes, todo el tiempo que necesites. Halla algo. Aprende nuevas habilidades. Quienquiera que llegues a ser allá, lo serás aquí, ¿no es así? Así que llega a ser alguien.

—Soy alguien.

—Lo eres, y te amo por como eres. Pero por el bien de este mundo, llega a ser alguien más. Alguien que pueda salvar este mundo. Vete a dormir, sueña, y regresa como un hombre renovado.

Él miró a su hermana. Repleta de optimismo. Pero ella no entendía el grado de devastación en la otra realidad.

—Tengo que dormir —declaró él dirigiéndose a su habitación.

—Sueña, Thomas. Sueños prolongados. Grandes sueños.

—Lo haré.

36

LA MENTE de Tom se llenó de imágenes de un muchacho parado inocentemente en el centro de un espacio colorido, la barbilla levantada hacia el cielorraso, los ojos desorbitados, la boca bien abierta.

Johan. Y su piel era tan tersa como un charco de leche chocolatada. Su profunda melodía gutural retumbó de repente en el espacio, sobresaltando a Tom.

Se volteó de lado en su dormitar.

Por un momento la noche se quedó en silencio. Luego el muchacho comenzó a cantar otra vez. Discretamente ahora, con ojos cerrados y manos alzadas. Melodiosos estribillos flotaron hacia los cielos como trinos de pájaros. Subieron la escala y empezaron a distorsionar.

¿Distorsionar? No. Johan siempre entonaba una canción impecable hasta la última nota. Pero el sonido subía la escala y se elevaba más como un lamento que como un cántico. Johan estaba sollozando.

Los ojos de Tom se abrieron. La suave luz de la mañana le inundó la visión. Los oídos se le llenaron con el sonido de un niño cantando en tonos entrecortados.

Se incorporó sobre un codo, miró alrededor, y posó la mirada en la roca lisa a veinte pasos de donde se hallaban él y Rachelle. Allí, en dirección al bosque que habían dejado atrás, sentado con las piernas cruzadas sobre la roca lisa, y de espaldas a ellos, Johan entonaba un cántico. Sin duda una débil y entrecortada melodía. Pero de todos modos un cántico.

Rachelle se irguió hasta quedar sentada al lado de él y miró a su hermano. Tenía la piel reseca y despellejada. Igual que la de Tom. Este tragó saliva y miró a Johan, quien gemía con los brazos extendidos totalmente.

—Elyon, ayúdanos —cantó—. Elyon, ayúdanos.

Tom se puso de pie. Todo el cuerpo de Johan temblaba mientras luchaba con las notas. El muchacho parecía estar llorando. Llorando bajo el poder menguante de sus propias notas, o quizá porque no podía cantar como antes.

Junto a Tom, Rachelle se puso lentamente de pie sin quitar la mirada de la escena. Lágrimas le humedecieron las manchadas mejillas. Tom sintió que el pecho se le oprimía. Johan levantó su pequeño puño y gimió con mayor intensidad… una desgarradora interpretación de tristeza, ansias, ira y súplica de amor.

Por largos minutos siguieron mirando a Johan, quien se lamentaba por todos los que oían. Un lloro por todos los que sacarían tiempo para escuchar los lamentos de un niño abandonado y torturado que agonizaba lentamente lejos del hogar. Sin embargo, ¿quién supuestamente podría oír tal canto en este desierto?

Si tan sólo Michal o Gabil vinieran y le dijeran qué hacer. Si tan sólo él pudiera hablar una vez más, sólo una última vez, al niño del lago en lo alto.

Si tan sólo pudiera cerrar los ojos y volverlos a abrir ante la vista de un niño parado en la elevación de arena a la izquierda de ellos. Como el niño parado allí ahora. Como…

Tom se quedó paralizado.

El niño estaba parado allí, en la elevación al lado de los peñascos, mirando directamente a Johan. ¡El niño del lago en lo alto!

Como conducidos por una mano invisible, Johan y Rachelle dejaron de sollozar. El niño dio tres pasos hacia la roca lisa y se detuvo. Los brazos le colgaban a los costados. Los ojos eran grandes y verdes. Brillantes e imponentemente verdes.

Los delicados labios del niño se abrieron levemente, como si fueran a hablar, pero sólo se quedó mirando. Un rizo suelto de cabello le colgaba entre los ojos, levantándose delicadamente en la brisa matutina.

Los dos niños se miraron directamente a los ojos, como sujetados por un vínculo invisible. Los ojos de Johan estaban bien abiertos por el asombro, y el rostro húmedo por las lágrimas. A la derecha de Tom, Rachelle dio un paso hacia Johan y se detuvo.

Entonces el niño abrió la boca.

Un tono puro, dulce y nítido en la calma de la mañana atravesó los oídos de Tom y le apuñaló el corazón como una flecha, como una navaja. Contuvo el aliento a la primera nota. Imágenes de un mundo muy lejano le coparon la mente. Recuerdos de un piso de resina color esmeralda, de una cascada atronadora, de un lago. Las notas entraron en una melodía.

Tom cayó de rodillas y comenzó a llorar otra vez.

El niño dio un paso hacia Johan, cerró los ojos, y levantó el mentón. Su canto flotó por el aire, danzándoles en las cabezas como un ángel bromeando. Rachelle se sentó pesadamente.

El niño abrió los brazos, extendió el pecho, y dejó salir un tono profundo y resonante que hizo temblar la tierra. Luego formó sus primeras letras, recubiertas en notas que resonaban dulcemente sobre las dunas.

Te amo.
Te amo, te amo, te amo.

Tom cerró los ojos y dejó que el cuerpo se le estremeciera bajo el poder de las palabras. El tono subió la octava, atravesando el apacible aire con intensos acordes.

Te formé,
y me encanta la manera en que te formé.

La melodía llegó al corazón de Tom y amplificó mil veces la resonancia de cada acorde de tal modo que creyó que le podía explotar el corazón.

Y entonces, con un tono estridente, como un concierto de mil órganos de tubos soplando el mismo acorde, el aire se extinguió con una nota final y cayó el silencio.

Tom levantó lentamente la cabeza. El niño aún miraba a Johan, quien se había deslizado de la piedra lisa y estaba de pie con los brazos extendidos hacia el niño.

Los primeros pasos de ambos parecieron cautos, dados casi simultáneamente uno hacia el otro. De pronto los dos niños se despegaron del suelo y corrieron cada uno hacia el otro con los brazos extendidos.

Chocaron allí en el suelo del desierto, dos pequeños como de la misma talla, como dos gemelos reunidos después de mucho tiempo de separación.

Todos oyeron el golpe del desnudo pecho contra la carne desnuda seguido de gemidos mientras los dos niños caían a la arena, riendo histéricamente.

Rachelle comenzó a reír con fuerza. Aplaudió con emoción, y aunque Tom supuso que ella nunca se había encontrado con el niño, conocía su nombre.

—¡Elyon! —pronunció ella el nombre como una niña extasiada—. ¡Elyon!

Ella lloraba y reía mientras aplaudía.

Los niños se pusieron de pie y corretearon alrededor de la roca, jugando a tocarse y perseguirse, aún riendo como escolares transmitiéndose un secreto.

Y luego el niño se volvió hacia Tom.

Todavía arrodillado, Tom vio al niño correr directamente hacia él. Sus ojos le centelleaban como esmeraldas, y una sonrisa esbozada en los labios le levantaba las mejillas. El niño subió corriendo hasta donde Tom, se paró en seco, le colocó un brazo alrededor del cuello, y puso su mejilla suave y cálida contra la de Tom. Su cálido aliento le rozó el oído.

—Te amo —susurró el niño.

Un rugiente tornado recorrió la mente de Tom. Fuertes vientos le golpearon el pecho con amor puro, crudo y salvaje. Oyó que de la boca le salía un débil resoplido.

Luego el niño fue hasta donde Rachelle. Repitió el abrazo y ella se estremeció con sollozos. El niño se volvió y salió corriendo por el campo. Se detuvo a una docena de pasos hacia el oriente y revoloteó, con los ojos centelleando de manera juguetona.

—Sígueme —expresó, luego giró hacia la duna y subió la cuesta a toda velocidad.

Johan pasó corriendo al lado de Tom y Rachelle, jadeando.

Tom se levantó con gran dificultad, con la mirada fija en el niño que ahora llegaba a lo alto de la duna. De un halón puso de pie a Rachelle y siguieron tras el niño… Johan adelante, y Tom y Rachelle corriendo detrás.

Ninguno habló mientras corrían por el estéril desierto. La mente de Thomas aún estaba aturdida por el toque del niño. La ropa de Tom estaba empapada de sudor. Se le entrecortó la respiración mientras trepaba las dunas arenosas, tras este niño pequeño que corría como si fuera el dueño de esta caja de arena. *Pero lo seguiría a cualquier parte. Lo seguiría por sobre un acantilado, creyendo que después de saltar podría volar. Lo seguiría al interior del mar, sabiendo que podría respirar bajo el agua.* Era el cántico del niño. Era su melodía, sus ojos, sus tiernos pies, el modo en que su aliento había entrado a toda prisa por los oídos de Tom.

Siguieron corriendo en silencio, manteniendo la mirada fija en la espalda desnuda del niño que brillaba con el sudor. Él trotaba firmemente dentro del desierto… aminorando la marcha al subir las arenosas cuestas y luego bajando a saltos el otro lado. Ni tan lejos para no perderlos, ni tan cerca para permitirles descansar.

El sol estaba en lo alto cuando Tom se tambaleó sobre una cima marcada por las pisadas del niño. Se detuvo como a tres metros de donde Johan se había detenido. El niño estaba justo delante de Johan. Tom les siguió la mirada.

Lo que vio lo dejó atónito.

Debajo de ellos, en medio de este desolado desierto blanco, había un enorme valle. Y en este valle crecía un enorme bosque verde.

Tom miró, boquiabierto como un bobo. Debía tener varios kilómetros de ancho, quizá más. Tal vez más de treinta kilómetros. Pero en la lejanía donde terminaban los árboles, el suelo del valle se levantaba en una montaña de arena. El desierto continuaba. El bosque no era colorido. Verde. Sólo verde. Como los bosques en sus sueños de Bangkok.

—¡Miren! —exclamó Rachelle extendiendo la mano.

El dedo con que señalaba le temblaba. Entonces Tom lo vio.

Un lago.

Hacia el oriente, a varios kilómetros bosque adentro, el sol hacía brillar un pequeño lago.

El niño lanzó una exclamación de júbilo, extendió el puño al aire y bajó corriendo la ladera. Tropezó una vez y se puso de pie, a toda velocidad.

Johan corrió tras él, gritando del mismo modo; luego Tom y Rachelle juntos. Gritando.

Tardaron veinte minutos en llegar a la orilla del bosque, donde se pararon en seco. Los árboles se erguían altos, como centinelas que pretendían impedir la invasión de la arena. Corteza café. Ramas largas y frondosas. Una bandada de papagayos levantó vuelo y graznó en lo alto.

—¡Aves! —gritó Johan.

El niño los volteó a mirar desde la orilla del bosque. Luego, sin decir nada, pasó entre dos árboles y se metió corriendo.

—¡Vamos! —exclamó Tom yendo tras él.

Los otros venían corriendo detrás.

El follaje se extendía en lo alto, protegiendo del sol. Pasaron entre los dos árboles que había atravesado el niño.

—Vamos, ¡rápido!

El sonido de sus pies al rozar la arena se convirtió en un suave chasquido cuando llegaron a los primeros matorrales.

Tom forzó la vista para ver la espalda del niño entre los árboles. Allí, y allá. Siguió corriendo, apenas consciente ahora del bosque. Detrás de él, Rachelle y Johan tenían la tarea más sencilla de seguirlo.

Tom levantó la mirada hacia la espesura en lo alto. Le pareció vagamente conocida. Por un momento creyó estar adentrándose en las selvas de Tailandia. Para rescatar a Monique.

El niño nunca se perdió de vista por más de unos segundos. Cada vez se adentraban más en la selva. Directo hacia el lago. Parecía haber aves casi en cada árbol. Monos y marsupiales. Pasaron por un prado con un bosquecillo de árboles más pequeños cargados con frutas rojas. No de la misma clase de fruta que habían comido en el bosque colorido, pero muy parecida.

Tom agarró del suelo una manzana y la saboreó a la carrera. Dulce. Deliciosa. Pero sin poder. Agarró otra y la tiró atrás hacia Rachelle.

—¡Está rica!

Una manada de perros ladró en el otro lado del prado. ¿Lobos? Tom aminoró la marcha.

—¡Rápido!

Se apuraron. Atravesaron elevados árboles en que graznaban aves, pasaron grandes arbustos repletos de cerezas, franquearon un pequeño arroyo con aguas resplandecientes, cruzaron otra pradera florecida brillantemente y pasaron caballos que salieron asustados en estampida.

Rachelle y Johan estaban tan asustados como los caballos. Tom no.

Y entonces, tan repentinamente como habían entrado al bosque, estuvieron fuera. En la orilla de un pequeño valle.

Una suave colina descendía hasta las riberas de un centelleante lago verde. Un delgado manto de neblina se elevaba perezosamente sobre secciones de la apacible superficie. Árboles, cargados con frutas, se alineaban en la orilla. Colores de todos los visos imaginables salpicaban los árboles.

Caballos salvajes pastaban sobre la alta hierba verde del suelo del valle. Un arroyo transparente serpenteaba dentro del lago desde la base del acantilado hacia la derecha de ellos, y luego retrocedía y bajaba por el valle.

El niño se volvió hacia ellos, sonriendo. No respiraba con dificultad como ellos. Solamente un ligero sudor le salía en la frente.

—¿Les gusta? —preguntó.

Ellos estaban demasiado asombrados para responder.

—Creí que les gustaría —expresó—. Quiero que cuiden de este bosque para mí.

—¿Qué quieres decir? —inquirió Tom—. ¿Te vas?

—No te preocupes, Thomas —contestó el niño inclinando la cabeza ligeramente—. Volveré. Sólo que no se olviden de mí.

—¡Nunca te podría olvidar!

—La mayoría ya lo hizo. El mundo se podría volver muy malo demasiado rápidamente. Será más fácil derramar sangre que agua. Sin embargo…

Él señaló hacia el agua.

—Si se bañan en el agua una vez al día mantendrán alejada la enfermedad. No permitan que la sangre contamine el agua.

Luego el niño les dio una lista de seis reglas sencillas que debían seguir.

—¿Sobrevivieron los demás? —averiguó Rachelle—. ¿Dónde… dónde están?

El niño la miró con ternura.

—Casi todos están perdidos, pero hay otros como tú que encontrarán uno de siete bosques como este —declaró, y luego sonrió con picardía—. No te preocupes, tengo una idea. Mis ideas generalmente son muy buenas, ¿no crees?

—Sí. Sí, definitivamente buenas.

—Cuando crees que algo no puede empeorar más, siempre habrá una salida. Con un soplo increíble destruiremos la esencia del mal.

Él fue hasta Rachelle, le agarró la mano y se la besó.

—Simplemente recuérdame.

Caminó hasta donde Johan y lo miró a los ojos. Por un momento Tom creyó haber visto una mirada sombría que cruzó por los ojos de Elyon; este se inclinó hacia delante y besó a Johan en la frente.

Luego se acercó a Tom y le besó la mano.

—¿Me puedes decir algo? —preguntó Tom en voz baja—. Anoche volví a soñar con Bangkok. ¿Es real? ¿Se supone que rescate a Monique?

—¿Soy un león o un cordero? ¿O soy un niño? Tú decides, Thomas. Eres muy especial para mí. Por favor… no me olvides, por favor. Nunca, nunca me olvides. Me juego demasiado en ti —confesó, y le guiñó un ojo.

Entonces dio media vuelta, corrió a la ribera, plantó el pie en una roca, y se lanzó en una zambullida. Su cuerpo se sostuvo un momento en el aire por encima del lago, y luego rompió la superficie con apenas una onda de agua antes de desaparecer.

Él se juega demasiado en mí. La idea lo aterró.

Johan fue el primero en moverse. Salió corriendo hacia la orilla y se lanzó al agua con Tom y Rachelle pisándole los talones. Se zambulleron juntos, uno, dos, tres chapuzones que casi sonaron como uno solo.

El agua no era fría. Tampoco estaba caliente. Tan limpia, pura y cristalina que al instante Tom logró ver las piedras en el fondo.

Este lago tenía fondo.

Y aparte de la maravillosa sensación de limpieza que les dio, el agua no les produjo estremecimiento en el cuerpo ni ningún cosquilleo en la piel como en el otro lago. Al instante supo que no podía respirarlo.

Pero lo bebió. Y rió, lloró y chapuceó como un chiquillo en una piscina en el patio. Y el agua sí los cambió.

Casi al instante sus pieles volvieron a ser normales, y los ojos de ellos…

Un tenue verde reemplazó el gris en sus ojos.

Por un rato.

—CONSTRUIREMOS AQUÍ nuestra casa —anunció Tom, mirando alrededor del claro—. Está sólo a un tiro de piedra del lago, y hay mucho sol. Nuestra prioridad será construir un refugio.

—No, no creo eso —objetó Rachelle.

Él la miró, desconcertado por el tono de ella.

—Nuestra prioridad será tratar con Monique —explicó ella.

—Vamos, Rachelle.

—Quiero que me digas todo. Todo lo de tus sueños.

—Pero no tienen importancia —contestó él con los brazos abiertos—. ¡Sólo son sueños!

—¿Es por eso que le preguntaste al niño acerca de ellos hace sólo una hora? ¿Es por eso que susurras dormido el nombre de ella? ¡Incluso anoche después de prometerme que no lo harías, susurraste su nombre como si ella fuera la fruta más dulce en la tierra! Quiero saberlo todo.

—Quizá deberíamos volver a bañarnos.

—Después de que me cuentes. Por si no lo habías notado, ahora estamos tú y yo en la tierra. Un hombre y una mujer. ¿O es un hombre y dos mujeres? Tú me elegiste, ¿o no?

—Te elegí. Por eso es que estás aquí. ¿Halé a otra mujer dentro del Thrall para protegerla? No, te halé a ti porque te elegí, y nos casaremos de inmediato. De todos modos quiero hablarte de Monique.

Él fue hasta las rocas y se sentó. Estos sueños serían su ruina.

—¿Dónde está Johan?

—Se ha ido a explorar. Háblame de tus sueños.

—¿Lo dejaste ir? —preguntó Tom mirando al interior del bosque—. ¿Y si se pierde? Estoy preocupado por él. Tenemos que cuidarlo.

—No cambies el tema. Quiero oírlo todo.

Así que Tom le contó. Ella se sentó a su lado en la roca en el centro del claro, y él le dijo casi todo lo que podía recordar, reservándose sólo unas pequeñas partes muy superficiales.

Le habló de cómo le dispararon en Denver, del vuelo a Bangkok, del secuestro de Monique y de la variedad Raison. Luego le habló de todo el mundo construido en sus sueños, o al menos tanto como lograba recordar, porque parecía lejano y vago cuando no se hallaba soñando.

—¿Sabes a qué se me parece esto? —inquirió Rachelle cuando él terminó.

—No, ¿a qué?

—Me parece que estás imaginando algo similar a lo que nos sucedió aquí. Te dije dónde me gustaría ser rescatada, y por tanto soñaste en un lugar exacto para rescatar a otra mujer. Aquí el bosque negro ha amenazado destruirnos y ahora lo hace, y por tanto sueñas con una tenebrosidad que destruirá otro mundo. Una plaga. Bangkok es un producto de tus sueños que refleja lo que está sucediendo en nuestra vida real.

—Quizá logre detener el virus donde no logré detener a Tanis.

—No, no vas a detenerlo.

—¿Por qué no?

—En primer lugar, ¡se trata de un sueño! Escúchame. ¡Hasta ahora hablas de influir en un mundo que no existe! No asombra que Michal se negara a alimentar tus sueños con más información de las historias.

Rachelle se puso de pie y cruzó los brazos.

—Segundo, si tienes razón, la única manera de detener eso es encontrar a esta mujer Monique con la que pareces estar vinculado de algún modo. No lo permitiré.

—Por favor, apenas la conozco. No es nada romántico. Ella es producto de mi imaginación. Lo dijiste tú misma.

—No te tendré soñando con una hermosa mujer llamada Monique mientras yo esté amamantando a tu hijo —objetó Rachelle.

Eso lo dejó helado.

—¿Quieres de veras darme hijos?

—¿Tienes una idea mejor? —cuestionó ella, e hizo una pausa—. No veo otro hombre alrededor. Y te amo, Thomas, aunque sueñes con otra mujer.

—Y yo te amo, Rachelle —confesó él agarrándole la mano y besándola—. Nunca soñaría con otra mujer. Nunca.

—Por desgracia parece como si esto estuviera fuera de tu control. Si sólo tuviéramos la fruta del rambután, te la daría todas las noches para que nunca más vuelvas a soñar.

Tom se puso de pie.

—¿Qué pasa?

—El niño…

—¿Sí? ¿Qué pasa con el niño?

—Él me dijo en el lago de lo alto que siempre tendría la alternativa de no soñar.

—Y sin embargo soñaste anoche —lo acusó ella investigándole el rostro—. ¿Fue esa tu elección?

—No, ¿pero y si *existiera* el rambután?

—Las frutas ya no son iguales.

—Pero tal vez él dejó esta. ¿Cómo más yo no soñaría? Él me hizo una promesa.

Los ojos de ella se iluminaron. Examinó la orilla del bosque.

—Está bien, bañémonos.

⬥

PASARON VARIAS horas buscando el rambután y, mientras lo hacían, buscaron también material para construir un refugio en el claro.

Para el mediodía habían perdido la esperanza de encontrar algún rambután en este bosque, así como había desaparecido la urgencia de Tom en encontrarlo, aunque no le dijo esto a Rachelle. Los sueños parecían lejanos y abstractos en medio del nuevo entorno en que se hallaban. Le parecía absurda la idea de estar soñando con otra mujer de la cual Rachelle estaría celosa.

La observó caminar delante de él por el bosque, y supo sin la menor sombra de duda que nunca amaría a alguna mujer como la amaba a ella. Ella tenía el espíritu de un águila y el corazón de una madre. Hasta le gustaba la manera en que discutía con él, llena de entereza.

Le encantaba la forma en que ella caminaba. El modo en que el cabello le caía sobre los hombros. La manera en que se le movían los labios al hablar. Ella era hermosa, incluso con piel reseca y ojos grises, aunque estaba impresionante la primera vez que salió de la laguna con la piel tersa y los ojos verdes, riendo a la luz del sol.

La idea de que Rachelle tuviera algún temor de un sueño era absurda. Él insinuó que ella siguiera buscando mientras él volvía su atención al refugio que debían construir. Tenía algunas ideas de cómo levantar uno. Podría incluso saber cómo fabricar metal.

Y ella quería saber qué ideas eran esas.

Algo de mis sueños, él había cometido la equivocación de decir.

Tal vez el rambután era después de todo una buena idea.

Johan finalmente había vuelto de su viaje explorador y le ayudó a Tom con el primer cobertizo, construido de arbustos y hojas. Tom sabía cómo debía verse, y sabía cómo hacerlo.

—¿Cómo sabías la forma de amarrar esas enredaderas? —quiso saber Johan cuando terminaron el techo—. Nunca había visto algo así.

—Esta —explicó Tom, frotando cariñosamente los nudos—, es la forma en que lo hacen en las selvas de Filipinas. Se sujetan palmas a estos...

—¿Dónde están las Filipinas? —preguntó Johan.

—¿Las Filipinas? En ninguna parte, en realidad. Sólo algo que inventé. Y era verdad, pensó. Pero ahora con menos convicción.

Rachelle entró a zancadas al campamento en el mismo momento en que Tom pensaba que deberían ir a buscarla.

—¿Cómo están mis hombres? Vaya, esto que ustedes tienen aquí parece algo habilidoso —elogió ella analizando el cobertizo—. ¿Qué es?

—Esta es nuestra primera casa —respondió Tom sonriendo.

—¿De veras? Más parece una tapia —opinó ella rodeándola—. O un techo caído.

—No, no, esto es más que una tapia —expuso Tom—. Es la estructura completa. ¡Es perfecta! ¿No te gusta?

—Bastante funcional, supongo. Para una o dos noches, hasta que puedas construirme habitaciones y una cocina con agua corriente.

Tom no supo qué responder. Más bien le gustaba la sensación abierta del lugar. Ella tenía razón, desde luego. Finalmente tendrían que construir una casa, y él también tenía algunas ideas de cómo hacerla. Pero creía que el cobertizo era muy elegante.

—Creo que es muy ingenioso —reconoció ella mirándolo y guiñándole un ojo—. Algo que edificaría un gran guerrero.

Luego ella sacó la mano de atrás de la espalda y le lanzó algo.

—Atrápalo.

Él lo agarró con una mano.

Era un rambután.

—¿Lo encontraste?

—Cómetelo —le ordenó ella sonriendo.

—¿Ahora?

—Sí, por supuesto, ahora.

Él mordió la pulpa. El néctar sabía como a una combinación entre banano y naranja pero ácido. Como banano-naranja-limón.

—Todo —afirmó ella.

—¿Lo debo comer todo para que funcione? —investigó él aún atragantado con el primer mordisco.

—No, pero quiero que te lo comas todo.

Él se lo comió todo.

———◆◆◆———

RACHELLE OBSERVÓ dormir a Thomas. El pecho se le henchía y le bajaba firmemente al sonido de la profunda respiración. Una leve palidez le cubría el cuerpo, y ella supo que si pudiera verle los ojos estarían sin brillo, como los de ella. Pero nada de esto la preocupaba. El lago los limpiaría tan pronto como se bañaran.

Lo que le preocupaba eran estos sueños de Tom. Sueños con las historias y con una mujer llamada Monique. Rachelle se dijo que había más acerca de las historias. Después de todo, existen probadas razones para suponer que una preocupación con las historias había metido a Tanis en problemas. Pero lo que más le preocupaba a ella era la mujer.

Los celos habían sido un elemento del Gran Romance, y la intención de Rachelle no era atenuarlos ahora. Thomas era su hombre, y ella no estaba dispuesta a compartirlo con nadie, mujer de sueños o no.

Si Thomas tenía razón, comer la fruta de Teeleh en el bosque negro antes de haber perdido la memoria fue lo que dio inicio a sus sueños en primer lugar. Ahora ella oró con desesperación porque lo que quedaba de la fruta de Elyon le limpiara de la mente esos sueños a Tom.

—Thomas —lo llamó inclinándose sobre él y besándole los labios—. Despierta, cariño.

Él gimió y cambió de posición. Una sonrisa agradable le cruzaba el rostro. ¿Sueño profundo? ¿O Monique? Pero él había dormido como un bebé y ninguna vez le susurró el nombre de la mujer.

Rachelle no podía prolongar más su paciencia. Ya había estado despierta por una hora, esperando que él despertara.

—¡Despierta! —exclamó después de darle una palmadita en el costado y levantarse—. Hora de bañarse.

—¿Qué pasa? —quiso saber él sentándose de un salto.

—Hora del baño.

—Es tarde. ¿He estado durmiendo todo este tiempo?

—Como una piedra —respondió ella.

Tom se frotó los ojos, se levantó y se dirigió al fuego.

—Hoy empiezo a construir tu casa —anunció.

—Fantástico —opinó ella mirándolo fijamente—. ¿Soñaste?

—¿Soñé? —exclamó él como si hurgara en la memoria.

—Sí, ¿soñaste?

—No sé. ¿Soñé?

—Sólo tú lo sabes.

—No. La fruta que me diste funcionó. Por eso dormí tan bien.

—¿No logras recordar algo? ¿Ningún viaje fantasmal a Bangkok? ¿No rescataste a la hermosa Monique?

—Lo último que soñé al respecto fue que me quedé dormido después de la reunión. Eso fue hace dos noches —confesó él extendiendo las manos y sonriendo deliberadamente—. No más sueños.

Ella sabía que él le estaba diciendo la verdad. La fruta obró como el niño había prometido.

—Qué bueno —comentó Rachelle—. Entonces funciona. Te comerás esta fruta todos los días.

—¿Para siempre?

—Es también muy saludable para hacer fértil a un hombre —explicó ella—. Sí, para siempre.

Por consiguiente, Thomas comió rambután todos los días y ninguna vez soñó con Bangkok. Ni con nada.

Pasaron semanas, después meses, luego años, quince años, y Thomas no soñó ni una vez con Bangkok. Ni con nada.

Se convirtió en un poderoso guerrero que defendía los siete bosques contra el desierto que intentaba invadirlo. Pero no soñó una sola vez. Ni con Bangkok, ni con nada.

Quizá Rachelle tenía razón. Tal vez él no volvería a soñar. Posiblemente iba a comer rambután todos los días y no volvería a soñar con Bangkok.

Ni con nada.

37

VALBORG SVENSSON se hallaba en la cabecera de la mesa y observaba la reunión de dignatarios. Todos de gobiernos que habían sido persuadidos por tres años con promesas de poder. Hasta ahora ninguno de ellos sabía suficiente para hacerle gran daño. Y si supieran más de lo debido, no le habían hecho daño, así que ese no era el punto. Eran siete, pero sólo necesitaban una nación en la cual construir su poderosa base. Todos los siete serían útiles, pero necesitaban las llaves de uno de sus reinos como respaldo. Si sólo supieran.

Carlos estaba en Bangkok en este momento, a sólo horas de eliminar a Hunter de una vez y para siempre. Armand Fortier hacía los arreglos necesarios con los rusos y los chinos. Y él, Valborg Svensson, se encargaba de dejar caer la bomba que haría posible todo. Por así decirlo.

Svensson sacó su puntero y dio golpecitos en las ciudades sobre el mapa de pared a su izquierda.

—La variedad Raison ya ha entrado al espacio de Londres, París, Moscú, Beijing, Nueva Delhi, Ciudad del Cabo, Bangkok, Sídney, Nueva York, Washington D. C., Atlanta y Los Ángeles. Estas son las doce primeras. Dentro de ocho horas tendremos veinticuatro puntos de entrada.

—Ingresar a un espacio aéreo, como en…

—Como en que el virus se transmite vía aérea. Llevado por mensajeros en más de veinticuatro aviones comerciales, esparcido como hablamos. Es sumamente contagioso, más que cualquier virus que hayamos visto. Una pequeña bestia fascinante. La mayoría requiere alguna clase de ayuda para desplazarse. Un resfriado, fluidos, un toque, al menos mucha humedad. Pero a este patógeno parece irle muy bien en condiciones ambientales adversas. Un simple caparazón del virus basta para infectar a un adulto.

—¿Ya lo ha hecho usted?

—Naturalmente. Mediante nuestras representaciones tridimensionales más conservadoras, tres millones de personas serán portadoras para cuando termine el día. Noventa millones en dos días. Cuatro mil millones dentro de una semana.

Se quedaron anonadados. Ni uno sólo comprendió realmente lo que Svensson acababa de decir. No era de culparlos. La realidad era sorprendente. Demasiado grave para digerir de un tirón.

—¿Ya salió el virus? ¿No hay manera de detenerlo?

—¿Que si ya salió? Supongo que sí —contestó Svensson—. Y no, no hay manera de detenerlo.

Todos ellos estaban aterrorizados ahora.

—¿Y quiénes serán infectados?

—Todos. Yo mismo, por ejemplo. Y ustedes. Todos nosotros estamos infectados —espetó él señalando un minúsculo envase cilíndrico de vidrio sobre una mesita—. Nos infectamos a los pocos minutos de entrar a este salón.

Silencio. El líquido amarillo se veía tranquilo.

Las objeciones del grupo llegaron en una descarga de airadas protestas.

—Usted debe tener una vacuna; ¡deberíamos ser inoculados al instante! ¿Qué clase de broma de mal gusto es esta?

—Una broma de muy mal gusto —expuso Svensson—. No existe vacuna.

—¿Qué entonces, un antivirus? —objetó uno de los hombres—. ¡Exijo saber qué está usted haciendo aquí!

—Usted sabe lo que estoy haciendo. Por desgracia, tampoco tenemos el antivirus todavía. Pero no se preocupen, lo tendremos pronto. Tenemos menos de tres semanas para perfeccionar uno, pero tengo plena confianza en que contaremos con él para el fin de semana. Quizá más pronto.

Los demás lo miraron como una camada de ratas paralizadas por un trozo de queso.

—¿Y si no?

—Si no, entonces todos participaremos de la misma suerte que el resto del mundo.

—¿Cuál es esa suerte?

—No estamos exactamente seguros. Una horrible muerte, con mucha seguridad. Pero aún no ha muerto nadie por la variedad Raison, así que no podemos estar seguros de la naturaleza exacta de esa muerte.

—¿Por qué? —objetó un hombre con expresión de incredulidad en el rostro—. Esto *no* fue lo que discutimos.

—Sí, sí lo fue. Sólo que ustedes no estaban escuchando muy bien. Tenemos una lista de instrucciones para cada uno de sus países. Confiamos en que ustedes cumplirán en la forma más rápida y eficiente. Por obvias razones. Y en realidad no pensaría en un intento de socavar nuestros planes en alguna forma. La única esperanza para un antivirus reposa en mí. Si se me lo impiden, simplemente el mundo morirá.

—¡Esto no es lo que yo comprendí! —gritó el caballero de Suiza, Bruce Swanson, lanzando la silla hacia atrás y parándose, con el rostro iracundo—. ¿Cómo se atreve usted a proceder sin consultar…?

Svensson extrajo una pistola que tenía debajo de la chaqueta y le disparó al hombre en la frente a diez pasos. El suizo lo miró, de su tercer ojo recién abierto manaba sangre, y luego cayó de espaldas, se golpeó la cabeza en la pared, y se derrumbó en el suelo.

—No hay manera de detener el virus —informó de nuevo Svensson bajando la pistola—. Ahora sólo podemos controlarlo. Ese fue el punto desde el principio. La disensión sólo obstaculizará ese objetivo. ¿Alguna duda?

Ninguno tuvo dudas.

—Bien —continuó él colocando la pistola sobre la mesa—. Como hablamos, los gobiernos de estas naciones afectadas están siendo notificados de nuestras exigencias. Estos gobiernos no reaccionarán inmediatamente, desde luego. Esto es preferible. El pánico no es amigo nuestro. No todavía. No necesitamos que las personas se queden en casa por temor de contraer la enfermedad. Para cuando se den cuenta de la verdadera naturaleza de nuestra amenaza, la contención estará fuera de orden. Prácticamente ya está hecho.

Svensson respiró profundamente. El poder de este momento, estando frente a siete hombres, seis vivos, ya valía el precio que había pagado. Y este sólo era el inicio. Había contenido una sonrisa, pero ahora sonreía para todos ellos.

—Este es un día maravilloso, amigos míos. Ustedes se encuentran en el lado correcto de la historia. Lo verán. La suerte ha sido echada.

∞

A MARKOUS se le habían garantizado dos cosas para esta tarea: Su vida y un millón de dólares en efectivo. Valoraba bastante lo uno y lo otro como para cortarse la pierna si fuera necesario. Ya había recibido el dinero. Su vida aún estaba en las manos de ellos. No dudaba de la voluntad ni de la capacidad que tenían para quitarle la vida o concedérsela.

Entró al cubículo del baño y golpeteó el frasquito con la uña. Difícil creer que el líquido amarillo pudiera hacer lo que aseguraban que haría. Se puso nervioso por las pocas gotas del líquido ámbar.

Contuvo el aliento y quitó el corcho de caucho del cuello del minúsculo envase de vidrio. Ahora solamente aire separaba del virus al hombre: la nariz, los ojos y la piel. ¿Se habría infectado ya? No, ¿cómo podría estarlo?

Exhaló aire de los pulmones, volvió a contener el aliento e inhaló lentamente, imaginando que por las fosas nasales le ingresaban esporas invisibles. De haber sido oloroso, como un perfume, lo habría notado. Pero el objetivo era pasar desapercibido.

Por tanto, ahora él estaba infectado.

Markous se salpicó impulsivamente un poco del fluido en la chaqueta y las manos, y luego se frotó el rostro. Como una colonia. Lo probó con la lengua. Sin sabor. Bebió un poco y lo barboteó en la boca. Tragó.

Salió del baño de caballeros. Viajeros abarrotaban el Aeropuerto Internacional de Bangkok a pesar de la hora temprana. Miró en ambas direcciones y se enderezó la corbata. Casi nunca se mezclaba con mujeres en clubes nocturnos u otras instituciones sociales, a pesar de sus apuestos rasgos mediterráneos. Pero en el momento parecía algo adecuado un poco de amor.

Vio lo que buscaba y fue hacia un grupo de cuatro auxiliares de vuelo con uniforme azul que hablaban en un puesto de banca telefónica.

—Perdónenme.

Todas las cuatro mujeres lo miraron. En sus etiquetas de equipaje se leía «Air France». Él sonrió cortésmente y enfocó la atención en una morena de alto porte.

—Sólo pasaba por aquí, y no pude dejar de observarla. ¿Le molesta?

Intercambiaron miradas. La morena arqueó una ceja con timidez.

—¿Me puede decir su nombre, por favor? —preguntó Markous.

Ella no usaba identificación.

—Linda.

Él se acercó un paso. Sus manos aún estaban húmedas con el líquido. Imaginó los millones de células nadándole en la boca.

—Vamos, Linda. Me gustaría decirle un secreto —expresó él inclinándose al frente.

Al principio ella titubeó, pero alargó la mano cuando dos de las otras rieron.

—¿Qué pasa?

—Más cerca —pidió él—. No la morderé, lo prometo.

Ella estaba sonrojada, pero accedió inclinándose unos centímetros.

Markous se le acercó más y la besó de lleno en la boca. Inmediatamente retrocedió y levantó ambas manos.

—Perdóneme. Usted es tan hermosa, que simplemente tuve que besarla.

La impresión se registró en el rostro femenino.

—Usted… ¿qué cree que está haciendo?

Markous agarró la mano de la mujer al lado de la morena. Tosió.

—Por favor, estoy muy apenado —añadió, y retrocedió rápidamente, disculpándose.

Entonces se alejó, dejando a su paso cuatro mujeres estupefactas.

Fue hasta la estación de primeros auxilios del aeropuerto, donde una madre le pedía algo a una enfermera mientras sus dos hijos de cabellera rubia jugaban al corre que te pillo alrededor de las bancas de espera. Un anciano con pobladas cejas canosas lo observó quitarse la chaqueta aún húmeda y colgarla en el perchero. Con un poco de suerte el hombre reportaría la chaqueta y seguridad la confiscaría. Antes que diera cinco pasos estaban infectados la madre, sus dos hijos, la enfermera y el anciano.

A cuántos más infectó antes de salir del aeropuerto, nunca lo sabría. Tal vez cien, aunque a ninguno con tal ternura como a la primera. Se detuvo en un mercado tempranero en su camino por la ciudad y recorrió los atiborrados pasillos. Cuántos aquí, no lo podía imaginar. Al menos varios cientos. Por si acaso, lanzó la camisa que había humedecido en el río Mae Nam Chao Phraya, el cual atravesaba lentamente el centro de la ciudad.

Suficiente. Al finalizar el día, Bangkok estaría plagado con el virus. Trabajo cumplido.

⚬⚬⚬

CARLOS ESTACIONÓ su auto en la estructura del estacionamiento subterráneo a las ocho en punto y abordó el ascensor que iba al vestíbulo. Ya había una animada multitud. Cruzó hacia los ascensores principales, esperó uno vacío, y entró. Piso noveno.

La reunión con el ministro Gains y los funcionarios de inteligencia había durado hasta tarde la noche anterior, y su última información afirmaba que Hunter aún se hallaba en su cuarto. Dormido. La fuente era impecable.

Es más, la fuente en realidad había estado *en* la reunión.

Si sólo supieran hasta dónde había ido Svensson para ejecutar este plan. El único problema era Hunter. Un tipo que supo el asunto en sus sueños. Un hombre que posiblemente ninguno de ellos podía dominar. Un individuo al que Carlos ya había matado dos veces.

Esta vez permanecería muerto.

El ascensor sonó y Carlos se deslizó por el pasillo, buscó y encontró el cuarto al lado del de Hunter, el cual estaba abierto según dispuso.

En cualquier operación había dos elementos importantes. Uno, poder; y dos, inteligencia. Ya había combatido una vez con Hunter, y a pesar de la sorprendente habilidad del hombre, se había encargado de él con bastante facilidad. Pero subestimó la resistencia del tipo. De alguna manera Hunter se las había arreglado para sobrevivir.

Esta vez no habría oportunidad para una pelea. La inteligencia superior demostraría ser la vencedora.

Carlos se acercó a la puerta contigua a la suite al lado de esta. Extrajo una pistola automática Luger y le enroscó un silenciador al cañón.

Inteligencia superior. Por ejemplo, él sabía que en este mismísimo instante esta puerta se hallaba sin seguro. El contacto interno se había asegurado de eso. Al pasar esta puerta, una puerta a la izquierda, estaba la de la habitación de Thomas Hunter. Ahora Hunter había estado durmiendo allí por siete horas. Nunca llegaría a enterarse de que le dispararon.

Carlos sabía todo esto sin la más ligera duda. Si algo cambiaba —si la hermana, quien dormía en la otra habitación de la suite, despertaba, o si el mismo Hunter despertaba— el operador de vídeo simplemente le advertiría electrónicamente, y el receptor en el cinturón de Carlos vibraría.

Inteligencia.

Carlos abrió las dos puertas que separaban las suites y se dirigió al dormitorio a su izquierda. La bala en la recámara. Todo estaba en silencio. Estiró la mano hacia la perilla de la puerta. Sonó un teléfono. No la línea principal del hotel sino la de la habitación de la hermana de Hunter a su derecha. Al instante vibró su buscapersonas. Hizo caso omiso del buscapersonas e hizo una pausa para escuchar.

EL TELÉFONO al lado de la cama de Kara sonó una vez. Ella abrió los ojos y miró el cielorraso. ¿Dónde se hallaba?

Bangkok. Ella y Thomas habían asistido a una reunión la noche anterior con el ministro de estado Merton Gains porque el suizo, Valborg Svensson, había secuestrado a Monique de Raison por una sola razón: Desarrollar el antivirus para el virus que él había liberado en el mundo. Al menos de eso fue lo que Thomas intentó persuadirlos. No habían precisamente corrido hacia él a besarle los pies.

El teléfono volvió a sonar.

Ella se irguió. Thomas aún estaría durmiendo en la otra habitación de la suite. ¿Habría soñado? ¿Estaría soñando aún? Ella le había sugerido que soñara por un tiempo prolongado y se convirtiera en alguien nuevo, una sugerencia al parecer absurda, pero así era todo esto del mundo alterno en que él estaba viviendo. La extensión de la maldad en un mundo, la amenaza de un virus en el otro.

El teléfono seguía sonando. Ella dejó descolgado anoche el teléfono en el cuarto de Tom. No lo oiría.

—¿Aló? —contestó Kara por el auricular.

—Habla Merton Gains. ¿Kara?

—Sí —asintió ella cambiándose el teléfono al oído derecho—. Buenos días, Sr. Ministro.

—Siento despertarla, pero parece que tenemos una situación en nuestras manos.

—No, no, está bien. ¿Qué hora es?

¿Qué hora es? Ella estaba hablando con el ministro de estado, ¿y le exigía que le dijera qué hora era?

—Acaban de dar las ocho en la hora local —informó Gains; su voz se hizo tensa—. El Departamento de Estado recibió un fax de alguien que afirma ser Valborg Svensson.

Un frío le bajó por la espina dorsal de Kara. ¡Esto era lo que Thomas había vaticinado! No tan pronto, sino…

—Está afirmando que la variedad Raison ha sido liberada en doce ciudades, entre ellas Washington D. C., Nueva York, Los Ángeles y Atlanta —explicó Gains, su voz era muy débil.

—¿Qué? —exclamó Kara bajando los pies de la cama—. ¿Cuándo?

—Hace seis horas. Él asevera que la cantidad subirá a veinticuatro para cuando termine el día.

—¡Veinticuatro! ¡Eso es imposible! ¡Lo hicieron sin el antivirus! Thomas tenía razón. ¿Se ha verificado algo de esto?

—No. No, pero nos encargamos de eso, créame. ¿Dónde está Thomas?

—Hasta donde me consta, está durmiendo en la habitación contigua —contestó ella lanzando una mirada a la puerta.

—¿Cuánto tiempo ha estado durmiendo?

—Como ocho horas, supongo.

—Bien, no tengo que decirlo, pero parece que él pudo haber tenido razón.

—Comprendo eso —dijo ella levantándose—. Usted se da cuenta de que esto se pudo haber evitado…

—Sin duda usted podría tener razón.

Él no fue quien había dudado de Thomas. Ella no tenía razón de acusarlo. ¿En qué estaba pensando? Él era el ministro de estado de Estados Unidos de América, ¡por Dios!

—Si esta nueva información resulta ser cierta, su hermano podría ser una persona muy importante para nosotros.

—Quizá lo sea o quizá no. Ahora podría ser demasiado tarde.

—¿Puedo hablar con él?

Ella titubeó. Desde luego que podían hablar con Thomas. Ellos eran hombres poderosos que podían hablar con quien quisieran. Pero ya habían tardado demasiado en hablar con él.

—Lo despertaré —anunció ella.

—Gracias. Tengo que hacer algunas llamadas. Hágalo bajar en media hora. ¿Será suficiente tiempo?

—Sí.

La comunicación se cortó.

Kara iba a medio camino hacia la puerta de la habitación y se detuvo. Media hora, había dicho el ministro. *Hágalo bajar en media hora.* Había exigido que si ella despertaba ahora a Thomas, lo bajara de inmediato. Además, Tom apenas había dormido un lapso decente en más de una semana. Y si estaba durmiendo, de lo cual ella no tenía por qué dudar, entonces cada minuto de sueño, en realidad cada segundo, podría ser el equivalente de horas, días o incluso semanas en su mundo de sueños. Mucho podría suceder. Vendrían respuestas.

Svensson había liberado el virus seis horas atrás. Se trataba de un pensamiento aterrador. Despertaría a su hermano ahora, no después.

Exactamente después de que ella usara el baño.

CARLOS HABÍA oído suficiente. No había previsto escuchar una reacción como esta, pero la encontró bastante satisfactoria.

Giró la manija. La puerta crujió. El sonido de una respiración.

Volvió a alistar su pistola y entró.

Thomas Hunter yacía de espaldas, durmiendo en una maraña de sábanas, vestido sólo con pantaloncillos bóxer. El sudor empapaba las sábanas. Sudor y sangre. ¿Sangre? Mucha sangre embadurnada sobre las sábanas, alguna seca y otra aún húmeda.

¿Había sangrado el hombre en su sueño? *Estaba* sangrando en su sueño. ¿Muerto?

Carlos se acercó más. No. El pecho le subía y le bajaba con regularidad. Tenía cicatrices en el pecho y el abdomen que Carlos no lograba recordar, pero nada que sugiriera las balas que con toda seguridad él le había metido a este hombre en la última semana.

Llevó la pistola a la sien de Hunter y apretó el dedo sobre el gatillo.

—Adiós, Sr. Hunter —no pudo resistir un susurro final.

38

RACHELLE ESTABA equivocada.

Thomas no comió la fruta por siempre.

Solamente la comió por quince años. No soñó ni una sola vez en esos quince años, pero luego, en los peores momentos, cuando no creían que era posible que algo empeorara, así como el niño le había vaticinado, Thomas volvió a soñar.

Y cuando lo hizo, soñó que una pistola le estaba rondando la sien izquierda. Tres palabras le susurraban amenazadoramente al oído:

—Adiós, Sr. Hunter.

EL VIAJE CONTINÚA CON *ROJO*

ACERCA DEL AUTOR

Ted Dekker es reconocido por novelas que combinan historias llenas de adrenalina con giros inesperados en la trama, personajes inolvidables e increíbles confrontaciones entre el bien y el mal. Es el autor de la novela *Adán*, la Serie del Círculo *(Negro, Rojo, Blanco)*, *Tr3s*, *En un instante*, y la serie The Martyr's Song (*La apuesta del cielo, Cuando llora el cielo y Trueno del cielo*) entre otras. También es coautor de *La casa*. Criado en las junglas de Indonesia, Ted vive actualmente con su familia en Austin, TX.

Visite **www.teddekker.com**